Diese Ausgabe enthält, nach Werkgruppen geordnet, sämtliche Gedichte Goethes in der mustergültigen Textgestalt des Deutschen Klassiker Verlages: die Sammlungen von 1815 und 1827 nebst Ergänzungen; den West-östlichen Divan; Zyklen, die, wie die frühen Annette-Gedichte und die Dornburger Gedichte von 1828, nicht in die Ausgabe letzter Hand Eingang gefunden haben; die Xenien von Schiller und Goethe; in Briefen verstreute Texte und Gelegenheitsgedichte an, auf und gegen Personen; die Römischen Elegien und die Venezianischen Epigramme sowie Übergangenes, Unterdrücktes und Fragmente aus dem Nachlaß. Hier sind alle Gedichte in der Fassung letzter Hand vereint, die in der Werkausgabe des Deutschen Klassiker Verlags auf mehrere Bände verteilt sind – so kompakt und doch ansprechend und lesefreundlich wurde dieser zentrale Teil des Goetheschen Œuvre noch nie dargeboten.

JOHANN WOLFGANG GOETHE
SÄMTLICHE GEDICHTE

Mit einem Nachwort
von Karl Eibl

INSEL VERLAG

2. Auflage 2014

Erste Auflage 2007

Satz: Libro, Kriftel
Druck: CPI – Ebner & Spiegel, Ulm
Printed in Germany
ISBN 978-3-458-17355-7

INHALT

DIE AUSGABE LETZTER HAND

ZUEIGNUNG

Der Morgen kam; es scheuchten seine Tritte
Den leisen Schlaf, der mich gelind umfing,
Daß ich erwacht, aus meiner stillen Hütte
Den Berg hinauf mit frischer Seele ging;
Ich freute mich bei einem jeden Schritte
Der neuen Blume die voll Tropfen hing;
Der junge Tag erhob sich mit Entzücken,
Und alles war erquickt mich zu erquicken.

Und wie ich stieg, zog von dem Fluß der Wiesen
Ein Nebel sich in Streifen sacht hervor.
Er wich und wechselte mich zu umfließen
Und wuchs geflügelt mir um's Haupt empor:
Des schönen Blicks sollt' ich nicht mehr genießen,
Die Gegend deckte mir ein trüber Flor;
Bald sah' ich mich von Wolken wie umgossen,
Und mit mir selbst in Dämmrung eingeschlossen.

Auf einmal schien die Sonne durchzudringen,
Im Nebel ließ sich eine Klarheit sehn.
Hier sank er leise sich hinabzuschwingen;
Hier teilt' er steigend sich um Wald und Höhn.
Wie hofft' ich ihr den ersten Gruß zu bringen!
Sie hofft' ich nach der Trübe doppelt schön.
Der luft'ge Kampf war lange nicht vollendet,
Ein Glanz umgab mich und ich stand geblendet.

Bald machte mich die Augen aufzuschlagen
Ein inn'rer Trieb des Herzens wieder kühn,
Ich konnt' es nur mit schnellen Blicken wagen;
Denn alles schien zu brennen und zu glühn.
Da schwebte mit den Wolken hergetragen
Ein göttlich Weib vor meinen Augen hin,
Kein schöner Bild sah' ich in meinem Leben,
Sie sah' mich an und blieb verweilend schweben.

Kennst du mich nicht? sprach sie mit einem Munde,
Dem aller Lieb' und Treue Ton entfloß:
Erkennst du mich? die ich in manche Wunde
Des Lebens dir den reinsten Balsam goß?
Du kennst mich wohl, an die zu ew'gem Bunde
Dein strebend Herz sich fest und fester schloß.

Sah' ich dich nicht mit heißen Herzenstränen
Als Knabe schon nach mir dich eifrig sehnen?

Ja, rief ich aus, indem ich selig nieder
Zur Erde sank, lang' hab' ich dich gefühlt;
Du gabst mir Ruh', wenn durch die jungen Glieder
Die Leidenschaft sich rastlos durchgewühlt;
Du hast mir wie mit himmlischem Gefieder
Am heißen Tag die Stirne sanft gekühlt;
Du schenktest mir der Erde beste Gaben,
Und jedes Glück will ich durch dich nur haben.

Dich nenn' ich nicht. Zwar hör' ich dich von vielen
Gar oft genannt, und jeder heißt dich *sein*,
Ein jedes Auge glaubt auf dich zu zielen,
Fast jedem Auge wird dein Strahl zur Pein.
Ach da ich irrte, hatt' ich viel Gespielen,
Da ich dich kenne, bin ich fast allein;
Ich muß mein Glück nur mit mir selbst genießen,
Dein holdes Licht verdecken und verschließen.

Sie lächelte, sie sprach: Du siehst, wie klug,
Wie nötig war's euch wenig zu enthüllen!
Kaum bist du sicher vor dem gröbsten Trug,
Kaum bist du Herr vom ersten Kinderwillen;
So glaubst du dich schon Übermensch genug,
Versäumst die Pflicht des Mannes zu erfüllen!
Wie viel bist du von andern unterschieden?
Erkenne dich! leb' mit der Welt in Frieden,

Verzeih mir, rief ich aus, ich meint' es gut,
Soll ich umsonst die Augen offen haben?
Ein froher Wille lebt in meinem Blut,
Ich kenne ganz den Wert von deinen Gaben!
Für andre wächst in mir das edle Gut,
Ich kann und will das Pfund nicht mehr vergraben!
Warum sucht' ich den Weg so sehnsuchtsvoll,
Wenn ich ihn nicht den Brüdern zeigen soll?

Und wie ich sprach, sah' mich das hohe Wesen
Mit einem Blick mitleid'ger Nachsicht an;
Ich konnte mich in ihrem Auge lesen,
Was ich verfehlt und was ich recht getan.
Sie lächelte, da war ich schon genesen,
Zu neuen Freuden stieg mein Geist heran:
Ich konnte nun mit innigem Vertrauen
Mich zu ihr nahn und ihre Nähe schauen.

Da reckte sie die Hand aus in die Streifen
Der leichten Wolken und des Dufts umher,
Wie sie ihn faßte ließ er sich ergreifen,
Er ließ sich ziehn, es war kein Nebel mehr.
Mein Auge konnt' im Tale wieder schweifen,
Gen Himmel blickt' ich, er war hell und hehr.
Nur sah' ich sie den reinsten Schleier halten,
Er floß um sie und schwoll in tausend Falten.

Ich kenne dich, ich kenne deine Schwächen,
Ich weiß was Gutes in dir lebt und glimmt!
So sagte sie, ich hör' sie ewig sprechen,
Empfange hier was ich dir lang' bestimmt,
Dem Glücklichen kann es an nichts gebrechen,
Der dies Geschenk mit stiller Seele nimmt;
Aus Morgenduft gewebt und Sonnenklarheit,
Der Dichtung Schleier aus der Hand der Wahrheit.

Und wenn es dir und deinen Freunden schwüle
Am Mittag wird, so wirf ihn in die Luft!
Sogleich umsäuselt Abendwindes Kühle,
Umhaucht euch Blumen-Würzgeruch und Duft.
Es schweigt das Wehen banger Erdgefühle,
Zum Wolkenbette wandelt sich die Gruft,
Besänftiget wird jede Lebenswelle,
Der Tag wird lieblich, und die Nacht wird helle.

So kommt denn, Freunde, wann auf Euern Wegen
Des Lebens Bürde schwer und schwerer drückt,
Wenn Eure Bahn ein frischerneuter Segen
Mit Blumen ziert, mit goldnen Früchten schmückt,
Wir gehn vereint dem nächsten Tag' entgegen!
So leben wir, so wandeln wir beglückt,
Und dann auch soll, wenn Enkel um uns trauern,
Zu ihrer Lust noch unsre Liebe dauern.

DIE SAMMLUNG VON 1815

LIEDER

Spät erklingt, was früh erklang,
Glück und Unglück wird Gesang.

VORKLAGE

Wie nimmt ein leidenschaftlich Stammeln
Geschrieben sich so seltsam aus!
Nun soll ich gar von Haus zu Haus
Die losen Blätter alle sammeln.

Was eine lange weite Strecke
Im Leben von einander stand,
Das kommt nun unter Einer Decke
Dem guten Leser in die Hand.

Doch schäme dich nicht der Gebrechen,
Vollende schnell das kleine Buch;
Die Welt ist voller Widerspruch,
Und sollte sich's nicht widersprechen?

AN DIE GÜNSTIGEN

Dichter lieben nicht zu schweigen,
Wollen sich der Menge zeigen.
Lob und Tadel muß ja sein!
Niemand beichtet gern in Prosa;
Doch vertraun wir oft sub Rosa
In der Musen stillem Hain.

Was ich irrte, was ich strebte,
Was ich litt und was ich lebte,
Sind hier Blumen nur im Strauß;
Und das Alter wie die Jugend,
Und der Fehler wie die Tugend
Nimmt sich gut in Liedern aus.

DER NEUE AMADIS

Als ich noch ein Knabe war,
Sperrte man mich ein;
Und so saß ich manches Jahr

Über mir allein,
Wie im Mutterleib.

Doch du warst mein Zeitvertreib,
Goldne Phantasie,
Und ich ward ein warmer Held,
Wie der Prinz Pipi,
Und durchzog die Welt.

Baute manch kristallen Schloß,
Und zerstört' es auch,
Warf mein blinkendes Geschoß
Drachen durch den Bauch,
Ja ich war ein Mann!

Ritterlich befreit' ich dann
Die Prinzessin Fisch;
Sie war gar zu obligeant,
Führte mich zu Tisch,
Und ich war galant.

Und ihr Kuß war Götterbrot,
Glühend wie der Wein.
Ach! ich liebte fast mich tot!
Rings mit Sonnenschein
War sie emailliert.

Ach! wer hat sie mir entführt?
Hielt kein Zauberband
Sie zurück vom schnellen Fliehn?
Sagt, wo ist ihr Land?
Wo der Weg dahin?

STIRBT DER FUCHS, SO GILT DER BALG

Nach Mittage saßen wir
Junges Volk im Kühlen;
Amor kam, und *stirbt der Fuchs*
Wollt' er mit uns spielen.

Jeder meiner Freunde saß
Froh bei seinem Herzchen;
Amor blies die Fackel aus,
Sprach: hier ist das Kerzchen!

Und die Fackel, wie sie glomm,
Ließ man eilig wandern,
Jeder drückte sie geschwind
In die Hand des andern.

Und mir reichte Dorilis
Sie mit Spott und Scherze;
Kaum berührt mein Finger sie,
Hell entflammt die Kerze.

Sengt mir Augen und Gesicht,
Setzt die Brust in Flammen,
Über meinem Haupte schlug
Fast die Glut zusammen.

Löschen wollt' ich, patschte zu;
Doch es brennt beständig;
Statt zu sterben ward der Fuchs
Recht bei mir lebendig.

HEIDENRÖSLEIN

Sah ein Knab' ein Röslein stehn,
Röslein auf der Heiden,
War so jung und morgenschön,
Lief er schnell es nah zu sehn,
Sah's mit vielen Freuden.
Röslein, Röslein, Röslein rot,
Röslein auf der Heiden.

Knabe sprach: ich breche dich,
Röslein auf der Heiden!
Röslein sprach: ich steche dich,
Daß du ewig denkst an mich,
Und ich will's nicht leiden.
Röslein, Röslein, Röslein rot,
Röslein auf der Heiden.

Und der wilde Knabe brach
's Röslein auf der Heiden;
Röslein wehrte sich und stach,
Half ihr doch kein Weh und Ach,
Mußt' es eben leiden.
Röslein, Röslein, Röslein rot,
Röslein auf der Heiden.

BLINDE KUH

O liebliche Therese!
Wie wandelt gleich in's Böse
Dein offnes Auge sich!
Die Augen zugebunden
Hast du mich schnell gefunden,
Und warum fingst du eben mich?

Du faßtest mich aufs beste,
Und hieltest mich so feste;
Ich sank in deinen Schoß.
Kaum warst du aufgebunden,
War alle Lust verschwunden;
Du ließest kalt den Blinden los.

Er tappte hin und wieder,
Verrenkte fast die Glieder,
Und alle foppten ihn.
Und willst du mich nicht lieben;
So geh' ich stets im Trüben,
Wie mit verbundnen Augen hin.

CHRISTEL

Hab' oft einen dumpfen düstern Sinn,
Ein gar so schweres Blut!
Wenn ich bei meiner Christel bin,
Ist alles wieder gut.
Ich seh sie dort, ich seh sie hier
Und weiß nicht auf der Welt
Und wie und wo und wann sie mir
Warum sie mir gefällt.

Das schwarze Schelmenaug dad'rein,
Die schwarze Braue drauf,
Seh' ich ein einzigmal hinein,
Die Seele geht mir auf.
Ist eine, die so lieben Mund
Liebrunde Wänglein hat?
Ach, und es ist noch etwas rund,
Da sieht kein Aug' sich satt!

Und wenn ich sie dann fassen darf
Im luft'gen deutschen Tanz,

Das geht herum, das geht so scharf,
Da fühl' ich mich so ganz!
Und wenn's ihr taumlig wird und warm,
Da wieg' ich sie sogleich
An meiner Brust, in meinem Arm;
'S ist mir ein Königreich!

Und wenn sie liebend nach mir blickt
Und alles rund vergißt,
Und dann an meine Brust gedrückt
Und weidlich eins geküßt,
Das läuft mir durch das Rückenmark
Bis in die große Zeh!
Ich bin so schwach, ich bin so stark,
Mir ist so wohl, so weh!

Da möcht' ich mehr und immer mehr,
Der Tag wird mir nicht lang;
Wenn ich die Nacht auch bei ihr wär',
Davor wär' mir nicht bang.
Ich denk', ich halte sie einmal
Und büße meine Lust;
Und endigt sich nicht meine Qual,
Sterb' ich an ihrer Brust!

DIE SPRÖDE

An dem reinsten Frühlingsmorgen
Ging die Schäferin und sang,
Jung und schön und ohne Sorgen,
Daß es durch die Felder klang,
So la la! le ralla!

Thyrsis bot ihr für ein Mäulchen
Zwei, drei Schäfchen gleich am Ort,
Schalkhaft blickte sie ein Weilchen;
Doch sie sang und lachte fort,
So la la! le ralla!

Und ein andrer bot ihr Bänder
Und der dritte bot sein Herz;
Doch sie trieb mit Herz und Bändern
So wie mit den Lämmern Scherz,
Nur la la! le ralla!

DIE BEKEHRTE

Bei dem Glanze der Abendröte
Ging ich still den Wald entlang,
Damon saß und blies die Flöte,
Daß es von den Felsen klang,
So la la!

Und er zog mich, ach! an sich nieder,
Küßte mich so hold, so süß.
Und ich sagte: blase wieder!
Und der gute Junge blies,
So la la!

Meine Ruhe ist nun verloren,
Meine Freude floh davon,
Und ich höre vor meinen Ohren
Immer nur den alten Ton,
So la la, le ralla.

u. s. w.

RETTUNG

Mein Mädchen ward mir ungetreu,
Das machte mich zum Freudenhasser;
Da lief ich an ein fließend Wasser,
Das Wasser lief vor mir vorbei.

Da stand ich nun, verzweiflend, stumm;
Im Kopfe war mir's wie betrunken,
Fast wär' ich in den Strom gesunken,
Es ging die Welt mit mir herum.

Auf einmal hört' ich was, das rief –
Ich wandte just dahin den Rücken –
Es war ein Stimmchen zum Entzücken:
»Nimm dich in Acht! der Fluß ist tief.«

Da lief mir was durch's ganze Blut,
Ich seh', so ist's ein liebes Mädchen;
Ich frage sie: wie heißt du? »Käthchen!«
O schönes Käthchen! Du bist gut.

Du hältst vom Tode mich zurück;
Auf immer dank' ich dir mein Leben;

Allein das heißt mir wenig geben,
Nun sei auch meines Lebens Glück!

Und dann klagt' ich ihr meine Not,
Sie schlug die Augen lieblich nieder;
Ich küßte sie und sie mich wieder,
Und – vor der Hand nichts mehr von Tod.

DER MUSENSOHN

Durch Feld und Wald zu schweifen,
Mein Liedchen wegzupfeifen,
So gehts von Ort zu Ort!
Und nach dem Takte reget,
Und nach dem Maß beweget
Sich alles an mir fort.

Ich kann sie kaum erwarten
Die erste Blum' im Garten,
Die erste Blüt' am Baum.
Sie grüßen meine Lieder,
Und kommt der Winter wieder,
Sing' ich noch jenen Traum.

Ich sing' ihn in der Weite,
Auf Eises Läng' und Breite,
Da blüht der Winter schön!
Auch diese Blüte schwindet
Und neue Freude findet
Sich auf bebauten Höhn.

Denn wie ich bei der Linde
Das junge Völkchen finde,
Sogleich erreg' ich sie.
Der stumpfe Bursche bläht sich,
Das steife Mädchen dreht sich
Nach meiner Melodie.

Ihr gebt den Sohlen Flügel
Und treibt, durch Tal und Hügel,
Den Liebling weit von Haus.
Ihr lieben holden Musen,
Wann ruh' ich ihr am Busen
Auch endlich wieder aus?

GEFUNDEN

Ich ging im Walde
So für mich hin,
Und nichts zu suchen
Das war mein Sinn.

Im Schatten sah' ich
Ein Blümchen stehn,
Wie Sterne leuchtend,
Wie Äuglein schön.

Ich wollt' es brechen;
Da sagt' es fein:
Soll ich zum Welken
Gebrochen sein?

Ich grub's mit allen
Den Würzlein aus,
Zum Garten trug ich's
Am hübschen Haus.

Und pflanzt es wieder
Am stillen Ort;
Nun zweigt es immer
Und blüht so fort.

GLEICH UND GLEICH

Ein Blumenglöckchen
Vom Boden hervor
War früh gesprosset
In lieblichem Flor;
Da kam ein Bienchen
Und naschte fein: –
Die müssen wohl beide
Für einander sein.

WECHSELLIED ZUM TANZE

Die Gleichgültigen

Komm mit, o Schöne, komm mit mir zum Tanze;
Tanzen gehöret zum festlichen Tag.
Bist du mein Schatz nicht, so kannst du es werden;

Wirst du es nimmer, so tanzen wir doch.
Komm mit, o Schöne, komm mit mir zum Tanze;
Tanzen verherrlicht den festlichen Tag.

Die Zärtlichen

Ohne dich, Liebste, was wären die Feste?
Ohne dich, Süße, was wäre der Tanz?
Wärst du mein Schatz nicht, so möcht' ich nicht tanzen;
Bleibst du es immer, ist Leben ein Fest,
Ohne dich, Liebste, was wären die Feste?
Ohne dich, Süße, was wäre der Tanz?

Die Gleichgültigen

Laß sie nur lieben, und laß du uns tanzen!
Schmachtende Liebe vermeidet den Tanz.
Schlingen wir fröhlich den drehenden Reihen,
Schleichen die andern zum dämmernden Wald.
Laß sie nur lieben, und laß du uns tanzen!
Schmachtende Liebe vermeidet den Tanz.

Die Zärtlichen

Laß sie sich drehen, und laß du uns wandeln!
Wandeln der Liebe ist himmlischer Tanz.
Amor, der Nahe, der höret sie spotten,
Rächet sich einmal, und rächet sich bald.
Laß sie sich drehen, und laß du uns wandeln!
Wandeln der Liebe ist himmlischer Tanz.

SELBSTBETRUG

Der Vorhang schwebet hin und her
Bei meiner Nachbarin.
Gewiß sie lauschet überquer,
Ob ich zu Hause bin.

Und ob der eifersücht'ge Groll,
Den ich am Tag gehegt,
Sich, wie er nun auf immer soll,
Im tiefen Herzen legt.

Doch leider hat das schöne Kind
Dergleichen nicht gefühlt.
Ich seh', es ist der Abendwind,
Der mit dem Vorhang spielt.

KRIEGSERKLÄRUNG

Wenn ich doch so schön wär'
Wie die Mädchen auf dem Land!
Sie tragen gelbe Hüte
Mit rosenrotem Band.

Glauben, daß man schön sei,
Dächt' ich, ist erlaubt.
In der Stadt ach! ich hab' es
Dem Junker geglaubt.

Nun im Frühling ach! ist's
Um die Freuden getan;
Ihn ziehen die Dirnen,
Die ländlichen, an.

Und die Taill' und den Schlepp
Verändr' ich zur Stund';
Das Leibchen ist länger,
Das Röckchen ist rund.

Trage gelblichen Hut,
Und ein Mieder wie Schnee;
Und sichle, mit andern,
Den blühenden Klee.

Spürt er unter dem Chor
Etwas Zierliches aus;
Der lüsterne Knabe
Er winkt mir ins Haus.

Ich begleit' ihn verschämt
Und er kennt mich noch nicht,
Er kneipt mir die Wangen
Und sieht mein Gesicht.

Die Städterin droht
Euch Dirnen den Krieg,
Und doppelte Reize
Behaupten den Sieg.

LIEBHABER IN ALLEN GESTALTEN

Ich wollt' ich wär' ein Fisch!
So hurtig und frisch;
Und kämst Du zu anglen,
Ich würde nicht manglen.
Ich wollt' ich wär' ein Fisch!
So hurtig und frisch.

Ich wollt' ich wär' ein Pferd!
Da wär' ich Dir wert.
O wär' ich in Wagen!
Bequem Dich zu tragen.
Ich wollt' ich wär' ein Pferd!
Da wär' ich Dir wert.

Ich wollt' ich wäre Gold!
Dir immer im Sold;
Und tätst Du was kaufen,
Käm' ich wieder gelaufen.
Ich wollt' ich wäre Gold!
Dir immer im Sold.

Ich wollt' ich wär' treu!
Mein Liebchen stets neu;
Ich wollt' mich verheißen,
Wollt' nimmer verreisen.
Ich wollt' ich wär' treu!
Mein Liebchen stets neu.

Ich wollt' ich wär' alt!
Und runzlig und kalt;
Tätst Du mir's versagen,
Da könnt' mich's nicht plagen.
Ich wollt' ich wär' alt!
Und runzlig und kalt.

Wär' ich Affe sogleich!
Voll neckender Streich';
Hätt' was dich verdrossen,
So macht' ich dir Possen.
Wär' ich Affe sogleich!
Voll neckender Streich'.

Wär' ich gut wie ein Schaf!
Wie der Löwe so brav;

Hätt' Augen wie's Lüchschen,
Und Listen wie's Füchschen.
Wär' ich gut wie ein Schaf!
Wie der Löwe so brav.

Was alles ich wär',
Das gönnt' ich Dir sehr;
Mit fürstlichen Gaben,
Du solltest mich haben.
Was alles ich wär',
Das gönnt' ich Dir sehr.

Doch bin ich wie ich bin,
Und nimm mich nur hin!
Willst Du Beßre besitzen,
So laß Dir sie schnitzen.
Ich bin nun wie ich bin;
So nimm mich nur hin!

DER GOLDSCHMIEDSGESELL

Es ist doch meine Nachbarin
Ein allerliebstes Mädchen!
Wie früh ich in der Werkstatt bin,
Blick' ich nach ihrem Lädchen.

Zu Ring' und Kette poch' ich dann
Die feinen goldnen Drähtchen.
Ach! denk' ich, wann? und wieder, wann?
Ist solch ein Ring für Kätchen.

Und tut sie erst die Schaltern auf,
Da kommt das ganze Städtchen
Und feilscht und wirbt mit hellem Hauf
Um's Allerlei im Lädchen.

Ich feile; wohl zerfeil' ich dann
Auch manches goldne Drähtchen.
Der Meister brummt, der harte Mann!
Er merkt, es war das Lädchen.

Und flugs wie nur der Handel still,
Gleich greift sie nach dem Rädchen.
Ich weiß wohl, was sie spinnen will:
Es hofft das liebe Mädchen.

Das kleine Füßchen tritt und tritt;
Da denk' ich mir das Wädchen,
Das Strumpfband denk' ich auch wohl mit,
Ich schenkt's dem lieben Mädchen.

Und nach den Lippen führt der Schatz
Das allerfeinste Fädchen.
O wär' ich doch an seinem Platz,
Wie küßt' ich mir das Mädchen!

ANTWORTEN
bei einem gesellschaftlichen Fragespiel

Die Dame

Was ein weiblich Herz erfreue
In der klein- und großen Welt?
Ganz gewiß ist es das Neue,
Dessen Blüte stets gefällt;
Doch viel werter ist die Treue,
Die, auch in der Früchte Zeit,
Noch mit Blüten uns erfreut.

Der junge Herr

Paris war, in Wald und Höhlen,
Mit den Nymphen wohl bekannt,
Bis ihm Zeus, um ihn zu quälen,
Drei der Himmlischen gesandt;
Und es fühlte wohl im Wählen,
In der alt- und neuen Zeit,
Niemand mehr Verlegenheit.

Der Erfahrne

Geh den Weibern zart entgegen,
Du gewinnst sie auf mein Wort;
Und wer rasch ist und verwegen,
Kommt vielleicht noch besser fort;
Doch wem wenig dran gelegen
Scheinet, ob er reizt und rührt,
Der beleidigt, der verführt.

Der Zufriedne

Vielfach ist der Menschen Streben,
Ihre Unruh, ihr Verdruß;
Auch ist manches Gut gegeben,
Mancher liebliche Genuß;

Doch das größte Glück im Leben
Und der reichlichste Gewinn
Ist ein guter, leichter Sinn.

Der lustige Rat

Wer der Menschen töricht Treiben
Täglich sieht und täglich schilt,
Und, wenn Andre Narren bleiben,
Selbst für einen Narren gilt,
Der trägt schwerer, als zur Mühle
Irgend ein beladen Tier.
Und, wie ich im Busen fühle,
Wahrlich! so ergeht es mir.

VERSCHIEDENE EMPFINDUNGEN AN EINEM PLATZE

Das Mädchen

Ich hab' ihn gesehen!
Wie ist mir geschehen?
O himmlischer Blick!
Er kommt mir entgegen;
Ich weiche verlegen,
Ich schwanke zurück.
Ich irre, ich träume!
Ihr Felsen, ihr Bäume,
Verbergt meine Freude,
Verberget mein Glück!

Der Jüngling

Hier muß ich sie finden!
Ich sah sie verschwinden,
Ihr folgte mein Blick.
Sie kam mir entgegen,
Dann trat sie verlegen
Und schamrot zurück.
Ists Hoffnung? sinds Träume?
Ihr Felsen, ihr Bäume,
Entdeckt mir die Liebste,
Entdeckt mir mein Glück!

Der Schmachtende

Hier klag' ich, verborgen,
Dem tauenden Morgen
Mein einsam Geschick.
Verkannt von der Menge,

Wie zieh' ich ins Enge
Mich stille zurück!
O! zärtliche Seele,
O! schweige, verhehle
Die ewigen Leiden,
Verhehle dein Glück!

Der Jäger

Es lohnet mich heute
Mit doppelter Beute
Ein gutes Geschick.
Der redliche Diener
Bringt Hasen und Hühner
Beladen zurück.
Hier find' ich gefangen
Auch Vögel noch hangen.
Es lebe der Jäger!
Es lebe sein Glück!

WER KAUFT LIEBESGÖTTER?

Von allen schönen Waren,
Zum Markte hergefahren,
Wird keine mehr behagen
Als die wir euch getragen
Aus fremden Ländern bringen.
O höret was wir singen!
Und seht die schönen Vögel,
Sie stehen zum Verkauf.

Zuerst beseht den großen,
Den lustigen, den losen!
Er hüpfet, leicht und munter,
Von Baum und Busch herunter;
Gleich ist er wieder droben.
Wir wollen ihn nicht loben.
O seht den muntern Vogel!
Er steht hier zum Verkauf.

Betrachtet nun den kleinen,
Er will bedächtig scheinen
Und doch ist er der Lose,
So gut als wie der Große;
Er zeiget meist im Stillen
Den allerbesten Willen.

Der lose kleine Vogel,
Er steht hier zum Verkauf.

O! seht das kleine Täubchen,
Das liebe Turtelweibchen!
Die Mädchen sind so zierlich,
Verständig und manierlich;
Sie mag sich gerne putzen
Und eure Liebe nutzen.
Der kleine zarte Vogel,
Er steht hier zum Verkauf.

Wir wollen sie nicht loben,
Sie stehn zu allen Proben.
Sie lieben sich das Neue;
Doch über ihre Treue
Verlangt nicht Brief und Siegel;
Sie haben alle Flügel.
Wie artig sind die Vögel!
Wie reizend ist der Kauf!

DER ABSCHIED

Laß mein Aug' den Abschied sagen,
Den mein Mund nicht nehmen kann!
Schwer, wie schwer ist er zu tragen!
Und ich bin doch sonst ein Mann.

Traurig wird in dieser Stunde
Selbst der Liebe süßtes Pfand,
Kalt der Kuß von deinem Munde,
Matt der Druck von deiner Hand.

Sonst, ein leicht gestohlnes Mäulchen,
O wie hat es mich entzückt!
So erfreuet uns ein Veilchen,
Das man früh im März gepflückt.

Doch ich pflücke nun kein Kränzchen,
Keine Rose mehr für dich.
Frühling ist es, liebes Fränzchen,
Aber leider Herbst für mich!

DIE SCHÖNE NACHT

Nun verlass' ich diese Hütte,
Meiner Liebsten Aufenthalt,
Wandle mit verhülltem Schritte
Durch den öden, finstern Wald:
Luna bricht durch Busch und Eichen,
Zephyr meldet ihren Lauf,
Und die Birken streun mit Neigen
Ihr den süßten Weihrauch auf.

Wie ergetz' ich mich im Kühlen
Dieser schönen Sommernacht!
O wie still ist hier zu fühlen,
Was die Seele glücklich macht!
Läßt sich kaum die Wonne fassen;
Und doch, wollt' ich, Himmel, dir
Tausend solcher Nächte lassen,
Gäb' mein Mädchen Eine mir.

GLÜCK UND TRAUM

Du hast uns oft im Traum gesehen
Zusammen zum Altare gehen,
Und Dich als Frau, und mich als Mann.
Oft nahm ich wachend Deinem Munde,
In einer unbewachten Stunde,
So viel man Küsse nehmen kann.

Das reinste Glück, das wir empfunden,
Die Wollust mancher reichen Stunden
Floh, wie die Zeit, mit dem Genuß.
Was hilft es mir, daß ich genieße?
Wie Träume fliehn die wärmsten Küsse,
Und alle Freude wie ein Kuß.

LEBENDIGES ANDENKEN

Der Liebsten Band und Schleife rauben,
Halb mag sie zürnen, halb erlauben,
Euch ist es viel, ich will es glauben
Und gönn' euch solchen Selbstbetrug:
Ein Schleier, Halstuch, Strumpfband, Ringe
Sind wahrlich keine kleinen Dinge;
Allein mir sind sie nicht genug.

Lebend'gen Teil von ihrem Leben,
Ihn hat, nach leisem Widerstreben,
Die Allerliebste mir gegeben,
Und jene Herrlichkeit wird nichts.
Wie lach' ich all der Trödelware!
Sie schenkte mir die schönen Haare,
Den Schmuck des schönsten Angesichts.

Soll ich Dich gleich, Geliebte, missen;
Wirst Du mir doch nicht ganz entrissen:
Zu schaun, zu tändeln und zu küssen
Bleibt die Reliquie von Dir. –
Gleich ist des Haars und mein Geschicke;
Sonst buhlten wir mit Einem Glücke
Um sie, jetzt sind wir fern von ihr.

Fest waren wir an sie gehangen;
Wir streichelten die runden Wangen,
Uns lockt' und zog ein süß Verlangen,
Wir gleiteten zur vollern Brust.
O Nebenbuhler, frei von Neide,
Du süß Geschenk, du schöne Beute,
Erinnre mich an Glück und Lust!

GLÜCK DER ENTFERNUNG

Trink', o Jüngling! heilges Glücke
Taglang aus der Liebsten Blicke;
Abends gaukl' ihr Bild dich ein.
Kein Verliebter hab' es besser;
Doch das Glück bleibt immer größer,
Fern von der Geliebten sein.

Ew'ge Kräfte, Zeit und Ferne,
Heimlich wie die Kraft der Sterne,
Wiegen dieses Blut zur Ruh.
Mein Gefühl wird stets erweichter;
Doch mein Herz wird täglich leichter,
Und mein Glück nimmt immer zu.

Nirgends kann ich sie vergessen;
Und doch kann ich ruhig essen,
Heiter ist mein Geist und frei;
Und unmerkliche Betörung

Macht die Liebe zur Verehrung,
Die Begier zur Schwärmerei.

Aufgezogen durch die Sonne,
Schwimmt im Hauch äther'scher Wonne
So das leichtste Wölkchen nie,
Wie mein Herz in Ruh und Freude.
Frei von Furcht, zu groß zum Neide,
Lieb' ich, ewig lieb' ich sie!

AN LUNA

Schwester von dem ersten Licht,
Bild der Zärtlichkeit in Trauer!
Nebel schwimmt mit Silberschauer
Um dein reizendes Gesicht;
Deines leisen Fußes Lauf
Weckt aus tagverschloßnen Höhlen
Traurig abgeschiedne Seelen,
Mich, und nächt'ge Vögel auf.

Forschend übersieht dein Blick
Eine großgemeßne Weite.
Hebe mich an deine Seite!
Gib der Schwärmerei dies Glück;
Und in wollustvoller Ruh
Säh' der weitverschlagne Ritter,
Durch das gläserne Gegitter,
Seines Mädchens Nächten zu.

Des Beschauens holdes Glück
Mildert solcher Ferne Qualen,
Und ich sammle deine Strahlen
Und ich schärfe meinen Blick;
Hell und heller wird es schon
Um die unverhüllten Glieder,
Und nun zieht sie mich hernieder,
Wie dich einst Endymion.

BRAUTNACHT

Im Schlafgemach, entfernt vom Feste,
Sitzt Amor dir getreu und bebt,
Daß nicht die List mutwill'ger Gäste
Des Brautbetts Frieden untergräbt.
Es blinkt mit mystisch heil'gem Schimmer
Vor ihm der Flammen blasses Gold;
Ein Weihrauchswirbel füllt das Zimmer,
Damit ihr recht genießen sollt.

Wie schlägt dein Herz beim Schlag der Stunde,
Der deiner Gäste Lärm verjagt;
Wie glühst du nach dem schönen Munde,
Der bald verstummt und nichts versagt.
Du eilst, um alles zu vollenden,
Mit ihr ins Heiligtum hinein;
Das Feuer in des Wächters Händen
Wird wie ein Nachtlicht still und klein.

Wie bebt vor deiner Küsse Menge
Ihr Busen und ihr voll Gesicht;
Zum Zittern wird nun ihre Strenge,
Denn deine Kühnheit wird zur Pflicht.
Schnell hilft dir Amor sie entkleiden,
Und ist nicht halb so schnell als du;
Dann hält er schalkhaft und bescheiden
Sich fest die beiden Augen zu.

SCHADENFREUDE

In des Papillons Gestalt
Flattr' ich, nach den letzten Zügen,
Zu den vielgeliebten Stellen,
Zeugen himmlischer Vergnügen,
Über Wiesen, an die Quellen,
Um den Hügel, durch den Wald.

Ich belausch' ein zärtlich Paar;
Von des schönen Mädchens Haupte
Aus den Kränzen schau ich nieder;
Alles was der Tod mir raubte
Seh' ich hier im Bilde wieder,
Bin so glücklich wie ich war.

Sie umarmt ihn lächelnd stumm,
Und sein Mund genießt der Stunde,
Die ihm güt'ge Götter senden,
Hüpft vom Busen zu dem Munde,
Von dem Munde zu den Händen,
Und ich hüpf' um ihn herum.

Und sie sieht mich Schmetterling.
Zitternd vor des Freunds Verlangen
Springt sie auf, da flieg' ich ferne.
»Liebster, komm, ihn einzufangen!
Komm! ich hätt' es gar zu gerne,
Gern das kleine bunte Ding.«

UNSCHULD

Schönste Tugend einer Seele,
Reinster Quell der Zärtlichkeit!
Mehr als Byron, als Pamele
Ideal und Seltenheit!
Wenn ein andres Feuer brennet,
Flieht dein zärtlich schwaches Licht;
Dich fühlt nur wer dich nicht kennet,
Wer dich kennt der fühlt dich nicht.

Göttin! In dem Paradiese
Lebtest du mit uns vereint;
Noch erscheinst du mancher Wiese
Morgens, eh die Sonne scheint.
Nur der sanfte Dichter siehet
Dich im Nebelkleide ziehn;
Phöbus kommt, der Nebel fliehet,
Und im Nebel bist du hin.

SCHEINTOD

Weint, Mädchen! hier bei Amors Grabe; hier
Sank er von nichts, von ohngefähr danieder.
Doch ist er wirklich tot? Ich schwöre nicht dafür:
Ein Nichts, ein Ohngefähr erweckt ihn öfters wieder.

NOVEMBERLIED

Dem Schützen, doch dem alten nicht,
Zu dem die Sonne flieht,
Der uns ihr fernes Angesicht
Mit Wolken überzieht;

Dem Knaben sei dies Lied geweiht,
Der zwischen Rosen spielt,
Uns höret und zur rechten Zeit
Nach schönen Herzen zielt.

Durch ihn hat uns des Winters Nacht,
So häßlich sonst und rauh,
Gar manchen werten Freund gebracht
Und manche liebe Frau.

Von nun an soll sein schönes Bild
Am Sternenhimmel stehn,
Und er soll ewig hold und mild
Uns auf und unter gehn.

AN DIE ERWÄHLTE

Hand in Hand! und Lipp' auf Lippe!
Liebes Mädchen, bleibe treu!
Lebe wohl! und manche Klippe
Fährt dein Liebster noch vorbei;
Aber wenn er einst den Hafen,
Nach dem Sturme, wieder grüßt,
Mögen ihn die Götter strafen,
Wenn er ohne dich genießt.

Frisch gewagt ist schon gewonnen,
Halb ist schon mein Werk vollbracht!
Sterne leuchten mir wie Sonnen;
Nur dem Feigen ist es Nacht.
Wär' ich müßig dir zur Seite,
Drückte noch der Kummer mich;
Doch in aller dieser Weite
Wirk' ich rasch und nur für dich.

Schon ist mir das Tal gefunden,
Wo wir einst zusammen gehn,
Und den Strom in Abendstunden

Sanft hinunter gleiten sehn.
Diese Pappeln auf den Wiesen,
Diese Buchen in dem Hain!
Ach! und hinter allen diesen
Wird doch auch ein Hüttchen sein.

ERSTER VERLUST

Ach! wer bringt die schönen Tage,
Jene Tage der ersten Liebe,
Ach! wer bringt nur eine Stunde
Jener holden Zeit zurück!

Einsam nähr' ich meine Wunde,
Und mit stets erneuter Klage
Traur' ich um's verlorne Glück.

Ach! wer bringt die schönen Tage,
Jene holde Zeit zurück.

NACHGEFÜHL

Wenn die Reben wieder blühen,
Rühret sich der Wein im Fasse;
Wenn die Rosen wieder glühen,
Weiß ich nicht, wie mir geschieht.

Tränen rinnen von den Wangen,
Was ich tue, was ich lasse;
Nur ein unbestimmt Verlangen
Fühl' ich, das die Brust durchglüht.

Und zuletzt muß ich mir sagen,
Wenn ich mich bedenk' und fasse,
Daß in solchen schönen Tagen
Doris einst für mich geglüht.

NÄHE DES GELIEBTEN

Ich denke dein, wenn mir der Sonne Schimmer
Vom Meere strahlt;
Ich denke dein, wenn sich des Mondes Flimmer
In Quellen malt.

Ich sehe dich, wenn auf dem fernen Wege
Der Staub sich hebt;
In tiefer Nacht, wenn auf dem schmalen Stege
Der Wandrer bebt.
Ich höre dich, wenn dort mit dumpfem Rauschen
Die Welle steigt.
Im stillen Haine geh' ich oft zu lauschen,
Wenn alles schweigt.

Ich bin bei dir, du seist auch noch so ferne,
Du bist mir nah!
Die Sonne sinkt, bald leuchten mir die Sterne.
O wärst du da!

GEGENWART

Alles kündet Dich an!
Erscheinet die herrliche Sonne,
Folgst Du, so hoff' ich es, bald.

Trittst Du im Garten hervor,
So bist Du die Rose der Rosen,
Lilie der Lilien zugleich.

Wenn Du im Tanze Dich regst,
So regen sich alle Gestirne
Mit Dir und um Dich umher.

Nacht! und so wär' es denn Nacht!
Nun überscheinst Du des Mondes
Lieblichen, ladenden Glanz.

Ladend und lieblich bist Du,
Und Blumen, Mond und Gestirne
Huldigen, Sonne, nur Dir.

Sonne! so sei Du auch mir
Die Schöpferin herrlicher Tage;
Leben und Ewigkeit ist's.

AN DIE ENTFERNTE

So hab' ich wirklich dich verloren?
Bist du, o Schöne, mir entflohn?

Noch klingt in den gewohnten Ohren
Ein jedes Wort, ein jeder Ton.

So wie des Wandrers Blick am Morgen
Vergebens in die Lüfte dringt,
Wenn, in dem blauen Raum verborgen,
Hoch über ihm die Lerche singt:

So dringet ängstlich hin und wieder
Durch Feld und Busch und Wald mein Blick;
Dich rufen alle meine Lieder;
O komm, Geliebte, mir zurück!

AM FLUSSE

Verfließet, vielgeliebte Lieder,
Zum Meere der Vergessenheit!
Kein Knabe sing' entzückt euch wieder,
Kein Mädchen in der Blütenzeit.

Ihr sanget nur von meiner Lieben;
Nun spricht sie meiner Treue Hohn.
Ihr wart in's Wasser eingeschrieben;
So fließt denn auch mit ihm davon.

DIE FREUDEN

Es flattert um die Quelle
Die wechselnde Libelle,
Mich freut sie lange schon;
Bald dunkel und bald helle,
Wie der Chamäleon,
Bald rot, bald blau,
Bald blau, bald grün;
O daß ich in der Nähe
Doch ihre Farben sähe!

Sie schwirrt und schwebet, rastet nie!
Doch still, sie setzt sich an die Weiden.
Da hab' ich sie! Da hab' ich sie!
Und nun betracht' ich sie genau,
Und seh' ein traurig-dunkles Blau –

So geht es dir, Zergliedrer deiner Freuden!

ABSCHIED

Zu lieblich ist's, ein Wort zu brechen,
Zu schwer die wohlerkannte Pflicht,
Und leider kann man nichts versprechen,
Was unserm Herzen widerspricht.

Du übst die alten Zauberlieder,
Du lockst ihn, der kaum ruhig war,
Zum Schaukelkahn der süßen Torheit wieder,
Erneust, verdoppelst die Gefahr.

Was suchst du mir dich zu verstecken!
Sei offen, flieh nicht meinen Blick!
Früh oder spät mußt' ich's entdecken,
Und hier hast du dein Wort zurück.

Was ich gesollt, hab' ich vollendet;
Durch mich sei dir von nun an nichts verwehrt;
Allein verzeih dem Freund, der sich nun von dir wendet,
Und still in sich zurücke kehrt.

WECHSEL

Auf Kieseln im Bache da lieg' ich, wie helle!
Verbreite die Arme der kommenden Welle,
Und buhlerisch drückt sie die sehnende Brust;
Dann führt sie der Leichtsinn im Strome danieder;
Es naht sich die zweite, sie streichelt mich wieder:
So fühl' ich die Freuden der wechselnden Lust.

Und doch, und so traurig, verschleifst du vergebens
Die köstlichen Stunden des eilenden Lebens,
Weil dich das geliebteste Mädchen vergißt!
O ruf' sie zurücke die vorigen Zeiten!
Es küßt sich so süße die Lippe der Zweiten,
Als kaum sich die Lippe der Ersten geküßt.

BEHERZIGUNG

Ach, was soll der Mensch verlangen?
Ist es besser, ruhig bleiben?
Klammernd fest sich anzuhangen?
Ist es besser, sich zu treiben?

Soll er sich ein Häuschen bauen?
Soll er unter Zelten leben?
Soll er auf die Felsen trauen?
Selbst die festen Felsen beben.

Eines schickt sich nicht für alle!
Sehe jeder wie er's treibe,
Sehe jeder wo er bleibe,
Und wer steht, daß er nicht falle!

MEERES STILLE

Tiefe Stille herrscht im Wasser,
Ohne Regung ruht das Meer,
Und bekümmert sieht der Schiffer
Glatte Fläche rings umher.
Keine Luft von keiner Seite!
Todesstille fürchterlich!
In der ungeheuern Weite
Reget keine Welle sich.

GLÜCKLICHE FAHRT

Die Nebel zerreißen,
Der Himmel ist helle
Und Aeolus löset
Das ängstliche Band.
Es säuseln die Winde,
Es rührt sich der Schiffer.
Geschwinde! Geschwinde!
Es teilt sich die Welle,
Es naht sich die Ferne;
Schon seh' ich das Land!

MUT

Sorglos über die Fläche weg,
Wo vom kühnsten Wager die Bahn
Dir nicht vorgegraben du siehst,
Mache dir selber Bahn!

Stille, Liebchen, mein Herz!
Kracht's gleich, bricht's doch nicht!
Bricht's gleich, bricht's nicht mit dir!

ERINNERUNG

Willst du immer weiter schweifen?
Sieh, das Gute liegt so nah.
Lerne nur das Glück ergreifen,
Denn das Glück ist immer da.

WILLKOMMEN UND ABSCHIED

Es schlug mein Herz; geschwind zu Pferde!
Es war getan fast eh' gedacht;
Der Abend wiegte schon die Erde,
Und an den Bergen hing die Nacht:
Schon stand im Nebelkleid die Eiche,
Ein aufgetürmter Riese, da,
Wo Finsternis aus dem Gesträuche
Mit hundert schwarzen Augen sah.

Der Mond von einem Wolkenhügel
Sah kläglich aus dem Duft hervor,
Die Winde schwangen leise Flügel,
Umsaus'ten schauerlich mein Ohr;
Die Nacht schuf tausend Ungeheuer;
Doch frisch und fröhlich war mein Mut:
In meinen Adern welches Feuer!
In meinem Herzen welche Glut!

Dich sah ich, und die milde Freude
Floß von dem süßen Blick auf mich;
Ganz war mein Herz an deiner Seite,
Und jeder Atemzug für dich.
Ein rosenfarbnes Frühlingswetter
Umgab das liebliche Gesicht,
Und Zärtlichkeit für mich – Ihr Götter!
Ich hofft' es, ich verdient' es nicht!

Doch ach! schon mit der Morgensonne
Verengt der Abschied mir das Herz:
In deinen Küssen, welche Wonne!
In deinem Auge, welcher Schmerz!
Ich ging, du standst und sahst zur Erden,
Und sahst mir nach mit nassem Blick:
Und doch, welch Glück geliebt zu werden!
Und lieben, Götter, welch ein Glück!

NEUE LIEBE NEUES LEBEN

Herz, mein Herz, was soll das geben?
Was bedränget dich so sehr?
Welch ein fremdes, neues Leben!
Ich erkenne dich nicht mehr.
Weg ist Alles, was du liebtest,
Weg warum du dich betrübtest,
Weg dein Fleiß und deine Ruh' –
Ach wie kamst du nur dazu!

Fesselt dich die Jugendblüte,
Diese liebliche Gestalt,
Dieser Blick voll Treu' und Güte,
Mit unendlicher Gewalt?
Will ich rasch mich ihr entziehen,
Mich ermannen, ihr entfliehen,
Führet mich im Augenblick
Ach! mein Weg zu ihr zurück.

Und an diesem Zauberfädchen,
Das sich nicht zerreißen läßt,
Hält das liebe, lose Mädchen,
Mich so wider Willen fest;
Muß in ihrem Zauberkreise
Leben nun auf ihre Weise.
Die Verändrung ach wie groß!
Liebe! Liebe! laß mich los!

AN BELINDEN

Warum ziehst du mich unwiderstehlich
Ach in jene Pracht?
War ich guter Junge nicht so selig
In der öden Nacht?

Heimlich in mein Zimmerchen verschlossen,
Lag im Mondenschein
Ganz von seinem Schauerlicht umflossen,
Und ich dämmert' ein;

Träumte da von vollen goldnen Stunden
Ungemischter Lust,
Hatte schon dein liebes Bild empfunden
Tief in meiner Brust.

Bin ich's noch, den du bei so viel Lichtern
An dem Spieltisch hältst?
Oft so unerträglichen Gesichtern
Gegenüber stellst?

Reizender ist mir des Frühlings Blüte
Nun nicht auf der Flur;
Wo du, Engel, bist, ist Lieb' und Güte,
Wo du bist, Natur

MAILIED

Wie herrlich leuchtet
Mir die Natur!
Wie glänzt die Sonne!
Wie lacht die Flur!

Es dringen Blüten
Aus jedem Zweig,
Und tausend Stimmen
Aus dem Gesträuch.

Und Freud' und Wonne
Aus jeder Brust.
O Erd'! o Sonne!
O Glück! o Lust!

O Lieb'! o Liebe!
So golden-schön,
Wie Morgenwolken
Auf jenen Höhn!

Du segnest herrlich
Das frische Feld,
Im Blütendampfe
Die volle Welt.

O Mädchen, Mädchen,
Wie lieb' ich dich!
Wie blickt dein Auge!
Wie liebst du mich!

So liebt die Lerche
Gesang und Luft,
Und Morgenblumen
Den Himmelsduft.

Wie ich dich liebe
Mit warmem Blut,
Die du mir Jugend
Und Freud' und Mut

Zu neuen Liedern
Und Tänzen gibst.
Sei ewig glücklich,
Wie du mich liebst!

MIT EINEM GEMALTEN BAND

Kleine Blumen, kleine Blätter
Streuen mir mit leichter Hand
Gute junge Frühlings-Götter
Tändelnd auf ein luftig Band.

Zephyr, nimm's auf deine Flügel,
Schling's um meiner Liebsten Kleid;
Und so tritt sie vor den Spiegel
All in ihrer Munterkeit.

Sieht mit Rosen sich umgeben,
Selbst wie eine Rose jung.
Einen Blick, geliebtes Leben!
Und ich bin belohnt genung.

Fühle, was dies Herz empfindet,
Reiche frei mir deine Hand,
Und das Band, das uns verbindet,
Sei kein schwaches Rosen-Band!

MIT EINEM GOLDNEN HALSKETTCHEN

Dir darf dies Blatt ein Kettchen bringen,
Das, ganz zur Biegsamkeit gewöhnt,
Sich mit viel hundert kleinen Schlingen
Um deinen Hals zu schmiegen sehnt.

Gewähr dem Närrchen die Begierde,
Sie ist voll Unschuld, ist nicht kühn;
Am Tag ist's eine kleine Zierde,
Am Abend wirfst du's wieder hin.

Doch bringt dir einer jene Kette,
Die schwerer drückt und ernster faßt,
Verdenk' ich dir es nicht, Lisette,
Wenn du ein klein Bedenken hast.

AN LOTTCHEN

Mitten im Getümmel mancher Freuden,
Mancher Sorgen, mancher Herzensnot,
Denk' ich dein, o Lottchen, denken dein die Beiden,
Wie beim stillen Abendrot
Du die Hand uns freundlich reichtest,
Da du uns auf reich bebauter Flur,
In dem Schoße herrlicher Natur,
Manche leicht verhüllte Spur
Einer lieben Seele zeigtest.

Wohl ist mir's, daß ich dich nicht verkannt,
Daß ich gleich dich in der ersten Stunde,
Ganz den Herzensausdruck in dem Munde,
Dich ein wahres gutes Kind genannt.

Still und eng und ruhig auferzogen,
Wirft man uns auf Einmal in die Welt;
Uns umspülen hunderttausend Wogen,
Alles reizt uns, mancherlei gefällt,
Mancherlei verdrießt uns, und von Stund' zu Stunden,
Schwankt das leichtunruhige Gefühl;
Wir empfinden, und was wir empfunden,
Spült hinweg das bunte Weltgewühl.

Wohl, ich weiß es, da durchschleicht uns innen
Manche Hoffnung, mancher Schmerz.
Lottchen, wer kennt unsre Sinnen?
Lottchen, wer kennt unser Herz?
Ach! es möchte gern gekannt sein, überfließen
In das Mitempfinden einer Creatur,
Und vertrauend zwiefach neu genießen
Alles Leid und Freude der Natur.

Und da sucht das Aug' oft so vergebens
Rings umher, und findet alles zu;
So vertaumelt sich der schönste Teil des Lebens
Ohne Sturm und ohne Ruh;
Und zu deinem ew'gen Unbehagen

Stößt dich heute, was dich gestern zog.
Kannst du zu der Welt nur Neigung tragen,
Die so oft dich trog,
Und bei deinem Weh, bei deinem Glücke,
Blieb in eigenwill'ger starrer Ruh'?
Sieh, da tritt der Geist in sich zurücke,
Und das Herz – es schließt sich zu.

So fand ich dich und ging dir frei entgegen.
O sie ist wert zu sein geliebt!
Rief ich, erflehte dir des Himmels reinsten Segen,
Den er dir nun in deiner Freundin gibt.

AUF DEM SEE

Und frische Nahrung, neues Blut
Saug' ich aus freier Welt;
Wie ist Natur so hold und gut,
Die mich am Busen hält!
Die Welle wieget unsern Kahn
Im Rudertakt hinauf,
Und Berge, wolkig himmelan,
Begegnen unserm Lauf.

Aug', mein Aug', was sinkst du nieder?
Goldne Träume, kommt ihr wieder?
Weg, du Traum! so Gold du bist;
Hier auch Lieb' und Leben ist.

Auf der Welle blinken
Tausend schwebende Sterne,
Weiche Nebel trinken
Rings die türmende Ferne;
Morgenwind umflügelt
Die beschattete Bucht,
Und im See bespiegelt
Sich die reifende Frucht.

VOM BERGE

Wenn ich, liebe Lili, dich nicht liebte,
Welche Wonne gäb' mir dieser Blick!
Und doch wenn ich, Lili, dich nicht liebte,
Fänd' ich hier und fänd' ich dort mein Glück?

BLUMENGRUSS

Der Strauß, den ich gepflücket,
Grüße dich viel tausendmal!
Ich habe mich oft gebücket
Ach! wohl ein tausendmal,
Und ihn ans Herz gedrücket
Wie hunderttausendmal!

IM SOMMER

Wie Feld und Au
So blinkend im Tau!
Wie Perlen-schwer
Die Pflanzen umher!
Wie durchs Gebüsch
Die Winde so frisch!
Wie laut im hellen Sonnenstrahl
Die süßen Vöglein allzumal!

Ach! aber da,
Wo Liebchen ich sah,
Im Kämmerlein,
So nieder und klein,
So rings bedeckt,
Der Sonne versteckt,
Wo blieb die Erde weit und breit
Mit aller ihrer Herrlichkeit!

MAILIED

Zwischen Weizen und Korn,
Zwischen Hecken und Dorn,
Zwischen Bäumen und Gras,
Wo geht's Liebchen?
Sag mir das!

Fand mein Holdchen
Nicht daheim;
Muß das Goldchen
Draußen sein.
Grünt und blühet
Schön der Mai;
Liebchen ziehet
Froh und frei.

An dem Felsen beim Fluß,
Wo sie reichte den Kuß,
Jenen ersten im Gras,
Seh' ich etwas!
Ist sie das?

FRÜHZEITIGER FRÜHLING

Tage der Wonne
Kommt ihr so bald?
Schenkt mir die Sonne,
Hügel und Wald?

Reichlicher fließen
Bächlein zumal.
Sind es die Wiesen?
Ist es das Tal?

Blauliche Frische!
Himmel und Höh!
Goldene Fische
Wimmeln im See.

Buntes Gefieder
Rauschet im Hain;
Himmlische Lieder
Schallen darein.

Unter des Grünen
Blühender Kraft,
Naschen die Bienen
Summend am Saft.

Leise Bewegung
Bebt in der Luft,
Reizende Regung,
Schläfernder Duft.

Mächtiger rühret
Bald sich ein Hauch,
Doch er verlieret
Gleich sich im Strauch.

Aber zum Busen
Kehrt er zurück.

Helfet, ihr Musen,
Tragen das Glück!

Saget seit gestern,
Wie mir geschah?
Liebliche Schwestern,
Liebchen ist da!

HERBSTGEFÜHL

Fetter grüne, du Laub,
Am Rebengeländer
Hier mein Fenster herauf!
Gedrängter quellet,
Zwillingsbeeren, und reifet
Schneller und glänzend voller!
Euch brütet der Mutter Sonne
Scheideblick; euch umsäuselt
Des holden Himmels
Fruchtende Fülle;
Euch kühlet des Mondes
Freundlicher Zauberhauch,
Und euch betauen, ach!
Aus diesen Augen
Der ewig belebenden Liebe
Vollschwellende Tränen.

RASTLOSE LIEBE

Dem Schnee, dem Regen,
Dem Wind entgegen,
Im Dampf der Klüfte,
Durch Nebeldüfte,
Immer zu! Immer zu!
Ohne Rast und Ruh!

Lieber durch Leiden
Möcht' ich mich schlagen,
Als so viel Freuden
Des Lebens ertragen.
Alle das Neigen
Von Herzen zu Herzen,
Ach wie so eigen
Schaffet das Schmerzen!

Wie soll ich fliehen?
Wälderwärts ziehen?
Alles vergebens!
Krone des Lebens,
Glück ohne Ruh,
Liebe, bist du!

SCHÄFERS KLAGELIED

Da droben auf jenem Berge
Da steh' ich tausendmal,
An meinem Stabe gebogen
Und schaue hinab in das Tal.

Dann folg' ich der weidenden Herde,
Mein Hündchen bewahret mir sie.
Ich bin herunter gekommen
Und weiß doch selber nicht wie.

Da stehet von schönen Blumen
Die ganze Wiese so voll.
Ich breche sie, ohne zu wissen,
Wem ich sie geben soll.

Und Regen, Sturm und Gewitter
Verpass' ich unter dem Baum.
Die Türe dort bleibet verschlossen;
Doch alles ist leider ein Traum.

Es stehet ein Regenbogen
Wohl über jenem Haus!
Sie aber ist weggezogen,
Und weit in das Land hinaus.

Hinaus in das Land und weiter,
Vielleicht gar über die See.
Vorüber, ihr Schafe, vorüber!
Dem Schäfer ist gar so weh.

TROST IN TRÄNEN

Wie kommt's, daß du so traurig bist,
Da alles froh erscheint?
Man sieht dir's an den Augen an:
Gewiß du hast geweint.

»Und hab' ich einsam auch geweint,
So ist's mein eigner Schmerz,
Und Tränen fließen gar so süß,
Erleichtern mir das Herz.«

Die frohen Freunde laden dich,
O! komm an unsre Brust!
Und was du auch verloren hast,
Vertraue den Verlust.

»Ihr lärmt und rauscht, und ahnet nicht,
Was mich den Armen quält.
Ach nein! Verloren hab' ich's nicht,
So sehr es mir auch fehlt.«

So raffe denn dich eilig auf,
Du bist ein junges Blut.
In deinen Jahren hat man Kraft,
Und zum Erwerben Mut.

»Ach nein! erwerben kann ich's nicht,
Es steht mir gar zu fern.
Es weilt so hoch, es blinkt so schön,
Wie droben jener Stern.«

Die Sterne, die begehrt man nicht,
Man freut sich ihrer Pracht,
Und mit Entzücken blickt man auf
In jeder heitern Nacht.

»Und mit Entzücken blick' ich auf,
So manchen lieben Tag;
Verweinen laßt die Nächte mich.
So lang' ich weinen mag.«

NACHTGESANG

O! gib, vom weichen Pfühle,
Träumend, ein halb Gehör!
Bei meinem Saitenspiele
Schlafe! was willst du mehr?

Bei meinem Saitenspiele
Segnet der Sterne Heer
Die ewigen Gefühle;
Schlafe! was willst du mehr?

Die ewigen Gefühle
Heben mich, hoch und hehr,
Aus irdischem Gewühle;
Schlafe! was willst du mehr?

Vom irdischen Gewühle
Trennst du mich nur zu sehr,
Bannst mich in diese Kühle;
Schlafe! was willst du mehr?

Bannst mich in diese Kühle,
Gibst nur im Traum Gehör.
Ach! auf dem weichen Pfühle
Schlafe! was willst du mehr?

SEHNSUCHT

Was zieht mir das Herz so?
Was zieht mich hinaus?
Und windet und schraubt mich
Aus Zimmer und Haus?
Wie dort sich die Wolken
Um Felsen verziehn!
Da möcht' ich hinüber,
Da möcht' ich wohl hin!

Nun wiegt sich der Raben
Geselliger Flug;
Ich mische mich drunter
Und folge dem Zug.
Und Berg und Gemäuer
Umfittigen wir;
Sie weilet da drunten;
Ich spähe nach ihr.

Da kommt sie und wandelt;
Ich eile sobald,
Ein singender Vogel,
Zum buschigen Wald.
Sie weilet und horchet,
Und lächelt mit sich:
»Er singet so lieblich
Und singt es an mich.«

Die scheidende Sonne
Verguldet die Höhn;
Die sinnende Schöne
Sie läßt es geschehn.
Sie wandelt am Bache
Die Wiesen entlang,
Und finster und finstrer
Umschlingt sich der Gang;

Auf einmal erschein' ich
Ein blinkender Stern.
»Was glänzet da droben?
So nah und so fern?«
Und hast du, mit Staunen,
Das Leuchten erblickt;
Ich lieg dir zu Füßen,
Da bin ich beglückt!

AN MIGNON

Über Tal und Fluß getragen
Ziehet rein der Sonne Wagen.
Ach! sie regt, in ihrem Lauf,
So wie deine, meine Schmerzen,
Tief im Herzen,
Immer morgens wieder auf.

Kaum will mir die Nacht noch frommen,
Denn die Träume selber kommen
Nun in trauriger Gestalt,
Und ich fühle dieser Schmerzen,
Still im Herzen,
Heimlich bildende Gewalt.

Schon seit manchen schönen Jahren
Seh' ich unten Schiffe fahren;
Jedes kommt an seinen Ort;
Aber ach, die steten Schmerzen,
Fest im Herzen,
Schwimmen nicht im Strome fort.

Schön in Kleidern muß ich kommen,
Aus dem Schrank sind sie genommen,
Weil es heute Festtag ist;
Niemand ahnet, daß von Schmerzen

Herz im Herzen
Grimmig mir zerrissen ist.

Heimlich muß ich immer weinen,
Aber freundlich kann ich scheinen
Und sogar gesund und rot;
Wären tödlich diese Schmerzen
Meinem Herzen,
Ach! schon lange wär ich tot.

BERGSCHLOSS

Da droben auf jenem Berge
Da steht ein altes Schloß,
Wo, hinter Toren und Türen,
Sonst lauerten Ritter und Roß.

Verbrannt sind Türen und Tore
Und überall ist es so still;
Das alte verfallne Gemäuer
Durchklettr' ich, wie ich nur will.

Hierneben lag ein Keller,
So voll von köstlichem Wein;
Nun steiget nicht mehr, mit Krügen,
Die Kellnerin heiter hinein.

Sie setzt den Gästen, im Saale,
Nicht mehr die Becher umher,
Sie füllt, zum heiligen Mahle,
Dem Pfaffen das Fläschchen nicht mehr.

Sie reicht dem lüsternen Knappen
Nicht mehr, auf dem Gange, den Trank,
Und nimmt für flüchtige Gabe
Nicht mehr den flüchtigen Dank.

Denn alle Balken und Decken,
Sie sind schon lange verbrannt,
Und Trepp' und Gang und Kapelle
In Schutt und Trümmer verwandt.

Doch als mit Zither und Flasche
Nach diesen felsigen Höhn
Ich, an dem heitersten Tage,
Mein Liebchen steigen gesehn;

Da drängte sich frohes Behagen
Hervor aus verödeter Ruh;
Da ging's wie in alten Tagen
Recht feierlich wieder zu.

Als wären für stattliche Gäste
Die weitesten Räume bereit,
Als käm' ein Pärchen gegangen
Aus jener tüchtigen Zeit.

Als stünd', in seiner Kapelle,
Der würdige Pfaffe schon da,
Und fragte: wollt ihr einander?
Wir aber lächelten: Ja!

Und tief bewegten Gesänge
Des Herzens innigsten Grund,
Es zeugte, statt der Menge,
Der Echo schallender Mund.

Und als sich, gegen den Abend,
Im Stillen Alles verlor,
Da blickte die glühende Sonne
Zum schroffen Gipfel empor.

Und Knapp und Kellnerin glänzen,
Als Herren, weit und breit;
Sie nimmt sich zum Kredenzen
Und er zum Danke sich Zeit.

GEISTES-GRUSS

Hoch auf dem alten Turme steht
Des Helden edler Geist,
Der, wie das Schiff vorübergeht,
Es wohl zu fahren heißt.

»Sieh, diese Senne war so stark,
Dies Herz so fest und wild,
Die Knochen voll von Rittermark,
Der Becher angefüllt;

Mein halbes Leben stürmt' ich fort,
Verdehnt' die Hälft' in Ruh,
Und du, du Menschen-Schifflein dort,
Fahr' immer, immer zu!«

AN EIN GOLDNES HERZ, DAS ER AM HALSE TRUG

Angedenken du verklung'ner Freude,
Das ich immer noch am Halse trage,
Hältst du länger als das Seelenband uns beide?
Verlängerst du der Liebe kurze Tage?

Flieh' ich, Lili, vor dir! Muß noch an deinem Bande
Durch fremde Lande,
Durch ferne Täler und Wälder wallen!
Ach, Lili's Herz konnte so bald nicht
Von meinem Herzen fallen.

Wie ein Vogel, der den Faden bricht
Und zum Walde kehrt,
Er schleppt des Gefängnisses Schmach,
Noch ein Stückchen des Fadens nach;
Er ist der alte freigeborne Vogel nicht,
Er hat schon jemand angehört.

WONNE DER WEHMUT

Trocknet nicht, trocknet nicht,
Tränen der ewigen Liebe!
Ach! nur dem halbgetrockneten Auge
Wie öde, wie tot die Welt ihm erscheint!
Trocknet nicht, trocknet nicht,
Tränen unglücklicher Liebe!

WANDRERS NACHTLIED

Der du von dem Himmel bist,
Alles Leid und Schmerzen stillest,
Den, der doppelt elend ist,
Doppelt mit Erquickung füllest,
Ach! ich bin des Treibens müde!
Was soll all der Schmerz und Lust?
Süßer Friede!
Komm, ach komm in meine Brust!

EIN GLEICHES

Über allen Gipfeln
Ist Ruh',
In allen Wipfeln
Spürest Du
Kaum einen Hauch;
Die Vögelein schweigen im Walde.
Warte nur! Balde
Ruhest du auch.

JÄGERS ABENDLIED

Im Felde schleich' ich still und wild,
Gespannt mein Feuerrohr.
Da schwebt so licht dein liebes Bild,
Dein süßes Bild mir vor.

Du wandelst jetzt wohl still und mild
Durch Feld und liebes Tal,
Und ach mein schnell verrauschend Bild,
Stellt sich dir's nicht einmal?

Des Menschen, der die Welt durchstreift
Voll Unmut und Verdruß,
Nach Osten und nach Westen schweift,
Weil er dich lassen muß.

Mir ist es, denk' ich nur an dich,
Als in den Mond zu sehn;
Ein stiller Friede kommt auf mich,
Weiß nicht wie mir geschehn.

AN DEN MOND

Füllest wieder Busch und Tal
Still mit Nebelglanz,
Lösest endlich auch einmal
Meine Seele ganz;

Breitest über mein Gefild
Lindernd deinen Blick,
Wie des Freundes Auge, mild
Über mein Geschick.

Jeden Nachklang fühlt mein Herz
Froh- und trüber Zeit,
Wandle zwischen Freud' und Schmerz
In der Einsamkeit.

Fließe, fließe, lieber Fluß,
Nimmer werd' ich froh,
So verrauschte Scherz und Kuß,
Und die Treue so.

Ich besaß es doch einmal,
Was so köstlich ist!
Daß man doch zu seiner Qual
Nimmer es vergißt!

Rausche, Fluß, das Tal entlang,
Ohne Rast und Ruh,
Rausche, flüstre meinem Sang
Melodien zu!

Wenn du in der Winternacht
Wütend überschwillst
Oder um die Frühlingspracht
Junger Knospen quillst.

Selig, wer sich vor der Welt
Ohne Haß verschließt,
Einen Freund am Busen hält
Und mit dem genießt,

Was von Menschen nicht gewußt,
Oder nicht bedacht,
Durch das Labyrinth der Brust
Wandelt in der Nacht.

EINSCHRÄNKUNG

Ich weiß nicht, was mir hier gefällt,
In dieser engen, kleinen Welt
Mit holdem Zauberband mich hält?
Vergeß' ich doch, vergeß' ich gern,
Wie seltsam mich das Schicksal leitet;
Und ach! ich fühle, nah' und fern
Ist mir noch manches zubereitet.
O wäre doch das rechte Maß getroffen!

Was bleibt mir nun, als, eingehüllt,
Von holder Lebenskraft erfüllt,
In stiller Gegenwart die Zukunft zu erhoffen!

HOFFNUNG

Schaff, das Tagwerk meiner Hände,
Hohes Glück, daß ich's vollende!
Laß! o laß mich nicht ermatten!
Nein, es sind nicht leere Träume:
Jetzt nur Stangen, diese Bäume
Geben einst noch Frucht und Schatten.

SORGE

Kehre nicht in diesem Kreise
Neu und immer neu zurück!
Laß, o laß mir meine Weise,
Gönn', o gönne mir mein Glück!
Soll ich fliehen? Soll ich's fassen?
Nun gezweifelt ist genug.
Willst du mich nicht glücklich lassen,
Sorge, nun so mach mich klug!

EIGENTUM

Ich weiß, daß mir nichts angehört,
Als der Gedanke, der ungestört
Aus meiner Seele will fließen,
Und jeder günstige Augenblick,
Den mich ein liebendes Geschick
Von Grundaus läßt genießen.

AN LINA

Liebchen, kommen diese Lieder
Jemals wieder dir zur Hand,
Sitze beim Klaviere nieder,
Wo der Freund sonst bei dir stand.

Laß die Saiten rasch erklingen
Und dann sieh in's Buch hinein;

Nur nicht lesen! immer singen,
Und ein jedes Blatt ist dein!

Ach! wie traurig sieht in Lettern
Schwarz auf weiß, das Lied mich an,
Das aus deinem Mund vergöttern,
Das ein Herz zerreißen kann!

GESELLIGE LIEDER

Was wir in Gesellschaft singen,
Wird von Herz zu Herzen dringen.

ZUM NEUEN JAHR

Zwischen dem Alten
Zwischen dem Neuen,
Hier uns zu freuen
Schenkt uns das Glück.
Und das Vergangne
Heißt, mit Vertrauen,
Vorwärts zu schauen,
Schauen zurück.

Stunden der Plage,
Leider, sie scheiden
Treue von Leiden,
Liebe von Lust;
Bessere Tage
Sammlen uns wieder,
Heitere Lieder
Stärken die Brust.

Leiden und Freuden,
Jener verschwundnen,
Sind die Verbundnen
Fröhlich gedenk.
O! des Geschickes
Seltsamer Windung!
Alte Verbindung,
Neues Geschenk!

Dankt es dem regen,
Wogenden Glücke,
Dankt dem Geschicke
Männiglich Gut,
Freut euch des Wechsels
Heiterer Triebe,
Offener Liebe,
Heimlicher Glut!

Andere schauen
Deckende Falten,

Über dem Alten,
Traurig und scheu;
Aber uns leuchtet
Freundliche Treue.
Sehet das Neue
Findet uns neu.

So wie im Tanze
Bald sich verschwindet,
Wieder sich findet
Liebendes Paar;
So, durch des Lebens
Wirrende Beugung,
Führe die Neigung
Uns in das Jahr

STIFTUNGSLIED

Was gehst du, schöne Nachbarin,
Im Garten so allein?
Und wenn du Haus und Felder pflegst,
Will ich dein Diener sein,

Mein Bruder schlich zur Kellnerin
Und ließ ihr keine Ruh.
Sie gab ihm einen frischen Trunk
Und einen Kuß dazu.

Mein Vetter ist ein kluger Wicht,
Er ist der Köchin hold.
Den Braten dreht er, für und für,
Um süßen Minnesold.

Die sechse die verzehrten dann
Zusammen ein gutes Mahl,
Und singend kam ein viertes Paar
Gesprungen in den Saal.

Willkommen! und willkommen auch!
Fürs wackre fünfte Paar,
Das voll Geschicht' und Neuigkeit
Und frischer Schwänke war.

Noch blieb für Rätsel, Witz und Geist
Und seine Spiele Platz;

Ein sechstes Pärchen kam heran,
Gefunden war der Schatz.

Doch eines fehlt' und fehlte sehr,
Was doch das beste tut.
Ein zärtlich Pärchen schloß sich an,
Ein treues – nun war's gut.

Gesellig feiert, fort und fort,
Das ungestörte Mahl,
Und eins im andern freue sich
Der heil'gen Doppelzahl.

FRÜHLINGSORAKEL

Du prophet'scher Vogel du,
Blütensänger, o! Coucou!
Bitten eines jungen Paares,
In der schönsten Zeit des Jahres,
Höre, liebster Vogel du,
Kann es hoffen; ruf ihm zu:
Dein Coucou, dein Coucou,
immer mehr Coucou, Coucou,

Hörst du! ein verliebtes Paar
Sehnt sich herzlich zum Altar;
Und es ist, bei seiner Jugend,
Voller Treue, voller Tugend.
Ist die Stunde denn noch nicht voll?
Sage, wie lange es warten soll?
Horch! Coucou! Horch! Coucou!
Immer stille! Nichts hinzu!

Ist es doch nicht unsre Schuld!
Nur zwei Jahre noch Geduld!
Aber, wenn wir uns genommen,
Werden Pa, pa, papas kommen?
Wisse, daß du uns erfreust,
Wenn du viele prophezeist.
Eins! Coucou! Zwei! Coucou!
Immer weiter Coucou, Coucou, Cou.

Haben wir wohl recht gezählt;
Wenig am Halbdutzend fehlt.
Wenn wir gute Worte geben;

Sagst du wohl, wie lang wir leben?
Freilich, wir gestehen dir's,
Gern zum längsten trieben wir's.
Cou Coucou, Cou Coucou,
Cou, Cou, Cou, Cou, Cou, Cou, Cou, Cou, Cou.

Leben ist ein großes Fest,
Wenn sich's nicht berechnen läßt.
Sind wir nun zusammen blieben;
Bleibt denn auch das treue Lieben?
Könnte das zu Ende gehn;
Wär' doch Alles nicht mehr schön.
Cou Coucou, Cou Coucou :|:
Cou, Cou, Cou, Cou, Cou, Cou, Cou, Cou, Cou.
(Mit Grazie in infinitum.)

DIE GLÜCKLICHEN GATTEN

Nach diesem Frühlingsregen,
Den wir, so warm, erfleht,
Weibchen! o! sieh den Segen,
Der unsre Flur durchweht.
Nur in der blauen Trübe
Verliert sich fern der Blick;
Hier wandelt noch die Liebe,
Hier hauset noch das Glück.

Das Pärchen weißer Tauben,
Du siehst, es fliegt dorthin,
Wo, um besonnte Lauben,
Gefüllte Veilchen blühn.
Dort banden wir zusammen
Den allerersten Strauß,
Dort schlugen unsre Flammen,
Zuerst, gewaltig aus.

Doch als uns vom Altare,
Nach dem beliebten Ja,
Mit manchem jungen Paare,
Der Pfarrer eilen sah;
Da gingen andre Sonnen
Und andre Monden auf,
Da war die Welt gewonnen,
Für unsern Lebenslauf.

Und hunderttausend Siegel
Bekräftigten den Bund,
Im Wäldchen auf dem Hügel,
Im Busch am Wiesengrund,
In Höhlen, im Gemäuer
Auf des Geklüftes Höh,
Und Amor trug das Feuer
Selbst in das Rohr am See.

Wir wandelten zufrieden,
Wir glaubten uns zu zwei;
Doch anders war's beschieden
Und sieh! wir waren drei,
Und vier' und fünf' und sechse;
Sie saßen um den Topf,
Und nun sind die Gewächse
Fast all' uns übern Kopf.

Und dort, in schöner Fläche,
Das neugebaute Haus
Umschlingen Pappelbäche,
So freundlich sieht's heraus.
Wer schaffte wohl, da drüben,
Sich diesen frohen Sitz?
Ist es, mit seiner Lieben,
Nicht unser braver Fritz?

Und wo, im Felsengrunde,
Der eingeklemmte Fluß
Sich, schäumend, aus dem Schlunde
Auf Räder stürzen muß:
Man spricht von Müllerinnen
Und wie so schön sie sind;
Doch immer wird gewinnen
Dort hinten unser Kind.

Doch wo das Grün, so dichte,
Um Kirch' und Rasen steht,
Da wo die alte Fichte,
Allein zum Himmel weht;
Da ruhet unsrer Toten
Frühzeitiges Geschick,
Und leitet, von dem Boden,
Zum Himmel unsern Blick.

Es blitzen Waffenwogen
Den Hügel, schwankend, ab.
Das Heer es kommt gezogen,
Das uns den Frieden gab.
Wer, mit der Ehrenbinde,
Bewegt sich stolz voraus?
Er gleichet unserm Kinde!
So kommt der Carl nach Haus;

Den liebsten aller Gäste
Bewirtet nun die Braut;
Sie wird, am Friedensfeste,
Dem Treuen angetraut;
Und zu den Feiertänzen
Drängt jeder sich herbei;
Da schmückest du mit Kränzen
Der jüngsten Kinder drei.

Bei Flöten und Schalmeien
Erneuert sich die Zeit,
Da wir uns einst, im Reihen,
Als junges Paar gefreut,
Und in des Jahres Laufe,
Die Wonne fühl' ich schon!
Begleiten wir zur Taufe
Den Enkel und den Sohn.

BUNDESLIED

In allen guten Stunden,
Erhöht von Lieb' und Wein,
Soll dieses Lied verbunden
Von uns gesungen sein!
Uns hält der Gott zusammen,
Der uns hierher gebracht.
Erneuert unsre Flammen,
Er hat sie angefacht.

So glühet fröhlich heute,
Seid recht von Herzen eins!
Auf, trinkt erneuter Freude
Dies Glas des echten Weins!
Auf! in der holden Stunde
Stoßt an, und küsset treu,
Bei jedem neuen Bunde,
Die alten wieder neu!

Wer lebt in unserm Kreise,
Und lebt nicht selig drin?
Genießt die freie Weise
Und treuen Brudersinn!
So bleibt durch alle Zeiten
Herz Herzen zugekehrt!
Von keinen Kleinigkeiten
Wird unser Bund gestört.

Uns hat ein Gott gesegnet
Mit freiem Lebensblick,
Und Alles, was begegnet,
Erneuert unser Glück.
Durch Grillen nicht gedränget,
Verknickt sich keine Lust;
Durch Zieren nicht geenget,
Schlägt freier unsre Brust.

Mit jedem Schritt wird weiter
Die rasche Lebensbahn,
Und heiter, immer heiter
Steigt unser Blick hinan.
Uns wird es nimmer bange,
Wenn Alles steigt und fällt,
Und bleiben lange! lange!
Auf ewig so gesellt.

DAUER IM WECHSEL

Hielte diesen frühen Segen
Ach nur Eine Stunde fest!
Aber vollen Blütenregen
Schüttelt schon der laue West.
Soll ich mich des Grünen freuen?
Dem ich Schatten erst verdankt;
Bald wird Sturm auch das zerstreuen,
Wenn es falb im Herbst geschwankt.

Willst du nach den Früchten greifen;
Eilig nimm dein Teil davon!
Diese fangen an zu reifen
Und die andern keimen schon;
Gleich, mit jedem Regengusse,
Ändert sich dein holdes Tal,
Ach! und in demselben Flusse
Schwimmst du nicht zum zweitenmal.

Du nun selbst! Was felsenfeste
Sich vor dir hervorgetan,
Mauern siehst du, siehst Paläste
Stets mit andern Augen an.
Weggeschwunden ist die Lippe,
Die im Kusse sonst genas,
Jener Fuß, der an der Klippe
Sich, mit Gemsenfreche, maß.

Jene Hand, die gern und milde
Sich bewegte wohlzutun,
Das gegliederte Gebilde,
Alles ist ein andres nun.
Und was sich, an jener Stelle,
Nun mit deinem Namen nennt,
Kam herbei, wie eine Welle,
Und so eilt's zum Element.

Laß den Anfang mit dem Ende
Sich in Eins zusammenziehn!
Schneller als die Gegenstände
Selber dich vorüberfliehn.
Danke, daß die Gunst der Musen
Unvergängliches verheißt,
Den Gehalt in deinem Busen
Und die Form in deinem Geist.

TISCHLIED

Mich ergreift, ich weiß nicht wie,
Himmlisches Behagen.
Will mich's etwa gar hinauf
Zu den Sternen tragen?
Doch ich bleibe lieber hier,
Kann ich redlich sagen,
Beim Gesang und Glase Wein
Auf den Tisch zu schlagen.

Wundert euch, ihr Freunde, nicht,
Wie ich mich gebärde;
Wirklich ist es allerliebst
Auf der lieben Erde:
Darum schwör' ich feierlich,
Sonder alle Fährde,
Daß ich mich nicht freventlich,
Wegbegeben werde.

Da wir aber allzumal
So beisammen weilen,
Dächt' ich, klänge der Pokal
Zu des Dichters Zeilen.
Gute Freunde ziehen fort,
Wohl ein hundert Meilen,
Darum soll man hier am Ort
Anzustoßen eilen.

Lebe hoch, wer Leben schafft!
Das ist meine Lehre.
Unser König denn voran,
Ihm gebührt die Ehre.
Gegen inn- und äußern Feind
Setzt er sich zur Wehre;
Ans Erhalten denkt er zwar,
Mehr noch, wie er mehre.

Nun begrüß' ich sie sogleich,
Sie die einzig Eine.
Jeder denke, ritterlich,
Sich dabei die Seine.
Merket auch ein schönes Kind,
Wen ich eben meine,
Nun so nicke sie mir zu:
Leb' auch so der Meine!

Freunden gilt das dritte Glas,
Zweien oder dreien,
Die mit uns, am guten Tag,
Sich im Stillen freuen
Und der Nebel trübe Nacht
Leis und leicht zerstreuen;
Diesen sei ein Hoch gebracht,
Alten oder Neuen.

Breiter wallet nun der Strom,
Mit vermehrten Wellen.
Leben jetzt, im hohen Ton,
Redliche Gesellen!
Die sich, mit gedrängter Kraft,
Brav zusammen stellen,
In des Glückes Sonnenschein
Und in schlimmen Fällen.

Wie wir nun zusammen sind,
Sind zusammen viele.
Wohl gelingen denn, wie uns,
Andern ihre Spiele!
Von der Quelle bis ans Meer
Mahlet manche Mühle,
Und das Wohl der ganzen Welt
Ist's, worauf ich ziele.

GEWOHNT, GETAN

Ich habe geliebet; nun lieb' ich erst recht!
Erst war ich der Diener, nun bin ich der Knecht.
Erst war ich der Diener von Allen;
Nun fesselt mich diese scharmante Person,
Sie tut mir auch alles zur Liebe, zum Lohn,
Sie kann nur allein mir gefallen.

Ich habe geglaubet; nun glaub' ich erst recht!
Und geht es auch wunderlich, geht es auch schlecht,
Ich bleibe bei'm gläubigen Orden:
So düster es oft und so dunkel es war
In drängenden Nöten, in naher Gefahr,
Auf einmal ist's lichter geworden.

Ich habe gespeiset; nun speis' ich erst gut!
Bei heiterem Sinne, mit fröhlichem Blut
Ist alles an Tafel vergessen.
Die Jugend verschlingt nur, dann sauset sie fort;
Ich liebe zu tafeln am lustigen Ort,
Ich kost' und ich schmecke beim Essen.

Ich habe getrunken; nun trink' ich erst gern!
Der Wein er erhöht uns, er macht uns zum Herrn
Und löset die sklavischen Zungen.
Ja schonet nur nicht das erquickende Naß:
Denn schwindet der älteste Wein aus dem Faß,
So altern dagegen die Jungen.

Ich habe getanzt und dem Tanze gelobt
Und wird auch kein Schleifer, kein Walzer getobt,
So drehn wir ein sittiges Tänzchen.
Und wer sich der Blumen recht viele verflicht
Und hält auch die ein' und die andere nicht,
Ihm bleibet ein munteres Kränzchen.

Drum frisch nur auf's Neue! Bedenke dich nicht:
Denn wer sich die Rosen, die blühenden, bricht,
Den kitzeln fürwahr nur die Dornen.
So heute wie gestern, es flimmert der Stern.
Nur halte von hängenden Köpfen dich fern
Und lebe dir immer von vornen.

GENERALBEICHTE

Lasset heut, im edeln Kreis,
Meine Warnung gelten!
Nehmt die ernste Stimmung wahr,
Denn sie kommt so selten.
Manches habt ihr vorgenommen,
Manches ist euch schlecht bekommen,
Und ich muß euch schelten.

Reue soll man doch einmal
In der Welt empfinden!
So bekennt, vertraut und fromm,
Eure größten Sünden!
Aus des Irrtums falschen Weiten
Sammelt euch und sucht, bei Zeiten,
Euch zurechtzufinden.

Ja, wir haben, sei's bekannt
Wachend oft geträumet,
Nicht geleert das frische Glas,
Wenn der Wein geschäumet;
Manche rasche Schäferstunde,
Flücht'gen Kuß vom lieben Munde,
Haben wir versäumet.

Still und maulfaul saßen wir,
Wenn Philister schwätzten,
Über göttlichen Gesang
Ihr Geklatsche schätzten;
Wegen glücklicher Momente,
Deren man sich rühmen könnte,
Uns zur Rede setzten.

Willst du Absolution
Deinen Treuen geben;
Wollen wir nach deinem Wink
Unabläßlich streben,

Uns vom Halben zu entwöhnen,
Und, im Ganzen, Guten, Schönen,
Resolut zu leben.

Den Philistern allzumal
Wohlgemut zu schnippen,
Jenen Perlenschaum des Weins
Nicht nur flach zu nippen,
Nicht zu lieben, leis mit Augen,
Sondern fest uns anzusaugen
An geliebte Lippen.

WELTSEELE

Verteilet Euch, nach allen Regionen,
Von diesem heil'gen Schmaus!
Begeistert reißt Euch durch die nächsten Zonen
In's All und füllt es aus!

Schon schwebet Ihr, in ungemeßnen Fernen,
Den sel'gen Göttertraum,
Und leuchtet neu, gesellig, unter Sternen
Im lichtbesäten Raum.

Dann treibt Ihr Euch, gewaltige Kometen,
In's Weit' und Weitr' hinan.
Das Labyrinth der Sonnen und Planeten
Durchschneidet Eure Bahn.

Ihr greifet rasch nach ungeformten Erden
Und wirket, schöpfrisch jung,
Daß sie belebt und stets belebter werden,
Im abgemeßnen Schwung.

Und kreisend führt Ihr in bewegten Lüften
Den wandelbaren Flor,
Und schreibt dem Stein, in allen seinen Grüften,
Die festen Formen vor.

Nun Alles sich, mit göttlichem Erkühnen,
Zu übertreffen strebt;
Das Wasser will, das unfruchtbare, grünen
Und jedes Stäubchen lebt.

Und so verdrängt, mit liebevollem Streiten,
Der feuchten Qualme Nacht;
Nun glühen schon des Paradieses Weiten,
In überbunter Pracht.

Wie regt sich bald, ein holdes Licht zu schauen,
Gestaltenreiche Schar,
Und Ihr erstaunt, auf den beglückten Auen,
Nun als das erste Paar,

Und bald verlischt ein unbegrenztes Streben,
Im sel'gen Wechselblick.
Und so empfangt, mit Dank, das schönste Leben
Vom All in's All zurück.

KOPHTISCHES LIED

Lasset Gelehrte sich zanken und streiten,
Streng und bedächtig die Lehrer auch sein!
Alle die Weisesten aller der Zeiten
Lächeln und winken und stimmen mit ein:
Töricht, auf Beßrung der Toren zu harren!
Kinder der Klugheit, o habet die Narren
Eben zum Narren auch, wie sich's gehört!

Merlin der Alte, im leuchtenden Grabe,
Wo ich als Jüngling gesprochen ihn habe,
Hat mich mit ähnlicher Antwort belehrt:
Töricht, auf Beßrung der Toren zu harren!
Kinder der Klugheit, o habet die Narren
Eben zum Narren auch, wie sich's gehört!

Und auf den Höhen der Indischen Lüfte
Und in den Tiefen Ägyptischer Grüfte
Hab' ich das heilige Wort nur gehört:
Töricht, auf Beßrung der Toren zu harren!
Kinder der Klugheit, o habet die Narren
Eben zum Narren auch, wie sich's gehört.

EIN ANDRES

Geh! gehorche meinen Winken,
Nutze deine jungen Tage,
Lerne zeitig klüger sein:

Auf des Glückes großer Waage
Steht die Zunge selten ein;
Du mußt steigen oder sinken,
Du mußt herrschen und gewinnen,
Oder dienen und verlieren,
Leiden oder triumphieren,
Amboß oder Hammer sein.

VANITAS! VANITATUM VANITAS!

Ich hab' mein Sach auf Nichts gestellt.
Juchhe!
Drum ist's so wohl mir in der Welt.
Juchhe!
Und wer will mein Kamerade sein,
Der stoße mit an, der stimme mit ein,
Bei dieser Neige Wein.

Ich stellt' mein Sach auf Geld und Gut.
Juchhe!
Darüber verlor ich Freud' und Mut.
O weh!
Die Münze rollte hier und dort
Und hascht' ich sie an einem Ort,
Am andern war sie fort.

Auf Weiber stellt' ich nun mein Sach.
Juchhe!
Daher mir kam viel Ungemach.
O weh!
Die Falsche sucht sich ein ander Teil,
Die Treue macht mir Langeweil:
Die Beste war nicht feil.

Ich stellt' mein Sach auf Reis' und Fahrt.
Juchhe!
Und ließ meine Vaterlandesart.
O weh!
Und mir behagt es nirgends recht,
Die Kost war fremd, das Bett war schlecht,
Niemand verstand mich recht.

Ich stellt' mein Sach auf Ruhm und Ehr.
Juchhe!
Und sieh! gleich hatt' ein Andrer mehr.
O weh!

Wie ich mich hatt' hervorgetan
Da sahen die Leute scheel mich an,
Hatte Keinem Recht getan.

Ich setzt' mein Sach auf Kampf und Krieg.
Juchhe!
Und uns gelang so mancher Sieg.
Juchhe!
Wir zogen in Feindes Land hinein,
Dem Freunde sollt's nicht viel besser sein,
Und ich verlor ein Bein.

Nun hab' ich mein Sach auf Nichts gestellt.
Juchhe!
Und mein gehört die ganze Welt.
Juchhe!
Zu Ende geht nun Sang und Schmaus.
Nur trinkt mir alle Neigen aus;
Die letzte muß heraus!

KRIEGSGLÜCK

Verwünschter weiß ich nichts im Krieg,
Als nicht blessiert zu sein.
Man geht getrost von Sieg zu Sieg
Gefahr gewohnt hinein;
Hat abgepackt und aufgepackt
Und weiter nichts ereilt,
Als daß man auf dem Marsch sich plackt,
Im Lager langeweilt.

Dann geht das Cantonieren an,
Dem Bauer eine Last,
Verdrießlich jedem Edelmann,
Und Bürgern gar verhaßt.
Sei höflich, man bedient dich schlecht,
Den Grobian zur Not;
Und nimmt man selbst am Wirte Recht,
Ißt man Profoßen-Brot.

Wenn endlich die Kanone brummt
Und knattert's klein Gewehr,
Trompet' und Trab und Trommel summt,
Da geht's wohl lustig her;

Und wie nun das Gefecht befiehlt,
Man weichet, man erneut's,
Man retiriert, man avanciert –
Und immer ohne Kreuz.

Nun endlich pfeift Musketen-Blei
Und trifft, wills Gott, das Bein,
Und nun ist alle Not vorbei,
Man schleppt uns gleich hinein
Zum Städtchen, das der Sieger deckt,
Wohin man grimmig kam;
Die Frauen, die man erst erschreckt,
Sind liebenswürdig zahm.

Da tut sich Herz und Keller los,
Die Küche darf nicht ruhn;
Auf weicher Betten Flaumen-Schoß
Kann man sich gütlich tun.
Der kleine Flügelbube hupft,
Die Wirtin rastet nie,
Sogar das Hemdchen wird zerzupft,
Das nenn' ich doch Charpie!

Hat Eine sich den Helden nun
Beinah herangepflegt,
So kann die Nachbarin nicht ruhn,
Die ihn gesellig hegt.
Ein Drittes kommt wohl emsiglich,
Am Ende fehlet keins,
Und in der Mitte sieht er sich
Des sämtlichen Vereins.

Der König hört von guter Hand,
Man sei voll Kampfes-Lust;
Da kömmt behende Kreuz und Band
Und zieret Rock und Brust.
Sagt, ob's für einen Martismann
Wohl etwas Beßres gibt!
Und unter Tränen scheidet man
Geehrt so wie geliebt.

OFFNE TAFEL

Viele Gäste wünsch' ich heut
Mir zu meinem Tische!
Speisen sind genug bereit
Vögel, Wild und Fische.
Eingeladen sind sie ja,
Haben's angenommen.
Hänschen, geh' und sieh' dich um!
Sieh' mir ob sie kommen!

Schöne Kinder hoff' ich nun,
Die von gar nichts wissen,
Nicht, daß es was hübsches sei,
Einen Freund zu küssen.
Eingeladen sind sie all,
Haben's angenommen.
Hänschen, geh' und sieh' dich um!
Sieh' mir ob sie kommen!

Frauen denk' ich auch zu sehn,
Die den Ehegatten,
Ward er immer brummiger,
Immer lieber hatten.
Eingeladen wurden sie,
Haben's angenommen.
Hänschen, geh' und sieh' dich um!
Sieh' mir ob sie kommen!

Junge Herrn berief ich auch
Nicht im mindsten eitel,
Die sogar bescheiden sind
Mit gefülltem Beutel;
Diese bat ich sonderlich,
Haben's angenommen.
Hänschen, geh' und sieh' dich um!
Sieh' mir ob sie kommen!

Männer lud ich mit Respekt,
Die auf ihre Frauen
Ganz allein, nicht neben aus
Auf die schönste schauen.
Sie erwiderten den Gruß,
Haben's angenommen.
Hänschen, geh' und sieh' dich um!
Sieh' mir ob sie kommen!

Dichter winkt' ich auch herbei,
Unsre Lust zu mehren,
Die weit lieber fremdes Lied
Als ihr eignes hören.
Alle diese stimmten ein,
Haben's angenommen.
Hänschen, geh' und sieh' dich um!
Sieh' mir ob sie kommen!

Doch ich sehe Niemand gehn
Sehe Niemand rennen!
Suppe kocht und siedet ein,
Braten will verbrennen.
Ach, wir haben's, fürcht' ich, nur
Zu genau genommen!
Hänschen, sag' was meinst du wohl?
Es wird Niemand kommen.

Hänschen lauf' und säume nicht,
Ruf mir neue Gäste!
Jeder komme wie er ist,
Das ist wohl das Beste!
Schon ist's in der Stadt bekannt,
Wohl ist's aufgenommen,
Hänschen, mach' die Türen auf:
Sieh nur, wie sie kommen!

RECHENSCHAFT

Der Meister

Frisch! der Wein soll reichlich fließen!
Nichts Verdrießlichs weh' uns an!
Sage, willst du mitgenießen,
Hast du deine Pflicht getan?

Einer

Zwei recht gute junge Leute
Liebten sich nur gar zu sehr;
Gestern zärtlich, wütend heute,
Morgen wär' es noch vielmehr;
Senkte Sie hier das Genicke,
Dort zerrauft' Er sich das Haar;
Alles bracht' ich ins Geschicke,
Und sie sind ein glücklich Paar.

Chor

Sollst uns nicht nach Weine lechzen!
Gleich das volle Glas heran!
Denn das Ächzen und das Krächzen
Hast du heut schon abgetan.

Einer

Warum weinst du, junge Waise?
»Gott! ich wünschte mir das Grab;
Denn mein Vormund, leise, leise,
Bringt mich an den Bettelstab.«
Und ich kannte das Gelichter,
Zog den Schächer vor Gericht,
Streng' und brav sind unsre Richter,
Und das Mädchen bettelt nicht.

Chor

Sollst uns nicht nach Weine lechzen!
Gleich das volle Glas heran!
Denn das Ächzen und das Krächzen
Hast du heut schon abgetan.

Einer

Einem armen kleinen Kegel,
Der sich nicht besonders regt,
Hat ein ungeheurer Flegel
Heute grob sich aufgelegt.
Und ich fühlte mich ein Mannsen,
Ich gedachte meiner Pflicht,
Und ich hieb dem langen Hansen
Gleich die Schmarre durch's Gesicht.

Chor

Sollst uns nicht nach Weine lechzen!
Gleich das volle Glas heran!
Denn das Ächzen und das Krächzen
Hast du heut schon abgetan.

Einer

Wenig hab' ich nur zu sagen:
Denn ich habe nichts getan.
Ohne Sorgen, ohne Plagen
Nahm ich mich der Wirtschaft an;
Doch ich habe nichts vergessen,
Ich gedachte meiner Pflicht:
Alle wollten sie zu essen,
Und an Essen fehlt' es nicht.

Chor

Sollst uns nicht nach Weine lechzen!
Gleich das volle Glas heran!
Denn das Ächzen und das Krächzen
Hast du heut schon abgetan.

Einer

Einer wollte mich erneuen,
Macht' es schlecht: Verzeih' mir Gott!
Achselzucken, Kümmereien!
Und er hieß ein Patriot.
Ich verfluchte das Gewäsche,
Rannte meinen alten Lauf.
Narre! wenn es brennt, so lösche,
Hat's gebrannt, bau wieder auf!

Chor

Sollst uns nicht nach Weine lechzen!
Gleich das volle Glas heran!
Denn das Ächzen und das Krächzen
Hast du heut schon abgetan.

Meister

Jeder möge so verkünden,
Was ihm heute wohlgelang!
Das ist erst das rechte Zünden,
Daß entbrenne der Gesang.
Keinen Druckser hier zu leiden,
Sei ein ewiges Mandat!
Nur die Lumpe sind bescheiden;
Brave freuen sich der Tat.

Chor

Keiner soll nach Weine lechzen!
Gleich das volle Glas heran!
Denn das Ächzen und das Krächzen
Haben wir nun abgetan.

Drei Stimmen

Heiter trete jeder Sänger,
Hochwillkommen in den Saal:
Denn nur mit dem Grillenfänger
Halten wir's nicht liberal;
Fürchten hinter diesen Launen,
Diesem ausstaffierten Schmerz,
Diesen trüben Augenbraunen,
Leerheit oder schlechtes Herz.

Chor
Niemand soll nach Weine lechzen!
Doch kein Dichter soll heran,
Der das Ächzen und das Krächzen
Nicht zuvor hat abgetan!

ERGO BIBAMUS!

Hier sind wir versammlet zu löblichem Tun,
Drum, Brüderchen! Ergo bibamus.
Die Gläser sie klingen, Gespräche sie ruhn,
Beherziget Ergo bibamus.
Das heißt noch ein altes, ein tüchtiges Wort:
Es passet zum Ersten und passet so fort,
Und schallet ein Echo vom festlichen Ort,
Ein herrliches Ergo bibamus.

Ich hatte mein freundliches Liebchen gesehn,
Da dacht' ich mir: Ergo bibamus.
Und nahte mich traulich; da ließ sie mich stehn.
Ich half mir und dachte: Bibamus.
Und wenn sie versöhnet euch herzet und küßt,
Und wenn ihr das Herzen und Küssen vermißt;
So bleibet nur, bis ihr was Besseres wißt,
Beim tröstlichen Ergo bibamus.

Mich ruft mein Geschick von den Freunden hinweg;
Ihr Redlichen! Ergo bibamus.
Ich scheide von hinnen mit leichtem Gepäck;
Drum doppeltes Ergo bibamus.
Und was auch der Filz von dem Leibe sich schmorgt,
So bleibt für den Heitern doch immer gesorgt;
Weil immer dem Frohen der Fröhliche borgt;
Drum, Brüderchen! Ergo bibamus.

Was sollen wir sagen zum heutigen Tag!
Ich dächte nur: Ergo bibamus.
Er ist nun einmal von besonderem Schlag;
Drum immer aufs neue: Bibamus.
Er führet die Freude durchs offene Tor,
Es glänzen die Wolken, es teilt sich der Flor,
Da scheint uns ein Bildchen, ein göttliches, vor;
Wir klingen und singen: Bibamus.

MUSEN UND GRAZIEN IN DER MARK

O! wie ist die Stadt so wenig.
Laßt die Maurer künftig ruhn!
Unsre Bürger, unser König
Könnten wohl was Bessers tun.
Ball und Oper wird uns töten;
Liebchen, komm auf meine Flur,
Denn besonders die Poeten,
Die verderben die Natur.

O wie freut es mich, mein Liebchen,
Daß du so natürlich bist;
Unsre Mädchen, unsre Bübchen,
Spielen künftig auf dem Mist!
Und auf unsern Promenaden
Zeigt sich erst die Neigung stark.
Liebes Mädchen! laß uns waden,
Waden noch durch diesen Quark.

Dann im Sand uns zu verlieren,
Der uns keinen Weg versperrt!
Dich den Anger hin zu führen,
Wo der Dorn das Röckchen zerrt!
Zu dem Dörfchen laß uns schleichen,
Mit dem spitzen Turme hier;
Welch ein Wirtshaus sonder gleichen!
Trocknes Brot! und saures Bier!

Sagt mir nichts von gutem Boden,
Nichts vom Magdeburger Land!
Unsre Samen, unsre Toten,
Ruhen in dem leichten Sand.
Selbst die Wissenschaft verlieret
Nichts an ihrem raschen Lauf,
Denn bei uns, was vegetieret,
Alles keimt getrocknet auf.

Geht es nicht in unserm Hofe
Wie im Paradiese zu?
Statt der Dame, statt der Zofe
Macht die Henne Glu! glu! glu!
Uns beschäftigt nicht der Pfauen,
Nur der Gänse Lebenslauf;
Meine Mutter zieht die grauen,
Meine Frau die weißen auf.

Laß den Witzling uns bestichelnd!
Glücklich! wenn ein deutscher Mann
Seinem Freunde, Vetter Micheln,
Guten Abend bieten kann.
Wie ist der Gedanke labend:
Solch ein Edler bleibt uns nah!
Immer sagt man: gestern Abend
War doch Vetter Michel da!

Und in unsern Liedern keimet
Sylb' aus Sylbe, Wort aus Wort.
Ob sich gleich auf deutsch nichts reimet,
Reimt der Deutsche dennoch fort.
Ob es kräftig oder zierlich,
Geht uns so genau nicht an;
Wir sind bieder und natürlich,
Und das ist genug getan.

EPIPHANIAS

Die heilgen drei König' mit ihrem Stern,
Sie essen, sie trinken, und bezahlen nicht gern;
Sie essen gern, sie trinken gern,
Sie essen, trinken, und bezahlen nicht gern.

Die heilgen drei König' sind kommen allhier,
Es sind ihrer drei und sind nicht ihrer vier;
Und wenn zu dreien der vierte wär'
So wär' ein heilger drei König mehr.

Ich erster bin der weiß' und auch der schön',
Bei Tage solltet ihr erst mich sehn!
Doch ach! mit allen Spezerein
Werd' ich sein Tag kein Mädchen mehr erfreun.

Ich aber bin der braun' und bin der lang',
Bekannt bei Weibern wohl und bei Gesang.
Ich bringe Gold statt Spezerein,
Da werd' ich überall willkommen sein.

Ich endlich bin der schwarz' und bin der klein'
Und mag auch wohl einmal recht lustig sein.
Ich esse gern, ich trinke gern,
Ich esse, trinke und bedanke mich gern.

Die heilgen drei König' sind wohl gesinnt,
Sie suchen die Mutter und das Kind;
Der Joseph fromm sitzt auch dabei,
Der Ochs und Esel liegen auf der Streu.

Wir bringen Myrrhen, wir bringen Gold,
Dem Weihrauch sind die Damen hold;
Und haben wir Wein von gutem Gewächs,
So trinken wir drei so gut als ihrer sechs.

Da wir nun hier schöne Herrn und Fraun,
Aber keine Ochsen und Esel schaun;
So sind wir nicht am rechten Ort
Und ziehen unseres Weges weiter fort.

DIE LUSTIGEN VON WEIMAR

Donnerstag nach Belvedere,
Freitag geht's nach Jena fort:
Denn das ist, bei meiner Ehre,
Doch ein allerliebster Ort!
Samstag ist's worauf wir zielen.
Sonntag rutscht man auf das Land;
Zwäzen, Burgau, Schneidemühlen
Sind uns alle wohlbekannt.

Montag reizet uns die Bühne;
Dienstag schleicht dann auch herbei,
Doch er bringt zu stiller Sühne
Ein Rapuschchen frank und frei.
Mittwoch fehlt es nicht an Rührung:
Denn es gibt ein gutes Stück;
Donnerstag lenkt die Verführung
Uns nach Belveder zurück.

Und es schlingt ununterbrochen
immer sich der Freudenkreis
Durch die zwei und funfzig Wochen,
Wenn man's recht zu führen weiß.
Spiel und Tanz, Gespräch, Theater,
Sie erfrischen unser Blut;
Laßt den Wienern ihren Prater;
Weimar, Jena, da ist's gut!

SICILIANISCHES LIED

Ihr schwarzen Äugelein!
Wenn ihr nur winket,
Es fallen Häuser ein,
Es fallen Städte;
Und diese Leimenwand
Vor meinem Herzen –
Bedenk doch nur einmal –
Die sollt' nicht fallen!

SCHWEIZERLIED

Uf'm Bergli
Bin i gesässe
Ha de Vögle
Zugeschaut;
Hänt gesunge,
Hänt gesprunge,
Hänts Nästli
Gebaut.

In ä Garte
Bin i gestande,
Ha de Imbli
Zugeschaut;
Hänt gebrummet,
Hänt gesummet,
Hänt Zelli
Gebaut.

Uf d'Wiese
Bin i gange,
Lugt'i Summer-
vögle a;
Hänt gesoge,
Hänt gefloge,
Gar z' schön hänt's
Getan.

Und da kummt nu
Der Hansel,
Und da zeig i
Em froh,
Wie sie's machen,

Und mer lachen
Und machen's
Au so.

FINNISCHES LIED

Käm' der liebe Wohlbekannte,
Völlig so wie er geschieden;
Kuß erkläng' an seinen Lippen,
Hätt' auch Wolfsblut sie gerötet;
Ihm den Handschlag gäb' ich, wären
Seine Fingerspitzen Schlangen.

Wind! o hättest du Verständnis,
Wort' um Worte trügst du wechselnd,
Sollt' auch einiges verhallen,
Zwischen zwei entfernten Liebchen.

Gern entbehrt' ich gute Bissen,
Priesters Tafelfleisch vergäß' ich,
Eher als dem Freund entsagen,
Den ich Sommers rasch bezwungen,
Winters langer Weis' bezähmte.

ZIGEUNERLIED

Im Nebelgeriesel, im tiefen Schnee,
im wilden Wald, in der Winternacht,
Ich hörte der Wölfe Hungergeheul,
Ich hörte der Eulen Geschrei:
Wille wau wau wau!
Wille wo wo wo!
Wito hu!

Ich schoß einmal eine Katz' am Zaun,
Der Anne, der Hex', ihre schwarze liebe Katz';
Da kamen des Nachts sieben Wehrwölf zu mir,
Waren sieben sieben Weiber vom Dorf.
Wille wau wau wau!
Wille wo wo wo!
Wito hu!

Ich kannte sie all', ich kannte sie wohl
Die Anne, die Ursel, die Käth',
Die Liese, die Barbe, die Ev', die Beth;
Sie heulten im Kreise mich an.
Wille wau wau wau!
Wille wo wo wo!
Wito hu!

Da nannt' ich sie alle bei Namen laut:
Was willst Du, Anne? was willst Du, Beth?
Da rüttelten sie sich, da schüttelten sie sich
Und liefen und heulten davon.
Wille wau wau wau
Wille wo wo wo!
Wito hu!

BALLADEN

Märchen, noch so wunderbar
Dichterkünste machen's wahr.

MIGNON

Kennst du das Land? wo die Citronen blühn,
Im dunkeln Laub die Gold-Orangen glühn,
Ein sanfter Wind vom blauen Himmel weht,
Die Myrte still und hoch der Lorbeer steht,
Kennst du es wohl?
Dahin! Dahin
Möcht' ich mit dir, o mein Geliebter, ziehn.

Kennst du das Haus? Auf Säulen ruht sein Dach,
Es glänzt der Saal, es schimmert das Gemach,
Und Marmorbilder stehn und sehn mich an:
Was hat man dir, du armes Kind, getan?
Kennst du es wohl?
Dahin! Dahin
Möcht' ich mit dir, o mein Beschützer, ziehn.

Kennst du den Berg, und seinen Wolkensteg?
Das Maultier sucht im Nebel seinen Weg;
In Höhlen wohnt der Drachen alte Brut;
Es stürzt der Fels und über ihn die Flut.
Kennst du ihn wohl?
Dahin! Dahin
Geht unser Weg! o Vater, laß uns ziehn!

DER SÄNGER

Was hör' ich draußen vor dem Tor,
Was auf der Brücke schallen?
Laß den Gesang vor unserm Ohr
Im Saale wiederhallen!
Der König sprachs, der Page lief;
Der Page kam, der König rief:
Laßt mir herein den Alten!

Gegrüßet seid mir, edle Herrn,
Gegrüßt ihr, schöne Damen!
Welch reicher Himmel! Stern bei Stern!

Wer kennet ihre Namen?
Im Saal voll Pracht und Herrlichkeit
Schließt, Augen, euch; hier ist nicht Zeit
Sich staunend zu ergetzen.

Der Sänger drückt' die Augen ein,
Und schlug in vollen Tönen;
Die Ritter schauten mutig drein,
Und in den Schoß die Schönen.
Der König, dem es wohlgefiel,
Ließ, ihn zu ehren für sein Spiel,
Eine goldne Kette holen.

Die goldne Kette gib mir nicht!
Die Kette gib den Rittern,
Vor deren kühnem Angesicht
Der Feinde Lanzen splittern;
Gib sie dem Kanzler, den du hast,
Und laß ihn noch die goldne Last
Zu andern Lasten tragen.

Ich singe, wie der Vogel singt,
Der in den Zweigen wohnet;
Das Lied, das aus der Kehle dringt,
Ist Lohn, der reichlich lohnet.
Doch darf ich bitten, bitt' ich eins:
Laß mir den besten Becher Weins
In purem Golde reichen.

Er setzt' ihn an, er trank ihn aus:
O, Trank voll süßer Labe!
O, wohl dem hochbeglückten Haus,
Wo das ist kleine Gabe!
Ergeht's euch wohl, so denkt an mich,
Und danket Gott so warm, als ich
Für diesen Trunk euch danke.

DAS VEILCHEN

Ein Veilchen auf der Wiese stand,
Gebückt in sich und unbekannt;
Es war ein herzig's Veilchen.
Da kam eine junge Schäferin,
Mit leichtem Schritt und munterm Sinn,
Daher, daher,
Die Wiese her, und sang.

Ach! denkt das Veilchen, wär' ich nur
Die schönste Blume der Natur,
Ach, nur ein kleines Weilchen,
Bis mich das Liebchen abgepflückt,
Und an dem Busen matt gedrückt!
Ach nur, ach nur,
Ein Viertelstündchen lang!

Ach! aber ach! das Mädchen kam
Und nicht in Acht das Veilchen nahm,
Ertrat das arme Veilchen.
Es sang und starb und freut sich noch:
Und sterb' ich denn, so sterb' ich doch
Durch sie, durch sie,
Zu ihren Füßen doch.

DER UNTREUE KNABE

Es war ein Knabe frech genung,
War erst aus Frankreich kommen,
Der hatt' ein armes Maidel jung
Gar oft in Arm genommen,
Und liebgekos't und liebgeherzt,
Als Bräutigam herumgescherzt,
Und endlich sie verlassen.

Das braune Maidel das erfuhr,
Vergingen ihr die Sinnen,
Sie lacht' und weint' und bet't' und schwur;
So fuhr die Seel' von hinnen.
Die Stund', da sie verschieden war,
Wird bang dem Buben, graus't sein Haar,
Es treibt ihn fort zu Pferde.

Er gab die Sporen kreuz und quer,
Und ritt auf alle Seiten,
Herüber, hinüber, hin und her,
Kann keine Ruh erreiten,
Reit't sieben Tag' und sieben Nacht;
Es blitzt und donnert, stürmt und kracht,
Die Fluten reißen über.

Und reit't in Blitz und Wetterschein
Gemäuerwerk entgegen,
Bind't's Pferd hauß' an, und kriecht hinein,

Und duckt sich vor dem Regen.
Und wie er tappt, und wie er fühlt,
Sich unter ihm die Erd' erwühlt;
Er stürzt wohl hundert Klafter.

Und als er sich ermannt vom Schlag,
Sieht er drei Lichtlein schleichen.
Er rafft sich auf und krabbelt nach;
Die Lichtlein ferne weichen;
Irr' führen ihn, die Quer' und Läng',
Trepp' auf, Trepp' ab, durch enge Gäng',
Verfallne, wüste Keller.

Auf einmal steht er hoch im Saal,
Sieht sitzen hundert Gäste,
Hohläugig grinsen allzumal
Und winken ihm zum Feste.
Er sieht sein Schätzel unten an,
Mit weißen Tüchern angetan,
Die wend't sich –

ERLKÖNIG

Wer reitet so spät durch Nacht und Wind?
Es ist der Vater mit seinem Kind;
Er hat den Knaben wohl in dem Arm,
Er faßt ihn sicher, er hält ihn warm.

Mein Sohn, was birgst du so bang dein Gesicht? –
Siehst, Vater, du den Erlkönig nicht?
Den Erlenkönig mit Kron' und Schweif? –
Mein Sohn; es ist ein Nebelstreif. –

»Du liebes Kind, komm, geh mit mir!
Gar schöne Spiele spiel' ich mit dir;
Manch' bunte Blumen sind an dem Strand;
Meine Mutter hat manch' gülden Gewand.«

Mein Vater, mein Vater, und hörest du nicht,
Was Erlenkönig mir leise verspricht? –
Sei ruhig, bleibe ruhig, mein Kind;
In dürren Blättern säuselt der Wind. –

»Willst, feiner Knabe, du mit mir gehn?
Meine Töchter sollen dich warten schön;

Meine Töchter führen den nächtlichen Reihn,
Und wiegen und tanzen und singen dich ein.«

Mein Vater, mein Vater, und siehst du nicht dort
Erlkönigs Töchter am düstern Ort? –
Mein Sohn, mein Sohn ich seh' es genau:
Es scheinen die alten Weiden so grau. –

»Ich liebe dich, mich reizt deine schöne Gestalt,
Und bist du nicht willig, so brauch' ich Gewalt.« –
Mein Vater, mein Vater, jetzt faßt er mich an!
Erlkönig hat mir ein Leids getan! –

Dem Vater grauset's, er reitet geschwind,
Er hält in Armen das ächzende Kind,
Erreicht den Hof mit Mühe und Not;
In seinen Armen das Kind war tot.

DER FISCHER

Das Wasser rauscht', das Wasser schwoll,
Ein Fischer saß daran,
Sah nach dem Angel ruhevoll,
Kühl bis ans Herz hinan.
Und wie er sitzt und wie er lauscht,
Teilt sich die Flut empor;
Aus dem bewegten Wasser rauscht
Ein feuchtes Weib hervor.

Sie sang zu ihm, sie sprach zu ihm:
Was lockst du meine Brut,
Mit Menschenwitz und Menschenlist
Hinauf in Todesglut?
Ach! wüßtest du, wie's Fischlein ist
So wohlig auf dem Grund,
Du stiegst herunter, wie du bist,
Und würdest erst gesund.

Labt sich die liebe Sonne nicht,
Der Mond sich nicht im Meer?
Kehrt wellenatmend ihr Gesicht
Nicht doppelt schöner her?
Lockt dich der tiefe Himmel nicht,
Das feuchtverklärte Blau?
Lockt dich dein eigen Angesicht
Nicht her in ew'gen Tau?

Das Wasser rauscht', das Wasser schwoll,
Netzt' ihm den nackten Fuß;
Sein Herz wuchs ihm so sehnsuchtsvoll,
Wie bei der Liebsten Gruß.
Sie sprach zu ihm, sie sang zu ihm;
Da war's um ihn geschehen:
Halb zog sie ihn, halb sank er hin,
Und ward nicht mehr gesehn.

DER KÖNIG IN THULE

Es war ein König in Thule
Gar treu bis an das Grab,
Dem sterbend seine Buhle
Einen goldnen Becher gab.

Es ging ihm nichts darüber,
Er leert' ihn jeden Schmaus;
Die Augen gingen ihm über,
So oft er trank daraus.

Und als er kam zu sterben,
Zählt' er seine Städt' im Reich,
Gönnt' Alles seinem Erben,
Den Becher nicht zugleich.

Er saß beim Königsmahle,
Die Ritter um ihn her,
Auf hohem Vätersaale,
Dort auf dem Schloß am Meer.

Dort stand der alte Zecher,
Trank letzte Lebensglut,
Und warf den heil'gen Becher
Hinunter in die Flut.

Er sah ihn stürzen, trinken
Und sinken tief ins Meer.
Die Augen täten ihm sinken;
Trank nie einen Tropfen mehr.

DAS BLÜMLEIN WUNDERSCHÖN
Lied des gefangnen Grafen

Graf

Ich kenn' ein Blümlein Wunderschön
Und trage darnach Verlangen;
Ich möcht' es gerne zu suchen gehn,
Allein ich bin gefangen.
Die Schmerzen sind mir nicht gering;
Denn als ich in der Freiheit ging,
Da hatt' ich es in der Nähe.

Von diesem ringsum steilen Schloß
Lass' ich die Augen schweifen,
Und kann's vom hohen Turmgeschoß
Mit Blicken nicht ergreifen;
Und wer mir's vor die Augen brächt',
Es wäre Ritter oder Knecht,
Der sollte mein Trauter bleiben.

Rose

Ich blühe schön, und höre dies
Hier unter deinem Gitter.
Du meinest mich, die Rose, gewiß,
Du edler, armer Ritter!
Du hast gar einen hohen Sinn;
Es herrscht die Blumenkönigin
Gewiß auch in deinem Herzen.

Graf

Dein Purpur ist aller Ehren wert,
Im grünen Überkleide,
Darob das Mädchen dein begehrt,
Wie Gold und edel Geschmeide.
Dein Kranz erhöht das schönste Gesicht:
Allein du bist das Blümchen nicht,
Das ich im Stillen verehre.

Lilie

Das Röslein hat gar stolzen Brauch
Und strebet immer nach oben;
Doch wird ein liebes Liebchen auch
Der Lilie Zierde loben.
Wem's Herze schlägt in treuer Brust
Und ist sich rein, wie ich, bewußt,
Der hält mich wohl am höchsten.

Graf

Ich nenne mich zwar keusch und rein,
Und rein von bösen Fehlen;
Doch muß ich hier gefangen sein,
Und muß mich einsam quälen.
Du bist mir zwar ein schönes Bild
Von mancher Jungfrau, rein und mild:
Doch weiß ich noch was Liebers.

Nelke

Das mag wohl ich, die Nelke, sein,
Hier in des Wächters Garten,
Wie würde sonst der Alte mein
Mit so viel Sorge warten?
Im schönen Kreis der Blätter Drang,
Und Wohlgeruch das Leben lang,
Und alle tausend Farben.

Graf

Die Nelke soll man nicht verschmähn,
Sie ist des Gärtners Wonne:
Bald muß sie in dem Lichte stehn,
Bald schützt er sie vor Sonne;
Doch was den Grafen glücklich macht,
Es ist nicht ausgesuchte Pracht:
Es ist ein stilles Blümchen.

Veilchen

Ich steh verborgen und gebückt,
Und mag nicht gerne sprechen,
Doch will ich, weil sich's eben schickt,
Mein tiefes Schweigen brechen.
Wenn ich es bin, du guter Mann,
Wie schmerzt mich's, daß ich hinauf nicht kann
Dir alle Gerüche senden.

Graf

Das gute Veilchen schätz' ich sehr:
Es ist so gar bescheiden,
Und duftet so schön; doch brauch' ich mehr
In meinem herben Leiden.
Ich will es euch nur eingestehn:
Auf diesen dürren Felsenhöhn
Ist's Liebchen nicht zu finden.

Doch wandelt unten, an dem Bach,
Das treuste Weib der Erde,
Und seufzet leise manches Ach,
Bis ich erlöset werde.
Wenn sie ein blaues Blümchen bricht,
Und immer sagt: Vergiß mein nicht!
So fühl' ich's in der Ferne.

Ja, in der Ferne fühlt sich die Macht,
Wenn Zwei sich redlich lieben;
Drum bin ich in des Kerkers Nacht
Auch noch lebendig geblieben.
Und wenn mir fast das Herze bricht,
So ruf ich nur: Vergiß mein nicht!
Da komm' ich wieder in's Leben.

RITTER CURTS BRAUTFAHRT

Mit des Bräutigams Behagen
Schwingt sich Ritter Curt auf's Roß.
Zu der Trauung soll's ihn tragen,
Auf der edlen Liebsten Schloß;
Als am öden Felsenorte
Drohend sich ein Gegner naht;
Ohne Zögern, ohne Worte
Schreiten sie zu rascher Tat.

Lange schwankt des Kampfes Welle,
Bis sich Curt im Siege freut;
Er entfernt sich von der Stelle,
Überwinder und gebläut.
Aber was er bald gewahret
In des Busches Zitterschein!
Mit dem Säugling still gepaaret
Schleicht ein Liebchen durch den Hain.

Und sie winkt ihn auf das Plätzchen:
Lieber Herr, nicht so geschwind!
Habt ihr nichts an euer Schätzchen?
Habt ihr nichts für euer Kind?
Ihn durchglühet süße Flamme,
Daß er nicht vorbei begehrt,
Und er findet nun die Amme,
Wie die Jungfrau, liebenswert.

Doch er hört die Diener blasen,
Denket nun der hohen Braut,
Und nun wird auf seinen Straßen
Jahresfest und Markt so laut,
Und er wählet in den Buden
Manches Pfand zu Lieb und Huld;
Aber ach! da kommen Juden
Mit dem Schein vertagter Schuld.

Und nun halten die Gerichte
Den behenden Ritter auf.
O! verteufelte Geschichte!
Heldenhafter Lebenslauf!
Soll ich heute mich gedulden?
Die Verlegenheit ist groß.
Widersacher, Weiber, Schulden,
Ach! kein Ritter wird sie los.

HOCHZEITLIED

Wir singen und sagen vom Grafen so gern,
Der hier in dem Schlosse gehauset,
Da wo ihr den Enkel des seligen Herrn,
Den heute vermählten, beschmauset.
Nun hatte sich jener im heiligen Krieg
Zu Ehren gestritten durch mannigen Sieg,
Und als er zu Hause vom Rösselein stieg,
Da fand er sein Schlösselein oben;
Doch Diener und Habe zerstoben.

Da bist du nun, Gräflein, da bist du zu Haus,
Das Heimische findest du schlimmer!
Zum Fenster da ziehen die Winde hinaus,
Sie kommen durch alle die Zimmer.
Was wäre zu tun in der herbstlichen Nacht?
So hab' ich doch manche noch schlimmer vollbracht,
Der Morgen hat Alles wohl besser gemacht.
Drum rasch bei der mondlichen Helle,
In's Bett, in das Stroh, in's Gestelle.

Und als er im willigen Schlummer so lag,
Bewegt es sich unter dem Bette.
Die Ratte die raschle so lange sie mag!
Ja, wenn sie ein Bröselein hätte!
Doch siehe! da stehet ein winziger Wicht,

Ein Zwerglein so zierlich mit Ampelen-Licht,
Mit Redner-Gebärden und Sprechergewicht,
Zum Fuß des ermüdeten Grafen,
Der, schläft er nicht, möcht' er doch schlafen.

Wir haben uns Feste hier oben erlaubt,
Seitdem du die Zimmer verlassen,
Und weil wir dich weit in der Ferne geglaubt;
So dachten wir eben zu prassen.
Und wenn du vergönnest und wenn dir nicht graut;
So schmausen die Zwerge, behaglich und laut,
Zu Ehren der reichen, der niedlichen Braut.
Der Graf, im Behagen des Traumes:
Bedienet euch immer des Raumes!

Da kommen drei Reiter, sie reiten hervor,
Die unter dem Bette gehalten;
Dann folget ein singendes, klingendes Chor
Possierlicher kleiner Gestalten;
Und Wagen auf Wagen mit allem Gerät,
Daß einem so Hören als Sehen vergeht,
Wie's nur in den Schlössern der Könige steht;
Zuletzt auf vergoldetem Wagen,
Die Braut und die Gäste getragen.

So rennet nun Alles in vollem Galopp
Und kürt sich im Saale sein Plätzchen.
Zum Drehen und Walzen und lustigen Hopp
Erkieset sich jeder ein Schätzchen.
Da pfeift es und geigt es und klinget und klirrt,
Da ringelt's und schleift es und rauschet und wirrt,
Da pispert's und knistert's und flisterts und schwirrt;
Das Gräflein, es blicket hinüber,
Es dünkt ihn, als läg' er im Fieber.

Nun dappelt's und rappelt's und klappert's im Saal,
Von Bänken und Stühlen und Tischen,
Da will nun ein jeder, am festlichen Mahl,
Sich neben dem Liebchen erfrischen,
Sie tragen die Würste, die Schinken so klein
Und Braten und Fisch und Geflügel herein;
Es kreiset beständig der köstliche Wein,
Das toset und koset so lange,
Verschwindet zuletzt mit Gesange.

—

Und sollen wir singen, was weiter geschehn;
So schweige das Toben und Tosen.
Denn was er, so artig, im Kleinen gesehn,
Erfuhr er, genoß er im Großen.
Trompeten und klingender, singender Schall,
Und Wagen und Reiter und bräutlicher Schwall,
Sie kommen und zeigen und neigen sich all,
Unzählige, selige Leute.
So ging es und geht es noch heute.

DER SCHATZGRÄBER

Arm am Beutel, krank am Herzen,
Schleppt' ich meine langen Tage.
Armut ist die größte Plage,
Reichtum ist das höchste Gut!
Und zu enden meine Schmerzen,
Ging ich einen Schatz zu graben.
Meine Seele sollst du haben!
Schrieb ich hin mit eignem Blut.

Und so zog ich Kreis' um Kreise,
Stellte wunderbare Flammen,
Kraut und Knochenwerk zusammen:
Die Beschwörung war vollbracht.
Und auf die gelernte Weise
Grub ich nach dem alten Schatze,
Auf dem angezeigten Platze.
Schwarz und stürmisch war die Nacht.

Und ich sah ein Licht von weiten,
Und es kam gleich einem Sterne,
Hinten aus der fernsten Ferne,
Eben als es zwölfe schlug.
Und da galt kein Vorbereiten.
Heller ward's mit einemmale
Von dem Glanz der vollen Schale,
Die ein schöner Knabe trug.

Holde Augen sah ich blinken
Unter dichtem Blumenkranze;
In des Trankes Himmelsglanze
Trat er in den Kreis herein.
Und er hieß mich freundlich trinken;
Und ich dacht': es kann der Knabe,

Mit der schönen lichten Gabe,
Wahrlich! nicht der Böse sein.

Trinke Mut des reinen Lebens!
Dann verstehst du die Belehrung,
Kommst, mit ängstlicher Beschwörung,
Nicht zurück an diesen Ort.
Grabe hier nicht mehr vergebens.
Tages Arbeit! Abends Gäste;
Saure Wochen! Frohe Feste!
Sei dein künftig Zauberwort.

DER RATTENFÄNGER

Ich bin der wohlbekannte Sänger,
Der vielgereis'te Rattenfänger,
Den diese altberühmte Stadt
Gewiß besonders nötig hat;
Und wären's Ratten noch so viele,
Und wären Wiesel mit im Spiele;
Von allen säubr' ich diesen Ort,
Sie müssen mit einander fort.

Dann ist der gut gelaunte Sänger
Mitunter auch ein Kinderfänger,
Der selbst die wildesten bezwingt,
Wenn er die goldnen Märchen singt.
Und wären Knaben noch so trutzig,
Und wären Mädchen noch so stutzig,
In meine Saiten greif' ich ein,
Sie müssen alle hinter drein.

Dann ist der vielgewandte Sänger
Gelegentlich ein Mädchenfänger;
In keinem Städtchen langt er an,
Wo er's nicht mancher angetan.
Und wären Mädchen noch so blöde,
Und wären Weiber noch so spröde;
Doch allen wird so liebebang
Bei Zaubersaiten und Gesang.

(Von Anfang)

DIE SPINNERIN

Als ich still und ruhig spann,
Ohne nur zu stocken,
Trat ein schöner junger Mann
Nahe mir zum Rocken.

Lobte, was zu loben war,
Sollte das was schaden?
Mein dem Flachse gleiches Haar,
Und den gleichen Faden.

Ruhig war er nicht dabei,
Ließ es nicht beim Alten;
Und der Faden riß entzwei,
Den ich lang' erhalten.

Und des Flachses Stein-Gewicht
Gab noch viele Zahlen;
Aber, ach! ich konnte nicht
Mehr mit ihnen prahlen.

Als ich sie zum Weber trug,
Fühlt' ich was sich regen,
Und mein armes Herze schlug
Mit geschwindern Schlägen.

Nun, beim heißen Sonnenstich,
Bring' ich's auf die Bleiche,
Und mit Mühe bück' ich mich.
Nach dem nächsten Teiche.

Was ich in dem Kämmerlein
Still und fein gesponnen,
Kommt – wie kann es anders sein? –
Endlich an die Sonnen.

VOR GERICHT

Von wem ich es habe, das sag' ich euch nicht,
Das Kind in meinem Leib. –
Pfui! speit ihr aus: die Hure da! –
Bin doch ein ehrlich Weib.

Mit wem ich mich traute, das sag' ich euch nicht.
Mein Schatz ist lieb und gut,
Trägt er eine goldene Kett' am Hals,
Trägt er einen strohernen Hut.

Soll Spott und Hohn getragen sein,
Trag' ich allein den Hohn.
Ich kenn' ihn wohl, er kennt mich wohl,
Und Gott weiß auch davon.

Herr Pfarrer und Herr Amtmann ihr,
Ich bitte, laßt mich in Ruh!
Es ist mein Kind, es bleibt mein Kind,
Ihr gebt mir ja nichts dazu.

DER EDELKNABE UND DIE MÜLLERIN

Edelknabe

Wohin? wohin?
Schöne Müllerin!
Wie heißt du?

Müllerin

Lise.

Edelknabe

Wohin denn? Wohin,
Mit dem Rechen in der Hand?

Müllerin

Auf des Vaters Land,
Auf des Vaters Wiese,

Edelknabe

Und gehst so allein?

Müllerin

Das Heu soll herein,
Das bedeutet der Rechen;
Und im Garten daran
Fangen die Birn zu reifen an;
Die will ich brechen.

Edelknabe

Ist nicht eine stille Laube dabei?

Müllerin

Sogar ihrer zwei,
An beiden Ecken.

Edelknabe

Ich komme dir nach,
Und am heißen Mittag,
Wollen wir uns drein verstecken.
Nicht wahr, im grünen vertraulichen Haus –

Müllerin

Das gäbe Geschichten.

Edelknabe

Ruhst du in meinen Armen aus?

Müllerin

Mit nichten!
Denn wer die artige Müllerin küßt,
Auf der Stelle verraten ist.
Euer schönes dunkles Kleid
Tät mir leid
So weiß zu färben.
Gleich und gleich! so allein ist's recht!
Darauf will ich leben und sterben.
Ich liebe mir den Müllerknecht;
An dem ist nichts zu verderben.

DER JUNGGESELL UND DER MÜHLBACH

Gesell

Wo willst du klares Bächlein hin,
So munter?
Du eilst, mit frohem leichtem Sinn
Hinunter.
Was suchst du eilig in dem Tal?
So höre doch und sprich einmal!

Bach

Ich war ein Bächlein, Junggesell;
Sie haben
Mich so gefaßt, damit ich schnell,
Im Graben,
Zur Mühle dort hinunter soll,
Und immer bin ich rasch und voll.

Gesell

Du eilest, mit gelass'nem Mut,
Zur Mühle,
Und weißt nicht, was ich junges Blut
Hier fühle.
Es blickt die schöne Müllerin
Wohl freundlich manchmal nach dir hin?

Bach

Sie öffnet früh, beim Morgenlicht,
Den Laden,
Und kommt, ihr liebes Angesicht
Zu baden.
Ihr Busen ist so voll und weiß;
Es wird mir gleich zum Dampfen heiß.

Gesell

Kann sie im Wasser Liebesglut
Entzünden;
Wie soll man Ruh mit Fleisch und Blut
Wohl finden?
Wenn man sie Einmal nur gesehn,
Ach! immer muß man nach ihr gehn.

Bach

Dann stürz' ich auf die Räder mich
Mit Brausen,
Und alle Schaufeln drehen sich
Im Sausen.
Seitdem das schöne Mädchen schafft,
Hat auch das Wasser bess're Kraft.

Gesell

Du Armer, fühlst du nicht den Schmerz,
Wie Andre?
Sie lacht dich an, und sagt im Scherz:
Nun wandre!
Sie hielte dich wohl selbst zurück
Mit einem süßen Liebesblick?

Bach

Mir wird so schwer, so schwer vom Ort
Zu fließen:
Ich krümme mich nur sachte fort
Durch Wiesen;
Und käm' es erst auf mich nur an,
Der Weg wär' bald zurückgetan.

Gesell

Geselle meiner Liebesqual,
Ich scheide;
Du murmelst mir vielleicht einmal
Zur Freude.
Geh, sag' ihr gleich, und sag' ihr oft,
Was still der Knabe wünscht und hofft.

DER MÜLLERIN VERRAT

Woher der Freund so früh und schnelle,
Da kaum der Tag im Osten graut?
Hat er sich in der Waldkapelle,
So kalt und frisch es ist, erbaut?
Es starret ihm der Bach entgegen;
Mag er mit Willen barfuß gehn?
Was flucht er seinen Morgensegen
Durch die beschneiten, wilden Höhn?

Ach, wohl! Er kommt vom warmen Bette,
Wo er sich andern Spaß versprach;
Und wenn er nicht den Mantel hätte,
Wie schrecklich wäre seine Schmach!
Es hat ihn jener Schalk betrogen,
Und ihm den Bündel abgepackt;
Der arme Freund ist ausgezogen,
Und fast, wie Adam, bloß und nackt.

Warum auch schlich er diese Wege
Nach jenem frischen Äpfelpaar,
Das freilich schön im Mühlgehege,
So wie im Paradiese, war.
Er wird den Scherz nicht leicht erneuen;
Er drückte schnell sich aus dem Haus,
Und bricht auf einmal nun, im Freien,
In bittre, laute Klagen aus.

»Ich las in ihren Feuerblicken
Nicht eine Sylbe von Verrat;
Sie schien mit mir sich zu entzücken,
Und sann auf solche schwarze Tat!
Konnt' ich in ihren Armen träumen,
Wie meuchlerisch der Busen schlug?
Sie hieß den holden Amor säumen,
Und günstig war er uns genug.

Sich meiner Liebe zu erfreuen!
Der Nacht, die nie ein Ende nahm!
Und erst die Mutter anzuschreien,
Nun eben als der Morgen kam!
Da drang ein Dutzend Anverwandten
Herein, ein wahrer Menschenstrom;
Da kamen Vettern, kuckten Tanten,
Es kam ein Bruder und ein Ohm.

Das war ein Toben, war ein Wüten!
Ein jeder schien ein andres Tier.
Sie forderten des Mädchens Blüten,
Mit schrecklichem Geschrei, von mir. –
Was dringt ihr Alle, wie von Sinnen,
Auf den unschuld'gen Jüngling ein?
Denn solche Schätze zu gewinnen,
Da muß man viel behender sein.

Weiß Amor seinem schönen Spiele
Doch immer zeitig nachzugehn.
Er läßt fürwahr nicht in der Mühle
Die Blumen sechzehn Jahre stehn. –
Sie raubten nun das Kleiderbündel,
Und wollten auch den Mantel noch.
Wie nur so viel verflucht Gesindel
Im engen Hause sich verkroch!

Nun sprang ich auf, und tobt' und fluchte,
Gewiß, durch alle durchzugehn.
Ich sah noch einmal die Verruchte,
Und ach! sie war noch immer schön.
Sie alle wichen meinem Grimme;
Es flog noch manches wilde Wort;
Da macht' ich mich, mit Donnerstimme,
Noch endlich aus der Höhle fort.

Man soll, euch Mädchen auf dem Lande,
Wie Mädchen aus den Städten, fliehn.
So lasset doch den Frau'n von Stande
Die Lust, die Diener auszuziehn!
Doch seid ihr auch von den Geübten,
Und kennt ihr keine zarte Pflicht,
So ändert immer die Geliebten,
Doch sie verraten müßt ihr nicht.«

So singt er in der Winterstunde,
Wo nicht ein armes Hälmchen grünt.
Ich lache seiner tiefen Wunde;
Denn wirklich ist sie wohlverdient.
So geh' es Jedem, der am Tage
Sein edles Liebchen frech betriegt,
Und Nachts, mit allzukühner Wage,
Zu Amors falscher Mühle kriecht.

DER MÜLLERIN REUE

Jüngling

Nur fort, du braune Hexe, fort!
Aus meinem gereinigten Hause,
Daß ich dich, nach dem ernsten Wort,
Nicht zause!
Was singst du hier für Heuchelei
Von Lieb' und stiller Mädchentreu?
Wer mag das Märchen hören!

Zigeunerin

Ich singe von des Mädchens Reu,
Und langem, heißem Sehnen;
Denn Leichtsinn wandelte sich in Treu
Und Tränen.
Sie fürchtet der Mutter Drohen nicht mehr,
Sie fürchtet des Bruders Faust nicht so sehr,
Als den Haß des herzlich Geliebten.

Jüngling

Von Eigennutz sing' und von Verrat
Von Mord und diebischem Rauben;
Man wird dir jede falsche Tat
Wohl glauben.
Wenn sie Beute verteilt, Gewand und Gut,
Schlimmer als je ihr Zigeuner tut,
Das sind gewohnte Geschichten.

Zigeunerin

»Ach! weh! ach weh! Was hab' ich getan!
Was hilft mir nun das Lauschen!
Ich hör' an meine Kammer heran
Ihn rauschen.
Da klopfte mir hoch das Herz, ich dacht':
O, hättest du doch die Liebesnacht
Der Mutter nicht verraten!«

Jüngling

Ach, leider! trat ich auch einst hinein,
Und ging verführt im Stillen:
Ach Süßchen! laß mich zu dir ein
Mit Willen!
Doch gleich entstand ein Lärm und Geschrei;
Es rannten die tollen Verwandten herbei.
Noch siedet das Blut mir im Leibe.

Zigeunerin

»Kommt nun dieselbige Stunde zurück,
Wie still mich's kränket und schmerzet!
Ich habe das nahe, das einzige Glück
Verscherzet.
Ich armes Mädchen, ich war zu jung!
Es war mein Bruder verrucht genung,
So schlecht an dem Liebsten zu handeln.«

Der Dichter

So ging das schwarze Weib in das Haus,
In den Hof zur springenden Quelle;
Sie wusch sich heftig die Augen aus,
Und helle
Ward Aug' und Gesicht, und weiß und klar
Stellt sich die schöne Müllerin dar
Dem erstaunt-erzürnten Knaben.

Müllerin

Ich fürchte fürwahr dein erzürnt Gesicht,
Du Süßer, Schöner und Trauter!
Und Schläg' und Messerstiche nicht;
Nur lauter
Sag' ich von Schmerz und Liebe dir,
Und will zu deinen Füßen hier
Nun leben oder auch sterben.

Jüngling

O Neigung, sage, wie hast du so tief
Im Herzen dich verstecket?
Wer hat dich, die verborgen schlief,
Gewecket?
Ach Liebe, du wohl unsterblich bist!
Nicht kann Verrat und hämische List
Dein göttlich Leben töten.

Müllerin

Liebst du mich noch so hoch und sehr,
Wie du mir sonst geschworen,
So ist uns beiden auch nichts mehr
Verloren.
Nimm hin das vielgeliebte Weib!
Den jungen unberührten Leib,
Es ist nun Alles dein eigen!

Beide

Nun, Sonne, gehe hinab und hinauf!
Ihr Sterne, leuchtet und dunkelt!
Es geht ein Liebesgestirn mir auf
Und funkelt.
So lange die Quelle springt und rinnt,
So lange bleiben wir gleichgesinnt,
Eins an des Andern Herzen.

WANDRER UND PÄCHTERIN

Er

Kannst du, schöne Pächtrin ohne gleichen,
Unter dieser breiten Schattenlinde,
Wo ich Wandrer kurze Ruhe finde,
Labung mir, für Durst und Hunger, reichen?

Sie

Willst du Vielgereis'ter hier dich laben;
Sauren Rahm und Brot und reife Früchte,
Nur die ganz natürlichsten Gerichte,
Kannst du reichlich an der Quelle haben.

Er

Ist mir doch, ich müßte schon dich kennen,
Unvergeßne Zierde holder Stunden!
Ähnlichkeiten hab' ich oft gefunden;
Diese muß ich doch ein Wunder nennen.

Sie

Ohne Wunder findet sich, bei Wandrern,
Oft ein sehr erklärliches Erstaunen.
Ja, die Blonde gleichet oft der Braunen;
Eine reizet eben, wie die andern.

Er

Heute nicht, fürwahr, zum erstenmale
Hat mirs diese Bildung abgewonnen!
Damals war sie Sonne vieler Sonnen,
In dem festlich aufgeschmückten Saale.

Sie

Freut es dich, so kann es wohl geschehen,
Daß man deinen Märchenscherz vollende:
Purpurseide floß von ihrer Lende,
Da du sie zum erstenmal gesehen.

Er

Nein, fürwahr, das hast du nicht gedichtet!
Konnten Geister dir es offenbaren;
Von Juwelen hast du auch erfahren
Und von Perlen, die ihr Blick vernichtet.

Sie

Dieses Eine ward mir wohl vertrauet:
Daß die Schöne, schamhaft zu gestehen,
Und in Hoffnung, wieder dich zu sehen,
Manche Schlösser in die Luft erbauet.

Er

Trieben mich umher doch alle Winde!
Sucht' ich Ehr' und Geld auf jede Weise!
Doch gesegnet, wenn, am Schluß der Reise,
Ich das edle Bildnis wieder finde.

Sie

Nicht ein Bildnis, wirklich siehst du jene
Hohe Tochter des verdrängten Blutes;
Nun im Pachte des verlaßnen Gutes
Mit dem Bruder freuet sich Helene.

Er

Aber diese herrlichen Gefilde
Kann sie der Besitzer selbst vermeiden?
Reiche Felder, breite Wies' und Weiden,
Mächt'ge Quellen, süße Himmelsmilde.

Sie

Ist er doch in alle Welt entlaufen!
Wir Geschwister haben viel erworben.
Wenn der Gute, wie man sagt, gestorben,
Wollen wir das Hinterlaßne kaufen.

Er

Wohl zu kaufen ist es, meine Schöne!
Vom Besitzer hört' ich die Bedinge;
Doch der Preis ist keineswegs geringe,
Denn das letzte Wort, es ist: Helene!

Sie

Konnt' uns Glück und Höhe nicht vereinen!
Hat die Liebe diesen Weg genommen?
Doch ich seh' den wackren Bruder kommen;
Wenn er's hören wird, was kann er meinen?

WIRKUNG IN DIE FERNE

Die Königin steht im hohen Saal,
Da brennen der Kerzen so viele;
Sie spricht zum Pagen: »Du läufst einmal
Und holst mir den Beutel zum Spiele.
Er liegt zur Hand
Auf meines Tisches Rand.«
Der Knabe der eilt so behende,
War bald an Schlosses Ende.

Und neben der Königin schlürft zur Stund
Sorbet die schönste der Frauen.
Da brach ihr die Tasse so hart an dem Mund,
Es war ein Gräuel zu schauen.
Verlegenheit! Scham!
Ums Prachtkleid ist's getan!
Sie eilt und fliegt so behende
Entgegen des Schlosses Ende.

Der Knabe zurück zu laufen kam
Entgegen der Schönen in Schmerzen.
Es wußt' es Niemand, doch beide zusamm',
Sie hegten einander im Herzen;
Und o des Glücks!
Des günst'gen Geschicks!
Sie warfen mit Brust sich zu Brüsten
Und herzten und küßten nach Lüsten.

Doch endlich Beide sich reißen los;
Sie eilt in ihre Gemächer;
Der Page drängt sich zur Königin groß
Durch alle die Degen und Fächer.

Die Fürstin entdeckt
Das Westchen befleckt:
Für sie war nichts unerreichbar,
Der Königin von Saba vergleichbar.

Und sie die Hofmeisterin rufen läßt:
»Wir kamen doch neulich zu Streite,
Und ihr behauptetet steif und fest,
Nicht reiche der Geist in die Weite;
Die Gegenwart nur
Die lasse wohl Spur;
Doch Niemand wirk' in die Ferne,
Sogar nicht die himmlischen Sterne.

Nun seht! So eben ward mir zur Seit'
Der geistige Süßtrank verschüttet,
Und gleich darauf hat er dort hinten so weit
Dem Knaben die Weste zerrüttet. –
Besorg dir sie neu!
Und weil ich mich freu',
Daß sie mir zum Beweise gegolten,
Ich zahl' sie! sonst wirst du gescholten.«

DIE WANDLENDE GLOCKE

Es war ein Kind, das wollte nie
Zur Kirche sich bequemen
Und Sonntags fand es stets ein Wie,
Den Weg in's Feld zu nehmen.

Die Mutter sprach: Die Glocke tönt,
Und so ist dir's befohlen
Und hast du dich nicht hingewöhnt,
Sie kommt und wird dich holen.

Das Kind es denkt: die Glocke hängt
Da droben auf dem Stuhle.
Schon hat's den Weg ins Feld gelenkt
Als lief es aus der Schule.

Die Glocke Glocke tönt nicht mehr,
Die Mutter hat gefackelt.
Doch welch ein Schrecken! hinterher
Die Glocke kommt gewackelt.

Sie wackelt schnell, man glaubt es kaum,
Das arme Kind im Schrecken
Es lauft, es kommt, als wie im Traum;
Die Glocke wird es decken.

Doch nimmt es richtig seinen Husch
Und mit gewandter Schnelle
Eilt es durch Anger Feld und Busch
Zur Kirche, zur Kapelle.

Und jeden Sonn- und Feiertag
Gedenkt es an den Schaden,
Läßt durch den ersten Glockenschlag,
Nicht in Person sich laden.

DER GETREUE ECKART

O wären wir weiter, o wär ich zu Haus!
Sie kommen. Da kommt schon der nächtliche Graus.
Sie sind's die unholdigen Schwestern.
Sie streifen heran und sie finden uns hier,
Sie trinken das mühsam geholte das Bier,
Und lassen nur leer uns die Krüge.

So sprechen die Kinder und drücken sich schnell,
Da zeigt sich vor ihnen ein alter Gesell:
Nur stille, Kind! Kinderlein, stille!
Die Hulden sie kommen von durstiger Jagd
Und laßt ihr sie trinken wie's jeder behagt,
Dann sind sie euch hold die Unholden.

Gesagt so geschehn! und da naht sich der Graus
Und siehet so grau und so schattenhaft aus,
Doch schlürft es und schlampft es aufs beste.
Das Bier ist verschwunden, die Krüge sind leer;
Nun saust es und braus't es, das wütige Heer,
In's weite Getal und Gebirge.

Die Kinderlein ängstlich gen Hause so schnell,
Gesellt sich zu ihnen der fromme Gesell:
Ihr Püppchen, nur seid mir nicht traurig. –
Wir kriegen nun Schelten und Streich' bis auf's Blut. –
Nein keineswegs, alles geht herrlich und gut,
Nur schweiget und horchet wie Mäuslein.

Und der es euch anrät und der es befiehlt,
Er ist es, der gern mit den Kindelein spielt,
Der alte Getreue, der Eckart.
Vom Wundermann hat man euch immer erzählt;
Nur hat die Bestätigung jedem gefehlt,
Die habt ihr nun köstlich in Händen.

Sie kommen nach Hause, sie setzen den Krug
Ein jedes den Eltern bescheiden genug
Und harren der Schläg' und der Schelten.
Doch siehe man kostet: Ein herrliches Bier!
Man trinkt in die Runde schon dreimal und vier
Und noch nimmt der Krug nicht ein Ende.

Das Wunder es dauert zum morgenden Tag;
Doch fraget wer immer zu fragen vermag:
Wie ist's mit den Krügen ergangen?
Die Mäuslein sie lächeln, im Stillen ergetzt;
Sie stammeln und stottern und schwatzen zuletzt,
Und gleich sind vertrocknet die Krüge.

Und wenn euch, ihr Kinder, mit treuem Gesicht
Ein Vater, ein Lehrer, ein Aldermann spricht,
So horchet und folget ihm pünktlich!
Und liegt auch das Zünglein in peinlicher Hut,
Verplaudern ist schädlich, verschweigen ist gut;
Dann füllt sich das Bier in den Krügen.

DER TOTENTANZ

Der Türmer der schaut zu Mitten der Nacht
Hinab auf die Gräber in Lage;
Der Mond der hat alles in's Helle gebracht;
Der Kirchhof er liegt wie am Tage.
Da regt sich ein Grab und ein anderes dann:
Sie kommen hervor, ein Weib da, ein Mann
In weißen und schleppenden Hemden.

Das reckt nun, es will sich ergetzen sogleich,
Die Knöchel zur Runde, zum Kranze,
So arm und so jung, und so alt und so reich;
Doch hindern die Schleppen am Tanze.
Und weil hier die Scham nun nicht weiter gebeut,
Sie schütteln sich alle, da liegen zerstreut
Die Hemdelein über den Hügeln.

Nun hebt sich der Schenkel, nun wackelt das Bein,
Gebärden da gibt es vertrackte;
Dann klippert's und klappert's mitunter hinein,
Als schlüg' man die Hölzlein zum Takte.
Das kommt nun dem Türmer so lächerlich vor;
Da raunt ihm der Schalk, der Versucher in's Ohr:
Geh! hole dir einen der Laken.

Getan wie gedacht! und er flüchtet sich schnell
Nun hinter geheiligte Türen.
Der Mond und noch immer er scheinet so hell
Zum Tanz, den sie schauderlich führen.
Doch endlich verlieret sich dieser und der,
Schleicht eins nach dem andern gekleidet einher
Und husch ist es unter dem Rasen.

Nur einer der trippelt und stolpert zuletzt
Und tappet und grapst an den Grüften;
Doch hat kein Geselle so schwer ihn verletzt;
Er wittert das Tuch in den Lüften.
Er rüttelt die Turmtür, sie schlägt ihn zurück
Geziert und gesegnet, dem Türmer zum Glück;
Sie blinkt von metallenen Kreuzen.

Das Hemd muß er haben, da rastet er nicht,
Da gilt auch kein langes Besinnen,
Den gotischen Zierat ergreift nun der Wicht
Und klettert von Zinne zu Zinnen.
Nun ist's um den armen, den Türmer getan!
Es ruckt sich von Schnörkel zu Schnörkel hinan,
Langbeinigen Spinnen vergleichbar.

Der Türmer erbleichet, der Türmer erbebt,
Gern gäb' er ihn wieder, den Laken.
Da häckelt – jetzt hat er am längsten gelebt –
Den Zipfel ein eiserner Zacken.
Schon trübet der Mond sich, verschwindenden Scheins,
Die Glocke sie donnert ein mächtiges Eins
Und unten zerschellt das Gerippe.

DIE ERSTE WALPURGISNACHT

Ein Druide
Es lacht der Mai!
Der Wald ist frei

Von Eis und Reifgehänge.
Der Schnee ist fort;
Am grünen Ort
Erschallen Lustgesänge.
Ein reiner Schnee
Liegt auf der Höh;
Doch eilen wir nach oben,
Begehn den alten, heil'gen Brauch,
Allvater dort zu loben.
Die Flamme lodre durch den Rauch!
So wird das Herz erhoben.

Die Druiden

Die Flamme lodre durch den Rauch!
Begeht den alten heil'gen Brauch,
Allvater dort zu loben!
Hinauf! hinauf nach oben!

Einer aus dem Volke

Könnt ihr so verwegen handeln?
Wollt ihr denn zum Tode wandeln?
Kennet ihr nicht die Gesetze
Unsrer harten Überwinder?
Rings gestellt sind ihre Netze
Auf die Heiden, auf die Sünder.
Ach! sie schlachten auf dem Walle
Unsre Weiber, unsre Kinder.
Und wir alle
Nahen uns gewissem Falle.

Chor der Weiber

Auf des Lagers hohem Walle
Schlachten sie schon unsre Kinder.
Ach! die strengen Überwinder!
Und wir alle
Nahen uns gewissem Falle.

Ein Druide

Wer Opfer heut
Zu bringen scheut,
Verdient erst seine Bande.
Der Wald ist frei!
Das Holz herbei,
Und schlichtet es zum Brande!
Doch bleiben wir
Im Buschrevier

Am Tage noch im Stillen,
Und Männer stellen wir zur Hut,
Um eurer Sorge willen.
Dann aber laßt, mit frischem Mut,
Uns unsre Pflicht erfüllen.

Ein Druide

Verteilt euch, wackre Männer, hier
Durch dieses ganze Waldrevier,
Und wachet hier im Stillen,
Wenn sie die Pflicht erfüllen.

Ein Wächter

Diese dumpfen Pfaffenchristen,
Laßt uns keck sie überlisten!
Mit dem Teufel, den sie fabeln,
Wollen wir sie selbst erschrecken.
Kommt! Mit Zacken und mit Gabeln,
Und mit Glut und Klapperstöcken
Lärmen wir bei nächt'ger Weile
Durch die engen Felsenstrecken.
Kauz und Eule,
Heul' in unser Rundgeheule!

Chor der Wächter

Kommt mit Zacken und mit Gabeln,
Wie der Teufel, den sie fabeln,
Und mit wilden Klapperstöcken,
Durch die leeren Felsenstrecken!
Kauz und Eule,
Heul' in unser Rundgeheule!

Ein Druide

So weit gebracht,
Daß wir bei Nacht
Allvater heimlich singen!
Doch ist es Tag,
Sobald man mag
Ein reines Herz dir bringen.
Du kannst zwar heut,
Und manche Zeit,
Dem Feinde viel erlauben.
Die Flamme reinigt sich vom Rauch:
So reinig' unsern Glauben!
Und raubt man uns den alten Brauch;
Dein Licht, wer will es rauben!

Ein christlicher Wächter
Hilf, ach hilf mir, Kriegsgeselle!
Ach, es kommt die ganze Hölle!
Sieh, wie die verhexten Leiber
Durch und durch von Flamme glühen!
Menschen-Wölf' und Drachen-Weiber,
Die im Flug vorüberziehen!
Welch entsetzliches Getöse!
Laßt uns, laßt uns alle fliehen!
Oben flammt und saust der Böse;
Aus dem Boden
Dampfet rings ein Höllen-Broden.

Chor der christlichen Wächter
Schreckliche, verhexte Leiber,
Menschen-Wölf' und Drachen-Weiber!
Welch entsetzliches Getöse!
Sieh, da flammt, da zieht der Böse!
Aus dem Boden
Dampfet rings ein Höllen-Broden.

Chor der Druiden
Die Flamme reinigt sich vom Rauch:
So reinig' unsern Glauben!
Und raubt man uns den alten Brauch;
Dein Licht, wer kann es rauben!

DER ZAUBERLEHRLING

Hat der alte Hexenmeister
Sich doch einmal wegbegeben!
Und nun sollen seine Geister
Auch nach meinem Willen leben.
Seine Wort' und Werke
Merkt' ich, und den Brauch,
Und mit Geistesstärke
Tu' ich Wunder auch.

Walle! walle!
Manche Strecke,
Daß, zum Zwecke,
Wasser fließe,
Und mit reichem, vollem Schwalle
Zu dem Bade sich ergieße.

Und nun komm, du alter Besen!
Nimm die schlechten Lumpenhüllen.
Bist schon lange Knecht gewesen;
Nun erfülle meinen Willen!
Auf zwei Beinen stehe,
Oben sei ein Kopf,
Eile nun, und gehe
Mit dem Wassertopf!

Walle! walle!
Manche Strecke,
Daß, zum Zwecke,
Wasser fließe,
Und, mit reichem, vollem Schwalle,
Zu dem Bade sich ergieße.

Seht, er läuft zum Ufer nieder;
Wahrlich! ist schon an dem Flusse,
Und mit Blitzesschnelle wieder
ist er hier mit raschem Gusse.
Schon zum zweitenmale!
Wie das Becken schwillt!
Wie sich jede Schale
Voll mit Wasser füllt!

Stehe! stehe!
Denn wir haben
Deiner Gaben
Vollgemessen! –
Ach, ich merk' es! Wehe! wehe!
Hab' ich doch das Wort vergessen!

Ach! das Wort, worauf am Ende
Er das wird, was er gewesen.
Ach, er läuft und bringt behende!
Wärst du doch der alte Besen!
Immer neue Güsse
Bringt er schnell herein,
Ach! und hundert Flüsse
Stürzen auf mich ein.

Nein, nicht länger
Kann ich's lassen;
Will ihn fassen.
Das ist Tücke!
Ach! nun wird mir immer bänger!
Welche Miene! welche Blicke!

O, du Ausgeburt der Hölle!
Soll das ganze Haus ersaufen?
Seh' ich über jede Schwelle
Doch schon Wasserströme laufen.
Ein verruchter Besen,
Der nicht hören will!
Stock, der du gewesen,
Steh doch wieder still!

Willst's am Ende
Gar nicht lassen?
Will dich fassen,
Will dich halten,
Und das alte Holz behende
Mit dem scharfen Beile spalten.

Seht, da kommt er schleppend wieder!
Wie ich mich nur auf dich werfe,
Gleich, o Kobold, liegst du nieder;
Krachend trifft die glatte Schärfe.
Wahrlich! brav getroffen!
Seht, er ist entzwei!
Und nun kann ich hoffen,
Und ich atme frei!

Wehe! wehe!
Beide Teile
Stehn in Eile
Schon als Knechte
Völlig fertig in die Höhe!
Helft mir, ach! ihr hohen Mächte!

Und sie laufen! Naß und nässer
Wird's im Saal und auf den Stufen.
Welch entsetzliches Gewässer!
Herr und Meister! hör' mich rufen! –
Ach, da kommt der Meister!
Herr, die Not ist groß!
Die ich rief, die Geister,
Werd' ich nun nicht los.

»In die Ecke,
Besen! Besen!
Seid's gewesen.
Denn als Geister
Ruft euch nur, zu seinem Zwecke,
Erst hervor der alte Meister.«

DIE BRAUT VON CORINTH

Nach Corinthus von Athen gezogen
Kam ein Jüngling, dort noch unbekannt.
Einen Bürger hofft' er sich gewogen;
Beide Väter waren gastverwandt,
Hatten frühe schon
Töchterchen und Sohn
Braut und Bräutigam voraus genannt.

Aber wird er auch willkommen scheinen,
Wenn er teuer nicht die Gunst erkauft?
Er ist noch ein Heide mit den Seinen,
Und sie sind schon Christen und getauft.
Keimt ein Glaube neu,
Wird oft Lieb' und Treu
Wie ein böses Unkraut ausgerauft.

Und schon lag das ganze Haus im Stillen,
Vater, Töchter, nur die Mutter wacht;
Sie empfängt den Gast mit bestem Willen,
Gleich ins Prunkgemach wird er gebracht.
Wein und Essen prangt
Eh' er es verlangt:
So versorgend wünscht sie gute Nacht.

Aber bei dem wohlbestellten Essen
Wird die Lust der Speise nicht erregt;
Müdigkeit läßt Speis' und Trank vergessen,
Daß er angekleidet sich aufs Bette legt;
Und er schlummert fast,
Als ein seltner Gast
Sich zur offnen Tür herein bewegt.

Denn er sieht, bei seiner Lampe Schimmer
Tritt, mit weißem Schleier und Gewand,
Sittsam still ein Mädchen in das Zimmer,
Um die Stirn ein schwarz- und goldnes Band.
Wie sie ihn erblickt,
Hebt sie, die erschrickt,
Mit Erstaunen eine weiße Hand.

Bin ich, rief sie aus, so fremd im Hause,
Daß ich von dem Gaste nichts vernahm?
Ach, so hält man mich in meiner Klause!
Und nun überfällt mich hier die Scham.

Ruhe nur so fort
Auf dem Lager dort,
Und ich gehe schnell, so wie ich kam.

Bleibe, schönes Mädchen! ruft der Knabe,
Rafft von seinem Lager sich geschwind:
Hier ist Ceres, hier ist Bacchus Gabe;
Und du bringst den Amor, liebes Kind!
Bist vor Schrecken blaß!
Liebe, komm und laß,
Laß uns sehn, wie froh die Götter sind.

Ferne bleib', o Jüngling! bleibe stehen;
Ich gehöre nicht den Freuden an.
Schon der letzte Schritt ist, ach! geschehen,
Durch der guten Mutter kranken Wahn,
Die genesend schwur:
Jugend und Natur
Sei dem Himmel künftig untertan.

Und der alten Götter bunt Gewimmel
Hat sogleich das stille Haus geleert.
Unsichtbar wird Einer nur im Himmel,
Und ein Heiland wird am Kreuz verehrt;
Opfer fallen hier,
Weder Lamm noch Stier,
Aber Menschenopfer unerhört.

Und er fragt und wäget alle Worte,
Deren keines seinem Geist entgeht.
Ist es möglich, daß am stillen Orte
Die geliebte Braut hier vor mir steht?
Sei die meine nur!
Unsrer Väter Schwur
Hat vom Himmel Segen uns erfleht.

Mich erhältst du nicht, du gute Seele!
Meiner zweiten Schwester gönnt man dich.
Wenn ich mich in stiller Klause quäle,
Ach! in ihren Armen denk' an mich,
Die an dich nur denkt,
Die sich liebend kränkt;
In die Erde bald verbirgt sie sich.

Nein! bei dieser Flamme sei's geschworen,
Gütig zeigt sie Hymen uns voraus;

Bist der Freude nicht und mir verloren,
Kommst mit mir in meines Vaters Haus.
Liebchen, bleibe hier!
Feire gleich mit mir
Unerwartet unsern Hochzeitschmaus.

Und schon wechseln sie der Treue Zeichen;
Golden reicht sie ihm die Kette dar,
Und er will ihr eine Schale reichen,
Silbern, künstlich, wie nicht eine war.
Die ist nicht für mich;
Doch, ich bitte dich,
Eine Locke gib von deinem Haar.

Eben schlug die dumpfe Geisterstunde
Und nun schien es ihr erst wohl zu sein.
Gierig schlürfte sie, mit blassem Munde,
Nun den dunkel blutgefärbten Wein;
Doch vom Weizenbrot,
Das er freundlich bot,
Nahm sie nicht den kleinsten Bissen ein.

Und dem Jüngling reichte sie die Schale,
Der, wie sie, nun hastig lüstern trank.
Liebe fordert er beim stillen Mahle;
Ach, sein armes Herz war liebekrank.
Doch sie widersteht,
Wie er immer fleht,
Bis er weinend auf das Bette sank.

Und sie kommt und wirft sich zu ihm nieder:
Ach! wie ungern seh' ich dich gequält!
Aber, ach! berührst du meine Glieder,
Fühlst du schaudernd, was ich dir verhehlt.
Wie der Schnee so weiß,
Aber kalt wie Eis,
Ist das Liebchen, das du dir erwählt.

Heftig faßt er sie, mit starken Armen,
Von der Liebe Jugendkraft durchmannt:
Hoffe doch bei mir noch zu erwarmen,
Wär'st du selbst mir aus dem Grab gesandt!
Wechselhauch und Kuß!
Liebesüberfluß!
Brennst du nicht und fühlest mich entbrannt?

Liebe schließet fester sie zusammen,
Tränen mischen sich in ihre Lust;
Gierig saugt sie seines Mundes Flammen;
Eins ist nur im Andern sich bewußt.
Seine Liebeswut
Wärmt ihr starres Blut,
Doch es schlägt kein Herz in ihrer Brust.

Unterdessen schleichet auf dem Gange,
Häuslich spät die Mutter noch vorbei,
Horchet an der Tür und horchet lange,
Welch ein sonderbarer Ton es sei.
Klag- und Wonnelaut
Bräutigams und Braut,
Und des Liebestammelns Raserei.

Unbeweglich bleibt sie an der Türe,
Weil sie erst sich überzeugen muß,
Und sie hört die höchsten Liebesschwüre,
Lieb' und Schmeichelworte, mit Verdruß –
Still! der Hahn erwacht! –
Aber morgen Nacht
Bist du wieder da? – und Kuß auf Kuß.

Länger hält die Mutter nicht das Zürnen,
Öffnet das bekannte Schloß geschwind: –
Gibt es hier im Hause solche Dirnen,
Die dem Fremden gleich zu Willen sind? –
So zur Tür hinein.
Bei der Lampe Schein
Sieht sie – Gott! sie sieht ihr eigen Kind.

Und der Jüngling will im ersten Schrecken
Mit des Mädchens eignem Schleierflor,
Mit dem Teppich die Geliebte decken;
Doch sie windet gleich sich selbst hervor.
Wie mit Geist's Gewalt
Hebet die Gestalt
Lang' und langsam sich im Bett' empor.

Mutter! Mutter! spricht sie hohle Worte:
So mißgönnt Ihr mir die schöne Nacht!
Ihr vertreibt mich von dem warmen Orte.
Bin ich zur Verzweiflung nur erwacht?
Ist's Euch nicht genug,
Daß in's Leichentuch,
Daß Ihr früh mich in das Grab gebracht?

Aber aus der schwerbedeckten Enge
Treibet mich ein eigenes Gericht.
Eurer Priester summende Gesänge
Und ihr Segen haben kein Gewicht;
Salz und Wasser kühlt
Nicht, wo Jugend fühlt;
Ach! die Erde kühlt die Liebe nicht.

Dieser Jüngling war mir erst versprochen,
Als noch Venus heitrer Tempel stand.
Mutter, habt Ihr doch das Wort gebrochen,
Weil ein fremd, ein falsch Gelübd' Euch band!
Doch kein Gott erhört,
Wenn die Mutter schwört,
Zu versagen ihrer Tochter Hand.

Aus dem Grabe werd' ich ausgetrieben,
Noch zu suchen das vermißte Gut,
Noch den schon verlornen Mann zu lieben,
Und zu saugen seines Herzens Blut.
Ist's um den geschehn,
Muß nach Andern gehn,
Und das junge Volk erliegt der Wut.

Schöner Jüngling! kannst nicht länger leben;
Du versiechest nun an diesem Ort.
Meine Kette hab' ich dir gegeben;
Deine Locke nehm' ich mit mir fort.
Sieh' sie an genau!
Morgen bist du grau,
Und nur braun erscheinst du wieder dort.

Höre, Mutter, nun die letzte Bitte:
Einen Scheiterhaufen schichte du;
Öffne meine bange kleine Hütte,
Bring' in Flammen Liebende zur Ruh!
Wenn der Funke sprüht,
Wenn die Asche glüht,
Eilen wir den alten Göttern zu.

DER GOTT UND DIE BAJADERE
Indische Legende

Mahadöh, der Herr der Erde,
Kommt herab zum sechstenmal,

Daß er unsers gleichen werde,
Mit zu fühlen Freud' und Qual.
Er bequemt sich hier zu wohnen,
Läßt sich Alles selbst geschehn.
Soll er strafen oder schonen,
Muß er Menschen menschlich sehn.
Und hat er die Stadt sich als Wandrer betrachtet,
Die Großen belauert, auf Kleine geachtet,
Verläßt er sie Abends, um weiter zu gehn.

Als er nun hinausgegangen,
Wo die letzten Häuser sind,
Sieht er, mit gemalten Wangen,
Ein verlornes schönes Kind.
Grüß' dich, Jungfrau! – Dank der Ehre!
Wart', ich komme gleich hinaus –
Und wer bist du? – Bajadere,
Und dies ist der Liebe Haus.
Sie rührt sich, die Zimbeln zum Tanze zu schlagen;
Sie weiß sich so lieblich im Kreise zu tragen,
Sie neigt sich und biegt sich, und reicht ihm den Strauß.

Schmeichelnd zieht sie ihn zur Schwelle,
Lebhaft ihn ins Haus hinein.
Schöner Fremdling, lampenhelle
Soll sogleich die Hütte sein.
Bist du müd', ich will dich laben,
Lindern deiner Füße Schmerz.
Was du willst, das sollst du haben,
Ruhe, Freuden oder Scherz.
Sie lindert geschäftig geheuchelte Leiden.
Der Göttliche lächelt; er siehet mit Freuden,
Durch tiefes Verderben, ein menschliches Herz.

Und er fordert Sklavendienste;
Immer heitrer wird sie nur,
Und des Mädchens frühe Künste
Werden nach und nach Natur.
Und so stellet auf die Blüte
Bald und bald die Frucht sich ein;
Ist Gehorsam im Gemüte,
Wird nicht fern die Liebe sein.
Aber, sie schärfer und schärfer zu prüfen,
Wählet der Kenner der Höhen und Tiefen
Lust und Entsetzen und grimmige Pein.

Und er küßt die bunten Wangen,
Und sie fühlt der Liebe Qual,
Und das Mädchen steht gefangen,
Und sie weint zum erstenmal;
Sinkt zu seinen Füßen nieder,
Nicht um Wollust noch Gewinst,
Ach! und die gelenken Glieder,
Sie versagen allen Dienst.
Und so zu des Lagers vergnüglicher Feier
Bereiten den dunklen behaglichen Schleier
Die nächtlichen Stunden das schöne Gespinst.

Spät entschlummert, unter Scherzen,
Früh erwacht, nach kurzer Rast,
Findet sie, an ihrem Herzen,
Tot den vielgeliebten Gast.
Schreiend stürzt sie auf ihn nieder;
Aber nicht erweckt sie ihn,
Und man trägt die starren Glieder
Bald zu Flammengrube hin.
Sie höret die Priester, die Totengesänge,
Sie raset und rennet, und teilet die Menge.
Wer bist du? was drängt zu der Grube dich hin?

Bei der Bahre stürzt sie nieder,
Ihr Geschrei durchdringt die Luft:
Meinen Gatten will ich wieder!
Und ich such' ihn in der Gruft.
Soll zu Asche mir zerfallen
Dieser Glieder Götterpracht?
Mein! er war es, mein vor allen!
Ach, nur Eine süße Nacht!
Es singen die Priester: wir tragen die Alten,
Nach langem Ermatten und spätem Erkalten,
Wir tragen die Jugend, noch eh' sie's gedacht.

Höre deiner Priester Lehre:
Dieser war dein Gatte nicht.
Lebst du doch als Bajadere,
Und so hast du keine Pflicht.
Nur dem Körper folgt der Schatten
In das stille Totenreich;
Nur die Gattin folgt dem Gatten:
Das ist Pflicht und Ruhm zugleich.
Ertöne, Drommete, zu heiliger Klage!
O, nehmet, ihr Götter! die Zierde der Tage,
O, nehmet den Jüngling in Flammen zu euch!

So das Chor, das ohn' Erbarmen
Mehret ihres Herzens Not;
Und mit ausgestreckten Armen
Springt sie in den heißen Tod.
Doch der Götter-Jüngling hebet
Aus der Flamme sich empor,
Und in seinen Armen schwebet
Die Geliebte mit hervor.
Es freut sich die Gottheit der reuigen Sünder;
Unsterbliche heben verlorene Kinder
Mit feurigen Armen zum Himmel empor.

ELEGIEN

I

Wie wir einst so glücklich waren!
Müssens jetzt durch euch erfahren.

I

Saget, Steine, mir an, o! sprecht, ihr hohen Paläste!
  Straßen, redet ein Wort! Genius, regst du dich nicht?
Ja, es ist Alles beseelt in deinen heiligen Mauern,
  Ewige Roma; nur mir schweiget noch Alles so still.
O! wer flüstert mir zu, an welchem Fenster erblick' ich
  Einst das holde Geschöpf, das mich versengend erquickt?
Ahn' ich die Wege noch nicht, durch die ich immer und immer,
  Zu ihr und von ihr zu gehn, opfre die köstliche Zeit?
Noch Betracht' ich Kirch' und Palast, Ruinen und Säulen,
  Wie ein bedächtiger Mann schicklich die Reise benutzt.
Doch bald ist es vorbei; dann wird ein einziger Tempel,
  Amors Tempel nur sein, der den Geweihten empfängt.
Eine Welt zwar bist du, o Rom; doch ohne die Liebe
  Wäre die Welt nicht die Welt, wäre denn Rom auch nicht Rom.

II

Ehret, wen ihr auch wollt! Nun bin ich endlich geborgen!
  Schöne Damen und ihr Herren der feineren Welt,
Fraget nach Oheim und Vetter und alten Muhmen und Tanten;
  Und dem gebundnen Gespräch folge das traurige Spiel.
Auch ihr Übrigen fahret mir wohl, in großen und kleinen
  Zirkeln, die ihr mich oft nah der Verzweiflung gebracht.
Wiederholet, politisch und zwecklos, jegliche Meinung,
  Die den Wandrer mit Wut über Europa verfolgt.
So verfolgte das Liedchen *Malbrough* den reisenden Briten
  Einst von Paris nach Livorn, dann von Livorno nach Rom,
Weiter nach Napel hinunter; und wär' er nach Smyrna gesegelt,
  Malbrough! empfing ihn auch dort! Malbrough! im Hafen das Lied.
Und so mußt' ich bis jetzt auf allen Tritten und Schritten
  Schelten hören das Volk, schelten der Könige Rat.
Nun entdeckt' ihr mich nicht so bald in meinem Asyle,
  Das mir Amor der Fürst, königlich schützend, verlieh.
Hier bedecket er mich mit seinem Fittig; die Liebste
  Fürchtet, römisch gesinnt, wütende Gallier nicht;
Sie erkundigt sich nie nach neuer Märe, sie spähet

Sorglich den Wünschen des Mann's, dem sie sich eignete, nach.
Sie ergetzt sich an ihm, dem freien rüstigen Fremden,
Der von Bergen und Schnee, hölzernen Häusern erzählt;
Teilt die Flammen, die sie in seinem Busen entzündet,
Freut sich, daß er das Gold nicht wie der Römer bedenkt.
Besser ist ihr Tisch nun bestellt; es fehlet an Kleidern,
Fehlet am Wagen ihr nicht, der nach der Oper sie bringt.
Mutter und Tochter erfreun sich ihres nordischen Gastes,
Und der Barbare beherrscht Römischen Busen und Leib.

III

Laß dich, Geliebte, nicht reu'n, daß du mir so schnell dich ergeben!
Glaub' es, ich denke nicht frech, denke nicht niedrig von dir.
Vielfach wirken die Pfeile des Amor: einige ritzen,
Und vom schleichenden Gift kranket auf Jahre das Herz.
Aber mächtig befiedert, mit frisch geschliffener Schärfe,
Dringen die andern ins Mark, zünden behende das Blut.
In der heroischen Zeit, da Götter und Göttinnen liebten,
Folgte Begierde dem Blick, folgte Genuß der Begier.
Glaubst du, es habe sich lange die Göttin der Liebe besonnen,
Als im Idäischen Hain einst ihr Anchises gefiel?
Hätte Luna gesäumt, den schönen Schäfer zu küssen;
O, so hätt' ihn geschwind, neidend, Aurora geweckt.
Hero erblickte Leandern beim lauten Fest, und behende
Stürzte der Liebende sich heiß in die nächtliche Flut.
Rhea Sylvia wandelt, die fürstliche Jungfrau, der Tiber
Wasser zu schöpfen, hinab, und sie ergreifet der Gott.
So erzeugte die Söhne sich Mars! – Die Zwillinge tränket
Eine Wölfen, und Rom nennt sich die Fürstin der Welt.

IV

Fromm sind wir Liebende, still verehren wir alle Dämonen,
Wünschen uns jeglichen Gott, jegliche Göttin geneigt.
Und so gleichen wir euch, o römische Sieger! Den Göttern
Aller Völker der Welt bietet ihr Wohnungen an,
Habe sie schwarz und streng, aus altem Basalt der Ägypter,
Oder ein Grieche sie weiß, reizend, aus Marmor geformt.
Doch verdrießet es nicht die Ewigen, wenn wir besonders
Weihrauch köstlicher Art Einer der Göttlichen streun.
Ja, wir bekennen euch gern, es bleiben unsre Gebete,
Unser täglicher Dienst Einer besonders geweiht.
Schalkhaft, munter und ernst begehen wir heimliche Feste,

Und das Schweigen geziemt allen Geweihten genau.
Eh' an die Ferse lockten wir selbst, durch gräßliche Taten,
Uns die Erinnyen her, wagten es eher, des Zeus
Hartes Gericht am rollenden Rad und am Felsen zu dulden,
Als dem reizenden Dienst unser Gemüt zu entziehn.
Diese Göttin, sie heißt *Gelegenheit*; lernet sie kennen!
Sie erscheinet euch oft, immer in andrer Gestalt.
Tochter des Proteus möchte sie sein, mit Thetis gezeuget,
Deren verwandelte List manchen Heroen betrog.
So betriegt nun die Tochter den Unerfahrnen, den Blöden;
Schlummernde necket sie stets, Wachende fliegt sie vorbei;
Gern ergibt sie sich nur dem raschen tätigen Manne;
Dieser findet sie zahm, spielend und zärtlich und hold.
Einst erschien sie auch mir, ein bräunliches Mädchen, die Haare
Fielen ihr dunkel und reich über die Stirne herab,
Kurze Locken ringelten sich um's zierliche Hälschen,
Ungeflochtenes Haar kraus'te vom Scheitel sich auf.
Und ich verkannte sie nicht, ergriff die Eilende, lieblich
Gab sie Umarmung und Kuß bald mir gelehrig zurück.
O, wie war ich beglückt! – Doch stille, die Zeit ist vorüber,
Und umwunden bin ich, römische Flechten, von euch.

V

Froh empfind' ich mich nun auf klassischem Boden begeistert;
Vor- und Mitwelt spricht lauter und reizender mir.
Hier befolg' ich den Rat, durchblättre die Werke der Alten
Mit geschäftiger Hand, täglich mit neuem Genuß.
Aber die Nächte hindurch hält Amor mich anders beschäftigt;
Werd' ich auch halb nur gelehrt, bin ich doch doppelt beglückt.
Und belehr' ich mich nicht, indem ich des lieblichen Busens
Formen spähe, die Hand leite die Hüften hinab?
Dann versteh' ich den Marmor erst recht; ich denk' und vergleiche,
Sehe mit fühlendem Aug', fühle mit sehender Hand.
Raubt die Liebste denn gleich mir einige Stunden des Tages,
Gibt sie Stunden der Nacht mir zur Entschädigung hin.
Wird doch nicht immer geküßt, es wird vernünftig gesprochen;
Überfällt sie der Schlaf, lieg' ich und denke mir viel.
Oftmals hab' ich auch schon in ihren Armen gedichtet,
Und des Hexameters Maß, leise mit fingernder Hand,
Ihr auf den Rücken gezählt. Sie atmet in lieblichem Schlummer,
Und es durchglühet ihr Hauch mir bis ins Tiefste die Brust.
Amor schüret die Lamp' indes und denket der Zeiten,
Da er den nämlichen Dienst seinen Triumvirn getan.

VI

»Kannst du, o Grausamer! mich in solchen Worten betrüben?
Reden so bitter und hart liebende Männer bei euch?
Wenn das Volk mich verklagt, ich muß es dulden! und bin ich
Etwa nicht schuldig? Doch, ach! schuldig nur bin ich mit dir!
Diese Kleider, sie sind der neidischen Nachbarin Zeugen,
Daß die Witwe nicht mehr einsam den Gatten beweint,
Bist du ohne Bedacht nicht oft bei Mondschein gekommen,
Grau, im dunkeln Sürtout, hinten gerundet das Haar?
Hast du dir scherzend nicht selbst die geistliche Maske gewählet?
Soll's ein Prälate denn sein! gut, der Prälate bist du.
In dem geistlichen Rom, kaum scheint es zu glauben, doch schwör' ich:
Nie hat ein Geistlicher sich meiner Umarmung gefreut.
Arm war ich leider! und jung, und wohl bekannt den Verführern.
Falconieri hat mir oft in die Augen gegafft,
Und ein Kuppler Albani's mich, mit gewichtigen Zetteln,
Bald nach Ostia, bald nach den vier Brunnen gelockt.
Aber wer nicht kam, war das Mädchen. So hab' ich von Herzen
Rotstrumpf immer gehaßt und Violettstrumpf dazu.
Denn ›ihr Mädchen bleibt am Ende doch die Betrognen‹,
Sagte der Vater, wenn auch leichter die Mutter es nahm.
Und so bin ich denn auch am Ende betrogen! Du zürnest
Nur zum Scheine mit mir, weil du zu fliehen gedenkst.
Geh! Ihr seid der Frauen nicht wert! Wir tragen die Kinder
Unter dem Herzen, und so tragen die Treue wir auch;
Aber ihr Männer, ihr schüttet, mit eurer Kraft und Begierde,
Auch die Liebe zugleich in den Umarmungen aus!«
Also sprach die Geliebte, und nahm den Kleinen vom Stuhle,
Drückt' ihn küssend ans Herz, Tränen entquollen dem Blick.
Und wie saß ich beschämt, daß Reden feindlicher Menschen
Dieses liebliche Bild mir zu beflecken vermocht!
Dunkel brennt das Feuer nur augenblicklich und dampfet,
Wenn das Wasser die Glut stürzend und gähling verhüllt,
Aber sie reinigt sich schnell, verjagt die trübenden Dämpfe,
Neuer und mächtiger dringt leuchtende Flamme hinauf.

VII

O, wie fühl' ich in Rom mich so froh! gedenk' ich der Zeiten,
Da mich ein graulicher Tag hinten im Norden umfing,
Trübe der Himmel und schwer auf meinen Scheitel sich senkte,
Farb'- und gestaltlos die Welt um den Ermatteten lag,
Und ich über mein Ich, des unbefriedigten Geistes
Düstre Wege zu spähn, still in Betrachtung versank.

Nun umleuchtet der Glanz des helleren Äthers die Stirne;
Phöbus rufet, der Gott, Formen und Farben hervor.
Sternhell glänzet die Nacht, sie klingt von weichen Gesängen,
Und mir leuchtet der Mond heller als nordischer Tag.
Welche Seligkeit ward mir Sterblichen! Träum' ich? Empfänget
Dein ambrosisches Haus Jupiter Vater, den Gast?
Ach! hier lieg' ich, und strecke nach deinen Knieen die Hände
Flehend aus. O vernimm, Jupiter Xenius, mich!
Wie ich hereingekommen, ich kann's nicht sagen; es faßte
Hebe den Wandrer, und zog mich in die Hallen heran.
Hast du ihr einen Heroen herauf zu führen geboten?
Irrte die Schöne? Vergib! Laß mir des Irrtums Gewinn!
Deine Tochter Fortuna sie auch! Die herrlichsten Gaben
Teilt als ein Mädchen sie aus, wie es die Laune gebeut.
Bist du der wirtliche Gott? O! dann so verstoße den Gastfreund
Nicht von deinem Olymp wieder zur Erde hinab!
»Dichter! wohin versteigest du dich?« – Vergib mir; der hohe
Capitolinische Berg ist dir ein zweiter Olymp.
Dulde mich, Jupiter, hier, und Hermes führe mich später,
Cestius Mahl vorbei, leise zum Orkus hinab.

VIII

Wenn du mir sagst, du habest als Kind, Geliebte, den Menschen
Nicht gefallen, und dich habe die Mutter verschmäht,
Bis du größer geworden und still dich entwickelt; ich glaub' es:
Gerne denk' ich mir dich als ein besonderes Kind.
Fehlet Bildung und Farbe doch auch der Blüte des Weinstocks,
Wenn die Beere, gereift, Menschen und Götter entzückt.

IX

Herbstlich leuchtet die Flamme vom ländlich geselligen Herde,
Knistert und glänzet, wie rasch! sausend vom Reisig empor.
Diesen Abend erfreut sie mich mehr; denn eh' noch zur Kohle
Sich das Bündel verzehrt, unter die Asche sich neigt,
Kommt mein liebliches Mädchen. Dann flammen Reisig und Scheite,
Und die erwärmte Nacht wird uns ein glänzendes Fest.
Morgen frühe geschäftig verläßt sie das Lager der Liebe,
Weckt aus der Asche behend Flammen aufs Neue hervor.
Denn vor andern verlieh der Schmeichlerin Amor die Gabe,
Freude zu wecken, die kaum still wie zu Asche versank.

X

Alexander und Cäsar und Heinrich und Friedrich, die Großen,
Gäben die Hälfte mir gern ihres erworbenen Ruhms,
Könnt' ich auf Eine Nacht dies Lager Jedem vergönnen;
Aber die Armen, sie hält strenge des Orkus Gewalt.
Freue dich also, Lebend'ger, der lieberwärmeten Stätte,
Ehe den fliehenden Fuß schauerlich Lethe dir netzt.

XI

Euch, o Grazien, legt die wenigen Blätter ein Dichter
Auf den reinen Altar, Knospen der Rose dazu,
Und er tut es getrost. Der Künstler freuet sich seiner
Werkstatt, wenn sie um ihn immer ein Pantheon scheint.
Jupiter senket die göttliche Stirn, und Juno erhebt sie;
Phöbus schreitet hervor, schüttelt das lockige Haupt;
Trocken schauet Minerva herab, und Hermes, der Leichte,
Wendet zur Seite den Blick, schalkisch und zärtlich zugleich.
Aber nach Bacchus, dem Weichen, dem Träumenden, hebet Cythere
Blicke süßer Begier, selbst in dem Marmor noch feucht.
Seiner Umarmung gedenket sie gern, und scheinet zu fragen:
Sollte der herrliche Sohn uns an der Seite nicht stehn?

XII

Hörest du, Liebchen, das muntre Geschrei den Flaminischen Weg her?
Schnitter sind es; sie ziehn wieder nach Hause zurück,
Weit hinweg. Sie haben des Römers Ernte vollendet,
Der für Ceres den Kranz selber zu flechten verschmäht.
Keine Feste sind mehr der großen Göttin gewidmet,
Die, statt Eicheln, zur Kost goldenen Weizen verlieh.
Laß uns Beide das Fest im Stillen freudig begehen!
Sind zwei Liebende doch sich ein versammeltes Volk.
Hast du wohl je gehört von jener mystischen Feier,
Die von Eleusis hieher frühe dem Sieger gefolgt?
Griechen stifteten sie, und immer riefen nur Griechen,
Selbst in den Mauern Roms: »Kommt zur geheiligten Nacht!«
Fern entwich der Profane; da bebte der wartende Neuling,
Den ein weißes Gewand, Zeichen der Reinheit, umgab.
Wunderlich irrte darauf der Eingeführte durch Kreise
Seltner Gestalten; im Traum schien er zu wallen: denn hier

Wanden sich Schlangen am Boden umher, verschlossene Kästchen,
  Reich mit Ähren umkränzt, trugen hier Mädchen vorbei,
Vielbedeutend gebärdeten sich die Priester, und summten;
  Ungeduldig und bang harrte der Lehrling auf Licht.
Erst nach mancherlei Proben und Prüfungen ward ihm enthüllet,
  Was der geheiligte Kreis seltsam in Bildern verbarg.
Und was war das Geheimnis! als daß Demeter, die große,
  Sich gefällig einmal auch einem Helden bequemt,
Als sie dem Jasion einst, dem rüstigen König der Kreter,
  Ihres unsterblichen Leib's holdes Verborgne gegönnt.
Da war Kreta beglückt! das Hochzeitbette der Göttin
  Schwoll von Ähren, und reich drückte den Acker die Saat.
Aber die übrige Welt verschmachtete; denn es versäumte
  Über der Liebe Genuß Ceres den schönen Beruf.
Voll Erstaunen vernahm der Eingeweihte das Märchen,
  Winkte der Liebsten – Verstehst du nun, Geliebte, den Wink?
Jene buschige Myrte beschattet ein heiliges Plätzchen!
  Unsre Zufriedenheit bringt keine Gefährde der Welt.

XIII

Amor bleibet ein Schalk, und wer ihm vertraut, ist betrogen!
  Heuchelnd kam er zu mir: »Diesmal nur traue mir noch.
Redlich mein' ich's mit dir, du hast dein Leben und Dichten,
  Dankbar erkenn' ich es wohl, meiner Verehrung geweiht.
Siehe, dir bin ich nun gar nach Rom gefolget; ich möchte
  Dir im fremden Gebiet gern was Gefälliges tun.
Jeder Reisende klagt, er finde schlechte Bewirtung;
  Welchen Amor empfiehlt, köstlich bewirtet ist er.
Du betrachtest mit Staunen die Trümmern alter Gebäude,
  Und durchwandelst mit Sinn diesen geheiligten Raum.
Du verehrest noch mehr die werten Reste des Bildens
  Einziger Künstler, die stets ich in der Werkstatt besucht.
Diese Gestalten, ich formte sie selbst! Verzeih mir, ich prahle
  Diesmal nicht; du gestehst, was ich dir sage, sei wahr.
Nun du mir lässiger dienst, wo sind die schönen Gestalten,
  Wo die Farben, der Glanz deiner Erfindungen hin?
Denkst du nun wieder zu bilden, o Freund? Die Schule der Griechen
  Blieb noch offen, das Tor schlossen die Jahre nicht zu.
Ich, der Lehrer, bin ewig jung, und liebe die Jungen.
  Altklug lieb' ich dich nicht! Munter! Begreife mich wohl!
War das Antike doch neu, da jene Glücklichen lebten!
  Lebe glücklich, und so lebe die Vorzeit in dir!
Stoff zum Liede, wo nimmst du ihn her? Ich muß dir ihn geben,
  Und den höheren Styl lehret die Liebe dich nur.«

Also sprach der Sophist. Wer widersprách' ihm? und leider
Bin ich zu folgen gewöhnt, wenn der Gebieter befiehlt. –
Nun, verräterisch hält er sein Wort, gibt Stoff zu Gesängen,
Ach! und raubt mir die Zeit, Kraft und Besinnung zugleich;
Blick und Händedruck, und Küsse, gemütliche Worte,
Sylben köstlichen Sinns wechselt ein liebendes Paar.
Da wird Lispeln Geschwätz, wird Stottern liebliche Rede:
Solch ein Hymnus verhallt ohne prosodisches Maß.
Dich, Aurora, wie kannt' ich dich sonst als Freundin der Musen!
Hat, Aurora, dich auch Amor, der Lose, verführt?
Du erscheinest mir nun als seine Freundin, und weckest
Mich an seinem Altar wieder zum festlichen Tag.
Find' ich die Fülle der Locken an meinem Busen! das Köpfchen
Ruhet und drucket den Arm, der sich dem Halse bequemt.
Welch ein freudig Erwachen, erhieltet ihr, ruhige Stunden,
Mir das Denkmal der Lust, die in den Schlaf uns gewiegt! –
Sie bewegt sich im Schlummer, und sinkt auf die Breite des Lagers
Weggewendet; und doch läßt sie mir Hand noch in Hand.
Herzliche Liebe verbindet uns stets und treues Verlangen,
Und den Wechsel behielt nur die Begierde sich vor.
Einen Druck der Hand, ich sehe die himmlischen Augen
Wieder offen. – O nein! laßt auf der Bildung mich ruhn!
Bleibt geschlossen! Ihr macht mich verwirrt und trunken, ihr raubet
Mir den stillen Genuß reiner Betrachtung zu früh.
Diese Formen, wie groß! wie edel gewendet die Glieder!
Schlief Ariadne so schön; Theseus, du konntest entfliehn?
Diesen Lippen ein einziger Kuß! O Theseus, nun scheide!
Blick' ihr ins Auge! Sie wacht! – Ewig nun hält sie dich fest.

XIV

Zünde mir Licht an, Knabe! – »Noch ist es hell. Ihr verzehret
Öl und Docht nur umsonst. Schließet die Läden doch nicht!
Hinter die Häuser entwich, nicht hinter den Berg, uns die Sonne!
Ein halb Stündchen noch währt's bis zum Geläute der Nacht.« –
Unglückseliger! geh und gehorch'! Mein Mädchen erwart' ich;
Tröste mich, Lämpchen, indes, lieblicher Bote der Nacht!

XV

Cäsarn wär' ich wohl nie zu fernen Britannen gefolget,
Florus hätte mich leicht in die Popine geschleppt!
Denn mir bleiben weit mehr die Nebel des traurigen Nordens,
Als ein geschäftiges Volk südlicher Flöhe verhaßt.

Und noch schöner von heut' an seid mir gegrüßet, ihr Schenken,
Osterieen, wie euch schicklich der Römer benennt;
Denn ihr zeigtet mir heute die Liebste begleitet vom Oheim,
Den die Gute so oft, mich zu besitzen, betrügt.
Hier stand unser Tisch, den Deutsche vertraulich umgaben;
Drüben suchte das Kind neben der Mutter den Platz,
Rückte vielmals die Bank, und wußt' es artig zu machen,
Daß ich halb ihr Gesicht, völlig den Nacken gewann.
Lauter sprach sie, als hier die Römerin pfleget, kredenzte,
Blickte gewendet nach mir, goß und verfehlte das Glas.
Wein floß über den Tisch, und sie, mit zierlichem Finger,
Zog auf dem hölzernen Blatt Kreise der Feuchtigkeit hin.
Meinen Namen verschlang sie dem ihrigen; immer begierig
Schaut' ich dem Fingerchen nach, und sie bemerkte mich wohl.
Endlich zog sie behende das Zeichen der römischen Fünfe
Und ein Strichlein davor. Schnell, und sobald ich's gesehn,
Schlang sie Kreise durch Kreise, die Lettern und Ziffern zu löschen;
Aber die köstliche *Vier* blieb mir in's Auge geprägt.
Stumm war ich sitzen geblieben, und biß die glühende Lippe,
Halb aus Schalkheit und Lust, halb aus Begierde, mir wund.
Erst noch so lange bis Nacht! dann noch vier Stunden zu warten!
Hohe Sonne, du weilst und du beschauest dein Rom!
Größeres sahest du nichts und wirst nichts Größeres sehen,
Wie es dein Priester Horaz in der Entzückung versprach.
Aber heute verweile mir nicht, und wende die Blicke
Von dem Siebengebirg früher und williger ab!
Einem Dichter zu Liebe verkürze die herrlichen Stunden,
Die mit begierigem Blick selig der Maler genießt;
Glühend blicke noch schnell zu diesen hohen Fassaden,
Kuppeln und Säulen zuletzt, und Obelisken herauf;
Stürze dich eilig ins Meer, um morgen früher zu sehen,
Was Jahrhunderte schon göttliche Lust dir gewährt:
Diese feuchten mit Rohr so lange bewachs'nen Gestade,
Diese mit Bäumen und Busch düster beschatteten Höhn.
Wenig Hütten zeigten sie erst; dann sahst du auf einmal
Sie vom wimmelnden Volk glücklicher Räuber belebt.
Alles schleppten sie drauf an diese Stätte zusammen;
Kaum war das übrige Rund deiner Betrachtung noch wert.
Sahst eine Welt hier entstehn, sahst dann eine Welt hier in Trümmern,
Aus den Trümmern auf's Neu fast eine größere Welt!
Daß ich diese noch lange, von dir beleuchtet, erblicke,
Spinne die Parze mir klug langsam den Faden herab;
Aber sie eile herbei, die schön bezeichnete Stunde! –
Glücklich! Hör' ich sie schon? Nein; doch ich höre schon Drei.
So, ihr lieben Musen, betrogt ihr wieder die Länge
Dieser Weile, die mich von der Geliebten getrennt.

Lebet wohl! Nun eil' ich, und fürcht' euch nicht zu beleid'gen;
  Denn ihr Stolzen, ihr gebt Amorn doch immer den Rang.

XVI

»Warum bist du, Geliebter, nicht heute zur Vigne gekommen?
  Einsam, wie ich versprach, wartet' ich oben auf dich.« –
Beste, schon war ich hinein; da sah ich zum Glücke den Oheim
  Neben den Stöcken, bemüht, hin sich und her sich zu drehn.
Schleichend eilt' ich hinaus! – »O, welch ein Irrtum ergriff dich!
  Eine Scheuche nur war's, was dich vertrieb! Die Gestalt
Flickten wir emsig zusammen aus alten Kleidern und Rohren;
  Emsig half ich daran, selbst mir zu schaden bemüht.
Nun! des Alten Wunsch ist erfüllt; den losesten Vogel
  Scheucht er heute, der ihm Gärtchen und Nichte bestiehlt.«

XVII

Manche Töne sind mir Verdruß, doch bleibet am meisten
  Hundegebell mir verhaßt; kläffend zerreißt es mein Ohr.
Einen Hund nur hör' ich sehr oft mit frohem Behagen
  Bellend kläffen, den Hund, den sich der Nachbar erzog.
Denn er bellte mir einst mein Mädchen an, da sie sich heimlich
  Zu mir stahl, und verriet unser Geheimnis beinah.
Jetzo, hör' ich ihn bellen, so denk' ich nur immer: sie kommt wohl!
  Oder ich denke der Zeit, da die Erwartete kam.

XVIII

Eines ist mir verdrießlich vor allen Dingen, ein andres
  Bleibt mir abscheulich, empört jegliche Faser in mir;
Nur der bloße Gedanke. Ich will es euch, Freunde, gestehen:
  Gar verdrießlich ist mir einsam das Lager zu Nacht.
Aber ganz abscheulich ist's, auf dem Wege der Liebe
  Schlangen zu fürchten, und Gift unter den Rosen der Lust,
Wenn im schönsten Moment der hin sich gebenden Freude
  Deinem sinkenden Haupt lispelnde Sorge sich naht.
Darum macht Faustine mein Glück; sie teilet das Lager
  Gerne mit mir, und bewahrt Treue dem Treuen genau.
Reizendes Hindernis will die rasche Jugend; ich liebe,
  Mich des versicherten Guts lange bequem zu erfreun.
Welche Seligkeit ist's! wir wechseln sichere Küsse,
  Atem und Leben getrost saugen und flößen wir ein.

So erfreuen wir uns der langen Nächte, wir lauschen,
Busen an Busen gedrängt, Stürmen und Regen und Guß.
Und so dämmert der Morgen heran; es bringen die Stunden
Neue Blumen herbei, schmücken uns festlich den Tag.
Gönnet mir, o Quiriten! das Glück, und Jedem gewähre
Aller Güter der Welt erstes und letztes der Gott!

XIX

Schwer erhalten wir uns den guten Namen, denn Fama
Steht mit Amorn, ich weiß, meinem Gebieter, in Streit.
Wißt auch ihr, woher es entsprang, daß Beide sich hassen?
Alte Geschichten sind das, und ich erzähle sie wohl.
Immer die mächtige Göttin, doch war sie für die Gesellschaft
Unerträglich, denn gern führt sie das herrschende Wort;
Und so war sie von je, bei allen Göttergelagen,
Mit der Stimme von Erz, Großen und Kleinen verhaßt.
So berühmte sie einst sich übermütig, sie habe
Jovis herrlichen Sohn ganz sich zum Sklaven gemacht.
»Meinen Herkules führ' ich dereinst, o Vater der Götter«,
Rief triumphierend sie aus, »wiedergeboren dir zu.
Herkules ist es nicht mehr, den dir Alkmene geboren;
Seine Verehrung für mich macht ihn auf Erden zum Gott.
Schaut er nach dem Olymp, so glaubst du, er schaue nach deinen
Mächtigen Knieen; vergib! nur in den Äther nach mir
Blickt der würdigste Mann; nur mich zu verdienen, durchschreitet
Leicht sein mächtiger Fuß Bahnen, die keiner betrat;
Aber auch ich begegn' ihm auf seinen Wegen, und preise
Seinen Namen voraus, eh' er die Tat noch beginnt.
Mich vermählst du ihm einst; der Amazonen Besieger
Werd' auch meiner, und ihn nenn' ich mit Freuden Gemahl!«
Alles schwieg; sie mochten nicht gern die Prahlerin reizen:
Denn sie denkt sich, erzürnt, leicht was Gehässiges aus.
Amorn bemerkte sie nicht: er schlich bei Seite; den Helden
Bracht' er mit weniger Kunst unter der Schönsten Gewalt.
Nun vermummt er sein Paar; ihr hängt er die Bürde des Löwen
Über die Schultern, und lehnt mühsam die Keule dazu.
Drauf bespickt er mit Blumen des Helden sträubende Haare,
Reichet den Rocken der Faust, die sich dem Scherze bequemt.
So vollendet er bald die neckische Gruppe; dann läuft er,
Ruft durch den ganzen Olymp: »Herrliche Taten geschehn!
Nie hat Erd' und Himmel, die unermüdete Sonne
Hat auf der ewigen Bahn keines der Wunder erblickt.«
Alles eilte; sie glaubten dem losen Knaben, denn ernstlich
Hatt' er gesprochen; und auch Fama, sie blieb nicht zurück.

Wer sich freute, den Mann so tief erniedrigt zu sehen,
  Denkt ihr! Juno. Es galt Amorn ein freundlich Gesicht.
Fama daneben, wie stand sie beschämt, verlegen, verzweifelnd!
  Anfangs lachte sie nur: »Masken, ihr Götter, sind das!
Meinen Helden, ich kenn' ihn zu gut! Es haben Tragöden
  Uns zum Besten!« Doch bald sah sie mit Schmerzen, er war's! –
Nicht den tausendsten Teil verdroß es Vulcanen, sein Weibchen
  Mit dem rüstigen Freund unter den Maschen zu sehn,
Als das verständige Netz im rechten Moment sie umfaßte,
  Rasch die Verschlungnen umschlang, fest die Genießenden hielt.
Wie sich die Jünglinge freuten! Merkur und Bacchus! sie beide
  Mußten gestehn: es sei, über dem Busen zu ruhn
Dieses herrlichen Weibes, ein schöner Gedanke. Sie baten:
  Löse, Vulcan, sie noch nicht! Laß sie noch einmal besehn.
Und der Alte war so Hahnrei, und hielt sie nur fester. –
  Aber Fama, sie floh rasch und voll Grimmes davon.
Seit der Zeit ist zwischen den Zweien der Fehde nicht Stillstand;
  Wie sie sich Helden erwählt, gleich ist der Knabe darnach.
Wer sie am höchsten verehrt, den weiß er am besten zu fassen,
  Und den Sittlichsten greift er am gefährlichsten an.
Will ihm Einer entgehn, den bringt er vom Schlimmen ins Schlimmste.
  Mädchen bietet er an; wer sie ihm töricht verschmäht,
Muß erst grimmige Pfeile von seinem Bogen erdulden;
  Mann erhitzt er auf Mann, treibt die Begierden auf's Tier.
Wer sich seiner schämt, der muß erst leiden; dem Heuchler
  Streut er bittern Genuß unter Verbrechen und Not.
Aber auch sie, die Göttin, verfolgt ihn mit Augen und Ohren;
  Sieht sie ihn einmal bei dir, gleich ist sie feindlich gesinnt,
Schreckt dich mit ernstem Blick, verachtenden Mienen, und heftig
  Strenge verruft sie das Haus, das er gewöhnlich besucht.
Und so geht es auch mir: schon leid' ich ein wenig; die Göttin,
  Eifersüchtig, sie forscht meinem Geheimnisse nach.
Doch es ist ein altes Gesetz: ich schweig' und verehre;
  Denn der Könige Zwist büßten die Griechen, wie ich.

XX

Zieret Stärke den Mann, und freies mutiges Wesen,
  O! so ziemet ihm fast tiefes Geheimnis noch mehr.
Städtebezwingerin, du Verschwiegenheit! Fürstin der Völker!
  Teure Göttin, die mich sicher durch's Leben geführt,
Welches Schicksal erfahr' ich! Es löset scherzend die Muse,
  Amor löset, der Schalk! mir den verschlossenen Mund.
Ach, schon wird es so schwer, der Könige Schande verbergen!
  Weder die Krone bedeckt, weder ein phrygischer Bund

Midas verlängertes Ohr; der nächste Diener entdeckt es,
Und ihm ängstet und drückt gleich das Geheimnis die Brust.
In die Erde vergrüb' er es gern, um sich zu erleichtern:
Doch die Erde verwahrt solche Geheimnisse nicht;
Rohre sprießen hervor, und rauschen und lispeln im Winde:
Midas! Midas, der Fürst, trägt ein verlängertes Ohr!
Schwerer wird es nun mir, ein schönes Geheimnis zu wahren;
Ach, den Lippen entquillt Fülle des Herzens so leicht!
Keiner Freundin darf ich's vertraun: sie möchte mich schelten;
Keinem Freunde: vielleicht brächte der Freund mir Gefahr.
Mein Entzücken dem Hain, dem schallenden Felsen zu sagen,
Bin ich endlich nicht jung, bin ich nicht einsam genug.
Dir, Hexameter, dir, Pentameter, sei es vertrauet,
Wie sie des Tags mich erfreut, wie sie des Nachts mich beglückt.
Sie, von vielen Männern gesucht, vermeidet die Schlingen,
Die ihr der Kühnere frech, heimlich der Listige legt;
Klug und zierlich schlüpft sie vorbei, und kennet die Wege,
Wo sie der Liebste gewiß lauschend begierig empfängt.
Zaudre, Luna, sie kommt! damit sie der Nachbar nicht sehe;
Rausche, Lüftchen, im Laub! Niemand vernehme den Tritt;
Und ihr, wachset und blüht, geliebte Lieder, und wieget
Euch im leisesten Hauch lauer und liebender Luft,
Und entdeckt den Quiriten, wie jene Rohre geschwätzig,
Eines glücklichen Paars schönes Geheimnis zuletzt.

ELEGIEN
II

Bilder so wie Leidenschaften
Mögen gern am Liede haften.

ALEXIS UND DORA

Ach! unaufhaltsam strebet das Schiff mit jedem Momente
Durch die schäumende Flut weiter und weiter hinaus!
Langhin furcht sich die Gleise des Kiels, worin die Delphine
Springend folgen, als flöh' ihnen die Beute davon.
Alles deutet auf glückliche Fahrt: der ruhige Bootsmann
Ruckt am Segel gelind, das sich für alle bemüht;
Vorwärts dringt der Schiffenden Geist, wie Flaggen und Wimpel;
Einer nur steht rückwärts traurig gewendet am Mast,
Sieht die Berge schon blau, die scheidenden, sieht in das Meer sie
Niedersinken, es sinkt jegliche Freude vor ihm.
Auch dir ist es verschwunden, das Schiff, das deinen Alexis,
Dir, o Dora, den Freund, ach! dir den Bräutigam raubt.
Auch du blickest vergebens nach mir. Noch schlagen die Herzen
Für einander, doch, ach! nun aneinander nicht mehr.
Einziger Augenblick, in welchem ich lebte! du wiegest
Alle Tage, die sonst kalt mir verschwindenden, auf.
Ach! nur im Augenblick, im letzten, stieg mir ein Leben,
Unvermutet in dir, wie von den Göttern, herab.
Nun umsonst verklärst du mit deinem Lichte den Äther;
Dein alleuchtender Tag, Phöbus, mir ist er verhaßt.
In mich selber kehr' ich zurück; da will ich im Stillen
Wiederholen die Zeit, als sie mir täglich erschien.
War es möglich, die Schönheit zu sehn und nicht zu empfinden?
Wirkte der himmlische Reiz nicht auf dein stumpfes Gemüt?
Klage dich, Armer, nicht an! – So legt der Dichter ein Rätsel,
Künstlich mit Worten verschränkt, oft der Versammlung ins Ohr.
Jeden freuet die seltne, der zierlichen Bilder Verknüpfung,
Aber noch fehlet das Wort, das die Bedeutung verwahrt.
Ist es endlich entdeckt, dann heitert sich jedes Gemüt auf,
Und erblickt im Gedicht doppelt erfreulichen Sinn.
Ach! warum so spät, o Amor, nahmst du die Binde,
Die du um's Aug' mir geknüpft, nahmst sie zu spät mir hinweg!
Lange schon harrte befrachtet das Schiff auf günstige Lüfte;
Endlich strebte der Wind, glücklich, vom Ufer ins Meer.
Leere Zeiten der Jugend! und leere Träume der Zukunft!
Ihr verschwindet, es bleibt einzig die Stunde mir nur.
Ja, sie bleibt, es bleibt mir das Glück! ich halte dich, Dora!

Und die Hoffnung zeigt, Dora, dein Bild mir allein.
Öfter sah ich zum Tempel dich gehn, geschmückt und gesittet,
Und das Mütterchen ging feierlich neben dir her.
Eilig warst du und frisch, zu Markte die Früchte zu tragen;
Und vom Brunnen, wie kühn! wiegte dein Haupt das Gefäß.
Da erschien dein Hals, erschien dein Nacken vor allen,
Und vor allen erschien deiner Bewegungen Maß.
Oftmals hab' ich gesorgt, es möchte der Krug dir entstürzen;
Doch er hielt sich stet auf dem geringelten Tuch.
Schöne Nachbarin, ja, so war ich gewohnt dich zu sehen,
Wie man die Sterne sieht, wie man den Mond sich beschaut,
Sich an ihnen erfreut, und innen im ruhigen Busen
Nicht der entfernteste Wunsch, sie zu besitzen, sich regt.
Jahre, so gingt ihr dahin! Nur zwanzig Schritte getrennet
Waren die Häuser, und nie hab' ich die Schwelle berührt.
Und nun trennt uns die gräßliche Flut! Du lügst nur den Himmel,
Welle! dein herrliches Blau ist mir die Farbe der Nacht.
Alles rührte sich schon; da kam ein Knabe gelaufen
An mein väterlich Haus, rief mich zum Strande hinab.
Schon erhebt sich das Segel, es flattert im Winde: so sprach er;
Und gelichtet, mit Kraft, trennt sich der Anker vom Sand.
Komm, Alexis, o komm! Da drückte der wackere Vater,
Würdig die segnende Hand mir auf das lockige Haupt;
Sorglich reichte die Mutter ein nachbereitetes Bündel:
Glücklich kehre zurück! riefen sie, glücklich und reich!
Und so sprang ich hinweg, das Bündelchen unter dem Arme,
An der Mauer hinab, fand an der Türe dich stehn
Deines Gartens. Du lächeltest mir und sagtest: Alexis!
Sind die Lärmenden dort deine Gesellen der Fahrt?
Fremde Küsten besuchest du nun, und köstliche Waren
Handelst du ein, und Schmuck reichen Matronen der Stadt.
Aber bringe mir auch ein leichtes Kettchen; ich will es
Dankbar zahlen: so oft hab' ich die Zierde gewünscht!
Stehen war ich geblieben, und fragte, nach Weise des Kaufmanns,
Erst nach Form und Gewicht deiner Bestellung genau.
Gar bescheiden erwogst du den Preis; da blickt' ich indessen
Nach dem Halse, des Schmucks unserer Königin wert.
Heftiger tönte vom Schiff das Geschrei; da sagtest du freundlich:
Nimm aus dem Garten noch einige Früchte mit dir!
Nimm die reifsten Orangen, die weißen Feigen; das Meer bringt
Keine Früchte, sie bringt jegliches Land nicht hervor.
Und so trat ich herein. Du brachst nun die Früchte geschäftig,
Und die goldene Last zog das geschürzte Gewand.
Öfters bat ich: es sei nun genug! und immer noch eine
Schönere Frucht fiel dir, leise berührt, in die Hand.
Endlich kamst du zur Laube hinan; da fand sich ein Körbchen,

Und die Myrte bog, blühend, sich über uns hin.
Schweigend begannest du nun, geschickt, die Früchte zu ordnen:
Erst die Orange, die schwer ruht, als ein goldener Ball,
Dann die weichliche Feige, die jeder Druck schon entstellet;
Und mit Myrte bedeckt ward, und geziert, das Geschenk.
Aber ich hob es nicht auf; ich stand. Wir sahen einander
In die Augen, und mir ward vor dem Auge so trüb.
Deinen Busen fühlt' ich an meinem! Den herrlichen Nacken,
Ihn umschlang nun mein Arm; tausendmal küßt' ich den Hals.
Mir sank über die Schulter dein Haupt; nun knüpften auch deine
Lieblichen Arme das Band um den Beglückten herum.
Amors Hände fühlt' ich: er drückt' uns gewaltig zusammen,
Und aus heiterer Luft donnert' es dreimal; da floß
Häufig die Träne vom Aug' mir herab, du weintest, ich weinte,
Und vor Jammer und Glück schien uns die Welt zu vergehn.
Immer heftiger rief es am Strand; da wollten die Füße
Mich nicht tragen, ich rief: Dora! und bist du nicht mein?
Ewig! sagtest du leise. Da schienen unsere Tränen,
Wie durch göttliche Luft, leise vom Auge gehaucht.
Näher rief es: Alexis! Da blickte der suchende Knabe
Durch die Türe herein. Wie er das Körbchen empfing!
Wie er mich trieb! Wie ich dir die Hand noch drückte! – Zu Schiffe
Wie ich gekommen? Ich weiß, daß ich ein Trunkener schien.
Und so hielten mich auch die Gesellen, schonten den Kranken;
Und schon deckte der Hauch trüber Entfernung die Stadt.
Ewig! Dora, lispeltest du; mir schallt es im Ohre
Mit dem Donner des Zeus! Stand sie doch neben dem Thron,
Seine Tochter, die Göttin der Liebe; die Grazien standen
Ihr zur Seiten! Er ist götterbekräftigt, der Bund!
O, so eile denn Schiff, mit allen günstigen Winden!
Strebe, mächtiger Kiel, trenne die schäumende Flut!
Bringe dem fremden Hafen mich zu, damit mir der Goldschmidt
In der Werkstatt gleich ordne das himmlische Pfand.
Wahrlich! zur Kette soll das Kettchen werden, o Dora!
Neunmal umgebe sie dir! locker gewunden, den Hals.
Ferner schaff' ich noch Schmuck, den mannigfaltigsten; goldne
Spangen sollen dir auch reichlich verzieren die Hand:
Da wetteifre Rubin und Smaragd, der liebliche Saphir
Stelle dem Hyazinth sich gegenüber, und Gold
Halte das Edelgestein in schöner Verbindung zusammen.
O, wie den Bräutigam freut, einzig zu schmücken die Braut!
Seh' ich Perlen, so denk' ich an dich; bei jeglichem Ringe
Kommt mir der länglichen Hand schönes Gebild' in den Sinn.
Tauschen will ich und kaufen; du sollst das Schönste von Allem
Wählen; ich widmete gern alle die Ladung nur dir.
Doch nicht Schmuck und Juwelen allein verschafft dein Geliebter;

Was ein häusliches Weib freuet, das bringt er dir auch.
Feine wollene Decken, mit Purpursäumen, ein Lager
Zu bereiten, das uns traulich und weichlich empfängt;
Köstlicher Leinwand Stücke. Du sitzest und nähest und kleidest
Mich und dich, und auch wohl noch ein Drittes darein.
Bilder der Hoffnung, täuschet mein Herz! O mäßiget, Götter,
Diesen gewaltigen Brand, der mir den Busen durchtobt!
Aber auch sie verlang' ich zurück, die schmerzliche Freude,
Wenn die Sorge sich kalt, gräßlich gelassen, mir naht.
Nicht der Erinnyen Fackel, das Bellen der höllischen Hunde
Schreckt den Verbrecher so, in der Verzweiflung Gefilde,
Als das gelass'ne Gespenst mich schreckt, das die Schöne von fern mir
Zeiget: die Türe steht wirklich des Gartens noch auf!
Und ein Anderer kommt! Für ihn auch fallen die Früchte!
Und die Feige gewährt stärkenden Honig auch ihm!
Lockt sie auch ihn nach der Laube? und folgt er? O, macht mich, ihr Götter,
Blind, verwischet das Bild jeder Erinnrung in mir!
Ja, ein Mädchen ist sie! und die sich geschwinde dem Einen
Gibt, sie kehret sich auch schnell zu dem Andern herum.
Lache nicht diesmal, Zeus, der frechgebrochenen Schwüre!
Donnere schrecklicher! Triff! – Halte die Blitze zurück!
Sende die schwankenden Wolken mir nach! Im nächtlichen Dunkel
Treffe dein leuchtender Blitz diesen unglücklichen Mast!
Streue die Planken umher, und gib der tobenden Welle
Diese Waren, und mich gib den Delphinen zum Raub! –
Nun, ihr Musen, genug! Vergebens strebt ihr zu schildern,
Wie sich Jammer und Glück wechseln in liebender Brust.
Heilen könnet die Wunden ihr nicht, die Amor geschlagen;
Aber Linderung kommt einzig, ihr Guten, von euch.

DER NEUE PAUSIAS UND SEIN BLUMENMÄDCHEN

Pausias von Sicyon, der Maler, war als Jüngling in Glyceren, seine Mitbürgerin, verliebt, welche Blumenkränze zu winden einen sehr erfinderischen Geist hatte. Sie wetteiferten mit einander, und er brachte die Nachahmung der Blumen zur größten Mannigfaltigkeit. Endlich malte er seine Geliebte, sitzend, mit einem Kranze beschäftigt. Dieses Bild wurde für eins seiner besten gehalten, und die Kranzwinderin, oder Kranzhändlerin genannt, weil Glycere sich auf diese Weise als ein armes Mädchen ernährt hatte. Lucius Lucullus kaufte eine Kopie in Athen für zwei Talente. Plinius B. XXXV, C. XL.

Sie

Schütte die Blumen nur her, zu meinen Füßen und deinen!
Welch ein chaotisches Bild holder Verwirrung du streust!

Er

Du erscheinest als Liebe, die Elemente zu knüpfen;
Wie du sie bindest, so wird nun erst ein Leben daraus.

Sie

Sanft berühre die Rose, sie bleib' im Körbchen verborgen;
Wo ich dich finde, mein Freund, öffentlich reich' ich sie dir.

Er

Und ich tu', als kennt' ich dich nicht, und danke dir freundlich;
Aber dem Gegengeschenk weichet die Geberin aus.

Sie

Reiche die Hyazinthe mir nun, und reiche die Nelke,
Daß die frühe zugleich neben der späteren sei.

Er

Laß im blumigen Kreise zu deinen Füßen mich sitzen,
Und ich fülle den Schoß dir mit der lieblichen Schar.

Sie

Reiche den Faden mir erst; dann sollen die Gartenverwandten,
Die sich von ferne nur sahn, neben einander sich freun.

Er

Was bewundr' ich zuerst? was zuletzt? die herrlichen Blumen?
Oder der Finger Geschick? oder der Wählerin Geist?

Sie

Gib auch Blätter, den Glanz der blendenden Blumen zu mildern;
Auch das Leben verlangt ruhige Blätter im Kranz.

Er

Sage, was wählst du so lange bei diesem Strauße? Gewiß ist
Dieser Jemand geweiht, den du besonders bedenkst.

Sie

Hundert Sträuße verteil' ich des Tags, und Kränze die Menge;
Aber den schönsten doch bring' ich am Abende dir.

Er

Ach! wie wäre der Maler beglückt, der diese Gewinde
Malte, das blumige Feld, ach! und die Göttin zuerst!

Sie

Aber doch mäßig beglückt ist der, mich dünkt, der am Boden
Hier sitzt, dem ich den Kuß reichend noch glücklicher bin.

Er

Ach, Geliebte, noch Einen! Die neidischen Lüfte des Morgens
Nahmen den ersten sogleich mir von den Lippen hinweg.

Sie

Wie der Frühling die Blumen mir gibt, so geb' ich die Küsse
Gern dem Geliebten; und hier sei mit dem Kusse der Kranz!

Er

Hätt' ich das hohe Talent des Pausias glücklich empfangen:
Nachzubilden den Kranz, wär' ein Geschäfte des Tags!

Sie

Schön ist er wirklich. Sieh' ihn nur an! Es wechseln die schönsten
Kinder Florens um ihn, bunt und gefällig, den Tanz.

Er

In die Kelche versenkt' ich mich dann, und erschöpfte den süßen
Zauber, den die Natur über die Kronen ergoß.

Sie

Und so fänd' ich am Abend noch frisch den gebundenen Kranz hier;
Unverwelklich spräch' uns von der Tafel er an.

Er

Ach, wie fühl' ich mich arm und unvermögend! wie wünscht' ich
Fest zu halten das Glück, das mir die Augen versengt!

Sie

Unzufriedener Mann! Du bist ein Dichter, und neidest
Jenes Alten Talent? Brauche das deinige doch!

Er

Und erreicht wohl der Dichter den Schmelz der farbigen Blumen?
Neben deiner Gestalt bleibt nur ein Schatten sein Wort!

Sie

Aber vermag der Maler wohl auszudrücken: ich liebe!
Nur dich lieb' ich, mein Freund! lebe für dich nur allein!

Er

Ach! und der Dichter selbst vermag nicht zu sagen: ich liebe!
Wie du, himmlisches Kind, süß mir es schmeichelst ins Ohr.

Sie

Viel vermögen sie Beide; doch bleibt die Sprache des Kusses,
Mit der Sprache des Blicks, nur den Verliebten geschenkt.

Er

Du vereinigest Alles; du dichtest und malest mit Blumen:
Florens Kinder sind dir Farben und Worte zugleich.

Sie

Nur ein vergängliches Werk entwindet der Hand sich des Mädchens
Jeden Morgen; die Pracht welkt vor dem Abende schon.

Er

Auch so geben die Götter vergängliche Gaben, und locken
Mit erneutem Geschenk immer die Sterblichen an.

Sie

Hat dir doch kein Strauß, kein Kranz des Tages gefehlet,
Seit dem ersten, der dich mir so von Herzen verband.

Er

Ja, noch hängt er zu Hause, der erste Kranz, in der Kammer,
Welchen du mir, den Schmaus lieblich umwandelnd, gereicht.

Sie

Da ich den Becher dir kränzte, die Rosenknospe hineinfiel,
Und du trankest, und riefst: Mädchen, die Blumen sind Gift!

Er

Und dagegen du sagtest: sie sind voll Honig, die Blumen;
Aber die Biene nur findet die Süßigkeit aus.

Sie

Und der rohe Timanth ergriff mich, und sagte: die Hummeln
Forschen des herrlichen Kelchs süße Geheimnisse wohl?

Er

Und du wandtest dich weg, und wolltest fliehen; es stürzten,
Vor dem täppischen Mann, Körbchen und Blumen hinab.

Sie

Und du riefst ihm gebietend: das Mädchen laß nur! die Sträuße,
So wie das Mädchen selbst, sind für den feineren Sinn.

Er

Aber fester hielt er dich nur; es grins'te der Lacher,
Und dein Kleid zerriß oben vom Nacken herab.

Sie

Und du warfst in begeisterter Wut den Becher hinüber,
Daß er am Schädel ihm, häßlich vergossen, erklang.

Er

Wein und Zorn verblendeten mich; doch sah ich den weißen
Nacken, die herrliche Brust, die du bedecktest, im Blick.

Sie

Welch ein Getümmel ward und ein Aufstand! Purpurn das Blut lief,
Mit dem Weine vermischt, gräulich dem Gegner vom Haupt.

Er

Dich nur sah' ich, nur dich am Boden kniend, verdrießlich;
Mit der einen Hand hieltst das Gewand du hinauf.

Sie

Ach da flogen die Teller nach dir! Ich sorgte, den edeln
Fremdling träfe der Wurf kreisend geschwungnen Metalls.

Er

Und doch sah ich nur dich, wie rasch mit der anderen Hand du
Körbchen, Blumen und Kranz sammeltest unter dem Stuhl.

Sie

Schützend tratest du vor, daß nicht mich verletzte der Zufall,
Oder der zornige Wirt, weil ich das Mahl ihm gestört.

Er

Ja, ich erinn're mich noch; ich nahm den Teppich, wie einer,
Der auf dem linken Arm gegen den Stier ihn bewegt.

Sie

Ruhe gebot der Wirt und sinnige Freunde. Da schlüpft' ich
Sachte hinaus; nach dir wendet' ich immer den Blick.

Er

Ach, du warst mir verschwunden! Vergebens sucht' ich in allen
Winkeln des Hauses herum, so wie auf Straßen und Markt.

Sie

Schamhaft blieb ich verborgen. Das unbescholtene Mädchen,
Sonst von den Bürgern geliebt, war nun das Märchen des Tags.

Er

Blumen sah ich genug und Sträuße, Kränze die Menge;
Aber du fehltest mir, aber du fehltest der Stadt.

Sie

Stille saß ich zu Hause. Da blätterte los sich vom Zweige
Manche Rose, so auch dorrte die Nelke dahin.

Er

Mancher Jüngling sprach auf dem Platz: da liegen die Blumen!
Aber die Liebliche fehlt, die sie verbände zum Kranz.

Sie

Kränze band ich indessen zu Haus', und ließ sie verwelken.
Siehst du? da hangen sie noch, neben dem Herde, für dich.

Er

Auch so welkte der Kranz, dein erstes Geschenk! Ich vergaß nicht
Ihn im Getümmel, ich hing neben dem Bett mir ihn auf.

Sie

Abends betrachtet' ich mir die welkenden, saß noch und weinte,
Bis in der dunkelen Nacht Farbe nach Farbe verlosch.

Er

Irrend ging ich umher, und fragte nach deiner Behausung;
Keiner der Eitelsten selbst konnte mir geben Bescheid.

Sie

Keiner hat je mich besucht, und Keiner weiß die entlegne
Wohnung; die Größe der Stadt birget die Ärmere leicht.

Er

Irrend lief ich umher, und flehte zur spähenden Sonne:
Zeige mir, mächtiger Gott, wo du im Winkel ihr scheinst!

Sie

Große Götter hörten dich nicht; doch Penia hört' es.
  Endlich trieb die Not nach dem Gewerbe mich aus.

Er

Trieb nicht noch dich ein anderer Gott, den Beschützer zu suchen?
  Hatte nicht Amor für uns wechselnde Pfeile getauscht?

Sie

Spähend sucht' ich dich auf bei vollem Markt, und ich sah dich!

Er

  Und es hielt' das Gedräng' keines der Liebenden auf.

Sie

Schnell wir teilten das Volk, wir kamen zusammen, du standest,

Er

  Und du standest vor mir, ja! und wir waren allein.

Sie

Mitten unter den Menschen! sie schienen nur Sträucher und Bäume,

Er

  Und mir schien ihr Getös' nur ein Geriesel des Quells.

Sie

Immer allein sind Liebende sich in der größten Versammlung;
  Aber sind sie zu zwei'n, stellt auch der Dritte sich ein.

Er

Amor, ja! er schmückt sich mit diesen herrlichen Kränzen.
  Schütte die Blumen nun doch fort, aus dem Schoße den Rest!

Sie

Nun, ich schüttle sie weg, die schönen. In deiner Umarmung,
  Lieber, geht mir auch heut wieder die Sonne nur auf.

EUPHROSYNE

Auch von des höchsten Gebirgs beeisten zackigen Gipfeln
  Schwindet Purpur und Glanz scheidender Sonne hinweg.
Lange verhüllt schon Nacht das Tal und die Pfade des Wandrers,
  Der, am tosenden Strom, auf zu der Hütte sich sehnt,
Zu dem Ziele des Tags, der stillen hirtlichen Wohnung;

Und der göttliche Schlaf eilet gefällig voraus,
Dieser holde Geselle des Reisenden. Daß er auch heute,
Segnend, kränze das Haupt mir mit dem heiligen Mohn!
Aber was leuchtet mir dort vom Felsen glänzend herüber,
Und erhellet den Duft schäumender Ströme so hold?
Strahlt die Sonne vielleicht durch heimliche Spalten und Klüfte?
Denn kein irdischer Glanz ist es, der wandelnde, dort.
Näher wälzt sich die Wolke, sie glüht. Ich staune dem Wunder!
Wird der rosige Strahl nicht ein bewegtes Gebild?
Welche Göttin nahet sich mir? und welche der Musen
Suchet den treuen Freund, selbst in dem grausen Geklüft?
Schöne Göttin! enthülle dich mir, und täusche, verschwindend,
Nicht den begeisterten Sinn, nicht das gerührte Gemüt.
Nenne, wenn du es darfst vor einem Sterblichen, deinen
Göttlichen Namen; wo nicht: rege bedeutend mich auf,
Daß ich fühle, welche du seist von den ewigen Töchtern
Zeus', und der Dichter sogleich preise dich würdig im Lied.
»Kennst du mich, Guter, nicht mehr? Und käme diese Gestalt dir,
Die du doch sonst geliebt, schon als ein fremdes Gebild?
Zwar der Erde gehör' ich nicht mehr, und trauernd entschwang sich
Schon der schaudernde Geist jugendlich frohem Genuß;
Aber ich hoffte, mein Bild noch fest in des Freundes Erinn'rung
Eingeschrieben, und noch schön durch die Liebe verklärt.
Ja, schon sagt mir gerührt dein Blick, mir sagt es die Träne:
Euphrosyne, sie ist noch von dem Freunde gekannt.
Sieh, die Scheidende zieht durch Wald und grauses Gebirge,
Sucht den wandernden Mann, ach! in der Ferne noch auf;
Sucht den Lehrer, den Freund, den Vater, blicket noch einmal
Nach dem leichten Gerüst irdischer Freuden zurück.
Laß mich der Tage gedenken, da mich, das Kind, du dem Spiele
Jener täuschenden Kunst reizender Musen geweiht.
Laß mich der Stunde gedenken, und jedes kleineren Umstands.
Ach, wer ruft nicht so gern Unwiederbringliches an!
Jenes süße Gedränge der leichtesten irdischen Tage,
Ach, wer schätzt ihn genug, diesen vereilenden Wert!
Klein erscheinet es nun, doch ach! nicht kleinlich dem Herzen;
Macht die Liebe, die Kunst, jegliches Kleine doch groß.
Denkst du der Stunde noch wohl, wie, auf dem Bretter-Gerüste,
Du mich der höheren Kunst ernstere Stufen geführt?
Knabe schien ich, ein rührendes Kind, du nanntest mich Arthur,
Und belebtest in mir britisches Dichter-Gebild,
Drohtest mit grimmiger Glut den armen Augen, und wandtest
Selbst den tränenden Blick, innig getäuschet, hinweg.
Ach! da warst du so hold und schütztest ein trauriges Leben,
Das die verwegene Flucht endlich dem Knaben entriß.
Freundlich faßtest du mich, den Zerschmetterten, trugst mich von dannen,

Und ich heuchelte lang', dir an dem Busen, den Tod.
Endlich schlug die Augen ich auf, und sah dich, in ernste,
Stille Betrachtung versenkt, über den Liebling geneigt.
Kindlich strebt' ich empor, und küßte die Hände dir dankbar,
Reichte, zum reinen Kuß, dir den gefälligen Mund.
Fragte: warum, mein Vater, so ernst? und hab' ich gefehlet,
O! so zeige mir an, wie mir das Beßre gelingt.
Keine Mühe verdrießt mich bei dir, und Alles und Jedes
Wiederhol' ich so gern, wenn du mich leitest und lehrst.
Aber du faßtest mich stark, und drücktest mich fester im Arme,
Und es schauderte mir tief in dem Busen das Herz.
Nein! mein liebliches Kind, so riefst du, Alles und Jedes,
Wie du es heute gezeigt, zeig' es auch morgen der Stadt.
Rühre sie alle, wie mich du gerührt, und es fließen, zum Beifall,
Dir von dem trockensten Aug' herrliche Tränen herab.
Aber am tiefsten trafst du doch mich, den Freund, der im Arm dich
Hält, den selber der Schein früherer Leiche geschreckt.
Ach, Natur, wie sicher und groß in Allem erscheinst du!
Himmel und Erde befolgt ewiges, festes Gesetz,
Jahre folgen auf Jahre, dem Frühlinge reichet der Sommer,
Und dem reichlichen Herbst traulich der Winter die Hand.
Felsen stehen gegründet, es stürzt sich das ewige Wasser,
Aus der bewölkten Kluft, schäumend und brausend hinab.
Fichten grünen so fort, und selbst die entlaubten Gebüsche
Hegen, im Winter schon, heimliche Knospen am Zweig.
Alles entsteht und vergeht nach Gesetz; doch über des Menschen
Leben, den köstlichen Schatz, herrschet ein schwankendes Los.
Nicht dem blühenden nickt der willig scheidende Vater,
Seinem trefflichen Sohn, freundlich vom Rande der Gruft;
Nicht der Jüngere schließt dem Älteren immer das Auge,
Das sich willig gesenkt, kräftig dem Schwächeren zu.
Öfter, ach! verkehrt das Geschick die Ordnung der Tage;
Hülflos klaget ein Greis Kinder und Enkel umsonst,
Steht ein beschädigter Stamm, dem rings zerschmetterte Zweige
Um die Seiten umher strömende Schlossen gestreckt.
Und so, liebliches Kind, durchdrang mich die tiefe Betrachtung,
Als du zur Leiche verstellt über die Arme mir hingst;
Aber freudig seh' ich dich mir, in dem Glanze der Jugend,
Vielgeliebtes Geschöpf, wieder am Herzen belebt.
Springe fröhlich dahin, verstellter Knabe! Das Mädchen
Wächst zur Freude der Welt, mir zum Entzücken heran.
Immer strebe so fort, und deine natürlichen Gaben
Bilde, bei jeglichem Schritt steigenden Lebens, die Kunst.
Sei mir lange zur Lust, und eh' mein Auge sich schließet,
Wünsch' ich dein schönes Talent glücklich vollendet zu sehn. –
Also sprachst du, und nie vergaß ich der wichtigen Stunde!

Deutend entwickelt' ich mich an dem erhabenen Wort.
O, wie sprach ich so gerne zum Volk die rührenden Reden,
Die du, voller Gehalt, kindlichen Lippen vertraut!
O, wie bildet' ich mich an deinen Augen, und suchte
Dich im tiefen Gedräng' staunender Hörer heraus!
Doch dort wirst du nun sein, und stehn, und nimmer bewegt sich
Euphrosyne hervor, dir zu erheitern den Blick.
Du vernimmst sie nicht mehr, die Töne des wachsenden Zöglings,
Die du zu liebendem Schmerz frühe, so frühe! gestimmt.
Andere kommen und gehn; es werden dir Andre gefallen,
Selbst dem großen Talent drängt sich ein größeres nach.
Aber du, vergesse mich nicht! Wenn Eine dir jemals
Sich im verworrnen Geschäft heiter entgegen bewegt,
Deinem Winke sich fügt, an deinem Lächeln sich freuet,
Und am Platze sich nur, den du bestimmtest, gefällt;
Wenn sie Mühe nicht spart noch Fleiß, wenn tätig der Kräfte,
Selbst bis zur Pforte des Grabs, freudiges Opfer sie bringt;
Guter! dann gedenkest du mein, und rufest auch spät noch:
Euphrosyne, sie ist wieder erstanden vor mir!
Vieles sagt' ich noch gern; doch, ach! die Scheidende weilt nicht,
Wie sie wollte; mich führt streng ein gebietender Gott.
Lebe wohl! schon zieht mich's dahin in schwankendem Eilen.
Einen Wunsch nur vernimm, freundlich gewähre mir ihn:
Laß nicht ungerühmt mich zu den Schatten hinabgehn!
Nur die Muse gewährt einiges Leben dem Tod.
Denn gestaltlos schweben umher in Persefoneia's
Reiche, massenweis', Schatten vom Namen getrennt;
Wen der Dichter aber gerühmt, der wandelt, gestaltet,
Einzeln, gesellet dem Chor aller Heroen sich zu.
Freudig tret' ich einher, von deinem Liede verkündet,
Und der Göttin Blick weilet gefällig auf mir.
Mild empfängt sie mich dann, und nennt mich; es winken die hohen
Göttlichen Frauen mich an, immer die nächsten am Thron.
Penelopeia redet zu mir, die treuste der Weiber,
Auch Euadne, gelehnt auf den geliebten Gemahl.
Jüngere nahen sich dann, zu früh herunter Gesandte,
Und beklagen mit mir unser gemeines Geschick.
Wenn Antigone kommt, die schwesterlichste der Seelen,
Und Polyxena, trüb' noch von dem bräutlichen Tod,
Seh' ich als Schwestern sie an, und trete würdig zu ihnen;
Denn der tragischen Kunst holde Geschöpfe sind sie.
Bildete doch ein Dichter auch mich; und seine Gesänge,
Ja, sie vollenden an mir, was mir das Leben versagt.«
Also sprach sie, und noch bewegte der liebliche Mund sich,
Weiter zu reden; allein schwirrend versagte der Ton.
Denn aus dem Purpurgewölk, dem schwebenden, immer bewegten,

Trat der herrliche Gott, Hermes, gelassen hervor,
Mild erhob er den Stab und deutete; wallend verschlangen
Wachsende Wolken, im Zug, beide Gestalten vor mir.
Tiefer liegt die Nacht um mich her; die stürzenden Wasser
Brausen gewaltiger nun neben dem schlüpfrigen Pfad.
Unbezwingliche Trauer befällt mich, entkräftender Jammer,
Und ein moosiger Fels stützet den Sinkenden nur.
Wehmut reißt durch die Saiten der Brust; die nächtlichen Tränen
Fließen, und über dem Wald kündet der Morgen sich an.

DAS WIEDERSEHN

Er

Süße Freundin, noch Einen, nur Einen Kuß noch gewähre
Diesen Lippen! Warum bist du mir heute so karg?
Gestern blühte wie heute der Baum; wir wechselten Küsse
Tausendfältig; dem Schwarm Bienen verglichst du sie ja,
Wie sie den Blüten sich nahn und saugen, schweben und wieder
Saugen, und lieblicher Ton süßen Genusses erschallt.
Alle noch üben das holde Geschäft. Und wäre der Frühling
Uns vorübergeflohn, eh' sich die Blüte zerstreut?

Sie

Träume, lieblicher Freund, nur immer! rede von *gestern*!
Gerne hör' ich dich an, drücke dich redlich ans Herz.
Gestern, sagst du? – Es war, ich weiß, ein köstliches Gestern;
Worte verklangen im Wort, Küsse verdrängten den Kuß.
Schmerzlich war's zu scheiden am Abende, traurig die lange
Nacht von gestern auf heut, die den getrennten gebot.
Doch der Morgen kehret zurück. Ach! daß mir indessen
Zehnmal, leider! der Baum Blüten und Früchte gebracht.

AMYNTAS

Nikias, trefflicher Mann, du Arzt des Leibs und der Seele!
Krank! ich bin es fürwahr; aber dein Mittel ist hart.
Ach! mir schwanden die Kräfte dahin, dem Rate zu folgen;
Ja, und es scheinet der Freund schon mir ein Gegner zu sein.
Widerlegen kann ich dich nicht; ich sage mir Alles,
Sage das härtere Wort, das du verschweigest, mir auch.
Aber, ach! das Wasser entstürzt der Steile des Felsens
Rasch, und die Welle des Bachs halten Gesänge nicht auf.
Ras't nicht unaufhaltsam der Sturm? und wälzet die Sonne
Sich, von dem Gipfel des Tags, nicht in die Wellen hinab?

Und so spricht mir rings die Natur: auch du bist, Amyntas,
Unter das strenge Gesetz ehrner Gewalten gebeugt.
Runzle die Stirne nicht tiefer, mein Freund, und höre gefällig,
Was mich gestern ein Baum, dort an dem Bache, gelehrt.
Wenig Äpfel trägt er mir nur, der sonst so beladne;
Sieh, der Efeu ist Schuld, der ihn gewaltig umgibt.
Und ich faßte das Messer, das krummgebogene, scharfe,
Trennte schneidend, und riß Ranke nach Ranken herab;
Aber ich schauderte gleich, als, tief erseufzend und kläglich,
Aus den Wipfeln zu mir lispelnde Klage sich goß:
O, verletze mich nicht! den treuen Gartengenossen,
Dem du, als Knabe, so früh, manche Genüsse verdankt.
O, verletze mich nicht! du reißest mit diesem Geflechte,
Das du gewaltig zerstörst, grausam das Leben mir aus.
Hab' ich nicht selbst sie genährt, und sanft sie herauf mir erzogen?
Ist, wie mein eigenes Laub, nicht mir das ihre verwandt?
Soll ich nicht lieben die Pflanze, die, meiner einzig bedürftig,
Still, mit begieriger Kraft, mir um die Seite sich schlingt?
Tausend Ranken wurzelten an, mit tausend und tausend
Fasern senket sie fest mir in das Leben sich ein.
Nahrung nimmt sie von mir; was ich bedürfte, genießt sie,
Und so saugt sie das Mark, sauget die Seele mir aus.
Nur vergebens nähr' ich mich noch; die gewaltige Wurzel
Sendet lebendigen Safts, ach! nur die Hälfte hinauf.
Denn der gefährliche Gast, der geliebteste, maßet behende
Unterweges die Kraft herbstlicher Früchte sich an.
Nichts gelangt zur Krone hinauf; die äußersten Wipfel
Dorren, es dorret der Ast über dem Bache schon hin.
Ja, die Verräterin ist's! sie schmeichelt mir Leben und Güter,
Schmeichelt die strebende Kraft, schmeichelt die Hoffnung mir ab.
Sie nur fühl' ich, nur sie, die umschlingende, freue der Fesseln,
Freue des tötenden Schmucks, fremder Umlaubung mich nur.
Halte das Messer zurück! o Nikias, schone den Armen,
Der sich in liebender Lust, willig gezwungen, verzehrt!
Süß ist jede Verschwendung; o, laß mich der schönsten genießen!
Wer sich der Liebe vertraut, hält er sein Leben zu Rat?

DIE METAMORPHOSE DER PFLANZEN

Dich verwirret, Geliebte, die tausendfältige Mischung
Dieses Blumengewühls über den Garten umher;
Viele Namen hörest du an, und immer verdränget,
Mit barbarischem Klang, einer den andern im Ohr.
Alle Gestalten sind ähnlich, und keine gleichet der andern;
Und so deutet das Chor auf ein geheimes Gesetz,

Auf ein heiliges Rätsel. O, könnt' ich dir, liebliche Freundin,
Überliefern sogleich glücklich das lösende Wort!
Werdend betrachte sie nun, wie nach und nach sich die Pflanze,
Stufenweise geführt, bilde zu Blüten und Frucht.
Aus dem Samen entwickelt sie sich, sobald ihn der Erde
Stille befruchtender Schoß hold in das Leben entläßt,
Und dem Reize des Lichts, des heiligen, ewig bewegten,
Gleich den zärtesten Bau keimender Blätter empfiehlt.
Einfach schlief in dem Samen die Kraft; ein beginnendes Vorbild
Lag, verschlossen in sich, unter die Hülle gebeugt,
Blatt und Wurzel und Keim, nur halb geformet und farblos;
Trocken erhält so der Kern ruhiges Leben bewahrt,
Quillet strebend empor, sich milder Feuchte vertrauend,
Und erhebt sich sogleich aus der umgebenden Nacht.
Aber einfach bleibt die Gestalt der ersten Erscheinung;
Und so bezeichnet sich auch unter den Pflanzen das Kind.
Gleich darauf ein folgender Trieb, sich erhebend, erneuet,
Knoten auf Knoten getürmt, immer das erste Gebild.
Zwar nicht immer das gleiche; denn mannigfaltig erzeugt sich,
Ausgebildet, du siehst's, immer das folgende Blatt,
Ausgedehnter, gekerbter, getrennter in Spitzen und Teile,
Die verwachsen vorher ruhten im untern Organ.
Und so erreicht es zuerst die höchst bestimmte Vollendung,
Die bei manchem Geschlecht dich zum Erstaunen bewegt.
Viel gerippt und gezackt, auf mastig strotzender Fläche,
Scheinet die Fülle des Triebs frei und unendlich zu sein.
Doch hier hält die Natur, mit mächtigen Händen, die Bildung
An, und lenket sie sanft in das Vollkommnere hin.
Mäßiger leitet sie nun den Saft, verengt die Gefäße,
Und gleich zeigt die Gestalt zärtere Wirkungen an.
Stille zieht sich der Trieb der strebenden Ränder zurücke,
Und die Rippe des Stiels bildet sich völliger aus.
Blattlos aber und schnell erhebt sich der zärtere Stengel,
Und ein Wundergebild zieht den Betrachtenden an.
Rings im Kreise stellet sich nun, gezählet und ohne
Zahl, das kleinere Blatt neben dem ähnlichen hin.
Um die Achse gedrängt entscheidet der bergende Kelch sich,
Der zur höchsten Gestalt farbige Kronen entläßt.
Also prangt die Natur in hoher, voller Erscheinung,
Und sie zeiget, gereiht, Glieder an Glieder gestuft.
Immer erstaunst du auf's Neue, so bald sich am Stengel die Blume
Über dem schlanken Gerüst wechselnder Blätter bewegt.
Aber die Herrlichkeit wird des neuen Schaffens Verkündung.
Ja, das farbige Blatt fühlet die göttliche Hand.
Und zusammen zieht es sich schnell; die zärtesten Formen,
Zwiefach streben sie vor, sich zu vereinen bestimmt.

Traulich stehen sie nun, die holden Paare, beisammen,
  Zahlreich ordnen sie sich um den geweihten Altar.
Hymen schwebet herbei, und herrliche Düfte, gewaltig,
  Strömen süßen Geruch, Alles belebend, umher.
Nun vereinzelt schwellen sogleich unzählige Keime,
  Hold in den Mutterschoß schwellender Früchte gehüllt.
Und hier schließt die Natur den Ring der ewigen Kräfte;
  Doch ein neuer sogleich fasset den vorigen an,
Daß die Kette sich fort durch alle Zeiten verlänge,
  Und das Ganze belebt, so wie das Einzelne, sei.
Wende nun, o Geliebte, den Blick zum bunten Gewimmel,
  Das verwirrend nicht mehr sich vor dem Geiste bewegt.
Jede Pflanze verkündet dir nun die ew'gen Gesetze,
  Jede Blume, sie spricht lauter und lauter mit dir.
Aber entzifferst du hier der Göttin heilige Lettern,
  Überall siehst du sie dann, auch in verändertem Zug.
Kriechend zaudre die Raupe, der Schmetterling eile geschäftig,
  Bildsam ändre der Mensch selbst die bestimmte Gestalt.
O, gedenke denn auch, wie aus dem Keim der Bekanntschaft
  Nach und nach in uns holde Gewohnheit entsproß,
Freundschaft sich mit Macht aus unserm Innern enthüllte,
  Und wie Amor zuletzt Blüten und Früchte gezeugt.
Denke, wie mannigfach bald die, bald jene Gestalten,
  Still entfaltend, Natur unsern Gefühlen geliehn!
Freue dich auch des heutigen Tags! Die heilige Liebe
  Strebt zu der höchsten Frucht gleicher Gesinnungen auf,
Gleicher Ansicht der Dinge, damit in harmonischem Anschaun
  Sich verbinde das Paar, finde die höhere Welt.

HERRMANN UND DOROTHEA

Also das wäre Verbrechen, daß einst Properz mich begeistert;
  Daß Martial sich zu mir auch, der Verwegne, gesellt?
Daß ich die Alten nicht hinter mir ließ, die Schule zu hüten;
  Daß sie nach Latium gern mir in das Leben gefolgt?
Daß ich Natur und Kunst zu schaun mich treulich bestrebe;
  Daß kein Name mich täuscht, daß mich kein Dogma beschränkt?
Daß nicht des Lebens bedingender Drang mich, den Menschen, verändert;
  Daß ich der Heuchelei dürftige Maske verschmäht?
Solcher Fehler, die du, o Muse, so emsig gepfleget,
  Zeihet der Pöbel mich; Pöbel nur sieht er in mir.
Ja, sogar der Bessere selbst, gutmütig und bieder,
  Will mich anders; doch du, Muse, befiehlst mir allein.
Denn du bist es allein, die noch mir die innere Jugend

Frisch erneuest, und sie mir bis zu Ende versprichst.
Aber verdopple nunmehr, o Göttin, die heilige Sorgfalt!
Ach! die Scheitel umwallt reichlich die Locke nicht mehr:
Da bedarf man der Kränze, sich selbst und Andre zu täuschen;
Kränzte doch Caesar selbst nur aus Bedürfnis das Haupt.
Hast du ein Lorbeerreis mir bestimmt, so laß es am Zweige
Weiter grünen, und gib einst es dem Würdigern hin;
Aber Rosen winde genug zum häuslichen Kranze;
Bald als Lilie schlingt silberne Locke sich durch.
Schüre die Gattin das Feuer, auf reinlichem Herde zu kochen!
Werfe der Knabe das Reis, spielend, geschäftig dazu!
Laß im Becher nicht fehlen den Wein! Gesprächige Freunde,
Gleichgesinnte, herein! Kränze! sie warten auf euch.
Erst die Gesundheit des Mannes, der, endlich vom Namen Homeros
Kühn uns befreiend, uns auch ruft in die vollere Bahn.
Denn wer wagte mit Göttern den Kampf? und wer mit dem Einen?
Doch Homeride zu sein, auch nur als letzter, ist schön.
Darum höret das neuste Gedicht! Noch einmal getrunken!
Euch besteche der Wein, Freundschaft und Liebe das Ohr.
Deutschen selber führ' ich euch zu, in die stillere Wohnung,
Wo sich, nah der Natur, menschlich der Mensch noch erzieht,
Uns begleite des Dichters Geist, der seine Luise
Rasch dem würdigen Freund, uns zu entzücken, verband.
Auch die traurigen Bilder der Zeit, sie führ' ich vorüber;
Aber es siege der Mut in dem gesunden Geschlecht.
Hab' ich euch Tränen ins Auge gelockt, und Lust in die Seele
Singend geflößt, so kommt, drücket mich herzlich ans Herz!
Weise denn sei das Gespräch! Uns lehret Weisheit am Ende
Das Jahrhundert; wen hat das Geschick nicht geprüft?
Blicket heiterer nun auf jene Schmerzen zurücke,
Wenn euch ein fröhlicher Sinn Manches entbehrlich erklärt,
Menschen lernten wir kennen und Nationen; so laßt uns,
Unser eigenes Herz kennend, uns dessen erfreun.

EPISTELN

Gerne hätt' ich fortgeschrieben,
Aber es ist liegen blieben.

ERSTE EPISTEL

Jetzt da Jeglicher lies't und viele Leser das Buch nur
Ungeduldig durchblättern und, selbst die Feder ergreifend,
Auf das Büchlein ein Buch mit seltner Fertigkeit pfropfen,
Soll auch ich, du willst es, mein Freund, dir über das Schreiben
Schreibend die Menge vermehren und meine Meinung verkünden,
Daß auch Andere wieder darüber meinen und immer
So ins Unendliche fort die schwankende Woge sich wälze.
Doch so fähret der Fischer dem hohen Meer zu, so bald ihm
Günstig der Wind und der Morgen erscheint; er treibt sein Gewerbe,
Wenn auch hundert Gesellen die blinkende Fläche durchkreuzen.

Edler Freund, du wünschest das Wohl des Menschengeschlechtes,
Unserer Deutschen besonders und ganz vorzüglich des nächsten
Bürgers, und fürchtest die Folgen gefährlicher Bücher; wir haben
Leider oft sie gesehen. Was sollte man, oder was könnten
Biedere Männer vereint, was könnten die Herrscher bewirken?
Ernst und wichtig erscheint mir die Frage, doch trifft sie mich eben
In vergnüglicher Stimmung. Im warmen heiteren Wetter
Glänzet fruchtbar die Gegend; mir bringen liebliche Lüfte
Über die wallende Flut süß duftende Kühlung herüber,
Und dem Heitern erscheint die Welt auch heiter, und ferne
Schwebt die Sorge mir nur in leichten Wölkchen vorüber.

Was mein leichter Griffel entwirft, ist leicht zu verlöschen,
Und viel tiefer präget sich nicht der Eindruck der Lettern,
Die, so sagt man, der Ewigkeit trotzen. Freilich an Viele
Spricht die gedruckte Kolumne; doch bald, wie Jeder sein Antlitz,
Das er im Spiegel gesehen, vergißt, die behaglichen Züge,
So vergißt er das Wort, wenn auch von Erze gestempelt.

Reden schwanken so leicht herüber hinüber, wenn Viele
Sprechen und Jeder nur sich im eigenen Worte, sogar auch
Nur sich selbst im Worte vernimmt, das der Andere sagte.
Mit den Büchern ist es nicht anders. Lies't doch nur Jeder
Aus dem Buch sich heraus, und ist er gewaltig, so lies't er
In das Buch sich hinein, amalgamiert sich das Fremde.
Ganz vergebens strebst du daher durch Schriften des Menschen
Schon entschiedenen Hang und seine Neigung zu wenden;

Aber bestärken kannst du ihn wohl in seiner Gesinnung,
Oder wär' er noch neu, in Dieses ihn tauchen und Jenes.

Sag' ich, wie ich es denke, so scheint durchaus mir, es bildet
Nur das Leben den Mann und wenig bedeuten die Worte.
Denn zwar hören wir gern, was unsre Meinung bestätigt,
Aber das Hören bestimmt nicht die Meinung; was uns zuwider
Wäre, glaubten wir wohl dem künstlichen Redner; doch eilet
Unser befreites Gemüt, gewohnte Bahnen zu suchen.
Sollen wir freudig horchen und willig gehorchen, so mußt du
Schmeicheln. Sprichst du zum Volke, zu Fürsten und Königen, Allen
Magst du Geschichten erzählen, worin als wirklich erscheinet,
Was sie wünschen, und was sie selber zu leben begehren.

Wäre Homer von Allen gehört, von Allen gelesen,
Schmeichelt' er nicht dem Geiste sich ein, es sei auch der Hörer,
Wer er sei, und klinget nicht immer im hohen Palaste,
In des Königes Zelt, die Ilias herrlich dem Helden?
Hört nicht aber dagegen Ulyssens wandernde Klugheit
Auf dem Markte sich besser, da wo sich der Bürger versammelt?
Dort sieht jeglicher Held in Helm und Harnisch, es sieht hier
Sich der Bettler sogar in seinen Lumpen veredelt.

Also hört' ich einmal, am wohlgepflasterten Ufer
Jener Neptunischen Stadt, allwo man geflügelte Löwen
Göttlich verehrt, ein Märchen erzählen. Im Kreise geschlossen,
Drängte das horchende Volk sich um den zerlumpten Rhapsoden.
Einst, so sprach er, verschlug mich der Sturm ans Ufer der Insel,
Die Utopien heißt. Ich weiß nicht, ob sie ein Andrer
Dieser Gesellschaft jemals betrat; sie lieget im Meere
Links von Herkules Säulen. ich ward gar freundlich empfangen;
In ein Gasthaus führte man mich, woselbst ich das beste
Essen und Trinken fand und weiches Lager und Pflege.
So verstrich ein Monat geschwind. Ich hatte des Kummers
Völlig vergessen und jeglicher Not; da fing sich im Stillen
Aber die Sorge nun an: wie wird die Zeche dir leider
Nach der Mahlzeit bekommen? Denn nichts enthielte der Säckel.
Reiche mir weniger! bat ich den Wirt; er brachte nur immer
Desto mehr. Da wuchs mir die Angst, ich konnte nicht länger
Essen und sorgen, und sagte zuletzt: Ich bitte, die Zeche
Billig zu machen, Herr Wirt! Er aber mit finsterem Auge
Sah von der Seite mich an, ergriff den Knittel und schwenkte
Unbarmherzig ihn über mich her und traf mir die Schultern,
Traf den Kopf und hätte beinah mich zu Tode geschlagen.
Eilend lief ich davon und suchte den Richter; man holte
Gleich den Wirt, der ruhig erschien und bedächtig versetzte:

Also muß es Allen ergehn, die das heilige Gastrecht
Unsrer Insel verletzen und, unanständig und gottlos,
Zeche verlangen vom Manne, der sie doch höflich bewirtet.
Sollt' ich solche Beleidigung dulden im eigenen Hause?
Nein! es hätte fürwahr statt meines Herzens ein Schwamm nur
Mir im Busen gewohnt, wofern ich dergleichen gelitten.

Darauf sagte der Richter zu mir: Vergesset die Schläge,
Denn ihr habt die Strafe verdient, ja schärfere Schmerzen;
Aber wollt ihr bleiben und mitbewohnen die Insel,
Müsset ihr euch erst würdig beweisen und tüchtig zum Bürger.
Ach! versetzt' ich, mein Herr, ich habe leider mich niemals
Gerne zur Arbeit gefügt. So hab' ich auch keine Talente,
Die den Menschen bequemer ernähren; man hat mich im Spott nur
Hans Ohnsorge genannt und mich von Hause vertrieben.

O so sei uns gegrüßt! versetzte der Richter; du sollst dich
Oben setzen zu Tisch, wenn sich die Gemeine versammelt,
Sollst im Rate den Platz, den du verdienest, erhalten.
Aber hüte dich wohl, daß nicht ein schändlicher Rückfall
Dich zur Arbeit verleite, daß man nicht etwa das Grabscheit
Oder das Ruder bei dir im Hause finde, du wärest
Gleich auf immer verloren und ohne Nahrung und Ehre.
Aber auf dem Markte zu sitzen, die Arme geschlungen
Über dem schwellenden Bauch, zu hören lustige Lieder
Unsrer Sänger, zu sehn die Tänze der Mädchen, der Knaben
Spiele, das werde dir Pflicht, die du gelobest und schwörest.

So erzählte der Mann und heiter waren die Stirnen
Aller Hörer geworden und alle wünschten des Tages,
Solche Wirte zu finden, ja solche Schläge zu dulden.

ZWEITE EPISTEL

Würdiger Freund, du runzelst die Stirn; dir scheinen die Scherze
Nicht am rechten Orte zu sein; die Frage war ernsthaft,
Und besonnen verlangst du die Antwort; da weiß ich, beim Himmel!
Nicht, wie eben sich mir der Schalk im Busen bewegte.
Doch ich fahre bedächtiger fort. Du sagst mir: so möchte
Meinetwegen die Menge sich halten im Leben und Lesen,
Wie sie könnte; doch denke dir nur die Töchter im Hause,
Die mir der kuppelnde Dichter mit allem Bösen bekannt macht.

Dem ist leichter geholfen, versetz' ich, als wohl ein Andrer
Denken möchte. Die Mädchen sind gut und machen sich gerne

Was zu schaffen. Da gib nur dem einen die Schlüssel zum Keller,
Daß es die Weine des Vaters besorge, so bald sie vom Winzer
Oder vom Kaufmann geliefert die weiten Gewölbe bereichern.
Manches zu schaffen hat ein Mädchen, die vielen Gefäße,
Leere Fässer und Flaschen in reinlicher Ordnung zu halten.
Dann betrachtet sie oft des schäumenden Mostes Bewegung,
Gießt das Fehlende zu, damit die wallenden Blasen
Leicht die Öffnung des Fasses erreichen, trinkbar und helle
Endlich der edelste Saft sich künftigen Jahren vollende.
Unermüdet ist sie alsdann zu füllen, zu schöpfen,
Daß stets geistig der Trank und rein die Tafel belebe.

Laß der Andern die Küche zum Reich; da gibt es, wahrhaftig!
Arbeit genug, das tägliche Mahl; durch Sommer und Winter,
Schmackhaft stets zu bereiten und ohne Beschwerde des Beutels.
Denn im Frühjahr sorget sie schon, im Hofe die Küchlein
Bald zu erziehen und bald die schnatternden Enten zu füttern.
Alles, was ihr die Jahreszeit gibt, das bringt sie bei Zeiten
Dir auf den Tisch und weiß mit jeglichem Tage die Speisen
Klug zu wechseln, und reift nur eben der Sommer die Früchte,
Denkt sie an Vorrat schon für den Winter. Im kühlen Gewölbe
Gärt ihr der kräftige Kohl, und reifen im Essig die Gurken;
Aber die luftige Kammer bewahrt ihr die Gaben Pomonens.
Gerne nimmt sie das Lob vom Vater und allen Geschwistern,
Und mißlingt ihr etwas, dann ist's ein größeres Unglück,
Als wenn dir ein Schuldner entläuft und den Wechsel zurückläßt.
Immer ist so das Mädchen beschäftigt und reifet im Stillen
Häuslicher Tugend entgegen, den klugen Mann zu beglücken.
Wünscht sie dann endlich zu lesen, so wählt sie gewißlich ein Kochbuch,
Deren Hunderte schon die eifrigen Pressen uns gaben.

Eine Schwester besorget den Garten, der schwerlich zur Wildnis,
Deine Wohnung romantisch und feucht zu umgeben, verdammt ist,
Sondern in zierliche Beete geteilt, als Vorhof der Küche,
Nützliche Kräuter ernährt und fugend-beglückende Früchte.
Patriarchalisch erzeuge so selbst dir ein kleines gedrängtes
Königreich und bevölkere dein Haus mit treuem Gesinde.
Hast du der Töchter noch mehr, die lieber sitzen, und stille
Weibliche Arbeit verrichten, da ist's noch besser; die Nadel
Ruht im Jahre nicht leicht: denn noch so häuslich im Hause,
Mögen sie öffentlich gern als müßige Damen erscheinen.
Wie sich das Nähen und Flicken vermehrt, das Waschen und Biegeln,
Hundertfältig seitdem in weißer arkadischer Hülle
Sich das Mädchen gefällt, mit langen Röcken und Schleppen
Gassen kehret und Gärten, und Staub erreget im Tanzsaal.

Wahrlich! wären mir nur der Mädchen ein Dutzend im Hause,
Niemals wär' ich verlegen um Arbeit, sie machen sich Arbeit
Selber genug, es sollte kein Buch im Laufe des Jahres
Über die Schwelle mir kommen, vom Bücherverleiher gesendet.

EPIGRAMME

VENEDIG 1790

Wie man Geld und Zeit vertan,
Zeigt das Büchlein lustig an.

1

Sarkophagen und Urnen verzierte der Heide mit Leben.
Faunen tanzen umher, mit der Bacchantinnen Chor
Machen sie bunte Reihe; der ziegengefüßete Pausback
Zwingt den heiseren Ton wild aus dem schmetternden Horn.
Cymbeln, Trommeln erklingen; wir sehen und hören den Marmor.
Flatternde Vögel! wie schmeckt herrlich dem Schnabel die Frucht!
Euch verscheuchet kein Lärm, noch weniger scheucht er den Amor,
Der in dem bunten Gewühl erst sich der Fackel erfreut.
So überwältiget Fülle den Tod; und die Asche da drinnen
Scheint, im stillen Bezirk, noch sich des Lebens zu freun.
So umgebe denn spät den Sarkophagen des Dichters
Diese Rolle, von ihm reichlich mit Leben geschmückt.

2

Kaum an dem blaueren Himmel erblickt' ich die glänzende Sonne,
Reich, vom Felsen herab, Efeu zu Kränzen geschmückt,
Sah den emsigen Winzer die Rebe der Pappel verbinden,
Über die Wiege Virgils kam mir ein laulicher Wind:
Da gesellten die Musen sich gleich zum Freunde; wir pflogen
Abgeriss'nes Gespräch, wie es den Wanderer freut.

3

Immer halt' ich die Liebste begierig im Arme geschlossen,
Immer drängt sich mein Herz fest an den Busen ihr an,
Immer lehnet mein Haupt an ihren Knien, ich blicke
Nach dem lieblichen Mund, ihr nach den Augen hinauf.
Weichling! schölte mich Einer, und so verbringst du die Tage?
Ach, ich verbringe sie schlimm! Höre nur, wie mir geschieht:
Leider wend' ich den Rücken der einzigen Freude des Lebens;
Schon den zwanzigsten Tag schleppt mich der Wagen dahin.
Vetturine trotzen mir nun, es schmeichelt der Kämm'rer,
Und der Bediente vom Platz sinnet auf Lügen und Trug.
Will ich ihnen entgehn, so faßt mich der Meister der Posten,
Postillone sind Herrn, dann die Dogane dazu!
»Ich verstehe dich nicht! du widersprichst dir! du schienest
Paradiesisch zu ruhn, ganz, wie Rinaldo, beglückt.«

Ach! ich verstehe mich wohl: es ist mein Körper auf Reisen,
Und es ruhet mein Geist stets der Geliebten im Schoß.

4

Das ist Italien, das ich verließ. Noch stäuben die Wege,
Noch ist der Fremde geprellt, stell' er sich, wie er auch will.
Deutsche Redlichkeit suchst du in allen Winkeln vergebens;
Leben und Weben ist hier, aber nicht Ordnung und Zucht;
Jeder sorgt nur für sich, mißtraut dem Andern, ist eitel,
Und die Meister des Staats sorgen nur wieder für sich.
Schön ist das Land; doch, ach! Faustinen find' ich nicht wieder.
Das ist Italien nicht mehr, das ich mit Schmerzen verließ.

5

In der Gondel lag ich gestreckt und fuhr durch die Schiffe,
Die in dem großen Kanal, viele befrachtete, stehn.
Mancherlei Ware findest du da für manches Bedürfnis,
Weizen, Wein und Gemüs, Scheite, wie leichtes Gesträuch.
Pfeilschnell drangen wir durch; da traf ein verlorener Lorbeer
Derb mir die Wangen. Ich rief: Daphne, verletzest du mich?
Lohn erwartet' ich eher! Die Nymphe lispelte lächelnd:
Dichter sünd'gen nicht schwer. Leicht ist die Strafe. Nur zu!

6

Seh' ich den Pilgrim, so kann ich mich nie der Tränen enthalten.
O, wie beseliget uns Menschen ein falscher Begriff!

7

Eine Liebe hatt' ich, sie war mir lieber als Alles!
Aber ich hab' sie nicht mehr! Schweig', und ertrag' den Verlust!

8

Diese Gondel vergleich' ich der sanft einschaukelnden Wiege,
Und das Kästchen darauf scheint ein geräumiger Sarg.
Recht so! Zwischen der Wieg' und dem Sarg wir schwanken und schweben
Auf dem großen Kanal sorglos durch's Leben dahin.

9

Feierlich sehn wir neben dem Doge den Nuntius gehen;
Sie begraben den Herrn, einer versiegelt den Stein.
Was der Doge sich denkt, ich weiß es nicht; aber der Andre
Lächelt über den Ernst dieses Gepränges gewiß.

10

Warum treibt sich das Volk so, und schreit? Es will sich ernähren,
Kinder zeugen, und die nähren, so gut es vermag.
Merke dir, Reisender, das, und tue zu Hause desgleichen!
Weiter bringt es kein Mensch, stell' er sich, wie er auch will.

11

Wie sie klingeln, die Pfaffen! Wie angelegen sie's machen,
Daß man komme, nur ja plappre, wie gestern so heut!
Scheltet mir nicht die Pfaffen; sie kennen des Menschen Bedürfnis!
Denn wie ist er beglückt, plappert er morgen wie heut!

12

Mache der Schwärmer sich Schüler, wie Sand am Meere – der Sand ist
Sand, die Perle sei mein, du, o vernünftiger Freund!

13

Süß den sprossenden Klee mit weichlichen Füßen im Frühling,
Und die Wolle des Lamms tasten mit zärtlicher Hand;
Süß voll Blüten zu sehn die neulebendigen Zweige,
Dann das grünende Laub locken mit sehnendem Blick.
Aber süßer, mit Blumen dem Busen der Schäferin schmeicheln;
Und dies vielfache Glück läßt mich entbehren der Mai.

14

Diesem Amboß vergleich' ich das Land, den Hammer dem Herrscher;
Und dem Volke das Blech, das in der Mitte sich krümmt.
Wehe dem armen Blech! wenn nur willkürliche Schläge
Ungewiß treffen, und nie fertig der Kessel erscheint.

15

Schüler macht sich der Schwärmer genug, und rühret die Menge,
Wenn der vernünftige Mann einzelne Liebende zählt.
Wundertätige Bilder sind meist nur schlechte Gemälde:
Werke des Geist's und der Kunst sind für den Pöbel nicht da.

16

Mache zum Herrscher sich der, der seinen Vorteil verstehet:
Doch wir wählten uns den, der sich auf unsern versteht.

17

Not lehrt beten, man sagt's; will einer es lernen, er gehe
Nach Italien! Not findet der Fremde gewiß.

18

Welch ein heftig Gedränge nach diesem Laden! Wie emsig
Wägt man, empfängt man das Geld, reicht man die Ware dahin!
Schnupftabak wird hier verkauft. Das heißt sich selber erkennen!
Nieswurz holt sich das Volk, ohne Verordnung und Arzt.

19

Jeder Edle Venedigs kann Doge werden; das macht ihn
Gleich als Knaben so fein, eigen, bedächtig und stolz.
Darum sind die Oblaten so zart im katholischen Welschland;
Denn aus demselbigen Teig weihet der Priester den Gott.

20

Ruhig am Arsenal stehn zwei altgriechische Löwen;
Klein wird neben dem Paar Pforte, wie Turm und Kanal.
Käme die Mutter der Götter herab, es schmiegten sich beide
Vor den Wagen, und sie freute sich ihres Gespanns.
Aber nun ruhen sie traurig; der neue geflügelte Kater
Schnurrt überall, und ihn nennet Venedig Patron.

21

Emsig wallet der Pilger! Und wird er den Heiligen finden?
Hören und sehen den Mann, welcher die Wunder getan?
Nein, es führte die Zeit ihn hinweg: du findest nur Reste,
Seinen Schädel, ein Paar seiner Gebeine verwahrt.
Pilgrime sind wir Alle, die wir Italien suchen;
Nur ein zerstreutes Gebein ehren wir gläubig und froh.

22

Jupiter Pluvius, heut erscheinst du ein freundlicher Dämon;
Denn ein vielfach Geschenk gibst du in Einem Moment:
Gibst Venedig zu trinken, dem Lande grünendes Wachstum;
Manches kleine Gedicht gibst du dem Büchelchen hier.

23

Gieße nur, tränke nur fort die rotbemäntelten Frösche,
Wäss're das durstende Land, daß es uns Broccoli schickt.
Nur durchwäss're mir nicht dies Büchlein; es sei mir ein Fläschchen
Reinen Araks, und Punsch mache sich jeder nach Lust.

24

Sankt Johannes im Kot heißt jene Kirche; Venedig
Nenn' ich mit doppeltem Recht heute Sankt Markus im Kot.

25

Hast du Bajä gesehn, so kennst du das Meer und die Fische.
Hier ist Venedig; du kennst nun auch den Pfuhl und den Frosch.

26

Schläfst du noch immer? Nur still, und laß mich ruhen; erwach' ich,
Nun, was soll ich denn hier? Breit ist das Bette, doch leer.
Ist überall ja doch Sardinien, wo man allein schläft;
Tibur, Freund, überall, wo dich die Liebliche weckt.

27

Alle Neun, sie winkten mir oft, ich meine die Musen;
Doch ich achtet' es nicht, hatte das Mädchen im Schoß.
Nun verließ ich mein Liebchen; mich haben die Musen verlassen,
Und ich schielte, verwirrt, suchte nach Messer und Strick.
Doch von Göttern ist voll der Olymp; du kamst mich zu retten,
Langeweile! du bist Mutter der Musen gegrüßt.

28

Welch ein Mädchen ich wünsche zu haben? Ihr fragt mich. Ich hab' sie,
Wie ich sie wünsche, das heißt, dünkt mich, mit Wenigem Viel.
An dem Meere ging ich, und suchte mir Muscheln. In einer
Fand ich ein Perlchen; es bleibt nun mir am Herzen verwahrt.

29

Vieles hab' ich versucht, gezeichnet, in Kupfer gestochen,
Öl gemalt, in Ton hab' ich auch Manches gedruckt,
Unbeständig jedoch, und nichts gelernt noch geleistet;
Nur ein einzig Talent bracht' ich der Meisterschaft nah:
Deutsch zu schreiben. Und so verderb' ich unglücklicher Dichter
In dem schlechtesten Stoff leider nun Leben und Kunst.

30

Schöne Kinder tragt ihr, und steht mit verdeckten Gesichtern,
Bettelt: das heißt, mit Macht reden ans männliche Herz.
Jeder wünscht sich ein Knäbchen, wie ihr das Dürftige zeiget,
Und ein Liebchen, wie man's unter dem Schleier sich denkt.

31

Das ist dein eigenes Kind nicht, worauf du bettelst, und rührst mich;
O, wie rührt mich erst die, die mir mein eigenes bringt!

32

Warum leckst du dein Mäulchen, indem du mir eilig begegnest?
Wohl, dein Züngelchen sagt mir, wie gesprächig es sei.

33

Sämtliche Künste lernt und treibet der Deutsche; zu jeder
Zeigt er ein schönes Talent, wenn er sie ernstlich ergreift.
Eine Kunst nur treibt er, und will sie nicht lernen, die Dichtkunst.
Darum pfuscht er auch so; Freunde, wir haben's erlebt.

34 a)

Oft erklärtet ihr euch als Freunde des Dichters, ihr Götter!
Gebt ihm auch, was er bedarf! Mäßiges braucht er, doch viel:
Erstlich freundliche Wohnung, dann leidlich zu essen, zu trinken
Gut; der Deutsche versteht sich auf den Nektar, wie ihr.
Dann geziemende Kleidung und Freunde, vertraulich zu schwatzen;
Dann ein Liebchen des Nachts, das ihn von Herzen begehrt.
Diese fünf natürlichen Dinge verlang' ich vor Allem.
Gebet mir ferner dazu Sprachen, die alten und neu'n,
Daß ich der Völker Gewerb' und ihre Geschichten vernehme;
Gebt mir ein reines Gefühl, was sie in Künsten getan.
Ansehn gebt mir im Volke, verschafft bei Mächtigen Einfluß,
Oder was sonst noch bequem unter den Menschen erscheint;
Gut – schon dank' ich euch, Götter; ihr habt den glücklichsten Menschen
Ehstens fertig: denn ihr gönntet das Meiste mir schon.

34 b)

Klein ist unter den Fürsten Germaniens freilich der meine;
Kurz und schmal ist sein Land, mäßig nur, was er vermag.
Aber so wende nach innen, so wende nach außen die Kräfte
Jeder; da wär's ein Fest, Deutscher mit Deutschen zu sein.
Doch was priesest du Ihn, den Taten und Werke verkünden?
Und bestochen erschien deine Verehrung vielleicht;
Denn mir hat er gegeben, was Große selten gewähren,
Neigung, Muße, Vertraun, Felder und Garten und Haus.
Niemand braucht' ich zu danken als ihm, und Manches bedurft' ich,
Der ich mich auf den Erwerb schlecht, als ein Dichter, verstand.
Hat mich Europa gelobt, was hat mir Europa gegeben?
Nichts! Ich habe, wie schwer! meine Gedichte bezahlt.
Deutschland ahmte mich nach, und Frankreich mochte mich lesen.
England! freundlich empfingst du den zerrütteten Gast.
Doch was fördert es mich, daß auch sogar der Chinese
Malet, mit ängstlicher Hand, Werthern und Lotten auf Glas?
Niemals frug ein Kaiser nach mir, es hat sich kein König
Um mich bekümmert, und Er war mir August und Mäzen.

35

Eines Menschen Leben, was ist's? Doch Tausende können
Reden über den Mann, was er und wie er's getan.

Weniger ist ein Gedicht; doch können es Tausend genießen,
Tausende tadeln. Mein Freund, lebe nur, dichte nur fort!

36

Müde war ich geworden, nur immer Gemälde zu sehen,
Herrliche Schätze der Kunst, wie sie Venedig bewahrt.
Denn auch dieser Genuß verlangt Erholung und Muße;
Nach lebendigem Reiz suchte mein schmachtender Blick.
Gauklerin! da ersah ich in dir zu den Bübchen das Urbild,
Wie sie Johannes Bellin reizend mit Flügeln gemalt,
Wie sie Paul Veronese mit Bechern dem Bräutigam sendet,
Dessen Gäste, getäuscht, Wasser genießen für Wein.

37

Wie, von der künstlichsten Hand geschnitzt, das liebe Figürchen,
Weich und ohne Gebein, wie die Moluska nur schwimmt!
Alles ist Glied, und Alles Gelenk, und Alles gefällig,
Alles nach Maßen gebaut, Alles nach Willkür bewegt.
Menschen hab' ich gekannt, und Tiere, so Vögel als Fische,
Manches besondre Gewürm, Wunder der großen Natur;
Und doch staun' ich dich an, Bettine, liebliches Wunder,
Die du Alles zugleich bist, und ein Engel dazu.

38

Kehre nicht, liebliches Kind, die Beinchen hinauf zu dem Himmel;
Jupiter sieht dich, der Schalk, und Ganymed ist besorgt.

39

Wende die Füßchen zum Himmel nur ohne Sorge! Wir strecken
Arme betend empor; aber nicht schuldlos, wie du.

40

Seitwärts neigt sich dein Hälschen. Ist das ein Wunder? Es träget
Oft dich Ganze; du bist leicht, nur dem Hälschen zu schwer.
Mir ist sie gar nicht zuwider die schiefe Stellung des Köpfchens;
Unter schönerer Last beugte kein Nacken sich je.

41

So verwirret mit dumpf willkürlich verwebten Gestalten,
Höllisch und trübe gesinnt, Breughel den schwankenden Blick;
So zerrüttet auch Dürer mit apokalyptischen Bildern,
Menschen und Grillen zugleich, unser gesundes Gehirn;
So erreget ein Dichter, von Sphinxen, Sirenen, Centauren
Singend mit Macht Neugier in dem verwunderten Ohr;
So beweget ein Traum den Sorglichen, wenn er zu greifen,
Vorwärts glaubet zu gehn, Alles veränderlich schwebt:

So verwirrt uns Bettine, die holden Glieder verwechselnd;
  Doch erfreut sie uns gleich, wenn sie die Sohlen betritt.

42

Gern überschreit' ich die Grenze, mit breiter Kreide gezogen.
  Macht sie Bottegha, das Kind, drängt sie mich artig zurück.

43

»Ach! mit diesen Seelen, was macht er? Jesus Maria!
  Bündelchen Wäsche sind das, wie man zum Brunnen sie trägt.
Wahrlich, sie fällt! Ich halt' es nicht aus! Komm, gehn wir! Wie zierlich!
  Sieh nur, wie steht sie! wie leicht! Alles mit Lächeln und Lust!«
Altes Weib, du bewunderst mit Recht Bettinen; du scheinst mir
  Jünger zu werden und schön, da dich mein Liebling erfreut.

44

Alles seh' ich so gerne von dir; doch seh' ich am liebsten,
  Wenn der Vater behend über dich selber dich wirft,
Du dich im Schwung überschlägst und, nach dem tödlichen Sprunge,
  Wieder stehest und läufst, eben ob nichts wär' geschehn.

45

Schon entrunzelt sich jedes Gesicht; die Furchen der Mühe,
  Sorgen und Armut fliehn, Glückliche glaubt man zu sehn.
Dir erweicht sich der Schiffer, und klopft dir die Wange; der Säckel
  Tut sich dir kärglich zwar, aber er tut sich doch auf,
Und der Bewohner Venedigs entfaltet den Mantel, und reicht dir,
  Eben als flehtest du laut bei den Mirakeln Antons,
Bei des Herrn fünf Wunden, dem Herzen der seligsten Jungfrau,
  Bei der feurigen Qual, welche die Seelen durchfegt.
Jeder kleine Knabe, der Schiffer, der Höke, der Bettler
  Drängt sich, und freut sich bei dir, daß er ein Kind ist, wie du.

46

Dichten ist ein lustig Metier; nur find' ich es teuer:
  Wie dies Büchlein mir wächst, gehn die Zechinen mir fort.

47

»Welch ein Wahnsinn ergriff dich Müßigen? Hältst du nicht inne?
  Wird dies Mädchen ein Buch? Stimme was Klügeres an!«
Wartet, ich singe die Könige bald, die Großen der Erde,
  Wenn ich ihr Handwerk einst besser begreife, wie jetzt.
Doch Bettinen sing' ich indes; denn Gaukler und Dichter
  Sind gar nahe verwandt, suchen und finden sich gern.

48

Böcke, zur Linken mit euch! so ordnet künftig der Richter:
Und ihr Schäfchen, ihr sollt ruhig zur Rechten mir stehen!
Wohl! Doch eines ist noch von ihm zu hoffen; dann sagt er:
Seid, Vernünftige, mir grad' gegenüber gestellt!

49

Wißt ihr, wie ich gewiß zu Hunderten euch Epigramme
Fertige? Führet mich nur weit von der Liebsten hinweg!

50

Alle Freiheits-Apostel, sie waren mir immer zuwider;
Willkür suchte doch nur Jeder am Ende für sich.
Willst du Viele befrein, so wag' es Vielen zu dienen.
Wie gefährlich das sei; willst du es wissen? Versuch's!

51

Könige wollen das Gute, die Demagogen desgleichen,
Sagt man; doch irren sie sich: Menschen, ach, sind sie, wie wir.
Nie gelingt es der Menge, für sich zu wollen; wir wissens:
Doch wer verstehet, für uns Alle zu wollen; Er zeig's.

52

Jeglichen Schwärmer schlagt mir an's Kreuz im dreißigsten Jahre;
Kennt er nur einmal die Welt, wird der Betrogne der Schelm.

53

Frankreichs traurig Geschick, die Großen mögen's bedenken;
Aber bedenken fürwahr sollen es Kleine noch mehr.
Große gingen zu Grunde: doch wer beschützte die Menge
Gegen die Menge? Da war Menge der Menge Tyrann.

54

Tolle Zeiten hab' ich erlebt, und hab' nicht ermangelt,
Selbst auch töricht zu sein, wie es die Zeit mir gebot.

55

Sage, tun wir nicht recht? Wir müssen den Pöbel betrügen.
Sieh nur, wie ungeschickt, sieh nur, wie wild er sich zeigt!
Ungeschickt und wild sind alle rohen Betrognen;
Seid nur redlich, und so führt ihn zum Menschlichen an.

56

Fürsten prägen so oft auf kaum versilbertes Kupfer
Ihr bedeutendes Bild; lange betrügt sich das Volk.
Schwärmer prägen den Stempel des Geist's auf Lügen und Unsinn;
Wem der Probierstein fehlt, hält sie für redliches Gold.

57

Jene Menschen sind toll, so sagt ihr von heftigen Sprechern,
Die wir in Frankreich laut hören auf Straßen und Markt.
Mir auch scheinen sie toll; doch redet ein Toller in Freiheit
Weise Sprüche, wenn, ach! Weisheit im Sklaven verstummt.

58

Lange haben die Großen der Franzen Sprache gesprochen,
Halb nur geachtet den Mann, dem sie vom Munde nicht floß.
Nun lallt alles Volk entzückt die Sprache der Franken.
Zürnet, Mächtige, nicht! Was ihr verlangtet, geschieht.

59

»Seid doch nicht so frech, Epigramme!« Warum nicht? Wir sind nur
Überschriften; die Welt hat die Kapitel des Buchs.

60

Wie dem hohen Apostel ein Tuch voll Tiere gezeigt ward,
Rein und unrein, zeigt, Lieber, das Büchlein sich dir.

61

Ein Epigramm, ob wohl es gut sei? Kannst du's entscheiden?
Weiß man doch eben nicht stets, was er sich dachte, der Schalk.

62

Um so gemeiner es ist, und näher dem Neide, der Mißgunst;
Um so eher begreifst du das Gedichtchen gewiß.

63

Chloe schwöret, sie liebt mich; ich glaub's nicht. Aber sie liebt dich!
Sagt mir ein Kenner. Schon gut; glaubt' ich's, da wär es vorbei.

64

Niemand liebst du, und mich, Philarchos, liebst du so heftig.
Ist denn kein anderer Weg, mich zu bezwingen, als der?

65

Ist denn so groß das Geheimnis, was Gott und der Mensch und die Welt sei?
Nein! Doch Niemand hört's gerne; da bleibt es geheim.

66

Vieles kann ich ertragen. Die meisten beschwerlichen Dinge
Duld' ich mit ruhigem Mut, wie es ein Gott mir gebeut.
Wenige sind mir jedoch wie Gift und Schlange zuwider;
Viere: Rauch des Tabaks, Wanzen und Knoblauch und †.

67

Längst schon hätt' ich euch gern von jenen Tierchen gesprochen,
Die so zierlich und schnell fahren dahin und daher.
Schlängelchen scheinen sie gleich, doch viergefüßet; sie laufen,
Kriechen und schleichen, und leicht schleppen die Schwänzchen sie nach.
Seht, hier sind sie! und hier! Nun sind sie verschwunden! Wo sind sie?
Welche Ritze, welch Kraut nahm die Entfliehenden auf?
Wollt ihr mir's künftig erlauben, so nenn' ich die Tierchen Lacerten;
Denn ich brauche sie noch oft als gefälliges Bild.

68

Wer Lacerten gesehn, der kann sich die zierlichen Mädchen
Denken, die über den Platz fahren dahin und daher.
Schnell und beweglich sind sie, und gleiten, stehen und schwatzen,
Und es rauscht das Gewand hinter den Eilenden drein.
Sieh, hier ist sie! und hier! Verlierst du sie einmal, so suchst du
Sie vergebens; so bald kommt sie nicht wieder hervor.
Wenn du aber die Winkel nicht scheust, nicht Gäßchen und Treppchen,
Folg' ihr, wie sie dich lockt, in die Spelunke hinein!

69

Was Spelunke nun sei, verlangt ihr zu wissen? Da wird ja
Fast zum Lexikon dies epigrammatische Buch.
Dunkele Häuser sind's in engen Gäßchen; zum Kaffee
Führt dich die Schöne, und sie zeigt sich geschäftig, nicht du.

70

Zwei der feinsten Lacerten, sie hielten sich immer zusammen;
Eine beinahe zu groß, eine beinahe zu klein.
Siehst du Beide zusammen, so wird die Wahl dir unmöglich;
Jede besonders, sie schien einzig die Schönste zu sein.

71

Heilige Leute, sagt man, sie wollten besonders dem Sünder
Und der Sünderin wohl. Geht's mir doch eben auch so.

72

Wär' ich ein häusliches Weib, und hätte, was ich bedürfte,
Treu sein wollt' ich und froh, herzen und küssen den Mann.
So sang, unter andern gemeinen Liedern, ein Dirnchen
Mir in Venedig, und nie hört' ich ein frömmer Gebet.

73

Wundern kann es mich nicht, daß Menschen die Hunde so lieben;
Denn ein erbärmlicher Schuft ist, wie der Mensch, so der Hund.

74

Frech wohl bin ich geworden; es ist kein Wunder. Ihr Götter,
Wißt, und wißt nicht allein, daß ich auch fromm bin und treu.

75

Hast du nicht gute Gesellschaft gesehn? Es zeigt uns dein Büchlein
Fast nur Gaukler und Volk, ja was noch niedriger ist.
Gute Gesellschaft hab' ich gesehn, man nennt sie die gute,
Wenn sie zum kleinsten Gedicht keine Gelegenheit gibt.

76

Was mit mir das Schicksal gewollt? Es wäre verwegen,
Das zu fragen, denn meist will es mit Vielen nicht viel.
Einen Dichter zu bilden, die Absicht wär' ihm gelungen,
Hätte die Sprache sich nicht unüberwindlich gezeigt.

77

Mit Botanik gibst du dich ab? mit Optik? Was tust du?
Ist es nicht schönrer Gewinn, rühren ein zärtliches Herz?
Ach, die zärtlichen Herzen! Ein Pfuscher vermag sie zu rühren;
Sei es mein einziges Glück, dich zu berühren, Natur!

78

Weiß hat Newton gemacht aus allen Farben. Gar Manches
Hat er euch weis gemacht, das ihr ein Säkulum glaubt.

79

»Alles erklärt sich wohl«, so sagt mir ein Schüler, »aus jenen
Theorien, die uns weislich ein Meister gelehrt.«
Habt ihr einmal das Kreuz von Holze tüchtig gezimmert,
Paßt ein lebendiger Leib freilich zur Strafe daran.

80

Wenn auf beschwerlichen Reisen ein Jüngling zur Liebsten sich windet,
Hab' er dies Büchlein; es ist reizend und tröstlich zugleich.
Und erwartet dereinst ein Mädchen den Liebsten, sie halte
Dieses Büchlein, und nur, kommt er, so werfe sie's weg.

81

Gleich den Winken des Mädchens, des eilenden, welche verstohlen
Im Vorbeigehn nur freundlich mir streifet den Arm,
So vergönnt, ihr Musen, dem Reisenden kleine Gedichte:
O, behaltet dem Freund größere Gunst noch bevor!

82

Wenn, in Wolken und Dünste verhüllt, die Sonne nur trübe
Stunden sendet; wie still wandeln die Pfade wir fort!
Dränget Regen den Wandrer! wie ist uns des ländlichen Daches
Schirm willkommen! Wie sanft ruht sich's in stürmischer Nacht!
Aber die Göttin kehret zurück! Schnell scheuche die Nebel
Von der Stirne hinweg! Gleiche der Mutter Natur!

83

Willst du mit reinem Gefühl der Liebe Freuden genießen,
O, laß Frechheit und Ernst ferne vom Herzen dir sein.
Die will Amorn verjagen, und *der* gedenkt ihn zu fesseln;
Beiden das Gegenteil lächelt der schelmische Gott.

84

Göttlicher Morpheus, umsonst bewegst du die lieblichen Mohne;
Bleibt das Auge doch wach, wenn mir es Amor nicht schließt.

85

Liebe flößest du ein, und Begier; ich fühl' es, und brenne.
Liebenswürdige, nun flöße Vertrauen mir ein!

86

Ha! ich kenne dich, Amor, so gut als einer! Da bringst du
Deine Fackel, und sie leuchtet im Dunkel uns vor.
Aber du führest uns bald verworrene Pfade; wir brauchten
Deine Fackel erst recht, ach! und die falsche erlischt.

87

Eine einzige Nacht an deinem Herzen! – Das Andre
Gibt sich. Es trennet uns noch Amor in Nebel und Nacht.
Ja, ich erlebe den Morgen, an dem Aurora die Freunde
Busen an Busen belauscht, Phöbus, der Frühe, sie weckt.

88

Ist es dir Ernst, so zaudre nun länger nicht; mache mich glücklich!
Wolltest du scherzen? Es sei, Liebchen, des Scherzes genug!

89

Daß ich schweige, verdrießt dich? Was soll ich reden? Du merkest
Auf der Seufzer, des Blicks leise Beredsamkeit nicht.
Eine Göttin vermag der Lippe Siegel zu lösen;
Nur Aurora, sie weckt einst dir am Busen mich auf.
Ja, dann töne mein Hymnus den frühen Göttern entgegen,
Wie das Memnonische Bild lieblich Geheimnisse sang.

90

Welch ein lustiges Spiel! Es windet am Faden die Scheibe,
Die von der Hand entfloh, eilig sich wieder herauf!
Seht, so schein' ich mein Herz bald dieser Schönen, bald jener
Zuzuwerfen; doch gleich kehrt es im Fluge zurück.

91

O, wie achtet' ich sonst auf alle Zeiten des Jahres;
Grüßte den kommenden Lenz, sehnte dem Herbste mich nach!
Aber nun ist nicht Sommer noch Winter, seit mich Beglückten
Amors Fittig bedeckt, ewiger Frühling umschwebt.

92

Sage, wie lebst du? Ich lebe! und wären hundert und hundert
Jahre dem Menschen gegönnt, wünscht' ich mir morgen, wie heut.

93

Götter, wie soll ich euch danken! Ihr habt mir Alles gegeben,
Was der Mensch sich erfleht; nur in der Regel fast nichts.

94

In der Dämmrung des Morgens den höchsten Gipfel erklimmen,
Frühe den Boten des Tags grüßen, dich, freundlichen Stern!
Ungeduldig die Blicke der Himmelsfürstin erwarten,
Wonne des Jünglings, wie oft locktest du Nachts mich heraus!
Nun erscheint ihr mir, Boten des Tags, ihr himmlischen Augen
Meiner Geliebten, und stets kommt mir die Sonne zu früh.

95

Du erstaunest, und zeigst mir das Meer; es scheinet zu brennen.
Wie bewegt sich die Flut flammend um's nächtliche Schiff!
Mich verwundert es nicht, das Meer gebar Aphroditen,
Und entsprang nicht aus ihr uns eine Flamme, der Sohn?

96

Glänzen sah ich das Meer, und blinken die liebliche Welle;
Frisch mit günstigem Wind zogen die Segel dahin.
Keine Sehnsucht fühlte mein Herz; es wendete rückwärts,
Nach dem Schnee des Gebirgs, bald sich der schmachtende Blick.
Südwärts liegen die Schätze, wie viel! Doch einer im Norden
Zieht, ein großer Magnet, unwiderstehlich zurück.

97

Ach! mein Mädchen verreis't! Sie steigt zu Schiffe! – Mein König,
Aeolus! mächtiger Fürst! halte die Stürme zurück!
Törichter! ruft mir der Gott: befürchte nicht wütende Stürme:
Fürchte den Hauch, wenn sanft Amor die Flügel bewegt!

98

Arm und kleiderlos war, als ich sie geworben, das Mädchen;
Damals gefiel sie mir nackt, wie sie mir jetzt noch gefällt.

99

Oftmals hab' ich geirrt, und habe mich wieder gefunden,
Aber glücklicher nie; nun ist dies Mädchen mein Glück!
Ist auch dieses ein Irrtum, so schont mich, ihr klügeren Götter,
Und benehmt mir ihn erst drüben am kalten Gestad.

100

Traurig, Midas, war dein Geschick: in bebenden Händen
Fühltest du, hungriger Greis, schwere verwandelte Kost.
Mir, im ähnlichen Fall, geht's lust'ger; denn was ich berühre,
Wird mir unter der Hand gleich ein behendes Gedicht.
Holde Musen, ich sträube mich nicht; nur daß ihr mein Liebchen,
Drück' ich es fest an die Brust, nicht mir zum Märchen verkehrt?

101

Ach, mein Hals ist ein wenig geschwollen! so sagte die Beste
Ängstlich. – Stille, mein Kind! still! und vernehme das Wort:
Dich hat die Hand der Venus berührt; sie deutet dir leise,
Daß sie das Körperchen bald, ach! unaufhaltsam verstellt.
Bald verdirbt sie die schlanke Gestalt, die zierlichen Brüstchen.
Alles schwillt nun; es paßt nirgends das neuste Gewand.
Sei nur ruhig! es deutet die fallende Blüte dem Gärtner,
Daß die liebliche Frucht schwellend im Herbste gedeiht.

102

Wonniglich ist's, die Geliebte verlangend im Arme zu halten,
Wenn ihr klopfendes Herz Liebe zuerst dir gesteht.
Wonniglicher, das Pochen des Neulebendigen fühlen,
Das in dem lieblichen Schoß immer sich nährend bewegt.
Schon versucht es die Sprünge der raschen Jugend; es klopfet
Ungeduldig schon an, sehnt sich nach himmlischem Licht.
Harre noch wenige Tage! Auf allen Pfaden des Lebens
Führen die Horen dich streng, wie es das Schicksal gebeut.
Widerfahre dir, was dir auch will, du wachsender Liebling –
Liebe bildete dich; werde dir Liebe zu Teil!

103

Und so tändelt' ich mir, von allen Freunden geschieden,
In der neptunischen Stadt Tage wie Stunden hinweg.
Alles, was ich erfuhr, ich würzt' es mit süßer Erinn'rung,
Würzt' es mit Hoffnung; sie sind lieblichste Würzen der Welt.

WEISSAGUNGEN DES BAKIS

Seltsam ist Propheten Lied;
Doppelt seltsam, was geschieht.

1

Wahnsinn ruft man dem Kalchas, und Wahnsinn ruft man Kassandren,
Eh' man nach Ilion zog, wenn man von Ilion kommt.
Wer kann hören das Morgen und Übermorgen? Nicht Einer!
Denn was gestern und eh'gestern gesprochen – wer hörts?

2

Lang und schmal ist ein Weg. Sobald du ihn gehest, so wird er
Breiter; aber du ziehst Schlangengewinde dir nach.
Bist du an's Ende gekommen, so werde der schreckliche Knoten
Dir zur Blume, und du gib sie dem Ganzen dahin.

3

Nicht Zukünftiges nur verkündet Bakis; auch jetzt noch
Still Verborgenes zeigt er, als ein Kundiger, an.
Wünschelruten sind hier, sie zeigen am Stamm nicht die Schätze;
Nur in der fühlenden Hand regt sich das magische Reis.

4

Wenn sich der Hals des Schwanes verkürzt und, mit Menschengesichte,
Sich der prophetische Gast über den Spiegel bestrebt;
Läßt den silbernen Schleier die Schöne dem Nachen entfallen,
Ziehen dem Schwimmenden gleich goldene Ströme sich nach.

5

Zweie seh' ich! den Großen! ich seh' den Größern! Die Beiden
Reiben, mit feindlicher Kraft, Einer den Andern sich auf.
Hier ist Felsen und Land, und dort sind Felsen und Wellen!
Welcher der Größere sei, redet die Parze nur aus.

6

Kommt ein wandernder Fürst, auf kalter Schwelle zu schlafen,
Schlinge Ceres den Kranz, stille verflechtend, um ihn;
Dann verstummen die Hunde; es wird ein Geier ihn wecken,
Und ein tätiges Volk freut sich des neuen Geschicks.

7

Sieben gehn verhüllt, und sieben mit offnem Gesichte.
Jene fürchtet das Volk, fürchten die Großen der Welt.
Aber die Andern sind's, die Verräter! von Keinem erforschet;
Denn ihr eigen Gesicht birget, als Maske, den Schalk.

8

Gestern war es noch nicht, und weder heute noch morgen
Wird es, und jeder verspricht Nachbarn und Freunden es schon;
Ja, er verspricht es den Feinden. So edel gehn wir ins neue
Säklum hinüber, und leer bleibet die Hand und der Mund.

9

Mäuse laufen zusammen auf offnem Markte; der Wandrer
Kommt, auf hölzernem Fuß, vierfach und klappernd heran.
Fliegen die Tauben der Saat in gleichem Momente vorüber:
Dann ist, Tola, das Glück unter der Erde dir hold.

10

Einsam schmückt sich, zu Hause, mit Gold und Seide die Jungfrau;
Nicht vom Spiegel belehrt, fühlt sie das schickliche Kleid.
Tritt sie hervor, so gleicht sie der Magd; nur Einer von Allen
Kennt sie; es zeiget sein Aug' ihr das vollendete Bild.

11

Ja, vom Jupiter rollt ihr, mächtig strömende Fluten,
Über Ufer und Damm, Felder und Gärten mit fort.
Einen seh' ich! Er sitzt und harfeniert der Verwüstung;
Aber der reißende Strom nimmt auch die Lieder hinweg.

12

Mächtig bist du! gebildet zugleich, und Alles verneigt sich,
Wenn du, mit herrlichem Zug, über den Markt dich bewegst.
Endlich ist er vorüber. Da lispelt fragend ein Jeder:
War denn Gerechtigkeit auch in der Tugenden Zug?

13

Mauern seh' ich gestürzt, und Mauern seh' ich errichtet,
Hier Gefangene, dort auch der Gefangenen viel.
Ist vielleicht nur die Welt ein großer Kerker? und frei ist
Wohl der Tolle, der sich Ketten zu Kränzen erkiest.

14

Laß mich ruhen, ich schlafe. – »Ich aber wache.« – Mit nichten! –
»Träumst du?« – Ich werde geliebt! – »Freilich, du redest im Traum.« –

Wachender, sage, was hast du? – »Da sieh nur alle die Schätze!« –
Sehen soll ich? Ein Schatz, wird er mit Augen gesehn?

15

Schlüssel liegen im Buche zerstreut, das Rätsel zu lösen;
Denn der prophetische Geist ruft den Verständigen an.
Jene nenn' ich die Klügsten, die leicht sich vom Tage belehren
Lassen; es bringt wohl der Tag Rätsel und Lösung zugleich.

16

Auch Vergangenes zeigt euch Bakis; denn selbst das Vergangne
Ruht, verblendete Welt, oft als ein Rätsel vor dir.
Wer das Vergangene kennte, der wüßte das Künftige; Beides
Schließt an heute sich rein, als ein Vollendetes, an.

17

Tun die Himmel sich auf und regnen, so träufelt das Wasser
Über Felsen und Gras, Mauern und Bäume zugleich.
Kehret die Sonne zurück, so verdampfet vom Steine die Wohltat;
Nur das Lebendige hält Gabe der Göttlichen fest.

18

Sag', was zählst du? – »Ich zähle, damit ich die Zehne begreife,
Dann ein andres Zehn, Hundert und Tausend hernach.«
Näher kommst du dazu, sobald du mir folgest. – »Und wie denn?« –
Sage zur Zehne: sei zehn! Dann sind die Tausende dein.

19

Hast du die Welle gesehen, die über das Ufer einher schlug?
Siehe die zweite, sie kommt! rollet sich sprühend schon aus!
Gleich erhebt sich die dritte! Fürwahr, du erwartest vergebens,
Daß die letzte sich heut ruhig zu Füßen dir legt.

20

Einem möcht' ich gefallen! so denkt das Mädchen; den Zweiten
Find' ich edel und gut, aber er reizet mich nicht.
Wäre der Dritte gewiß, so wäre mir dieser der Liebste.
Ach, daß der Unbestand immer das Lieblichste bleibt!

21

Blaß erscheinest du mir, und tot dem Auge. Wie rufst du,
Aus der innern Kraft, heiliges Leben empor?
»Wär' ich dem Auge vollendet, so könntest du ruhig genießen;
Nur der Mangel erhebt über dich selbst dich hinweg.«

22

Zweimal färbt sich das Haar; zuerst aus dem Blonden ins Braune,
Bis das Braune sodann silbergediegen sich zeigt.
Halb errate das Rätsel! so ist die andere Hälfte
Völlig dir zu Gebot, daß du die erste bezwingst.

23

Was erschrickst du? – »Hinweg, hinweg mit diesen Gespenstern!
Zeige die Blume mir doch; zeig' mir ein Menschengesicht!
Ja, nun seh' ich die Blumen; ich sehe die Menschengesichter.« –
Aber ich sehe dich nun selbst als betrognes Gespenst.

24

Einer rollet daher; es stehen ruhig die Neune:
Nach vollendetem Lauf liegen die Viere gestreckt.
Helden finden es schön, gewaltsam treffend zu wirken;
Denn es vermag nur ein Gott Kegel und Kugel zu sein.

25

Wie viel Äpfel verlangst du für diese Blüten? – »Ein Tausend;
Denn der Blüten sind wohl Zwanzig der Tausende hier.
Und von Zwanzig nur Einen, das find' ich billig.« – Du bist schon
Glücklich, wenn du dereinst Einen von Tausend behältst.

26

Sprich, wie werd' ich die Sperlinge los? so sagte der Gärtner:
Und die Raupen dazu, ferner das Käfergeschlecht,
Maulwurf, Erdfloh, Wespe, die Würmer, das Teufelsgezüchte? –
»Laß sie nur Alle, so frißt Einer den Anderen auf.«

27

Klingeln hör' ich: es sind die lustigen Schlittengeläute.
Wie sich die Torheit doch selbst in der Kälte noch rührt!
»Klingeln hörst du? Mich deucht, es ist die eigene Kappe,
Die sich am Ofen dir leis' um die Ohren bewegt.«

28

Seht den Vogel! er fliegt von einem Baume zum andern.
Nascht mit geschäftigem Pick unter den Früchten umher.
Frag' ihn, er plappert auch wohl, und wird dir offen versichern,
Daß er der hehren Natur herrliche Tiefen erpickt.

29

Eines kenn' ich verehrt, ja angebetet zu Fuße;
Auf die Scheitel gestellt, wird es von Jedem verflucht.
Eines kenn' ich, und fest bedruckt es zufrieden die Lippe:
Doch in dem zweiten Moment ist es der Abscheu der Welt.

30

Dieses ist es, das Höchste, zu gleicher Zeit das Gemeinste;
Nun das Schönste, sogleich auch das Abscheulichste nun.
Nur im Schlürfen genieße du das, und koste nicht tiefer:
Unter dem reizenden Schaum sinket die Neige zu Grund.

31

Ein beweglicher Körper erfreut mich, ewig gewendet
Erst nach Norden, und dann ernst nach der Tiefe hinab.
Doch ein andrer gefällt mir nicht so; er gehorchet den Winden
Und sein ganzes Talent lös't sich in Bücklingen auf.

32

Ewig wird er euch sein der Eine, der sich in Viele
Teilt, und Einer jedoch, ewig der Einzige bleibt.
Findet in Einem die Vielen, empfindet die Vielen, wie Einen;
Und ihr habt den Beginn, habet das Ende der Kunst.

VIER JAHRSZEITEN

Alle Viere mehr und minder,
Necken wie die hübschen Kinder.

FRÜHLING

1

Auf, ihr Distichen, frisch! Ihr muntern, lebendigen Knaben!
Reich ist Garten und Feld! Blumen zum Kranze herbei!

2

Reich ist an Blumen die Flur; doch einige sind nur dem Auge,
Andre dem Herzen nur schön; wähle dir, Leser, nun selbst!

3

Rosenknospe, du bist dem blühenden Mädchen gewidmet,
Die als die Herrlichste sich, als die Bescheidenste zeigt.

4

Viele der Veilchen zusammen geknüpft, das Sträußchen erscheinet
Erst als Blume; du bist, häusliches Mädchen, gemeint.

5

Eine kannt' ich, sie war wie die Lilie schlank, und ihr Stolz war
Unschuld; herrlicher hat Salomo keine gesehn.

6

Schön erhebt sich der Aglei, und senkt das Köpfchen herunter.
Ist es Gefühl? oder ist's Mutwill? Ihr ratet es nicht.

7

Viele duftende Glocken, o Hyacinthe, bewegst du;
Aber die Glocken ziehn, wie die Gerüche, nicht an.

8

Nachtviole, dich geht man am blendenden Tage vorüber;
Doch bei der Nachtigall Schlag hauchest du köstlichen Geist.

9

Tuberose, du ragest hervor und ergetzest im Freien;
Aber bleibe vom Haupt, bleibe vom Herzen mir fern!

10

Fern erblick' ich den Mohn; er glüht. Doch komm' ich dir näher,
Ach! so seh ich zu bald, daß du die Rose nur lügst.

11

Tulpen, ihr werdet gescholten von sentimentalischen Kennern;
Aber ein lustiger Sinn wünscht auch ein lustiges Blatt.

12

Nelken, wie find' ich euch schön! Doch alle gleicht ihr einander,
Unterscheidet euch kaum, und ich entscheide mich nicht.

13

Prangt mit den Farben Aurorens, Ranunkeln, Tulpen und Astern!
Hier ist ein dunkles Blatt, das euch an Dufte beschämt.

14

Keine lockt mich, Ranunkeln, von euch, und keine begehr' ich;
Aber im Beete vermischt sieht euch das Auge mit Lust.

15

Sagt! was füllet das Zimmer mit Wohlgerüchen? Reseda,
Farblos, ohne Gestalt, stilles bescheidenes Kraut.

16

Zierde wärst du der Gärten; doch wo du erscheinest, da sagst du:
Ceres streute mich selbst aus, mit der goldenen Saat.

17

Deine liebliche Kleinheit, dein holdes Auge, sie sagen,
Immer: Vergiß mein nicht! immer: Vergiß nur nicht mein!

18

Schwänden dem inneren Auge die Bilder sämtlicher Blumen,
Eleonore, dein Bild brächte das Herz sich hervor.

SOMMER

19

Grausam erweiset sich Amor an mir! O, spielet, ihr Musen,
Mit den Schmerzen, die er, spielend, im Busen erregt!

20

Manuskripte besitz' ich, wie kein Gelehrter noch König;
Denn mein Liebchen, sie schreibt, was ich ihr dichtete, mir.

21

Wie im Winter die Saat nur langsam keimet, im Sommer
Lebhaft treibet und reift, so war die Neigung zu dir.

22

Immer war mir das Feld und der Wald, und der Fels und die Gärten
Nur ein Raum, und du machst sie, Geliebte, zum Ort.

23

Raum und Zeit, ich empfind' es, sind bloße Formen des Anschauns,
Da das Eckchen mit dir, Liebchen, unendlich mir scheint.

24

Sorge! sie steiget mit dir zu Roß, sie steiget zu Schiffe;
Viel zudringlicher noch packet sich Amor uns auf.

25

Neigung besiegen ist schwer; gesellet sich aber Gewohnheit,
Wurzelnd, allmählig zu ihr, unüberwindlich ist sie.

26

Welche Schrift ich zwei-, ja dreimal hinter einander
Lese? Das herzliche Blatt, das die Geliebte mir schreibt.

27

Sie entzückt mich, und täuschet vielleicht. O, Dichter und Sänger,
Mimen! lerntet ihr doch meiner Geliebten was ab!

28

Alle Freude des Dichters, ein gutes Gedicht zu erschaffen,
Fühle das liebliche Kind, das ihn begeisterte, mit.

29

Ein Epigramm sei zu kurz, mir etwas Herzlichs zu sagen?
Wie, mein Geliebter, ist nicht kürzer der herzliche Kuß?

30

Kennst du das herrliche Gift der unbefriedigten Liebe?
Es versengt und erquickt, zehret am Mark und erneut's.

31

Kennst du die herrliche Wirkung der endlich befriedigten Liebe?
Körper verbindet sie schön, wenn sie die Geister befreit.

32

Das ist die wahre Liebe, die immer und immer sich gleich bleibt,
Wenn man ihr Alles gewährt, wenn man ihr Alles versagt.

33

Alles wünscht' ich zu haben, um mit ihr Alles zu teilen;
Alles gäb' ich dahin, wär' sie, die Einzige, mein.

34

Kränken ein liebendes Herz, und schweigen müssen; geschärfter
Können die Qualen nicht sein, die Rhadamant sich ersinnt.

35

Warum bin ich vergänglich, o Zeus? so fragte die Schönheit.
Macht' ich doch, sagte der Gott, nur das Vergängliche schön.

36

Und die Liebe, die Blumen, der Tau und die Jugend vernahmen's;
Alle gingen sie weg, weinend, von Jupiters Thron.

37

Leben muß man und lieben; es endet Leben und Liebe.
Schnittest du, Parze, doch nur beiden die Fäden zugleich!

HERBST

38

Früchte bringet das Leben dem Mann; doch hangen sie selten,
Rot und lustig am Zweig, wie uns ein Apfel begrüßt.

39

Richtet den herrschenden Stab auf Leben und Handeln und lasset
Amorn, dem lieblichen Gott, doch mit der Muse das Spiel!

40

Lehret! Es ziemet euch wohl, auch wir verehren die Sitte;
Aber die Muse läßt nicht sich gebieten von euch.

41

Nimm dem Prometheus die Fackel, beleb', o Muse, die Menschen!
Nimm sie dem Amor, und rasch quäl' und beglücke, wie er!

42

Alle Schöpfung ist Werk der Natur. Von Jupiters Throne
Zuckt der allmächtige Strahl, nährt und erschüttert die Welt.

43

Freunde, treibet nur Alles mit Ernst und Liebe; die Beiden
Stehen dem Deutschen so schön, den ach! so Vieles entstellt.

44

Kinder werfen den Ball an die Wand, und fangen ihn wieder;
Aber ich lobe das Spiel, wirft mir der Freund ihn zurück.

45

Immer strebe zum Ganzen, und kannst du selber kein Ganzes
Werden, als dienendes Glied schließ' an ein Ganzes dich an.

46

Wär't ihr, Schwärmer, im Stande, die Ideale zu fassen,
O! so verehrtet ihr auch, wie sich's gebührt, die Natur.

47

Wem zu glauben ist, redlicher Freund, das kann ich dir sagen:
Glaube dem Leben; es lehrt besser als Redner und Buch.

48

Alle Blüten müssen vergehn, daß Früchte beglücken;
Blüten und Frucht zugleich gebet ihr Musen allein.

49

Schädliche Wahrheit, ich ziehe sie vor dem nützlichen Irrtum.
Wahrheit heilet den Schmerz, den sie vielleicht uns erregt.

50

Schadet ein Irrtum wohl? Nicht immer! aber das Irren
Immer schadet's. Wie sehr, sieht man am Ende des Wegs.

52

Fremde Kinder, wir lieben sie nie so sehr als die eignen;
Irrtum, das eigene Kind, ist uns dem Herzen so nah.

53

Irrtum verläßt uns nie; doch zieht ein höher Bedürfnis
Immer den strebenden Geist leise zur Wahrheit hinan.

54

Gleich sei Keiner dem Andern; doch gleich sei Jeder dem Höchsten.
Wie das zu machen? Es sei jeder vollendet in sich.

55

Warum will sich Geschmack und Genie so selten vereinen?
Jener fürchtet die Kraft; dieses verachtet den Zaum.

56

Fortzupflanzen die Welt sind alle vernünft'gen Discurse
Unvermögend; durch sie kommt auch kein Kunstwerk hervor.

57

Welchen Leser ich wünsche? den Unbefangensten, der mich,
Sich und die Welt vergißt, und in dem Buche nur lebt.

58

Dieser ist mir der Freund, der mit mir Strebenden wandelt;
Läd't er zum Sitzen mich ein, stehl' ich für heute mich weg.

59

Wie beklag' ich es tief, daß diese herrliche Seele,
Wert, mit zum Zwecke zu gehn, mich nur als Mittel begreift!

60

Preise dem Kinde die Puppen, wofür es begierig die Groschen
Hinwirft; wahrlich! du wirst Krämern und Kindern ein Gott.

61

Wie verfährt die Natur, um Hohes und Niedres im Menschen
Zu verbinden? Sie stellt Eitelkeit zwischen hinein.

62

Auf das empfindsame Volk hab' ich nie was gehalten; es werden,
Kommt die Gelegenheit, nur schlechte Gesellen daraus.

63

Franztum drängt in diesen verworrenen Tagen, wie ehmals
Luthertum es getan, ruhige Bildung zurück.

64

Wo Parteien entstehn, hält Jeder sich hüben und drüben;
Viele Jahre vergehn, eh' sie die Mitte vereint.

65

»Jene machen Partei; welch unerlaubtes Beginnen!
Aber unsre Partei, freilich, versteht sich von selbst.«

66

Willst du, mein Sohn, frei bleiben, so lerne was Rechtes, und halte
Dich genügsam, und nie blicke nach oben hinauf!

67

Wer ist der edlere Mann in jedem Stande? Der stets sich
Neiget zum Gleichgewicht, was er auch habe voraus.

68

Wißt ihr, wie auch der Kleine was ist? Er mache das Kleine
Recht; der Große begehrt just so das Große zu tun.

69

Was ist heilig? Das ist's, was viele Seelen zusammen
Bindet; bänd' es auch nur leicht, wie die Binse den Kranz.

70

Was ist das Heiligste? Das, was, heut und ewig, die Geister,
Tiefer und tiefer gefühlt, immer nur einiger macht.

71

Wer ist das würdigste Glied des Staats? Ein wackerer Bürger;
Unter jeglicher Form bleibt er der edelste Stoff.

72

Wer ist denn wirklich ein Fürst? Ich hab' es immer gesehen,
Der nur ist wirklich Fürst, der es vermochte zu sein.

73

Fehlet die Einsicht oben, der gute Wille von unten,
Führt sogleich die Gewalt, oder sie endet den Streit.

74

Republiken hab' ich gesehen, und das ist die beste,
Die dem regierenden Teil Lasten, nicht Vorteil, gewährt.

75

Bald, es kenne nur Jeder den eigenen, gönne dem Andern
Seinen Vorteil, so ist ewiger Friede gemacht.

76

Keiner bescheidet sich gern mit dem Teile, der ihm gebühret.
Und so habt ihr den Stoff immer und ewig zum Krieg.

77

Zweierlei Arten gibt es, die treffende Wahrheit zu sagen:
Öffentlich immer dem Volk, immer dem Fürsten geheim.

78

Wenn du laut den Einzelnen schiltst, er wird sich verstocken,
Wie sich die Menge verstockt, wenn du im Ganzen sie lobst.

79

Du bist König und Ritter, und kannst befehlen und streiten;
Aber zu jedem Vertrag rufe den Kanzler herbei.

80

Klug und tätig und fest, bekannt mit Allem, nach oben
Und nach unten gewandt, sei er Minister und bleib's.

81

Welchen Hofmann ich ehre? Den klärsten und feinsten! Das Andre,
Was er noch sonst besitzt, kommt ihm als Menschen zu gut.

82

Ob du der Klügste seist: daran ist wenig gelegen;
Aber der Biederste sei, so wie bei Rate, zu Haus.

83

Ob du wachst, das kümmert uns nicht, wofern du nur singest.
Singe, Wächter, dein Lied schlafend, wie Mehrere tun.

84

Diesmal streust du, o Herbst, nur leichte, welkende Blätter;
Gib mir ein andermal schwellende Früchte dafür.

WINTER

85

Wasser ist Körper und Boden der Fluß. Das neuste Theater
Tut, in der Sonne Glanz, zwischen den Ufern sich auf.

86

Wahrlich, es scheint nur ein Traum! Bedeutende Bilder des Lebens
Schweben, lieblich und ernst, über die Fläche dahin.

87

Eingefroren sahen wir so Jahrhunderte starren,
Menschengefühl und Vernunft schlich nur verborgen am Grund.

88

Nur die Fläche bestimmt die kreisenden Bahnen des Lebens;
Ist sie glatt, so vergißt Jeder die nahe Gefahr.

89

Alle streben und eilen und suchen und fliehen einander;
Aber Alle beschränkt freundlich die glättere Bahn.

90

Durch einander gleiten sie her, die Schüler und Meister,
Und das gewöhnliche Volk, das in der Mitte sich hält.

91

Jeder zeigt hier, was er vermag; nicht Lob und nicht Tadel
Hielte Diesen zurück, förderte Jenen zum Ziel.

92

Euch, Präconen des Pfuschers, des Meisters Verkleinerer, wünscht' ich,
Mit ohnmächtiger Wut, stumm hier am Ufer zu sehn.

93

Lehrling, du schwankest und zauderst, und scheuest die glättere Fläche.
Nur gelassen! du wirst einst noch die Freude der Bahn.

94

Willst du schon zierlich erscheinen? und bist nicht sicher. Vergebens!
Nur aus vollendeter Kraft blicket die Anmut hervor.

95

Fallen ist der Sterblichen Los. So fällt hier der Schüler,
Wie der Meister; doch stürzt dieser gefährlicher hin.

96

Stürzt der rüstigste Läufer der Bahn, so lacht man am Ufer;
Wie man bei Bier und Tabak über Besiegte sich hebt.

97

Gleite fröhlich dahin, gib Rat dem werdenden Schüler,
Freue des Meisters dich, und so genieße des Tags.

98

Siehe, schon nahet der Frühling; das strömende Wasser verzehret
Unten, der sanftere Blick oben der Sonne, das Eis.

99

Dieses Geschlecht ist hinweg, zerstreut die bunte Gesellschaft;
Schiffern und Fischern gehört wieder die wallende Flut.

100

Schwimme, du mächtige Scholle, nur hin! und kommst du als Scholle
Nicht hinunter, du kommst doch wohl als Tropfen ins Meer.

SONETTE

Liebe will ich liebend loben,
Jede Form sie kommt von oben.

I
MÄCHTIGES ÜBERRASCHEN

Ein Strom entrauscht umwölktem Felsensaale
Dem Ozean sich eilig zu verbinden;
Was auch sich spiegeln mag von Grund zu Gründen,
Er wandelt unaufhaltsam fort zu Tale.

Dämonisch aber stürzt mit einem Male –
Ihr folgen Berg und Wald in Wirbelwinden –
Sich Oreas, Behagen dort zu finden,
Und hemmt den Lauf, begrenzt die weite Schale.

Die Welle sprüht, und staunt zurück und weichet,
Und schwillt bergan, sich immer selbst zu trinken;
Gehemmt ist nun zum Vater hin das Streben.

Sie schwankt und ruht, zum See zurückgedeichet;
Gestirne, spiegelnd sich, beschaun das Blinken
Des Wellenschlags am Fels, ein neues Leben.

II
FREUNDLICHES BEGEGNEN

Im weiten Mantel bis ans Kinn verhüllet
Ging ich den Felsenweg, den schroffen, grauen,
Hernieder dann zu winterhaften Auen,
Unruh'gen Sinns, zur nahen Flucht gewillet.

Auf einmal schien der neue Tag enthüllet:
Ein Mädchen kam, ein Himmel anzuschauen,
So musterhaft wie jene lieben Frauen
Der Dichterwelt. Mein Sehnen war gestillet.

Doch wandt' ich mich hinweg und ließ sie gehen,
Und wickelte mich enger in die Falten,
Als wollt' ich trutzend in mir selbst erwarmen;

Und folgt ihr doch. Sie stand. Da war's geschehen!
In meiner Hülle konnt' ich mich nicht halten,
Die warf ich weg, Sie lag in meinen Armen.

III

KURZ UND GUT

Sollt' ich mich denn so ganz an Sie gewöhnen?
Das wäre mir zuletzt doch reine Plage.
Darum versuch' ich's gleich am heut'gen Tage,
Und nahe nicht dem vielgewohnten Schönen.

Wie aber mag ich dich mein Herz versöhnen,
Daß ich im wichtgen Fall dich nicht befrage?
Wohlan! Komm her! Wir äußern unsre Klage
In liebevollen, traurig heitren Tönen.

Siehst du, es geht! Des Dichters Wink gewärtig
Melodisch klingt die durchgespielte Leier,
Ein Liebesopfer traulich darzubringen.

Du denkst es kaum und sieh! das Lied ist fertig;
Allein was nun? – Ich dächt' im ersten Feuer
Wir eilten hin, es vor ihr selbst zu singen.

IV

DAS MÄDCHEN SPRICHT

Du siehst so ernst, Geliebter! Deinem Bilde
Von Marmor hier möcht' ich dich wohl vergleichen;
Wie dieses gibst du mir kein Lebenszeichen;
Mit dir verglichen zeigt der Stein sich milde.

Der Feind verbirgt sich hinter seinem Schilde,
Der Freund soll offen seine Stirn uns reichen.
Ich suche dich, du suchst mir zu entweichen;
Doch halte Stand, wie dieses Kunstgebilde.

An wen von beiden soll ich nun mich wenden?
Sollt' ich von beiden Kälte leiden müssen?
Da dieser tot und du lebendig heißest.

Kurz! um der Worte mehr nicht zu verschwenden,
So will ich diesen Stein so lange küssen,
Bis eifersüchtig du mich ihm entreißest.

V
WACHSTUM

Als kleines artges Kind, nach Feld und Auen
Sprangst du mit mir, so manchen Frühlingsmorgen.
»Für solch ein Töchterchen, mit holden Sorgen,
Möcht' ich als Vater segnend Häuser bauen!«

Und als du anfingst in die Welt zu schauen,
War deine Freude häusliches Besorgen.
»Solch eine Schwester! und ich wär' geborgen:
Wie könnt ich ihr, ach! wie sie mir vertrauen!«

Nun kann den schönen Wachstum nichts beschränken;
Ich fühl' im Herzen heißes Liebetoben.
Umfaß' ich sie, die Schmerzen zu beschwichtgen?

Doch ach! nun muß ich dich als Fürstin denken:
Du stehst so schroff vor mir emporgehoben;
Ich beuge mich vor deinem Blick, dem flüchtgen.

VI
REISEZEHRUNG

Entwöhnen sollt' ich mich vom Glanz der Blicke,
Mein Leben sollten sie nicht mehr verschönen.
Was man Geschick nennt, läßt sich nicht versöhnen,
Ich weiß es wohl und trat bestürzt zurücke.

Nun wußt' ich auch von keinem weitern Glücke;
Gleich fing ich an von diesen und von jenen
Notwend'gen Dingen sonst mich zu entwöhnen:
Notwendig schien mir nichts als ihre Blicke.

Des Weines Glut, den Vielgenuß der Speisen,
Bequemlichkeit und Schlaf und sonstge Gaben,
Gesellschaft wies ich weg, daß wenig bliebe.

So kann ich ruhig durch die Welt nun reisen:
Was ich bedarf, ist überall zu haben,
Und Unentbehrlichs bring ich mit – die Liebe.

VII
ABSCHIED

War unersättlich nach viel tausend Küssen,
Und mußt mit Einem Kuß am Ende scheiden,
Nach herber Trennung tiefempfundnem Leiden
War mir das Ufer, dem ich mich entrissen,

Mit Wohnungen, mit Bergen, Hügeln, Flüssen,
So lang' ich's deutlich sah, ein Schatz der Freuden;
Zuletzt im Blauen blieb ein Augenweiden
An fernentwichnen, lichten Finsternissen.

Und endlich, als das Meer den Blick umgrenzte,
Fiel mir zurück in's Herz mein heiß Verlangen;
Ich suchte mein Verlornes gar verdrossen.

Da war es gleich als ob der Himmel glänzte;
Mir schien, als wäre nichts mir, nichts entgangen,
Als hätt' ich alles, was ich je genossen.

VIII
DIE LIEBENDE SCHREIBT

Ein Blick von deinen Augen in die meinen,
Ein Kuß von deinem Mund auf meinem Munde,
Wer davon hat, wie ich, gewisse Kunde,
Mag dem was anders wohl erfreulich scheinen?

Entfernt von dir, entfremdet von den Meinen,
Führ' ich stets die Gedanken in die Runde,
Und immer treffen sie auf jene Stunde,
Die einzige; da fang' ich an zu weinen.

Die Träne trocknet wieder unversehens:
Er liebt ja, denk' ich, her in diese Stille,
Und solltest du nicht in die Ferne reichen?

Vernimm das Lispeln dieses Liebewehens;
Mein einzig Glück auf Erden ist dein Wille,
Dein freundlicher zu mir; gib mir ein Zeichen!

IX
DIE LIEBENDE ABERMALS

Warum ich wieder zum Papier mich wende?
Das mußt du, Liebster, so bestimmt nicht fragen:
Denn eigentlich hab' ich dir nichts zu sagen:
Doch kommt's zuletzt in deine lieben Hände.

Weil ich nicht kommen kann, soll was ich sende
Mein ungeteiltes Herz hinüber tragen
Mit Wonnen, Hoffnungen, Entzücken, Plagen:
Das alles hat nicht Anfang, hat nicht Ende.

Ich mag vom heut'gen Tag dir nichts vertrauen,
Wie sich im Sinnen, Wünschen, Wähnen, Wollen
Mein treues Herz zu dir hinüber wendet,

So stand ich einst vor dir, dich anzuschauen
Und sagte nichts. Was hätt' ich sagen sollen?
Mein ganzes Wesen war in sich vollendet.

X
SIE KANN NICHT ENDEN

Wenn ich nun gleich das weiße Blatt dir schickte,
Anstatt daß ich's mit Lettern erst beschreibe,
Ausfülltest du's vielleicht zum Zeitvertreibe
Und sendetest's an mich, die Hochbeglückte.

Wenn ich den blauen Umschlag dann erblickte;
Neugierig schnell, wie es geziemt dem Weibe,
Riß' ich ihn auf, daß nichts verborgen bleibe;
Da läs' ich was mich mündlich sonst entzückte.

Lieb Kind! Mein artig Herz! Mein einzig Wesen!
Wie du so freundlich meine Sehnsucht stilltest
Mit süßem Wort und mich so ganz verwöhntest.

Sogar dein Lispeln glaubt' ich auch zu lesen,
Womit du liebend meine Seele fülltest
Und mich auf ewig vor mir selbst verschöntest.

XI
NEMESIS

Wenn durch das Volk die grimme Seuche wütet,
Soll man vorsichtig die Gesellschaft lassen.
Auch hab' ich oft mit Zaudern und Verpassen
Vor manchen Influenzen mich gehütet.

Und obgleich Amor öfters mich begütet,
Mocht' ich zuletzt mich nicht mit ihm befassen.
So ging mir's auch mit jenen Lacrimassen,
Als vier- und dreifach reimend sie gebrütet.

Nun aber folgt die Strafe dem Verächter,
Als wenn die Schlangenfackel der Erynnen
Von Berg zu Tal, von Land zu Meer ihn triebe.

Ich höre wohl der Genien Gelächter;
Doch trennet mich von jeglichem Besinnen
Sonettenwut und Raserei der Liebe.

XII
CHRISTGESCHENK

Mein süßes Liebchen! Hier in Schachtelwänden
Gar mannigfalt geformte Süßigkeiten.
Die Früchte sind es heil'ger Weihnachtszeiten,
Gebackne nur, den Kindern auszuspenden!

Dir möcht' ich dann mit süßem Redewenden
Poetisch Zuckerbrot zum Fest bereiten;
Allein was soll's mit solchen Eitelkeiten?
Weg den Versuch, mit Schmeichelei zu blenden!

Doch gibt es noch ein Süßes, das vom Innern
Zum Innern spricht, genießbar in der Ferne,
Das kann nur bis zu dir hinüber wehen.

Und fühlst du dann ein freundliches Erinnern,
Als blinkten froh dir wohlbekannte Sterne,
Wirst du die kleinste Gabe nicht verschmähen.

XIII
WARNUNG

Am jüngsten Tag, wenn die Posaunen schallen
Und alles aus ist mit dem Erdeleben,
Sind wir verpflichtet Rechenschaft zu geben
Von jedem Wort, das unnütz uns entfallen.

Wie wirds nun werden mit den Worten allen,
In welchen ich so liebevoll mein Streben
Um deine Gunst dir an den Tag gegeben,
Wenn diese bloß an deinem Ohr verhallen?

Darum bedenk, o Liebchen! dein Gewissen,
Bedenk im Ernst wie lange du gezaudert,
Daß nicht der Welt solch Leiden widerfahre.

Werd' ich berechnen und entschuld'gen müssen,
Was alles unnütz ich vor dir geplaudert;
So wird der jüngste Tag zum vollen Jahre.

XIV

Die Zweifelnden

Ihr liebt, und schreibt Sonette! Weh der Grille!
Die Kraft des Herzens, sich zu offenbaren,
Soll Reime suchen, sie zusammenpaaren;
Ihr Kinder, glaubt, ohnmächtig bleibt der Wille.

Ganz ungebunden spricht des Herzens Fülle
Sich kaum noch aus: sie mag sich gern bewahren;
Dann, Stürmen gleich, durch alle Saiten fahren;
Dann wieder senken sich zu Nacht und Stille.

Was quält ihr euch und uns, auf jähem Stege
Nur Schritt vor Schritt den läst'gen Stein zu wälzen,
Der rückwärts lastet, immer neu zu mühen?

Die Liebenden

Im Gegenteil, wir sind auf rechtem Wege!
Das Allerstarrste freudig aufzuschmelzen
Muß Liebesfeuer allgewaltig glühen.

XV

Mädchen

Ich zweifle doch am Ernst verschränkter Zeilen!
Zwar lausch' ich gern bei deinen Sylbespielen;
Allein mir scheint, was Herzen redlich fühlen,
Mein süßer Freund, das soll man nicht befeilen.

Der Dichter pflegt, um nicht zu langeweilen,
Sein Innerstes von Grund aus umzuwühlen;
Doch seine Wunden weiß er auszukühlen,
Mit Zauberwort die tiefsten auszuheilen.

Dichter

Schau, Liebchen, hin! Wie geht's dem Feuerwerker?
Drauf ausgelernt, wie man nach Maßen wettert,
Irrgänglich-klug miniert er seine Grüfte;

Allein die Macht des Elements ist stärker,
Und eh' er sich's versieht, geht er zerschmettert
Mit allen seinen Künsten in die Lüfte.

⟨Aus der Sammlung von 1827⟩

XVI

EPOCHE

Mit Flammenschrift war innigst eingeschrieben
Petrarca's Brust, vor allen andern Tagen,
Karfreitag. Eben so, ich darf's wohl sagen,
Ist mir *Advent* von Achtzehnhundert sieben.

Ich fing nicht an, ich fuhr nur fort zu lieben
Sie, die ich früh im Herzen schon getragen,
Dann wieder weislich aus dem Sinn geschlagen,
Der ich nun wieder bin an's Herz getrieben.

Petrarca's Liebe, die unendlich hohe,
War leider unbelohnt und gar zu traurig,
Ein Herzensweh, ein ewiger Karfreitag;

Doch stets erscheine, fort und fort, die frohe,
Süß, unter Palmenjubel, wonneschaurig,
Der Herrin Ankunft mir, ein ew'ger Maitag.

⟨Aus der Sammlung von 1827⟩

XVII
CHARADE

Zwei Worte sind es, kurz, bequem zu sagen,
Die wir so oft mit holder Freude nennen,
Doch keineswegs die Dinge deutlich kennen,
Wovon sie eigentlich den Stempel tragen.

Es tut gar wohl in jung- und alten Tagen
Eins an dem andern kecklich zu verbrennen;
Und kann man sie vereint zusammen nennen,
So drückt man aus ein seliges Behagen.

Nun aber such' ich ihnen zu gefallen
Und bitte mit sich selbst mich zu beglücken;
Ich hoffe still, doch hoff' ich's zu erlangen:

Als Namen der Geliebten sie zu lallen,
In Einem Bild sie beide zu erblicken,
In Einem Wesen beide zu umfangen.

KANTATEN

Möge dies der Sänger loben!
Ihm zu Ehren wars gewoben.

DEUTSCHER PARNASS

Unter diesen
Lorbeerbüschen,
Auf den Wiesen,
An den frischen
Wasserfällen,
Meines Lebens zu genießen,
Gab Apoll dem heitern Knaben;
Und so haben
Mich, im Stillen,
Nach des Gottes hohem Willen,
Hehre Musen auferzogen,
Aus den hellen
Silberquellen
Des Parnassus mich erquicket,
Und das keusche, reine Siegel
Auf die Lippen mir gedrücket.

Und die Nachtigall umkreiset
Mich mit dem bescheidnen Flügel.
Hier in Büschen, dort auf Bäumen,
Ruft sie die verwandte Menge,
Und die himmlischen Gesänge
Lehren mich von Liebe träumen.
Und im Herzen wächst die Fülle
Der gesellig edlen Triebe,
Nährt sich Freundschaft, keimet Liebe,
Und Apoll belebt die Stille
Seiner Täler, seiner Höhen.
Süße laue Lüfte wehen.
Alle, denen er gewogen,
Werden mächtig angezogen,
Und ein Edler folgt dem andern.

Dieser kommt mit munterm Wesen
Und mit offnem, heitrem Blicke;
Diesen seh' ich ernster wandeln;
Und ein Andrer, kaum genesen,
Ruft die alte Kraft zurücke;

Denn ihm drang durch Mark und Leben
Die verderblich holde Flamme,
Und was Amor ihm entwendet,
Kann Apoll nur wiedergeben,
Ruh' und Lust und Harmonien
Und ein kräftig rein Bestreben.

Auf, ihr Brüder,
Ehrt die Lieder!
Sie sind gleich den guten Taten.
Wer kann besser als der Sänger
Dem verirrten Freunde raten?
Wirke gut, so wirkst du länger
Als es Menschen sonst vermögen.

Ja! ich höre sie von weiten:
Ja! sie greifen in die Saiten
Mit gewalt'gen Götterschlägen
Rufen sie zu Recht und Pflichten
Und bewegen,
Wie sie singen, wie sie dichten,
Zum erhabensten Geschäfte,
Zu der Bildung aller Kräfte.

Auch die holden Phantasien
Blühen
Rings umher auf allen Zweigen,
Die sich balde,
Wie im holden Zauberwalde,
Voller goldnen Früchte beugen.

Was wir fühlen, was wir schauen
In dem Land der höchsten Wonne,
Dieser Boden, diese Sonne,
Locket auch die besten Frauen.
Und der Hauch der lieben Musen
Weckt des Mädchens zarten Busen,
Stimmt die Kehle zum Gesange,
Und mit schöngefärbter Wange
Singet sie schon würd'ge Lieder,
Setzt sich zu den Schwestern nieder,
Und es singt die schöne Kette,
Zart und zärter, um die Wette.

Doch die eine,
Geht alleine,

Bei den Buchen,
Unter Linden,
Dort zu suchen,
Dort zu finden,
Was im stillen Myrtenhaine
Amor schalkisch ihr entwendet.
Ihres Herzens holde Stille,
Ihres Busens erste Fülle.
Und sie träget in die grünen
Schattenwälder,
Was die Männer nicht verdienen,
Ihre lieblichen Gefühle;
Scheuet nicht des Tages Schwüle,
Achtet nicht des Abends Kühle
Und verliert sich in die Felder.
Stört sie nicht auf ihren Wegen!
Muse, geh' ihr still entgegen!

Doch was hör' ich? Welch ein Schall
Überbraus't den Wasserfall?
Sauset heftig durch den Hain?
Welch' ein Lärmen, welches Schrei'n?
Ist es möglich, seh' ich recht?
Ein verwegenes Geschlecht
Dringt ins Heiligtum herein.

Hier hervor
Strömt ein Chor!
Liebeswut,
Weinesglut,
Ras't im Blick,
Sträubt das Haar!
Und die Schar
Mann und Weib –
Tigerfell
Schlägt umher –
Ohne Scheu,
Zeigt den Leib.
Und Metall
Rauher Schall
Grellt ins Ohr.
Wer sie hört,
Wird gestört.
Hier hervor
Drängt das Chor;
Alles flieht,
Wer sie sieht.

Ach, die Büsche sind geknickt!
Ach, die Blumen sind erstickt
Von den Sohlen dieser Brut.
Wer begegnet ihrer Wut?

Brüder, laßt uns Alles wagen!
Eure reine Wange glüht.
Phöbus hilft sie uns verjagen,
Wenn er unsre Schmerzen sieht;
Und uns Waffen
Zu verschaffen,
Schüttert er des Berges Wipfel,
Und vom Gipfel
Prasseln Steine
Durch die Haine.
Brüder, faßt sie mächtig auf!
Schloßenregen
Ströme dieser Brut entgegen,
Und vertreib' aus unsern milden
Himmelreinen Lustgefilden
Diese Fremden, diese Wilden!

Doch was seh' ich?
Ist es möglich?
Unerträglich
Fährt es mir durch alle Glieder,
Und die Hand
Sinket von dem Schwunge nieder.
Ist es möglich?
Keine Fremden!
Unsre Brüder
Zeigen ihnen selbst die Wege!
O! die Frechen!
Wie sie mit den Klapperblechen
Selbst voraus im Takte ziehn!
Gute Brüder, laßt uns fliehn!

Doch ein Wort zu den Verwegnen!
Ja, ein Wort soll euch begegnen,
Kräftig wie ein Donnerschlag.
Worte sind des Dichters Waffen.
Will der Gott sich Recht verschaffen,
Folgen seine Pfeile nach.

War es möglich, eure hohe
Götterwürde

Zu vergessen! Ist der rohe
Schwere Thyrsus keine Bürde
Für die Hand, auf zarten Saiten
Nur gewöhnet hinzugleiten?
Aus den klaren Wasserfällen,
Aus den zarten Rieselwellen
Tränket ihr
Gar Silens abscheulich Tier?
Dort entweiht es Aganippen
Mit den rohen breiten Lippen,
Stampft mit ungeschickten Füßen,
Bis die Wellen trübe fließen.

O! wie möcht' ich gern mich täuschen;
Aber Schmerzen fühlt das Ohr;
Aus den keuschen
Heil'gen Schatten
Dringt verhaßter Ton hervor.
Wild Gelächter,
Statt der Liebe süßem Wahn!
Weiberhasser und Verächter
Stimmen ein Triumphlied an.
Nachtigall und Turtel fliehen
Das so keusch erwärmte Nest,
Und in wütendem Erglühen
Hält der Faun die Nymphe fest.
Hier wird ein Gewand zerrissen,
Dem Genusse folgt der Spott,
Und zu ihren frechen Küssen
Leuchtet mit Verdruß der Gott.

Ja, ich sehe schon von weiten
Wolkenzug und Dunst und Rauch.
Nicht die Leier nur hat Saiten,
Saiten hat der Bogen auch.
Selbst den Busen des Verehrers
Schüttert das gewalt'ge Nahn,
Denn die Flamme des Verheerers
Kündet ihn von weiten an.
O! vernehmt noch meine Stimme,
Meiner Liebe Bruderwort!
Fliehet vor des Gottes Grimme,
Eilt aus unsern Grenzen fort!
Daß sie wieder heilig werde,
Lenkt hinweg den wilden Zug!
Vielen Boden hat die Erde

Und unheiligen genug.
Uns umleuchten reine Sterne,
Hier nur hat das Edle Wert.

Doch wenn ihr aus rauher Ferne
Wieder einst zu uns begehrt,
Wenn euch nichts so sehr beglücket,
Als was ihr bei uns erprobt,
Euch nicht mehr ein Spiel entzücket,
Das die Schranken übertobt;
Kommt als gute Pilger wieder,
Steiget froh den Berg heran,
Tief gefühlte Reuelieder
Künden uns die Brüder an,
Und ein neuer Kranz umwindet
Eure Schläfe feierlich.
Wenn sich der Verirrte findet,
Freuen alle Götter sich.
Schneller noch als Lethes Fluten
Um der Toten stilles Haus,
Löscht der Liebe Kelch den Guten
Jedes Fehls Erinnrung aus.
Alles eilet euch entgegen
Und ihr kommt verklärt heran,
Und man fleht um euren Segen;
Ihr gehört uns doppelt an!

IDYLLE

(Es wird angenommen, ein ländliches Chor habe sich versammelt und stehe im Begriff, seinen Festzug anzutreten.)

Chor

Dem festlichen Tage
Begegnet mit Kränzen,
Verschlungenen Tänzen
Geselligen Freuden
Und Reihengesang.

Damon

Wie sehn' ich mich aus dem Gedränge fort!
Wie frommte mir ein wohlverborgner Ort!
In dem Gewühl, in dieser Menge
Wird mir die Flur, wird mir die Luft zu enge.

Chor

Nun ordnet die Züge
Daß jeder sich füge
Und einer mit allen,
Zu wandeln, zu wallen
Die Fluren entlang.

(Es wird angenommen, das Chor entferne sich, der Gesang wird immer leiser, bis er zuletzt ganz, wie aus der Ferne, verhallt.)

Damon

Vergebens ruft, vergebens zieht ihr mich;
Es spricht mein Herz, allein es spricht mit sich.

Und soll ich beschauen
Gesegnetes Land,
Den Himmel den blauen
Die grünenden Gauen,
So will ich allein
Im Stillen mich freun.

Da will ich verehren
Die Würde der Frauen,
Im Geiste sie schauen,
Im Geiste verehren;
Und Echo allein
Vertraute soll sein.

Chor

(aufs leiseste; wie aus der Ferne, mischt absatzweise in Damons Gesang die Worte:)

Und Echo – allein –
Vertraute – soll sein. –

Menalkas

Wie find' ich Dich, mein Trauter, hier!
Du eilest nicht zu jenen Festgesellen?
Nun zaudre nicht und komm mit mir,
In Reih' und Glied auch uns zu stellen.

Damon

Willkommen, Freund! doch laß die Festlichkeit
Mich hier begehn, im Schatten alter Buchen:
Die Liebe sucht die Einsamkeit;
Auch die Verehrung darf sie suchen.

Menalkas

Du suchest einen falschen Ruhm
Und willst mir heute nicht gefallen.
Die Liebe sei dein Eigentum;
Doch die Verehrung teilest du mit allen!

Wenn sich Tausende vereinen
Und des holden Tags Erscheinen
  Mit Gesängen,
  Freudeklängen,
  Herrlich feiern
  Dann erquickt sich Herz und Ohr;

Und wenn Tausende beteuern,
Die Gefühle sich erschließen
Und die Wünsche sich ergießen
Reißt es kraftvoll dich empor.

(Es wird angenommen, das Chor kehre nach und nach aus der Ferne zurück.)

Damon

Lieblich hör' ich schon von weiten
Und es reizet mich die Menge;
Ja sie wallen, ja sie schreiten
Von dem Hügel in das Tal.

Menalkas

Laß uns eilen, fröhlich schreiten
Zu dem Rhythmus der Gesänge!
Ja sie kommen, sie bereiten
Sich des Waldes grünen Saal.

Chor

(allmählich wachsend)

Ja wir kommen, wir begleiten
Mit dem Wohlklang der Gesänge
Fröhlich im Verlauf der Zeiten
Diesen einzig schönen Tag.

Alle

Worauf wir zielen,
Was alle fühlen,
Verschweigt, verschweiget! –
Nur Freude zeiget!
Denn die vermags;

Ihr wird es glücken
Und ihr Entzücken
Enthält die Würde,
Enthält den Segen,
Des Wonne-Tags!

JOHANNA SEBUS

Zum Andenken
der Siebzehnjährigen Schönen Guten
aus dem Dorfe Brienen
die am 13. Januar 1809
bei dem Eisgange des Rheins und dem großen Bruche
des Dammes von Cleverham
Hülfe reichend unterging.

Der Damm zerreißt, das Feld erbraust,
Die Fluten spülen, die Fläche saust.
»Ich trage dich, Mutter, durch die Flut,
Noch reicht sie nicht hoch, ich wate gut.« –
»Auch uns bedenke, bedrängt wie wir sind,
Die Hausgenossin, drei arme Kind!
Die schwache Frau! ... Du gehst davon!« –
Sie trägt die Mutter durch's Wasser schon.
»Zum Bühle da rettet Euch! harret derweil;
Gleich kehr' ich zurück, uns allen ist Heil.
Zum Bühl ist's noch trocken und wenige Schritt;
Doch nehmt auch mir meine Ziege mit!«

Der Damm zerschmilzt, das Feld erbraust,
Die Fluten wühlen, die Fläche saust.
Sie setzt die Mutter auf sichres Land
Schön Suschen, gleich wieder zur Flut gewandt.
»Wohin? Wohin? Die Breite schwoll;
Des Wassers ist hüben und drüben voll.
Verwegen in's Tiefe willst du hinein!« –
»Sie sollen und müssen gerettet sein!«

Der Damm verschwindet, die Welle braust,
Eine Meereswoge, sie schwankt und saust.
Schön Suschen schreitet gewohnten Steg,
Umströmt auch gleitet sie nicht vom Weg,
Erreicht den Bühl und die Nachbarin;
Doch der und den Kindern kein Gewinn!

Der Damm verschwand, ein Meer erbraust's,
Den kleinen Hügel im Kreis umsaust's.
Da gähnet und wirbelt der schäumende Schlund
Und ziehet die Frau mit den Kindern zu Grund;
Das Horn der Ziege faßt das Ein',
So sollten sie alle verloren sein!
Schön Suschen steht noch strack und gut:
Wer rettet das junge, das edelste Blut!
Schön Suschen steht noch wie ein Stern;
Doch alle Werber sind alle fern.
Rings um sie her ist Wasserbahn,
Kein Schifflein schwimmet zu ihr heran.
Noch einmal blickt sie zum Himmel hinauf,
Da nehmen die schmeichelnden Fluten sie auf.

Kein Damm, kein Feld! Nur hier und dort
Bezeichnet ein Baum, ein Turn den Ort.
Bedeckt ist Alles mit Wasserschwall;
Doch Suschens Bild schwebt überall. –
Das Wasser sinkt, das Land erscheint
Und überall wird schön Suschen beweint. –
Und dem sei, wer's nicht singt und sagt,
Im Leben und Tod nicht nachgefragt!

RINALDO

Chor

Zu dem Strande! zu der Barke!
Ist Euch schon der Wind nicht günstig,
Zu den Rudern greifet brünstig!
Hier bewähre sich der Starke:
So das Meer durchlaufen wir.

Rinaldo

O laßt mich einen Augenblick noch hier!
Der Himmel will es nicht, ich soll nicht scheiden.
Der wüste Fels, die waldumwachsne Bucht
Befangen mich, sie hindern meine Flucht.
Ihr wart so schön, nun seid ihr umgeboren,
Der Erde Reiz, des Himmels Reiz ist fort.
Was hält mich noch am Schreckensort?
Mein einzig Glück, hier hab' ich es verloren.

Stelle her der goldnen Tage
Paradiese noch einmal,

Liebes Herz! ja schlage, schlage!
Treuer Geist, erschaff' sie wieder!
Freier Atem, deine Lieder
Mischen sich mit Lust und Qual.

Bunte reich geschmückte Beete
Sie umzingelt ein Palast;
Alles webt in Duft und Röte,
Wie du nie geträumet hast.

Rings umgeben Galerieen
Dieses Gartens weite Räume;
Rosen an der Erde blühen,
In den Lüften blühn die Bäume.

Wasserstrahlen! Wasserflocken!
Lieblich rauscht ein Silberschwall;
Mit der Turteltaube Locken
Lockt zugleich die Nachtigall.

Chor

Sachte kommt! und kommt verbunden
Zu dem edelsten Beruf:
Alle Reize sind verschwunden,
Die sich Zauberei erschuf.
Ach, nun heilet seine Wunden,
Ach, nun tröstet seine Stunden
Gutes Wort und Freundes-Ruf.

Rinaldo

Mit der Turteltaube Locken
Lockt zugleich die Nachtigall;
Wasserstrahlen, Wasserflocken
Wirbeln sich nach ihrem Schall.

Aber alles verkündet:
Nur Sie ist gemeinet;
Aber alles verschwindet,
Sobald sie erscheinet
In lieblicher Jugend,
In glänzender Pracht.

Da schlingen zu Kränzen
Sich Lilien und Rosen;
Da eilen und kosen
In lustigen Tänzen

Die laulichen Lüfte,
Sie führen Gedüfte,
Sich fliehend und suchend,
Vom Schlummer erwacht.

Chor
Nein! nicht länger ist zu säumen,
Wecket ihn aus seinen Träumen,
Zeigt den diamantnen Schild!

Rinaldo
Weh! was seh ich, welch ein Bild!

Chor
Ja, es soll den Trug entsiegeln.

Rinaldo
Soll ich also mich bespiegeln,
Mich so tief erniedrigt sehn?

Chor
Fasse dich, so ist's geschehn.

Rinaldo
Ja, so sei's! Ich will mich fassen,
Will den lieben Ort verlassen
Und zum zweiten Mal Armiden. –
Nun so sei's! so sei's geschieden!

Chor
Wohl, es sei! es sei geschieden.

Teil des Chors
Zurück nur! zurücke
Durch günstige Meere!
Dem geistigen Blicke
Erscheinen die Fahnen,
Erscheinen die Heere,
Das stäubende Feld.

Chor
Zur Tugend der Ahnen
Ermannt sich der Held.

Rinaldo

Zum zweiten Male
Seh' ich erscheinen
Und jammern, weinen
In diesem Tale
Die Frau der Frauen.
Das soll ich schauen
Zum zweiten Male?
Das soll ich hören,
Und soll nicht wehren
Und soll nicht retten?

Chor

Unwürdige Ketten!

Rinaldo

Und umgewandelt
Seh' ich die Holde;
Sie blickt und handelt
Gleichwie Dämonen,
Und kein Verschonen
Ist mehr zu hoffen.
Vom Blitz getroffen
Schon die Paläste!
Die Götter-Feste,
Die Lustgeschäfte
Der Geisterkräfte,
Mit allem Lieben
Ach, sie zerstieben!

Chor

Ja, sie zerstieben!

Teil des Chors

Schon sind sie erhöret,
Gebete der Frommen.
Noch säumst du zu kommen?
Schon fördert die Reise
Der günstigste Wind.

Chor

Geschwinde, geschwind!

Rinaldo

Im Tiefsten zerstöret
Ich hab' Euch vernommen;

Ihr drängt mich zu kommen.
Unglückliche Reise!
Unseliger Wind!

Chor
Geschwinde, geschwind!

—

Chor
Segel schwellen.
Grüne Wellen,
Weiße Schäume,
Seht die grünen
Weiten Räume,
Von Delphinen
Rasch durchschwommen.

Einer nach dem Andern
Wie sie kommen!
Wie sie schweben!
Wie sie eilen!
Wie sie streben!
Und verweilen
So beweglich,
So verträglich!

Zu Zweien
Das erfrischet,
Und verwischet
Das Vergangne.
Dir begegnet
Das gesegnet
Angefangne.

Rinaldo
Das erfrischet,
Und verwischet
Das Vergangne.
Mir begegnet
Das gesegnet
Angefangne.
(Wiederholt zu Dreien)

Alle
Wunderbar sind wir gekommen,
Wunderbar zurückgeschwommen,

Unser großes Ziel ist da!
Schalle zu dem heiligen Strande
Losung dem gelobten Lande:
Godofred und Solyma!

VERMISCHTE GEDICHTE

Wie so bunt der Kram gewesen,
Musterkarte, gibs zu lesen!

KLAGGESANG
von der edeln Frauen des Asan Aga, aus dem Morlackischen

Was ist Weißes dort am grünen Walde?
Ist es Schnee wohl, oder sind es Schwäne?
Wär' es Schnee, er wäre weggeschmolzen;
Wären's Schwäne, wären weggeflogen.
Ist kein Schnee nicht, es sind keine Schwäne,
's ist der Glanz der Zelten Asan Aga.
Niederliegt er drin an seiner Wunde;
Ihn besucht die Mutter und die Schwester;
Schamhaft säumt sein Weib, zu ihm zu kommen.

Als nun seine Wunde linder wurde,
Ließ er seinem treuen Weibe sagen:
»Harre mein nicht mehr an meinem Hofe,
Nicht am Hofe und nicht bei den Meinen.«

Als die Frau dies harte Wort vernommen,
Stand die Treue starr und voller Schmerzen,
Hört der Pferde Stampfen vor der Türe,
Und es deucht ihr, Asan käm', ihr Gatte,
Springt zum Turme, sich herab zu stürzen.
Ängstlich folgen ihr zwei liebe Töchter,
Rufen nach ihr, weinend bittre Tränen:
»Sind nicht unsers Vaters Asan Rosse,
Ist dein Bruder Pintorowich kommen!«

Und es kehret die Gemahlin Asans,
Schlingt die Arme jammernd um den Bruder:
»Sieh die Schmach, o Bruder, deiner Schwester!
Mich verstoßen! Mutter dieser fünfe!«

Schweigt der Bruder, ziehet aus der Tasche,
Eingehüllet in hochrote Seide,
Ausgefertiget den Brief der Scheidung,
Daß sie kehre zu der Mutter Wohnung,
Frei sich einem Andern zu ergeben.

Als die Frau den Trauer-Scheidbrief sahe,
Küßte sie der beiden Knaben Stirne,
Küßt' die Wangen ihrer beiden Mädchen.
Aber ach! vom Säugling in der Wiege
Kann sie sich im bittern Schmerz nicht reißen!

Reißt sie los der ungestüme Bruder,
Hebt sie auf das muntre Roß behende,
Und so eilt er mit der bangen Frauen
Grad' nach seines Vaters hoher Wohnung.

Kurze Zeit war's, noch nicht sieben Tage;
Kurze Zeit g'nug; von viel großen Herren
Unsre Frau in ihrer Witwen-Trauer,
Unsre Frau zum Weib begehret wurde.

Und der größte war Imoskis Cadi,
Und die Frau bat weinend ihren Bruder:
»Ich beschwöre dich bei deinem Leben,
Gib mich keinem Andern mehr zur Frauen,
Daß das Wiedersehen meiner lieben
Armen Kinder mir das Herz nicht breche!«

Ihre Reden achtet nicht der Bruder,
Fest, Imoskis Cadi sie zu trauen.
Doch die Gute bittet ihn unendlich:
Schicke wenigstens ein Blatt, o Bruder,
Mit den Worten zu Imoskis Cadi:
»Dich begrüßt die junge Wittib freundlich,
Und läßt durch dies Blatt dich höchlich bitten,
Daß, wenn dich die Suaten herbegleiten,
Du mir einen langen Schleier bringest,
Daß ich mich vor Asans Haus verhülle,
Meine lieben Waisen nicht erblicke.«

Kaum ersah der Cadi dieses Schreiben,
Als er seine Suaten alle sammelt,
Und zum Wege nach der Braut sich rüstet,
Mit den Schleier, den sie heischte, tragend.

Glücklich kamen sie zur Fürstin Hause,
Glücklich sie mit ihr vom Hause wieder.
Aber als sie Asans Wohnung nah'ten,
Sah'n die Kinder oben ab die Mutter,
Riefen: »Komm zu deiner Halle wieder!
Iß das Abendbrot mit deinen Kindern!«

Traurig hört' es die Gemahlin Asans,
Kehrete sich zu der Suaten Fürsten:
»Laß doch, laß die Suaten und die Pferde
Halten wenig vor der Lieben Türe,
Daß ich meine Kleinen noch beschenke.«

Und sie hielten vor der Lieben Türe,
Und den armen Kindern gab sie Gaben;
Gab den Knaben goldgestickte Stiefel,
Gab den Mädchen lange reiche Kleider,
Und dem Säugling hülflos in der Wiege,
Gab sie für die Zukunft auch ein Röckchen.

Das beiseit sah Vater Asan Aga,
Rief gar traurig seinen lieben Kindern:
»Kehrt zu mir, ihr lieben armen Kleinen!
Eurer Mutter Brust ist Eisen worden,
Fest verschlossen, kann nicht Mitleid fühlen.«

Wie das hörte die Gemahlin Asans,
Stürzt' sie bleich den Boden schütternd nieder,
Und die Seel' entfloh dem bangen Busen,
Als sie ihre Kinder vor sich fliehn sah.

MAHOMETS GESANG

Seht den Felsenquell,
Freudehell,
Wie ein Sternenblick;
Über Wolken
Nährten seine Jugend
Gute Geister
Zwischen Klippen im Gebüsch.

Jünglingfrisch
Tanzt er aus der Wolke
Auf die Marmorfelsen nieder,
Jauchzet wieder
Nach dem Himmel.

Durch die Gipfelgänge
Jagt er bunten Kieseln nach,
Und mit frühem Führertritt
Reißt er seine Bruderquellen
Mit sich fort.

Drunten werden in dem Tal
Unter seinem Fußtritt Blumen,
Und die Wiese
Lebt von seinem Hauch.

Doch ihn hält kein Schattental,
Keine Blumen,
Die ihm seine Knie' umschlingen
Ihm mit Liebes-Augen schmeicheln:
Nach der Ebne dringt sein Lauf
Schlangenwandelnd.

Bäche schmiegen
Sich gesellig an. Nun tritt er
In die Ebne silberprangend,
Und die Ebne prangt mit ihm,
Und die Flüsse von der Ebne,
Und die Bäche von den Bergen,
Jauchzen ihm und rufen: Bruder!
Bruder, nimm die Brüder mit,
Mit zu deinem alten Vater,
Zu dem ew'gen Ozean,
Der mit ausgespannten Armen
Unser wartet,
Die sich ach! vergebens öffnen,
Seine Sehnenden zu fassen;
Denn uns frißt in öder Wüste
Gier'ger Sand; die Sonne droben
Saugt an unserm Blut; ein Hügel
Hemmet uns zum Teiche! Bruder,
Nimm die Brüder von der Ebne,
Nimm die Brüder von den Bergen
Mit, zu deinem Vater mit!

Kommt ihr alle! –
Und nun schwillt er
Herrlicher; ein ganz Geschlechte
Trägt den Fürsten hoch empor!
Und im rollenden Triumphe
Gibt er Ländern Namen, Städte
Werden unter seinem Fuß.

Unaufhaltsam rauscht er weiter,
Läßt der Türme Flammengipfel,
Marmorhäuser, eine Schöpfung
Seiner Fülle, hinter sich.

Zedernhäuser trägt der Atlas
Auf den Riesenschultern: sausend
Wehen über seinem Haupte
Tausend Flaggen durch die Lüfte,
Zeugen seiner Herrlichkeit.

Und so trägt er seine Brüder,
Seine Schätze, seine Kinder,
Dem erwartenden Erzeuger
Freudebrausend an das Herz.

GESANG DER GEISTER ÜBER DEN WASSERN

Des Menschen Seele
Gleicht dem Wasser:
Vom Himmel kommt es,
Zum Himmel steigt es,
Und wieder nieder
Zur Erde muß es,
Ewig wechselnd.

Strömt von der hohen,
Steilen Felswand
Der reine Strahl,
Dann stäubt er lieblich
In Wolkenwellen
Zum glatten Fels,
Und leicht empfangen,
Wallt er verschleiernd,
Leisrauschend,
Zur Tiefe nieder.

Ragen Klippen
Dem Sturz' entgegen,
Schäumt er unmutig
Stufenweise
Zum Abgrund.

Im flachen Bette
Schleicht er das Wiesental hin,
Und in dem glatten See
Weiden ihr Antlitz
Alle Gestirne.

Wind ist der Welle
Lieblicher Buhler;
Wind mischt vom Grund aus
Schäumende Wogen.

Seele des Menschen,
Wie gleichst du dem Wasser!
Schicksal des Menschen,
Wie gleichst du dem Wind!

MEINE GÖTTIN

Welcher Unsterblichen
Soll der höchste Preis sein?
Mit Niemand streit' ich,
Aber ich geb' ihn
Der ewig beweglichen,
Immer neuen,
Seltsamen Tochter Jovis,
Seinem Schoßkinde,
Der Phantasie.

Denn ihr hat er
Alle Launen,
Die er sonst nur allein
Sich vorbehält,
Zugestanden,
Und hat seine Freude
An der Törin.

Sie mag rosenbekränzt
Mit dem Lilienstengel
Blumentäler betreten,
Sommervögeln gebieten,
Und leichtnährenden Tau
Mit Bienenlippen
Von Blüten saugen:

Oder sie mag,
Mit fliegendem Haar
Und düsterm Blicke,
Im Winde sausen
Um Felsenwände,
Und tausendfarbig,
Wie Morgen und Abend,

Immer wechselnd,
Wie Mondesblicke,
Den Sterblichen scheinen.

Laßt uns alle
Den Vater preisen!
Den alten, hohen,
Der solch eine schöne,
Unverwelkliche Gattin
Dem sterblichen Menschen
Gesellen mögen!

Denn uns allein
Hat er sie verbunden
Mit Himmelsband,
Und ihr geboten,
In Freud' und Elend,
Als treue Gattin,
Nicht zu entweichen.

Alle die andern
Armen Geschlechter
Der kinderreichen
Lebendigen Erde
Wandeln und weiden
In dunkelm Genuß
Und trüben Schmerzen
Des augenblicklichen
Beschränkten Lebens,
Gebeugt vom Joche
Der Notdurft.

Uns aber hat er
Seine gewandteste,
Verzärtelte Tochter,
Freut euch! gegönnt.
Begegnet ihr lieblich,
Wie einer Geliebten!
Laßt ihr die Würde
Der Frauen im Haus!

Und daß die alte
Schwiegermutter Weisheit
Das zarte Seeichen
Ja nicht beleid'ge!

Doch kenn' ich ihre Schwester,
Die ältere, gesetztere,
Meine stille Freundin:
O daß die erst
Mit dem Lichte des Lebens
Sich von mir wende,
Die edle Treiberin,
Trösterin, Hoffnung!

HARZREISE IM WINTER

Dem Geier gleich,
Der auf schweren Morgenwolken
Mit sanftem Fittig ruhend
Nach Beute schaut,
Schwebe mein Lied.

Denn ein Gott hat
Jedem seine Bahn
Vorgezeichnet,
Die der Glückliche
Rasch zum freudigen
Ziele rennt:
Wem aber Unglück
Das Herz zusammenzog,
Er sträubt vergebens
Sich gegen die Schranken
Des ehernen Fadens,
Den die doch bittre Schere
Nur einmal lös't.

In Dickichts-Schauer
Drängt sich das rauhe Wild,
Und mit den Sperlingen
Haben längst die Reichen
In ihre Sümpfe sich gesenkt.

Leicht ist's folgen dem Wagen,
Den Fortuna führt,
Wie der gemächliche Troß
Auf gebesserten Wegen,
Hinter des Fürsten Einzug.

Aber abseits wer ist's?
In's Gebüsch verliert sich sein Pfad,

Hinter ihm schlagen
Die Sträuche zusammen,
Das Gras steht wieder auf,
Die Öde verschlingt ihn.

Ach wer heilet die Schmerzen
Des, dem Balsam zu Gift ward?
Der sich Menschenhaß
Aus der Fülle der Liebe trank?
Erst verachtet, nun ein Verächter,
Zehrt er heimlich auf
Seinen eignen Wert
In ung'nügender Selbstsucht.

Ist auf deinem Psalter,
Vater der Liebe, ein Ton
Seinem Ohre vernehmlich,
So erquicke sein Herz!
Öffne den umwölkten Blick
Über die tausend Quellen
Neben dem Durstenden
In der Wüste.

Der du der Freuden viel schaffst,
Jedem ein überfließend Maß,
Segne die Brüder der Jagd
Auf der Fährte des Wilds
Mit jugendlichem Übermut
Fröhlicher Mordsucht,
Späte Rächer des Unbills,
Dem schon Jahre vergeblich
Wehrt mit Knütteln der Bauer.

Aber den Einsamen hüll'
In deine Goldwolken!
Umgib mit Wintergrün,
Bis die Rose wieder heranreift,
Die feuchten Haare,
O Liebe, deines Dichters!

Mit der dämmernden Fackel
Leuchtest du ihm
Durch die Furten bei Nacht,
Über grundlose Wege
Auf öden Gefilden;
Mit dem tausendfarbigen Morgen

Lachst du in's Herz ihm;
Mit dem beizenden Sturm
Trägst du ihn hoch empor;
Winterströme stürzen vom Felsen
In seine Psalmen,
Und Altar des lieblichsten Danks
Wird ihm des gefürchteten Gipfels
Schneebehangner Scheitel,
Den mit Geisterreihen
Kränzten ahnende Völker.

Du stehst mit unerforschtem Busen
Geheimnisvoll offenbar
Über der erstaunten Welt,
Und schaust aus Wolken
Auf ihre Reiche und Herrlichkeit,
Die du aus den Adern deiner Brüder
Neben dir wässerst.

AN SCHWAGER KRONOS

Spude dich, Kronos!
Fort den rasselnden Trott!
Bergab gleitet der Weg;
Ekles Schwindeln zögert
Mir vor die Stirne dein Zaudern.
Frisch, holpert es gleich,
Über Stock und Steine den Trott
Rasch in's Leben hinein!

Nun schon wieder
Den eratmenden Schritt
Mühsam Berg hinauf!
Auf denn, nicht träge denn,
Strebend und hoffend hinan!

Weit, hoch, herrlich der Blick
Rings ins Leben hinein,
Vom Gebirg' zum Gebirg'
Schwebet der ewige Geist,
Ewigen Lebens ahndevoll.

Seitwärts des Überdachs Schatten
Zieht dich an,
Und ein Frischung verheißender Blick

Auf der Schwelle des Mädchens da.
Labe dich! – Mir auch, Mädchen,
Diesen schäumenden Trank,
Diesen frischen Gesundheitsblick!

Ab denn, rascher hinab!
Sieh, die Sonne sinkt!
Eh' sie sinkt, eh' mich Greisen
Ergreift im Moore Nebelduft,
Entzahnte Kiefer schnattern
Und das schlotternde Gebein.

Trunknen vom letzten Strahl
Reiß mich, ein Feuermeer
Mir im schäumenden Aug',
Mich geblendeten Taumelnden
In der Hölle nächtliches Tor.

Töne, Schwager, in's Horn,
Raßle den schallenden Trab,
Daß der Orcus vernehme: wir kommen,
Daß gleich an der Türe
Der Wirt uns freundlich empfange.

WANDERERS STURMLIED

Wen du nicht verlässest, Genius,
Nicht der Regen, nicht der Sturm
Haucht ihm Schauer übers Herz.
Wen du nicht verlässest, Genius,
Wird dem Regengewölk,
Wird dem Schlossensturm
Entgegen singen,
Wie die Lerche,
Du da droben.

Den du nicht verlässest, Genius,
Wirst ihn heben über'n Schlammpfad
Mit den Feuerflügeln;
Wandeln wird er,
Wie mit Blumenfüßen,
Über Deukalions Flutschlamm,
Python tötend, leicht, groß,
Pythius Apollo.

Den du nicht verlässest, Genius,
Wirst die wollnen Flügel unterspreiten,
Wenn er auf dem Felsen schläft,
Wirst mit Hüterfittigen ihn decken
In des Haines Mitternacht.

Wen du nicht verlässest, Genius,
Wirst im Schneegestöber
Wärmumhüllen;
Nach der Wärme ziehn sich Musen,
Nach der Wärme Charitinnen.

Umschwebet mich, ihr Musen!
Ihr Charitinnen!
Das ist Wasser, das ist Erde
Und der Sohn des Wassers und der Erde,
Über den ich wandle
Göttergleich.

Ihr seid rein, wie das Herz der Wasser,
Ihr seid rein, wie das Mark der Erde,
Ihr umschwebt mich und ich schwebe
Über Wasser, über Erde,
Göttergleich.

—

Soll der zurückkehren
Der kleine, schwarze, feurige Bauer?
Soll der zurückkehren, erwartend
Nur deine Gaben, Vater Bromius,
Und helleuchtend umwärmend Feuer?
Der kehren mutig?
Und ich, den ihr begleitet,
Musen und Charitinnen alle,
Den alles erwartet, was ihr,
Musen und Charitinnen,
Umkränzende Seligkeit
Rings um's Leben verherrlicht habt,
Soll mutlos kehren?

Vater Bromius!
Du bist Genius,
Jahrhunderts Genius,
Bist, was innre Glut
Pindarn war,
Was der Welt
Phöbus Apoll ist.

Weh! Weh! Innre Wärme,
Seelenwärme,
Mittelpunkt!
Glüh' entgegen
Phöb'-Apollen;
Kalt wird sonst
Sein Fürstenblick
Über dich vorübergleiten,
Neidgetroffen
Auf der Zeder Kraft verweilen,
Die zu grünen
Sein nicht harrt.

Warum nennt mein Lied dich zuletzt?
Dich, von dem es begann,
Dich, in dem es endet,
Dich, aus dem es quillt,
Jupiter Pluvius!
Dich, dich strömt mein Lied,
Und kastalischer Quell
Rinnt ein Nebenbach,
Rinnet müßigen
Sterblich glücklichen
Abseits von dir,
Der du mich fassend deckst,
Jupiter Pluvius!

Nicht am Ulmenbaum
Hast du ihn besucht,
Mit dem Taubenpaar
In dem zärtlichen Arm,
Mit der freundlichen Ros' umkränzt,
Tändelnden ihn, blumenglücklichen
Anakreon,
Sturmatmende Gottheit!

Nicht im Pappelwald,
An des Sibaris Strand,
An des Gebirgs
Sonnebeglänzter Stirn nicht
Faßtest du ihn,
Den Blumen-singenden
Honig-lallenden
Freundlich winkenden
Theokrit.

Wenn die Räder rasselten
Rad an Rad rasch um's Ziel weg,
Hoch flog
Siegdurchglühter
Jünglinge Peitschenknall,
Und sich Staub wälzt'
Wie vom Gebirg' herab
Kieselwetter ins Tal;
Glühte deine Seel' Gefahren, Pindar!
Mut. – Glühte? –
Armes Herz!
Dort auf dem Hügel,
Himmlische Macht!
Nur so viel Glut,
Dort meine Hütte,
Dorthin zu waten!

SEEFAHRT

Lange Tag' und Nächte stand mein Schiff befrachtet;
Günst'ger Winde harrend, saß mit treuen Freunden,
Mir Geduld und guten Mut erzechend,
Ich im Hafen.

Und sie waren doppelt ungeduldig:
Gerne gönnen wir die schnellste Reise,
Gern die hohe Fahrt dir; Güterfülle
Wartet drüben in den Welten deiner,
Wird Rückkehrendem in unsern Armen
Lieb' und Preis dir.

Und am frühen Morgen ward's Getümmel,
Und dem Schlaf entjauchzt uns der Matrose,
Alles wimmelt, alles lebet, webet,
Mit dem ersten Segenshauch zu schiffen.

Und die Segel blühen in dem Hauche,
Und die Sonne lockt mit Feuerliebe,
Ziehn die Segel, ziehn die hohen Wolken,
Jauchzen an dem Ufer alle Freunde
Hoffnungslieder nach, im Freudetaumel
Reisefreuden wähnend, wie des Einschiffsmorgens
Wie der ersten hohen Sternennächte.

Aber gottgesandte Wechselwinde treiben
Seitwärts ihn der vorgesteckten Fahrt ab,
Und er scheint sich ihnen hinzugeben,
Strebet leise sie zu überlisten,
Treu dem Zweck auch auf dem schiefen Wege.

Aber aus der dumpfen, grauen Ferne
Kündet leisewandelnd sich der Sturm an,
Drückt die Vögel nieder auf's Gewässer,
Drückt der Menschen schwellend Herz darnieder,
Und er kommt. Vor seinem starren Wüten
Streckt der Schiffer klug die Segel nieder
Mit dem angsterfüllten Balle spielen
Wind und Wellen.

Und an jenem Ufer drüben stehen
Freund' und Lieben, beben auf dem Festen:
Ach, warum ist er nicht hier geblieben!
Ach, der Sturm! Verschlagen weg vom Glücke!
Soll der Gute so zu Grunde gehen?
Ach, er sollte, ach, er könnte! Götter!

Doch er stehet männlich an dem Steuer;
Mit dem Schiffe spielen Wind und Wellen;
Wind und Wellen nicht mit seinem Herzen:
Herrschend blickt er auf die grimme Tiefe,
Und vertrauet, scheiternd oder landend,
Seinen Göttern.

ADLER UND TAUBE

Ein Adlersjüngling hob die Flügel
Nach Raub aus;
Ihn traf des Jägers Pfeil und schnitt
Der rechten Schwinge Sennkraft ab.
Er stürzt herab in einen Myrtenhain,
Fraß seinen Schmerz drei Tage lang,
Und zuckt an Qual
Drei lange, lange Nächte lang:
Zuletzt heilt ihn
Allgegenwärt'ger Balsam
Allheilender Natur.
Er schleicht aus dem Gebüsch hervor
Und reckt die Flügel – ach!
Die Schwingkraft weggeschnitten –

Hebt sich mühsam kaum
Am Boden weg
Unwürd'gem Raubbedürfnis nach,
Und ruht tieftrauernd
Auf dem niedern Fels am Bach;
Er blickt zur Eich' hinauf,
Hinauf zum Himmel,
Und eine Träne füllt sein hohes Aug'.

Da kommt mutwillig durch die Myrtenäste
Dahergerauscht ein Taubenpaar,
Läßt sich herab und wandelt nickend
Über goldnen Sand am Bach,
Und ruckt einander an;
Ihr rötlich Auge buhlt umher,
Erblickt den Innigtrauernden.
Der Tauber schwingt neugiergesellig sich
Zum nahen Busch und blickt
Mit Selbstgefälligkeit ihn freundlich an.
Du trauerst, liebelt er,
Sei guten Mutes, Freund!
Hast du zur ruhigen Glückseligkeit
Nicht alles hier?
Kannst du dich nicht des goldnen Zweiges freun,
Der vor des Tages Glut dich schützt?
Kannst du der Abendsonne Schein
Auf weichem Moos am Bache nicht
Die Brust entgegen heben?
Du wandelst durch der Blumen frischen Tau,
Pflückst aus dem Überfluß
Des Waldgebüsches dir
Gelegne Speise, letzest
Den leichten Durst am Silberquell, –
O Freund, das wahre Glück
Ist die Genügsamkeit,
Und die Genügsamkeit
Hat überall genug.
O Weise! sprach der Adler, und tief ernst
Versinkt er tiefer in sich selbst,
O Weisheit! Du redst wie eine Taube!

PROMETHEUS

Bedecke deinen Himmel, Zeus,
Mit Wolkendunst,
Und übe, dem Knaben gleich,
Der Disteln köpft,
An Eichen dich und Bergeshöhn;
Mußt mir meine Erde
Doch lassen stehn,
Und meine Hütte, die du nicht gebaut,
Und meinen Herd,
Um dessen Glut
Du mich beneidest.

Ich kenne nichts Ärmeres
Unter der Sonn', als euch, Götter!
Ihr nähret kümmerlich
Von Opfersteuern
Und Gebetshauch
Eure Majestät,
Und darbtet, wären
Nicht Kinder und Bettler
Hoffnungsvolle Toren.

Da ich ein Kind war,
Nicht wußte wo aus noch ein,
Kehrt' ich mein verirrtes Auge
Zur Sonne, als wenn drüber wär'
Ein Ohr, zu hören meine Klage,
Ein Herz, wie mein's,
Sich des Bedrängten zu erbarmen.

Wer half mir
Wider der Titanen Übermut?
Wer rettete vom Tode mich,
Von Sklaverei?
Hast du nicht Alles selbst vollendet,
Heilig glühend Herz?
Und glühtest jung und gut,
Betrogen, Rettungsdank
Dem Schlafenden da droben?

Ich dich ehren? Wofür?
Hast du die Schmerzen gelindert
Je des Beladenen?
Hast du die Tränen gestillet

Je des Geängsteten?
Hat nicht mich zum Manne geschmiedet
Die allmächtige Zeit
Und das ewige Schicksal,
Meine Herrn und deine?

Wähntest du etwa,
Ich sollte das Leben hassen,
In Wüsten fliehen,
Weil nicht alle
Blütenträume reiften?

Hier sitz' ich, forme Menschen
Nach meinem Bilde,
Ein Geschlecht, das mir gleich sei,
Zu leiden, zu weinen,
Zu genießen und zu freuen sich,
Und dein nicht zu achten,
Wie ich!

GANYMED

Wie im Morgenglanze
Du rings mich anglühst,
Frühling, Geliebter!
Mit tausendfacher Liebeswonne
Sich an mein Herz drängt
Deiner ewigen Wärme
Heilig Gefühl,
Unendliche Schöne!

Daß ich dich fassen möcht'
In diesen Arm!

Ach an deinem Busen
Lieg' ich, schmachte,
Und deine Blumen, dein Gras
Drängen sich an mein Herz.
Du kühlst den brennenden
Durst meines Busens,
Lieblicher Morgenwind!
Ruft drein die Nachtigall
Liebend nach mir aus dem Nebeltal.
Ich komm'! ich komme!
Wohin? Ach, wohin?

Hinauf! Hinauf strebt's.
Es schweben die Wolken
Abwärts, die Wolken
Neigen sich der sehnenden Liebe.
Mir! Mir!
In euerm Schoße
Aufwärts!
Umfangend umfangen!
Aufwärts an deinen Busen,
Alliebender Vater!

GRENZEN DER MENSCHHEIT

Wenn der uralte,
Heilige Vater
Mit gelassener Hand
Aus rollenden Wolken
Segnende Blitze
Über die Erde sä't,
Küss' ich den letzten
Saum seines Kleides,
Kindliche Schauer
Treu in der Brust.

Denn mit Göttern
Soll sich nicht messen
Irgend ein Mensch.
Hebt er sich aufwärts,
Und berührt
Mit dem Scheitel die Sterne,
Nirgends haften dann
Die unsichern Sohlen,
Und mit ihm spielen
Wolken und Winde.

Steht er mit festen,
Markigen Knochen
Auf der wohlgegründeten,
Dauernden Erde;
Reicht er nicht auf,
Nur mit der Eiche
Oder der Rebe
Sich zu vergleichen.

Was unterscheidet
Götter von Menschen?
Daß viele Wellen
Vor jenen wandeln,
Ein ewiger Strom:
Uns hebt die Welle,
Verschlingt die Welle,
Und wir versinken.

Ein kleiner Ring
Begrenzt unser Leben,
Und viele Geschlechter
Reihen sie dauernd
An ihres Daseins
Unendliche Kette.

DAS GÖTTLICHE

Edel sei der Mensch,
Hülfreich und gut!
Denn das allein
Unterscheidet ihn
Von allen Wesen,
Die wir kennen.

Heil den unbekannten
Höhern Wesen,
Die wir ahnen!
Ihnen gleiche der Mensch;
Sein Beispiel lehr' uns
Jene glauben.

Denn unfühlend
Ist die Natur:
Es leuchtet die Sonne
Über Bös' und Gute,
Und dem Verbrecher,
Glänzen, wie dem Besten,
Der Mond und die Sterne.

Wind und Ströme,
Donner und Hagel
Rauschen ihren Weg,
Und ergreifen,
Vorüber eilend,
Einen um den andern.

Auch so das Glück
Tappt unter die Menge,
Faßt bald des Knaben
Lockige Unschuld,
Bald auch den kahlen
Schuldigen Scheitel.

Nach ewigen, ehrnen,
Großen Gesetzen
Müssen wir alle
Unseres Daseins
Kreise vollenden.

Nur allein der Mensch
Vermag das Unmögliche:
Er unterscheidet,
Wählet und richtet;
Er kann dem Augenblick
Dauer verleihen.

Er allein darf
Den Guten lohnen,
Den Bösen strafen,
Heilen und retten,
Alles Irrende, Schweifende
Nützlich verbinden.

Und wir verehren
Die Unsterblichen,
Als wären sie Menschen,
Täten im Großen,
Was der Beste im Kleinen
Tut oder möchte.

Der edle Mensch
Sei hülfreich und gut!
Unermüdet schaff' er
Das Nützliche, Rechte,
Sei uns ein Vorbild
Jener geahneten Wesen!

KÖNIGLICH GEBET

Ha, ich bin Herr der Welt! mich lieben
Die Edlen, die mir dienen.
Ha, ich bin Herr der Welt! ich liebe
Die Edlen, denen ich gebiete.
O gib mir, Gott im Himmel! daß ich mich
Der Höh' und Lieb' nicht überhebe.

MENSCHENGEFÜHL

Ach, ihr Götter! große Götter
In dem weiten Himmel droben!
Gäbet ihr uns auf der Erde
Festen Sinn und guten Mut;
O wir ließen euch, ihr Guten,
Euren weiten Himmel droben!

LILI'S PARK

Ist doch keine Menagerie
So bunt, als meiner Lili ihre!
Sie hat darin die wunderbarsten Tiere,
Und kriegt sie 'rein, weiß selbst nicht wie.
O wie sie hüpfen, laufen, trappeln,
Mit abgestumpften Flügeln zappeln,
Die armen Prinzen allzumal,
In nie gelöschter Liebesqual!

Wie hieß die Fee? – Lili? – Fragt nicht nach ihr!
Kennt ihr sie nicht, so danket Gott dafür.

Welch ein Geräusch, welch ein Gegacker,
Wenn sie sich in die Türe stellt
Und in der Hand das Futterkörbchen hält!
Welch ein Gequiek, welch ein Gequacker!
Alle Bäume, alle Büsche, scheinen lebendig zu werden:
So stürzen sich ganze Herden
Zu ihren Füßen; sogar im Bassin die Fische
Patschen ungeduldig mit den Köpfen heraus:
Und sie streut dann das Futter aus
Mit einem Blick – Götter zu entzücken,
Geschweige die Bestien. Da geht's an ein Picken,
An ein Schlürfen, an ein Hacken;

Sie stürzen einander über die Nacken,
Schieben sich, drängen sich, reißen sich,
Jagen sich, ängsten sich, beißen sich,
Und das all um ein Stückchen Brot,
Das, trocken, aus den schönen Händen schmeckt,
Als hätt' es in Ambrosia gesteckt.

Aber der Blick auch! Der Ton!
Wenn sie ruft: Pipi! Pipi!
Zöge den Adler Jupiters vom Thron;
Der Venus Taubenpaar,
Ja der eitle Pfau sogar,
Ich schwöre, sie kämen,
Wenn sie den Ton von weitem nur vernähmen.

Denn so hat sie aus des Waldes Nacht
Einen Bären, ungeleckt und ungezogen,
Unter ihren Beschluß herein betrogen,
Unter die zahme Compagnie gebracht,
Und mit den andern zahm gemacht:
Bis auf einen gewissen Punkt versteht sich!
Wie schön und ach! wie gut
Schien sie zu sein! Ich hätte mein Blut
Gegeben, um ihre Blumen zu begießen.

»Ihr sagtet *ich*! Wie? Wer?«
Gut denn, ihr Herrn, g'rad' aus: *Ich* bin der Bär;
In einem Filetschurz gefangen,
An einem Seidenfaden ihr zu Füßen.
Doch wie das alles zugegangen,
Erzähl' ich euch zur andern Zeit;
Dazu bin ich zu wütig heut.

Denn ha! steh' ich so an der Ecke,
Und hör' von weitem das Geschnatter,
Seh' das Geflitter das Geflatter,
Kehr' ich mich um
Und brumm',
Und renne rückwärts eine Strecke,
Und seh' mich um
Und brumm',
Und laufe wieder eine Strecke,
Und kehr' doch endlich wieder um.

Dann fängt's auf Einmal an zu rasen,
Ein mächt'ger Geist schnaubt aus der Nasen,

Es wildst die innere Natur.
Was, du ein Tor, ein Häschen nur!
So ein Pipi! Eichhörnchen, Nuß zu knacken;
Ich sträube meinen borst'gen Nacken,
Zu dienen ungewöhnt.
Ein jedes aufgestutztes Bäumchen höhnt
Mich an! Ich flieh' vom Boulingreen,
Vom niedlich glatt gemähten Grase;
Der Buchsbaum zieht mir eine Nase,
Ich flieh' ins dunkelste Gebüsche hin,
Durch's Gehäge zu dringen,
Über die Planken zu springen!
Mir versagt Klettern und Sprung,
Ein Zauber bleit mich nieder;
Ein Zauber häkelt mich wieder,
Ich arbeite mich ab, und bin ich matt genung,
Dann lieg' ich an gekünstelten Kaskaden,
Und kau' und wein' und wälze halb mich tot,
Und ach! es hören meine Not
Nur porzellanene Oreaden.

Auf Einmal! Ach, es dringt
Ein seliges Gefühl durch alle meine Glieder!
Sie ist's, die dort in ihrer Laube singt!
Ich höre die liebe, liebe Stimme wieder,
Die ganze Luft ist warm, ist blütevoll.
Ach! singt sie wohl, daß ich sie hören soll?
Ich dringe zu, tret' alle Sträuche nieder,
Die Büsche fliehn, die Bäume weichen mir,
Und so – zu ihren Füßen liegt das Tier.

Sie sieht es an: »Ein Ungeheuer! doch drollig!
Für einen Bären zu mild,
Für einen Pudel zu wild,
So zottig, täpsig, knollig!«
Sie streicht ihm mit dem Füßchen übern Rücken;
Er denkt im Paradiese zu sein.
Wie ihn alle sieben Sinnen jücken!
Und Sie, sieht ganz gelassen drein.
Ich küss' ihre Schuhe, kau' an den Sohlen,
So sittig als ein Bär nur mag;
Ganz sachte heb' ich mich, und schmiege mich verstohlen
Leis' an ihr Knie – Am günst'gen Tag
Läßt sie's geschehn, und kraut mir um die Ohren,
Und patscht mich mit mutwillig derbem Schlag;
Ich knurr', in Wonne neu geboren;

Dann fordert sie mit süßem, eitlem Spotte!
Allons tout doux! eh la menotte!
Et faites Serviteur,
Comme un joli Seigneur.
So treibt sie's fort mit Spiel und Lachen!
Es hofft der oft betrogne Tor;
Doch will er sich ein Bißchen unnütz machen,
Hält sie ihn kurz als wie zuvor.

Doch hat sie auch ein Fläschchen Balsam-Feuers,
Dem keiner Erde Honig gleicht,
Wovon sie wohl einmal, von Lieb' und Treu' erweicht,
Um die verlechzten Lippen ihres Ungeheuers
Ein Tröpfchen mit der Fingerspitze streicht,
Und wieder flieht und mich mir überläßt,
Und ich dann, losgebunden, fest
Gebannt bin, immer nach ihr ziehe,
Sie suche, schaudre, wieder fliehe –
So läßt sie den zerstörten Armen gehn,
Ist seiner Lust, ist seinen Schmerzen still;
Ha! manchmal läßt sie mir die Tür halb offen stehn,
Seitblickt mich spottend an, ob ich nicht fliehen will.

Und ich! – Götter, ist's in euren Händen,
Dieses dumpfe Zauberwerk zu enden;
Wie dank' ich, wenn ihr mir die Freiheit schafft!
Doch sendet ihr mir keine Hülfe nieder –
Nicht ganz umsonst reck' ich so meine Glieder:
Ich fühl's! Ich schwör's! Noch hab' ich Kraft.

LIEBEBEDÜRFNIS

Wer vernimmt mich? ach! wem soll ich's klagen?
Wer's vernähme, würd' er mich bedauern?
Ach! die Lippe, die so manche Freude
Sonst genossen hat und sonst gegeben,
Ist gespalten und sie schmerzt erbärmlich.
Und sie ist nicht etwa wund geworden,
Weil die Liebste mich zu wild ergriffen,
Hold mich angebissen, daß sie fester
Sich des Freunds versichernd ihn genösse:
Nein, das zarte Lippchen ist gesprungen,
Weil nun über Reif und Frost die Winde
Spitz und scharf und lieblos mir begegnen.

Und nun soll mir Saft der edlen Traube,
Mit dem Saft der Bienen, bei dem Feuer
Meines Herds vereinigt, Lind'rung schaffen.
Ach, was will das helfen, mischt die Liebe
Nicht ein Tröpfchen ihres Balsams drunter?

SÜSSE SORGEN

Weichet, Sorgen, von mir! – Doch ach! den sterblichen Menschen
Lässet die Sorge nicht los, eh' ihn das Leben verläßt.
Soll es einmal denn sein; so kommt ihr, Sorgen der Liebe,
Treibt die Geschwister hinaus, nehmt und behauptet mein Herz!

ANLIEGEN

O schönes Mädchen du,
Du mit dem schwarzen Haar,
Die du an's Fenster trittst,
Auf dem Balkone stehst!
Und stehst du wohl umsonst?
O stündest du für mich
Und zögst die Klinke los,
Wie glücklich wär' ich da!
Wie schnell spräng' ich hinauf!

AN SEINE SPRÖDE

Siehst du die Pomeranze?
Noch hängt sie an dem Baume;
Schon ist der März verflossen,
Und neue Blüten kommen.
Ich trete zu dem Baume,
Und sage: Pomeranze,
Du reife Pomeranze,
Du süße Pomeranze,
Ich schüttle, fühl', ich schüttle,
O fall' in meinen Schoß!

DIE MUSAGETEN

Oft in tiefen Winternächten
Rief ich an die holden Musen:
Keine Morgenröte leuchtet
Und es will kein Tag erscheinen,
Aber bringt zur rechten Stunde
Mir der Lampe fromm Geleuchte,
Daß es, statt Auror' und Phöbus,
Meinen stillen Fleiß belebe.
Doch sie ließen mich im Schlafe,
Dumpf und unerquicklich, liegen,
Und nach jedem späten Morgen,
Folgten ungenutzte Tage.

Da sich nun der Frühling regte,
Sagt' ich zu den Nachtigallen:
Liebe Nachtigallen, schlaget
Früh', o früh'! vor meinem Fenster,
Weckt mich aus dem vollen Schlafe,
Der den Jüngling mächtig fesselt.
Doch die lieberfüllten Sänger
Dehnten Nachts vor meinem Fenster
Ihre süßen Melodien,
Hielten wach die liebe Seele,
Regten zartes neues Sehnen
Aus dem neugerührten Busen.
Und so ging die Nacht vorüber
Und Aurora fand mich schlafen,
Ja, mich weckte kaum die Sonne.

Endlich ist es Sommer worden,
Und beim ersten Morgenschimmer
Reizt mich aus dem holden Schlummer
Die geschäftig frühe Fliege.
Unbarmherzig kehrt sie wieder,
Wenn auch oft der halb Erwachte
Ungeduldig sie verscheuchet,
Lockt die unverschämten Schwestern,
Und von meinen Augenlidern
Muß der holde Schlaf entweichen.
Rüstig spring' ich von dem Lager,
Suche die geliebten Musen,
Finde sie im Buchenhaine,
Mich gefällig zu empfangen.
Und den leidigen Insekten

Dank' ich manche goldne Stunde.
Seid mir doch, ihr Unbequemen,
Von dem Dichter hochgepriesen,
Als die wahren Musageten.

MORGENKLAGEN

O du loses, leidigliebes Mädchen,
Sag' mir an, womit hab' ich's verschuldet,
Daß du mich auf diese Folter spannest,
Daß du dein gegeben Wort gebrochen?

Drucktest doch so freundlich gestern Abend
Mir die Hände, lispeltest so lieblich:
Ja, ich komme, komme gegen Morgen
Ganz gewiß, mein Freund, auf deine Stube.

Angelehnet ließ ich meine Türe,
Hatte wohl die Angeln erst geprüfet,
Und mich recht gefreut, daß sie nicht knarrten.

Welche Nacht des Wartens ist vergangen!
Wacht' ich doch und zählte jedes Viertel:
Schlief ich ein auf wenig Augenblicke,
War mein Herz beständig wach geblieben,
Weckte mich von meinem leisen Schlummer.

Ja, da segnet' ich die Finsternisse,
Die so ruhig alles überdeckten,
Freute mich der allgemeinen Stille,
Horchte lauschend immer in die Stille,
Ob sich nicht ein Laut bewegen möchte.

»Hätte sie Gedanken, wie ich denke,
Hätte sie Gefühl wie ich empfinde,
Würde sie den Morgen nicht erwarten,
Würde schon in dieser Stunde kommen.«

Hüpft' ein Kätzchen oben über'n Boden,
Knisterte das Mäuschen in der Ecke,
Regte sich, ich weiß nicht was, im Hause,
Immer hofft' ich, deinen Schritt zu hören,
Immer glaubt' ich, deinen Tritt zu hören.

Und so lag ich lang' und immer länger,
Und es fing der Tag schon an zu grauen,
Und es rauschte hier und rauschte dorten.

»Ist es ihre Türe? Wär's die meine!«
Saß ich aufgestemmt in meinem Bette,
Schaute nach der halb erhellten Türe,
Ob sie nicht sich wohl bewegen möchte.
Angelehnet blieben beide Flügel
Auf den leisen Angeln ruhig hangen.

Und der Tag ward immer hell und heller;
Hört' ich schon des Nachbars Türe gehen,
Der das Taglohn zu gewinnen eilet,
Hört' ich bald darauf die Wagen rasseln,
War das Tor der Stadt nun auch eröffnet,
Und es regte sich der ganze Plunder
Des bewegten Marktes durch einander.

Ward nun in dem Haus ein Gehn und Kommen,
Auf und ab die Stiegen, hin und wieder
Knarrten Türen, klapperten die Tritte;
Und ich konnte, wie vom schönen Leben,
Mich noch nicht von meiner Hoffnung scheiden.

Endlich, als die ganz verhaßte Sonne
Meine Fenster traf und meine Wände,
Sprang ich auf, und eilte nach dem Garten,
Meinen heißen, sehnsuchtsvollen Atem
Mit der kühlen Morgenluft zu mischen,
Dir vielleicht im Garten zu begegnen:
Und nun bist du weder in der Laube,
Noch im hohen Lindengang zu finden.

DER BESUCH

Meine Liebste wollt' ich heut beschleichen,
Aber ihre Türe war verschlossen.
Hab' ich doch den Schlüssel in der Tasche!
Öffn' ich leise die geliebte Türe!

Auf dem Saale fand ich nicht das Mädchen,
Fand das Mädchen nicht in ihrer Stube,
Endlich da ich leis die Kammer öffne,
Find' ich sie gar zierlich eingeschlafen,
Angekleidet, auf dem Sopha liegen.

Bei der Arbeit war sie eingeschlafen;
Das Gestrickte mit den Nadeln ruhte
Zwischen den gefaltnen zarten Händen;
Und ich setzte mich an ihre Seite,
Ging bei mir zu Rat', ob ich sie weckte.

Da betrachtet' ich den schönen Frieden,
Der auf ihren Augenlidern ruhte:
Auf den Lippen war die stille Treue,
Auf den Wangen Lieblichkeit zu Hause,
Und die Unschuld eines guten Herzens
Regte sich im Busen hin und wieder.
Jedes ihrer Glieder lag gefällig
Aufgelös't vom süßen Götterbalsam.
Freudig saß ich da, und die Betrachtung
Hielte die Begierde, sie zu wecken,
Mit geheimen Banden fest und fester.

O du Liebe, dacht' ich, kann der Schlummer,
Der Verräter jedes falschen Zuges,
Kann er dir nicht schaden, nichts entdecken,
Was des Freundes zarte Meinung störte.

Deine holden Augen sind geschlossen,
Die mich offen schon allein bezaubern;
Es bewegen deine süßen Lippen
Weder sich zur Rede noch zum Kusse;
Aufgelös't sind diese Zauber-Bande
Deiner Arme, die mich sonst umschlingen,
Und die Hand, die reizende Gefährtin
Süßer Schmeicheleien, unbeweglich.
Wär's ein Irrtum, wie ich von dir denke,
Wär' es Selbstbetrug, wie ich dich liebe,
Müßt' ich's jetzt entdecken, da sich Amor
Ohne Binde neben mich gestellet.

Lange saß ich so und freute herzlich
Ihres Wertes mich und meiner Liebe;
Schlafend hatte sie mir so gefallen,
Daß ich mich nicht traute, sie zu wecken.

Leise leg' ich ihr zwei Pomeranzen
Und zwei Rosen auf das Tischchen nieder;
Sachte, sachte schleich ich meiner Wege.
Öffnet sie die Augen, meine Gute,
Gleich erblickt sie diese bunte Gabe,

Staunt, wie immer bei verschloßnen Türen
Dieses freundliche Geschenk sich finde.

Seh' ich diese Nacht den Engel wieder,
O wie freut sie sich, vergilt mir doppelt
Dieses Opfer meiner zarten Liebe.

MAGISCHES NETZ

Zum ersten Mai 1803

Sind es Kämpfe, die ich sehe?
Sind es Spiele? sind es Wunder?
Fünf der allerliebsten Knaben,
Gegen fünf Geschwister streitend,
Regelmäßig, taktbeständig,
Einer Zaubrin zu Gebote.

Blanke Spieße führen jene,
Diese flechten schnelle Fäden,
Daß man glaubt, in ihren Schlingen
Werde sich das Eisen fangen.
Bald gefangen sind die Spieße;
Doch im leichten Kriegestanze
Stiehlt sich einer nach dem andern
Aus der zarten Schleifenreihe,
Die sogleich den Freien haschet,
Wenn sie den Gebundnen löset.

So mit Ringen, Streiten, Siegen,
Wechselflucht und Wiederkehren
Wird ein künstlich Netz geflochten,
Himmelsflocken gleich an Weiße,
Die, vom Lichten in das Dichte,
Musterhafte Streifen ziehen,
Wie es Farben kaum vermöchten.

Wer empfängt nun der Gewänder
Allerwünschtes? Wen begünstigt
Unsre vielgeliebte Herrin,
Als den anerkannten Diener?
Mich beglückt des holden Loses
Treu und still ersehntes Zeichen!
Und ich fühle mich umschlungen,
Ihrer Dienerschaft gewidmet.

Doch indem ich so behaglich,
Aufgeschmückt stolzierend wandle,
Sieh! da knüpfen jene Losen,
Ohne Streit, geheim geschäftig,
Andre Netze, fein und feiner,
Dämmrungsfäden, Mondenblicke,
Nachtviolenduft verwebend.

Eh wir nur das Netz bemerken,
Ist ein Glücklicher gefangen;
Den wir Andern, den wir Alle,
Segnend und beneidend, grüßen.

DER BECHER

Einen wohlgeschnitzten vollen Becher
Hielt ich drückend in den beiden Händen,
Sog begierig süßen Wein vom Rande,
Gram' und Sorg' auf Einmal zu vertrinken.

Amor trat herein und fand mich sitzen,
Und er lächelte bescheidenweise,
Als den Unverständigen bedauernd.

»Freund, ich kenn' ein schöneres Gefäße,
Wert die ganze Seele drein zu senken;
Was gelobst du, wenn ich dir es gönne,
Es mit anderm Nektar dir erfülle?«

O wie freundlich hat er Wort gehalten!
Da er, Lida, dich mit sanfter Neigung
Mir, dem lange sehnenden, geeignet.

Wenn ich deinen lieben Leib umfasse,
Und von deinen einzig treuen Lippen
Langbewahrter Liebe Balsam koste,
Selig sprech' ich dann zu meinem Geiste:

Nein, ein solch Gefäß hat, außer Amorn,
Nie ein Gott gebildet noch besessen!
Solche Formen treibet nie Vulcanus
Mit den sinnbegabten, feinen Hämmern!
Auf belaubten Hügeln mag Lyäus
Durch die ältsten, klügsten seiner Faunen
Ausgesuchte Trauben keltern lassen,

Selbst geheimnisvoller Gärung vorstehn:
Solchen Trank verschafft ihm keine Sorgfalt!

NACHTGEDANKEN

Euch bedaur' ich, unglücksel'ge Sterne,
Die ihr schön seid und so herrlich scheinet,
Dem bedrängten Schiffer gerne leuchtet,
Unbelohnt von Göttern und von Menschen:
Denn ihr liebt nicht, kanntet nie die Liebe!
Unaufhaltsam führen ew'ge Stunden
Eure Reihen durch den weiten Himmel.
Welche Reise habt ihr schon vollendet!
Seit ich weilend in dem Arm der Liebsten
Euer und der Mitternacht vergessen.

FERNE

Königen, sagt man, gab die Natur vor andern Gebornen
Eines längeren Arms weithinaus fassende Kraft.
Doch auch mir dem Geringen verlieh sie das fürstliche Vorrecht:
Denn ich fasse von fern, halte dich, Lida, mir fest.

AN LIDA

Den Einzigen, Lida, welchen du lieben kannst,
Forderst du ganz für dich, und mit Recht.
Auch ist er einzig dein:
Denn, seit ich von dir bin,
Scheint mir des schnellsten Lebens
Lärmende Bewegung
Nur ein leichter Flor, durch den ich deine Gestalt
Immerfort wie in Wolken erblicke:
Sie leuchtet mir freundlich und treu,
Wie durch des Nordlichts bewegliche Strahlen
Ewige Sterne schimmern.

NÄHE

Wie du mir oft, geliebtes Kind,
Ich weiß nicht wie, so fremde bist!
Wenn wir im Schwarm der vielen Menschen sind,

Das schlägt mir alle Freude nieder.
Doch ja, wenn alles still und finster um uns ist,
Erkenn ich dich an deinen Küssen wieder.

AN DIE ZIKADE
nach dem Anakreon

Selig bist du, liebe Kleine,
Die du auf der Bäume Zweigen,
Von geringem Trank begeistert,
Singend, wie ein König lebest!
Dir gehöret eigen Alles,
Was du auf den Feldern siehest,
Alles, was die Stunden bringen;
Lebest unter Ackersleuten,
Ihre Freundin, unbeschädigt,
Du den Sterblichen Verehrte,
Süßen Frühlings süßer Bote!
Ja, dich lieben alle Musen,
Phöbus selber muß dich lieben,
Gaben dir die Silberstimme,
Dich ergreifet nie das Alter,
Weise, zarte, Dichterfreundin,
Ohne Fleisch und Blut Geborne,
Leidenlose Erdentochter,
Fast den Göttern zu vergleichen.

AUS WILHELM MEISTER

Auch vernehmet, im Gedränge
Jener Genien Gesänge.

MIGNON

Heiß mich nicht reden, heiß mich schweigen,
Denn mein Geheimnis ist mir Pflicht;
Ich möchte dir mein ganzes Innre zeigen,
Allein das Schicksal will es nicht.

Zur rechten Zeit vertreibt der Sonne Lauf
Die finstre Nacht, und sie muß sich erhellen;
Der harte Fels schließt seinen Busen auf,
Mißgönnt der Erde nicht die tiefverborgenen Quellen.

Ein jeder sucht im Arm der Freunde Ruh,
Dort kann die Brust in Klagen sich ergießen;
Allein ein Schwur drückt mir die Lippen zu
Und nur ein Gott vermag sie aufzuschließen.

DIESELBE

Nur, wer die Sehnsucht kennt,
Weiß, was ich leide!
Allein und abgetrennt
Von aller Freude,
Seh ich ans Firmament
Nach jener Seite.
Ach, der mich liebt und kennt;
Ist in der Weite.
Es schwindelt mir, es brennt
Mein Eingeweide.
Nur, wer die Sehnsucht kennt,
Weiß, was ich leide!

DIESELBE

So laßt mich scheinen, bis ich werde,
Zieht mir das weiße Kleid nicht aus!
Ich eile von der schönen Erde
Hinab in jenes feste Haus.

Dort ruh' ich eine kleine Stille,
Dann öffnet sich der frische Blick;
Ich lasse dann die reine Hülle,
Den Gürtel und den Kranz zurück.

Und jene himmlische Gestalten
Sie fragen nicht nach Mann und Weib,
Und keine Kleider, keine Falten
Umgeben den verklärten Leib.

Zwar lebt' ich ohne Sorg und Mühe,
Doch fühlt ich tiefen Schmerz genung.
Vor Kummer altert' ich zu frühe;
Macht mich auf ewig wieder jung.

HARFENSPIELER

Wer sich der Einsamkeit ergibt
Ach! der ist bald allein,
Ein jeder lebt, ein jeder liebt,
Und läßt ihn seiner Pein.

Ja! laßt mich meiner Qual!
Und kann ich nur einmal
Recht einsam sein,
Dann bin ich nicht allein.

Es schleicht ein Liebender lauschend sacht!
Ob seine Freundin allein?
So überschleicht bei Tag und Nacht
Mich Einsamen die Pein,
Mich Einsamen die Qual.
Ach werd ich erst einmal
Einsam im Grabe sein,
Da läßt sie mich allein!

DERSELBE

An die Türen will ich schleichen,
Still und sittsam will ich stehn;
Fromme Hand wird Nahrung reichen.
Und ich werde weiter gehn.
Jeder wird sich glücklich scheinen,
Wenn mein Bild vor ihm erscheint;

Eine Träne wird er weinen,
Und ich weiß nicht was er weint.

DERSELBE

Wer nie sein Brod mit Tränen aß,
Wer nie die kummervollen Nächte
Auf seinem Bette weinend saß,
Der kennt euch nicht, ihr himmlischen Mächte!

Ihr führt ins Leben uns hinein,
Ihr laßt den Armen schuldig werden,
Dann überlaßt ihr ihn der Pein:
Denn alle Schuld rächt sich auf Erden.

PHILINE

Singet nicht in Trauertönen
Von der Einsamkeit der Nacht,
Nein, sie ist, o holde Schönen,
Zur Geselligkeit gemacht.

Wie das Weib dem Mann gegeben
Als die schönste Hälfte war,
Ist die Nacht das halbe Leben,
Und die schönste Hälfte zwar.

Könnt ihr euch des Tages freuen,
Der nur Freuden unterbricht?
Er ist gut, sich zu zerstreuen;
Zu was anderm taugt er nicht.

Aber wenn in nächt'ger Stunde
Süßer Lampe Dämmrung fließt,
Und vom Mund zum nahen Munde
Scherz und Liebe sich ergießt.

Wenn der rasche lose Knabe,
Der sonst wild und feurig eilt,
Oft, bei einer kleinen Gabe,
Unter leichten Spielen weilt.

Wenn die Nachtigall Verliebten
Liebevoll ein Liedchen singt,

Das Gefangnen und Betrübten
Nur wie Ach und Wehe klingt;

Mit wie leichtem Herzensregen
Horchet ihr der Glocke nicht,
Die mit zwölf bedächt'gen Schlägen
Ruh und Sicherheit verspricht!

Darum an dem langen Tage
Merke dir es, liebe Brust:
Jeder Tag hat seine Plage
Und die Nacht hat ihre Lust.

ANTIKER FORM SICH NÄHERND

Stehn uns diese weiten Falten
Zu Gesichte, wie den Alten?

HERZOG LEOPOLD VON BRAUNSCHWEIG

Dich ergriff mit Gewalt der alte Herrscher des Flusses,
Hält dich und teilet mit dir ewig sein strömendes Reich.
Ruhig schlummerst du nun beim stilleren Rauschen der Urne
Bis dich stürmende Flut wieder zu Taten erweckt,
Hülfreich werde dem Volke! so wie du ein Sterblicher wolltest,
Und vollend' als ein Gott, was dir als Menschen mißlang.

DEM ACKERMANN

Flach bedecket und leicht den goldenen Samen die Furche,
Guter! die tiefere deckt endlich dein ruhend Gebein.
Fröhlich gepflügt und gesä't! Hier keimet lebendige Nahrung,
Und die Hoffnung entfernt selbst von dem Grabe sich nicht.

ANAKREONS GRAB

Wo die Rose hier blüht, wo Reben um Lorbeer sich schlingen,
Wo das Turtelchen lockt, wo sich das Grillchen ergetzt,
Welch ein Grab ist hier, das alle Götter mit Leben
Schön bepflanzt und geziert? Es ist Anakreons Ruh.
Frühling, Sommer und Herbst genoß der glückliche Dichter;
Vor dem Winter hat ihn endlich der Hügel geschützt.

DIE GESCHWISTER

Schlummer und Schlaf, zwei Brüder, zum Dienste der Götter berufen,
Bat sich Prometheus herab seinem Geschlechte zum Trost,
Aber den Göttern so leicht, doch schwer zu ertragen den Menschen,
Ward nun ihr Schlummer uns Schlaf, ward nun ihr Schlaf uns zum Tod.

ZEITMASS

Eros, wie seh' ich dich hier! In jeglichem Händchen die Sanduhr!
  Wie? Leichtsinniger Gott, missest du doppelt die Zeit?
»Langsam rinnen aus einer die Stunden entfernter Geliebten;
  Gegenwärtigen fließt eilig die zweite herab.«

WARNUNG

Wecke den Amor nicht auf! Noch schläft der liebliche Knabe;
  Geh', vollbring' dein Geschäft, wie es der Tag dir gebeut!
So der Zeit bedienet sich klug die sorgliche Mutter,
  Wenn ihr Knäbchen entschläft, denn es erwacht nur zu bald.

EINSAMKEIT

Die ihr Felsen und Bäume bewohnt, o heilsame Nymphen,
  Gebet Jeglichem gern, was er im Stillen begehrt!
Schaffet dem Traurigen Trost, dem Zweifelhaften Belehrung,
  Und dem Liebenden gönnt, daß ihm begegne sein Glück.
Denn euch gaben die Götter, was sie den Menschen versagten,
  Jeglichem, der euch vertraut, tröstlich und hülfreich zu sein.

ERKANNTES GLÜCK

Was bedächtlich Natur sonst unter Viele verteilet,
Gab sie mit reichlicher Hand Alles der Einzigen, ihr.
Und die so herrlich Begabte, von vielen so innig Verehrte,
Gab ein liebend Geschick freundlich dem Glücklichen, mir.

ERWÄHLTER FELS

Hier im Stillen gedachte der Liebende seiner Geliebten;
  Heiter sprach er zu mir: Werde mir Zeuge, du Stein!
Doch erhebe dich nicht, du hast noch viele Gesellen;
  Jedem Felsen der Flur, die mich den Glücklichen nährt,
Jedem Baume des Wald's, um den ich wandernd mich schlinge,
  Denkmal bleibe des Glücks! ruf' ich ihm weihend und froh.
Doch die Stimme verleih' ich nur dir, wie unter der Menge
  Einen die Muse sich wählt, freundlich die Lippen ihm küßt.

LÄNDLICHES GLÜCK

Seid, o Geister des Hains, o seid, ihr Nymphen des Flusses,
Eurer Entfernten gedenk, euerer Nahen zur Lust!
Weihend feierten sie im Stillen die ländlichen Feste;
Wir dem gebahnten Pfad folgend beschleichen das Glück.
Amor wohne mit uns, es macht der himmlische Knabe
Gegenwärtige lieb, und die Entfernten euch nah.

PHILOMELE

Dich hat Amor gewiß, o Sängerin, fütternd erzogen;
Kindisch reichte der Gott dir mit dem Pfeile die Kost.
So, durchdrungen von Gift die harmlosatmende Kehle,
Trifft mit der Liebe Gewalt nun Philomele das Herz.

GEWEIHTER PLATZ

Wenn zu den Reihen der Nymphen, versammelt in heiliger Mondnacht,
Sich die Grazien heimlich herab vom Olympus gesellen;
Hier belauscht sie der Dichter und hört die schönen Gesänge,
Sieht verschwiegener Tänze geheimnisvolle Bewegung.
Was der Himmel nur Herrliches hat, was glücklich die Erde
Reizendes immer gebar, das erscheint dem wachenden Träumer.
Alles erzählt er den Musen, und daß die Götter nicht zürnen,
Lehren die Musen ihn gleich bescheiden Geheimnisse sprechen.

DER PARK

Welch ein himmlischer Garten entspringt aus Öd' und aus Wüste,
Wird und lebet und glänzt herrlich im Lichte vor mir.
Wohl den Schöpfer ahmet ihr nach, ihr Götter der Erde!
Fels und See und Gebüsch, Vögel und Fisch und Gewild.
Nur daß euere Stätte sich ganz zum Eden vollende,
Fehlt hier ein Glücklicher, fehlt euch am Sabbat die Ruh.

DIE LEHRER

Als Diogenes still in seiner Tonne sich sonnte,
Und Calanus mit Lust stieg in das flammende Grab,
Welche herrliche Lehre dem raschen Sohn des Philippus,
Wäre der Herrscher der Welt nicht auch der Lehre zu groß!

VERSUCHUNG

Reichte die schädliche Frucht einst Mutter Eva dem Gatten,
Ach! vom törichten Biß kränkelt das ganze Geschlecht.
Nun, vom heiligen Leibe, der Seelen speiset und heilet,
Kostest du, Lydia, fromm, liebliches büßendes Kind!
Darum schick' ich dir eilig die Frucht voll irdischer Süße,
Daß der Himmel dich nicht deinem Geliebten entzieh.

UNGLEICHE HEIRAT

Selbst ein so himmlisches Paar fand nach der Verbindung sich ungleich:
Psyche ward älter und klug, Amor ist immer noch Kind.

HEILIGE FAMILIE

O des süßen Kindes, und o der glücklichen Mutter,
Wie sie sich einzig in ihm, wie es in ihr sich ergetzt!
Welche Wonne gewährte der Blick auf dies herrliche Bild mir,
Stünd' ich Armer nicht so heilig, wie Joseph, dabei!

ENTSCHULDIGUNG

Du verklagest das Weib, sie schwanke von Einem zum Andern!
Tadle sie nicht: sie sucht einen beständigen Mann.

DER CHINESE IN ROM

Einen Chinesen sah ich in Rom; die gesamten Gebäude
Alter und neuerer Zeit schienen ihm lästig und schwer.
Ach! so seufzt' er, die Armen! ich hoffe, sie sollen begreifen,
Wie erst Säulchen von Holz tragen des Daches Gezelt,
Daß an Latten und Pappen, Geschnitz und bunter Vergoldung
Sich des gebildeten Aug's feinerer Sinn nur erfreut.
Siehe, da glaubt' ich, im Bilde, so manchen Schwärmer zu schauen,
Der sein luftig Gespinst mit der soliden Natur
Ewigem Teppich vergleicht, den echten reinen Gesunden
Krank nennt, daß ja nur *er* heiße, der Kranke, gesund.

SPIEGEL DER MUSE

Sich zu schmücken begierig verfolgte den rinnenden Bach einst
Früh die Muse hinab, sie suchte die ruhigste Stelle.
Eilend und rauschend indes verzog die schwankende Fläche
Stets das bewegliche Bild; die Göttin wandte sich zürnend;
Doch der Bach rief hinter ihr drein und höhnte sie: Freilich
Magst du die Wahrheit nicht sehn, wie rein dir mein Spiegel sie zeiget!
Aber indessen stand sie schon fern, am Winkel des Sees,
Ihrer Gestalt sich erfreuend und rückte den Kranz sich zurechte.

PHÖBOS UND HERMES

Delos ernster Beherrscher und Majas Sohn, der gewandte,
  Rechteten heftig, es wünscht' jeder den herrlichen Preis.
Hermes verlangte die Leier, die Leier verlangt' auch Apollon,
  Doch vergeblich erfüllt Hoffnung den Beiden das Herz;
Denn rasch dränget sich Ares heran, gewaltsam entscheidend,
  Schlägt er das goldene Spiel, wild, mit dem Eisen entzwei.
Hermes lacht unmäßig, der schadenfrohe; doch Phöbos
  Und den Musen ergreift inniger Schmerz das Gemüt.

DER NEUE AMOR

Amor, nicht das Kind, der Jüngling, der Psychen verführte,
  Sah im Olympus sich um, frech und der Siege gewohnt;
Eine Göttin erblickt' er, vor allen die herrlichste Schöne,
  Venus Urania war's, und er entbrannte für sie.
Ach! die Heilige selbst, sie widerstand nicht dem Werben,
  Und der Verwegene hielt fest sie im Arme bestrickt.
Da entstand aus ihnen ein neuer, lieblicher Amor,
  Der dem Vater den Sinn, Sitte der Mutter verdankt.
Immer findest du ihn in holder Musen Gesellschaft,
  Und sein reizender Pfeil stiftet die Liebe der Kunst.

DIE KRÄNZE

Klopstock will uns vom Pindus entfernen; wir sollen nach Lorbeer
Nicht mehr geizen, uns soll inländische Eichel genügen;
Und doch führet er selbst den überepischen Kreuzzug
Hin auf Golgatha's Gipfel, ausländische Götter zu ehren!
Doch auf welchen Hügel er wolle versamml' er die Engel,
Lasse beim Grabe des Guten verlassene Redliche weinen:

Wo ein Held und Heiliger starb, wo ein Dichter gesungen,
Uns im Leben und Tod ein Beispiel trefflichen Mutes,
Hohen Menschenwertes zu hinterlassen, da knieen
Billig alle Völker in Andachtswonne, verehren
Dorn und Lorbeerkranz, und was ihn geschmückt und gepeinigt.

SCHWEIZERALPE

War doch gestern dein Haupt noch so braun wie die Locke der Lieben,
Deren holdes Gebild still aus der Ferne mir winkt;
Silbergrau bezeichnet dir früh der Schnee nun die Gipfel,
Der sich in stürmender Nacht dir um den Scheitel ergoß.
Jugend, ach! ist dem Alter so nah, durchs Leben verbunden,
Wie ein beweglicher Traum Gestern und Heute verband.

AN PERSONEN

Vieles reicht' ich meinen Lieben;
Weniges ist mir geblieben.

ILMENAU
am 3. September 1783

Anmutig Tal! du immergrüner Hain!
Mein Herz begrüßt euch wieder auf das Beste;
Entfaltet mir die schwerbehangnen Äste,
Nehmt freundlich mich in eure Schatten ein,
Erquickt von euren Höhn, am Tag der Lieb' und Lust,
Mit frischer Luft und Balsam meine Brust!

Wie kehrt' ich oft mit wechselndem Geschicke,
Erhabner Berg! an deinen Fuß zurücke.
O laß mich heut' an deinen sachten Höhn,
Ein jugendlich, ein neues Eden sehn!
Ich hab' es wohl auch mit um euch verdienet:
Ich sorge still, indes ihr ruhig grünet.

Laßt mich vergessen, daß auch hier die Welt
So manch Geschöpf in Erdefesseln hält,
Der Landmann leichtem Sand den Samen anvertraut
Und seinen Kohl dem frechen Wilde baut;
Der Knappe karges Brod in Klüften sucht;
Der Köhler zittert, wenn der Jäger flucht.
Verjüngt euch mir, wie ihr es oft getan,
Als fing' ich heut' ein neues Leben an.

Ihr seid mir hold, ihr gönnt mir diese Träume,
Sie schmeicheln mir und locken alte Reime.
Mir wieder selbst, von allen Menschen fern,
Wie bad' ich mich in euren Düften gern!
Melodisch rauscht die hohe Tanne wieder,
Melodisch eilt der Wasserfall hernieder;
Die Wolke sinkt, der Nebel drückt ins Tal,
Und es ist Nacht und Dämmrung auf einmal.

Im finstern Wald, beim Liebesblick der Sterne,
Wo ist mein Pfad, den sorglos ich verlor?
Welch seltne Stimmen hör' ich in der Ferne?
Sie schallen wechselnd an dem Fels empor:

Ich eile sacht zu sehn, was es bedeutet,
Wie von des Hirsches Ruf der Jäger still geleitet.

Wo bin ich? ist's ein Zaubermärchen-Land?
Welch nächtliches Gelag am Fuß der Felsenwand?
Bei kleinen Hütten, dicht mit Reis bedecket,
Seh' ich sie froh an's Feuer hingestrecket.
Es dringt der Glanz hoch durch den Fichten-Saal;
Am niedern Herde kocht ein rohes Mahl;
Sie scherzen laut, indessen bald geleeret
Die Flasche frisch im Kreise wiederkehret.

Sagt, wem vergleich ich diese muntre Schar?
Von wannen kommt sie? um wohin? zu ziehen.
Wie ist an ihr doch alles wunderbar!
Soll ich sie grüßen? soll ich vor ihr fliehen?
Ist es der Jäger wildes Geisterheer?
Sind's Gnomen, die hier Zauberkünste treiben?
Ich seh' im Busch der kleinen Feuer mehr;
Es schaudert mich, ich wage kaum zu bleiben.
Ist's der Ägyptier verdächtiger Aufenthalt?
Ist es ein flüchtiger Fürst wie im Ardenner-Wald?
Soll ich verirrter hier in den verschlungnen Gründen
Die Geister Shakspear's gar verkörpert finden?
Ja, der Gedanke führt mich eben recht:
Sie sind es selbst, wo nicht ein gleich Geschlecht!
Unbändig schwelgt ein Geist in ihrer Mitten,
Und durch die Roheit fühl' ich edle Sitten.

Wie nennt ihr ihn? Wer ist's, der dort gebückt
Nachlässig stark die breiten Schultern drückt?
Er sitzt zunächst gelassen an der Flamme,
Die markige Gestalt aus altem Heldenstamme.
Er saugt begierig am geliebten Rohr,
Es steigt der Dampf an seiner Stirn empor.
Gutmütig trocken weiß er Freud' und Lachen
Im ganzen Zirkel laut zu machen,
Wenn er mit ernstlichem Gesicht
Barbarisch bunt in fremder Mundart spricht.

Wer ist der andre, der sich nieder
An einen Sturz des alten Baumes lehnt,
Und seine langen feingestalten Glieder,
Ekstatisch faul, nach allen Seiten dehnt,
Und, ohne daß die Zecher auf ihn hören,
Mit Geistesflug sich in die Höhe schwingt,

Und von dem Tanz der himmelhohen Sphären
Ein monotones Lied mit großer Inbrunst singt?

Doch scheinet allen etwas zu gebrechen.
Ich höre sie auf einmal leise sprechen,
Des Jünglings Ruhe nicht zu unterbrechen,
Der dort am Ende, wo das Tal sich schließt,
In einer Hütte, leicht gezimmert,
Vor der ein letzter Blick des kleinen Feuers schimmert,
Vom Wasserfall umrauscht, des milden Schlafs genießt.
Mich treibt das Herz nach jener Kluft zu wandern,
Ich schleiche still und scheide von den Andern.

Sei mir gegrüßt, der hier in später Nacht
Gedankenvoll an dieser Stelle wacht!
Was sitzest du entfernt von jenen Freuden?
Du scheinst mir auf was Wichtiges bedacht.
Was ist's, daß du in Sinnen dich verlierest,
Und nicht einmal dein kleines Feuer schürest?

»O frage nicht! denn ich bin nicht bereit,
Des Fremden Neugier leicht zu stillen;
Sogar verbitt' ich deinen guten Willen;
Hier ist zu schweigen und zu leiden Zeit.
Ich bin dir nicht im Stande selbst zu sagen
Woher ich sei, wer mich hierher gesandt;
Von fremden Zonen bin ich her verschlagen
Und durch die Freundschaft festgebannt.

Wer kennt sich selbst? wer weiß was er vermag?
Hat nie der Mutige Verwegnes unternommen?
Und was du tust, sagt erst der andre Tag,
War es zum Schaden oder Frommen.
Ließ nicht Prometheus selbst die reine Himmelsglut
Auf frischen Ton vergötternd niederfließen?
Und konnt' er mehr als irdisch Blut
Durch die belebten Adern gießen?
Ich brachte reines Feuer vom Altar;
Was ich entzündet, ist nicht reine Flamme.
Der Sturm vermehrt die Glut und die Gefahr,
Ich schwanke nicht, indem ich mich verdamme.

Und wenn ich unklug Mut und Freiheit sang
Und Redlichkeit und Freiheit sonder Zwang,
Stolz auf sich selbst und herzliches Behagen;
Erwarb ich mir der Menschen schöne Gunst:

Doch ach! ein Gott versagte mir die Kunst,
Die arme Kunst, mich künstlich zu betragen.
Nun sitz' ich hier zugleich erhoben und gedrückt,
Unschuldig und gestraft, unschuldig und beglückt.

Doch rede sacht! denn unter diesem Dach
Ruht all mein Wohl und all mein Ungemach:
Ein edles Herz, vom Wege der Natur
Durch enges Schicksal abgeleitet,
Das, ahnungsvoll, nun auf der rechten Spur
Bald mit sich selbst und bald mit Zauberschatten streitet,
Und was ihm das Geschick durch die Geburt geschenkt
Mit Müh' und Schweiß erst zu erringen denkt.
Kein liebevolles Wort kann seinen Geist enthüllen
Und kein Gesang die hohen Wogen stillen.

Wer kann der Raupe, die am Zweige kriecht,
Von ihrem künft'gen Futter sprechen?
Und wer der Puppe, die am Boden liegt,
Die zarte Schale helfen durchzubrechen?
Es kommt die Zeit, sie drängt sich selber los
Und eilt auf Fittigen der Rose in den Schoß.

Gewiß, ihm geben auch die Jahre
Die rechte Richtung seiner Kraft.
Noch ist bei tiefer Neigung für das Wahre
Ihm Irrtum eine Leidenschaft.
Der Vorwitz lockt ihn in die Weite,
Kein Fels ist ihm zu schroff, kein Steg zu schmal;
Der Unfall lauert an der Seite
Und stürzt ihn in den Arm der Qual.
Dann treibt die schmerzlich überspannte Regung
Gewaltsam ihn bald da bald dort hinaus,
Und von unmutiger Bewegung
Ruht er unmutig wieder aus.
Und düster wild an heitren Tagen,
Unbändig ohne froh zu sein,
Schläft er, an Seel' und Leib verwundet und zerschlagen,
Auf einem harten Lager ein:
Indessen ich hier still und atmend kaum
Die Augen zu den freien Sternen kehre,
Und, halb erwacht und halb im schweren Traum,
Mich kaum des schweren Traums erwehre.«

Verschwinde Traum!
Wie dank' ich, Musen, euch!
Daß ihr mich heut auf einen Pfad gestellet,
Wo auf ein einzig Wort die ganze Gegend gleich
Zum schönsten Tage sich erhellet;
Die Wolke flieht, der Nebel fällt,
Die Schatten sind hinweg. Ihr Götter, Preis und Wonne!
Es leuchtet mir die wahre Sonne,
Es lebt mir eine schönre Welt;
Das ängstliche Gesicht ist in die Luft zerronnen,
Ein neues Leben ist's, es ist schon lang begonnen.

Ich sehe hier, wie man nach langer Reise
Im Vaterland sich wieder kennt;
Ein ruhig Volk in stillem Fleiße
Benutzen, was Natur an Gaben ihm gegönnt.
Der Faden eilet von dem Rocken
Des Webers raschem Stuhle zu;
Und Seil und Kübel wird in längrer Ruh
Nicht am verbrochnen Schachte stocken;
Es wird der Trug entdeckt, die Ordnung kehrt zurück,
Es folgt Gedeihn und festes ird'sches Glück.

So mög', o Fürst, der Winkel deines Landes
Ein Vorbild deiner Tage sein!
Du kennest lang' die Pflichten deines Standes
Und schränkest nach und nach die freie Seele ein.
Der kann sich manchen Wunsch gewähren,
Der kalt sich selbst und seinem Willen lebt;
Allein wer Andre wohl zu leiten strebt,
Muß fähig sein, viel zu entbehren.

So wandle du – der Lohn ist nicht gering –
Nicht schwankend hin, wie jener Sämann ging,
Daß bald ein Korn, des Zufalls leichtes Spiel,
Hier auf den Weg, dort zwischen Dornen fiel;
Nein! streue klug wie reich, mit männlich steter Hand,
Den Segen aus auf ein geackert Land;
Dann laß es ruhn: die Ernte wird erscheinen
Und Dich beglücken und die Deinen.

GELLERT'S MONUMENT
von Oeser

Als Gellert, der geliebte, schied,
Manch gutes Herz im Stillen weinte,
Auch manches matte schiefe Lied
Sich mit dem reinen Schmerz vereinte;
Und jeder Stümper bei dem Grab
Ein Blümchen an die Ehrenkrone,
Ein Scherflein zu des Edlen Lohne,
Mit vielzufriedner Miene gab:
Stand Oeser seitwärts von den Leuten
Und fühlte den Geschiednen, sann
Ein bleibend Bild, ein lieblich Deuten
Auf den verschwundnen werten Mann;
Und sammelte mit Geistesflug
Im Marmor alles Lobes Stammeln,
Wie wir in einen engen Krug
Die Asche des Geliebten sammeln.

AN ZACHARIAE

Schon wälzen schnelle Räder rasselnd sich und tragen
Dich von dem unbeklagten Ort,
Und angekettet fest an Deinen Wagen
Die Freuden mit Dir fort.

Du bist uns kaum entwichen, und schwermütig ziehen
Aus dumpfen Höhlen (denn dahin
Flohn sie bei Deiner Ankunft, wie vorm Glühen
Der Sonne Nebel fliehn)

Verdruß und Langeweile. Wie die Stymphaliden
Umschwärmen sie den Tisch und sprühn
Von ihren Fittigen Gift unsrem Frieden
Auf alle Speisen hin.

Wo ist, sie zu verscheuchen, unser güt'ger Retter,
Der Venus vielgeliebter Sohn,
Apollens Liebling, Liebling aller Götter!
Lebt er? ist er entflohn?

O gäb' er mir die Stärke, seine mächt'ge Leier
Zu schlagen, die Apoll ihm gab;
Ich rührte sie, dann flöhn die Ungeheuer
Erschreckt zur Höll' hinab.

O leih mir, Sohn der Maja, Deiner Fersen Schwingen,
Die du sonst Sterblichen geliehn,
Die reißen mich aus diesem Elend, bringen
Mich zu der Ocker hin;

Dann folg' ich unerwartet ihm am Flusse,
Allein, so wenig staunet er,
Als ging ihm, angeheftet seinem Fuße,
Sein Schatten hinterher.

Von ihm dann unzertrennlich wärmt den jungen Busen
Der Glanz, der glorreich ihn umgibt;
Er liebet mich; dann lieben mich die Musen,
Weil mich ihr Liebling liebt.

AN SILVIEN

Wenn die Zweige Wurzeln schlagen,
Wachsen, grünen, Früchte tragen;
Möchtest du dem Angedenken
Deines Freunds ein Lächeln schenken.

DERSELBEN

Und wenn sie zuletzt erfrieren,
Weil man sie nicht wohl verschanzet,
Will sich's alsobald gebühren,
Daß man hoffend neue pflanzet.

EINER HOHEN REISENDEN

Wohin Du trittst, wird uns verklärte Stunde,
Dir leuchtet Klarheit frisch vom Angesicht,
Vom Auge Gutheit, Lieblichkeit vom Munde,
Aus Wolken dringt ein reines Hirmmelslicht.
Der Ungeheuer Schwarm im Hintergrunde
Er drängt, er droht, jedoch er schreckt Dich nicht,
Wie Du mit Freiheit unbefangen schreitest,
Das Herz erhebst und jeden Geist erweitest.

So wandelst Du, Dein Ebenbild zu schauen,
Das majestätisch uns von oben blickt,
Der Mütter Urbild, Königin der Frauen,

Ein Wunderpinsel hat sie ausgedrückt.
Ihr beugt ein Mann, mit liebevollem Grauen,
Ein Weib die Knie, in Demut still entzückt;
Du aber kommst, ihr Deine Hand zu reichen
Als wärest Du zu Haus bei Deines gleichen.

Doch schreite weiter, was auch hier sich finde,
Zum Lande hin, dem doch kein andres gleicht,
Wo uns Natur befreit, wie Kunst auch binde,
Der Geist sich stählt, wenn sich das Herz erweicht,
Vor stillem Schaun so Zeit- als Volksgewinde
Zum Abgrund wallt, zur Himmelshöhe steigt:
Dorthin gehörst Du, die Du schaffend strebest,
Die Trümmer herstellst, Totes neu belebest.

Führ' uns indes durch blumenreiche Matten,
Am breiten Fluß durch's wohlbekannte Tal,
Wo Reben sich um Sonnenhügel gatten,
Der Fels dich schützt vor mächt'gem Sonnenstrahl;
Genieße froh der engen Laube Schatten,
Der reinen Milch unschuldig würd'ges Mahl,
Und hier und dort vergönn' an Deinen Blicken,
An Deinem Wort uns ewig zu entzücken!

JUBILÄUM
am zweiten Januar 1815

Hat der Tag sich kaum erneuet
Wo uns Winterfreude blühet,
Jedermann sich wünschend freuet
Wenn er Freund und Gönner siehet.

Sagt, wie, schon am zweiten Tage,
Sich ein zweites Fest entzündet?
Hat, vielleicht, willkommne Sage
Vaterland und Reich gegründet?

Haben sich die Allgewalten
Endlich schöpferisch entschieden,
Aufzuzeichnen, zu entfalten
Allgemeinen ew'gen Frieden?

Nein! – Dem Würdigen, dem Biedern
Winden wir vollkommne Kränze,
Und zu aller Art von Liedern
Schlingen sich des Festes Tänze.

Selbst das Erz erweicht sich gerne,
Wundersam ihn zu verehren;
Aber ihr, auch aus der Ferne,
Laßt zu seinem Preise hören!

Er, nach langer Jahre Sorgen,
Wo der Boden oft gebidmet,
Sieht nun Fürst und Volk geborgen,
Dem er Geist und Kraft gewidmet.

Die Gemahlin, längst verbunden
Ihm als treulichstes Geleite,
Sieht er auch, der tausend Stunden
Froh gedenk, an seiner Seite.

Leb' Er so, mit Jünglingskräften
Immer herrlich und vermögsam,
In den wichtigsten Geschäften
Heiter klug, und weise regsam.

Und in seiner Trauten Kreise
Sorgenfrei und unterhaltend,
Eine Welt, nach seiner Weise,
Nah und fern umher gestaltend.

RÄTSEL

Viel Männer sind hoch zu verehren,
Wohltätige durch Werk und Lehren;
Doch wer uns zu erstatten wagt,
Was die Natur uns ganz versagt,
Den darf ich wohl den größten nennen:
Ich denke doch, ihr müßt ihn kennen?

DEN DRILLINGSFREUNDEN VON CÖLLN,
mit einem Bildnisse

Der Abgebildete
Vergleicht sich billig
Heilgem *Dreikönige*,
Dieweil er willig
Dem Stern, der Ostenher
Wahrhaft erschienen,
Auf allen Wegen war
Bereit zu dienen.

Der Bildner gleichenfalls
Vergleicht sich eben
Dem Reiter, der den Hals
Darangegeben,
Wie *Hämmling* auch getan,
Ein Held geworden
Durch seine Manneskraft
Ritter vom Orden.

Darum zusammen sie
Euch nun verehren,
Die zum Vergangenen
Mutig Sich kehren,
Stein, Heilge, Samt und Gold –
Männiglich strebend
Und altem Tage hold –
Fröhlich belebend.

AN URANIUS

Himmel ach! so ruft man aus
Wenn's uns schlecht geworden.
Himmel will verdienen sich
Pfaff' und Ritterorden.

Ihren Himmel finden viel'
In dem Weltgetümmel;
Jugend unter Tanz und Spiel
Meint, sie sei im Himmel.

Doch von dem Klaviere tönt
Ganz ein andrer Himmel;
Alle Morgen grüß' ich ihn,
Nickt er mir vom Schimmel.

AN TISCHBEIN

Erst ein Deutscher, dann ein Schweizer,
Dann ein Berg- und Tal-Durchkreuzer,
Römer, dann Napolitaner,
Philosoph und doch kein Aner,
Dichter, fruchtbar aller Orten,
Bald mit Zeichen, bald mit Worten,
Immer bleibest du derselbe

Von der Tiber bis zur Elbe!
Glück und Heil! so wie du strebest,
Leben! so wie du belebest,
So genieße! laß genießen!
Bis die Nymphen dich begrüßen,
Die sich in der Ilme baden,
Und auf's freundlichste dich laden.

AN DENSELBEN

Alles was Du denkst und sinnest,
Was Du der Natur und Kunst
Mit Empfindung abgewinnest,
Druckst Du aus durch Musengunst.
Farbe her! Dein Meisterwille
Schafft ein sichtliches Gedicht;
Doch, bescheiden in der Fülle,
Du verschmähst die Worte nicht.

AN DENSELBEN

Für das Gute, für das Schöne,
Das Du uns so reichlich sendest,
Möge jegliche Camöne
Freude spenden, wie Du spendest!
Möge Dir, im nord'schen Trüben,
Aller Guten, aller Lieben
Reine Neigung so bereiten,
Überall Dich zu begleiten
Mit des Umgangs trauter Wonne,
Wie im heitern Land der Sonne!

AN DENSELBEN

Statt den Menschen in den Tieren
Zu verlieren,
Findest du ihn klar darin,
Und belebst, als wahrer Dichter,
Schaf- und säuisches Gelichter
Mit Gesinnung wie mit Sinn.
Auch der Esel kommt zu Ehren
Und i-aht uns weise Lehren.
Das was Büffon nur begonnen,
Kommt durch Tischbein an die Sonnen.

STAMMBUCHS-WEIHE

Muntre Gärten lieb' ich mir,
Viele Blumen drinne,
Und du hast so einen hier,
Merk' ich wohl, im Sinne.

Mögen Wünsche für dein Glück
Tausendfach erscheinen;
Grüße sie mit heitrem Blick
Und voran die meinen.

DER LIEBENDEN VERGESSLICHEN
zum Geburtstage

Dem schönen Tag sei es geschrieben!
Oft glänze Dir sein heitres Licht.
Uns hörest Du nicht auf zu lieben,
Doch bitten wir: vergiß uns nicht!

MIT WAHRHEIT UND DICHTUNG

Ein alter Freund erscheint maskiert,
Und das, was er im Schilde führt,
Gesteht er wohl nicht allen;
Doch Du entdeckst sogleich den Reim
Und sprichst ihn aus ganz in's geheim:
Er wünscht Dir zu . . . .

ANGEBINDE ZUR RÜCKKEHR

Die Freundin war hinausgegangen
Um in der Welt sich umzutun;
Nun wird sie bald nach Haus gelangen
Und auf gewohnte Weise ruhn.
Und neigt sie dann das art'ge Köpfchen,
Umwunden reich von Zopf und Zöpfchen,
Nach einem kissenweichen Sitzchen,
So bietet freundlich ihr das Mützchen.

KUNST

Bilde, Künstler! Rede nicht!
Nur ein Hauch sei dein Gedicht.

DIE NEKTARTROPFEN

Als Minerva jenen Liebling,
Den Prometheus, zu begünst'gen,
Eine volle Nektarschale
Von dem Himmel niederbrachte,
Seine Menschen zu beglücken,
Und den Trieb zu holden Künsten
Ihrem Busen einzuflößen;
Eilte sie mit schnellen Füßen,
Daß sie Jupiter nicht sähe;
Und die goldne Schale schwankte,
Und es fielen wenig Tropfen
Auf den grünen Boden nieder.

Emsig waren drauf die Bienen
Hinterher, und saugten fleißig;
Kam der Schmetterling geschäftig,
Auch ein Tröpfchen zu erhaschen;
Selbst die ungestalte Spinne
Kroch herbei und sog gewaltig.

Glücklich haben sie gekostet,
Sie und andre zarte Tierchen!
Denn sie teilen mit dem Menschen
Nun das schönste Glück, die Kunst.

DER WANDRER

Wandrer

Gott segne dich, junge Frau,
Und den säugenden Knaben
An deiner Brust!
Laß mich an der Felsenwand hier,
In des Ulmbaums Schatten,
Meine Bürde werfen,
Neben dir ausruhn.

Frau

Welch Gewerbe treibt dich
Durch des Tages Hitze
Den staubigen Pfad her?
Bringst du Waren aus der Stadt
Im Land herum?
Lächelst, Fremdling,
Über meine Frage?

Wandrer

Keine Waren bring' ich aus der Stadt:
Kühl wird nun der Abend.
Zeige mir den Brunnen,
Draus du trinkest,
Liebes junges Weib!

Frau

Hier den Felsenpfad hinauf.
Geh voran! Durch's Gebüsche
Geht der Pfad nach der Hütte,
Drin ich wohne,
Zu dem Brunnen,
Den ich trinke.

Wandrer

Spuren ordnender Menschenhand
Zwischen dem Gesträuch!
Diese Steine hast du nicht gefügt,
Reichhinstreuende Natur!

Frau

Weiter hinauf!

Wandrer

Von dem Moos gedeckt ein Architrav!
Ich erkenne dich, bildender Geist!
Hast dein Siegel in den Stein geprägt.

Frau

Weiter, Fremdling!

Wandrer

Eine Inschrift, über die ich trete!
Nicht zu lesen!
Weggewandelt seid ihr,
Tiefgegrabne Worte,

Die ihr eures Meisters Andacht
Tausend Enkeln zeigen solltet.

Frau

Staunest, Fremdling,
Diese Stein' an?
Droben sind der Steine viel
Um meine Hütte.

Wandrer

Droben?

Frau

Gleich zur Linken
Durch's Gebüsch hinan,
Hier.

Wandrer

Ihr Musen und Grazien!

Frau

Das ist meine Hütte.

Wandrer

Eines Tempels Trümmern!

Frau

Hier zur Seit' hinab
Quillt der Brunnen,
Den ich trinke.

Wandrer

Glühend webst du
Über deinem Grabe,
Genius! Über dir
Ist zusammengestürzt
Dein Meisterstück,
O du Unsterblicher!

Frau

Wart', ich hole das Gefäß
Dir zum Trinken.

Wandrer

Efeu hat deine schlanke
Götterbildung umkleidet.

Wie du emporstrebst
Aus dem Schutte,
Säulenpaar!
Und du einsame Schwester dort,
Wie ihr,
Düstres Moos auf dem heiligen Haupt,
Majestätisch trauernd herabschaut
Auf die zertrümmerten
Zu euern Füßen,
Eure Geschwister!
In des Brombeergesträuches Schatten
Deckt sie Schutt und Erde,
Und hohes Gras wankt drüber hin.
Schätzest du so, Natur,
Deines Meisterstücks Meisterstück?
Unempfindlich zertrümmerst du
Dein Heiligtum?
Säest Disteln drein?

Frau

Wie der Knabe schläft!
Willst du in der Hütte ruhn,
Fremdling? Willst du hier
Lieber in dem Freien bleiben?
Es ist kühl! Nimm den Knaben,
Daß ich Wasser schöpfen gehe.
Schlafe, Lieber! schlaf!

Wandrer

Süß ist deine Ruh!
Wie's, in himmlischer Gesundheit
Schwimmend, ruhig atmet!
Du, geboren über Resten
Heiliger Vergangenheit,
Ruh' ihr Geist auf dir!
Welchen der umschwebt,
Wird in Götterselbstgefühl
Jedes Tags genießen.
Voller Keim blüh' auf.
Des glänzenden Frühlings
Herrlicher Schmuck,
Und leuchte vor deinen Gesellen!
Und welkt die Blütenhülle weg,
Dann steig' aus deinem Busen
Die volle Frucht,
Und reife der Sonn' entgegen.

Frau

Gesegne's Gott! – Und schläft er noch?
Ich habe nichts zum frischen Trunk,
Als ein Stück Brot, das ich dir bieten kann.

Wandrer

Ich danke dir.
Wie herrlich alles blüht umher
Und grünt!

Frau

Mein Mann wird bald
Nach Hause sein
Vom Feld. O bleibe, bleibe, Mann!
Und iß mit uns das Abendbrot.

Wandrer

Ihr wohnet hier?

Frau

Da, zwischen dem Gemäuer her.
Die Hütte baute noch mein Vater
Aus Ziegeln und des Schuttes Steinen.
Hier wohnen wir.
Er gab mich einem Ackersmann,
Und starb in unsern Armen. –
Hast du geschlafen, liebes Herz?
Wie er munter ist, und spielen will!
Du Schelm!

Wandrer

Natur! du ewig keimende,
Schaffst Jeden zum Genuß des Lebens,
Hast deine Kinder alle mütterlich
Mit Erbteil ausgestattet, einer Hütte.
Hoch baut die Schwalb' an das Gesims,
Unfühlend, welchen Zierat
Sie verklebt.
Die Raup' umspinnt den goldnen Zweig
Zum Winterhaus für ihre Brut;
Und du flickst zwischen der Vergangenheit
Erhabne Trümmer
Für deine Bedürfniss'
Eine Hütte, o Mensch,
Genießest über Gräbern! –
Leb wohl, du glücklich Weib!

Frau

Du willst nicht bleiben?

Wandrer

Gott erhalt' euch,
Segn' euern Knaben!

Frau

Glück auf den Weg!

Wandrer

Wohin führt mich der Pfad
Dort über'n Berg?

Frau

Nach Cuma.

Wandrer

Wie weit ist's hin?

Frau

Drei Meilen gut.

Wandrer

Leb wohl!
O leite meinen Gang, Natur!
Den Fremdlings-Reisetritt,
Den über Gräber
Heiliger Vergangenheit
Ich wandle.
Leit' ihn zum Schutzort,
Vor'm Nord gedeckt,
Und wo dem Mittagsstrahl
Ein Pappelwäldchen wehrt.
Und kehr' ich dann
Am Abend heim
Zur Hütte,
Vergoldet vom letzten Sonnenstrahl;
Laß mich empfangen solch ein Weib,
Den Knaben auf dem Arm!

KÜNSTLERS MORGENLIED

Der Tempel ist euch aufgebaut,
Ihr hohen Musen all,
Und hier in meinem Herzen ist
Das Allerheiligste.

Wenn Morgens mich die Sonne weckt,
Warm, froh ich schau' umher,
Steht rings ihr Ewiglebenden
Im heil'gen Morgenglanz.

Ich bet' hinan, und Lobgesang
Ist lauter mein Gebet,
Und freudeklingend Saitenspiel
Begleitet mein Gebet.

Ich trete vor den Altar hin,
Und lese, wie sich's ziemt,
Andacht liturg'scher Lection
Im heiligen Homer.

Und wenn er in's Getümmel mich
Von Löwenkriegern reißt,
Und Göttersöhn' auf Wagen hoch
Rachglühend stürmen an,

Und Roß dann vor dem Wagen stürzt,
Und drunter und drüber sich
Freund', Feinde wälzen in Todesblut –
Er sengte sie dahin

Mit Flammenschwert der Heldensohn,
Zehntausend auf einmal,
Bis dann auch er, gebändiget
Von einer Götterhand,

Ab auf den Rogus niederstürzt,
Den er sich selbst gehäuft,
Und Feinde nun den schönen Leib
Verschändend tasten an:

Da greif' ich mutig auf, es wird
Die Kohle zum Gewehr,
Und jene meine hohe Wand
In Schlachtfeld-Wogen braus't.

Hinan! Hinan! Es heulet laut
Gebrüll der Feindeswut,
Und Schild an Schild, und Schwert auf Helm,
Und um den Toten Tod.

Ich dränge mich hinan, hinan,
Da kämpfen sie um ihn,
Die tapfern Freunde, tapferer
In ihrer Tränenwut.

Ach, rettet! Kämpfet! Rettet ihn!
In's Lager tragt ihn fort,
Und Balsam gießt dem Toten auf,
Und Tränen Toten-Ehr!

Und find' ich mich zurück hierher,
Empfängst du, Liebe, mich,
Mein Mädchen, ach, im Bilde nur,
Und so im Bilde warm!

Ach, wie du ruhtest neben mir,
Und schmachtetest mich an,
Und mir's vom Aug' durch's Herz hindurch
Zum Griffel schmachtete!

Wie ich an Aug' und Wange mich
Und Mund mich weidete,
Und mir's im Busen jung und frisch,
Wie einer Gottheit, war!

O kehre doch und bleibe dann
In meinen Armen fest,
Und keine, keine Schlachten mehr,
Nur dich in meinem Arm!

Und sollst mir, meine Liebe, sein
Alldeutend Ideal,
Madonna sein, ein Erstlingskind,
Ein heiligs an der Brust;

Und haschen will ich, Nymphe, dich,
Im tiefen Waldgebüsch;
O fliehe nicht die rauhe Brust,
Mein aufgerecktes Ohr!

Und liegen will ich Mars zu dir,
Du Liebesgöttin stark,
Und ziehn ein Netz um uns herum,
Und rufen dem Olymp.

Wer von den Göttern kommen will,
Beneiden unser Glück,
Und soll's die Fratze Eifersucht
Am Bettfuß angebannt.

AMOR EIN LANDSCHAFTSMALER

Saß ich früh auf einer Felsenspitze,
Sah mit starren Augen in den Nebel;
Wie ein grau grundiertes Tuch gespannet,
Deckt' er Alles in die Breit' und Höhe.

Stellt' ein Knabe sich mir an die Seite,
Sagte: Lieber Freund, wie magst du starrend
Auf das leere Tuch gelassen schauen?
Hast du denn zum Malen und zum Bilden
Alle Lust auf ewig wohl verloren?

Sah ich an das Kind, und dachte heimlich:
Will das Bübchen doch den Meister machen!

Willst du immer trüb' und müßig bleiben,
Sprach der Knabe, kann nichts kluges werden:
Sieh, ich will dir gleich ein Bildchen malen,
Dich ein hübsches Bildchen malen lehren.

Und er richtete den Zeigefinger,
Der so rötlich war wie eine Rose,
Nach dem weiten ausgespannten Teppich,
Fing mit seinem Finger an zu zeichnen:

Oben malt' er eine schöne Sonne,
Die mir in die Augen mächtig glänzte,
Und den Saum der Wolken macht' er golden,
Ließ die Strahlen durch die Wolken dringen;
Malte dann die zarten leichten Wipfel
Frisch erquickter Bäume, zog die Hügel,
Einen nach dem andern, frei dahinter;
Unten ließ ers nicht an Wasser fehlen,
Zeichnete den Fluß so ganz natürlich,

Daß er schien im Sonnenstrahl zu glitzern,
Daß er schien am hohen Rand zu rauschen.

Ach, da standen Blumen an dem Flusse,
Und da waren Farben auf der Wiese,
Gold und Schmelz und Purpur und ein Grünes,
Alles wie Smaragd und wie Karfunkel!
Hell und rein lasiert er drauf den Himmel,
Und die blauen Berge fern und ferner,
Daß ich ganz entzückt und neu geboren
Bald den Maler, bald das Bild beschaute.

Hab' ich doch, so sagt' er, dir bewiesen,
Daß ich dieses Handwerk gut verstehe;
Doch es ist das schwerste noch zurücke.

Zeichnete darnach mit spitzem Finger
Und mit großer Sorgfalt an dem Wäldchen,
G'rad' an's Ende, wo die Sonne kräftig
Von dem hellen Boden widerglänzte,
Zeichnete das allerliebste Mädchen,
Wohlgebildet, zierlich angekleidet,
Frische Wangen unter braunen Haaren,
Und die Wangen waren von der Farbe,
Wie das Fingerchen, das sie gebildet.

O du Knabe! rief ich, welch ein Meister
Hat in seine Schule dich genommen,
Daß du so geschwind und so natürlich
Alles klug beginnst und gut vollendest?

Da ich noch so rede, sieh, da rühret
Sich ein Windchen, und bewegt die Gipfel,
Kräuselt alle Wellen auf dem Flusse,
Füllt den Schleier des vollkommnen Mädchens,
Und was mich Erstaunten mehr erstaunte,
Fängt das Mädchen an den Fuß zu rühren,
Geht zu kommen, nähert sich dem Orte,
Wo ich mit dem losen Lehrer sitze,

Da nun Alles, Alles sich bewegte,
Bäume, Fluß und Blumen und der Schleier,
Und der zarte Fuß der Allerschönsten;
Glaubt ihr wohl, ich sei auf meinem Felsen,
Wie ein Felsen, still und fest geblieben?

KÜNSTLERS ABENDLIED

Ach, daß die innre Schöpfungskraft
Durch meinen Sinn erschölle!
Daß eine Bildung voller Saft
Aus meinen Fingern quölle!

Ich zittre nur, ich stottre nur,
Und kann es doch nicht lassen;
Ich fühl', ich kenne dich, Natur
Und so muß ich dich fassen.

Bedenk' ich dann, wie manches Jahr
Sich schon mein Sinn erschließet,
Wie er, wo dürre Heide war,
Nun Freudenquell genießet;

Wie sehn' ich mich, Natur, nach dir,
Dich treu und lieb zu fühlen!
Ein lust'ger Springbrunn, wirst du mir
Aus tausend Röhren spielen.

Wirst alle meine Kräfte mir
In meinem Sinn erheitern,
Und dieses enge Dasein hier
Zur Ewigkeit erweitern.

KENNER UND KÜNSTLER

Kenner

Gut! Brav, mein Herr! Allein
Die linke Seite
Nicht ganz gleich der rechten;
Hier scheint es mir zu lang,
Und hier zu breit;
Hier zuckt's ein wenig,
Und die Lippe
Nicht ganz Natur,
So tot noch Alles!

Künstler

O ratet! Helft mir,
Daß ich mich vollende!
Wo ist der Urquell der Natur,
Daraus ich schöpfend

Himmel fühl' und Leben
In die Fingerspitzen hervor,
Daß ich mit Göttersinn
Und Menschenhand
Vermöge zu bilden,
Was bei meinem Weib'
Ich animalisch kann und muß.

Kenner

Da sehen Sie zu.

Künstler

So!

KENNER UND ENTHUSIAST

Ich führt' einen Freund zum Maidel jung,
Wollt' ihm zu genießen geben,
Was Alles es hätt, gar Freud' genung,
Frisch junges warmes Leben.
Wir fanden sie sitzen an ihrem Bett,
Tät' sich auf ihr Händlein stützen.
Der Herr der macht' ihr ein Kompliment,
Tät' gegen ihr über sitzen.
Er spitzt die Nase, er sturt sie an,
Betracht sie herüber, hinüber:
Und um mich war's gar bald getan,
Die Sinnen gingen mir über.

Der liebe Herr für allen Dank
Führt mich drauf in eine Ecken,
Und sagt, sie wär' doch allzu schlank,
Und hätt' auch Sommerflecken.
Da nahm ich von meinem Kind Adjeu,
Und scheidend sah ich in die Höh:
Ach Herre Gott, ach Herre Gott,
Erbarm dich doch des Herren!

Da führt' ich ihn in die Galerie
Voll Menschenglut und Geistes;
Mir wirds da gleich, ich weiß nicht wie,
Mein ganzes Herz zerreißt es,
O Maler! Maler! rief ich laut,
Belohn' dir Gott dein Malen!
Und nur die allerschönste Braut
Kann dich für uns bezahlen.

Und sieh, da ging mein Herr herum,
Und stochert sich die Zähne,
Registriert in Catalogum
Mir meine Göttersöhne.
Mein Busen war so voll und bang,
Von hundert Welten trächtig;
Ihm war bald was zu kurz, zu lang,
Wägt' alles gar bedächtig.

Da warf ich in ein Eckchen mich,
Die Eingeweide brannten.
Um ihn versammelten Männer sich,
Die ihn einen Kenner nannten.

MONOLOG DES LIEBHABERS

Was nutzt die glühende Natur
Vor deinen Augen dir,
Was nutzt dir das Gebildete
Der Kunst rings um dich her,
Wenn liebevolle Schöpfungskraft
Nicht deine Seele füllt,
Und in den Fingerspitzen dir
Nicht wieder bildend wird?

GUTER RAT

Geschieht wohl, daß man einen Tag
Weder sich noch Andre leiden mag,
Will nichts dir nach dem Herzen ein;
Sollt's in der Kunst wohl anders sein?
Drum hetze dich nicht zur schlimmen Zeit,
Denn Füll' und Kraft sind nimmer weit:
Hast in der bösen Stund' geruht,
Ist dir die gute doppelt gut.

SENDSCHREIBEN

Mein altes Evangelium
Bring' ich dir hier schon wieder;
Doch ist mir's wohl um mich herum,
Darum schreib' ich dir's nieder.

Ich holte Gold, ich holte Wein,
Stellt' alles da zusammen.
Da, dacht' ich, da wird Wärme sein,
Geht mein Gemäld' in Flammen!
Auch tät' ich bei der Schätze Flor
Viel Glut und Reichtum schwärmen;
Doch Menschenfleisch geht allem vor,
Um sich daran zu wärmen.

Und wer nicht richtet, sondern fleißig ist,
Wie ich bin und wie du bist,
Den belohnet auch die Arbeit mit Genuß;
Nichts wird auf der Welt ihm Überdruß.
Denn er blecket nicht mit stumpfem Zahn
Lang' Gesott'nes und Gebrat'nes an,
Das er, wenn er noch so sittlich kaut,
Endlich doch nicht sonderlich verdaut;
Sondern faßt ein tüchtig Schinkenbein,
Haut da gut taglöhnermäßig drein,
Füllt bis oben gierig den Pokal,
Trinkt, und wischt das Maul wohl nicht einmal.

Sieh, so ist Natur ein Buch lebendig,
Unverstanden, doch nicht unverständlich:
Denn dein Herz hat viel und groß Begehr,
Was wohl in der Welt für Freude wär',
Allen Sonnenschein und alle Bäume,
Alles Meergestad' und alle Träume,
In dein Herz zu sammeln mit einander,
Wie die Welt durchwühlend Banks, Solander.

Und wie muß dir's werden, wenn du fühlest,
Daß du alles in dir selbst erzielest.
Freude hast an deiner Frau und Hunden,
Als noch keiner in Elysium gefunden,
Als er da mit Schatten lieblich schweifte
Und an goldne Gottgestalten streifte.
Nicht in Rom, in Magna Grácia;
Dir im Herzen ist die Wonne da!
Wer mit seiner Mutter, der Natur, sich hält,
Find't im Stengelglas wohl eine Welt.

KÜNSTLERS FUG UND RECHT

Ein frommer Maler mit vielem Fleiß
Hatte manchmal gewonnen den Preis,
Und manchmal ließ er's auch geschehn,
Daß er einem Bessern nach mußt' stehn;
Hatte seine Tafeln fortgemalt,
Wie man sie lobt, wie man sie bezahlt.
Da kamen einige gut hinaus;
Man baut ihn'n sogar ein Heiligenhaus.

Nun fand er Gelegenheit einmal,
Zu malen eine Wand im Saal;
Mit emsigen Zügen er staffiert,
Was öfters in der Welt passiert;
Zog seinen Umriß leicht und klar,
Man konnte sehn, was gemeint da war.
Mit wenig Farben er koloriert,
Doch so, daß er das Aug frappiert.
Er glaubt es für den Platz gerecht
Und nicht zu gut und nicht zu schlecht,
Daß es versammelte Herr'n und Frau'n,
Möchten einmal mit Lust beschaun;
Zugleich er auch noch wünscht' und wollt'
Daß man dabei was denken sollt'.

Als nun die Arbeit fertig war,
Da trat herein manch Freundespaar,
Das unsers Künstlers Werke liebt,
Und darum desto mehr betrübt,
Daß an der losen, leidigen Wand
Nicht auch ein Götterbildnis stand.
Die setzten ihn sogleich zur Red',
Warum er so was malen tät,
Da doch der Saal und seine Wänd'
Gehörten nur für Narrenhänd';
Er sollte sich nicht lassen verführen
Und nun auch Bänk und Tische beschmieren;
Er sollte bei seinen Tafeln bleiben
Und hübsch mit seinem Pinsel schreiben;
Und sagten ihm von dieser Art
Noch viel Verbindlichs in den Bart.

Er sprach darauf bescheidentlich:
Eure gute Meinung beschämet mich.
Es freut mich mehr nichts auf der Welt

Als wenn euch je mein Werk gefällt.
Da aber aus eigenem Beruf
Gott der Herr allerlei Tier' erschuf,
Daß auch sogar das wüste Schwein,
Kröten und Schlangen vom Herren sein,
Und er auch manches nur ebauchiert,
Und gerade nicht alles ausgeführt
(Wie man den Menschen denn selbst nicht scharf
Und nur en gros betrachten darf:)
So hab' ich als ein armer Knecht
Vom sündlich menschlichen Geschlecht
Von Jugend auf allerlei Lust gespürt
Und mich in Allerlei exerziert,
Und so durch Übung und durch Glück
Gelang mir, sagt ihr, manches Stück.
Nun dächt' ich, nach vielem Rennen und Laufen
Dürft' einer auch einmal verschnaufen,
Ohne daß jeder gleich, der wohl ihm wollt'
Ihn 'nen faulen Bengel heißen sollt'.

Drum ist mein Wort zu dieser Frist
Wie's allezeit gewesen ist:
Mit keiner Arbeit hab' ich geprahlt
Und was ich gemalt hab', hab' ich gemalt.

GROSS IST DIE DIANA DER EPHESER

Apostelgeschichte 19, 39

Zu Ephesus ein Goldschmied saß
In seiner Werkstatt, pochte
So gut er konnt', ohn' Unterlaß,
So zierlich er's vermochte.
Als Knab' und Jüngling kniet' er schon
Im Tempel vor der Göttin Thron,
Und hatte den Gürtel unter den Brüsten,
Worin so manche Tiere nisten,
Zu Hause treulich nachgefeilt,
Wie's ihm der Vater zugeteilt;
Und leitete sein kunstreich Streben
In frommer Wirkung durch das Leben.

Da hört er denn auf einmal laut
Eines Gassenvolkes Windesbraut,
Als gäb's einen Gott so im Gehirn
Da! hinter des Menschen alberner Stirn,

Der sei viel herrlicher als das Wesen,
An dem wir die Breite der Gottheit lesen.

Der alte Künstler horcht nur auf,
Läßt seinen Knaben auf den Markt den Lauf,
Feilt immer fort an Hirschen und Tieren,
Die seiner Gottheit Kniee zieren;
Und hofft, es könnte das Glück ihm walten,
Ihr Angesicht würdig zu gestalten.

—

Will's aber einer anders halten,
So mag er nach Belieben schalten;
Nur soll er nicht das Handwerk schänden;
Sonst wird er schlecht und schmählich enden.

PARABOLISCH

Was im Leben uns verdrießt
Man im Bilde gern genießt.

ERKLÄRUNG EINER ANTIKEN GEMME

Es steht ein junger Feigenstock
In einem schönen Garten;
Daneben sitzt ein Ziegenbock,
Als wollt' er seiner warten.

Allein, Quiriten, wie man irrt!
Der Baum ist schlecht gehütet;
Und ihm zur andern Seite schwirrt
Ein Käfer ausgebrütet.

Es fliegt der Held mit Panzerbrust
Und naschet in den Zweigen,
Und auch der Bock hat große Lust,
Gemächlich aufzusteigen.

Drum seht ihr Freunde schon beinah
Das Bäumchen nackt von Blättern;
Es stehet ganz erbärmlich da
Und flehet zu den Göttern.

Drum hört die guten Lehren an,
Ihr Kinder zart von Jahren:
Vor Ziegenbock und Käferzahn
Soll man ein Bäumchen wahren!

KATZENPASTETE

Bewährt den Forscher der Natur
Ein frei und ruhig Schauen;
So folge Meßkunst seiner Spur
Mit Vorsicht und Vertrauen.

Zwar mag in Einem Menschenkind
Sich beides auch vereinen;
Doch daß es zwei Gewerbe sind,
Das läßt sich nicht verneinen.

—

Es war einmal ein braver Koch,
Geschickt im Appretieren;
Dem fiel es ein, er wollte doch
Als Jäger sich gerieren.

Er zog bewehrt zu grünem Wald,
Wo manches Wildpret haus'te,
Und einen Kater schoß er bald,
Der junge Vögel schmaus'te.

Sah ihn für einen Hasen an
Und ließ sich nicht bedeuten,
Pastetete viel Würze dran
Und setzt' ihn vor den Leuten.

Doch manche Gäste das verdroß,
Gewisse feine Nasen:
Die Katze, die der Jäger schoß,
Macht nie der Koch zum Hasen.

SÉANCE

Hier ist's, wo unter eignem Namen
Die Buchstaben sonst zusammen kamen.
Mit Scharlachkleidern angetan
Saßen die Selbstlauter oben an:
A, E, I, O und U dabei,
Machten gar ein seltsam Geschrei.
Die Mitlauter kamen mit steifen Schritten,
Mußten erst um Erlaubnis bitten.
Präsident A war ihnen geneigt;
Da wurd' ihnen denn der Platz gezeigt;
Andre aber die mußten stehn,
Als Pe Ha und Te Ha und solches Getön.
Dann gab's ein Gerede, man weiß nicht wie:
Das nennt man eine Akademie.

LEGENDE

In der Wüsten ein heiliger Mann
Zu seinem Erstaunen tät treffen an
Einen ziegenfüßigen Faun, der sprach:
»Herr, betet für mich und meine Gefährt',
Daß ich zum Himmel gelassen werd',

Zur Seligen Freud': uns dürstet darnach.«
Der heilige Mann dagegen sprach:
»Es sieht mit deiner Bitte gar gefährlich
Und gewährt wird sie dir schwerlich.
Du kommst nicht zum englischen Gruß:
Denn du hast einen Ziegenfuß.«
Da sprach hierauf der wilde Mann:
»Was hat euch mein Ziegenfuß getan?
Sah ich doch Manche strack und schön
Mit Eselsköpfen gen Himmel gehn.«

AUTOREN

Über die Wiese, den Bach herab,
Durch seinen Garten,
Bricht er die jüngsten Blumen ab;
Ihm schlägt das Herz vor Erwarten.
Sein Mädchen kommt – O Gewinst! o Glück!
Jüngling, tauschest deine Blüten um einen Blick!

Der Nachbar Gärtner sieht herein
Über die Hecke: »So ein Tor möcht' ich sein!
Hab' Freude, meine Blumen zu nähren,
Die Vögel von meinen Früchten zu wehren;
Aber sind sie reif: Geld! guter Freund!
Soll ich meine Mühe verlieren?«

Das sind Autoren, wie es scheint.
Der eine streut seine Freuden herum,
Seinen Freunden, dem Publikum;
Der andre läßt sich pränumerieren.

REZENSENT

Da hatt' ich einen Kerl zu Gast,
Er war mir eben nicht zur Last;
Ich hatt' just mein gewöhnlich Essen,
Hat sich der Kerl pumpsatt gefressen,
Zum Nachtisch, was ich gespeichert hatt'.
Und kaum ist mir der Kerl so satt,
Tut ihn der Teufel zum Nachbar führen
Über mein Essen zu räsonieren:
»Die Supp' hätt' können gewürzter sein,
Der Braten brauner, firner der Wein.«

Der Tausendsakerment!
Schlagt ihn tot den Hund! Es ist ein Rezensent.

DILETTANT UND KRITIKER

Es hatt' ein Knab' eine Taube zart,
Gar schön von Farben und bunt,
Gar herzlich lieb, nach Knaben-Art,
Geätzet aus seinem Mund,
Und hatte so Freud' am Täubchen sein,
Daß er nicht konnte sich freuen allein.

Da lebte nicht weit ein Alt-Fuchs herum,
Erfahren und lehrreich und schwätzig darum;
Der hatte den Knaben manch Stündlein ergetzt,
Mit Wundern und Lügen verprahlt und verschwätzt.

»Muß meinem Fuchs doch mein Täubelein zeigen!«
Er lief und fand ihn strecken in Sträuchen.
»Sieh, Fuchs, mein lieb Täublein, mein Täubchen so schön!
Hast du dein Tag so ein Täubchen gesehn?«

Zeig her! – Der Knabe reicht's. – Geht wohl an;
Aber es fehlt noch Manches dran.
Die Federn, zum Exempel, sind zu kurz geraten. –
Da fing er an, rupft' sich den Braten.
Der Knabe schrie. – Du mußt stärkre einsetzen,
Sonst ziert's nicht, schwinget nicht. –
Da war's nackt – Mißgeburt! – und in Fetzen.
Dem Knaben das Herze bricht.

Wer sich erkennt im Knaben gut,
Der sei vor Füchsen auf seiner Hut.

NEOLOGEN

Ich begegnet' einem jungen Mann,
Ich fragt' ihn um sein Gewerbe;
Er sagt': ich sorge, wie ich kann,
Daß ich mir, eh ich sterbe,
Ein Bauergütchen erwerbe.
Ich sagte: das ist sehr wohl gedacht;
Und wünschte, er hätt' es so weit gebracht.
Da hört' ich: er habe vom lieben Papa

Und eben so von der Frau Mama
Die allerschönsten Rittergüter.
—
Das nenn' ich doch originale Gemüter.

KRITTLER

Ein unverschämter Naseweis,
Der, was er durch Stahlarbeitersfleiß
Auf dem Laden künstlich liegen sah,
Dacht', es wär' für ihn alleine da.
So tatscht' er dem geduldigen Mann
Die blanken Waren sämtlich an
Und schätzte sie, nach Dünkelsrecht,
Das Schlechte hoch, das Gute schlecht
Getrost, zufriednen Angesichts;
Dann ging er weg und kaufte nichts.

Den Kramer das zuletzt verdroß,
Und macht ein stählern künstlich Schloß
Zur rechten Stunde glühend heiß.
Da ruft gleich unser Naseweis:
»Wer wird so schlechte Ware kaufen!
Der Stahl ist schändlich angelaufen.«
Und tappt auch gleich recht läppisch drein
Und fängt erbärmlich an zu schrein.
Der Kramer fragt: was ist dann das?
Der Quidam schreit: »Ein frostiger Spaß!«

KLÄFFER

Wir reiten in die Kreuz' und Quer'
Nach Freuden und Geschäften;
Doch immer kläfft es hinterher
Und billt aus allen Kräften.
So will der Spitz aus unserm Stall
Uns immerfort begleiten,
Und seines Bellens lauter Schall
Beweis't nur, daß wir reiten.

CELEBRITÄT

Auf großen und auf kleinen Brucken
Stehn vielgestaltete Nepomucken
Von Erz, von Holz, gemalt, von Stein,
Colossisch hoch, und puppisch klein.
Jeder hat seine Andacht davor,
Weil Nepomuk auf der Brucken das Leben verlor.

Ist einer nun mit Kopf und Ohren
Einmal zum Heiligen auserkoren,
Oder hat er unter Henkershänden
Erbärmlich müssen das Leben enden;
So ist er zur Qualität gelangt,
Daß er gar weit im Bilde prangt.
Kupferstich, Holzschnitt tun sich eilen,
Ihn allen Welten mitzuteilen;
Und jede Gestalt wird wohl empfangen,
Tut sie mit seinem Namen prangen:
Wie es denn auch dem Herren Christ
Nicht ein Haar besser geworden ist.
Merkwürdig für die Menschenkinder;
Halb Heiliger, halb armer Sünder,
Sehn wir *Herrn Werther* auch allda
Prangen in Holzschnitts-gloria.
Das zeugt erst recht von seinem Werte,
Daß mit erbärmlicher Gebärde
Er wird auf jedem Jahrmarkt prangen
Wird in Wirtsstuben aufgehangen.
Jeder kann mit dem Stocke zeigen:
»Gleich wird die Kugel das Hirn erreichen!«
Und Jeder spricht bei Bier und Brot:
»Gott seis gedankt: nicht *wir* sind tot!«

PARABEL

In einer Stadt, wo Parität
Noch in der alten Ordnung steht,
Da, wo sich nämlich Katholiken
Und Protestanten in einander schicken,
Und, wie's von Vätern war erprobt,
Jeder Gott auf seine Weise lobt;
Da lebten wir Kinder Lutheraner
Von etwas Predigt und Gesang,
Waren aber dem Kling und Klang

Der Katholiken nur zugetaner:
Denn alles war doch gar zu schön,
Bunter und lustiger anzusehn.

Dieweil nun Affe, Mensch und Kind
Zur Nachahmung geboren sind,
Erfanden wir, die Zeit zu kürzen,
Ein auserles'nes Pfaffenspiel:
Zum Chorrock, der uns wohlgefiel,
Gaben die Schwestern ihre Schürzen;
Handtücher, mit Wirkwerk schön verziert,
Wurden zur Stola travestiert;
Die Mütze mußte den Bischoff zieren,
Von Goldpapier mit vielen Tieren.

So zogen wir nun im Ornat
Durch Haus und Garten, früh und spat,
Und wiederholten ohne Schonen
Die sämtlichen heiligen Funktionen;
Doch fehlte noch das beste Stück.
Wir wußten wohl ein prächtig Läuten
Habe hier am meisten zu bedeuten;
Und nun begünstigt uns das Glück:
Denn auf dem Boden hing ein Strick.
Wir sind entzückt, und wie wir diesen
Zum Glockenstrang sogleich erkiesen,
Ruht er nicht einen Augenblick:
Denn wechselnd eilten wir Geschwister,
Einer ward um den andern Küster,
Ein Jedes drängte sich hinzu.
Das ging nun allerliebst von statten
Und weil wir keine Glocken hatten,
So sangen wir *Bum Baum* dazu.

—

Vergessen, wie die ältste Sage,
War der unschuld'ge Kinder-Scherz;
Doch grade diese letzten Tage
Fiel er mit einmal mir auf's Herz:
Da sind sie ja, nach allen Stücken,
Die neupoetischen Katholiken!

GOTT, GEMÜT UND WELT

Wird nur erst der Himmel heiter,
Tausend zählt ihr, und noch weiter.

In wenig Stunden
Hat Gott das Rechte gefunden.

—

Wer Gott vertraut,
Ist schon auferbaut.

—

Sogar dies Wort hat nicht gelogen:
Wen Gott betrügt, der ist wohl betrogen.

—

Das *Unser Vater* ein schön Gebet,
Es dient und hilft in allen Nöten.
Wenn einer auch *Vater Unser* fleht,
In Gottes Namen, laß ihn beten.

—

Ich wandle auf weiter bunter Flur,
Ursprünglicher Natur,
Ein holder Born in welchem ich bade,
Ist Überlieferung, ist Gnade.

—

Was wär ein Gott, der nur von außen stieße,
Im Kreis das All am Finger laufen ließe!
Ihm ziemts, die Welt im Innern zu bewegen,
Natur in Sich, Sich in Natur zu hegen,
So daß was in Ihm lebt und webt und ist,
Nie Seine Kraft, nie Seinen Geist vermißt.

—

Im Innern ist ein Universum auch;
Daher der Völker löblicher Gebrauch
Daß jeglicher, das Beste was er kennt,
Er Gott, ja seinen Gott benennt,
Ihm Himmel und Erden übergibt,
Ihn fürchtet, und wo möglich liebt.

—

Wie? Wann? und Wo? – Die Götter bleiben stumm!
Du halte dich an's *Weil*, und frage nicht Warum?

—

Willst du in's Unendliche schreiten,
Geh nur im Endlichen nach allen Seiten.

—

Willst du dich am Ganzen erquicken;
So mußt du das Ganze im Kleinsten erblicken.

—

Aus tiefem Gemüt, aus der Mutter Schoß
Will Manches dem Tage entgegen;
Doch soll das Kleine je werden groß,
So muß es sich rühren und regen.

—

Da, wo das Wasser sich entzweit,
Wird zuerst Lebendig's befreit.

—

Und wird das Wasser sich entfalten,
Sogleich wird sich's lebendig gestalten;
Da wälzen sich Tiere, sie trocknen zum Flor,
Und Pflanzen-Gezweige sie dringen hervor.

—

Durchsichtig erscheint die Luft so rein
Und trägt im Busen Stahl und Stein.
Entzündet werden sie sich begegnen;
Da wirds Metall und Steine regnen.

—

Denn was das Feuer lebendig erfaßt,
Bleibt nicht mehr Unform und Erdenlast.
Verflüchtigt wird es und unsichtbar,
Eilt hinauf, wo erst sein Anfang war.

—

Und so kommt wieder zur Erde herab,
Dem die Erde den Ursprung gab.
Gleicherweise sind wir auch gezüchtigt,
Einmal gefestet, einmal verflüchtigt.

—

Und wer durch alle die Elemente
Feuer, Luft, Wasser und Erde rennte,
Der wird zuletzt sich überzeugen,
Er sei kein Wesen ihres Gleichen.

—

»Was will die Nadel nach Norden gekehrt«;
Sich selbst zu finden, es ist ihr verwehrt.

—

Die endliche Ruhe wird nur verspürt,
Sobald der Pol den Pol berührt.

—

Drum danket Gott, ihr Söhne der Zeit,
Daß er die Pole für ewig entzweit.

—

Magnetes Geheimnis, erkläre mir das!
Kein größer Geheimnis, als Lieb' und Haß.

—

Wirst du deines Gleichen kennen lernen,
So wirst du dich gleich wieder entfernen.

—

Warum tanzen Bübchen mit Mädchen so gern?
Ungleich dem Gleichen bleibet nicht fern.

—

Sind Könige je zusammengekommen,
So hat man immer nur Unheil vernommen.

—

Dagegen die Bauern in der Schenke
Prügeln sich gleich mit den Beinen der Bänke.

—

Der Amtmann schnell das Übel stillt,
Weil er nicht für ihres gleichen gilt.

—

Soll dein Kompaß dich richtig leiten,
Hüte dich vor Magnetstein', die dich begleiten.

—

Verdoppelte sich der Sterne Schein,
Das All wird ewig finster sein.

—

»Und was sich zwischen beide stellt?«
Dein Auge, so wie die Körperwelt.

—

An der Finsternis zusammengeschrunden,
Wird dein Auge vom Licht entbunden.

—

Schwarz und Weiß, eine Totenschau,
Vermischt ein niederträchtig Grau.

—

Will Licht einem Körper sich vermählen,
Es wird den ganz durchsichtgen wählen.

—

Du aber halte dich mit Liebe
An das Durchscheinende, das Trübe.

—

Denn steht das Trübste vor der Sonne,
Da siehst die herrlichste Purpur-Wonne.

—

Und will das Licht sich dem Trübsten entwinden,
So wird es glühend Rot entzünden.

—

Und wie das Trübe verdunstet und weicht,
Das Rote zum hellsten Gelb erbleicht.

—

Ist endlich der Äther rein und klar,
Ist das Licht weiß, wie es anfangs war.

—

Steht vor dem Finstern milchig Grau,
Die Sonne bescheints, da wird es Blau.

—

Auf Bergen, in der reinsten Höhe,
Tief Rötlichblau ist Himmelsnähe.

—

Du staunest über die Königspracht,
Und gleich ist sammetschwarz die Nacht.

—

Und so bleibt auch, in ewigem Frieden,
Die Finsternis vom Licht geschieden.

—

Daß sie mit einander streiten können,
Das ist eine bare Torheit zu nennen.

—

Sie streiten mit der Körperwelt,
Die sie ewig auseinander hält.

SPRICHWÖRTLICH

Lebst im Volke; sei gewohnt,
Keiner je des Andern schont.

Wenn ich den Scherz will ernsthaft nehmen,
So soll mich Niemand darum beschämen;
Und wenn ich den Ernst will scherzhaft treiben,
So werd' ich immer derselbe bleiben.

—

Die Lust zu reden kommt zu rechter Stunde,
Und wahrhaft fließt das Wort aus Herz und Munde.

—

Ich sah mich um, an vielen Orten,
Nach lustigen, gescheiten Worten;
An bösen Tagen mußt ich mich freuen,
Daß diese die besten Worte verleihen.

—

Im neuen Jahre Glück und Heil!
Auf Weh' und Wunden gute Salbe!
Auf groben Klotz, ein grober Keil!
Auf einen Schelmen, anderthalbe.

—

Willst lustig leben,
Geh mit zwei Säcken,
Einen zum Geben,
Einen um einzustecken.
Da gleichst du Prinzen
Plünderst und beglückst Provinzen.

—

Was in der Zeiten Bildersaal
Jemals ist trefflich gewesen,
Das wird immer einer einmal
Wieder auffrischen, und lesen.

—

Nicht Jeder wandelt nur gemeine Stege:
Du siehst, die Spinnen bauen luft'ge Wege.

—

Ein Kranz ist gar viel leichter binden,
Als ihm ein würdig Haupt zu finden.

—

Wie die Pflanzen zu wachsen belieben,
Darin wird jeder Gärtner sich üben;
Wo aber des Menschen Wachstum ruht,
Dazu jeder selbst das Beste tut.

—

Willst du dir aber das Beste tun,
So bleib nicht auf dir selber ruhn.
Sondern folg' eines Meisters Sinn;
Mit ihm zu irren ist dir Gewinn.

—

Benutze redlich deine Zeit!
Willst was begreifen, suchs nicht weit.

—

Zwischen heut und morgen
Liegt eine lange Frist.
Lerne schnell besorgen,
Da du noch munter bist.

—

Die Dinte macht uns wohl gelehrt,
Doch ärgert sie, wo sie nicht hingehört.
Geschrieben Wort ist Perlen gleich;
Ein Dintenklecks ein böser Streich.

—

Wenn man für's Künftige was erbaut,
Schief wird's von vielen angeschaut.
Tust du was für den Augenblick,
Vor allem opfre du dem Glück.

—

Mit einem Herren steht es gut,
Der, was er befohlen, selber tut.

—

Tu' nur das Rechte in deinen Sachen;
Das Andre wird sich von selber machen.

—

Wenn Jemand sich wohl im Kleinen deucht,
So denke, der hat ein Großes erreicht.

—

Glaube nur, du hast viel getan,
Wenn dir Geduld gewöhnest an.

—

Wer sich nicht nach der Decke streckt,
Dem bleiben die Füße unbedeckt.

—

Der Vogel ist froh in der Luft gemütet,
Wenn es da unten im Neste brütet.

—

Wenn ein kluger Mann der Frau befiehlt,
Dann sei es um ein Großes gespielt;
Will die Frau dem Mann befehlen,
So muß sie das Große im Kleinen wählen.

—

Welche Frau hat einen guten Mann,
Der sieht man's am Gesicht wohl an.

—

Eine Frau macht oft ein bös Gesicht;
Der gute Mann verdient's wohl nicht.

—

Ein braver Mann! ich kenn' ihn ganz genau:
Erst prügelt er, dann kämmt er seine Frau.

—

Ein schönes Ja, ein schönes Nein,
Nur geschwind! soll mir willkommen sein.

—

Januar, Februar, März
  Du bist mein liebes Herz,
Mai, Juni, Juli, August,
  Mir ist nichts mehr bewußt.

—

Neu Mond und geküßter Mund,
Sind gleich wieder hell, und frisch und gesund.

—

Mir gäb' es keine größre Pein,
Wär ich im Paradies allein.

—

Es ließe sich alles trefflich schlichten,
Könnte man die Sachen zweimal verrichten.

—

Nur heute, heute nur laß dich nicht fangen,
So bist du hundertmal entgangen.

—

Gehts in der Welt dir endlich schlecht,
Tu' was du willst, nur habe nicht recht.

—

Zücht'ge den Hund, den Wolf magst du peitschen;
Graue Haare sollst du nicht reizen.

—

Am Flusse kannst du stemmen und häkeln;
Überschwemmung läßt sich nicht mäkeln.

—

Tausend Fliegen hatt' ich am Abend erschlagen;
Doch weckte mich Eine beim frühsten Tagen.

—

Und wärst du auch zum fernsten Ort,
Zur kleinsten Hütte durchgedrungen,
Was hilft es dir, du findest dort
Tabak, und böse Zungen.

—

Wüßte nicht, was sie Bessers erfinden könnten,
Als wenn die Lichter ohne Putzen brennten.

—

Lief das Brot, wie die Hasen laufen,
Es kostete viel Schweiß, es zu kaufen.

—

Will Vogelfang dir nicht geraten;
So magst du deinen Schuhu braten.

—

Das wär dir ein schönes Gartengelände,
Wo man den Weinstock mit Würsten bände.

—

Du mußt dich niemals mit Schwur vermessen:
Von dieser Speise will ich nicht essen.

—

Wer aber recht bequem ist und faul,
Flög dem eine gebratne Taube ins Maul,
Er würde höchlich sichs verbitten,
Wär sie nicht auch geschickt zerschnitten.

—

Freigebig ist der mit seinen Schritten,
Der kommt, von der Katze Speck zu erbitten.

—

Hast deine Kastanien zu lange gebraten;
Sie sind dir alle zu Kohlen geraten.

—

Das sind mir allzuböse Bissen,
An denen die Gäste erwürgen müssen.

—

Das ist eine von den großen Taten,
Sich in seinem eignen Fett zu braten.

—

Gesotten oder gebraten!
Er ist ans Feuer geraten.

—

Gebraten oder gesotten!
Ihr sollt nicht meiner spotten.
Was ihr euch heute getröstet,
Ihr seid doch morgen geröstet.

—

Wer Ohren hat, soll hören;
Wer Geld hat, solls verzehren.

—

Der Mutter schenk' ich,
Die Tochter denk' ich.

—

Kleid' eine Säule,
Sie sieht wie ein Fräule.

—

Schlaf ich, so schlaf ich mir bequem.
Arbeit' ich, ja, ich weiß nicht wem.

—

Ganz und gar
Bin ich ein armer Wicht.
Meine Träume sind nicht wahr,
Und meine Gedanken geraten nicht.

—

Mit meinem Willen mags geschehn! –
Die Träne wird mir in dem Auge stehn.

—

Wohl unglückselig ist der Mann,
Der unterläßt das, was er kann,
Und unterfängt sich, was er nicht versteht;
Kein Wunder, daß er zu Grunde geht.

—

Du trägst sehr leicht, wenn du nichts hast;
Aber Reichtum ist eine leichtere Last.

—

Alles in der Welt läßt sich ertragen,
Nur nicht eine Reihe von schönen Tagen.

—

Was räucherst du nun deinem Toten?
Hätt'st du's ihm so im Leben geboten!

—

Ja! Wer eure Verehrung nicht kennte:
Euch, nicht ihm baut ihr Monumente.

—

Willst du dich deines Wertes freuen,
So mußt der Welt du Wert verleihen.

—

Will Einer in die Wüste pred'gen,
Der mag sich von sich selbst erled'gen;
Spricht aber Einer zu seinen Brüdern,
Dem werden sie's oft schlecht erwidern.

—

Laß Neid und Mißgunst sich verzehren,
Das Gute werden sie nicht wehren.
Denn, Gott sei Dank! es ist ein alter Brauch:
So weit die Sonne scheint, so weit erwärmt sie auch.

—

Das Interim
Hat den Schalk hinter ihm.

Wie viel Schälke muß es geben,
Da wir alle ad Interim leben.

—

Was fragst du viel: wo will's hinaus,
Wo, oder wie kann's enden?
Ich dächte, Freund, du bliebst zu Haus,
Und sprächst mit deinen Wänden.

—

Viele Köche versalzen den Brei;
Bewahr' uns Gott vor vielen Dienern!
Wir aber sind, gesteht es frei,
Ein Lazarett von Medizinern.

—

Ihr meint, ich hätt' mich gewaltig betrogen;
Hab's aber nicht aus den Fingern gesogen.

—

Noch spukt der Babylon'sche Turm,
Sie sind nicht zu vereinen!
Ein jeder Mann hat seinen Wurm,
Kopernikus den seinen.

—

Denn bei den alten lieben Toten
Braucht man Erklärung, will man Noten;
Die Neuen glaubt man blank zu verstehn;
Doch ohne Dolmetsch wird's auch nicht gehn.

—

Sie sagen: das mutet mich nicht an!
Und meinen, sie hättens abgetan.

—

In meinem Revier
Sind Gelehrte gewesen,
Außer ihrem eignen Brevier,
Konnten sie keines lesen.

—

Viel Rettungsmittel bietest du! was heißt's?
Die beste Rettung, Gegenwart des Geist's!

—

Laß nur die Sorge sein,
Das gibt sich alles schon,
Und fällt der Himmel ein,
Kommt doch eine Lerche davon.

—

Dann ist einer durchaus verarmt,
Wenn die Scham den Schaden umarmt.

—

Du treibst mir's gar zu toll,
Ich fürcht', es breche!
Nicht jeden Wochenschluß
Macht Gott die Zeche.

—

Du bist sehr eilig, meiner Treu!
Du suchst die Tür und läufst vorbei.

—

Sie glauben mit einander zu streiten,
Und fühlen das Unrecht von beiden Seiten.

—

Haben's gekauft, es freut sie baß;
Eh man's denkt, so betrübt sie das.

—

Willst du nichts Unnützes kaufen,
Mußt du nicht auf den Jahrmarkt laufen.

—

Langeweile ist ein böses Kraut,
Aber auch eine Würze, die viel verdaut.

—

Wird uns eine rechte Qual zu Teil,
Dann wünschen wir uns Langweil.

—

Daß sie die Kinder erziehen könnten,
Müßten die Mütter sein wie Enten:
Sie schwämmen mit ihrer Brut in Ruh,
Da gehört aber freilich Wasser dazu.

—

Das junge Volk, es bildet sich ein,
Sein Tauftag sollte der Schöpfungstag sein.
Möchten sie doch zugleich bedenken
Was wir ihnen als Eingebinde schenken.

—

»Nein! heut' ist mir das Glück erbost!«
Du, sattle gut und reite getrost!

—

Über ein Ding wird viel geplaudert,
Viel beraten und lange gezaudert,
Und endlich gibt ein böses Muß
Der Sache widrig den Beschluß.

—

Eine Bresche ist jeder Tag
Die viele Menschen erstürmen.
Wer auch in die Lücke fallen mag,
Die Toten sich niemals türmen.

—

Wenn einer schiffet und reiset,
Sammelt er nach und nach immer ein,
Was sich am Leben, mit mancher Pein,
Wieder ausschälet und weiset.

—

Der Mensch erfährt, er sei auch wer er mag,
Ein letztes Glück und einen letzten Tag.

—

Das Glück deiner Tage
Wäge nicht mit der Goldwaage.
Wirst du die Krämer-Waage nehmen,
So wirst du dich schämen, und dich bequemen.

—

Hast du einmal das Rechte getan,
Und sieht ein Feind nur Scheeles daran;
So wird er gelegentlich, spät oder früh,
Dasselbe tun, er weiß nicht wie.

—

Willst du das Gute tun, mein Sohn,
So lebe nur lange, da gibt sich's schon;
Solltest du aber zu früh ersterben,
Wirst du von künftigen Dank erwerben.

—

Was gibt uns wohl den schönsten Frieden,
Als frei am eignen Glück zu schmieden.

—

Laßt mir die jungen Leute nur
Und ergetzt euch an ihren Gaben!
Es will doch Großmama Natur
Manchmal einen närrischen Einfall haben.

—

Ungebildet waren wir unangenehm;
Jetzt sind uns die Neuen sehr unbequem.

—

Wo Anmaßung mir wohlgefällt?
An Kindern: denen gehört die Welt.

—

Ihr zählt mich immer unter die Frohen,
Erst lebt ich roh, jetzt unter den Rohen.
Den Fehler, den man selbst geübt,
Man auch wohl an dem andern liebt.

—

Willst du mit mir hausen,
So laß die Bestie draußen.

—

Wollen die Menschen Bestien sein,
So bringt nur Tiere zur Stube herein,
Das Widerwärtige wird sich mindern,
Wir sind eben alle von Adams Kindern.

—

Mit Narren leben wird dir gar nicht schwer,
Erhalte nur ein Tollhaus um dich her.

—

Sag mir, was ein Hypochondrist
Für ein wunderlicher Kunstfreund ist,
In Bildergalerien geht er spazieren
Vor lauter Gemälden, die ihn vexieren.

—

Der Hypochonder ist bald kuriert,
Wenn euch das Leben recht kujoniert.

—

Du sollst mit dem Tode zufrieden sein,
Warum machst du dir das Leben zur Pein.

—

Kein tolleres Versehn kann sein
Gibst einem ein Fest, und lädst ihn nicht ein.

—

Da siehst du nun, wie's einem geht,
Weil sich der Beste von selbst versteht.

—

Wenn ein Edler gegen dich fehlt;
So tu als hättest du's nicht gezählt:
Er wird es in sein Schuldbuch schreiben,
Und dir nicht lange im Debet bleiben.

—

Suche nicht vergebne Heilung!
Unsrer Krankheit schwer Geheimnis
Schwankt zwischen Übereilung
Und zwischen Versäumnis.

—

Ja, schelte nur und fluche fort,
Es wird sich Beßres nie ergeben.
Denn Trost ist ein absurdes Wort:
Wer nicht verzweiflen kann, der muß nicht leben.

—

Ich soll nicht auf den Meister schwören,
Und immerfort den Meister hören!
Nein, ich weiß, er kann nicht lügen,
Will mich gern mit ihm betrügen.

—

Mich freuen die vielen Guten und Tücht'gen,
Obgleich so viele dazwischen belfen.
Die Deutschen wissen zu bericht'gen,
Aber sie verstehen nicht nachzuhelfen.

—

»Du kommst nicht in's Ideen Land!«
So bin ich doch am Ufer bekannt.
Wer die Insel nicht zu erobern glaubt,
Dem ist Ankerwerfen doch wohl erlaubt.

—

Meine Dichterglut war sehr gering,
So lang ich dem Guten entgegen ging;
Dagegen brannte sie lichterloh,
Wenn ich vor drohendem Übel floh.

—

Zart Gedicht, wie Regenbogen,
Wird nur auf dunklen Grund gezogen;
Darum behagt dem Dichtergenie
Das Element der Melancholie.

—

Kaum hatt' ich mich in die Welt gespielt
Und fing an aufzutauchen,
Als man mich schon so vornehm hielt,
Mich zu mißbrauchen.

—

Wer dem Publikum dient, ist ein armes Tier;
Er quält sich ab, niemand bedankt sich dafür.

—

Gleich zu sein unter Gleichen,
Das läßt sich schwer erreichen:
Du müßtest ohne Verdrießen,
Wie der Schlechteste zu sein dich entschließen.

—

Man kann nicht immer zusammen stehn,
Am wenigsten mit großen Haufen.
Seine Freunde die läßt man gehn,
Die Menge läßt man laufen.

—

Du magst an dir das Falsche nähren,
Allein wir lassen uns nicht stören;
Du kannst uns loben, kannst uns schelten,
Wir lassen es nicht für das Rechte gelten.

—

Man soll sich nicht mit Spöttern befassen;
Wer will sich für 'nen Narren halten lassen!

Darüber muß man sich aber zerreißen,
Daß man Narren nicht darf Narren heißen.

—

Christkindlein trägt die Sünden der Welt,
Sankt Christoph das Kind über Wasser hält,
Sie haben es beid' uns angetan,
Es geht mit uns von vornen an.

—

Efeu und ein zärtlich Gemüt
Heftet sich an und grünt und blüht.
Kann es weder Stamm noch Mauer finden,
Es muß verdorren, es muß verschwinden.

—

Zierlich Denken und süß Erinnern
Ist das Leben im tiefsten Innern.

—

Ich träumt' und liebte sonnenklar;
Daß ich lebte, ward ich gewahr.

—

Wer recht will tun, immer und mit Lust,
Der hege wahre Lieb' in Sinn und Brust.

—

Wann magst du dich am liebsten bücken?
Dem Liebchen Frühlingsblume zu pflücken.

—

Doch das ist gar kein groß Verdienst,
Denn Liebe bleibt der höchste Gewinst.

—

Die Zeit sie mäht so Rosen als Dornen,
Aber das treibt immer wieder von vornen.

—

Genieße, was der Schmerz dir hinterließ!
Ist Not vorüber, sind die Nöte süß.

—

Glückselig ist, wer Liebe rein genießt,
Weil doch zuletzt das Grab so Lieb' als Haß verschließt.

—

Viele Lieb' hab' ich erlebet,
Wenn ich liebelos gestrebet;
Und verdrießliches erworben,
Wenn ich fast für Lieb' gestorben.
So du es zusammengezogen,
Bleibet Saldo dir gewogen.

—

Tut dir jemand was zu lieb,
Nur geschwinde, gib nur, gib.

Wenige getrost erwarten
Dankesblume, aus stillem Garten.

—

Doppelt gibt wer gleich gibt,
Hundertfach der gleich gibt
Was man wünscht und liebt.

—

»Warum zauderst du so mit deinen Schritten?«
Nur ungern mag ich ruhn,
Will ich aber was gutes tun,
Muß ich erst um Erlaubnis bitten.

—

Was willst du lange vigilieren,
Dich mit der Welt herum vexieren,
Nur Heiterkeit und grader Sinn
Verschafft dir endlichen Gewinn.

—

Wem wohl das Glück die schönste Palme beut?
Wer freudig tut, sich des Getanen freut.

—

Gleich ist alles versöhnt,
Wer redlich ficht, wird gekrönt.

—

Du wirkest nicht, alles bleibt so stumpf.
Sei guter Dinge!
Der Stein im Sumpf
Macht keine Ringe.

—

In des Weinstocks herrliche Gaben
Gießt ihr mir schlechtes Gewässer!
Ich soll immer Unrecht haben,
Und weiß es besser.

—

Was ich mir gefallen lasse?
Zuschlagen muß die Masse,
Dann ist sie respektabel,
Urteilen gelingt ihr miserabel.

—

Es ist sehr schwer oft zu ergründen,
Warum wir das angefangen;
Wir müssen oft Belohnung finden,
Daß es uns schlecht ergangen.

—

Seh ich an andern große Eigenschaften,
Und wollen die an mir auch haften,

So werd ich sie in Liebe pflegen,
Gehts nicht, so tu ich was anders dagegen.

—

Ich, Egoist! – Wenn ich's nicht besser wüßte!
Der Neid, das ist der Egoiste;
Und was ich auch für Wege geloffen,
Auf'm Neidpfad habt ihr mich nie betroffen.

—

Nicht über Zeit- noch Landgenossen
Mußt du dich beklagen;
Nachbarn werden ganz andere Possen,
Und auch Künftige über dich sagen.

—

Im Vaterlande
Schreibe was dir gefällt;
Da sind Liebesbande,
Da ist deine Welt.

—

Draußen zu wenig oder zu viel,
Zu Hause nur ist Maß und Ziel.

—

Warum werden die Dichter beneidet?
Weil Unart sie zuweilen kleidet,
Und in der Welt ist's große Pein,
Daß wir nicht dürfen unartig sein.

—

So kommt denn auch das Dichtergenie
Durch die Welt, und weiß nicht wie.
Guten Vorteil bringt ein heitrer Sinn;
Andern zerstört Verlust den Gewinn.

—

»Immer denk ich: mein Wunsch ist erreicht
Und gleich gehts wieder anders her!«
Zerstückle das Leben, du machst dirs leicht;
Vereinige es und du machst dir's schwer.

—

»Bist du denn nicht auch zu Grunde gerichtet?
Von deinen Hoffnungen trifft nichts ein!«
Die Hoffnung ist's, die sinnet und dichtet,
Und da kann ich noch immer lustig sein.

—

Nicht alles ist' an eins gebunden,
Seid nur nicht mit euch selbst im Streit!
Mit Liebe endigt man, was man erfunden;
Was man gelernt, mit Sicherheit.

—

Wer uns am strengsten kritisiert? –
Ein Dilettant, der sich resigniert.

—

Durch Vernünfteln wird Poesie vertrieben,
Aber sie mag das Vernünftige lieben.

—

»Wo ist der Lehrer, dem man glaubt?«
Tu', was dir dein kleines Gemüt erlaubt.

—

Glaubst dich zu kennen, wirst Gott nicht erkennen,
Auch wohl das Schlechte göttlich nennen.

Wer Gott ahnet ist hoch zu halten,
Denn er wird nie im Schlechten walten.

—

Machts einander nur nicht sauer,
Hier sind wir gleich, Baron und Bauer.

—

Warum uns Gott so wohl gefällt?
Weil er sich uns nie in den Weg stellt.

—

Wie wollten die Fischer sich nähren und retten,
Wenn die Frösche sämtlich Zähne hätten?

—

Wie Kirschen und Beeren behagen,
Mußt du Kinder und Sperlinge fragen.

—

»Warum hat dich das schöne Kind verlassen?«
Ich kann sie darum doch nicht hassen:
Sie schien zu fürchten und zu fühlen,
Ich werde das Prävenire spielen.

—

Glaube mir gar und ganz,
Mädchen, laß deine Bein' in Ruh,
Es gehört mehr zum Tanz,
Als rote Schuh.

—

Was ich nicht weiß
Macht mich nicht heiß.
Und was ich weiß
Machte mich heiß,
Wenn ich nicht wüßte,
Wie's werden müßte.

—

Oft, wenn dir jeder Trost entflieht,
Mußt du im Stillen dich bequemen.

Nur dann, wenn dir Gewalt geschieht,
Wird die Menge an dir Anteil nehmen;
Ums Unrecht, das dir widerfährt
Kein Mensch den Blick zur Seite kehrt.

—

Was ärgerst du dich über fälschlich Erhobne!
Wo gäb' es denn nicht Eingeschobne?

—

Worauf alles ankommt? das ist sehr simpel!
Vater verfüge eh's dein Gesind' spürt!
Dahin oder dorthin flattert ein Wimpel,
Steuermann weiß, wohin euch der Wind führt.

—

Eigenheiten, die werden schon haften;
Kultiviere deine Eigenschaften.

—

Viel Gewohnheiten darfst du haben,
Aber keine Gewohnheit!
Dies Wort unter des Dichters Gaben,
Halte nicht für Torheit.

—

Das Rechte, das ich viel getan,
Das ficht mich nun nicht weiter an,
Aber das Falsche, das mir entschlüpft,
Wie ein Gespenst mir vor Augen hüpft.

—

Gebt mir zu tun,
Das sind reiche Gaben!
Das Herz kann nicht ruhn,
Will zu schaffen haben.

—

Ihrer viele wissen viel,
Von der Weisheit sind sie weit entfernt.
Andre Leute sind euch ein Spiel;
Sich selbst hat niemand ausgelernt.

—

Man hat ein Schimpf-Lied auf dich gemacht;
Es hat's ein böser Feind erdacht.

—

Laß sie's nur immer singen,
Denn es wird bald verklingen.

—

Dauert nicht so lang in den Landen
Als das: Christ ist erstanden.

—

Das dauert schon 1800 Jahr,
Und ein Paar drüber, das ist wohl wahr!

—

Wer ist denn der souveraine Mann?
Das ist bald gesagt:
Der, den man nicht hindern kann,
Ob er nach Gutem oder Bösem jagt.

—

Entzwei und gebiete! Tüchtig Wort:
Verein und leite! Beßrer Hort.

—

Magst du einmal mich hintergehen,
Merk' ich's, so lass' ich's wohl geschehen;
Gestehst du mir's aber in's Gesicht,
in meinem Leben verzeih' ich's nicht.

—

Nicht größern Vorteil wüßt' ich zu nennen,
Als des Feindes Verdienst erkennen.

—

»Hat man das Gute dir erwidert?«
Mein Pfeil flog ab, sehr schön befiedert,
Der ganze Himmel stand ihm offen,
Er hat wohl irgendwo getroffen.

—

»Was schnitt dein Freund für ein Gesicht?«
Guter Geselle, das versteh' ich nicht.
Ihm ist wohl sein süß Gesicht verleidet,
Daß er heut saure Gesichter schneidet.

—

Ihr sucht die Menschen zu benennen,
Und glaubt am Namen sie zu kennen.
Wer tiefer sieht gesteht sich frei,
Es ist was Anonymes dabei.

—

Mancherlei hast du versäumet:
Statt zu handeln, hast geträumet,
Statt zu danken, hast geschwiegen,
Solltest wandern, bliebest liegen.

—

Nein, ich habe nichts versäumet!
Wißt ihr denn, was ich geträumet?
Nun will ich zum Danke fliegen,
Nur mein Bündel bleibe liegen.

—

Heute geh' ich. Komm ich wieder
Singen wir ganz andre Lieder.

Wo so viel sich hoffen läßt
Ist der Abschied ja ein Fest.

—

Was soll ich viel lieben, was soll ich viel hassen;
Man lebt nur vom leben lassen.

—

Nichts leichter als dem Dürftigen schmeicheln;
Wer mag aber ohne Vorteil heucheln.

—

»Wie konnte *der* denn *das* erlangen?«
Er ist auf Fingerchen gegangen.

—

Sprichwort bezeichnet Nationen;
Mußt aber erst unter ihnen wohnen.

—

Erkenne dich! – Was soll das heißen?
Es heißt: sei nur! und sei auch nicht!
Es ist eben ein Spruch der lieben Weisen,
Der sich in der Kürze widerspricht.

—

Erkenne dich! – Was hab' ich da für Lohn?
Erkenn' ich mich, so muß ich gleich davon.

—

Als wenn ich auf den Maskenball käme
Und gleich die Larve vom Angesicht nähme.

—

Andre zu kennen, das mußt du probieren,
Ihnen zu schmeicheln oder sie zu vexieren.

—

»Warum magst du gewisse Schriften nicht lesen?«
Das ist auch sonst meine Speise gewesen;
Eilt aber die Raupe sich einzuspinnen,
Nicht kann sie mehr Blättern Geschmack abgewinnen.

—

Was dem Enkel so wie dem Ahn frommt,
Darüber hat man viel geträumet;
Aber worauf eben alles ankommt,
Das wird vom Lehrer gewöhnlich versäumet.

—

Verweile nicht und sei dir selbst ein Traum,
Und wie du reisest, danke jedem Raum,
Bequeme dich dem Heißen wie dem Kalten;
Dir wird die Welt, du wirst ihr nie veralten.

—

Ohne Umschweife
Begreife,

Was dich mit der Welt entzweit;
Nicht will sie Gemüt, will Höflichkeit.

—

Gemüt muß verschleifen,
Höflichkeit läßt sich mit Händen greifen.

—

Was eben wahr ist aller Orten
Das sag' ich mit ungescheuten Worten.

—

Nichts taugt Ungeduld,
Noch weniger Reue;
Jene vermehrt die Schuld,
Diese schafft neue.

—

Daß an diesem wilden Sehnen,
Dieser reichen Saat von Tränen
Götterlust zu hoffen sei,
Mache deine Seele frei!

—

Der entschließt sich doch gleich,
Den heiß' ich brav und kühn!
Er springt in den Teich,
Dem Regen zu entfliehn.

—

Daß Glück ihm günstig sei,
Was hilfts dem Stöffel?
Denn regnets Brei,
Fehlt ihm der Löffel.

—

Dichter gleichen Bären,
Die immer an eignen Pfoten zehren.

—

Die Welt ist nicht aus Brei und Mus geschaffen,
Deswegen haltet euch nicht wie Schlaraffen;
Harte Bissen gibt es zu kauen:
Wir müssen erwurgen oder sie verdauen.

—

Ein kluges Volk wohnt nah dabei,
Das immerfort sein Bestes wollte;
Es gab dem niedrigen Kirchturm Brei,
Damit er größer werden sollte.

—

Sechs und zwanzig Groschen gilt mein Taler!
Was heißt ihr mich denn einen Prahler?
Habt ihr doch andre nicht gescholten,
Deren Groschen einen Taler gegolten.

Niederträchtigers wird nichts gereicht,
Als wenn der Tag den Tag erzeugt.

—

Was hat dir das arme Glas getan?
Sieh deinen Spiegel nicht so häßlich an.

—

Liebesbücher und Jahrgedichte
Machen bleich und hager;
Frösche plagten, sagt die Geschichte,
Pharaonem auf seinem Lager.

—

So schließen wir, daß in die Läng'
Euch nicht die Ohren gellen,
Vernunft ist hoch, Verstand ist streng,
Wir rasseln drein mit Schellen.

—

Diese Worte sind nicht alle in Sachsen,
Noch auf meinem eignen Mist gewachsen,
Doch, was für Samen die Fremde bringt,
Erzog ich im Lande gut gedüngt.

—

Und selbst den Leuten du bon ton
Ist dieses Büchlein lustig erschienen:
Es ist kein Globe de Compression,
Sind lauter Flatterminen.

EPIGRAMMATISCH

Sei das Werte solcher Sendung
Tiefen Sinnes heitre Wendung.

DAS SONETT

Sich in erneutem Kunstgebrauch zu üben,
Ist heil'ge Pflicht, die wir dir auferlegen:
Du kannst dich auch, wie wir, bestimmt bewegen
Nach Tritt und Schritt, wie es dir vorgeschrieben.

Denn eben die Beschränkung läßt sich lieben,
Wenn sich die Geister gar gewaltig regen;
Und wie sie sich denn auch gebärden mögen,
Das Werk zuletzt ist doch vollendet blieben.

So möcht' ich selbst in künstlichen Sonetten,
In sprachgewandter Maßen kühnem Stolze,
Das Beste, was Gefühl mir gäbe, reimen;

Nur weiß ich hier mich nicht bequem zu betten,
Ich schneide sonst so gern aus ganzem Holze,
Und müßte nun doch auch mitunter leimen.

SPRACHE

Was reich und arm! Was stark und schwach!
Ist reich vergrabner Urne Bauch?
Ist stark das Schwert im Arsenal?
Greif milde drein, und freundlich Glück
Fließt, Gottheit, von dir aus!
Fass' an zum Siege, Macht, das Schwert
Und über Nachbarn Ruhm!

VORSCHLAG ZUR GÜTE

Er

Du gefällst mir so wohl, mein liebes Kind,
Und wie wir hier bei einander sind,
So möcht' ich nimmer scheiden;
Da wär' es wohl uns beiden.

Sie

Gefall ich dir, so gefällst du mir;
Du sagst es frei, ich sag' es dir.
Eh nun! heiraten wir eben!
Das übrige wird sich geben.

Er

Heiraten, Engel, ist wunderlich Wort;
Ich meint', da müßt' ich gleich wieder fort.

Sie

Was ist's denn so großes Leiden?
Geht's nicht, so lassen wir uns scheiden.

VERTRAUEN

A. Was krähst du mir und tust so groß:
»Hab' ich doch ein köstlich Liebchen!« –
So weis' mir sie doch! Wer ist sie denn?
Die kennt wohl manches Bübchen!

B. »Kennst du sie denn, du Lumpenhund?« –
A. Das will ich g'rad' nicht sagen;
Doch hat sie wohl auch zu guter Stund
Dem und Jenem nichts abgeschlagen.

B. »Wer ist denn der *Der* und der *Jener* denn?
Das sollst du mir bekennen!
Ich schlage dir gleich den Schädel ein,
Wenn du sie mir nicht kannst nennen!«

A. Und schlügst du mir auch den Schädel ein,
Da könnt' ich ja nimmer reden;
Und wenn du denkst: »mein Schätzel ist gut!«
Ist weiter ja nichts vonnöten.

STOSSEUFZER

Ach, man sparte viel!
Seltner wäre verruckt das Ziel,
Wär' weniger Dumpfheit, vergebenes Sehnen,
Ich könnte viel glücklicher sein –
Gäb's nur keinen Wein
Und keine Weibertränen!

PERFEKTIBILITÄT

Möcht' ich doch wohl besser sein,
  Als ich bin! Was wär' es.
Soll ich aber besser sein,
  Als du bist; so lehr' es!

Möcht' ich auch wohl besser sein,
  Als so mancher Andre!
Willst du besser sein, als wir,
  Lieber Freund, so wandre.

SCHNEIDER-COURAGE

»Es ist ein Schuß gefallen!
Mein! sagt, wer schoß dadrauß'?«
Es ist der junge Jäger,
Der schießt im Hinterhaus.

Die Spatzen in dem Garten
Die machen viel Verdruß.
Zwei Spatzen und ein Schneider
Die fielen von dem Schuß;

Die Spatzen von den Schroten,
Der Schneider von dem Schreck;
Die Spatzen in die Schoten,
Der Schneider in den –.

CATECHISATION

Lehrer
Bedenk', o Kind! woher sind diese Gaben?
Du kannst nichts von dir selber haben.

Kind
Ei! Alles hab' ich vom Papa.

Lehrer
Und der, woher hat's der?

Kind
Vom Großpapa.

Lehrer
Nicht doch! Woher hat's denn der Großpapa bekommen?

Kind
Der hat's genommen.

TOTALITÄT

Ein Kavalier von Kopf und Herz
Ist überall willkommen;
Er hat mit feinem Witz und Scherz
Manch Weibchen eingenommen:
Doch wenn's ihm fehlt an Faust und Kraft,
Wer mag ihn dann beschützen?
Und wenn er keinen Hintern hat,
Wie mag der Edle sitzen?

PHYSIOGNOMISCHE REISEN

Die Physiognomisten
Sollt' es wahr sein, was uns der rohe Wandrer verkündet,
Daß die Menschengestalt von allen sichtlichen Dingen
Ganz allein uns lüge, daß wir, was edel und albern,
Was beschränkt und groß, im Angesichte zu suchen,
Eitele Toren sind, betrogne, betrügende Toren?
Ach, wir sind auf den dunkelen Pfad des verworrenen Lebens
Wieder zurückgescheucht, der Schimmer zu Nächten verfinstert.

Der Dichter
Hebet eure zweifelnden Stirnen empor, ihr Geliebten!
Und verdient nicht den Irrtum, hört nicht bald diesen, bald jenen.
Habet ihr eurer Meister vergessen? Auf! kehret zum Pindus,
Fraget dorten die Neune, der Grazien nächste Verwandte!
Ihnen allein ist gegeben, der edlen stillen Betrachtung
Vorzustehn. Ergebet euch gern der heiligen Lehre,
Merket bescheiden leise Worte. Ich darf euch versprechen:
Anders sagen die Musen und anders sagt es Musäus.

DAS GARSTIGE GESICHT

Wenn einen würdigen Biedermann,
Pastorn oder Ratsherrn lobesan,
Die Wittib läßt in Kupfer stechen

Und drunter ein Verslein radebrechen;
Da heißt's: Seht hier mit Kopf und Ohren
Den Herrn, Ehrwürdig, Wohlgeboren!
Seht seine Augen und seine Stirn;
Aber sein verständig Gehirn,
So manch Verdienst ums gemeine Wesen,
Könnt ihr ihm nicht an der Nase lesen.

So, liebe Lotte! heißt's auch hier:
Ich schicke da mein Bildnis dir.
Magst wohl die ernste Stirne sehen,
Der Augen Glut, der Locken Wehen;
's ist ungefähr das garst'ge Gesicht:
Aber meine Liebe siehst du nicht.

DINÉ ZU COBLENZ
im Sommer 1774

Zwischen Lavater und Basedow
Saß ich bei Tisch des Lebens froh.
Herr Helfer, der war gar nicht faul,
Setzt sich auf einen schwarzen Gaul,
Nahm einen Pfarrer hinter sich
Und auf die Offenbarung strich,
Die uns Johannes der Prophet
Mit Rätseln wohl versiegeln tät;
Eröffnet die Siegel kurz und gut,
Wie man Theriaksbüchsen öffnen tut,
Und maß mit einem heiligen Rohr
Die Kubusstadt und das Perlentor
Dem hocherstaunten Jünger vor.
Ich war indes nicht weit gereis't,
Hatte ein Stück Salmen aufgespeis't.

Vater Basedow, unter dieser Zeit,
Packt einen Tanzmeister an seiner Seit,
Und zeigt ihm, was die Taufe klar
Bei Christ und seinen Jüngern war;
Und daß sich's gar nicht ziemet jetzt,
Daß man den Kindern die Köpfe netzt.
Drob ärgert sich der andre sehr,
Und wollte gar nichts hören mehr
Und sagt: es wüßte ein jedes Kind,
Daß es in der Bibel anders stünd'.

Und ich behaglich unterdessen
Hätt' einen Hahnen aufgefressen.

—

Und, wie nach Emaus, weiter ging's
Mit Geist- und Feuerschritten,
Prophete rechts, Prophete links,
Das Weltkind in der Mitten.

JAHRMARKT ZU HÜNFELD
den 26. Juli 1814

Ich ging, mit stolzem Geists-Vertrauen,
Auf dem Jahrmarkt mich umzuschauen,
Die Käufer zu sehn an der Händler Gerüste,
Zu prüfen ob ich noch etwas wüßte,
Wie mirs Lavater, vor alter Zeit,
Traulich überliefert, das ging sehr weit!
Da sah ich denn zuerst Soldaten,
Denen wär's eben zum Besten geraten:
Die Tat und Qual sie war geschehn,
Wollten sich nicht gleich einer neuen versehn;
Der Rock war schon der Dirne genug,
Daß sie ihm derb in die Hände schlug.
Bauer und Bürger die schienen stumm,
Die guten Knaben beinahe dumm.
Beutel und Scheune war gefegt,
Und hatten keine Ehre eingelegt.
Erwartend alle, was da käme,
Wahrscheinlich auch nicht sehr bequeme.
Frauen und Mägdlein, in guter Ruh,
Probierten an die hölzernen Schuh;
Man sah an Mienen und Gebärden:
Sie ist guter Hoffnung, oder will es werden.

VERSUS MEMORIALES

Invocavit wir rufen laut,
Reminiscere o wär' ich Braut!
Die *Oculi* gehn hin und her;
Lætare drüber nicht so sehr.
O *Judica* uns nicht so streng!
Palmarum streuen wir die Meng'.
Auf Oster-Eier freun sich hie
Viel *Quasi modo geniti.*

Misericordias brauchen wir all',
Jubilate ist ein seltner Fall.
Cantate freut der Menschen Sinn,
Rogate bringt nicht viel Gewinn,
Exaudi uns zu dieser Frist,
Spiritus, der du der letzte bist.

NEUE HEILIGE

Alle schöne Sünderinnen,
Die zu Heiligen sich geweint,
Sind, um Herzen zu gewinnen,
All' in Eine nun vereint.
Seht die Mutterlieb', die Tränen,
Ihre Reu und ihre Pein!
Statt Marieen Magdalenen
Soll nun Sankt Oliva sein.

WARNUNG

So wie Titania im Feen- und Zauberland
Klaus Zetteln in dem Arme fand,
So wirst du bald zur Strafe deiner Sünden
Titanien in deinen Armen finden.

FRECH UND FROH

Liebesqual verschmäht mein Herz,
Sanften Jammer, süßen Schmerz;
Nur vom Tücht'gen will ich wissen,
Heißem Äuglen, derben Küssen.
Sei ein armer Hund erfrischt
Von der Lust, mit Pein gemischt!
Mädchen gib der frischen Brust
Nichts von Pein, und alle Lust.

SOLDATENTROST

Nein! hier hat es keine Not:
Schwarze Mädchen, weißes Brot!
Morgen in ein ander Städtchen!
Schwarzes Brot und weiße Mädchen.

PROBLEM

Warum ist alles so rätselhaft?
Hier ist das Wollen, hier ist die Kraft;
Das Wollen will, die Kraft ist bereit
Und daneben die schöne lange Zeit.
So seht doch hin, wo die gute Welt
Zusammenhält!
Seht hin, wo sie auseinanderfällt!

GENIALISCH TREIBEN

So wälz' ich ohne Unterlaß,
Wie Sankt Diogenes, mein Faß.
Bald ist es Ernst, bald ist es Spaß;
Bald ist es Lieb', bald ist es Haß;
Bald ist es Dies, bald ist es Das;
Es ist ein Nichts, und ist ein Was.
So wälz' ich ohne Unterlaß,
Wie Sankt Diogenes, mein Faß.

HYPOCHONDER

Der Teufel hol' das Menschengeschlecht!
Man möchte rasend werden!
Da nehm' ich mir so eifrig vor:
Will niemand weiter sehen,
Will all' das Volk Gott und sich selbst
Und dem Teufel überlassen!
Und kaum seh' ich ein Menschengesicht,
So hab' ich's wieder lieb.

GESELLSCHAFT

Aus einer großen Gesellschaft heraus
Ging einst ein stiller Gelehrter zu Haus.
Man fragte: Wie seid ihr zufrieden gewesen?
»Wärens Bücher, sagt er, ich würd' sie nicht lesen.«

PROBATUM EST

A
Man sagt: Sie sind ein Misanthrop!

B
Die Menschen hass' ich nicht, Gott Lob!
Doch Menschenhaß er blies mich an,
Da hab' ich gleich dazu getan.

A
Wie hat sich's denn so bald gegeben?

B
Als Einsiedler beschloß ich zu leben.

URSPRÜNGLICHES

A
Was widert dir der Trank so schal?

B
Ich trinke gern aus dem frischen Quall.

A
Daraus kam aber das Bächlein her!

B
Der Unterschied ist bedeutend sehr:
's wird immer mehr fremden Schmack gewinnen;
Es mag nur immer weiter rinnen.

DEN ORIGINALEN

Ein Quidam sagt: »Ich bin von keiner Schule;
Kein Meister lebt, mit dem ich buhle;
Auch bin ich weit davon entfernt,
Daß ich von Toten was gelernt.«
Daß heißt, wenn ich ihn recht verstand:
»Ich bin ein Narr auf eigne Hand.«

DEN ZUDRINGLICHEN

Was nicht zusammen geht, das soll sich meiden!
Ich hindr' euch nicht, wo's euch beliebt, zu weiden:
Denn ihr seid neu und ich bin alt geboren.
Macht was ihr wollt; nur laßt mich ungeschoren!

DEN GUTEN

Laßt euch einen Gott begeisten,
Euch beschränket nur mein Sagen.
Was ihr könnt, ihr werdets leisten;
Aber müßt mich nur nicht fragen.

DEN BESTEN

Die Abgeschiednen betracht' ich gern,
Stünd' ihr Verdienst auch noch so fern;
Doch mit den Edlen lebendigen Neuen
Mag ich, wetteifernd, mich lieber freuen.

LÄHMUNG

Was Gutes zu denken, wäre gut,
Fänd' sich nur immer das gleiche Blut;
Dein Gutgedachtes, in fremden Adern,
Wird sogleich mit dir selber hadern.

—

Ich wär' noch gern ein tätig Mann,
Will aber ruhn:
Denn ich soll ja noch immer tun,
Was immer ungern ich getan.

—

Trüge gern noch länger des Lehrers Bürden,
Wenn Schüler nur nicht gleich Lehrer würden.

SPRUCH, WIDERSPRUCH

Ihr müßt mich nicht durch Widerspruch verwirren!
Sobald man spricht, beginnt man schon zu irren.

DEMUT

Seh' ich die Werke der Meister an,
So seh ich das, was sie getan;
Betracht' ich meine Siebensachen,
Seh' ich, was ich hätt' sollen machen.

KEINS VON ALLEN

Wenn du dich selber machst zum Knecht,
Bedauert dich Niemand, geht's dir schlecht;
Machst du dich aber selbst zum Herrn,
Die Leute sehn es auch nicht gern;
Und bleibst du endlich wie du bist,
So sagen sie, daß nichts an dir ist.

LEBENSART

Über Wetter- und Herren-Launen
Runzle niemals die Augenbraunen;
Und bei den Grillen der hübschen Frauen
Mußt du immer vergnüglich schauen.

VERGEBLICHE MÜH

Willst du der getreue Eckart sein,
Und Jedermann vor Schaden warnen,
's ist auch eine Rolle, sie trägt nichts ein:
Sie laufen dennoch nach den Garnen.

BEDINGUNG

Ihr laßt nicht nach, ihr bleibt dabei,
Begehret Rat, ich kann ihn geben;
Allein, damit ich ruhig sei,
Versprecht mir, ihm nicht nachzuleben.

DAS BESTE

Wenn dir's in Kopf und Herzen schwirrt,
Was willst du Beßres haben!
Wer nicht mehr liebt und nicht mehr irrt,
Der lasse sich begraben.

MEINE WAHL

Ich liebe mir den heitern Mann
Am meisten unter meinen Gästen:
Wer sich nicht selbst zum Besten haben kann
Der ist gewiß nicht von den Besten.

MEMENTO

Kannst dem Schicksal widerstehen,
Aber manchmal gibt es Schläge;
Will's nicht aus dem Wege gehen,
Ei! so geh du aus dem Wege!

EIN ANDERS

Mußt nicht widerstehn dem Schicksal,
Aber mußt es auch nicht fliehen!
Wirst du ihm entgegen gehen,
Wird's dich freundlich nach sich ziehen.

BREIT WIE LANG

Wer bescheiden ist, muß dulden,
Und wer frech ist, der muß leiden;
Also wirst du gleich verschulden,
Ob du frech seist, ob bescheiden.

LEBENSREGELN

Willst du dir ein hübsch Leben zimmern,
Mußt dich ums Vergangne nicht bekümmern,
Das Wenigste muß dich verdrießen;
Mußt stets die Gegenwart genießen,

Besonders keinen Menschen hassen
Und die Zukunft Gott überlassen.

FRISCHES EI, GUTES EI

Enthusiasmus vergleich' ich gern
Der Auster, meine lieben Herrn,
Die, wenn ihr sie nicht frisch genoßt,
Wahrhaftig ist eine schlechte Kost.
Begeistrung ist keine Heringsware,
Die man einpökelt auf einige Jahre.

SELBSTGEFÜHL

Jeder ist doch auch ein Mensch!! –
Wenn er sich gewahret,
Sieht er, daß Natur an ihm
Wahrlich nicht gesparet.
Daß er manche Lust und Pein
Trägt als Er und eigen.
Sollt er nicht auch hinterdrein
Wohlgemut sich zeigen?

RÄTSEL

Ein Bruder ist's von vielen Brüdern,
In allem ihnen völlig gleich,
Ein nötig Glied von vielen Gliedern,
In eines großen Vaters Reich;
Jedoch erblickt man ihn nur selten,
Fast wie ein eingeschobnes Kind:
Die andern lassen ihn nur gelten
Da, wo sie unvermögend sind.

DIE JAHRE

Die Jahre sind allerliebste Leut:
Sie brachten gestern, sie bringen heut,
Und so verbringen wir Jüngern eben
Das allerliebste Schlaraffen-Leben.
Und dann fällt's den Jahren auf einmal ein,
Nicht mehr wie sonst bequem zu sein;

Wollen nicht mehr schenken, wollen nicht mehr borgen,
Sie nehmen heute, sie nehmen morgen.

DAS ALTER

Das Alter ist ein höflich Mann:
Einmal über's andre klopft er an,
Aber nun sagt Niemand: Herein!
Und vor der Türe will er nicht sein.
Da klinkt er auf, tritt ein so schnell,
Und nun heißt's, er sei ein grober Gesell.

GRABSCHRIFT

Als Knabe verschlossen und trutzig,
Als Jüngling anmaßlich und stutzig,
Als Mann zu Taten willig,
Als Greis leichtsinnig und grillig! –
Auf deinem Grabstein wird man lesen:
Das ist fürwahr ein Mensch gewesen!

BEISPIEL

Wenn ich 'mal ungeduldig werde
Denk' ich an die Geduld der Erde,
Die, wie man sagt, sich täglich dreht
Und jährlich so wie jährlich geht.
Bin ich denn für was andres da? –
Ich folge der lieben Frau Mama.

UMGEKEHRT

Sind die im Unglück die wir lieben,
Das wird uns wahrlich baß betrüben;
Sind aber glücklich, die wir hassen,
Das will sich gar nicht begreifen lassen;
Umgekehrt ist's ein Jubilo,
Da sind wir Lieb- und Schadenfroh.

FÜRSTENREGEL

Sollen die Menschen nicht denken und dichten,
Müßt ihr ihnen ein lustig Leben errichten;
Wollt ihr ihnen aber wahrhaft nützen;
So müßt ihr sie scheren und sie beschützen.

LUG ODER TRUG?

Darf man das Volk betrügen?
Ich sage nein!
Doch willst du sie belügen,
So mach' es nur nicht fein.

EGALITÉ

Das Größte will man nicht erreichen,
Man beneidet nur Seines-Gleichen,
Der schlimmste Neidhart ist in der Welt,
Der jeden für Seines-Gleichen hält.

WIE DU MIR, SO ICH DIR

Mann mit zugeknöpften Taschen,
Dir tut Niemand was zu lieb':
Hand wird nur von Hand gewaschen;
Wenn du nehmen willst, so gib!

ZEIT UND ZEITUNG

A
Sag' mir, warum dich keine Zeitung freut?

B
Ich liebe sie nicht, sie dienen der Zeit.

ZEICHEN DER ZEIT

Hör' auf die Worte harum horum:
Ex tenui Spes Seculorum.
Willst du die harum horum kennen,
Jetzt werden sie dir sich selber nennen.

KOMMT ZEIT, KOMMT RAT

Wer will denn alles gleich ergründen?
Sobald der Schnee schmilzt, wird sich's finden.

—

Hier hilft nun weiter kein Bemühn!
Sind's Rosen, nun sie werden blühn.

ERGÄNZUNGEN
ZUR SAMMLUNG
VON 1815

IM NAMEN DER BÜRGERSCHAFT VON CARLSBAD

DER KAISERIN ANKUNFT

Den 6. Juni 1810

Zu des einzigen Tages Feste
Schmückt euch alle, windet Kränze!
Daß für Heimische, für Gäste,
Herrlicher das Tal erglänze,
Dem ein neuer Frühling weht.
Väter, Mütter, Töchter, Söhne,
Auf! Ein frohes Lied ertöne,
Alles um euch her verschöne
Den Empfang der Majestät!

Hier im waldbewachs'nen Tale,
Das so mancher Fremde segnet,
Weil mit heilsam heißer Schale
Die Genesung ihm begegnet
Und ihm frisches Leben schafft,
Muß in tiefen Felsenschlünden
Feuer sich mit Wasser binden,
Klüften siedend sich entwinden;
Neue Kräfte wirkt die Kraft.

Dem Genes'nen, dem Gesunden,
Bieten sich so manche Schätze.
Daß der Freund den Freund gefunden,
Zeugen die erwählten Plätze,
Wie Erinn'rung köstlich sei.
Und so wurden Wald und Wiese
Zum bewohnten Paradiese,
Daß ein Jeglicher genieße,
Sich empfinde, froh und frei.

Aber heute neu mit Machten,
Sprudle Quell aus deinen Höhlen!
Faltet aus die frischen Prachten,
Ihr des grünen Tals Juwelen,
Holde Blumen, euren Flor!

Und ihr Sprossen dieser Gauen,
Kinder, eilt Sie anzuschauen,
Blickt mit Wonne, mit Vertrauen,
Zu der Herrlichen empor!

Sie, die Tausenden gehöret,
Sie erwählt euch, Sie ist euer!
Ihr umgebt Sie unverwehret;
Gnädig gönnt Sie dieser Feier
Mutterblicke hoch und mild.
Dränget euch ihr jungen Scharen!
Dem der früh solch Glück erfahren,
Wächst an Glanz, von Jahr zu Jahren,
Der Erinn'rung Himmelsbild.

Was in segensreicher Enge
Diese Kaiserstadt umwallet,
Was in fröhlichem Gedränge
Seit Jahrhunderten erschallet,
Werde diesem Tal zu Teil!
Alles Wohl, das hier gequollen,
Alle Lust, die hier erschollen,
Ruft herab, mit feuervollen
Segenswünschen, Ihr zum Heil!

DER KAISERIN BECHER

Den 10. Juni 1810

Dich, klein geblümt Gefäß! mit Schmuck und Leben
Des Blumenflores malerisch zu umwinden,
Ist zwar zu spät; doch unser Glück zu künden
Soll nun von Worten dich ein Kranz umgeben.

Und möcht' er auch so zierlich dich umschweben,
Wie ihn die Grazien, die Musen, binden;
Rein auszusprechen, was wir rein empfinden,
Ist für den Dichter selbst vergeblich Streben.

Den Lippen, denen Huld und Gunst entquellen,
Von denen Freundlichkeit und Frohsinn wirken,
Hast du, beglückt Gefäß! dich nähern dürfen;

Gekostet haben sie die heißen Wellen. –
O möchten sie aus unsern Lustbezirken
Des Lebens Balsam frisch erquicklich schlürfen!

DER KAISERIN PLATZ

Den 19. Juni 1810

Wenn vor dem Glanz, der um die Herrin schwebet
Das Volk sich teilt, in drängendem Gewühle,
Dann gleich um Sie sich neu zu sammeln strebet,
Stumm erst und staunend, dann im Hochgefühle
Mit Leberuf den Widerhall belebet;
So spreche nun die Nymphe dieser Kühle
Zu jedem still empfindenden Gemüte
Von Ihrer Anmut, Heiterkeit und Güte.

Ehrwürd'ger Fels! der sich vom Himmelsblauen
Herab dem Tale reich bemoos't vermählte,
Am schattengrünen Berg ihr bunten Auen!
Die längst zum Bilde sich der Künstler wählte,
Ihr ließt euch stets geschmückt und fröhlich schauen;
Doch immer war's als ob euch Eines fehlte:
Nun Sie auf euch mit Huld und Neigung blicket,
Nun wißt ihr erst warum ihr euch geschmücket.

Die Sonne wird, o Nymphe! bald sich senken,
An die du mit uns allen dich verwöhnet;
Nicht ohne Schmerz läßt Sie entfernt sich denken.
O möchte Sie, nach der sich Alles sehnet,
Hieher den Weg, froh wiederkehrend, lenken!
O möchtest du, wenn du dich neu verschönet,
In deinem zweigumwölbten, luft'gen Saale,
Sie wiedersehn, Sie sehn mit dem Gemahle!

DER KAISERIN ABSCHIED

Den 22. Juni 1810

Lasset uns die Nacht erhellen
Abermals mit bunten Feuern!
Die von Felsen, die von Wellen

Widerglänzend Ihr beteuern
Unsrer treuen Wünsche Glut.
Abermals zur Morgenstunde
Sammle sich die bunte Menge!
Stimme fröhliche Gesänge;
Von dem Herzen zu dem Munde
Ströme neuer Lebensmut!

Hörner schallen, Fahnen fliegen,
Trommeln künden frohe Feier;
Aber ach! Auf allen Zügen
Liegt es wie der Wolkenschleier,
Der um Gipfel sich getan.
Und so spricht's aus trüben Blicken:
Sie, die unser sich bemeistert,
Uns erhoben, uns begeistert,
Ach! Sie zieht in Augenblicken
Langsam scheidend berghinan.

Die zu uns hernieder steigend
Mit uns wandelt unsre Pfade,
Unsrem Gruße freundlich neigend,
Die allseitig heitre Gnade,
Sie zu missen, welch ein Schmerz! –
Tröstet euch! auch Sie empfindet,
Und die Muse soll's euch sagen:
Denn die Muse darf es wagen,
Die das Inn're wohl ergründet,
Auch zu blicken Ihr in's Herz.

»An der Kluft, vom Fels umschlossen,
Dem der größte Schatz entquillet;
Bei dem Volk, das unverdrossen
Junggewohnte Pflicht erfüllet,
Allen dient um kleinen Lohn;
In dem menschenreichen Tale,
Dem von allen Ort- und Enden
Hülfsbedürft'ge zu sich wenden,
Herrsch' ich nun im grünen Saale,
Herrsche von dem Blumenthron.

Und so seh' ich Abgesandte
Vieler Völker, die mich ehren;
Freunde find' ich, Nahverwandte,
Die ganz eigens mir gehören,
Und so nenn' ich Alles mein.

Ja durch Neigung mir verbunden
Fühlt sich Jeder aufgeheitert;
Auch mir ist das Herz erweitert,
Und die Freiheit dieser Stunden
Wird mir unvergeßlich sein.

Keine Blumen soll man streuen,
Da ich mit Bedauern scheide.
Geh, o Muse! sag den Treuen,
Daß ich selbst mit ihnen leide:
Schnell war mir die Stunde da.
Laßt verstummen alle Lieder;
Doch auf euren Lippen schwebet
Jener Wunsch, der mich belebet.
Wenn ihr lispelt: Kehre wieder!
Habt ihr gleich mein offnes Ja.«

Auf denn, Muse! zu verkünden
Was die *Frau* dir aufgetragen. –
Lasset alle Nebel schwinden!
Laßt die schönste Sonne tagen!
Weil ein Jeder hoffen mag.
Die ihr traurig Sie begleitet,
Eilt entzückt Ihr dann entgegen;
Und ihr bringt auf neuen Wegen,
Kaiserlich umher geleitet,
Sie herab am schönsten Tag.

IHRO
DER
KAISERIN VON ÖSTERREICH MAJESTÄT

Wie lange harren wir gewisser Kunde!
Wie ist das Zweifeln bang, die Hoffnung süß!
Noch schwebt sie vor, die unwillkommne Stunde,
Da uns die Frau, die Herrliche verließ,
Und uns das letzte Wort vom Gnadenmunde
Die Wiederkehr, die baldige, verhieß;
Wir sollten ja in diesem stillen Tale
Sie wiedersehn, Sie sehn mit dem Gemahle.

Doch solch ein Wort läßt immer noch in Sorgen,
Und leider waren wir zu sehr verwöhnt;
Erinnerten an jedem heitren Morgen
Wie Sie uns einst den schönsten Tag verschönt,

Und unser Leben, häuslich sonst verborgen,
Mit Herrlichkeit der Majestät gekrönt.
Es war geschehn! Sie war uns nun entrissen,
Und wo Sie ging wird man Sie stets vermissen.

Der starre Fels, er scheint sich noch zu neigen
Vor Ihrer Hoheit, Ihrer Majestät;
Die Stämme wiegen sich, in allen Zweigen
Von Ihrer Anmut lind und leis umweht;
Die Blumen, die ihr Haupt im Grünen beugen,
Erheben's forschend, wo vielleicht Sie geht?
Und mit den Büschen, die Ihr Blüten streuen,
Wetteifern all' die Herzen Ihrer Treuen.

Und wenn Sie Sich im weiten Reich beweget,
Nach jeder Richtung wird sogleich gefragt;
Wenn dann der Weg Sie in die Ferne träget
Vereitelt Hoffen bitterlich beklagt,
Und immer neu die Hoffnung aufgereget,
Sie wird erfüllen was Sie zugesagt;
Erst soll es Ihr und dem Gemahle glücken,
Die Tochter und den Eidam zu erblicken.

Es ist geschehn! Im seligsten Momente
Begegnet sich der liebevolle Blick,
Und was die Donau ernst und schmerzlich trennte
Gibt wonnevoll die Elbe nun zurück.
Wer ist es, der's in Worten fassen könnte:
Begünstigt ist der Höchsten größtes Glück,
Im Drang der ahnungsvollsten Weltgewühle
Die elterlichen, kindlichen Gefühle.

Auf hoher Burg sodann ein festlich Prangen
Erhebt den Geist und überrascht den Sinn:
Denn Böhmens Hauptstadt soll das Glück erlangen,
Des höchsten Anblicks einzigen Gewinn;
Der Vater will die Tochter dort empfangen,
Der Kaiser Östreichs Frankreichs Kaiserin.
So wird Er Sie am Tag der Freude führen
Die herrlich Fremdgewordne zu den Ihren.

So nah gerückt sollt' es vorüberrollen,
Ein Glück, das dann wohl immer sich verliert!
Nein! Ihr versagt es nicht den Hoffnungsvollen,
Sie rufen aus was sie im Tiefsten rührt:
Wie uns're Brunnen immer treu gequollen,

So unser Herz Dem, der das Szepter führt,
Und unser Tun, wie wir die Gäste pflegen,
Verdienet Seinen Blick und Seinen Segen.

Nun endlich meldet würdevoll Geläute
Der Majestäten feierliches Nahn,
Und an des Berges ausgeglichner Seite
Rückt schon der Zug den Kaiserweg heran;
Die Menge schwillt in wogenhafter Breite,
Zu seiner Herrscher Blick drängt sie hinan.
Verstumme Lied! und laßt in vollen Chören
Den Freuderuf entzückten Busens hören!

IHRO
DES
KAISERS VON ÖSTERREICH MAJESTÄT

Er kommt! Er naht! – Wie fühlt bei diesem Schalle
Die Seele gleich sich ahnungsvoll bedingt!
Doch schon befreien sich die Herzen alle
Durch Leberuf, davon der Fels erklingt.
Nun Muse! streue gleich auf die im Schwalle
Bewegte Volksflut, die den Herrn umringt,
Den Samen aus zu würdiger Beachtung
Des Augenblicks und ewiger Betrachtung.

Denn wendet Er in seinen weiten Reichen
Den Blick umher nach mannigfaltgem Gut,
So übersieht Er Fülle sonder Gleichen,
Die über Allem ausgebreitet ruht;
Wo Ebne sich verflächet, Berge steigen,
Der Ähre Gold, der edlen Rebe Blut,
Und scharenweis zum Nutzen eingehändigt
Der Tiere Herden, die der Mensch gebändigt.

Und wo die großen Flüsse sich ergießen
Durch überbreites, reichbebautes Land,
Mit schnellen Fluten manche Städte grüßen,
Dort hält Er gern das Auge hingewandt.
Nun lass' Er auch des Vaterblicks genießen
Die tiefe Stadt, die kühn sich unterwand,
In enge Schlucht sich notgedrungen setzte,
Vielleicht die kleinste, keineswegs die letzte.

Weil dieses Tal, von Bergen rings umfriedet,
Ein ungeheures Wunder sich erzeugt,
Wo heimlich, seit Urjahren unermüdet
Heilsam Gewässer durch die Klüfte schleicht,
In tiefen Höhlen ohne Feuer siedet,
Und ohne Fall hoch in die Lüfte steigt,
Und, wenn des Wirkens Leidenschaft gestillet,
Die Felsen bildet, denen es entquillet.

In tiefer Wildnis dieser Täler schreckte
Des Jägers Horn die scheuen Wilde kaum.
Er war es, der den Wunderquell entdeckte,
Und Böhmens Carl belebt den stummen Raum.
Ein Jeder, der zu bauen sich erkeckte
Auf heißem Boden, an der Schlünde Saum
Und ferne her nun die Erkrankten ladet,
Sieht sich mit Wald und Feld und Trift begnadet.

So hat fortan, mit immer regem Streben,
Natur und Kunst viel Tausenden genützt.
Was Gott dem Bürger in die Hand gegeben,
Wenn es der Fürst begünstigt und beschützt,
Dann bleibt fürwahr ein unverwüstlich Leben,
In dem der Sohn dem Vater nachbesitzt.
Geschlechter widerstehn der größten Plage
Und blühn und wachsen bis zum spätsten Tage.

Vollständig ist jedoch kein Glück zu nennen,
Wenn bei so manchem Gut das höchste fehlt;
Wir durften das nur in der Ferne kennen,
Und Jahre haben wir umsonst gezählt.
Erst heute mögen wir getrost bekennen
Wie solch ein Mangel uns bisher gequält;
Heut fühlen wir entbehrter Regung Wonne.
Der Blick des Herrn, er ist die zweite Sonne.

Erhabne Gegenwart! die heute gründet
Was lange schon der Wunsch im Stillen war.
Beamte, Bürger, wechselseits entzündet,
Beeifern sich im neuen Jubeljahr,
Und jeder macht die Kraft die er sich findet,
Nach allen Seiten tätig offenbar,
Und nun erscheint, damit der Herr sich freue,
Das Alte fest, und lebevoll das Neue.

Selbst jener wilde Quell, den tief im Grunde
Kein Menschenwitz und keine Kraft beschwor,
Ergrimmt nicht mehr am eingezwängten Schlunde,
Ihm läßt die Weisheit nun ein offnes Tor;
Damit der fernste Pilger hier gesunde,
Wirft sprudelnd frei er volle Kraft hervor,
Zerreißt nicht mehr die selbstgewölbten Decken,
Nur heilen will er künftig, nicht erschrecken.

Und wo die Brunnen lau und milder wallen,
Befiehlt der Herr, soll es auch heiter sein.
Schon richten sich empor geraume Hallen,
Behauner Stamm fügt sich geviertem Stein.
Des Herren Preis wird stets daselbst erschallen:
Er gab uns diesen Raum, Er lud uns ein!
Uns wird die Not nicht mehr zusammen drängen,
Behaglich soll das Wandlen sich verlängen.

Von seines Auges mildem Blick entbrennet
Ein heilig Feuer, das uns nie entweicht;
Und wie man erst des Sommers Kräfte kennet
Wenn sich im Herbst der Trauben Fülle zeigt,
So zeige sich, wenn Er von uns getrennet,
Der Segen wirksam, den Er uns gereicht,
Und werde so, beim glücklichsten Ereignis,
Die kleine Stadt des großen Reiches Gleichnis.

IHRO
DER
KAISERIN VON FRANKREICH MAJESTÄT

Sieht man den schönsten Stern die Nacht erhellen,
So wird das Auge wie das Herz erquickt;
Doch wenn, in seltnen langersehnten Fällen,
Ein herrliches Gestirn zum andern rückt,
Die nah verwandten Strahlen sich gesellen,
Dann weilt ein Jeder schauend, hochentzückt;
So unser Blick, wie er hinauf sich wendet,
Wird vom Verein der Majestät geblendet.

Wir denken nach wie Sie hinweggezogen
Der Eltern Lust, die holde Friedensbraut;
Schon beugten sich des Rheines edle Wogen,
Die beiden Ufer lächelten vertraut;
So freut die Erde sich am Himmelsbogen

Von farbigen Juwelen aufgebaut,
Der, wenn er schon vor unsern Augen schwindet,
Den Frieden sichert, den er angekündet.

Im neuen Reich empfängt Sie das Behagen
Von Millionen, die aus düstrer Nacht
Aufschauen wieder zu gesunden Tagen,
Zum festen Leben abermals erwacht.
Ein Jeder fühlt sein Herz gesichert schlagen
Und staunet nun, denn Alles ist vollbracht,
Die holde Braut in lebensreichem Scheine –
Was Tausende verwirrten lös't der Eine.

Worüber trüb Jahrhunderte gesonnen
Er übersieht's in hellstem Geisteslicht,
Das Kleinliche ist alles weggeronnen,
Nur Meer und Erde haben hier Gewicht;
Ist jenem erst das Ufer abgewonnen,
Daß sich daran die stolze Woge bricht,
So tritt durch weisen Schluß, durch Machtgefechte
Das feste Land in alle seine Rechte.

Und wenn dem Helden alles zwar gelungen,
Den das Geschick zum Günstling auserwählt,
Und ihm vor allen Alles aufgedrungen,
Was die Geschichte jemals aufgezählt;
Ja reichlicher als Dichter je gesungen! –
Ihm hat bis jetzt das Höchste noch gefehlt;
Nun steht das Reich gesichert wie geründet,
Nun fühlt Er froh im Sohne sich gegründet.

Und daß auch diesem eigne Hoheit gnüge,
Ist Roma selbst zur Wächterin bestellt.
Die Göttin, hehr an ihres Königs Wiege,
Denkt abermal das Schicksal einer Welt.
Was sind hier die Trophäen aller Siege?
Wo sich der Vater in dem Sohn gefällt.
Zusammen werden Sie des Glücks genießen,
Mit milder Hand den Janustempel schließen.

Sie, die zum Vorzug einst als Braut gelanget,
Vermittlerin nach Götterart zu sein,
Als Mutter, die, den Sohn im Arme, pranget,
Befördre neuen, dauernden Verein;
Sie kläre, wenn die Welt im Düstern banget,
Den Himmel auf zu ew'gem Sonnenschein!

Uns sei durch sie dies letzte Glück beschieden –
Der Alles wollen kann, will auch den Frieden.

PARABELN

Sie
werden fortgesetzt
bis zum Dutzend
wodurch man
den hier angedeuteten
Charakter
völlig zu umzeichnen hofft
und zugleich
unserer Zeit
welche das Charakteristische
in der Kunst
so sehr zu schätzen weiß
einigen Dienst zu leisten
glaubt.

I

Ein Meister einer ländlichen Schule
Erhub sich einst von seinem Stuhle,
Und hatte fest sich vorgenommen
In bessere Gesellschaft zu kommen;
Deswegen er, im nahen Bad,
In den sogenannten Salon eintrat.
Verblüfft war er gleich an der Tür,
Als wenn's ihm zu vornehm widerführ';
Macht daher dem ersten Fremden rechts
Einen tiefen Bückling, es war nichts schlechts;
Aber hinten hätt' er nicht vorgesehn,
Daß da auch wieder Leute stehn,
Gab einem zur Linken in den Schoß
Mit seinem Hintern einen derben Stoß.
Das hätt' er schnell gern abgebüßt;
Doch wie er eilig den wieder begrüßt;
So stößt er rechts einen Andern an,
Er hat wieder Jemand was Leid's getan.
Und wie er's diesem wieder abbittet,
Er's wieder mit einem Andern verschüttet.
Und komplimentiert sich zu seiner Qual,
Von hinten und vorn, so durch den Saal,
Bis ihm endlich ein derber Geist,
Ungeduldig, die Türe weis't.

Möge doch Mancher, in seinen Sünden,
Hievon die Nutzanwendung finden.

II

Da er nun seine Straße ging
Dacht' er: ich machte mich zu gering;
Will mich aber nicht weiter schmiegen;
Denn wer sich grün macht den fressen die Ziegen.
So ging er gleich frisch querfeldein,
Und zwar nicht über Stock und Stein;
Sondern über Äcker und gute Wiesen,
Zertrat das alles mit latschen Füßen.

Ein Besitzer begegnet ihm so
Und fragt nicht weiter wie? noch wo?
Sondern schlägt ihn tüchtig hinter die Ohren.

Bin ich doch gleich wie neu geboren!
Ruft unser Wandrer hochentzückt.
Wer bist du Mann der mich beglückt?
Möchte mich Gott doch immer segnen,
Daß mir so fröhliche Gesellen begegnen!

ERKLÄRUNG
EINES
ALTEN HOLZSCHNITTES
VORSTELLEND
HANS SACHSENS POETISCHE SENDUNG

In seiner Werkstatt Sonntags früh
Steht unser theurer Meister hie,
Sein schmutzig Schurzfell abgelegt,
Einen saubern Feyerwamms er trägt.
Läßt Pechdraht, Hammer und Kneipe rasten,
Die Ahl steckt an dem Arbeitskasten;
Er ruht nun auch am sieb'nten Tag
Von manchem Zug und manchem Schlag.

Wie er die Frühlings-Sonne spürt,
Die Ruh ihm neue Arbeit gebiert:
Er fühlt, daß er eine kleine Welt
In seinem Gehirne brütend hält,
Daß die fängt an zu wirken und leben,
Daß er sie gerne möcht von sich geben.

Er hätt ein Auge treu und klug,
Und wär auch liebevoll genug,

Zu schauen manches klar und rein,
Und wieder alles zu machen sein;
Hätt auch eine Zunge, die sich ergoß,
Und leicht und fein in Worte floß;
Deß thäten die Musen sich erfreun,
Wollten ihn zum Meistersänger weihn.

Da tritt herein ein junges Weib,
Mit voller Brust und rundem Leib,
Kräftig sie auf den Füßen steht,
Gar edel vor sich hin sie geht,
Ohne mit Schlepp und Steiß zu schwenzen,
Oder mit den Augen herum zu scharlenzen.
Sie trägt einen Maßstab in ihrer Hand,
Ihr Gürtel ist ein gülden Band,
Hätt auf dem Haupt einen Kornähr-Kranz,
Ihr Auge war lichten Tages Glanz;
Man nennt sie thätig Ehrbarkeit,
Sonst auch Großmuth, Rechtfertigkeit.

Die tritt mit gutem Gruß herein;
Er drob nicht mag verwundert seyn,
Denn wie sie ist, so gut und schön
Meynt er, er hätt sie lang gesehn.

Die spricht: ich habe dich auserlesen,
Vor vielen in dem Weltwirrwesen,
Daß du sollst haben klare Sinnen,
Nichts ungeschicklichs magst beginnen.
Wenn andre durch einander rennen,
Sollst dus mit treuem Blick erkennen;
Wenn andre bärmlich sich beklagen,
Sollst schwankweis deine Sach fürtragen;
Sollst halten über Ehr und Recht,
In allem Ding seyn schlicht und schlecht,
Frummkeit und Tugend bieder preisen,
Das Böse mit seinem Nahmen heißen.
Nichts verlindert und nichts verwitzelt,
Nichts verzierlicht und nichts verkritzelt;
Sondern die Welt soll vor dir stehn,
Wie Albrecht Dürer sie hat gesehn,
Ihr festes Leben und Männlichkeit,
Ihre innre Kraft und Ständigkeit.
Der Natur Genius an der Hand
Soll dich führen durch alle Land,
Soll dir zeigen alles Leben,

Der Menschen wunderliches Weben,
Ihr Wirren, Suchen, Stoßen und Treiben,
Schieben, Reißen, Drängen und Reiben,
Wie kunterbunt die Wirthschaft tollert,
Der Ameishauf durcheinander kollert;
Mag dir aber bey allem geschehn,
Als thätst in einen Zauberkasten sehn.
Schreib das dem Menschenvolk auf Erden,
Obs ihm möcht eine Witzung werden.
Da macht sie ihm ein Fenster auf,
Zeigt ihm draußen viel bunten Hauf,
Unter dem Himmel allerley Wesen,
Wie ihrs mögt in seinen Schriften lesen.

Wie nun der liebe Meister sich
An der Natur freut wunniglich,
Da seht ihr an der andern Seiten
Ein altes Weiblein zu ihm gleiten;
Man nennet sie Historia,
Mythologia, Fabula;
Sie schleppt mit Keichen und wankenden Schritten
Eine große Tafel in Holz geschnitten;
Darauf seht ihr mit weiten Ermeln und Falten
Gott Vater Kinderlehre halten,
Adam, Eva, Paradies und Schlang,
Sodom und Gemorras Untergang,
Könnt auch die zwölf durchlauchtigen Frauen
Da in einem Ehren-Spiegel schauen;
Dann allerley Blutdurst, Frevel und Mord,
Der zwölf Tyrannen Schandenport,
Auch allerley Lehr und gute Weis.
Könnt sehn St. Peter mit der Gaiß,
Über der Welt Regiment unzufrieden,
Von unserm Herrn zurecht beschieden.
Auch war bemalt der weite Raum
Ihres Kleids und Schlepps und auch der Saum
Mit weltlich Tugend und Laster Geschicht.

Unser Meister das all ersicht
Und freut sich dessen wundersam,
Denn es dient sehr in seinen Kram.
Von wannen er sich eignet sehr
Gut Exempel und gute Lehr,
Erzählt das eben fix und treu,
Als wär er selbst gesyn dabey.
Sein Geist war ganz dahin gebannt,

Er hätt kein Auge davon verwandt,
Hätt er nicht hinter seinem Rucken
Hören mit Klappern und Schellen spucken.

Da thät er einen Narren spüren
Mit Bocks- und Affensprung hofiren,
Und ihm mit Schwank und Narretheyden
Ein lustig Zwischenspiel bereiten.
Schleppt hinter sich an einer Leinen
Alle Narren, groß und kleinen,
Dick und hager, gestreckt und krumb,
All zu witzig und all zu dumb.
Mit einem großen Farrenschwanz
Regiert er sie wie ein'n Affentanz.
Bespöttet eines jeden Fürm,
Treibt sie ins Bad, schneidt ihnen die Würm,
Und führt gar bitter viel Beschwerden,
Daß ihrer doch nicht wollen wen'ger werden.

Wie er sich sieht so um und um,
Kehrt ihm das fast den Kopf herum
Wie er wollt Worte zu allem finden?
Wie er möcht so viel Schwall verbinden?
Wie er möcht immer muthig bleiben,
So fort zu singen und zu schreiben?
Da steigt auf einer Wolke Saum
Herein zu's Oberfensters Raum
Die Muse, heilig anzuschauen,
Wie ein Bild unsrer lieben Frauen.
Die umgiebt ihn mit ihrer Klarheit
Immer kräftig würkender Wahrheit.
Sie spricht: Ich komm um dich zu weihn,
Nimm meinen Segen und Gedeyhn.
Das heilig Feuer, das in dir ruht,
Schlag aus in hohe leichte Glut!
Doch daß das Leben, das dich treibt,
Immer bey holden Kräften bleibt;
Hab ich deinem innern Wesen
Nahrung und Balsam auserlesen,
Daß deine Seel sey wonnereich
Einer Knospe im Thaue gleich.

Da zeigt sie ihm hinter seinem Haus
Heimlich zur Hinterthür hinaus
In dem eng umzäunten Garten
Ein holdes Mägdlein sitzend warten

Am Bächlein, beym Hollunderstrauch;
Mit abgesenktem Haupt und Aug
Sitzt unter einem Apfelbaum
Und spürt die Welt rings um sich kaum,
Hat Rosen in ihren Schoos gepflückt
Und bindet ein Kränzlein sehr geschickt,
Mit hellen Knospen und Blättern drein:
Für wen mag wohl das Kränzel seyn?
So sitzt sie in sich selbst geneigt,
In Hoffnungsfülle ihr Busen steigt,
Ihr Wesen ist so ahndevoll,
Weiß nicht was sie sich wünschen soll,
Und unter vieler Grillen Lauf
Steigt wohl einmal ein Seufzer auf.

Warum ist deine Stirn so trüb?
Das was dich dränget, süße Lieb,
ist volle Wonn' und Seligkeit,
Die dir in Einem ist bereit,
Der manches Schicksal wirrevoll
An deinem Auge sich lindern soll;
Der durch manch wunniglichen Kuß
Wiedergeboren werden muß,
Wie er den schlanken Leib umfaßt,
Von aller Mühe findet Rast,
Wie er ins liebe Aermlein sinkt,
Neue Lebenstäg und Kräfte trinkt.
Und dir kehrt neues Jugendglück,
Deine Schalkheit kehrt dir zurück.
Mit Necken und manchen Schelmereyen
Wirst ihn bald nagen, bald erfreuen.
So wird die Liebe nimmer alt,
Und wird der Dichter nimmer kalt!

Wie er so heimlich glücklich lebt,
Da droben in den Wolken schwebt,
Ein Eichkranz ewig jung belaubt
Den setzt die Nachwelt ihm aufs Haupt,
In Froschpfuhl all das Volk verbannt,
Das seinen Meister je verkannt.

AUF MIEDINGS TOD

Welch ein Getümmel füllt Thaliens Haus?
Welch ein geschäftig Volk eilt ein und aus?
Von hohlen Brettern tönt des Hammers Schlag,
Der Sonntag feiert nicht, die Nacht wird Tag.
Was die Erfindung still und zart ersann,
Beschäftigt laut den rohen Zimmermann.
Ich sehe Hauenschild gedankenvoll;
Ist's Türk', ist's Heide, den er kleiden soll?
Und Schumann, froh, als wär' er schon bezahlt,
Weil er einmal mit ganzen Farben malt.
Ich sehe Thielens leicht bewegten Schritt.
Der lust'ger wird, jemehr er euch verschnitt.
Der Jude Elkan läuft mit manchem Rest,
Und diese Gärung deutet auf ein Fest.

Allein, wie viele hab' ich hererzählt,
Und nenn' Ihn nicht, den Mann, der nie gefehlt,
Der sinnreich schnell, mit schmerzbeladner Brust,
Den Lattenbau zu fügen wohl gewußt,
Das Brettgerüst, das, nicht von ihm belebt,
Wie ein Skelett an toten Drähten schwebt.

Wo ist er? sagt! – Ihm war die Kunst so lieb,
Daß Kolik nicht, nicht Husten ihn vertrieb.
»Er liegt so krank, so schlimm es nie noch war!«
Ach Freunde! Weh! Ich fühle die Gefahr;
Hält Krankheit ihn zurück, so ist es Not,
Er ist nicht krank, nein, Kinder, er ist tot!

Wie? Mieding tot? erschallt bis unter's Dach
Das hohle Haus, vom Echo kehrt ein Ach!
Die Arbeit stockt, die Hand wird jedem schwer,
Der Leim wird kalt, die Farbe fließt nicht mehr;
Ein jeder steht betäubt an seinem Ort,
Und nur der Mittwoch treibt die Arbeit fort.

Ja, Mieding tot! O scharret sein Gebein
Nicht undankbar wie manchen andern ein!
Laßt seinen Sarg eröffnet, tretet her,
Klagt jedem Bürger, der gelebt wie er,
Und laßt am Rand des Grabes, wo wir stehn,
Die Schmerzen in Betrachtung übergehn.

Und du, o Muse, rufe weit und laut
Den Namen aus, der heut uns still erbaut!
Wie manchen, wert und unwert, hielt mit Glück
Die sanfte Hand von ew'ger Nacht zurück!
O laß auch Miedings Namen nicht vergehn!
Laß ihn stets neu am Horizonte stehn!
Nenn' ihn der Welt, die krieg'risch oder fein,
Dem Schicksal dient, und glaubt ihr Herr zu sein,
Dem Rat der Zeit vergebens widersteht,
Verwirrt, beschäftigt und betäubt sich dreht;
Wo jeder, mit sich selbst genug geplagt,
So selten nach dem nächsten Nachbar fragt,
Doch gern im Geist nach fernen Zonen eilt,
Und Glück und Übel mit dem Fremden teilt.
Verkünde laut und sag' es überall:
Wo Einer fiel, seh' jeder seinen Fall.

Du, Staatsmann, tritt herbei! Hier liegt der Mann,
Der, so wie du, ein schwer Geschäft begann;
Mit Lust zum Werke mehr, als zum Gewinn
Schob er ein leicht Gerüst mit leichtem Sinn,
Den Wunderbau, der äußerlich entzückt,
Indes der Zaubrer sich im Winkel drückt.
Er war's, der säumend manchen Tag verlor
So sehr ihn Autor und Akteur beschwor;
Und dann zuletzt, wenn es zum Treffen ging,
Des Stückes Glück an schwache Fäden hing.

Wie oft trat nicht die Herrschaft schon herein!
Es ward gepocht, die Symphonie fiel ein,
Daß er noch kletterte, die Stangen trug,
Die Seile zog und manchen Nagel schlug.
Oft glückt's ihm; kühn betrog er die Gefahr;
Doch auch ein Bock macht' ihm kein graues Haar.

Wer preis't genug des Mannes kluge Hand,
Wenn er aus Draht elast'sche Federn wand,
Vielfält'ge Pappen auf die Lättchen schlug,
Die Rolle fügte, die den Wagen trug;
Von Zindel, Blech, gefärbt Papier und Glas,
Dem Ausgang lächelnd, rings umgeben saß.
So treu dem unermüdlichen Beruf,
War Er's, der Held und Schäfer leicht erschuf.
Was alles zarte, schöne Seelen rührt,
Ward treu von ihm, nachahmend, ausgeführt:
Des Rasens Grün, des Wassers Silberfall,

Der Vögel Sang, des Donners lauter Knall,
Der Laube Schatten und des Mondes Licht –
Ja selbst ein Ungeheur erschreckt' ihn nicht.

Wie die Natur manch widerwärt'ge Kraft
Verbindend zwingt, und streitend Körper schafft:
So zwang er jedes Handwerk, jeden Fleiß;
Des Dichters Welt entstand auf sein Geheiß;
Und, so verdient, gewährt die Muse nur
Den Namen ihm – *Direktor der Natur.*

Wer faßt nach ihm, voll Kühnheit und Verstand,
Die vielen Zügel mit der Einen Hand?
Hier, wo sich jeder seines Weges treibt,
Wo ein Factotum unentbehrlich bleibt;
Wo selbst der Dichter, heimlich voll Verdruß,
Im Fall der Not die Lichter putzen muß.

O sorget nicht! Gar viele regt sein Tod!
Sein Witz ist nicht zu erben, doch sein Brot;
Und, ungleich ihm, denkt mancher Ehrenmann:
Verdien' ich's nicht, wenn ich's nur essen kann.

Was stutzt ihr? Seht den schlecht verzierten Sarg,
Auch das Gefolg scheint euch gering und karg;
Wie! ruft ihr, wer so künstlich und so fein,
So wirksam war, muß reich gestorben sein!
Warum versagt man ihm den Trauerglanz,
Den äußern Anstand letzter Ehre ganz?

Nicht so geschwind! Das Glück macht alles gleich,
Den Faulen und den Tät'gen – arm und reich.
Zum Gütersammeln war er nicht der Mann;
Der Tag verzehrte was der Tag gewann.
Bedauert ihn, der, schaffend bis an's Grab,
Was künstlich war, und nicht was Vorteil gab,
In Hoffnung täglich weniger erwarb,
Vertröstet lebte, und vertröstet starb.
Nun laßt die Glocken tönen, und zuletzt
Werd' er mit lauter Trauer beigesetzt!
Wer ist's, der ihm ein Lob zu Grabe bringt,
Eh noch die Erde rollt, das Chor verklingt?

Ihr Schwestern, die ihr, bald auf Thespis Karrn,
Geschleppt von Eseln und umschrien von Narr'n,
Vor Hunger kaum, vor Schande nie bewahrt,

Von Dorf zu Dorf, euch feil zu bieten, fahrt:
Bald wieder durch der Menschen Gunst beglückt,
In Herrlichkeit der Welt die Welt entzückt;
Die Mädchen eurer Art sind selten karg,
Kommt, gebt die schönsten Kränze diesem Sarg;
Vereinet hier, teilnehmend, euer Leid,
Zahlt, was ihr Ihm, was ihr uns schuldig seid!
Als euern Tempel grause Glut verheert,
Ward ihr von uns drum weniger geehrt?
Wie viel Altäre fliegen vor euch auf!
Wie manches Rauchwerk brachte man euch drauf!
An wie viel Plätzen lag, vor euch gebückt,
Ein schwer befriedigt Publikum entzückt!
In engen Hütten und im reichen Saal,
Auf Höhen Ettersburgs, in Tiefurts Tal,
Im leichten Zelt, auf Teppichen der Pracht,
Und unter dem Gewölb' der hohen Nacht,
Erscheint ihr, die ihr vielgestaltet seid,
Im Reitstock bald und bald im Galakleid.

Auch das Gefolg, das um euch sich ergießt,
Dem der Geschmack die Türen ekel schließt,
Das leichte, tolle, scheckige Geschlecht,
Es kam zu Hauf, und immer kam es recht.

An weiße Wand bringt dort der Zauberstab
Ein Schattenvolk aus mytholog'schem Grab.
Im Possenspiel regt sich die alte Zeit,
Gutherzig, doch mit Ungezogenheit.
Was Gallier und Brite sich erdacht,
Ward, wohlverdeutscht, hier Deutschen vorgebracht;
Und oftmals liehen Wärme, Leben, Glanz,
Dem armen Dialog – Gesang und Tanz.
Des Karnevals zerstreuter Flitterwelt
Ward sinnreich Spiel und Handlung zugestellt.
Dramatisch selbst erschienen hergesandt
Drei Könige aus fernem Morgenland;
Und sittsam bracht' auf reinlichem Altar
Dianens Priesterin ihr Opfer dar.
Nun ehrt uns auch in dieser Trauerzeit!
Gebt uns ein Zeichen! denn ihr seid nicht weit.

Ihr Freunde, Platz! Weicht einen kleinen Schritt!
Seht wer da kommt und festlich näher tritt?
Sie ist es selbst; die Gute fehlt uns nie;
Wir sind erhört, die Musen senden sie.

Ihr kennt sie wohl; sie ist's, die stets gefällt;
Als eine Blume zeigt sie sich der Welt:
Zum Muster wuchs das schöne Bild empor,
Vollendet nun, sie ist's und stellt es vor.
Es gönnten ihr die Musen jede Gunst,
Und die Natur erschuf in ihr die Kunst.
So häuft sie willig jeden Reiz auf sich,
Und selbst dein Name ziert, *Corona*, dich.

Sie tritt herbei. Seht sie gefällig stehn!
Nur absichtslos, doch wie mit Absicht schön.
Und, hocherstaunt, seht ihr in ihr vereint,
Ein Ideal, das Künstlern nur erscheint.

Anständig führt die leis erhobne Hand
Den schönsten Kranz, umknüpft von Trauerband.
Der Rose frohes, volles Angesicht,
Das treue Veilchen, der Narzisse Licht,
Vielfält'ger Nelken, eitler Tulpen Pracht,
Von Mädchen-Hand geschickt hervorgebracht,
Durchschlungen von der Myrte sanfter Zier,
Vereint die Kunst zum Trauerschmucke hier;
Und durch den schwarzen, leichtgeknüpften Flor
Sticht eine Lorbeerspitze still hervor.

Es schweigt das Volk. Mit Augen voller Glanz,
Wirft sie in's Grab den wohlverdienten Kranz.
Sie öffnet ihren Mund, und lieblich fließt
Der weiche Ton, der sich um's Herz ergießt.
Sie spricht: Den Dank für das, was du getan,
Geduldet, nimm, du Abgeschiedner, an!
Der Gute, wie der Böse, müht sich viel,
Und beide bleiben weit von ihrem Ziel.
Dir gab ein Gott in holder, steter Kraft
Zu deiner Kunst die ew'ge Leidenschaft.
Sie war's, die dich zur bösen Zeit erhielt,
Mit der du krank, als wie ein Kind gespielt,
Die auf den blassen Mund ein Lächeln rief,
In deren Arm dein müdes Haupt entschlief!
Ein jeder, dem Natur ein gleiches gab,
Besuche pilgernd dein bescheiden Grab!
Fest steh' dein Sarg in wohlgegönnter Ruh,
Mit lockrer Erde deckt ihn leise zu,
Und sanfter als des Lebens, liege dann
Auf dir des Grabes Bürde, guter Mann!

EPILOG ZU SCHILLERS GLOCKE

Wiederholt und erneut
bei der Vorstellung am 10ten Mai 1815.
⟨Endfassung⟩

Freude dieser Stadt bedeute,
Friede sei ihr erst Geläute!

Und so geschah's! Dem friedenreichen Klange
Bewegte sich das Land und segenbar
Ein frisches Glück erschien; im Hochgesange
Begrüßten wir das junge Fürstenpaar;
Im Vollgewühl, in lebensregem Drange
Vermischte sich die tät'ge Völkerschar,
Und festlich ward an die geschmückten Stufen
Die Huldigung der Künste vorgerufen.

Da hör' ich schreckhaft mitternächt'ges Läuten,
Das dumpf und schwer die Trauertöne schwellt.
Ist's möglich? Soll es unsern Freund bedeuten,
An den sich jeder Wunsch geklammert hält?
Den Lebenswürd'gen soll der Tod erbeuten?
Ach! wie verwirrt solch ein Verlust die Welt!
Ach! was zerstört ein solcher Riß den Seinen!
Nun weint die Welt und sollten wir nicht weinen?

Denn er war unser! Wie bequem gesellig
Den hohen Mann der gute Tag gezeigt,
Wie bald sein Ernst, anschließend, wohlgefällig,
Zur Wechselrede heiter sich geneigt,
Bald raschgewandt, geistreich und sicherstellig
Der Lebensplane tiefen Sinn erzeugt,
Und fruchtbar sich in Rat und Tat ergossen;
Das haben wir erfahren und genossen.

Denn er war unser! Mag das stolze Wort
Den lauten Schmerz gewaltig übertönen!
Er mochte sich bei uns, im sichern Port,
Nach wildem Sturm zum Dauernden gewöhnen.
Indessen schritt sein Geist gewaltig fort
In's Ewige des Wahren, Guten, Schönen,
Und hinter ihm, in wesenlosem Scheine,
Lag, was uns Alle bändigt, das Gemeine.

Nun schmückt er sich die schöne Gartenzinne,
Von wannen er der Sterne Wort vernahm,
Das dem gleich ew'gen, gleich lebend'gen Sinne
Geheimnisvoll und klar entgegen kam.
Dort, sich und uns zu köstlichem Gewinne,
Verwechselt er die Zeiten wundersam,
Begegnet so, im Würdigsten beschäftigt,
Der Dämmerung, der Nacht, die uns entkräftigt.

Ihm schwollen der Geschichte Flut auf Fluten,
Verspülend, was getadelt, was gelobt,
Der Erdbeherrscher wilde Heeresgluten,
Die in der Welt sich grimmig ausgetobt,
Im niedrig Schrecklichsten, im höchsten Guten
Nach ihrem Wesen deutlich durchgeprobt. –
Nun sank der Mond und zu erneuter Wonne,
Vom klaren Berg herüber stieg die Sonne.

Nun glühte seine Wange rot und röter
Von jener Jugend, die uns nie entfliegt,
Von jenem Mut, der, früher oder später,
Den Widerstand der stumpfen Welt besiegt,
Von jenem Glauben, der sich stets, erhöhter,
Bald kühn hervordrängt, bald geduldig schmiegt;
Damit das Gute wirke, wachse, fromme,
Damit der Tag dem Edlen endlich komme.

Doch hat er, so geübt, so vollgehaltig
Dies bretterne Gerüste nicht verschmäht;
Hier schildert er das Schicksal, das gewaltig
Von Tag zu Nacht die Erdenachse dreht,
Und manches tiefe Werk hat, reichgestaltig,
Den Wert der Kunst, des Künstlers Wert erhöht.
Er wendete die Blüte höchsten Strebens,
Das Leben selbst, an dieses Bild des Lebens.

Ihr kanntet ihn, wie er mit Riesenschritte
Den Kreis des Wollens, des Vollbringens maß,
Durch Zeit und Land, der Völker Sinn und Sitte,
Das dunkle Buch mit heiterm Blicke las;
Doch wie er atemlos in uns'rer Mitte,
In Leiden bangte, kümmerlich genas,
Das haben wir in traurig schönen Jahren,
Denn er war unser, leidend miterfahren.

Ihn, wenn er vom zerrüttenden Gewühle
Des bittern Schmerzes wieder aufgeblickt,
Ihn haben wir dem lästigen Gefühle
Der Gegenwart, der stockenden, entrückt,
Mit guter Kunst und ausgesuchtem Spiele
Den neubelebten edlen Sinn erquickt,
Und noch am Abend vor den letzten Sonnen
Ein holdes Lächeln glücklich abgewonnen.

Er hatte früh das strenge Wort gelesen,
Dem Leiden war er, war dem Tod vertraut.
So schied er nun, wie er so oft genesen;
Nun schreckt uns das, wofür uns längst gegraut.
Doch schon erblicket sein verklärtes Wesen
Sich hier verklärt, wenn es hernieder schaut.
Was Mitwelt sonst an ihm beklagt, getadelt,
Es hat's der Tod, es hat's die Zeit geadelt.

Auch manche Geister, die mit ihm gerungen,
Sein groß Verdienst unwillig anerkannt,
Sie fühlen sich von seiner Kraft durchdrungen,
In seinem Kreise willig festgebannt:
Zum Höchsten hat er sich emporgeschwungen,
Mit allem, was wir schätzen, eng verwandt.
So feiert Ihn! Denn was dem Mann das Leben
Nur halb erteilt, soll ganz die Nachwelt geben.

So bleibt er uns, der vor so manchen Jahren –
Schon zehne sind's! – von uns sich weggekehrt!
Wir haben alle segenreich erfahren,
Die Welt verdank' ihm, was er sie gelehrt;
Schon längst verbreitet sich's in ganze Scharen,
Das Eigenste, was ihm allein gehört.
Er glänzt uns vor, wie ein Komet entschwindend,
Unendlich Licht mit seinem Licht verbindend.

DIE SAMMLUNG VON 1827

LYRISCHES

Töne Lied aus weiter Ferne,
Säusle heimlich nächster Nähe,
So der Freude, so dem Wehe!
Blinken doch auch so die Sterne.
Alles Gute wirkt geschwinder;
Alte Kinder, junge Kinder
Hören's immer gerne.

BALLADE

Herein, o du Guter! du Alter herein!
Hier unten im Saale da sind wir allein,
Wir wollen die Pforte verschließen.
Die Mutter sie betet, der Vater im Hain
Ist gangen die Wölfe zu schießen.
O sing uns ein Märchen, o sing es uns oft,
Daß ich und der Bruder es lerne;
Wir haben schon längst einen Sänger gehofft,
Die Kinder sie hören es gerne.

Im nächtlichen Schrecken, im feindlichen Graus
Verläßt er das hohe, das herrliche Haus,
Die Schätze die hat er vergraben.
Der Graf nun so eilig zum Pförtchen hinaus,
Was mag er im Arme denn haben?
Was birget er unter dem Mantel geschwind?
Was trägt er so rasch in die Ferne?
Ein Töchterlein ist es, da schläft nun das Kind. –
Die Kinder sie hören es gerne.

Nun hellt sich der Morgen, die Welt ist so weit,
In Tälern und Wäldern die Wohnung bereit,
In Dörfern erquickt man den Sänger,
So schreitet und heischt er undenkliche Zeit,
Der Bart wächst ihm länger und länger;
Doch wächst in dem Arme das liebliche Kind,
Wie unter dem glücklichsten Sterne,
Geschützt in dem Mantel vor Regen und Wind –
Die Kinder sie hören es gerne.

Und immer sind weiter die Jahre gerückt,
Der Mantel entfärbt sich, der Mantel zerstückt,
Er könnte sie länger nicht fassen.

Der Vater er schaut sie, wie ist er beglückt!
Er kann sich für Freude nicht lassen;
So schön und so edel erscheint sie zugleich,
Entsprossen aus tüchtigem Kerne,
Wie macht sie den Vater, den teuren, so reich! –
Die Kinder sie hören es gerne.

Da reitet ein fürstlicher Ritter heran,
Sie recket die Hand aus, der Gabe zu nahn,
Almosen will er nicht geben.
Er fasset das Händchen so kräftiglich an:
Die will ich, so ruft er, auf's Leben!
Erkennst du, erwidert der Alte, den Schatz,
Erhebst du zur Fürstin sie gerne;
Sie sei dir verlobet auf grünendem Platz –
Die Kinder sie hören es gerne.

Sie segnet der Priester am heiligen Ort,
Mit Lust und mit Unlust nun ziehet sie fort,
Sie möchte vom Vater nicht scheiden.
Der Alte er wandelt nun hier und bald dort,
Er träget in Freuden sein Leiden.
So hab' ich mir Jahre die Tochter gedacht,
Die Enkelein wohl in der Ferne;
Sie segn' ich bei Tage, sie segn' ich bei Nacht –
Die Kinder sie hören es gerne.

Er segnet die Kinder; da poltert's am Tor,
Der Vater da ist er! Sie springen hervor,
Sie können den Alten nicht bergen –
Was lockst du die Kinder! du Bettler! du Tor!
Ergreift ihn, ihr eisernen Schergen!
Zum tiefsten Verlies den Verwegenen fort!
Die Mutter vernimmt's in der Ferne,
Sie eilet, sie bittet mit schmeichelndem Wort –
Die Kinder sie hören es gerne.

Die Schergen sie lassen den Würdigen stehn,
Und Mutter und Kinder sie bitten so schön;
Der fürstliche Stolze verbeißet
Die grimmige Wut, ihn entrüstet das Flehn,
Bis endlich sein Schweigen zerreißet:
Du niedrige Brut! du vom Bettlergeschlecht!
Verfinsterung fürstlicher Sterne!
Ihr bringt mir Verderben! Geschieht mir doch Recht –
Die Kinder sie hören's nicht gerne.

Noch stehet der Alte mit herrlichem Blick,
Die eisernen Schergen sie treten zurück,
Es wächst nur das Toben und Wüten.
Schon lange verflucht' ich mein ehliches Glück,
Das sind nun die Früchte der Blüten!
Man leugnete stets, und man leugnet mit Recht,
Daß je sich der Adel erlerne,
Die Bettlerin zeugte mir Bettlergeschlecht –
Die Kinder sie hören's nicht gerne.

Und wenn euch der Gatte, der Vater verstößt;
Die heiligsten Bande verwegentlich löst;
So kommt zu dem Vater, dem Ahnen!
Der Bettler vermag, so ergraut und entblößt,
Euch herrliche Wege zu bahnen.
Die Burg die ist meine! Du hast sie geraubt,
Mich trieb dein Geschlecht in die Ferne;
Wohl bin ich mit köstlichen Siegeln beglaubt! –
Die Kinder sie hören es gerne.

Rechtmäßiger König er kehret zurück,
Den Treuen verleiht er entwendetes Glück,
Ich löse die Siegel der Schätze.
So rufet der Alte mit freundlichem Blick:
Euch künd' ich die milden Gesetze.
Erhole dich, Sohn! Es entwickelt sich gut,
Heut einen sich selige Sterne,
Die Fürstin sie zeugte dir fürstliches Blut –
Die Kinder sie hören es gerne.

PARIA

DES PARIA GEBET

Großer Brama, Herr der Mächte!
Alles ist von deinem Samen,
Und so bist du der Gerechte!
Hast du denn allein die Bramen,
Nur die Rajas und die Reichen,
Hast du sie allein geschaffen?
Oder bist auch du's, der Affen
Werden ließ und unseres Gleichen?

Edel sind wir nicht zu nennen:
Denn das Schlechte das gehört uns,
Und was Andre tödlich kennen
Das alleine das vermehrt uns.
Mag dies für die Menschen gelten,
Mögen sie uns doch verachten;
Aber du, du sollst uns achten,
Denn du könntest alle schelten.

Also Herr, nach diesem Flehen,
Segne mich zu deinem Kinde;
Oder Eines laß entstehen,
Das auch mich mit dir verbinde!
Denn du hast den Bajaderen
Eine Göttin selbst erhoben;
Auch wir andern, dich zu loben,
Wollen solch ein Wunder hören.

LEGENDE

Wasser holen geht die reine,
Schöne Frau des hohen Bramen,
Des verehrten, fehlerlosen,
Ernstester Gerechtigkeit.
Täglich von dem heiligen Flusse
Holt sie köstlichstes Erquicken; –
Aber wo ist Krug und Eimer?
Sie bedarf derselben nicht.
Seligem Herzen, frommen Händen
Ballt sich die bewegte Welle
Herrlich zu krystallner Kugel;
Diese trägt sie, frohen Busens,
Reiner Sitte, holden Wandelns,
Vor den Gatten in das Haus.

Heute kommt die morgendliche
Im Gebet zu Ganges Fluten,
Beugt sich zu der klaren Fläche –
Plötzlich überraschend spiegelt
Aus des höchsten Himmels Breiten
Über ihr vorübereilend
Allerlieblichste Gestalt
Hehren Jünglings, den des Gottes
Uranfänglich schönes Denken
Aus dem ew'gen Busen schuf;

Solchen schauend fühlt ergriffen
Von verwirrenden Gefühlen
Sie das innere tiefste Leben,
Will verharren in dem Anschaun,
Weis't es weg, da kehrt es wieder
Und verworren strebt sie flutwärts,
Mit unsichrer Hand zu schöpfen;
Aber ach! sie schöpft nicht mehr!
Denn des Wassers heilige Welle
Scheint zu fliehn, sich zu entfernen,
Sie erblickt nur hohler Wirbel
Grause Tiefen unter sich.

Arme sinken, Tritte straucheln,
Ist's denn auch der Pfad nach Hause?
Soll sie zaudern? soll sie fliehen?
Will sie denken, wo Gedanke,
Rat und Hülfe gleich versagt? –
Und so tritt sie vor den Gatten;
Er erblickt sie, Blick ist Urteil,
Hohen Sinns ergreift das Schwert er,
Schleppt sie zu dem Totenhügel
Wo Verbrecher büßend bluten.
Wüßte sie zu widerstreben?
Wüßte sie sich zu entschuld'gen,
Schuldig, keiner Schuld bewußt?

Und er kehrt mit blutigem Schwerte
Sinnend zu der stillen Wohnung;
Da entgegnet ihm der Sohn:
»Wessen Blut ist's? Vater! Vater!« –
Der Verbrecherin! – »Mit nichten!
Denn es starret nicht am Schwerte
Wie verbrecherische Tropfen;
Fließt wie aus der Wunde frisch.
Mutter, Mutter! tritt heraus her!
Ungerecht war nie der Vater,
Sage was er jetzt verübt.« –
Schweige! Schweige! 's ist das ihre! –
»Wessen ist es?« – Schweige! Schweige! –
»Wäre meiner Mutter Blut!!!
Was geschehen? was verschuldet?
Her das Schwert! ergriffen hab' ich's;
Deine Gattin magst du töten,
Aber meine Mutter nicht!
In die Flammen folgt die Gattin

Ihrem einzig Angetrauten,
Seiner einzig teuren Mutter
In das Schwert der treue Sohn.«

Halt, o halte! rief der Vater,
Noch ist Raum, enteil', enteile!
Füge Haupt dem Rumpfe wieder,
Du berührest mit dem Schwerte
Und lebendig folgt sie dir.

Eilend, atemlos erblickt er
Staunend zweier Frauen Körper
Überkreuzt und so die Häupter;
Welch Entsetzen! welche Wahl!
Dann der Mutter Haupt erfaßt er,
Küßt es nicht, das tot erblaßte
Auf des nächsten Rumpfes Lücke
Setzt er's eilig, mit dem Schwerte
Segnet er das fromme Werk.

Aufersteht ein Riesenbildnis. –
Von der Mutter teuren Lippen,
Göttlich-unverändert-süßen,
Tönt das grausenvolle Wort:
Sohn, o Sohn! Welch Übereilen!
Deiner Mutter Leichnam dorten,
Neben ihm das freche Haupt
Der Verbrecherin, des Opfers
Waltender Gerechtigkeit!
Mich nun hast du ihrem Körper
Eingeimpft auf ewige Tage;
Weisen Wollens, wilden Handelns
Werd' ich unter Göttern sein.
Ja des Himmelsknaben Bildnis
Webt so schön vor Stirn und Auge;
Senkt sich's in das Herz herunter,
Regt es tolle Wutbegier.

Immer wird es wieder kehren,
Immer steigen, immer sinken,
Sich verdüstern, sich verklären,
So hat Brama dies gewollt.
Er gebot ja buntem Fittig,
Klarem Antlitz, schlanken Gliedern,
Göttlich-einzigem Erscheinen
Mich zu prüfen, zu verführen;

Denn von oben kommt Verführung,
Wenn's den Göttern so beliebt.
Und so soll ich die Bramane,
Mit dem Haupt im Himmel weilend,
Fühlen Paria dieser Erde
Niederziehende Gewalt.

Sohn, ich sende dich dem Vater!
Tröste! – Nicht ein traurig Büßen,
Stumpfes Harren, stolz Verdienen
Halt' euch in der Wildnis fest;
Wandert aus durch alle Welten,
Wandelt hin durch alle Zeiten
Und verkündet auch Geringstem:
Daß ihn Brama droben hört!

Ihm ist keiner der Geringste –
Wer sich mit gelähmten Gliedern,
Sich mit wild zerstörtem Geiste,
Düster ohne Hülf' und Rettung,
Sei er Brama, sei er Paria,
Mit dem Blick nach oben kehrt,
Wird's empfinden, wird's erfahren:
Dort erglühen tausend Augen,
Ruhend lauschen tausend Ohren,
Denen nichts verborgen bleibt.

Heb' ich mich zu seinem Throne,
Schaut er mich die Grausenhafte
Die er gräßlich umgeschaffen,
Muß er ewig mich bejammern,
Euch zu Gute komme das.
Und ich werd' ihn freundlich mahnen
Und ich werd' ihm wütend sagen,
Wie es mir der Sinn gebietet,
Wie es mir im Busen schwellet.
Was ich denke, was ich fühle –
Ein Geheimnis bleibe das.

DANK DES PARIA

Großer Brama! nun erkenn' ich,
Daß du Schöpfer bist der Welten!
Dich als meinen Herrscher nenn' ich,
Denn du lässest alle gelten.

Und verschließest auch dem Letzten
Keines von den tausend Ohren;
Uns, die tief herabgesetzten,
Alle hast du neu geboren.

Wendet euch zu dieser Frauen,
Die der Schmerz zur Göttin wandelt,
Nun beharr' ich anzuschauen
Den, der einzig wirkt und handelt.

TRILOGIE DER LEIDENSCHAFT

AN WERTHER

Noch einmal wagst du, vielbeweinter Schatten,
Hervor dich an das Tageslicht,
Begegnest mir auf neu beblümten Matten
Und meinen Anblick scheust du nicht.
Es ist als ob du lebtest in der Frühe,
Wo uns der Tau auf Einem Feld erquickt,
Und nach des Tages unwillkommner Mühe
Der Scheidesonne letzter Strahl entzückt;
Zum Bleiben ich, zum Scheiden du, erkoren,
Gingst du voran – und hast nicht viel verloren.

Des Menschen Leben scheint ein herrlich Los:
Der Tag, wie lieblich, so die Nacht, wie groß!
Und wir gepflanzt in Paradieses Wonne,
Genießen kaum der hocherlauchten Sonne,
Da kämpft sogleich verworrene Bestrebung
Bald mit uns selbst und bald mit der Umgebung;
Keins wird vom andern wünschenswert ergänzt,
Von außen düstert's, wenn es innen glänzt,
Ein glänzend Äußres deckt mein trüber Blick,
Da steht es nah – und man verkennt das Glück.

Nun glauben wir's zu kennen! Mit Gewalt
Ergreift uns Liebreiz weiblicher Gestalt:
Der Jüngling, froh wie in der Kindheit Flor
Im Frühling tritt als Frühling selbst hervor,
Entzückt, erstaunt, wer dies ihm angetan?
Er schaut umher, die Welt gehört ihm an.
In's Weite zieht ihn unbefangene Hast,

Nichts engt ihn ein, nicht Mauer, nicht Palast;
Wie Vögelschar an Wäldergipfeln streift,
So schwebt auch er, der um die Liebste schweift,
Er sucht vom Äther, den er gern verläßt,
Den treuen Blick und dieser hält ihn fest.

Doch erst zu früh und dann zu spat gewarnt,
Fühlt er den Flug gehemmt, fühlt sich umgarnt,
Das Wiedersehn ist froh, das Scheiden schwer,
Das Wieder-Wiedersehn beglückt noch mehr
Und Jahre sind im Augenblick ersetzt;
Doch tückisch harrt das Lebewohl zuletzt.

Du lächelst, Freund, gefühlvoll wie sich ziemt:
Ein gräßlich Scheiden machte dich berühmt;
Wir feierten dein kläglich Mißgeschick,
Du ließest uns zu Wohl und Weh zurück;
Dann zog uns wieder ungewisse Bahn
Der Leidenschaften labyrinthisch an;
Und wir verschlungen wiederholter Not,
Dem Scheiden endlich – Scheiden ist der Tod!
Wie klingt es rührend wenn der Dichter singt,
Den Tod zu meiden, den das Scheiden bringt!
Verstrickt in solche Qualen halbverschuldet
Geb' ihm ein Gott zu sagen was er duldet.

ELEGIE

Und wenn der Mensch in seiner Qual verstummt,
Gab mir ein Gott zu sagen was ich leide.

Was soll ich nun vom Wiedersehen hoffen,
Von dieses Tages noch geschloss'ner Blüte?
Das Paradies, die Hölle steht dir offen;
Wie wankelsinnig regt sich's im Gemüte! –
Kein Zweifeln mehr! Sie tritt an's Himmelstor,
Zu Ihren Armen hebt sie dich empor.

—

So warst du denn im Paradies empfangen
Als wärst du wert des ewig schönen Lebens;
Dir blieb kein Wunsch, kein Hoffen, kein Verlangen,
Hier war das Ziel des innigsten Bestrebens,
Und in dem Anschaun dieses einzig Schönen
Versiegte gleich der Quell sehnsüchtiger Tränen.

Wie regte nicht der Tag die raschen Flügel,
Schien die Minuten vor sich her zu treiben!
Der Abendkuß, ein treu verbindlich Siegel:
So wird es auch der nächsten Sonne bleiben.
Die Stunden glichen sich in zartem Wandern
Wie Schwestern zwar, doch keine ganz den andern.

Der Kuß der letzte, grausam süß, zerschneidend
Ein herrliches Geflecht verschlungner Minnen.
Nun eilt, nun stockt der Fuß die Schwelle meidend,
Als trieb ein Cherub flammend ihn von hinnen;
Das Auge starrt auf düstrem Pfad verdrossen,
Es blickt zurück, die Pforte steht verschlossen.

Und nun verschlossen in sich selbst, als hätte
Dies Herz sich nie geöffnet, selige Stunden
Mit jedem Stern des Himmels um die Wette
An ihrer Seite leuchtend nicht empfunden;
Und Mißmut, Reue, Vorwurf, Sorgenschwere
Belasten's nun in schwüler Atmosphäre.

Ist denn die Welt nicht übrig? Felsenwände
Sind sie nicht mehr gekrönt von heiligen Schatten?
Die Ernte reift sie nicht? Ein grün Gelände
Zieht sich's nicht hin am Fluß durch Busch und Matten?
Und wölbt sich nicht das überweltlich Große
Gestaltenreiche, bald gestaltenlose?

Wie leicht und zierlich, klar und zart gewoben,
Schwebt, Seraph gleich, aus ernster Wolken Chor,
Als glich es ihr, am blauen Äther droben,
Ein schlank Gebild aus lichtem Duft empor:
So sahst du sie in frohem Tanze walten
Die Lieblichste der lieblichsten Gestalten.

Doch nur Momente darfst dich unterwinden
Ein Luftgebild statt ihrer fest zu halten;
In's Herz zurück, dort wirst du's besser finden,
Dort regt sie sich in wechselnden Gestalten;
Zu Vielen bildet Eine sich hinüber,
So tausendfach, und immer immer lieber.

Wie zum Empfang sie an den Pforten weilte
Und mich von dannauf stufenweis beglückte;
Selbst nach dem letzten Kuß mich noch ereilte,
Den letztesten mir auf die Lippen drückte:

So klar beweglich bleibt das Bild der Lieben,
Mit Flammenschrift, in's treue Herz geschrieben.

In's Herz, das fest wie zinnenhohe Mauer
Sich ihr bewahrt und sie in sich bewahret,
Für sie sich freut an seiner eignen Dauer,
Nur weiß von sich, wenn sie sich offenbaret,
Sich freier fühlt in so geliebten Schranken
Und nur noch schlägt, für alles ihr zu danken.

War Fähigkeit zu lieben, war Bedürfen
Von Gegenliebe weggelöscht, verschwunden;
Ist Hoffnungslust zu freudigen Entwürfen,
Entschlüssen, rascher Tat sogleich gefunden!
Wenn Liebe je den Liebenden begeistet,
Ward es an mir auf's lieblichste geleistet;

Und zwar durch sie! – Wie lag ein innres Bangen
Auf Geist und Körper, unwillkommner Schwere:
Von Schauerbildern rings der Blick umfangen
Im wüsten Raum beklommner Herzensleere;
Nun dämmert Hoffnung von bekannter Schwelle,
Sie selbst erscheint in milder Sonnenhelle.

Dem Frieden Gottes, welcher euch hienieden
Mehr als Vernunft beseliget – wir lesen's –
Vergleich' ich wohl der Liebe heitern Frieden
In Gegenwart des allgeliebten Wesens;
Da ruht das Herz und nichts vermag zu stören
Den tiefsten Sinn, den Sinn ihr zu gehören.

In unsers Busens Reine wogt ein Streben,
Sich einem höhern, reinern, unbekannten,
Aus Dankbarkeit freiwillig hinzugeben,
Enträtselnd sich den ewig Ungenannten;
Wir heißen's: fromm sein! – Solcher seligen Höhe
Fühl' ich mich teilhaft, wenn ich vor ihr stehe.

Vor ihrem Blick, wie vor der Sonne Walten,
Vor ihrem Atem, wie vor Frühlingslüften,
Zerschmilzt, so längst sich eisig starr gehalten,
Der Selbstsinn tief in winterlichen Grüften;
Kein Eigennutz, kein Eigenwille dauert,
Vor ihrem Kommen sind sie weggeschauert.

Es ist als wenn sie sagte: »Stund um Stunde
Wird uns das Leben freundlich dargeboten,
Das Gestrige ließ uns geringe Kunde,
Das Morgende, zu wissen ist's verboten;
Und wenn ich je mich vor dem Abend scheute,
Die Sonne sank und sah noch was mich freute.

Drum tu' wie ich und schaue, froh verständig,
Dem Augenblick in's Auge! Kein Verschieben!
Begegn' ihm schnell, wohlwollend wie lebendig,
Im Handeln sei's, zur Freude, sei's dem Lieben;
Nur wo du bist sei alles, immer kindlich,
So bist du alles, bist unüberwindlich.«

Du hast gut reden, dacht' ich, zum Geleite
Gab dir ein Gott die Gunst des Augenblickes,
Und jeder fühlt an deiner holden Seite
Sich Augenblicks den Günstling des Geschickes;
Mich schreckt der Wink von dir mich zu entfernen,
Was hilft es mir so hohe Weisheit lernen!

Nun bin ich fern! Der jetzigen Minute
Was ziemt denn der? Ich wüßt' es nicht zu sagen;
Sie bietet mir zum Schönen manches Gute,
Das lastet nur, ich muß mich ihm entschlagen;
Mich treibt umher ein unbezwinglich Sehnen,
Da bleibt kein Rat als grenzenlose Tränen.

So quellt denn fort! und fließet unaufhaltsam;
Doch nie geläng's die innre Glut zu dämpfen!
Schon rast's und reißt in meiner Brust gewaltsam,
Wo Tod und Leben grausend sich bekämpfen.
Wohl Kräuter gäb's, des Körpers Qual zu stillen;
Allein dem Geist fehlt's am Entschluß und Willen,

Fehlt's am Begriff: wie sollt' er sie vermissen?
Er wiederholt ihr Bild zu tausendmalen.
Das zaudert bald, bald wird es weggerissen,
Undeutlich jetzt und jetzt im reinsten Strahlen;
Wie könnte dies geringstem Troste frommen,
Die Ebb' und Flut, das Gehen wie das Kommen?

—

Verlaßt mich hier, getreue Weggenossen!
Laßt mich allein am Fels, in Moor und Moos;
Nur immer zu! euch ist die Welt erschlossen,
Die Erde weit, der Himmel hehr und groß;

Betrachtet, forscht, die Einzelheiten sammelt,
Naturgeheimnis werde nachgestammelt.

Mir ist das All, ich bin mir selbst verloren,
Der ich noch erst den Göttern Liebling war;
Sie prüften mich, verliehen mir Pandoren,
So reich an Gütern, reicher an Gefahr;
Sie drängten mich zum gabeseligen Munde,
Sie trennen mich, und richten mich zu Grunde.

AUSSÖHNUNG

Die Leidenschaft bringt Leiden! – Wer beschwichtigt
Beklommnes Herz das allzuviel verloren?
Wo sind die Stunden, überschnell verflüchtigt?
Vergebens war das Schönste dir erkoren!
Trüb' ist der Geist, verworren das Beginnen;
Die hehre Welt wie schwindet sie den Sinnen!

Da schwebt hervor Musik mit Engelschwingen,
Verflicht zu Millionen Tön' um Töne,
Des Menschen Wesen durch und durch zu dringen,
Zu überfüllen ihn mit ew'ger Schöne:
Das Auge netzt sich, fühlt im höhern Sehnen
Den Götter-Wert der Töne wie der Tränen.

Und so das Herz erleichtert merkt behende
Daß es noch lebt und schlägt und möchte schlagen,
Zum reinsten Dank der überreichen Spende
Sich selbst erwiedernd willig darzutragen.
Da fühlte sich – o daß es ewig bliebe! –
Das Doppel-Glück der Töne wie der Liebe.

ÄOLSHARFEN
Gespräch

Er

Ich dacht' ich habe keinen Schmerz
Und doch war mir so bang um's Herz,
Mir war's gebunden vor der Stirn
Und hohl im innersten Gehirn –
Bis endlich Trän' auf Träne fließt,
Verhaltnes Lebewohl ergießt. –

Ihr Lebewohl war heitre Ruh,
Sie weint wohl jetzund auch wie du.

Sie

Ja er ist fort, das muß nun sein!
Ihr Lieben laßt mich nur allein,
Sollt' ich euch seltsam scheinen,
Es wird nicht ewig währen!
Jetzt kann ich ihn nicht entbehren.
Und da muß ich weinen.

—

Er

Zur Trauer bin ich nicht gestimmt
Und Freude kann ich auch nicht haben:
Was sollen mir die reifen Gaben,
Die man von jedem Baume nimmt!
Der Tag ist mir zum Überdruß,
Langweilig ist's, wenn Nächte sich befeuern;
Mir bleibt der einzige Genuß
Dein holdes Bild mir ewig zu erneuern,
Und fühltest du den Wunsch nach diesem Segen,
Du kämest mir auf halbem Weg entgegen.

Sie

Du trauerst daß ich nicht erscheine,
Vielleicht entfernt so treu nicht meine,
Sonst wär' mein Geist im Bilde da.
Schmückt Iris wohl des Himmels Bläue?
Laß regnen, gleich erscheint die Neue,
Du weinst! Schon bin ich wieder da.

Er

Ja du bist wohl an Iris zu vergleichen!
Ein liebenswürdig Wunderzeichen.
So schmiegsam herrlich, bunt in Harmonie
Und immer neu und immer gleich wie sie.

UNGEDULD

Immer wieder in die Weite
Über Länder an das Meer,
Phantasien in der Breite
Schwebt am Ufer hin und her!
Neu ist immer die Erfahrung:
Immer ist dem Herzen bang,

Schmerzen sind der Jugend Nahrung,
Tränen seliger Lobgesang.

LUST UND QUAL

Knabe saß ich, Fischerknabe,
Auf dem schwarzen Fels im Meer,
Und, bereitend falsche Gabe,
Sang ich lauschend rings umher.
Angel schwebte lockend nieder;
Gleich ein Fischlein streift und schnappt,
Schadenfrohe Schelmenlieder –
Und das Fischlein war ertappt.

Ach! am Ufer, durch die Fluren,
Ins Geklüfte tief zum Hain,
Folgt' ich einer Sohle Spuren,
Und die Hirtin war allein.
Blicke sinken, Worte stocken! –
Wie ein Taschenmesser schnappt
Faßte sie mich in die Locken
Und das Bübchen war ertappt.

Weiß doch Gott mit welchem Hirten
Sie auf's neue sich ergeht!
Muß ich in das Meer mich gürten,
Wie es sauset, wie es weht.
Wenn mich oft im Netze jammert
Das Gewimmel groß und klein;
Immer möcht' ich noch umklammert
Noch von ihren Armen sein!

IMMER UND ÜBERALL

Dringe tief zu Berges Grüften,
Wolken folge hoch zu Lüften;
Muse ruft zu Bach und Tale
Tausend aber tausend Male.

Sobald ein frisches Kelchlein blüht,
Es fordert neue Lieder;
Und wenn die Zeit verrauschend flieht,
Jahrszeiten kommen wieder.

MÄRZ

Es ist ein Schnee gefallen,
Denn es ist noch nicht Zeit
Daß von den Blümlein allen,
Daß von den Blümlein allen
Wir werden hoch erfreut.

Der Sonnenblick betrüget
Mit mildem falschem Schein,
Die Schwalbe selber lüget,
Die Schwalbe selber lüget,
Warum? Sie kommt allein!

Sollt' ich mich einzeln freuen,
Wenn auch der Frühling nah?
Doch kommen wir zu zweien
Doch kommen wir zu zweien,
Gleich ist der Sommer da.

APRIL

Augen sagt mir, sagt was sagt ihr?
Denn ihr sagt was gar zu Schönes,
Gar des lieblichen Getönes;
Und in gleichem Sinne fragt ihr.

Doch ich glaub' euch zu erfassen:
Hinter dieser Augen Klarheit
Ruht ein Herz in Lieb' und Wahrheit
Jetzt sich selber überlassen,

Dem es wohl behagen müßte,
Unter so viel stumpfen, blinden,
Endlich einen Blick zu finden
Der es auch zu schätzen wüßte.

Und indem ich diese Chiffern
Mich versenke zu studieren,
Laßt euch ebenfalls verführen
Meine Blicke zu entziffern!

MAI

Leichte Silberwolken schweben
Durch die erst erwärmten Lüfte,
Mild, von Schimmer sanft umgeben,
Blickt die Sonne durch die Düfte;
Leise wallt und drängt die Welle
Sich am reichen Ufer hin,
Und wie reingewaschen helle,
Schwankend hin und her und hin,
Spiegelt sich das junge Grün.

Still ist Luft und Lüftchen stille;
Was bewegt mir das Gezweige?
Schwüle Liebe dieser Fülle,
Von den Bäumen durch's Gesträuche.
Nun der Blick auf einmal helle,
Sieh! der Bübchen Flatterschar,
Das bewegt und regt so schnelle,
Wie der Morgen sie gebar,
Flügelhaft sich Paar und Paar.

Fangen an das Dach zu flechten; –
Wer bedürfte dieser Hütte?
Und wie Zimmrer, die gerechten,
Bank und Tischchen in der Mitte!
Und so bin ich noch verwundert,
Sonne sinkt, ich fühl' es kaum;
Und nun führen aber hundert
Mir das Liebchen in den Raum,
Tag und Abend, welch ein Traum!

JUNI

Hinter jenem Berge wohnt
Sie, die meine Liebe lohnt.
Sage, Berg, was ist denn das?
Ist mir doch als wärst du Glas,

Und ich wär' nicht weit davon;
Denn sie kommt, ich seh' es schon,
Traurig, denn ich bin nicht da,
Lächelnd, ja, sie weiß es ja!

Nun stellt sich dazwischen
Ein kühles Tal mit leichten Büschen,
Bächen, Wiesen und dergleichen,
Mühlen und Rändern, den schönsten Zeichen
Daß da gleich wird eine Fläche kommen,
Weite Felder unbeklommen.
Und so immer, immer heraus,
Bis mir an Garten und Haus!

Aber wie geschicht's?
Freut mich das alles nicht –
Freute mich des Gesichts
Und der zwei Äuglein Glanz,
Freute mich des leichten Gangs,
Und wie ich sie seh'
Vom Zopf zur Zeh!

Sie ist fort, ich bin hier,
Ich bin weg, bin bei ihr.

Wandelt sie auf schroffen Hügeln,
Eilet sie das Tal entlang,
Da erklingt es wie mit Flügeln,
Da bewegt sich's wie Gesang.
Und auf diese Jugendfülle,
Dieser Glieder frohe Pracht
Harret einer in der Stille,
Den sie einzig glücklich macht.

Liebe steht ihr gar zu schön,
Schönres hab' ich nie gesehn!
Bricht ihr doch ein Blumenflor
Aus dem Herzen leicht hervor.

Denk ich: soll es doch so sein!
Das erquickt mir Mark und Bein;
Wähn' ich wohl, wenn sie mich liebt,
Daß es noch was beßres gibt?

Und noch schöner ist die Braut,
Wenn sie sich mir ganz vertraut,
Wenn sie spricht und mir erzählt,
Was sie freut und was sie quält.

Wie's ihr ist und wie's ihr war,
Kenn' ich sie doch ganz und gar.

Wer gewänn' an Seel' und Leib
Solch ein Kind und solch ein Weib!

FRÜHLING ÜBER'S JAHR

Das Beet schon lockert
Sich's in die Höh,
Da wanken Glöckchen
So weiß wie Schnee;
Safran entfaltet
Gewalt'ge Glut,
Smaragden keimt es
Und keimt wie Blut.
Primeln stolzieren
So naseweiß,
Schalkhafte Veilchen
Versteckt mit Fleiß;
Was auch noch alles
Da regt und webt,
Genug der Frühling
Er wirkt und lebt.

Doch was im Garten
Am reichsten blüht,
Das ist des Liebchens
Lieblich Gemüt.
Da glühen Blicke
Mir immerfort,
Erregend Liedchen,
Erheiternd Wort.
Ein immer offen,
Ein Blütenherz,
Im Ernste freundlich
Und rein im Scherz.
Wenn Ros' und Lilie
Der Sommer bringt,
Er doch vergebens
Mit Liebchen ringt.

FÜR'S LEBEN

Nach diesem Frühlingsregen
Den wir so warm erfleht,
Weibchen, o sieh den Segen

Der unsre Flur durchweht!
Bis in die blaue Trübe
Verliert sich unser Blick!
Hier wandelt noch die Liebe,
Hier hauset noch das Glück.

Das Pärchen weißer Tauben,
Du siehst, es fliegt dorthin,
Wo, um besonnte Lauben,
Gefüllte Veilchen blühn.
Dort banden wir zusammen
Den allerersten Strauß,
Dort schlugen unsre Flammen
Zuerst gewaltig aus.

Doch als uns vom Altare,
Nach dem beliebten Ja,
Mit manchem jungen Paare,
Der Pfarrer eilen sah;
Da gingen andre Sonnen
Und andre Monden auf,
Da war die Welt gewonnen
Für unsern Lebenslauf.

Und hunderttausend Siegel
Bekräftigten den Bund,
Im Wäldchen, auf dem Hügel,
Im Busch am Wiesengrund,
In Höhlen, im Gemäuer,
Auf des Geklüftes Höh',
Und Amor trug das Feuer
Selbst in das Rohr am See.

Wir wandelten zufrieden,
Wir glaubten uns zu zwei;
Doch anders war's beschieden
Und sieh'! wir waren drei,
Und vier' und fünf' und sechse,
Sie saßen um den Topf,
Und nun sind die Gewächse
Fast all' uns über'n Kopf.

Und dort, in schöner Fläche,
Das neugebaute Haus
Umschlingen Pappelbäche,
So freundlich sieht's heraus.

Wer schaffte wohl da drüben
Sich diesen frohen Sitz?
Ist es, mit seiner Lieben,
Nicht unser braver Fritz?

Und wo im Felsengrunde
Der eingeklemmte Fluß
Sich schäumend aus dem Schlunde
Auf Räder stürzen muß:
Man spricht von Müllerinnen
Und wie so schön sie sind;
Doch immer wird gewinnen
Dort hinten unser Kind.

Doch wo das Grün so dichte
Um Kirch' und Rasen steht,
Da wo die alte Fichte
Allein zum Himmel weht,
Da ruhet unsrer Toten
Frühzeitiges Geschick,
Und leitet von dem Boden
Zum Himmel unsern Blick.

Es blitzen Waffenwogen
Den Hügel, schwankend, ab.
Das Heer es kommt gezogen,
Das uns den Frieden gab.
Wer mit der Ehrenbinde
Bewegt sich stolz voraus?
Er gleichet unserm Kinde!
So kommt der Karl nach Haus.

Den liebsten aller Gäste
Bewirtet nun die Braut;
Sie wird am Friedensfeste
Dem Treuen angetraut.
Und zu den Feiertänzen
Drängt jeder sich herbei;
Da schmückest du mit Kränzen
Der jüngsten Kinder drei.

Bei Flöten und Schalmeien
Erneuert sich die Zeit,
Da wir uns einst im Reihen
Als junges Paar gefreut;
Und in des Jahres Laufe,

Die Wonne fühl' ich schon!
Begleiten wir zur Taufe,
Den Enkel und den Sohn.

FÜR EWIG

Denn was der Mensch in seinen Erdeschranken
Von hohem Glück mit Götternamen nennt,
Die Harmonie der Treue, die kein Wanken,
Der Freundschaft, die nicht Zweifelsorge kennt;
Das Licht, das Weisen nur zu einsamen Gedanken,
Das Dichtern nur in schönen Bildern brennt,
Das hatt' ich all' in meinen besten Stunden
In ihr entdeckt und es für mich gefunden.

ZWISCHEN BEIDEN WELTEN

Einer Einzigen angehören,
Einen Einzigen verehren
Wie vereint es Herz und Sinn!
Lida! Glück der nächsten Nähe,
William! Stern der schönsten Höhe,
Euch verdank' ich was ich bin.
Tag' und Jahre sind verschwunden,
Und doch ruht auf jenen Stunden
Meines Wertes Vollgewinn.

AUS EINEM STAMMBUCH VON 1604

Hoffnung beschwingt Gedanken, Liebe Hoffnung,
In klarster Nacht hinauf zu Cynthien, Liebe!
Und sprich: wie sie sich oben umgestaltet,
So auf der Erde schwindet, wächs't mein Glück.
Und wispere sanft-bescheiden ihr an's Ohr,
Wie Zweifel oft das Haupt hing, Treue tränte,
Und ihr Gedanken, mißzutraun geneigt,
Beschilt euch die Geliebte dessenthalb,
So sagt: ihr wechselt zwar, doch ändert nicht,
Wie sie dieselbe bleibt und immer wechselt.
Untrauen tritt in's Herz, vergiftet's nicht,
Denn Lieb' ist süßer von Verdacht gewürzt.
Wenn sie verdrießlich dann das Aug' umwölkt,
Des Himmels Kläre widerwärtig schwärzt,

Dann Seufzer-Winde scheucht die Wolken weg,
Tränt nieder sie in Regen aufzulösen.
Gedanke, Hoffnung, Liebe bleib nur dort,
Bis Cynthia scheint wie sie mir sonst getan.

UM MITTERNACHT

Um Mitternacht ging ich, nicht eben gerne,
Klein, kleiner Knabe, jenen Kirchhof hin
Zu Vaters Haus, des Pfarrers, Stern am Sterne
Sie leuchteten doch alle gar zu schön;
Um Mitternacht.

Wenn ich dann ferner in des Lebens Weite
Zur Liebsten mußte, mußte weil sie zog,
Gestirn und Nordschein über mir im Streite,
Ich gehend, kommend Seligkeiten sog;
Um Mitternacht.

Bis dann zuletzt des vollen Mondes Helle
So klar und deutlich mir in's Finstere drang,
Auch der Gedanke willig, sinnig, schnelle
Sich um's Vergangne wie um's Künftige schlang;
Um Mitternacht.

ST. NEPOMUCKS VORABEND

Carlsbad den 15. Mai 1820

Lichtlein schwimmen auf dem Strome,
Kinder singen auf der Brücken,
Glocke, Glöckchen fügt vom Dome
Sich der Andacht, dem Entzücken.

Lichtlein schwinden, Sterne schwinden;
Also lös'te sich die Seele
Unsres Heil'gen, nicht verkünden
Durft' er anvertraute Fehle.

Lichtlein schwimmet! spielt ihr Kinder!
Kinder-Chor, o! singe, singe!
Und verkündiget nicht minder
Was den Stern zu Sternen bringe.

IM VORÜBERGEHN

Ich ging im Felde
So für mich hin,
Und nichts zu suchen,
Das war mein Sinn.

Da stand ein Blümchen
Sogleich so nah,
Daß ich im Leben
Nichts lieber sah.

Ich wollt' es brechen,
Da sagt' es schleunig:
Ich habe Wurzeln,
Die sind gar heimlich.

Im tiefen Boden
Bin ich gegründet;
Drum sind die Blüten
So schön geründet.

Ich kann nicht liebeln,
Ich kann nicht schranzen;
Mußt mich nicht brechen,
Mußt mich verpflanzen.

—

Ich ging im Walde
So vor mich hin;
Ich war so heiter,
Wollt' immer weiter –
Das war mein Sinn.

PFINGSTEN

Unter halb verwelkten Maien
Schläft der liebe Freund so still;
O! wie soll es ihn erfreuen
Was ich ihm vertrauen will:
Ohne Wurzeln dieses Reisig,
Es verdorrt das junge Blut;
Aber Liebe, wie Herr Dreyßig,
Nähret ihre Pflanzen gut.

AUG' UM OHR

Was dem Auge dar sich stellet
Sicher glauben wir's zu schaun,
Was dem Ohr sich zugesellet
Gibt uns nicht ein gleich Vertraun;
Darum deine lieben Worte
Haben oft mir wohlgetan,
Doch ein Blick am rechten Orte
Übrig läßt er keinen Wahn.

BLICK UM BLICK

Wenn du dich im Spiegel besiehst
Denke daß ich diese Augen küßte,
Und mich mit mir selbst entzweien müßte
Sobalde du mich fliehst:
Denn da ich nur in diesen Augen lebe,
Du mir gibst was ich gebe,
So wär' ich ganz verloren;
Jetzt bin ich immer wie neu geboren.

HAUS-PARK

Liebe Mutter, die Gespielen
Sagen mir schon manche Zeit
Daß ich besser sollte fühlen
Was Natur im Freien beut.
Bin ich hinter diesen Mauern,
Diesen Hecken, diesem Bux,
Wollen sie mich nur bedauern
Neben diesem alten Jux.

Solche schroffe grüne Wände
Ließen sie nicht länger stehn;
Kann man doch von einem Ende
Gleich bis an das andre sehn.
Von der Schere fallen Blätter,
Fallen Blüten, welch ein Schmerz!
Asmus, unser lieber Vetter,
Nennt es puren Schneiderscherz.

Stehn die Pappeln doch so prächtig
Um des Nachbars Gartenhaus;

Und bei uns wie niederträchtig
Nehmen sich die Zwiebeln aus!
Wollt ihr nicht den Wunsch erfüllen –
Ich bescheide mich ja wohl!
Heuer nur, um Gotteswillen,
Liebe Mutter, keinen Kohl!

DER NEUE COPERNICUS

Artges Häuschen hab ich klein,
Und, darin verstecket,
Bin ich vor der Sonne Schein
Gar bequem bedecket.

Denn da gibt es Schalterlein,
Federchen und Lädchen,
Finde mich so wohl allein
Als mit hübschen Mädchen.

Denn, o Wunder! mir zur Lust
Regen sich die Wälder,
Näher kommen meiner Brust
Die entfernten Felder.

Und so tanzen auch vorbei
Die bewachs'nen Berge,
Fehlet nur das Lustgeschrei
Aufgeregter Zwerge.

Doch so gänzlich still und stumm
Rennt es mir vorüber
Meistens grad und oft auch krumm
Und so ist mir's lieber.

Wenn ich's recht betrachten will
Und es ernst gewahre,
Steht vielleicht das alles still
Und ich selber fahre.

GEGENSEITIG

Wie sitzt mir das Liebchen?
Was freut sie so groß?
Den Fernen sie wiegt ihn,
Sie hat ihn im Schoß;

Im zierlichen Käfig
Ein Vöglein sie hält,
Sie läßt es heraußer
So wie's ihr gefällt

Hat's Picken dem Finger,
Den Lippen getan,
Es flieget und flattert,
Und wieder heran.

So eile zur Heimat,
Das ist nun der Brauch,
Und hast du das Mädchen,
So hat sie dich auch.

FREIBEUTER

Mein Haus hat kein' Tür,
Mein' Tür hat ke' Haus;
Und immer mit Schätzel
Hinein und heraus.

Mei Küch hat ke' Herd,
Mei Herd hat ke' Küch;
Da bratet's und siedet's
Für sich und für mich.

Mei Bett hat ke' G'stell,
Mei G'stell hat ke' Bett.
Doch wüßt ich nit e'nen
Der's lustiger hett.

Mei Keller is hoch,
Mei Scheuer is tief,
Zu oberst zu unterst –
Da lag ich und schlief.

Und bin ich erwachen,
Da geht es so fort;
Mei Ort hat ke' Bleibens,
Mein Bleibens ken' Ort.

WANDERLIED

Von dem Berge zu den Hügeln,
Niederab das Tal entlang,
Da erklingt es wie von Flügeln,
Da bewegt sich's wie Gesang;
Und dem unbedingten Triebe
Folget Freude, folget Rat;
Und dein Streben, sei's in Liebe,
Und dein Leben sei die Tat.

Denn die Bande sind zerrissen,
Das Vertrauen ist verletzt;
Kann ich sagen, kann ich wissen,
Welchem Zufall ausgesetzt
Ich nun scheiden, ich nun wandern,
Wie die Witwe, trauervoll,
Statt dem Einen, mit dem Andern
Fort und fort mich wenden soll!

Bleibe nicht am Boden heften,
Frisch gewagt und frisch hinaus!
Kopf und Arm mit heitern Kräften
Überall sind sie zu Haus;
Wo wir uns der Sonne freuen,
Sind wir jede Sorge los;
Daß wir uns in ihr zerstreuen,
Darum ist die Welt so groß.

LOGE

SYMBOLUM

Des Maurers Wandeln
Es gleicht dem Leben,
Und sein Bestreben
Es gleicht dem Handeln
Der Menschen auf Erden.

Die Zukunft decket
Schmerzen und Glücke,
Schrittweis' dem Blicke,
Doch ungeschrecket
Dringen wir vorwärts,

Und schwer und ferne
Hängt eine Hülle
Mit Ehrfurcht. Stille
Ruhn oben die Sterne
Und unten die Gräber.

Betracht' sie genauer
Und siehe, so melden
Im Busen der Helden
Sich wandelnde Schauer
Und ernste Gefühle.

Doch rufen von drüben
Die Stimmen der Geister
Die Stimmen der Meister:
Versäumt nicht zu üben
Die Kräfte des Guten.

Hier winden sich Kronen
In ewiger Stille,
Die sollen mit Fülle
Die Tätigen lohnen!
Wir heißen euch hoffen.

VERSCHWIEGENHEIT

Wenn die Liebste zum Erwiedern
Blick auf Liebesblicke beut,
Singt ein Dichter gern in Liedern
Wie ein solches Glück erfreut!
Aber Schweigen bringet Fülle
Reicheren Vertrau'ns zurück;
Leise, leise! Stille, stille!
Das ist erst das wahre Glück.

Wenn den Krieger wild Getöse,
Tromm'l und Pauken, aufgeregt,
Er den Feind, in aller Blöße,
Schmetternd über Länder schlägt;
Nimmt er, wegen Siegsverheerung,
Gern den Ruhm, den lauten, an,
Wenn verheimlichte Verehrung
Seiner Wohltat wohlgetan.

Heil uns! Wir verbundne Brüder
Wissen doch was keiner weiß;
Ja, sogar bekannte Lieder
Hüllen sich in unsern Kreis.
Niemand soll und wird es schauen
Was einander wir vertraut:
Denn auf Schweigen und Vertrauen
Ist der Tempel aufgebaut.

GEGENTOAST DER SCHWESTERN

Zum 24. Oktober 1820
dem Stiftungs- und Amalienfeste

Unser Dank, und wenn auch trutzig,
Grüßend alle lieben Gäste,
Mache keinen Frohen stutzig:
Denn wir feiern eure Feste.

Sollten aber wir, die Frauen,
Dankbar solche Brüder preisen,
Die, in's Innere zu schauen,
Immer uns zur Seite weisen!

Doch Amalien, der hehren,
Die auch euch verklärt erscheinet,

Sprechend, singend ihr zu Ehren
Sind wir doch mit euch vereinet.

Und indem wir eure Lieder
Denken keineswegs zu stören,
Fragen alle sich die Brüder
Was sie ohne Schwestern wären?

TRAUERLOGE

Der Unvergeßlichen Prinzessin Caroline von Weimar Eisenach
vermählten Erbprinzessin von Meklenburg Schwerin
gewidmet 1816

An dem öden Strand des Lebens
Wo sich Dün' auf Düne häuft,
Wo der Sturm im Finstern träuft,
Setze dir ein Ziel des Strebens.
Unter schon verloschnen Siegeln
Tausend Väter hingestreckt,
Ach! von neuen frischen Hügeln
Freund an Freunden überdeckt.

Hast du so dich abgefunden,
Werde Nacht und Äther klar,
Und der ew'gen Sterne Schar
Deute dir belebte Stunden,
Wo du hier mit Ungetrübten,
Treulich wirkend, gern verweilst,
Und auch treulich den geliebten
Ewigen entgegen eilst.

DANK DES SÄNGERS

Von Sängern hat man viel erzählt
Die in ein Schloß gekommen.
Wo nichts ermangelt, nichts gefehlt,
Sie haben Platz genommen.
Doch war wo, irgendwo ein Platz,
Vergleichbar diesem Brüder-Schatz,
Wo auch ich Platz genommen?

Ihr fraget nicht woher ich sei,
Wir alle sind von oben;
Doch singend wird der Freie frei

Und darf die Brüder loben.
Die Brust entlöse der Gesang!
Was außen eng, was außen bang
Uns macht es nicht beklommen.

So hab ich euch denn schon den Dank,
Den ich gedacht, erwiesen,
Und euch mit Tönen rein und schlank
Als Würdige gepriesen.
Was bleibet übrig als der Schall
Den wir so gerne hören,
Wenn überall, all überall
Im Stillen wir uns vermehren.

ZUR LOGENFEIER DES DRITTEN SEPTEMBERS 1825

EINLEITUNG

Einmal nur in unserm Leben,
Was auch sonst begegnen mag,
Ist das höchste Glück gegeben,
Einmal feiert solchen Tag!

Einen Tag, der froh erglänzend
Bunten Schmucks der Nacht entsteigt,
Sich gesellig nun begrenzend
Segensvoll zum Berge neigt.

Darum öffnet eure Pforten,
Laßt Vertrauteste herein;
Heute soll an allen Orten
Liebe nah der Liebe sein!

ZWISCHENGESANG

Laßt fahren hin das allzu Flüchtige!
Ihr sucht bei ihm vergebens Rat;
In dem Vergangnen lebt das Tüchtige,
Verewigt sich in schöner Tat.

Und so gewinnt sich das Lebendige
Durch Folg' aus Folge neue Kraft,
Denn die Gesinnung die beständige
Sie macht allein den Menschen dauerhaft.

So löst sich jene große Frage
Nach unserm zweiten Vaterland;
Denn das Beständige der ird'schen Tage
Verbürgt uns ewigen Bestand.

SCHLUSSGESANG

Nun auf und laßt verlauten
Ihr brüderlich Vertrauten!
Wie ihr geheim verehret
Nach außen sei's gekehret!
Nicht mehr in Sälen
Verhalle der Sang.

Und jubelnd übermaßen
Durchziehet neue Straßen!
Wo wir in's Leere schauten
Erscheinen edle Bauten
Und Kranz an Kränzen
Die Reihen entlang.

So äußeres Gebäude
Verkündet inn're Freude;
Der Schule Raum erheitert
Zu lichtem Saal erweitert;
Die Kinder scheuen
Nicht Moder noch Zwang.

Nun in die luft'gen Räume!
Wer pflanzte diese Bäume,
Ihr kinderfrohen Gatten?
Er pflegte diese Schatten
Und Wälder umgrünen
Die Hügel entlang.

Die Plage zu vergessen,
Das Gute zu ermessen,
So aufgeregt als treulich
So treusam wie erfreulich
Stimmet zusammen
In herzlichem Sang!

Wie viel er ausgespendet,
Auch weit und breit vollendet,
Die Unzahl sich verbündet,
Unsäglich Glück gegründet,
Das wiederholet
Das Leben entlang.

GOTT UND WELT

Weite Welt und breites Leben,
Langer Jahre redlich Streben,
Stets geforscht und stets gegründet,
Nie geschlossen, oft geründet,
Ältestes bewahrt mit Treue,
Freundlich aufgefaßtes Neue,
Heitern Sinn und reine Zwecke:
Nun! man kommt wohl eine Strecke.

PROŒMION

Im Namen dessen der Sich selbst erschuf!
Von Ewigkeit in schaffendem Beruf;
In Seinem Namen der den Glauben schafft,
Vertrauen, Liebe, Tätigkeit und Kraft;
In jenes Namen, der, so oft genannt,
Dem Wesen nach blieb immer unbekannt:
So weit das Ohr, so weit das Auge reicht
Du findest nur Bekanntes das Ihm gleicht,
Und deines Geistes höchster Feuerflug
Hat schon am Gleichnis, hat am Bild genug;
Es zieht dich an, es reißt dich heiter fort,
Und wo du wandelst schmückt sich Weg und Ort:
Du zählst nicht mehr, berechnest keine Zeit,
Und jeder Schritt ist Unermeßlichkeit.

—

Was wär' ein Gott, der nur von außen stieße,
Im Kreis das All am Finger laufen ließe!
Ihm ziemt's, die Welt im Innern zu bewegen,
Natur in Sich, Sich in Natur zu hegen,
So daß was in Ihm lebt und webt und ist,
Nie Seine Kraft, nie Seinen Geist vermißt.

—

Im Innern ist ein Universum auch;
Daher der Völker löblicher Gebrauch
Daß jeglicher das Beste was er kennt,
Er Gott, ja seinen Gott benennt,
Ihm Himmel und Erden übergibt,
Ihn fürchtet, und wo möglich liebt.

WIEDERFINDEN

Ist es möglich, Stern der Sterne,
Drück' ich wieder dich an's Herz!
Ach! was ist die Nacht der Ferne
Für ein Abgrund, für ein Schmerz!
Ja du bist es! meiner Freuden
Süßer lieber Widerpart;
Eingedenk vergangner Leiden
Schaudr' ich vor der Gegenwart.

Als die Welt im tiefsten Grunde
Lag an Gottes ew'ger Brust,
Ordnet' er die erste Stunde
Mit erhabner Schöpfungslust,
Und er sprach das Wort: Es werde!
Da erklang ein schmerzlich Ach!
Als das All, mit Machtgebärde,
In die Wirklichkeiten brach.

Auf tat sich das Licht! sich trennte
Scheu die Finsternis von ihm,
Und sogleich die Elemente
Scheidend auseinander fliehn.
Rasch in wilden wüsten Träumen
Jedes nach der Weite rang,
Starr, in ungemess'nen Räumen,
Ohne Sehnsucht, ohne Klang.

Stumm war alles, still und öde,
Einsam Gott zum erstenmal!
Da erschuf er Morgenröte,
Die erbarmte sich der Qual;
Sie entwickelte dem Trüben
Ein erklingend Farbenspiel
Und nun konnte wieder lieben
Was erst auseinander fiel.

Und mit eiligem Bestreben
Sucht sich was sich angehört,
Und zu ungemess'nem Leben
Ist Gefühl und Blick gekehrt:
Sei's Ergreifen, sei es Raffen,
Wenn es nur sich faßt und hält!
Allah braucht nicht mehr zu schaffen,
Wir erschaffen seine Welt.

So mit morgenroten Flügeln
Riß es mich an deinen Mund,
Und die Nacht mit tausend Siegeln
Kräftigt sternenhell den Bund.
Beide sind wir auf der Erde
Musterhaft in Freud' und Qual,
Und ein zweites Wort: Es werde!
Trennt uns nicht zum zweitenmal.

WELTSEELE

Verteilet euch nach allen Regionen
Von diesem heil'gen Schmaus!
Begeistert reißt euch durch die nächsten Zonen
In's All und füllt es aus!

Schon schwebet ihr in ungemess'nen Fernen
Den sel'gen Göttertraum,
Und leuchtet neu, gesellig, unter Sternen
Im lichtbesäten Raum.

Dann treibt ihr euch, gewaltige Kometen,
In's Weit' und Weitr' hinan.
Das Labyrinth der Sonnen und Planeten
Durchschneidet eure Bahn.

Ihr greifet rasch nach ungeformten Erden
Und wirket schöpfrisch jung
Daß sie belebt und stets belebter werden,
Im abgemess'nen Schwung.

Und kreisend führt ihr in bewegten Lüften
Den wandelbaren Flor,
Und schreibt dem Stein in allen seinen Grüften
Die festen Formen vor.

Nun Alles sich mit göttlichem Erkühnen
Zu übertreffen strebt;
Das Wasser will, das unfruchtbare, grünen
Und jedes Stäubchen lebt.

Und so verdrängt mit liebevollem Streiten
Der feuchten Qualme Nacht;
Nun glühen schon des Paradieses Weiten,
In überbunter Pracht.

Wie regt sich bald, ein holdes Licht zu schauen,
Gestaltenreiche Schar,
Und ihr erstaunt, auf den beglückten Auen,
Nun als das erste Paar.

Und bald verlischt ein unbegrenztes Streben
Im sel'gen Wechselblick.
Und so empfangt, mit Dank, das schönste Leben
Vom All in's All zurück.

DAUER IM WECHSEL

Hielte diesen frühen Segen
Ach, nur Eine Stunde fest!
Aber vollen Blütenregen
Schüttelt schon der laue West.
Soll ich mich des Grünen freuen
Dem ich Schatten erst verdankt?
Bald wird Sturm auch das zerstreuen,
Wenn es falb im Herbst geschwankt.

Willst du nach den Früchten greifen,
Eilig nimm dein Teil davon!
Diese fangen an zu reifen
Und die andern keimen schon;
Gleich mit jedem Regengusse,
Ändert sich dein holdes Tal,
Ach, und in demselben Flusse
Schwimmst du nicht zum zweitenmal.

Du nun selbst! Was felsenfeste
Sich vor dir hervorgetan,
Mauern siehst du, siehst Paläste
Stets mit andern Augen an.
Weggeschwunden ist die Lippe,
Die im Kusse sonst genas,
Jener Fuß, der an der Klippe
Sich mit Gemsenfreche maß,

Jene Hand, die gern und milde
Sich bewegte wohlzutun.
Das gegliederte Gebilde,
Alles ist ein andres nun.
Und was sich, an jener Stelle,
Nun mit deinem Namen nennt,

Kam herbei wie eine Welle
Und so eilt's zum Element.

Laß den Anfang mit dem Ende
Sich in Eins zusammen ziehn!
Schneller als die Gegenstände
Selber dich vorüberfliehn.
Denke, daß die Gunst der Musen
Unvergängliches verheißt,
Den Gehalt in deinem Busen
Und die Form in deinem Geist.

EINS UND ALLES

Im Grenzenlosen sich zu finden
Wird gern der Einzelne verschwinden,
Da löst sich aller Überdruß;
Statt heißem Wünschen, wildem Wollen,
Statt läst'gem Fordern, strengem Sollen,
Sich aufzugeben ist Genuß.

Weltseele komm uns zu durchdringen!
Dann mit dem Weltgeist selbst zu ringen
Wird unsrer Kräfte Hochberuf.
Teilnehmend führen gute Geister,
Gelinde leitend, höchste Meister,
Zu dem der alles schafft und schuf.

Und umzuschaffen das Geschaffne,
Damit sich's nicht zum Starren waffne,
Wirkt ewiges, lebendiges Tun.
Und was nicht war, nun will es werden,
Zu reinen Sonnen, farbigen Erden,
In keinem Falle darf es ruhn.

Es soll sich regen, schaffend handeln,
Erst sich gestalten, dann verwandeln;
Nur scheinbar steht's Momente still.
Das Ewige regt sich fort in allen:
Denn alles muß in Nichts zerfallen,
Wenn es im Sein beharren will.

PARABASE

Freudig war, vor vielen Jahren,
Eifrig so der Geist bestrebt,
Zu erforschen, zu erfahren,
Wie Natur im Schaffen lebt.
Und es ist das ewig Eine,
Das sich vielfach offenbart;
Klein das Große, groß das Kleine,
Alles nach der eignen Art.
Immer wechselnd, fest sich haltend.
Nah und fern und fern und nah;
So gestaltend, umgestaltend –
Zum Erstaunen bin ich da.

DIE METAMORPHOSE DER PFLANZEN

Dich verwirret, Geliebte, die tausendfältige Mischung
Dieses Blumengewühls über den Garten umher;
Viele Namen hörest du an, und immer verdränget
Mit barbarischem Klang einer den andern im Ohr.
Alle Gestalten sind ähnlich, und keine gleichet der andern;
Und so deutet das Chor auf ein geheimes Gesetz,
Auf ein heiliges Rätsel. O, könnt' ich dir, liebliche Freundin,
Überliefern sogleich glücklich das lösende Wort!
Werdend betrachte sie nun, wie nach und nach sich die Pflanze,
Stufenweise geführt, bilde zu Blüten und Frucht.
Aus dem Samen entwickelt sie sich, sobald ihn der Erde
Stille befruchtender Schoß hold in das Leben entläßt
Und dem Reize des Lichts, des heiligen, ewig bewegten,
Gleich den zärtesten Bau keimender Blätter empfiehlt.
Einfach schlief in dem Samen die Kraft; ein beginnendes Vorbild
Lag, verschlossen in sich, unter die Hülle gebeugt,
Blatt und Wurzel und Keim, nur halb geformet und farblos;
Trocken erhält so der Kern ruhiges Leben bewahrt,
Quillet strebend empor, sich milder Feuchte vertrauend,
Und erhebt sich sogleich aus der umgebenden Nacht.
Aber einfach bleibt die Gestalt der ersten Erscheinung;
Und so bezeichnet sich auch unter den Pflanzen das Kind.
Gleich darauf ein folgender Trieb, sich erhebend, erneuet,
Knoten auf Knoten getürmt, immer das erste Gebild.
Zwar nicht immer das gleiche; denn mannigfaltig erzeugt sich,
Ausgebildet, du siehst's, immer das folgende Blatt,
Ausgedehnter, gekerbter, getrennter in Spitzen und Teile,
Die verwachsen vorher ruhten im untern Organ.

Und so erreicht es zuerst die höchst bestimmte Vollendung,
  Die bei manchem Geschlecht dich zum Erstaunen bewegt.
Viel gerippt und gezackt, auf mastig strotzender Fläche,
  Scheinet die Fülle des Triebs frei und unendlich zu sein.
Doch hier hält die Natur, mit mächtigen Händen, die Bildung
  An, und lenket sie sanft in das Vollkommnere hin.
Mäßiger leitet sie nun den Saft, verengt die Gefäße,
  Und gleich zeigt die Gestalt zärtere Wirkungen an.
Stille zieht sich der Trieb der strebenden Ränder zurücke,
  Und die Rippe des Stiels bildet sich völliger aus.
Blattlos aber und schnell erhebt sich der zärtere Stengel,
  Und ein Wundergebild zieht den Betrachtenden an.
Rings im Kreise stellet sich nun, gezählet und ohne
  Zahl, das kleinere Blatt neben dem ähnlichen hin.
Um die Achse gedrängt entscheidet der bergende Kelch sich,
  Der zur höchsten Gestalt farbige Kronen entläßt.
Also prangt die Natur in hoher voller Erscheinung,
  Und sie zeiget gereiht Glieder an Glieder gestuft.
Immer staunst du auf's Neue, sobald sich am Stengel die Blume
  Über dem schlanken Gerüst wechselnder Blätter bewegt.
Aber die Herrlichkeit wird des neuen Schaffens Verkündung;
  Ja, das farbige Blatt fühlet die göttliche Hand,
Und zusammen zieht es sich schnell; die zärtesten Formen,
  Zwiefach streben sie vor, sich zu vereinen bestimmt.
Traulich stehen sie nun, die holden Paare, beisammen,
  Zahlreich ordnen sie sich um den geweihten Altar.
Hymen schwebet herbei, und herrliche Düfte, gewaltig,
  Strömen süßen Geruch, Alles belebend, umher.
Nun vereinzelt schwellen sogleich unzählige Keime,
  Hold in den Mutterschoß schwellender Früchte gehüllt.
Und hier schließt die Natur den Ring der ewigen Kräfte;
  Doch ein neuer sogleich fasset den vorigen an,
Daß die Kette sich fort durch alle Zeiten verlänge,
  Und das Ganze belebt, so wie das Einzelne, sei.
Wende nun, o Geliebte, den Blick zum bunten Gewimmel,
  Das verwirrend nicht mehr sich vor dem Geiste bewegt.
Jede Pflanze verkündet dir nun die ew'gen Gesetze,
  Jede Blume, sie spricht lauter und lauter mit dir.
Aber entzifferst du hier der Göttin heilige Lettern,
  Überall siehst du sie dann, auch in verändertem Zug.
Kriechend zaudre die Raupe, der Schmetterling eile geschäftig,
  Bildsam ändre der Mensch selbst die bestimmte Gestalt!
O, gedenke denn auch, wie aus dem Keim der Bekanntschaft
  Nach und nach in uns holde Gewohnheit entsproß,
Freundschaft sich mit Macht aus unserm Innern enthüllte,
  Und wie Amor zuletzt Blüten und Früchte gezeugt.

Denke, wie mannigfach bald die, bald jene Gestalten,
  Still entfaltend, Natur unsern Gefühlen geliehn!
Freue dich auch des heutigen Tags! Die heilige Liebe
  Strebt zu der höchsten Frucht gleicher Gesinnungen auf,
Gleicher Ansicht der Dinge, damit in harmonischem Anschaun
  Sich verbinde das Paar, finde die höhere Welt.

EPIRRHEMA

Müsset im Naturbetrachten
Immer eins wie alles achten;
Nichts ist drinnen, nichts ist draußen:
Denn was innen das ist außen.
So ergreifet ohne Säumnis
Heilig öffentlich Geheimnis.

—

Freuet euch des wahren Scheins,
Euch des ernsten Spieles:
Kein Lebendiges ist ein Eins,
Immer ist's ein Vieles.

METAMORPHOSE DER TIERE

Wagt ihr, also bereitet, die letzte Stufe zu steigen
Dieses Gipfels, so reicht mir die Hand und öffnet den freien
Blick ins weite Feld der Natur. Sie spendet die reichen
Lebensgaben umher, die Göttin; aber empfindet
Keine Sorge wie sterbliche Fraun um ihrer Gebornen
Sichere Nahrung; ihr ziemet es nicht: denn zwiefach bestimmte
Sie das höchste Gesetz, beschränkte jegliches Leben,
Gab ihm gemess'nes Bedürfnis, und ungemessene Gaben,
Leicht zu finden, streute sie aus, und ruhig begünstigt
Sie das muntre Bemühen der vielfach bedürftigen Kinder;
Unerzogen schwärmen sie fort nach ihrer Bestimmung.

Zweck sein selbst ist jegliches Tier, vollkommen entspringt es
Aus dem Schoß der Natur und zeugt vollkommene Kinder.
Alle Glieder bilden sich aus nach ew'gen Gesetzen
Und die seltenste Form bewahrt im Geheimen das Urbild.
So ist jeglicher Mund geschickt die Speise zu fassen
Welche dem Körper gebührt, es sei nun schwächlich und zahnlos
Oder mächtig der Kiefer gezahnt, in jeglichem Falle
Fördert ein schicklich Organ den übrigen Gliedern die Nahrung.
Auch bewegt sich jeglicher Fuß, der lange, der kurze,

Ganz harmonisch zum Sinne des Tiers und seinem Bedürfnis.
So ist jedem der Kinder die volle reine Gesundheit
Von der Mutter bestimmt: denn alle lebendigen Glieder
Widersprechen sich nie und wirken alle zum Leben.
Also bestimmt die Gestalt die Lebensweise des Tieres,
Und die Weise zu leben sie wirkt auf alle Gestalten
Mächtig zurück. So zeiget sich fest die geordnete Bildung,
Welche zum Wechsel sich neigt durch äußerlich wirkende Wesen.
Doch im Innern befindet die Kraft der edlern Geschöpfe
Sich im heiligen Kreise lebendiger Bildung beschlossen.
Diese Grenzen erweitert kein Gott, es ehrt die Natur sie:
Denn nur also beschränkt war je das Vollkommene möglich.

Doch im Inneren scheint ein Geist gewaltig zu ringen,
Wie er durchbräche den Kreis, Willkür zu schaffen den Formen
Wie dem Wollen; doch was er beginnt, beginnt er vergebens.
Denn zwar drängt er sich vor zu diesen Gliedern, zu jenen,
Stattet mächtig sie aus, jedoch schon darben dagegen
Andere Glieder, die Last des Übergewichtes vernichtet
Alle Schöne der Form und alle reine Bewegung.
Siehst du also dem einen Geschöpf besonderen Vorzug
Irgend gegönnt, so frage nur gleich, wo leidet es etwa
Mangel anderswo, und suche mit forschendem Geiste,
Finden wirst du sogleich zu aller Bildung den Schlüssel.
Denn so hat kein Tier, dem sämtliche Zähne den obern.
Kiefer umzäunen, ein Horn auf seiner Stirne getragen,
Und daher ist den Löwen gehörnt der ewigen Mutter
Ganz unmöglich zu bilden und böte sie alle Gewalt auf;
Denn sie hat nicht Masse genug die Reihen der Zähne
Völlig zu pflanzen und auch Geweih und Hörner zu treiben.

Dieser schöne Begriff von Macht und Schranken, von Willkür
Und Gesetz, von Freiheit und Maß, von beweglicher Ordnung,
Vorzug und Mangel, erfreue dich hoch; die heilige Muse
Bringt harmonisch ihn dir, mit sanftem Zwange belehrend.
Keinen höhern Begriff erringt der sittliche Denker,
Keinen der tätige Mann, der dichtende Künstler; der Herrscher,
Der verdient es zu sein, erfreut nur durch ihn sich der Krone.
Freue dich, höchstes Geschöpf, der Natur, du fühlest dich fähig
Ihr den höchsten Gedanken, zu dem sie schaffend sich aufschwang,
Nachzudenken. Hier stehe nun still und wende die Blicke
Rückwärts, prüfe, vergleiche, und nimm vom Munde der Muse
Daß du schauest, nicht schwärmst, die liebliche volle Gewißheit.

ANTEPIRRHEMA

So schauet mit bescheidnem Blick
Der ewigen Weberin Meisterstück,
Wie Ein Tritt tausend Fäden regt,
Die Schifflein hinüber herüber schießen,
Die Fäden sich begegnend fließen,
Ein Schlag tausend Verbindungen schlägt,
Das hat sie nicht zusammen gebettelt,
Sie hat's von Ewigkeit angezettelt;
Damit der ewige Meistermann
Getrost den Einschlag werfen kann.

URWORTE. ORPHISCH

ΔΑΙΜΩΝ, Dämon

Wie an dem Tag, der dich der Welt verliehen,
Die Sonne stand zum Gruße der Planeten,
Bist alsobald und fort und fort gediehen,
Nach dem Gesetz wonach du angetreten.
So mußt du sein, dir kannst du nicht entfliehen,
So sagten schon Sibyllen, so Propheten;
Und keine Zeit und keine Macht zerstückelt
Geprägte Form die lebend sich entwickelt.

ΤΥΧΗ, Das Zufällige

Die strenge Grenze doch umgeht gefällig
Ein Wandelndes, das mit und um uns wandelt;
Nicht einsam bleibst du, bildest dich gesellig,
Und handelst wohl so wie ein andrer handelt:
Im Leben ist's bald hin- bald wiederfällig,
Es ist ein Tand und wird so durchgetandelt.
Schon hat sich still der Jahre Kreis geründet,
Die Lampe harrt der Flamme die entzündet.

ΕΡΩΣ, Liebe

Die bleibt nicht aus! – Er stürzt vom Himmel nieder,
Wohin er sich aus alter Öde schwang,
Er schwebt heran auf luftigem Gefieder
Um Stirn und Brust den Frühlingstag entlang,
Scheint jetzt zu fliehn, vom Fliehen kehrt er wieder,
Da wird ein Wohl im Weh, so süß und bang.
Gar manches Herz verschwebt im Allgemeinen,
Doch widmet sich das edelste dem Einen.

ΑΝΑΓΚΗ, Nötigung

Da ist's denn wieder wie die Sterne wollten:
Bedingung und Gesetz und aller Wille
Ist nur ein Wollen, weil wir eben sollten,
Und vor dem Willen schweigt die Willkür stille;
Das Liebste wird vom Herzen weggescholten,
Dem harten Muß bequemt sich Will' und Grille.
So sind wir scheinfrei denn nach manchen Jahren
Nur enger dran als wir am Anfang waren.

ΕΛΠΙΣ, Hoffnung

Doch solcher Grenze, solcher ehrnen Mauer
Höchst widerwärt'ge Pforte wird entriegelt,
Sie stehe nur mit alter Felsendauer!
Ein Wesen regt sich leicht und ungezügelt:
Aus Wolkendecke, Nebel, Regenschauer
Erhebt sie uns, mit ihr, durch sie beflügelt,
Ihr kennt sie wohl, sie schwärmt durch alle Zonen;
Ein Flügelschlag – und hinter uns Äonen!

ATMOSPHÄRE

»Die Welt sie ist so groß und breit,
Der Himmel auch so hehr und weit,
Ich muß das alles mit Augen fassen,
Will sich aber nicht recht denken lassen.«

Dich im Unendlichen zu finden,
Mußt unterscheiden und dann verbinden,
Drum danket mein beflügelt Lied
Dem Manne, der Wolken unterschied.

HOWARD'S EHRENGEDÄCHTNIS

Wenn Gottheit *Camarupa*, hoch und hehr,
Durch Lüfte schwankend wandelt leicht und schwer,
Des Schleiers Falten sammelt, sie zerstreut,
Am Wechsel der Gestalten sich erfreut,
Jetzt starr sich hält, dann schwindet wie ein Traum,
Da staunen wir und trau'n dem Auge kaum;

Nun regt sich kühn des eignen Bildens Kraft,
Die Unbestimmtes zu Bestimmtem schafft;
Da droht ein Leu, dort wogt ein Elefant,

Kameles Hals, zum Drachen umgewandt,
Ein Heer zieht an, doch triumphiert es nicht,
Da es die Macht am steilen Felsen bricht;
Der treuste Wolkenbote selbst zerstiebt
Eh er die Fern' erreicht, wohin man liebt.

Er aber, Howard, gibt mit reinem Sinn
Uns neuer Lehre herrlichsten Gewinn.
Was sich nicht halten, nicht erreichen läßt,
Er faßt es an, er hält zuerst es fest;
Bestimmt das Unbestimmte, schränkt es ein,
Benennt es treffend! – Sei die Ehre dein! –
Wie Streife steigt, sich ballt, zerflattert, fällt,
Erinn're dankbar deiner sich die Welt.

Stratus

Wenn von dem stillen Wasserspiegel-Plan
Ein Nebel hebt den flachen Teppich an,
Der Mond, dem Wallen des Erscheins vereint,
Als ein Gespenst Gespenster bildend scheint,
Dann sind wir alle, das gestehn wir nur,
Erquickt' erfreute Kinder, o Natur!

Dann hebt sich's wohl am Berge, sammelnd breit
An Streife Streifen, so umdüstert's weit
Die Mittelhöhe, beidem gleich geneigt,
Ob's fallend wässert, oder luftig steigt.

Cumulus

Und wenn darauf zu höh'rer Atmosphäre
Der tüchtige Gehalt berufen wäre,
Steht Wolke hoch, zum herrlichsten geballt,
Verkündet, festgebildet, Machtgewalt,
Und, was ihr fürchtet und auch wohl erlebt,
Wie's oben drohet, so es unten bebt.

Cirrus

Doch immer höher steigt der edle Drang!
Erlösung ist ein himmlisch leichter Zwang.
Ein Aufgehäuftes, flockig löst sich's auf,

Wie Schäflein tripplend, leicht gekämmt zu Hauf.
So fließt zuletzt was unten leicht entstand
Dem *Vater* oben still in Schoß und Hand.

Nimbus

Nun laßt auch niederwärts, durch Erdgewalt
Herabgezogen was sich hoch geballt,
In Donnerwettern wütend sich ergehn,
Heerscharen gleich entrollen und verwehn! –
Der Erde tätig-leidendes Geschick!
Doch mit dem Bilde hebet euren Blick:
Die Rede geht herab, denn sie beschreibt,
Der Geist will aufwärts, wo er ewig bleibt.

WOHL ZU MERKEN

Und wenn wir unterschieden haben
Dann müssen wir lebendige Gaben
Dem Abgesonderten wieder verleihn
Und uns eines Folge-Lebens erfreun.

So wenn der Maler, der Poet,
Mit Howards Sond'rung wohl vertraut
Des Morgens früh, am Abend spät,
Die Atmosphäre prüfend schaut,

Da läßt er den Charakter gelten;
Doch ihm erteilen luftige Welten
Das Übergängliche, das Milde,
Daß er es fasse, fühle, bilde.

ENTOPTISCHE FARBEN

An Julien

Laß dir von den Spiegeleien
Unsrer Physiker erzählen,
Die am Phänomen sich freuen,
Mehr sich mit Gedanken quälen.

Spiegel hüben, Spiegel drüben,
Doppelstellung, auserlesen;
Und dazwischen ruht im Trüben
Als Crystall das Erdewesen.

Dieses zeigt, wenn jene blicken,
Allerschönste Farbenspiele,
Dämmerlicht das beide schicken
Offenbart sich dem Gefühle.

Schwarz wie Kreuze wirst du sehen,
Pfauenaugen kann man finden;
Tag und Abendlicht vergehen
Bis zusammen beide schwinden.

Und der Name wird ein Zeichen,
Tief ist der Crystall durchdrungen:
Aug' in Auge sieht dergleichen
Wundersame Spiegelungen.

Laß den Macrocosmus gelten,
Seine spenstischen Gestalten!
Da die lieben kleinen Welten
Wirklich Herrlichstes enthalten.

WAS ES GILT

Dem Chromatiker

Bringst du die Natur heran
Daß sie jeder nutzen kann;
Falsches hast du nicht ersonnen,
Hast der Menschen Gunst gewonnen.

—

Möget ihr das Licht zerstückeln,
Farb' um Farbe draus entwickeln,
Oder andre Schwänke führen,
Kügelchen polarisieren,
Daß der Hörer ganz erschrocken
Fühlet Sinn und Sinne stocken:
Nein! Es soll euch nicht gelingen,
Sollt uns nicht beiseite bringen;
Kräftig wie wir's angefangen,
Wollen wir zum Ziel gelangen.

HERKÖMMLICH

Priester werden Messe singen
Und die Pfarrer werden pred'gen;
Jeder wird vor allen Dingen

Seiner Meinung sich entled'gen
Und sich der Gemeine freuen,
Die sich um ihn her versammelt,
So im Alten wie im Neuen
Ohngefähre Worte stammelt.
Und so lasset auch die Farben
Mich nach meiner Art verkünden,
Ohne Wunden, ohne Narben,
Mit der läßlichsten der Sünden.

ALLERDINGS

Dem Physiker

»Ins Innre der Natur –«
O du Philister! –
»Dringt kein erschaffner Geist.«
Mich und Geschwister
Mögt ihr an solches Wort
Nur nicht erinnern:
Wir denken: Ort für Ort
Sind wir im Innern.
»Glückselig! wem sie nur
Die äußre Schale weist!«
Das hör' ich sechzig Jahre wiederholen,
Ich fluche drauf, aber verstohlen;
Sage mir tausend tausendmale:
Alles gibt sie reichlich und gern;
Natur hat weder Kern
Noch Schale,
Alles ist sie mit einemmale;
Dich prüfe du nur allermeist,
Ob du Kern oder Schale seist.

ULTIMATUM

Und so sag' ich zum letzten Male:
Natur hat weder Kern
Noch Schale;
Du prüfe dich nur allermeist,
Ob du Kern oder Schale seist!

—

»Wir kennen dich, du Schalk!
Du machst nur Possen;
Vor unsrer Nase doch
Ist viel verschlossen.«

Ihr folget falscher Spur,
Denkt nicht wir scherzen!
Ist nicht der Kern der Natur
Menschen im Herzen?

DIE WEISEN UND DIE LEUTE

Epimenides
Kommt Brüder! sammelt euch im Hain,
Schon drängt das Volk, es strömt herein,
Von Nord, Süd, West und Osten.
Sie möchten gern belehret sein,
Doch soll's nicht Mühe kosten:
Ich bitt' euch, haltet euch bereit
Ihm derb den Text zu lesen.

Die Leute
Ihr Grillenfänger sollt uns heut
Zu Rede stehn, mit Deutlichkeit,
Und nicht mit dunklem Wesen.
Sagt! – Ist die Welt von Ewigkeit?

Anaxagoras
Ich glaub' es: denn zu jeder Zeit
Wo sie noch nicht gewesen
Das wäre Schade gewesen.

Die Leute
Doch, ob der Untergang ihr dräut?

Anaximenes
Vermutlich! doch mir ist's nicht leid:
Denn bleibt nur Gott in Ewigkeit,
Wird's nie an Welten fehlen.

Die Leute
Allein was ist Unendlichkeit?

Parmenides
Wie kannst du so dich quälen!
Geh' in dich selbst! Entbehrst du drin
Unendlichkeit in Geist und Sinn,
So ist dir nicht zu helfen! –

Die Leute
Wo denken, und *wie* denken wir?

Diogenes
So hört doch auf zu belfen!
Der Denker denkt vom Hut zum Schuh
Und ihm gerät, in Blitzes Nu,
Das Was, das Wie, das Beste.

Die Leute
Haus't wirklich eine Seel' in mir?

Mimnermus
Das frage deine Gäste. –
Denn, siehst du, ich gestehe dir:
Das artige Wesen, das, entzückt,
Sich selbst und andre gern beglückt,
Das möcht' ich Seele nennen.

Die Leute
Liegt auch bei Nacht der Schlaf auf ihr?

Periander
Kann sich von dir nicht trennen.
Es kommt auf dich, du Körper, an!
Hast du dir leiblich wohlgetan,
Wird sie erquicklich ruhen.

Die Leute
Was ist der sogenannte Geist?

Cleobulus
Was man so Geist gewöhnlich heißt
Antwortet, aber fragt nicht.

Die Leute
Erkläre mir was glücklich heißt?

Crates
Das nackte Kind das zagt nicht;
Mit seinem Pfennig springt es fort,
Und kennt recht gut den Semmelort,
Ich meine des Bäckers Laden.

Die Leute
Sprich! wer Unsterblichkeit beweist?

Aristipp

Den rechten Lebensfaden
Spinnt einer, der lebt und leben läßt,
Er drille zu, er zwirne fest,
Der liebe Gott wird weifen.

Die Leute

Ist's besser törig oder klug?

Demokrit

Das läßt sich auch begreifen.
Hält sich der Narr für klug genug,
So gönnt es ihm der Weise.

Die Leute

Herrscht Zufall bloß und Augentrug?

Epikur

Ich bleib' in meinem Gleise,
Den Zufall bändige zum Glück,
Ergetz' am Augentrug den Blick;
Hast Nutz und Spaß von beiden.

Die Leute

Ist unsre Willensfreiheit Lug?

Zeno

Es kommt drauf an zu wagen.
Nur halte deinen Willen fest,
Und gehst du auch zu Grund zuletzt,
So hat's nicht viel zu sagen.

Die Leute

Kam ich als böse schon zur Welt?

Pelagius

Man muß dich wohl ertragen.
Du brachtest aus der Mutter Schoß
Fürwahr ein unerträglich Los:
Gar ungeschickt zu fragen.

Die Leute

Ist Beßrungstrieb uns zugesellt?

Plato

Wär' Beßrung nicht die Lust der Welt,
So würdest du nicht fragen.
Mit dir versuch' erst umzugehn,
Und kannst du dich nicht selbst verstehn,
So quäl' nicht andre Leute.

Die Leute

Doch herrschen Eigennutz und Geld!

Epictet

Laß ihnen doch die Beute!
Die Rechenpfennige der Welt
Mußt du ihr nicht beneiden.

Die Leute

So sag', was uns mit Recht gefällt,
Eh wir auf immer scheiden?

Die Weisen

Mein erst Gesetz ist, in der Welt
Die Frager zu vermeiden.

KUNST

KÜNSTLER-LIED
(Aus den Wanderjahren)

Zu erfinden, zu beschließen
Bleibe, Künstler, oft allein,
Deines Wirkens zu genießen
Eile freudig zum Verein!
Dort im Ganzen schau, erfahre
Deinen eignen Lebenslauf,
Und die Taten mancher Jahre
Gehn dir in dem Nachbar auf.

Der Gedanke, das Entwerfen,
Die Gestalten, ihr Bezug,
Eines wird das andre schärfen,
Und am Ende sei's genug!
Wohl erfunden, klug ersonnen,
Schön gebildet, zart vollbracht,
So von jeher hat gewonnen
Künstler kunstreich seine Macht.

Wie Natur im Vielgebilde
Einen Gott nur offenbart,
So im weiten Kunstgefilde
Webt ein Sinn der ew'gen Art;
Dieses ist der Sinn der Wahrheit,
Der sich nur mit Schönem schmückt
Und getrost der höchsten Klarheit
Hellsten Tags entgegenblickt.

Wie beherzt in Reim und Prose
Redner, Dichter sich ergehn,
Soll des Lebens heitre Rose
Frisch auf Malertafel stehn,
Mit Geschwistern reich umgeben,
Mit des Herbstes Frucht umlegt,
Daß sie von geheimem Leben
Offenbaren Sinn erregt.

Tausendfach und schön entfließe
Form aus Formen deiner Hand,
Und im Menschenbild genieße,

Daß ein Gott sich hergewandt.
Welch ein Werkzeug ihr gebrauchet,
Stellet euch als Brüder dar;
Und gesangweis flammt und rauchet
Opfersäule vom Altar.

ANTIKE

Homer ist lange mit Ehren genannt,
Jetzt ward euch Phidias bekannt;
Nun hält nichts gegen beide Stich,
Darob ereifre niemand sich.

—

Seid willkommen edle Gäste
Jedem echten deutschen Sinn;
Denn das Herrlichste, das Beste,
Bringt allein dem Geist Gewinn.

BEGEISTERUNG

Fassest du die Muse nur beim Zipfel,
Hast du wenig nur getan;
Geist und Kunst, auf ihrem höchsten Gipfel,
Muten alle Menschen an.

STUDIEN

Nachahmung der Natur
  – Der schönen –
Ich ging auch wohl auf dieser Spur;
  Gewöhnen
Mocht' ich wohl nach und nach den Sinn
  Mich zu vergnügen;
Allein sobald ich mündig bin,
  Es sind's die Griechen!

TYPUS

Es ist nichts in der Haut
Was nicht im Knochen ist.
Vor schlechtem Gebilde jedem graut,
Das ein Augenschmerz ihm ist.

Was freut denn jeden? Blühen zu sehn
Das von innen schon gut gestaltet;
Außen mag's in Glätte, mag in Farben gehn,
Es ist ihm schon voran gewaltet.

IDEALE

Der Maler wagt's mit Götter-Bildern,
Sein Höchstes hat er aufgestellt;
Doch was er für unmöglich hält:
Dem Liebenden die Liebste schildern,
Er wag' es auch! Ein Traum wird frommen,
Ein Schattenbild ist hoch willkommen.

ABWEGE

Künstler, wird's im Innern steif,
Das ist nicht erfreulich;
Auch der vagen Züge Schweif
Ist uns ganz abscheulich;
Kommst du aber auf die Spur
Daß du's nicht getroffen,
Zu der wahren Kunstnatur
Steht der Pfad schon offen.

MODERNES

»Wie aber kann sich Hans van Eyck
Mit Phidias nur messen?«
Ihr müßt, so lehr' ich, alsogleich
Einen um den andern vergessen.

Denn wärt ihr stets bei Einer geblieben,
Wie könntet ihr noch immer lieben?
Das ist die Kunst, das ist die Welt,
Daß ein's um's andere gefällt.

MUSEEN

An Bildern schleppt ihr hin und her
Verlornes und Erworbnes;
Und bei dem Senden kreuz und quer
Was bleibt uns denn? – Verdorbnes!

WILHELM TISCHBEINS IDYLLEN

Titelbild

Wie seit seinen Jünglings-Jahren
Unser Tischbein sich ergeht,
Wie er Berg und Tal befahren
Stets an rechter Stelle steht;
Was er sieht, weiß mitzuteilen,
Was er dichtet ebenfalls;
Faunen bringt er auch zuweilen,
Frauen doch auf allen Zeilen
Des poetisch-plastischen Alls:
Also war es an der Tiber
Wo dergleichen wir geübt,
Und noch wirkt dieselbe Fiber
Freund dem Freunde gleich geliebt.

1

Würdige Prachtgebäude stürzen,
Mauer fällt, Gewölbe bleiben,
Daß nach tausendjähr'gem Treiben
Tor und Pfeiler sich verkürzen.
Dann beginnt das Leben wieder,
Boden mischt sich neuen Saaten,
Rank' auf Ranke senkt sich nieder;
Der Natur ist's wohl geraten.

2

Schön und menschlich ist der Geist
Der uns in das Freie weis't,
Wo in Wäldern, auf der Flur,
Wie im steilen Berggehänge,
Sonnen-Auf- und Untergänge
Preisen Gott und die Natur.

3

Wenn in Wäldern, Baum an Bäumen,
Bruder sich mit Bruder nähret,
Sei das Wandern, sei das Träumen
Unverwehrt und ungestöret;
Doch, wo einzelne Gesellen
Zierlich mit einander streben,
Sich zum schönen Ganzen stellen,
Das ist Freude, das ist Leben.

4

Mitten in dem Wasserspiegel
Hob die Eiche sich empor,
Majestätisch Fürstensiegel
Solchem grünen Waldesflor;
Sieht sich selbst zu ihren Füßen,
Schaut den Himmel in der Flut:
So des Lebens zu genießen
Einsamkeit ist höchstes Gut.

5

Harren seht ihr sie, die Schönen,
Was durch's Ohr das Herz ergreife?
Flöte wird für diese tönen,
Für die andern Pan's Gepfeife.

6

Heute noch im Paradiese
Weiden Lämmer auf der Wiese,
Hüpft von Fels zu Fels die Ziege;
Milch und Obst nach ew'ger Weise
Bleibt der Alt- und Jungen Speise;
Mutterarm ist Kinderwiege,
Vaterflöte spricht an's Ohr,
Und Natur ist's nach wie vor.
Wo ihr huldiget der Holden,
Erd' und Himmel silbern, golden.
Darum Heil dem Freunde sei,
Der sich fühlt so treu und frei!

7

Was die Alten pfeifen,
Das wird ein Kind ergreifen,
Was die Väter sungen,
Das zwitschern muntere Jungen.
O, möchten sie zum Schönen
Sich früh und früh gewöhnen,
Und wären sie geboren
Den ziegenfüßigen Ohren.

8

Edel-ernst, ein Halbtier liegend,
Im Beschauen, im Besinnen,
Hin und her im Geiste wiegend,
Denkt er Großes zu gewinnen.
Ach, er möchte gern entfliehen

Solchem Auftrag, solcher Würde;
Einen Helden zu erziehen
Wird Centauren selbst zur Bürde.

9

Was wir froh und dankbar fühlen,
Wenn es auch am Ende quält,
Was wir lechzen zu erzielen,
Wo es Herz und Sinnen fehlt:
Heitre Gegend, groß gebildet,
Jugendschritt an Freundes-Brust,
Wechselseitig abgemildet,
Holder Liebe Schmerzens-Lust;
Alles habt ihr nun empfangen,
Irdisch war's und in der Näh';
Sehnsucht aber und Verlangen
Hebt vom Boden in die Höh'.
An der Quelle sind's Najaden,
Sind Sylphiden in der Luft,
Leichter fühlt ihr euch im Baden,
Leichter noch in Himmels-Duft;
Und das Plätschern und das Wallen
Ein und Andres zieht euch an;
Lasset Lied und Bild verhallen,
Doch im Innern ist's getan.

10

Jetzo wallen sie zusammen,
Kühle kühlt und birgt die Flammen,
Tiefer unten werden Hirten
Sich zum Wonnebad entgürten:
Um den Schönsten von den dreien
Werden beide sich entzweien.
Diese fließt in offner Schwüle,
Jene zu gewohnter Kühle,
Sucht den Liebsten in der Mühle.

11

Was sich nach der Erde senkte,
Was sich an den Boden hielt,
Was den Äther nicht erreicht,
Seht, wie es empor sich schwenkte,
Wie's auf Rohr und Ranken spielt!
Künstler-Wille macht es leicht.

12

Wenn um das Götterkind Auroren,
In Finsternis werden Rosen geboren,
Sie fleucht, so leicht, so hoch gemeint,
Die Sonne ihr auf die Fersen scheint.
Das ist denn doch das wahre Leben,
Wo in der Nacht auch Blüten schweben.

13

Ohne menschliche Gebrechen,
Göttergleich, mit heiterm Sinn,
Tauig Moos und Wasserflächen
Überschreitend schwebt sie hin.
Heute floh sie, floh wie gestern,
Riß der Muse sich vom Schoß;
Ach, sie hat so lästige Schwestern,
Peinlich werden wir sie los.

14

Wirket Stunden leichten Webens,
Lieblich lieblichen begegnend,
Zettel, Einschlag längsten Lebens,
Scheidend, kommend, grüßend, segnend.

15

Ruhig Wasser, grause Höhle,
Bergeshöh' und ernstes Licht,
Seltsam, wie es unsrer Seele
Schauderhafte Laute spricht.
So erweis't sich wohl Natur,
Künsterblick vernimmt es nur.

16

In dem lieblichsten Gewirre,
Wo das Bild um Bilder summt,
Dichterblick wird scheu und irre
Und die Leier sie verstummt.

17

Die Lieblichen sind hier zusammen,
Es ist doch gar zu viel der Flammen.
Der Überfluß erregt nur Pein,
Es sollten Alle nur Eine sein.

18

»Was trauren denn die guten Kinder,
Sie sind so jung da hilft's geschwinder.«
Habt ihr's vergessen, alte Kinder?
Es schmerzt im Augenblick nicht minder.

19

Glücklicher Künstler! in himmlischer Luft
Bewegen sich ihm schöne Weiber.
Versteht er sich doch auf Rosenduft
Und appetitliche Leiber.

20

Hier hat Tischbein, nach seiner Art,
Striche gar wunderlich gepaart;
Sie sind nicht alle deutlich zu lesen,
Sind aber alles Gedanken gewesen.

21

Wie herrlich ist die Welt! Wie schön!
Heil ihm, der je sie so gesehn!

ZU GEMÄLDEN EINER KAPELLE

So wie Moses, kaum geboren
Gewissem Tode bestimmt,
Wunderbar ward gerettet:
So mancher, schon halb verloren,
Da der Feind eindrang, ergrimmt,
Ward wieder froh und glücklich gebettet.

—

Johannes erst in der Wüste predigt:
»Seht Gottes Lamm, das von Sünden erledigt.«
Nun deutet er in die himmlischen Auen:
»Dort sollt ihr den Herrn, den erlösenden, schauen.«

KORE

Nicht gedeutet!

Ob Mutter? Tochter? Schwester? Enkelin?
Von Helios gezeugt? Von wer geboren?
Wohin gewandert? Wo versteckt? Verloren?
Gefunden? – Rätsel ist's dem Künstler-Sinn.
Und ruhte sie verhüllt in düstre Schleier.

Vom Rauch umwirbelt Acherontischer Feuer,
Die Gott-Natur enthüllt sich zum Gewinn:
Nach höchster Schönheit muß die Jungfrau streben,
Sizilien verleiht ihr Götterleben.

ZU MEINEN HANDZEICHNUNGEN

I
Einsamste Wildnis

Ich sah die Welt mit liebevollen Blicken
Und Welt und ich wir schwelgten im Entzücken;
So duftig war, belebend, immer frisch,
Wie Fels, wie Strom, so Bergwald und Gebüsch.
Doch unvermögend Streben, Nachgelalle,
Bracht' oft den Stift, den Pinsel bracht's zu Falle;
Auf neues Wagnis endlich blieb doch nur
Vom besten Wollen halb und halbe Spur.

Ihr Jüngern aber, die ihr unverzagt
Unausgesprochnes auszusprechen wagt,
Den Sinn, woran die Hand sich stotternd maß,
Das Unvermögen liebevoll vergaß,
Ihr seid es, die, was ich und ihr gefehlt,
Dem weiten Kreis der Kunstwelt nicht verhehlt.
Und wie dem Walde geht's den Blättern allen,
Sie knospen, grünen, welken ab und fallen.

II
Hausgarten

Hier sind wir denn vorerst ganz still zu Haus,
Von Tür zu Türe sieht es lieblich aus;
Der Künstler froh die stillen Blicke hegt,
Wo Leben sich zum Leben freundlich regt.
Und wie wir auch durch fremde Lande ziehn,
Da kommt es her, da kehrt es wieder hin;
Wir wenden uns, wie auch die Welt entzücke,
Der Enge zu, die uns allein beglücke.

III
Freie Welt

Wir wandern ferner auf bekanntem Grund,
Wir waren jung, hier waren wir gesund,

Und schlenderten den Sommer-Abend lang
Mit halber Hoffnung mannigfalt'gen Gang.
Und wie man kam, so ging man nicht zurück:
Begegnen ist ein höchstes Liebeglück.
Und zwei zusammen sehen Fluß und Bahn,
Und Berg und Busch sogleich ganz anders an.
Und wer dieselben Pfade wandernd schleicht,
Sei ihm des Zieles holder Wunsch erreicht!

IV

Geheimster Wohnsitz

Wie das erbaut war, wie's im Frieden lag,
Es kommt vielleicht vom Altertum zu Tag:
Denn vieles wirkte, hielt am sel'gen Fleiß,
Wovon die Welt noch keine Sylbe weiß.
Der Tempel steht, dem höchsten Sinn geweiht,
Auf Felsengrund in hehrer Einsamkeit.
Daneben wohnt die fromme Pilgerschar,
Sie wechseln gehend, kommend, Jahr für Jahr.
So ruhig harrt ein wallendes Geschlecht,
Geschützt durch Mauern, mehr durch Licht und Recht,
Und wer sich dort sein Probejahr befand,
Hat in der Welt gar einen eignen Stand;
Wir hoffen selbst uns im Asyl zu gründen.
Wer Buchten kennt, Erdzungen, wird es finden.
Der Abend war unübertrefflich schön,
Ach, wollte Gott ein Künstler hätt's gesehn!

V

Bequemes Wandern

Hier sind, so scheint es, Wandrer wohl bedacht:
Denn jeder fände Pfad um Mitternacht.
Wir sagen nicht, wir hätten's oft gesehn,
Dergleichen Wege doch gelang's zu gehn;
Denn freilich, wo die Mühe war gehoben,
Da kann der Waller jede Stunde loben;
Er geht beherzt, denn Schritt für Schritt ist leicht,
So daß er fröhlich Zweck und Ziel erreicht.

O selige Jugend, wie sie, Tag und Nacht
Den Ort zu ändern innigst angefacht,
Durch wilden Bergriß höchst behaglich steigt,
Und auf dem Gipfel Nebeldunst erreicht.
Man schelt' es nicht, denn wohl genießt sie rein,
Auch über Wolken, heitern Sonnenschein.

VI
Gehinderter Verkehr

Wie sich am Meere Mann um Mann befestigt
Und am Gestade Schiffer überlästigt,
Die engen Pfade völlig weglos macht,
Auf Sicherheit, mehr auf Gewalt bedacht;
Bald Recht, bald Plackerei, sein selbst gewiß,
Sei's wie es sei, und immer Hindernis,
So Tag und Nacht den Reisenden zur Last:
Es ist vielleicht zu düster aufgefaßt.

LÄNDLICH

Die Nachtigall sie war entfernt,
Der Frühling lockt sie wieder;
Was neues hat sie nicht gelernt,
Singt alte liebe Lieder.

—

Übermütig sieht's nicht aus
Dieses kleine Gartenhaus,
Allen die sich drin genährt
Ward ein guter Mut beschert.

—

Gar manches artig ist geschehn
Durch leichte Griffel-Spiele;
Doch, recht betrachtet, wohl besehn,
Fehlt immer Hain und Mühle.

—

Erinnr' ich mich doch spät und früh
Des lieblichsten Gesichts,
Sie denkt an mich, ich denk' an sie
Und beiden hilft es nichts.

LANDSCHAFT

Das alles sieht so lustig aus,
So wohl gewaschen das Bauerhaus,
So morgentaulich Gras und Baum,
So herrlich Blau der Berge Saum!
Seht nur das Wölkchen wie es spielt,
Und sich im reinen Äther kühlt!
Fände sich ein Niederländer hier,
Er nähme wahrlich gleich Quartier,

Und was er sieht und was er malt,
Wird hundert Jahre nachgezahlt.

Wie kommt dir denn das alles vor?
Es glänzt als wie durch Silberflor,
Durchscheinend ist's, es steht ein Licht
Dahinter, lieblichstes Gesicht.
Durch solcher holden Lampe Schein
Wird alles klar und überrein,
Was sonst ein garstig Ungefähr,
Tagtäglich, ein Gemeines wär' –
Fehlt's dir an Geist und Kunst-Gebühr,
Die Liebe weiß schon Rat dafür.

EPIGRAMMATISCH

NATIONAL-VERSAMMLUNG

Auf der recht- und linken Seite,
Auf dem Berg und in der Mitten,
Sitzen, stehen sie zum Streite,
All' einander ungelitten.

Wenn du dich an's Ganze wendest,
Und votierest wie du sinnest,
Merke welchen du entfremdest,
Fühle wen du dir gewinnest.

DEM 31. OKTOBER 1817

Dreihundert Jahre hat sich schon
Der Protestant erwiesen,
Daß ihn von Papst- und Türkenthron
Befehle baß verdrießen.

Was auch der Pfaffe sinnt und schleicht,
Der Prediger steht zur Wache,
Und daß der Erbfeind nichts erreicht
Ist aller Deutschen Sache.

Auch ich soll gottgegebne Kraft
Nicht ungenützt verlieren,
Und will in Kunst und Wissenschaft
Wie immer protestieren.

NATIVITÄT

Der Deutsche ist gelehrt
Wenn er sein Deutsch versteht;
Doch bleib' ihm unverwehrt
Wenn er nach außen geht.
Er komme dann zurück,
Gewiß um viel gelehrter;
Doch ist's ein großes Glück,
Wenn nicht um viel verkehrter. –

DAS PARTERRE SPRICHT

Strenge Fräulein zu begrüßen
Muß ich mich bequemen;
Mit den lüderlichen Süßen
Werd' ich's leichter nehmen.

Auf der Bühne lieb' ich droben
Keine Redumschweife,
Soll ich denn am Ende loben
Was ich nicht begreife?

Lose faßliche Gebärden
Können mich verführen;
Lieber will ich schlechter werden
Als mich ennuyieren.

AUF DEN KAUF

Wo ist einer der sich quälet
Mit der Last die wir getragen?
Wenn es an Gestalten fehlet,
Ist ein Kreuz geschwind geschlagen.

Pfaffenhelden singen sie,
Frauen wohl empfohlen,
Oberleder bringen sie,
Aber keine Sohlen.

Jung und Alte, groß und klein,
Gräßliches Gelichter!
Niemand will ein Schuster sein,
Jedermann ein Dichter.

Alle kommen sie gerennt,
Möchten's gerne treiben;
Doch wer keinen Leisten kennt
Wird ein Pfuscher bleiben.

Willst du das verfluchte Zeug
Auf dem Markte kaufen,
Wirst du, eh es möglich deucht,
Wirst du barfuß laufen.

IN'S EINZELNE

Seit vielen Jahren hab ich still
Zu eurem Tun geschwiegen,
Das sich am Tag' und Tages-Will
Gefällig mag vergnügen.

Ihr denkt, woher der Wind auch weht
Zu Schaden und Gewinne,
Wenn es nach eurem Sinne geht,
Es ging nach einem Sinne.

Du segelst her, der andre hin
Die Woge zu erproben,
Und was erst eine Flotte schien
Ist ganz und gar zerstoben.

IN'S WEITE

Das geht so fröhlich
In's Allgemeine!
Ist leicht und selig,
Als wär's auch reine.
Sie wissen gar nichts
Von stillen Riffen;
Und wie sie schiffen,
Die lieben Heitern,
Sie werden, wie gar nichts,
Zusammen scheitern.

KRONOS ALS KUNSTRICHTER

Saturnus eigne Kinder frißt,
Hat irgend kein Gewissen;
Ohne Senf und Salz und wie ihr wißt
Verschlingt er euch den Bissen.

Shakspearen sollt' es auch ergehn
Nach hergebrachter Weise: –
Den hebt mir auf, sagt Polyphem,
Daß ich zuletzt ihn speise.

GRUNDBEDINGUNG

Sprichst du von Natur und Kunst,
Habe beide stets vor Augen:
Denn was will die Rede taugen
Ohne Gegenwart und Gunst!

Eh du von der Liebe sprichst
Laß sie erst im Herzen leben,
Eines holden Angesichts
Phosphorglanz dir Feuer geben.

JAHR AUS JAHR EIN

Ohne Schrittschuh und Schellengeläut
Ist der *Januar* ein böses Heut.

—

Ohne Fastnachtstanz und Mummenspiel
Ist am *Februar* auch nicht viel.

—

Willst du den *März* nicht ganz verlieren
So laß nicht in April dich führen.

—

Den ersten *April* mußt überstehn
Dann kann dir manches Guts geschehn.

—

Und weiterhin im *Mai,* wenn's glückt,
Hat dich wieder ein Mädchen berückt.

—

Und das beschäftigt dich so sehr,
Zählst Tage, Wochen und Monde nicht mehr.

NETT UND NIEDLICH

Hast du das Mädchen gesehn
Flüchtig vorübergehn?
Wollt' sie wär' meine Braut!

Ja wohl! die Blonde, die Falbe!
Sie fittigt so zierlich wie die Schwalbe,
Die ihr Nest baut.

—

Du bist mein und bist so zierlich,
Du bist mein und so manierlich,

Aber etwas fehlt dir noch;
Küssest mit so spitzen Lippen,
Wie die Tauben Wasser nippen;
Allzu zierlich bist du doch.

FÜR SIE

In deinem Liede walten
Gar manche schöne Namen!
»Sind mancherlei Gestalten
Doch nur Ein Rahmen.«

Nun aber die Schöne
Die dich am Herzen hegte?
»Jede kennt die Töne
Die sie erregte.«

GENUG

Immer niedlich, immer heiter,
Immer lieblich! Und so weiter,
Stets natürlich, aber klug;
Nun das, dächt' ich, wär' genug.

DEM ABSOLUTISTEN

»Wir streben nach dem Absoluten
Als nach dem allerhöchsten Guten.«
Ich stell' es einem jeden frei;
Doch merkt' ich mir vor andern Dingen:
Wie unbedingt uns zu bedingen
Die absolute Liebe sei.

RÄTSEL

Ein Werkzeug ist es, alle Tage nötig,
Den Männern weniger, den Frauen viel,
Zum treusten Dienste gar gelind erbötig,
Im Einen vielfach, spitz und scharf. Sein Spiel
Gern wiederholt, wobei wir uns bescheiden:
Von außen glatt, wenn wir von innen leiden.
Doch Spiel und Schmuck erquickt uns nur auf's neue,
Erteilte Lieb' ihm erst gerechte Weihe.

DESGLEICHEN

Die besten Freunde, die wir haben,
Sie kommen nur mit Schmerzen an,
Und was sie uns für Weh getan
Ist fast so groß als ihre Gaben.
Und wenn sie wieder Abschied nehmen
Muß man zu Schmerzen sich bequemen.

FEINDSELIGER BLICK

Du kommst doch über so viele hinaus,
Warum bist du gleich außer'm Haus,
Warum gleich aus dem Häuschen,
Wenn einer dir mit Brillen spricht?
Du machst ein ganz verflucht Gesicht,
Und bist so still wie Mäuschen.

»Das scheint doch wirklich sonnenklar!
Ich geh' mit Zügen frei und bar,
Mit freien treuen Blicken;
Der hat eine Maske vorgetan,
Mit Späherblicken kommt er an,
Darein sollt' ich mich schicken?«

—

Was ist denn aber beim Gespräch
Das Herz und Geist erfüllet,
Als daß ein echtes Wort-Gepräg
Von Aug' zu Auge quillet!
Kommt jener nun mit Gläsern dort,
So bin ich stille, stille;
Ich rede kein vernünftig Wort
Mit einem durch die Brille.

VIELRAT

Spricht man mit jedermann
Da hört man keinen,
Stets wird ein andrer Mann
Auch anders meinen.
Was wäre Rat sodann
Vor unsern Ohren?
Kennst du nicht Mann für Mann
Du bist verloren.

KEIN VERGLEICH!

Befrei uns Gott von *s* und *ung*,
Wir können sie entbehren;
Doch wollen wir durch Musterung
Nicht uns noch andre scheren.

Es schreibt mir einer: den *Vergleich*
Von Deutschen und Franzosen,
Und jeder Patriot sogleich
Wird heftig sich erbosen.

Kein Christenmensche hört ihm zu;
Ist denn der Kerl bei Sinnen?
Vergleichung aber läßt man zu,
Da müssen wir gewinnen.

KUNST UND ALTERTUM

»Was ist denn Kunst und Altertum
Was Altertum und Kunst?«
Genug, das eine hat den Ruhm,
Das andre hat die Gunst.

PANACEE

»Sprich! wie du dich immer und immer erneust?«
Kannst's auch wenn du immer am Großen dich freust.
Das Große bleibt frisch, erwärmend, belebend;
Im Kleinlichen fröstelt der Kleinliche bebend.

HOMER WIEDER HOMER

Scharfsinnig habt ihr, wie ihr seid,
Von aller Verehrung uns befreit,
Und wir bekannten überfrei
Daß Ilias nur ein Flickwerk sei.

Mög' unser Abfall niemand kränken;
Denn Jugend weiß uns zu entzünden,
Daß wir Ihn lieber als Ganzes denken,
Als Ganzes freudig Ihn empfinden.

WANDERSEGEN

Die Wanderjahre sind nun angetreten
Und jeder Schritt des Wandrers ist bedenklich.
Zwar pflegt er nicht zu singen und zu beten;
Doch wendet er, sobald der Pfad verfänglich,
Den ernsten Blick, wo Nebel ihn umtrüben,
In's eigne Herz und in das Herz der Lieben.

GLEICHGEWINN

Geht einer mit dem andern hin
Und auch wohl vor dem andern;
Drum laßt uns, treu und brav und kühn,
Die Lebenspfade wandern.
Es fällt ein jüngerer Soldat
Wohl in den ersten Schlachten;
Der andre muß in's Alter spat
Im Biwak übernachten.
Doch weiß er eifrig seinen Ruhm
Und seines Herrn zu mehren,
So bleibt sein letztes Eigentum
Gewiß das Bett der Ehren.

LEBENSGENUSS

»Wie man nur so leben mag?
Du machst dir gar keinen guten Tag!«
Ein guter Abend kommt heran,
Wenn ich den ganzen Tag getan.

Wenn man mich da und dorthin zerrt
Und wo ich nichts vermag,
Bin von mir selbst nur abgesperrt,
Da hab' ich keinen Tag.

Tut sich nun auf was man bedarf
Und was ich wohl vermag,
Da greif ich ein, es geht so scharf,
Da hab' ich meinen Tag.

Ich scheine mir an keinem Ort,
Auch Zeit ist keine Zeit,
Ein geistreich-aufgeschloßnes Wort
Wirkt auf die Ewigkeit.

HEUT UND EWIG

Unmöglich ist's den Tag dem Tag zu zeigen,
Der nur Verworrnes im Verworrnen spiegelt,
Und jeder selbst sich fühlt als recht und eigen,
Statt sich zu zügeln, nur am andern zügelt;
Da ist's den Lippen besser daß sie schweigen,
Indes der Geist sich fort und fort beflügelt.
Aus Gestern wird nicht Heute; doch Äonen,
Sie werden wechselnd sinken, werden thronen.

SCHLUSSPOETIK

Sage Muse, sag dem Dichter
Wie er denn es machen soll?
Denn der wunderlichsten Richter
Ist die liebe Welt so voll.

Immer hab' ich doch den rechten
Klaren Weg im Lied gezeigt,
Immer war es doch den schlechten
Düstren Pfaden abgeneigt.

Aber was die Herren wollten
Ward mir niemals ganz bekannt;
Wenn sie wüßten was sie sollten,
Wär' es auch wohl bald genannt.

»Willst du dir ein Maß bereiten;
Schaue was den Edlen mißt,
Was ihn auch entstellt zu Zeiten,
Wenn der Leichtsinn sich vergißt.

Solch ein Inhalt deiner Sänge
Der erbauet, der gefällt,
Und, im wüstesten Gedränge,
Dankt's die stille beßre Welt.

Frage nicht nach anderm Titel
Reinem Willen bleibt sein Recht!
Und die Schurken laß dem Büttel,
Und die Narren dem Geschlecht!«

DER CÖLNER MUMMENSCHANZ
Fastnacht 1825

Da das Alter, wie wir wissen,
Nicht für Torheit helfen kann;
Wär' es ein gefundner Bissen
Einem heitern, alten Mann,

Daß am Rhein, dem viel beschwommnen,
Mummenschar sich zum Gefecht
Rüstet gegen angekommnen
Feind, zu sichern altes Recht.

Auch dem Weisen fügt behäglich
Sich die Torheit wohl zur Hand;
Und so ist es gar verträglich
Wenn er sich mit Euch verband.

Selbst Erasmus ging den Spuren
Der *Moria* scherzend nach,
Ulrich Hutten mit *Obscuren*
Derbe Lanzenkiele brach.

Löblich wird ein tolles Streben
Wenn es kurz ist und mit Sinn;
Heiterkeit zum Erdeleben
Sei dem flüchtigen Rausch Gewinn.

Häufet nur an diesem *Tage*
Kluger Torheit Vollgewicht,
Daß mit uns die Nachwelt sage:
Jahre sind der Lieb' und Pflicht.

DER NARR EPILOGIERT

Manch gutes Werk hab' ich verricht,
Ihr nehmt das Lob, das kränkt mich nicht:
Ich denke daß sich in der Welt
Alles bald wieder in's Gleiche stellt.
Lobt man mich weil ich was Dummes gemacht,
Dann mir das Herz im Leibe lacht;
Schilt man mich weil ich was Gutes getan,
So nehm ich's ganz gemächlich an.
Schlägt mich ein Mächtiger daß es schmerzt,
So tu' ich als hätt' er nur gescherzt;

Doch ist es einer von meines Gleichen,
Den weiß ich wacker durchzustreichen.
Hebt mich das Glück, so bin ich froh
Und sing' in dulci Jubilo;
Senkt sich das Rad und quetscht mich nieder,
So denk' ich: nun, es hebt sich wieder!
Grille nicht bei Sommersonnenschein
Daß es wieder werde Winter sein;
Und kommen die weißen Flockenscharen,
Da lieb ich mir das Schlittenfahren.
Ich mag mich stellen wie ich will,
Die Sonne hält mir doch nicht still,
Und immer geht's den alten Gang
Das liebe lange Leben lang.
Der Knecht so wie der Herr vom Haus
Ziehen sich täglich an und aus,
Sie mögen sich hoch oder niedrig messen:
Müssen wachen, schlafen, trinken und essen.
Drum trag' ich über nichts ein Leid;
Macht's wie der Narr so seid ihr gescheit!

PARABOLISCH

1

Gedichte sind gemalte Fensterscheiben!
Sieht man vom Markt in die Kirche hinein
Da ist alles dunkel und düster;
Und so sieht's auch der Herr Philister:
Der mag denn wohl verdrießlich sein
Und lebenslang verdrießlich bleiben.

Kommt aber nur einmal herein!
Begrüßt die heilige Kapelle;
Da ist's auf einmal farbig helle,
Geschicht' und Zierrat glänzt in Schnelle,
Bedeutend wirkt ein edler Schein;
Dies wird euch Kindern Gottes taugen,
Erbaut euch und ergetzt die Augen!

2

Gott sandte seinen rohen Kindern
Gesetz und Ordnung, Wissenschaft und Kunst,
Begabte die mit aller Himmelsgunst,
Der Erde grasses Los zu mindern.
Sie kamen nackt vom Himmel an
Und wußten sich nicht zu benehmen;
Die Poesie zog ihnen Kleider an
Und keine hatte sich zu schämen.

3

Wenn ich auf dem Markte geh'
Durch's Gedränge,
Und das hübsche Mädchen seh'
In der Menge;
Geh' ich hier, sie kommt heran,
Aber drüben;
Niemand sieht uns beiden an
Wie wir lieben.

»Alter, hörst du noch nicht auf!
Immer Mädchen!
In dem jungen Lebenslauf
War's ein Kätchen.

Welche jetzt den Tag versüßt?
Sag's mit Klarheit.«
Seht nur hin wie sie mich grüßt,
Es ist die Wahrheit!

4

Zu Regenschauer und Hagelschlag
Gesellt sich liebeloser Tag,
Da birgst du deinen Schimmer;
Ich klopf' am Fenster, poch' am Tor:
Komm liebstes Seelchen komm hervor,
Du bist so schön wie immer.

5

Den Musen-Schwestern fiel es ein,
Auch Psychen in der Kunst zu dichten
Methodice zu unterrichten;
Das Seelchen blieb prosaisch rein.
Nicht sonderlich erklang die Leier,
Selbst in der schönsten Sommernacht;
Doch Amor kommt mit Blick und Feuer,
Der ganze Cursus war vollbracht.

6

Sie saugt mit Gier verrätrisches Getränke
Unabgesetzt, vom ersten Zug verführt;
Sie fühlt sich wohl und längst sind die Gelenke
Der zarten Beinchen schon paralysiert,
Nicht mehr gewandt die Flügelchen zu putzen,
Nicht mehr geschickt das Köpfchen aufzustutzen,
Das Leben so sich im Genuß verliert.
Zum stehen kaum wird noch das Füßchen taugen;
So schlürft sie fort und, mitten unterm Saugen,
Umnebelt ihr der Tod die tausend Augen.

7

Wenn du am breiten Flusse wohnst,
Seicht stockt er manchmal auch vorbei;
Dann wenn du deine Wiesen schonst
Herüber schlemmt er, es ist ein Brei.

Am klaren Tag hinab die Schiffe,
Der Fischer weislich streicht hinan;
Nun starret Eis am Kies und Riffe,
Das Knabenvolk ist Herr der Bahn.

Das mußt du sehn und unterweilen
Doch immer was du willst vollziehn!
Nicht stocken darfst du, vor nicht eilen;
Die Zeit sie geht gemessen hin.

8

Zwei Personen ganz verschieden
Luden sich bei mir zu Tafel,
Diesmal lebten sie in Frieden,
Fuchs und Kranich sagt die Fabel.

Beiden macht' ich was zurechte,
Rupfte gleich die jüngsten Tauben;
Weil er von Schakals Geschlechte
Legt' ich bei geschwollne Trauben.

Langgehälstes Glasgefäße
Setzt' ich ungesäumt dagegen,
Wo sich klar im Elemente
Gold- und Silberfischlein regen.

Hättet ihr den Fuchs gesehen
Auf der flachen Schüssel hausen,
Neidisch müßtet ihr gestehen:
Welch ein Appetit zum Schmausen!

Wenn der Vogel, ganz bedächtig,
Sich auf einem Fuße wiegte,
Hals und Schnabel, zart und schmächtig,
Zierlich nach den Fischlein schmiegte.

Dankend freuten sie beim Wandern
Sich der Tauben, sich der Fischchen;
Jeder spottete des andern
Als genährt am Katzentischchen.

—

Willst nicht Salz und Schmalz verlieren;
Mußt, gemäß den Urgeschichten,
Wenn die Leute willst gastieren,
Dich nach Schnauz und Schnabel richten.

9

Schwer, in Waldes Busch und Wuchse,
Füchsen auf die Spur gelangen;
Hält's der Jäger mit dem Fuchse,
Ist's unmöglich ihn zu fangen.

Und so wäre manches Wunder
Wie A B, Ab auszusprechen,
Über welches wir jetzunder
Kopf und Hirn im Kopf zerbrechen.

10

Ein großer Teich war zugefroren,
Die Fröschlein, in der Tiefe verloren,
Durften nicht ferner quacken noch springen,
Versprachen sich aber, im halben Traum,
Fänden sie nur da oben Raum,
Wie Nachtigallen wollten sie singen.
Der Tauwind kam, das Eis zerschmolz,
Nun ruderten sie und landeten stolz,
Und saßen am Ufer weit und breit
Und quackten wie vor alter Zeit.

11

Im Dorfe war ein groß Gelag,
Man sagt' es sei ein Hochzeittag,
Ich zwängte mich in den Schenken-Saal,
Da drehten die Pärchen allzumal,
Ein jedes Mädchen mit seinem Wicht,
Da gab es manch verliebt Gesicht.
Nun fragt' ich endlich nach der Braut –
Mir einer starr in's Angesicht schaut:
»Das mögt ihr von einem andern hören!
Wir aber tanzen ihr zu Ehren,
Wir tanzen schon drei Tag und Nacht
Und hat noch niemand an sie gedacht.«

Will einer im Leben um sich schauen,
Dergleichen wird man ihm viel vertrauen.

12

Ein Mägdlein trug man zur Tür hinaus
Zu Grabe;
Die Bürger schauten zum Fenster heraus,
Sie saßen eben in Saus und Braus
Auf Gut und Habe.
Da dachten sie: man trägt sie hinaus,
Trägt man uns nächstens auch hinaus,
Und wer denn endlich bleibt im Haus
Hat Gut und schöne Gaben:
Es muß sie doch einer haben.

13

Tritt in recht vollem klaren Schein
Frau Venus am Abendhimmel herein;
Oder daß blutrot ein Komet
Gar rutengleich durch Sterne steht;
Der Philister springt zur Türe heraus:
Der Stern steht über meinem Haus!
O weh! das ist mir zu verfänglich! –
Da ruft er seinem Nachbar bänglich:
Ach seht, was mir ein Zeichen dräut,
Das gilt fürwahr uns arme Leut!
Meine Mutter liegt am bösen Keuch,
Mein Kind am Wind und schwerer Seuch,
Meine Frau, fürcht' ich, will auch erkranken,
Sie tät schon seit acht Tag nicht zanken:
Und andre Dinge nach Bericht!
Ich fürcht' es kommt das jüngste Gericht.

Der Nachbar spricht: ihr habt wohl recht,
Es geht uns diesmal allen schlecht.
Doch laßt uns ein paar Gassen gehen,
Da seht ihr wie die Sterne stehen.
Sie deuten hier, sie deuten dort.
Bleibe jeder weislich an seinem Ort,
Und tue das Beste was er kann,
Und leide wie ein andrer Mann.

14

Zu der Apfel-Verkäuferin
Kamen Kinder gelaufen,
Alle wollten kaufen;

Mit munterm Sinn
Griffen sie aus dem Haufen,
Beschauten mit Verlangen
Nah und näher rotbäckige Wangen –
Sie hörten den Preis
Und warfen sie wieder hin
Als wären sie glühend heiß.

—

Was der für Käufer haben sollte
Der Ware gratis geben wollte!

15

Jetzt war das Bergdorf abgebrannt,
Sieh nur wie schnell sich das ermannt!
Steht alles wieder in Brett und Schindeln,
Die Kinder liegen in Wieg' und Windeln;
Wie schön ist's wenn man Gott vertraut!

»Neuer Scheiterhaufen ist aufgebaut;
Daß, wenn es Funken und Wind gefiele,
Gott selbst verlör' in solchem Spiele.«

16

Im Vatikan bedient man sich
Palmsonntags echter Palmen,
Die Kardinäle beugen sich,
Und singen alte Psalmen.
Dieselben Psalmen singt man auch
Ölzweiglein in den Händen,
Muß im Gebirg zu diesem Brauch
Stechpalmen gar verwenden;
Zuletzt, man will ein grünes Reis,
So nimmt man Weidenzweige,
Damit der Fromme Lob und Preis
Auch im Geringsten zeige.
Und habt ihr euch das wohl gemerkt
Gönnt man euch das Bequeme,
Wenn ihr im Glauben euch bestärkt;
Das sind Mythologeme.

DREI PALINODIEN

1

»– Weihrauch ist nur ein Tribut für Götter
Und für die Sterblichen ein Gift.«

Soll denn dein Opferrauch
Die Götter kränken?
Du hältst die Nase zu –
Was soll ich denken?
Den Weihrauch schätzet man
Vor allen Dingen;
Wer ihn nicht riechen kann
Soll ihn nicht bringen.

Mit starrem Angesicht
Verehrst du Puppen,
Und riecht der Priester nicht,
So hat Gott den Schnuppen.

2

Geist und Schönheit im Streit

Herr *Geist,* der allen Respekt verdient,
Und dessen Gunst wir höchlich schätzen,
Vernimmt, man habe sich erkühnt
Die *Schönheit* über ihn zu setzen;
Er macht daraus ein großes Wesen.
Da kommt Herr *Hauch*, uns längst bekannt
Als würdiger Geistsrepräsentant,
Fängt an, doch leider nicht galant,
Dem Luderchen den Text zu lesen.
Das rührt den Leichtsinn nicht einmal,
Sie läuft gleich zu dem Prinzipal:
Ihr seid ja sonst gewandt und klug,
Ist denn die Welt nicht groß genug!
Ich laß euch, wenn ihr trutzt, im Stich;
Doch seid ihr weise, so liebt ihr mich.
Seid versichert, im ganzen Jahr
Gibt's nicht wieder so ein hübsches Paar.

Ἄλλως

Die Schönheit hatte schöne Töchter,
Der Geist erzeugte dumme Söhne,
So war für einige Geschlechter
Der Geist nicht ewig, doch das Schöne.

Der Geist ist immer Autochthone.
So kam er wieder, wirkte, strebte,
Und fand, zu seinem höchsten Lohne,
Die Schönheit die ihn frisch belebte.

3
Regen und Regenbogen

Auf schweres Gewitter und Regenguß
Blickt' ein Philister, zum Beschluß,
In's weiterziehende Grause nach,
Und so zu seines Gleichen sprach:
Der Donner hat uns sehr erschreckt,
Der Blitz die Scheunen angesteckt
Und das war unsrer Sünden Teil!
Dagegen hat, zu frischem Heil,
Der Regen fruchtbar uns erquickt
Und für den nächsten Herbst beglückt.
Was kommt nun aber der Regenbogen
An grauer Wand herangezogen?
Der mag wohl zu entbehren sein
Der bunte Trug! Der leere Schein!

Frau Iris aber dagegen sprach:
Erkühnst du dich zu meiner Schmach?
Doch bin ich hier in's All gestellt
Als Zeugnis einer bessern Welt,
Für Augen die vom Erdenlauf
Getrost sich wenden zum Himmel auf
Und in der Dünste trübem Netz
Erkennen Gott und sein Gesetz.
Drum wühle du, ein andres Schwein,
Nur immer den Rüssel in den Boden hinein
Und gönne dem verklärten Blick
An meiner Herrlichkeit sein Glück.

VALET

Sonst war ich Freund von Narren,
Ich rief sie in's Haus herein;
Brachte jeder seinen Sparren,
Wollten Zimmermeister sein.
Wollten mir das Dach abtragen,
Ein andres setzen hinauf,
Sie legten das Holz zu Schragen

Und nahmen's wieder auf.
Und rannten hin und wieder,
Und stießen einander an;
Das fuhr mir in die Glieder
Daß ich den Frost gewann.
Ich sagt: hinaus ihr Narren! –
Sie ärgerten sich drob;
Nahm jeder seinen Sparren.
Der Abschied der war grob.

Daher bin ich belehret,
Ich sitze nun an der Tür,
Wenn einer sich zu mir kehret:
Geh, ruf ich, für und für!
Du bist ein Narr, so gräulich! –
Da macht er ein flämisch Gesicht:
»Du Hausherr! Wie abscheulich!
Was gibst dir für ein Gewicht!
Wir faseln ja durch die Straßen,
Wir jubeln auf dem Markt,
Wird einer, wegen Unmaßen,
Gar selten angequarkt.
Du sollst uns gar nichts heißen!«

—

Nun endet meine Qual!
Denn wenn sie vor die Türe scheißen,
Es ist besser als in den Saal.

AUS FREMDEN SPRACHEN

BYRONS DON JUAN

Mir fehlt ein Held! – »Ein Held er sollte fehlen,
Da Jahr und Monat neu vom neusten spricht?« –
Ein Zeitungsschreiber mag sich schmeichelnd quälen,
So sagt die Zeit: es sei der rechte nicht.
Von solchen mag ich wahrlich nichts erzählen,
Da nehm' ich mir Freund Juan in's Gesicht;
Wir haben in der Oper ihn gesehn,
Früher als billig war, zum Teufel gehen.

Vernon, der Metzger Cumberland und Wolf so mit,
Auch Hawke, Prinz Ferdinand, Bourgoin auf's beste,
Keppel und Hawe, sie hatten ihre Feste
Wie Wellesley jetzt – Der Könige Schattenschritt
Vom Stamme Banco's – Raben aus Einem Neste! –
Der Ruhm, die Lust zu herrschen reißt sie mit.
Dumourier's Bonaparte's Kampfgewinsten,
Die Zeitung steht den Herren gleich zu Diensten.

Barnave kennt und Brissot die Geschichte,
Condorcet, Mirabeau und Pethion auch;
Cloots, Danton, Marat litten viel Gerüchte,
Selbst la Fayette er ging beinahe in Rauch,
Dann Joubert, Hoche, vom Militair-Verpflichte,
Lannes, Dessaix, Moreau. Es war der Brauch
Zu ihrer Zeit an ihnen viel zu preisen;
Doch will das nichts für meine Lieder heißen.

Nelson war unser Kriegsgott, ohne Frage,
Und ist es noch dem herzlichsten Bekenntnis;
Doch von Trafalgar tönet kaum die Sage,
Und so ist Flut und Ebbe wetterwendisch.
Denn die Armee ist popular zu Tage
Und mit dem Seevolk nicht im Einverständnis;
Der Prinz ist für den Landdienst, und indessen
Sind Duncan, Nelson, Howe, sie sind vergessen.

Vor Agamemnon lebten manche Braven,
So wie nachher, von Sinn und hoher Kraft;
Sie wirkten viel, sind unberühmt entschlafen,
Da kein Poet ihr Leben weiter schafft.

Von unsern Helden möcht' ich niemand strafen,
Da jeder sich am Tag zusammenrafft;
Für mein Gedicht wüßt' ich mir aber keinen,
Und nenne so Don Juan mein, den Meinen.

MONOLOG AUS BYRONS MANFRED

Manfred allein

Der Zeit, des Schreckens Narren sind wir! Tage
Bestehlend stehlen sie sich weg. Wir leben
In Lebens Überdruß, in Scheu des Todes.
In all den Tagen der verwünschten Posse –
Lebendige Last auf widerstrebendem Herzen,
In Sorgen stockt es, heftig schlägt's in Pein,
Der Freud' ein End ist Todeskampf und Ohnmacht –
In all den Tagen, den vergangnen, künftigen –
Im Leben ist nichts Gegenwart – Du zählst
Wie wenig: – weniger als wenig, wo die Seele
Nicht nach dem Tod verlangt und doch zurück
Wie vor dem Winterstrome schreckt. Das Fröstlen
Wär' nur ein Augenblick. – Ich hab' ein Mittel
In meiner Wissenskraft: Die Toten ruf' ich
Und frage sie: was ist denn das wir fürchten?
Der Antwort ernsteste ist doch das Grab.
Und das ist nichts, antworten sie mir nicht –

Antwortete begrabner Priester Gottes
Dem Weib zu Endor! Sparta's König zog
Aus griech'scher Jungfrau nie entschlafnem Geist
Antwort und Schicksal. Das Geliebteste
Hatt' er gemordet, wußte nicht wen er traf;
Starb ungesühnt. Wenn er auch schon zu Hülfe
Den milden Zeus berief, Phigaliens
Arkadische Beschwörer aufrief, zu gewinnen
Vom aufgebrachten Schatten sein Verzeihen,
Auch eine Grenze nur des Rächens. Die versetzte
Mit zweifelhaftem Wortsinn; doch erfüllt ward's.

Und hätt' ich nie gelebt! das was ich liebe
Wär' noch lebendig; hätt' ich nie geliebt!
Das was ich liebe wär' noch immer schön
Und glücklich, glückverspendend. Und was aber
Was ist sie jetzt? Für meine Sünden büßte sie –
Ein Wesen? Denk es nicht – Vielleicht ein Nichts.
In wenig Stunden frag' ich nicht umsonst,

In dieser Stunde fürcht' ich wie ich trotze,
Bis diese Stunde schreckte mich kein Schauen
Der Geister, guter, böser. Zittr' ich nun?
Und fühl' am Herzen fremden kalten Tau!
Doch kann ich tun was mich im Tiefsten widert,
Der Erde Schrecken ruf' ich auf. – Es nachtet!

AUS BYRONS MANFRED
Bannfluch

Wenn der Mond ist auf der Welle,
Wenn der Glühwurm ist im Gras,
Und ein Scheinlicht auf dem Grabe,
Irres Licht auf dem Morast,
Wenn die Sterne fallend schießen,
Eule der Eul' erwidernd heult,
Und die Blätter schweigend ruhen
An des dunkeln Hügels Wand,
Meine Seel' sei auf der deinen
Mit Gewalt und Zeichenwink!

Ist dein Schlummer noch so tief,
Kommt dein Geist doch nie zum Schlaf.
Da sind Schatten, die nicht schwinden,
Da Gedanken, die nicht bannest.
Die Gewalt, die du nicht kennest,
Läßt dich nimmermehr allein.
Bist in's Leichentuch gewindelt,
Eingehüllt in einer Wolke,
Und für immer, immer wohn'st du
In dem Geiste dieses Spruchs.

Siehst mich nicht vorüber gehen,
Fühlst mich doch in deinem Auge,
Als ein Ding, das ungesehen
Nah dir sein muß wie es war,
Und wenn du, geheim durchschaudert,
Deinen Kopf umwendend blickest,
Sollst dich wundern, daß nicht etwa
Wie ein Schatten bin zur Stelle;
Nein! die Kraft die du empfunden,
Ist was sich in dir verbirgt.

Und ein Zauberwort und Lied
Taufte dich mit einem Fluch,

Und schon hat ein Geist der Luft
Dich umgarnt mit einer Schlinge.
In dem Wind ist eine Stimme,
Die verbeut dir dich zu freuen.
Und wenn dir die Nacht versagt
Ihres reinen Himmels Ruhe,
Bringt der Tag eine Sonn' herauf,
Wär' sie nieder! wünschest du.

Deinen falschen Tränen zog ich
Tödlichste Essenzen aus,
Deinem eignen Herzen sog ich
Blut, das schwärzeste vom Quell,
Deinem Lächeln lockt' ich Schlangen,
Dort geheim geringelt, ab,
Deinem Lippenpaar entsaugt' ich
Allerschlimmstes aller Gifte.
Jedem Gift, das ich erprobet,
Schlimmer ist dein eignes doch.

Bei deiner kalten Brust, dem Schlangenlächeln,
Der Arglist unergründlichem Schlund,
Bei dem so tugendsam scheinenden Auge,
Bei der verschlossenen Seele Trug,
Bei der Vollendung deiner Künste,
Dem Wahn, du tragest ein menschliches Herz,
Bei deinem Gefallen an Anderer Pein,
Bei deiner Cains-Bruderschaft
Beschwöre ich dich und nötige
Dich selbst dir eigne Hölle zu sein!

Auf dein Haupt gieß' ich die Schale,
Die dich solchem Urteil widmet,
Nicht zu schlafen, nicht zu sterben
Sei dein dauernd Mißgeschick;
Scheinbar soll der Tod sich nahen
Deinem Wunsch, doch nur als Grauen.
Schau! der Zauber wirkt umher dir,
Dich geklirrlos fesselt Kette;
Über Herz und Hirn zusammen
Ist der Spruch ergangen – schwinde!

DER FÜNFTE MAI

Ode von Alexander Manzoni

Er war – und, wie, bewegungslos
Nach letztem Hauche-Seufzer
Die Hülle lag, uneingedenk,
Verwaist von solchem Geiste:
So tief getroffen, starr erstaunt
Die Erde steht der Botschaft.

Stumm, sinnend nach der letztesten
Stunde des Schreckensmannes,
Sie wüßte nicht ob solcherlei
Fußstapfen Menschenfußes
Nochmals den blutgefärbten Staub
Zu stempeln sich erkühnten.

Ihn wetterstrahlend auf dem Thron
Erblickte die Muse schweigend,
Sodann im Wechsel immerfort
Ihn fallen, steigen, liegen;
Zu tausend Stimmen Klang und Ruf
Vermischte sie nicht die ihre.

Jungfräulich, keiner Schmeichelei
Noch frevler Schmähung schuldig,
Erhebt sie sich plötzlich aufgeregt,
Da solche Strahlen schwinden,
Die Urne kränzend mit Gesang
Der wohl nicht sterben möchte.

Zu Pyramiden von Alpen her,
Vom Manzanar zum Rheine,
Des sichern Blitzes Wetterschlag
Aus leuchtenden Donnerwolken,
Er traf von Scylla zum Tanais,
Von einem zum andern Meere.

Mit wahrem Ruhm? – Die künft'ge Welt
Entscheide dies! Wir beugen uns,
Die Stirne tief, dem Mächtigsten,
Erschaffenden, der sich einmal
Von allgewalt'ger Geisteskraft
Grenzlose Spur beliebte.

Das stürmische, doch bebende
Erfreun an großen Planen,
Die Angst des Herzens das ungezähmt,
Dienend nach dem Reiche gelüstet
Und es erlangt, zum höchsten Lohn,
Den's törig war zu hoffen.

Das ward ihm all: der Ehrenruhm
Vergrößert nach Gefahren,
Sodann die Flucht, und wieder Sieg,
Kaiserpalast, Verbannung;
Zweimal zum Staub zurückgedrängt,
Und zweimal auf dem Altar.

Er trat hervor: gespaltne Welt,
Bewaffnet gegen einander,
Ergeben wandte sich zu ihm
Als lauschten sie dem Schicksal;
Gebietend Schweigen, Schiedesmann
Setzt' er sich mitten inne;

Verschwand! – Die Tage Müßiggangs
Verschlossen im engen Raume,
Zeugen von grenzenlosem Neid
Und tiefem frommem Gefühle,
Von unauslöschlichem Haß zugleich
Und unbezwungener Liebe.

Wie über's Haupt Schiffbrüchigem
Die Welle sich wälzt und lastet,
Die Welle die den Armen erst
Emporhob, vorwärts rollte,
Daß er entfernte Gegenden
Umsonst zuletzt erblickte;

So ward's dem Geist, der wogenhaft
Hinaufstieg in der Erinn'rung.
Ach! wie so oft den Künftigen
Wollt' er sich selbst erzählen.
Und kraftlos auf das ewige Blatt
Sank die ermüdete Hand hin.

O, wie so oft beim schweigsamen
Sterben des Tags, des leeren,
Gesenkt den blitzenden Augenstrahl,
Die Arme übergefaltet,

Stand er, von Tagen vergangnen
Bestürmt ihn die Erinn'rung.

Da schaut er die beweglichen
Zelten, durchwimmelte Täler,
Das Wetterleuchten der Waffen zu Fuß,
Die Welle reitender Männer,
Die aufgeregteste Herrscherschaft
Und das allerschnellste Gehorchen.

Ach, bei so schrecklichem Schmerzgefühl
Sank ihm der entatmete Busen,
Und er verzweifelte! – Nein, die Kraft
Der ewigen Hand von oben,
In Lüfte leichter atembar,
Liebherzig trug ihn hinüber.

Und leitete ihn auf blühende
Fußpfade, die hoffnungsreichen,
Zu ewigen Feldern, zum höchsten Lohn
Der alle Begierden beschämet;
Er sieht, wie auf Schweigen und Finsternis,
Auf den Ruhm den er durchdrungen.

Schönste, unsterblich wohltätige
Glaubenskraft, immer triumphend!
Sprich es aus! erfreue dich
Daß stolzer-höheres Wesen
Sich dem berüchtigten Golgatha
Wohl niemals niedergebeugt hat.

Und also von müder Asche denn
Entferne jedes widrige Wort,
Der Gott der niederdrückt und hebt,
Der Leiden fügt und Tröstung auch,
Auf der verlaßnen Lagerstatt
Ihm ja zur Seite sich fügte.

DAS STRÄUSSCHEN

Alt böhmisch

Wehet ein Lüftchen
Aus fürstlichen Wäldern;
Da läufet das Mädchen,
Da läuft es zum Bach,

Schöpft in beschlag'ne
Eimer das Wasser.

Vorsichtig, bedächtig
Versteht sie zu schöpfen.
Am Flusse zum Mädchen
Schwimmet ein Sträußchen,
Ein duftiges Sträußchen
Von Veilchen und Rosen.

Wenn ich, du holdes
Blümchen, es wüßte,
Wer dich gepflanzet
In lockeren Boden;
Wahrlich! dem gäb' ich
Ein goldenes Ringlein.

Wenn ich, du holdes
Sträußchen, es wüßte,
Wer dich mit zartem
Baste gebunden;
Wahrlich! dem gäb' ich
Die Nadel vom Haare.

Wenn ich, du holdes
Blümchen, es wüßte,
Wer in den kühlen
Bach dich geworfen,
Wahrlich! dem gäb' ich
Mein Kränzlein vom Haupte.

Und so verfolgt sie,
Das eilende Sträußchen,
Sie eilet vorauf ihm,
Versucht es zu fangen:
Da fällt, ach! da fällt sie
In's kühlige Wasser.

KLAGGESANG
Irisch

So singet laut den Pillalu
Zu mancher Träne Sorg' und Not:
Och orro orro ollalu,
O weh des Herren Kind ist tot!

Zu Morgen als es tagen wollt',
Die Eule kam vorbeigeschwingt,
Rohrdommel Abends tönt im Rohr.
Ihr nun die Totensänge singt:
Och orro orro ollalu.

Und sterben du? warum, warum
Verlassen deiner Eltern Lieb'?
Verwandten Stammes weiten Kreis?
Den Schrei des Volkes hörst du nicht:
Och orro orro ollalu.

Und scheiden soll die Mutter, wie,
Von ihrem Liebchen schön und süß?
Warst du nicht ihres Herzens Herz,
Der Puls der ihm das Leben gab?
Och orro orro ollalu.

Den Knaben läßt sie weg von sich,
Der bleibt und wes't für sich allein,
Das Frohgesicht, sie sieht's nicht mehr,
Sie saugt nicht mehr den Jugendhauch.
Och orro orro ollalu.

Da sehet hin an Berg und Steg,
Den Uferkreis am reinen See,
Von Waldesecke, Saatenland,
Bis nah heran zu Schloß und Wall.
Och orro orro ollalu.

Die Jammer-Nachbarn dringen her
Mit hohlem Blick und Atem schwer;
Sie halten an und schlängeln fort
Und singen Tod im Totenwort:
Och orro orro ollalu.

So singet laut den Pillalu
Und weinet was ihr weinen wollt!
Och orro orro ollalu
Des Herren einz'ger Sohn ist fort.

Neugriechisch-epirotische Heldenlieder

I

Sind Gefilde türkisch worden,
Sonst Besitz der Albanesen;
Stergios ist noch am Leben,
Keines Pascha's achtet er.
Und so lang es schneit hier oben
Beugen wir den Türken nicht.
Setzet eure Vorhut dahin,
Wo die Wölfe nistend hecken!
Sei der Sklave Stadtbewohner;
Stadtbezirk ist unsern Braven
Wüster Felsen Klippenspalte.
Eh' als mit den Türken leben
Lieber mit den wilden Tieren!

II

Schwarzes Fahrzeug teilt die Welle
Nächst der Küste von Kassandra,
Über ihm die schwarzen Segel,
Über ihnen Himmelsbläue.
Kommt ein Türken-Schiff entgegen,
Scharlach-Wimpel wehen glänzend,
»Streich die Segel unverzüglich,
Nieder laß die Segel du!« –
Nein ich streiche nicht die Segel,
Nimmer laß ich sie herab,
Droht ihr doch, als wär' ich Bräutchen,
Bräutchen, das zu schrecken ist.
Jannis bin ich, Sohn des Stada,
Eidam des Bukovalas.
Frisch Gesellen, frisch zur Arbeit!
Auf zum Vorderteil des Schiffes:
Türkenblut ist zu vergießen,
Schont nicht der Ungläubigen.
Und mit einer klugen Wendung
Beut das Türken-Schiff die Spitze;
Jannis aber schwingt hinauf sich,
Mit dem Säbel in der Faust,
Das Gebälke trieft vom Blute
Und gerötet sind die Wellen.
Allah! Allah! schrein um Gnade
Die Ungläubigen auf den Knieen.

Traurig Leben! ruft der Sieger;
Bleibe den Besiegten nun.

III

Beuge, Liakos, dem Pascha
Beuge dem Vezire dich.
Warst du vormals Armatole,
Landgebieter wirst du nun.
»Bleibt nur Liakos am Leben,
Wird er nie ein Beugender.
Nur sein Schwert ist ihm der Pascha,
Ist Vezir das Schießgewehr.«
Ali Pascha das vernehmend
Zürnt dem Unwillkommenen,
Schreibt die Briefe, die Befehle,
So bestimmt er, was zu tun.
Veli Guekas, eile kräftig
Durch die Städte, durch das Land,
Bring mir Liakos zur Stelle,
Lebend sei er, oder tot!
Guekas streift nun durch die Gegend,
Auf die Kämpfer macht er Jagd,
Forscht sie aus und überrascht sie,
An der Vorhut ist er schon.
Contogiakupis, der schreit nun
Von des Bollwerks hohem Stand:
Herzhaft, Kinder mein! zur Arbeit
Kinder mein, zum Streit hervor!
Liakos erscheint behende,
Hält in Zähnen fest das Schwert.
Tag und Nacht ward nun geschlagen,
Tage drei, der Nächte drei,
Albaneserinnen weinen,
Schwarz in Trauerkleid gehüllt;
Veli Guekas kehrt nur wieder
Hingewürgt im eignen Blut.

IV

Welch Getöse? wo entsteht es?
Welch gewaltiges Erschüttern?
Sind es Stiere vor dem Schlachtbeil,
Wild Getier im grimmen Kampfe?
Nein! Bucovalas zum Kriege
Fünfzehnhundert Kämpfer führend

Streitet zwischen Kerasovon
Und dem großen Stadtbezirk.
Flintenschüsse wie des Regens,
Kugeln, wie der Schloßen Schlag! –
Blondes Mädchen ruft herunter
Von dem Überpforten-Fenster:
Halte Janny das Gefecht an,
Dieses Laden, dieses Schießen:
Laß den Staub hernieder sinken,
Laß den Pulverdunst verwehen,
Und so zählet eure Krieger,
Daß ihr wisset wer verloren.
Dreimal zählte man die Türken,
Und vierhundert Tote lagen,
Und wie man die Kämpfer zählte
Dreie nur verblichen da.

V

Ausgeherrschet hat die Sonne,
Zu dem Führer kommt die Menge:
Auf, Gesellen, schöpfet Wasser,
Teilt euch in das Abendbrot!
Lamprakos du aber, Neffe,
Setze dich an meine Seite;
Trage künftig diese Waffen,
Du nun bist der Kapitan,
Und ihr andern braven Krieger,
Fasset den verwaisten Säbel,
Hauet grüne Fichtenzweige,
Flechtet sie zum Lager mir;
Führt den Beichtiger zur Stelle,
Daß ich ihm bekennen möge,
Ihm enthülle, welchen Taten
Ich mein Leben zugekehrt:
Dreißig Jahr bin Armatole,
Zwanzig Jahr ein Kämpfer schon;
Nun will mich der Tod erschleichen,
Das ich wohl zufrieden bin.
Frisch nun mir das Grab bereitet,
Daß es hoch sei und geräumig,
Aufrecht daß ich fechten könne,
Könne laden die Pistolen.
Rechts will ich ein Fenster offen,
Daß die Schwalbe Frühling künde,
Daß die Nachtigall vom Maien
Allerlieblichstes berichte.

VI

Der Olympos, der Kissavos,
Die zwei Berge haderten;
Da entgegnend sprach Olympos
Also zu dem Kissavos:
»Nicht erhebe dich, Kissave,
Türken- du Getretener.
Bin ich doch der Greis Olympos,
Den die ganze Welt vernahm.
Zweiundsechzig Gipfel zähl' ich
Und zweitausend Quellen klar,
Jeder Brunn hat seinen Wimpel
Seinen Kämpfer jeder Zweig.
Auf den höchsten Gipfel hat sich
Mir ein Adler aufgesetzt,
Faßt in seinen mächt'gen Klauen
Eines Helden blutend Haupt.«
»Sage, Haupt! wie ist's ergangen?
Fielest du verbrecherisch?« –
Speise Vogel meine Jugend,
Meine Mannheit speise nur!
Ellenlänger wächst dein Flügel,
Deine Klaue spannenlang,
Bei Louron, in Xeromeron
Lebt' ich in dem Kriegerstand,
So in Chasia, auf'm Olympos
Kämpft' ich bis ins zwölfte Jahr.
Sechzig Agas ich erschlug sie,
Ihr Gefild verbrannt' ich dann;
Die ich sonst noch niederstreckte
Türken, Albaneser auch,
Sind zu viele, gar zu viele,
Daß ich sie nicht zählen mag;
Nun ist meine Reihe kommen,
Im Gefechte fiel ich brav.

VII

CHARON

Die Bergeshöhn warum so schwarz?
Woher die Wolkenwoge?
Ist es der Sturm der droben kämpft,
Der Regen, Gipfel peitschend?
Nicht ist's der Sturm der droben kämpft,
Nicht Regen, Gipfel peitschend;

Nein Charon ist's, er saus't einher,
Entführet die Verblichnen;
Die Jungen treibt er vor sich hin,
Schleppt hinter sich die Alten;
Die Jüngsten aber, Säuglinge,
In Reih' gehenkt am Sattel.
Da riefen ihm die Greise zu,
Die Jünglinge sie knieeten:
»O Charon halt! halt am Geheg',
Halt an beim kühlen Brunnen!
Die Alten da erquicken sich,
Die Jugend schleudert Steine,
Die Knaben zart zerstreuen sich
Und pflücken bunte Blümchen.«

Nicht am Gehege halt' ich still,
Ich halte nicht am Brunnen;
Zu schöpfen kommen Weiber an,
Erkennen ihre Kinder,
Die Männer auch erkennen sie,
Das Trennen wird unmöglich.

Neugriechische Liebe-Skolien

1

Diese Richtung ist gewiß,
Immer schreite, schreite!
Finsternis und Hindernis
Drängt mich nicht zur Seite.

Endlich leuchtest meinem Pfad
Luna! klar und golden;
Immer fort und immer grad
Geht mein Weg zur Holden.

Nun der Fluß die Pfade bricht,
Ich zum Nachen schreite,
Leite, liebes Himmelslicht!
Mich zur andern Seite.

Seh' ich doch das Lämpchen schon
Aus der Hütte schimmern,
Laß, um deinen Wagenthron
Alle Sterne glimmern.

2

Immerhin und immerfort,
Allzuschön erscheinend,
Folgt sie mir von Ort zu Ort
Und so hab' ich weinend

Überall umsonst gefragt
Feld und Flur durchmessen,
Auch hat Fels und Berg gesagt:
Kannst sie nicht vergessen.

Wiese sagte: geh nach Haus,
Laß dich dort bedauern;
Siehst mir gar zu traurig aus,
Möchte selber trauern.

Endlich fasse dir ein Herz
Und begreif's geschwinder:
Lachen, Weinen, Lust und Schmerz
Sind Geschwisterkinder.

Einzelne

Hebe selbst die Hindernisse,
Neige dich herab, Zypresse!
Daß ich deinen Gipfel küsse
Und das Leben dran vergesse.

—

Eure Gärtnerei zu lernen
Könnte nimmermehr verlangen;
Mein Jasmin ist fortgegangen
Meine Rose weilt im Fernen.

—

Die Nachtigall sie war entfernt,
Der Frühling lockt sie wieder;
Was Neues hat sie nicht gelernt,
Singt alte, liebe Lieder.

—

Luna, solcher hohen Stelle
Weiten Umblick neid' ich dir,
Sei auch der Entfernten helle,
Aber äugle nicht mit ihr.

—

Liebevoll und frank und frei
Riefst du mich heran;

Langsam geh' ich nun vorbei,
Siehst du mich denn an?

—

Ringlein kauft! geschwind ihr Fraun!
Möcht' nicht weiter wandeln;
Gegen Aug' und Augenbraun
Wollt' ich sie verhandeln.

—

Ach Zypresse, hoch zu schauen,
Mögest du dich zu mir neigen;
Habe dir was zu vertrauen
Und dann will ich ewig schweigen.

—

Harre lieblich im Kyanenkranze,
Blondes Mädchen, bleib' er unverletzt
Auch wenn Luna in Orions Glanze
Wechselscheinend sich ergetzt.

—

Weiß ich doch zu welchem Glück
Mädchen mir emporblüht,
Wenn der feurig schwarze Blick
Aus der Milch hervorsieht.

—

Von der Rose meines Herzens
Pflücktest Blätter nach Gefallen,
Sind vor Glut des Scheideschmerzens
All die andern abgefallen.

—

Liebt' ich dich als Kleine, Kleine,
Jungfrau warst du mir versagt;
Wirst doch endlich noch die Meine
Wenn der Freund die Witwe fragt.

INSCHRIFTEN,
DENK- UND SENDE-BLÄTTER

und

AUFKLÄRENDE
BEMERKUNGEN

über

FESTLICHE LEBENS-EPOCHEN,
UND
LICHTBLICKE
TRAULICHER VERHÄLTNISSE,
VOM DICHTER GEFEIERT

1

Ihro Kaiserlichen Hoheit
DER FRAU ERBGROSSHERZOGIN VON SACHSEN-WEIMAR UND EISENACH

Zu würdiger Umgebung Deines Bildes,
Wie es mir immerfort im Geiste waltet,
Wählt' ich in Tagen wo der Frühling schaltet
Des Gartens Blumen, Blumen des Gefildes.

Dann schien der Rand des Achilleischen Schildes,
So reich er war, nicht reich genug gestaltet;
Ja, würd' ein Purpurteppich umgefaltet,
Darauf gesät der Sterne blendend Mildes.

Nun aber wird ein zierlich Heft geschmücket,
Ein treuer Diener widmet's Deiner Hoheit,
Und du vergönnest mir die erste Weihe.

Wie sprech' ich aus, wie sehr mich das beglücket.
Jetzt fühl' ich erst in neubelebter Froheit:
Die schönsten Kränze winden Lieb' und Treue.

2

ZUM 2TEN FEBRUAR 1824

Man ist gewohnt, daß an den höchsten Tagen
Zum Herrscherthron sich alle Völkerschaften
Nach eigner Weise zuversichtlich wagen,
Mag seltsam auch der Schmuck an ihnen haften.
Wie denn das Äußre sei von Pelz und Kragen,
Man sieht hindurch die innern Eigenschaften;
Hier bringt nun ein Korsar, zum Schein verwegen,
Einsiedlerischer Zelle stillen Segen.

---

1 Ihro kaiserlichen Hoheit der Frau Erbgroßherzogin war ein kostbares Stammbuch von treuer geschätzter Hand verehrt worden und mir ward die Gnade zugedacht, dasselbe durch vorstehendes Sonett einzuweihen.

2 Das löbliche Herkommen die höchsten Herrschaften bei festlichen Maskenzügen durch ein dichterisches Wort zu begrüßen, ließ man auch diesmal obwalten. Ein Korsar, an den Helden Byron's erinnernd, übergab es im Namen des als Anachoret lebenden Dichters.

3
Ihro Kaiserl. Hoheit
GROSSFÜRSTIN ALEXANDRA

Der Frühling grünte zeitig, blühte froh
Narziss' und Tulpe, dann die Rose so;
Auch Früchte reiften mit gedrängtem Segen
Der nah und nähern Sonnenglut entgegen;
Sie zierten wechselnd längst ersehnte Zeit
Und schmeichelten der tiefsten Einsamkeit.
Da stellte sich dem hocherstaunten dar
Ein hehrer Fürst und Jugend Paar um Paar,
So gut als lieb, ehrwürdig und erfreulich;
Der innre Sinn bewahret sie getreulich.
In Frühlings-, Sommer-, Herbst- und Wintertagen
Die holden Bilder auf- und abzutragen;
So kann er dann, bei solcher Sterne Schein,
Auch wenn er wollte, niemals einsam sein.

4
WEIHNACHTEN

Bäume leuchtend, Bäume blendend,
Überall das Süße spendend,
In dem Glanze sich bewegend,
Alt und junges Herz erregend –
Solch ein Fest ist uns bescheret,
Mancher Gaben Schmuck verehret;
Staunend schaun wir auf und nieder
Hin und her und immer wieder.

Aber, Fürst, wenn Dir's begegnet
Und ein Abend so Dich segnet
Daß als Lichter, daß als Flammen
Vor Dir glänzten allzusammen

3 Durch meine beinah absolute Einsamkeit, auf welche schon der Schluß des vorigen Gedichtes anspielt, hatte ich mir den Namen des Eremiten verdient, der sich aber in Zelle und Garten höchst geehrt und erfreut fühlte als mein Herr und Gebieter mir zwei liebenswürdige junge Fürstenpaare zuführte und der freundlichste Besuch durch das Gedicht erwiedert werden durfte.

4 Als der Fürst bei der Christbescherung seiner teuren Enkel gegenwärtig war, überreichten sie ihm ihrerseits mit obigen zwei Strophen eine Sammlung Gedichte auf die Gründung der neuen Bürgerschule, im Namen sämtlicher Jugend.

Alles was Du ausgerichtet,
Alle die sich Dir verpflichtet:
Mit erhöhten Geistesblicken
Fühltest herrliches Entzücken.

5

Ihro Hoheit
DER PRINZESSIN MARIA
VON SACHSEN-WEIMAR-EISENACH
mit Raphaels Gärtnerin
zum 3. Februar 1820

Sanftes Bild dem sanften Bilde
Unsrer Fürstin widmet sich;
Solche Ruhe, solche Milde
Immerfort umschwebe Dich!

Denn ein äußerlich Zerstreuen,
Das sich in sich selbst zerschellt,
Fordert inneres Erneuen
Das den Sinn zusammen hält.

Aus dem bunten Weltbeginnen
Wende Deinen holden Blick
So vertrauenvoll nach innen,
Wie auf's heilige Bild zurück.

5a

Ihro Hoheit
DER PRINZESSIN AUGUSTE VON SACHSEN-WEIMAR
UND EISENACH
Mit Elsheimers Morgen

Aurora, zum 30. Sept. 1820

Alle Pappeln hoch in Lüften,
Jeder Strauch in seinen Düften,
Alle sehn sich nach Dir um:
Berge schauen dort herüber,

5 An Prinzessin Maria mit Raphaels Gärtnerin.

5a An Prinzessin Auguste. Der Kupferstich von Elzheimers Aurora, mit einigen Strophen zum Geburtstag, von Jena her, geschrieben in dem Garten der Prinzessinnen.

Leuchten schön und jauchzten lieber;
Doch der schöne Tag ist stumm.

Lust-Schalmeien will man hören,
Flöten, Hörner und von Chören
Alles was nur Freude regt.
Selbst an seiner strengen Kette
Springt das Freundchen um die Wette
Immer hin und her bewegt.

Und so täuschen wir die Ferne,
Segnen alle holden Sterne,
Die mit Gaben Dich geschmückt.
Neue Freude, neue Lieder
Grüßen Dich! erscheine wieder,
Denn der neue Frühling blickt.

6

DEM 30 JANUAR 18⟨14⟩

Von Osten will das holde Licht
Nun glänzend uns vereinen,
Und schön're Stunden fänd' es nicht
Als diesem Tag zu scheinen.

7

Vorüber führt ein herrliches Geschick
Erhabne Helden, hochverehrte Frauen;
Nun fesselt uns des heut'gen Tages Glück
Als Bleibende Dich unter uns zu schauen.

8

Soll auch das Wort sich hören lassen?
Der Tag ist schön, der Raum ist klein;
So mag die Inschrift kurz sich fassen:
Ein Herz wie alle sie sind Dein.

---

6 7 8 Inschriften, bei der Anwesenheit Ihro Majestät der regierenden Kaiserin von Rußland.

9
ZUM 15. FEBRUAR 1812

Wer Marmor hier und Erz und Elfenbein erblickt
Und was noch sonst von Stoff die edle Kunst beschickt,
Der denkt: wie möchten wir mit emsigem Fleiß
Und treuem Sinn das alles umgestalten,
In tausend Bildern *Ihren* hohen Preis
Und unsre Liebe zu entfalten!

10

Die Blumen, in den Wintertagen,
Versammeln froh sich hier zu Hauf,
Mit heitern Blicken uns zu sagen:
An *Ihrem* Fest blüht alles auf.

11
ELEONORE

Wenn's jemand ziemt zu sprechen mit Vertrauen
So ziemt es mir: ich stelle heut den Chor
Gebildeter und liebevoller Frauen,
Der sich so gern um Sie versammelt, vor.
Mir ist vergönnt an Ihr hinaufzuschauen,
Mich zu erquicken an dem frischen Flor,
Der jede Stunde neuen Wert betätigt,
Und Frauenwürde ewiglich bestätigt.

12
AN HERRN ABBATE BONDI

Aus jenen Ländern echten Sonnenscheines
Beglückten oft mich Gaben der Gefilde:
Agrumen reizend, Feigen süß und milde,
Der Mandeln Milch, die Feuerkraft des Weines.

---

9 10 Tafelaufsätze zum Geburtstag Ihro Kaiserlichen Hoheit der Frau Erbgroßherzogin.

11 Zum Schluß einer dramatischen Vorstellung in Töplitz, an Ihro Majestät die Kaiserin von Österreich, gesprochen von Gräfin Odonell.

12 Ein Pracht-Exemplar der Werke des Abbate Bondi ward mir durch die allerhöchste Gnade Ihro Majestät der Kaiserin; zur Erwiederung schrieb ich das mitgeteilte Sonett.

So manches Musenwerk erregte meines
Nordländ'schen Geistes innigste Gebilde,
Wie an Achilleus lebensreichem Schilde
Erfreut' ich mich des günstigsten Vereines.

Und daß ich mich daran begnügen könnte
War mir sogar ein Kunstbesitz bereitet,
Erquickend mich durch Anmut wie durch Stärke.

Doch nichts erschien im größeren Momente,
Voll innern Werts, von so viel Glück begleitet,
Als durch *Louisen*, *Bondi*, deine Werke.

13
AN GRÄFIN ODONELL
Carlsbad d. 8. Aug. 1818

Ich dachte Dein, und Farben bunt erschienen
Im Sonnenglanz mir vor'm Gesicht,
Von Blättern sah ich mancherlei ergrünen,
Da waren Rosen, auch Vergiß-mein-nicht!
Pfeile dazwischen, golden anzuschauen,
Durchscheinend alles, rings ein goldner Kranz;
Und angestimmt das hohe Lob der Frauen –
Nun Becher, zu der Freundin! Bleibe klar und ganz.

14
AN GRÄFIN ODONELL
Carlsbad d. 1. Mai 1820

Hier, wo noch Ihr Platz genannt wird,
Hier wo noch Ihr Becher steht;
Doch nur wenigen bekannt wird
Was von Ihrem Grabe weht;

---

13 Mit einem heiter und glänzend gemalten Glase, der unschätzbaren Freundin, von Carlsbad nach Franzenbrunnen.

14 An dieselbe, als ich sie ganz unverhofft in Franzenbrunnen antraf, wo sich unsere Unterhaltung ganz auf den höchst beklagenswerten Verlust unserer Herrin einschränkte. Sie vertraute mir, daß noch manches teure Pfand von der Höchstseligen in ihren Händen sei, wozu sie ein kostbares Kästchen habe verfertigen lassen, für welches sie eine Inschrift von mir verlange, sie wolle damit die inwendige Seite des Deckels bekleiden. Hiezu sendete ich jene Strophen von Carlsbad, und wer über Bedeutung des darin erwähnten *Platzes* und *Bechers* das Nähere zu erfahren wünscht, findet solches in der Reihe der Carlsbader Gedichte.

Sag' ich: Freundin! halte heilig
Was dir von der Holden blieb,
Die so groß – ach übereilig
Von den Allertreusten schied.

Uns, den Liebenden, den Treuen,
Sei nun weiter nichts begehrt;
Nur ist, wenn wir *Sie* erneuen,
Unser Leben etwas wert.

15

HERRN STAATS-MINISTER V. VOIGT

zur Feier des sieben und zwanzigsten Septembers 1816

Von Berges Luft, dem Äther gleich zu achten,
Umweht, auf Gipfelfels hochwaldiger Schlünde,
Im engsten Stollen, wie in tiefsten Schachten
Ein Licht zu suchen, das den Geist entzünde,
War ein gemeinsam köstliches Betrachten,
Ob nicht Natur zuletzt sich doch ergründe?
Und manches Jahr des stillsten Erdelebens
Ward so zum Zeugen edelsten Bestrebens.

Im Garten auch wo Dichterblumen sprossen,
Den äußern Sinn, den innern Sinn erquicken,
Gefahrlos nicht vor luftigen Geschossen
Wie sie Eroten hin und wieder schicken,
Da haben wir der Stunden viel genossen
An frisch belebter Vorwelt heitern Blicken,
Gesellend uns den ewig teuren Geistern,
Den stets beredten, unerreichten Meistern.

---

15 Herrn Staatsminister von Voigt zu seiner Jubelfeier: ein Denkmal vieljährigen und mannigfaltigen Zusammenwirkens. Die erste Strophe bezieht sich auf den Ilmenauer Bergbau, dem wir mit Fleiß und Studium mehrere Jahre vorstanden. Die zweite und dritte deutet auf die in Gesellschaft höchst gebildeter Frauen und Männer gefundene Erheiterung von oftmals lästigen und gefährlichen Geschäften; der Schluß auf die Schrecken der feindlichen Überschwemmung, auf den Drang der wechselvollen Kriegsjahre, auf das Glück endlicher Befreiung und zugleich auf die Notwendigkeit des Zusammenhaltens geprüfter Freunde in einer Zeit wo eine Verwirrung aller Begriffe die hohe Kultur des Vaterlandes zu vernichten drohe.

Dahin bewegten wir, von dornigen Pfaden
Verworrnen Lebens, gern die müden Schritte,
Dort fanden sich, zu gleicher Lust geladen,
Der Männer Tiefsinn, Frauengeist und Sitte,
Und Wissenschaft und Kunst und alle Gnaden
Des Musengottes, reich, in unsrer Mitte;
Bis endlich, längst umwölkt, der Himmel wettert,
Das Paradies und seinen Hain zerschmettert.

Nun aber Friede tröstend wiederkehret,
Kehrt unser Sinn sich treulich nach dem Alten,
Zu bauen auf was Kampf und Zug zerstöret,
Zu sichern wie's ein guter Geist erhalten. –
Verwirrend ist's wenn man die Menge höret:
Denn jeder will nach eignem Willen schalten;
Beharren wir zusammt in gleichem Sinne,
Das rechn' ich uns zum köstlichsten Gewinne.

16

DEM FÜRSTEN HARDENBERG

Zum 70sten Geburtstag

Wer die Körner wollte zählen,
Die dem Stundenglas entrinnen,
Würde Zeit und Ziel verfehlen
Solchem Strome nachzusinnen.

Auch vergehn uns die Gedanken
Wenn wir in Dein Leben schauen,
Freien Geist in Erdeschranken,
Festes Handeln und Vertrauen.

So entrinnen jeder Stunde
Fügsam glückliche Geschäfte.
Segen dir von Mund zu Munde!
Neuen Mut und frische Kräfte!

---

16 Dem Fürsten Hardenberg Durchlaucht zum siebzigsten Geburtstag unter dessen Bildnis, auf Anregung der Gebrüder Henschel, der ich mich um so lieber fügte als der Fürst im Jahre 1813 sich, bei seiner Anwesenheit in Weimar, der frühsten akademischen Jahre in Leipzig erinnerte, wo wir zusammen bei Oesern Zeichenstunde genommen hatten.

17
AN LORD BYRON

Ein freundlich Wort kommt eines nach dem andern
Von Süden her und bringt uns frohe Stunden;
Es ruft uns auf, zum Edelsten zu wandern,
Nicht ist der Geist, doch ist der Fuß gebunden.

Wie soll ich dem, den ich so lang begleitet,
Nun etwas Traulichs in die Ferne sagen?
Ihm der sich selbst im Innersten bestreitet,
Stark angewohnt das tiefste Weh zu tragen.

Wohl sei ihm doch wenn er sich selbst empfindet!
Er wage selbst sich hoch beglückt zu nennen,
Wenn Musenkraft die Schmerzen überwindet;
Und wie ich ihn erkannt mög' er Sich kennen.

18
OTTILIEN VON GOETHE

Ehe wir nun weiter schreiten
Halte still und sieh Dich um:
Denn geschwätzig sind die Zeiten,
Und sie sind auch wieder stumm.

Was Du mir als Kind gewesen,
Was Du mir als Mädchen warst,
Magst in Deinem Innern lesen,
Wie Du Dir es offenbarst.

Deiner Treue sei's zum Lohne,
Wenn Du diese Lieder singst,

---

17 An Lord Byron. Dieser merkwürdige Mann hatte manches Freundliche schriftlich und mündlich durch Reisende begrüßend nach Weimar gelangen lassen, welches ich durch jene Strophen zu erwiedern für Pflicht hielt. Sie trafen ihn noch glücklicherweise in Livorno, eben als er für Griechenland sich einzuschiffen im Begriff war, und veranlaßten ihn noch zu einer schriftlichen Erwiederung vom 24. Juli 1823 die mir unschätzbar bleibt; wie denn das Nähere dieser Verhältnisse in den Beilagen zu Capitain Medwins Unterhaltungen, dem ich auf Anfrage das Allgemeinste mitteilte, zu finden ist. Das Umständlichere, zugleich mit Abschriften der Originale, wird früher oder später bekannt werden.

18 Der unter meinen Augen aufgewachsenen lieben Gattin meines Sohnes, als Zuschrift der Wanderjahre.

Daß dem Vater in dem Sohne
Tüchtig-schöne Knaben bringst.

19

AN GEHEIMERAT VON WILLEMER

Reicher Blumen goldne Ranken
Sind des Liedes würdge Schranken,
Goldneres hab ich genossen
Als ich Euch in's Herz geschlossen.

Goldner glänzten stille Fluten
Von der Abendsonne Gluten,
Goldner blinkte Wein, zum Schalle
Glockenähnlicher Crystalle.

Weisen Freundes goldne Worte
Lispelten am Schattenorte,
Edler Kinder treu Bekenntnis
Elterliches Einverständnis.

Goldnes Netz das Euch umwunden!
Wer will dessen Wert erkunden?
Wie dem heilgen Stein der Alten
Muß sich Golde Gold entfalten.

Und so bringt vom fernen Orte
Dieses Blatt Euch goldne Worte,
Wenn die Lettern schwarz gebildet
Liebevoll der Blick vergüldet.

20

AN GRAFEN PAAR

Carlsbad d. 12 August 1818

Der Berge denke gern, auch des Gesteins,
Sie waren Zeugen freundlichsten Vereins,

---

19 Als ich eine Zeitlang im Orient hauste, liebte ich meine Gedichte mit goldblumigen Verzierungen einzufassen; dies geschah denn auch an diesem Gedichte, dem geprüften alten Freunde Geheime-Rat von Willemer gewidmet.

20 Graf Paar, Adjutant des Feldmarschalls Fürsten von Schwarzenberg, war mir in Carlsbad einer der liebsten und eifrigsten Gesellschafter. Aus Wohlwollen zu mir befreundete er sich mit der ihm bisher ganz fremden

Zutrauen schnell gegeben, schnell gefunden
Beschleunigte das Glück gezählter Stunden.
Behagen schaut nicht vorwärts, nicht zurück,
Und so verewigt sich der Augenblick!

21

AN GRAFEN PAAR

Carlsbad am 16. August 1818. Nachts

Dem Scheidenden ist jede Gabe wert,
Ein dürres Blatt, ein Moos, ein Steinchen aus der Quelle,
Daß er des Freunds gedenke, jener Stelle,
Wohin er ewig hin und her begehrt:
Ein Zeuge bleibt's wie sinnig sie gewandelt:
So wird ein Nichts zum höchsten Schatz verwandelt.

Wenn aber solche Gabe tiefen Wert,
Gestaltet, mit sich führt, für sich allein
Dem Sinn des Künstlers wünschenswert begegnete;
Wie muß das nun ein Schatz der Schätze sein,
Wenn ihn der Freund im Scheiden treulich segnete!

22

DER GRÄFIN TITINNE ODONELL,

die eine meiner Schreibfedern verlangte

Als der Knabe nach der Schule
Das Pennal in Händen ging,
Und mit stumpfer Federspule
Lettern an zu kritzeln fing,
Hofft' er endlich schön zu schreiben
Als den herrlichsten Gewinn;
Doch daß das Geschriebne bleiben
Sollte, sich durch Länder treiben,

Geognosie; ich überreichte ihm ein Heft über böhmische Gebirgsarten mit diesen wenigen Reimzeilen.

21 Derselbe ließ abreisend eine höchst merkwürdige Statue von Bronze mir zurück, wofür ich meinen Dank auf einem Erwiederungsblatt ausdruckte. Noch jetzt schmückt dieses Gebilde vorzüglich meine kleine Sammlung.

22 Gräfin Titinne Odonell, geborne Gräfin Clary, hatte in jugendlicher Heiterkeit und freundlicher Laune eine meiner Schreibfedern verlangt, die ich ihr mit solchen Zeilen zuschickte.

Gar ein Wert der Federspule,
Kam ihm, in der engen Schule,
Auf dem niedern Schemel-Stuhle
Wahrlich niemals in den Sinn.

23

Die abgestutzten, angetauchten,
Die ungeschickten, vielgebrauchten
Hast du, die Freundliche, gewollt.
Nun aber nimm ein frisch Gefieder
Das niederschreiben süße Lieder
Allschönster Tage dir gesollt.

24

AN GRÄFIN JARACZEWSKA

Carlsbad d. 5. Sept. 1818

Da sieht man wie die Menschen sind:
Nur Leidenschaft und kein Gewissen!
Wie haben sie dem schönen Kind
Das Röckchen halb vom Leib gerissen!
Doch mir begegnete das Glück in später Zeit,
Ein frommer Jüngling wird mich neiden:
Dir, Freundin, dank' ich die Gelegenheit
Den holden Schatz von Kopf bis Fuß zu kleiden.

---

23 An dieselbe, mit einer neuen, kaum angeschriebenen Feder zugesendet.

24 Eine mit der deutschen Literatur aufs innigste bekannte polnische Dame vereinigte sich mit mir im Lobe von Fouque's Undine, und bemerkte zugleich, daß eine französische Übersetzung das Original keineswegs erreiche, und versprach sie mir zu eigener Überzeugung mitzuteilen. Als ich das Buch erhielt, fand ich es in einem Zustande der dem Verfasser gewiß geschmeichelt hätte. Die vordere Decke fehlte ganz, die ersten Bogen konnten als gerollt und geknittert kaum gelesen werden; ich schaffte es zum Buchbinder, der es denn völlig wieder herstellte und so erhielt es die Dame zurück mit jenen eingeschriebenen Zeilen.

25

AN FÜRST BIRON VON CURLAND

Carlsbad d. 8. Sept. 1818

Als Luthers Fest mit gläubiger Schar,
Im vorigen Herbst gefeiert war,
Dacht' ich es brauche hundert Jahr
Um es mit Würde zu erneuen;
Doch beim verliehnen Ehrenbild,
Wie ernst es ist und kräftig mild,
Beim Herkules und seinem Schild
Kann ich der Feier mich an jedem Tage freuen.

26

GRAFEN CARL HARRACH

Carlsbad d. 25. Sept. 1819

Die sich herzlich oft begrüßten,
Die das Leben sich versüßten,
Führt ein guter Geist zur Stelle
Wieder an dieselbe Quelle!
Treues Wirken, reines Lieben
Ist das Beste stets geblieben.

---

25 Fürst Biron von Curland, dessen freundlicher Neigung ich schon früher angenehme Kunstgaben verdankte, schickte mir von Töplitz nach Carlsbad eine höchst merkwürdige Zeichnung. Sie ist sehr wohl erhalten, in mäßigem Querfolio, von Peter Vischer, dem trefflichen Erzgießer, mit der Feder sehr sauber gezeichnet, ausgetuscht und angefärbt, eine Allegorie zu Ehren Luthers vorstellend, welcher hier als Herkules siegreich aufgeführt wird.

26 Graf Carl Harrach, mit dem ich vor vielen Jahren zu Carlsbad, in Gesellschaft der Seinigen, glückliche Tage verlebte, hatte sich der Heilkunde gewidmet und darin durch eifriges Studium und getreuliche Ausübung bedeutend hervorgetan. Er begegnete mir wieder an derselbigen Stelle, das alte Vertrauen trat sogleich wieder ein und es eröffnete sich von dem bisherigen Leben und Treiben die erfreulich wirksamste Unterhaltung.

27

DER VOLLKOMMENEN STICKERIN

Marienbad am 28. August 1821

Ich kam von einem Prälaten,
Dem die herrlichsten Stolen
Über die Schulter hingen,
Worauf unverhohlen
Wundertaten
Der Heiligen auf und nieder gingen.

Mir aber war ein andres beschert:
Lieblichste Blumen-Gehänge,
Farbenglanz und Übergänge
Wie Natur den Künstler belehrt.
Ein allerliebstes Frühlings-Gelände,
Mit Nadeln zierlich schattiert und gebrochen;
Daß, wäre selbst das Herz durchstochen,
Man es gewiß gar wohl empfände;
Und werd' es nur zu Feiertagen
Süßer Namen und lieber Geburten tragen.

28

Eine Schachtel Mirabellen
Kam von Süden, zog nach Norden,
Als die Frucht gespeis't geworden
Eilt sich wieder einzustellen
Das Gehäus woher es kommen.
Bringet keine süßen Früchte,
Bringt vielmehr ein ernst Gesichte
Das im Weiten und im Fernen
Nimmer will Entbehrung lernen.

---

27 Zwar kein Kleidungsstück, aber ein zum Ankleiden höchst nötiges Erfordernis, welches wohl zu erraten sein möchte, war in seltenem Grade verziert worden. Es begrüßte mich im böhmischen Gebirg an meinem Geburtstag aus weiter Ferne, und sein blumenreicher Anblick ergetzte mich mitten zwischen Fichten und Tannen.

28 Aus der Strophe selbst erklärbar: das Bildnis des Freundes, in einer ausgeleerten Schachtel getrockneter Früchte übersandt.

29
AN FREUND MELLISCH

Durch Vermittlung einer Teuren
Geht ein Täschchen bis zur Elbe,
Kommt, vom Freunde zu beteuren:
Immer bleibet er derselbe.

Immer wie in Dornburgs Gauen,
Wo, beim allerbesten Weine,
Waren hell im Sonnenscheine
Berg' und Täler anzuschauen.

Du nun an der reichen Elbe
An dem spiegelbreiten Flusse,
Weit entfernt vom trauten Kusse
Bleib' auch immerfort derselbe.

30
AN FRÄULEIN CASIMIRA WOLOWSKA

Dein Testament verteilt die holden Gaben,
Womit Natur Dich mütterlich vollendet.
Vermächtnis nach Vermächtnis ausgespendet,
Zufrieden jeder seinen Teil zu haben.
Doch wenn du Glückliche zu machen trachtest,
So wär' es der dem du dich ganz vermachtest.

---

29 Die Tochter eines Freundes, mit dem man frei heitere Jahre zugebracht, der nun aber längst entfernt lebte, diese findet zufällig unter den ausgestellten Waren des Frauenvereins ein Taschenbuch von dem Dichter dorthin geschenkt, eignet sich's an und verlangt dazu einige Worte von dessen Hand.

30 Fräulein Wolowska, Schwester der Madam Szymanowska, von einigen vielleicht eingebildeten Leiden geplagt, schön und anmutig, mitunter traurig gestimmt und vom Tode sprechend. Ein geistreicher Freund schrieb in ihr Stammbuch ein Testament, worin sie ihre höchst liebenswürdigen Eigenschaften und Vorzüge einzeln und an verschiedene Personen vermacht. Der Scherz konnte für sehr anmutig gelten, indem der Bezug der Legate auf die Legatarien teils Mängel, teils gesteigerte Vorzüge derselben andeutete, und ich schrieb dieses Gedicht unmittelbar in jener Voraussetzung.

31

Gesendet von Marienbad
EINER GESELLSCHAFT VERSAMMELTER FREUNDE
zum 28. August 1823

In Hygieas Form beliebt's Armiden
Im Waldgebirg sich Schlösser aufzubauen,
Verspricht dem Kranken Heil, dem Lebensmüden
Erwacht auf einmal hoffendes Vertrauen;
Dem halb Genes'nen schnell zu heiterm Frieden
Entfaltet sich ein Kreis erles'ner Frauen,
Dann weiß sie uns nach aller Art zu kirren,
Durch Spiel und Tanz und Neigung zu verwirren.

So wird von Tag zu Tag ein Traum gedichtet,
Dem Wachen gleich, ein labyrinthisch Wesen,
Doch zu der Ferne bleibt mein Blick gerichtet,
Wo meinem Herzen sich ein Kreis erlesen,
Wo er sich mir und ich mich ihm verpflichtet,
Dort fühl' ich mich vollkommener genesen.
So trägt es mich zum ehrenvollen Feste,
Schon bin ich da. – Gesegnet alle Gäste!

32

Du hattest längst mir's angetan,
Doch jetzt gewahr' ich neues Leben;
Ein süßer Mund blickt uns gar freundlich an
Wenn er uns einen Kuß gegeben.

33

Tadelt man daß wir uns lieben,
Dürfen wir uns nicht betrüben,
Tadel ist von keiner Kraft.

31 Eine Gesellschaft versammelter Weimarischer Freunde hatte sich verabredet meinen Geburtstag zu feiern und ich veranstaltete, als die Nachricht zu mir kam, daß die beiden Strophen gerade am Schluß des Festes zu dankbarer Erwiederung konnten vorgetragen werden.

32-37 Sind als Aufblicke von Galanterie, Neigung, Anhänglichkeit und Leidenschaft im Konflikt mit Weltleben und täglicher Beschäftigung zu betrachten; wie denn der Liebende auch als Wetterbeobachter auftritt.

Andern Dingen mag das gelten,
Kein Mißbilligen, kein Schelten
Macht die Liebe tadelhaft.

34

Du Schüler Howards, wunderlich
Siehst Morgens um und über dich
Ob Nebel fallen, ob sie steigen,
Und was sich für Gewölke zeigen.

Auf Berges Ferne ballt sich auf
Ein Alpenheer, beeist zu Hauf,
Und oben drüber flüchtig schweifen
Gefiedert weiße luftige Streifen;
Doch unten senkt sich grau und grauer
Aus Wolkenschicht ein Regenschauer.

Und wenn bei stillem Dämmerlicht
Ein allerliebstes Treugesicht
Auf holder Schwelle dir begegnet,
Weißt du ob's heitert? ob es regnet?

35

Wenn sich lebendig Silber neigt,
So gibt es Schnee und Regen,
Und wie es wieder aufwärts steigt
Ist blaues Zelt zugegen.
Auch sinke viel, es steige kaum
Der Freude Wink, des Schmerzens,
Man fühlt ihn gleich im engen Raum
Des lieb-lebend'gen Herzens.

36

Du gingst vorüber? Wie! ich sah dich nicht;
Du kamst zurück, dich hab' ich nicht gesehen –
Verlorner, unglücksel'ger Augenblick!
Bin ich denn blind? Wie soll mir das geschehen?

Doch tröst' ich mich und du verzeihst mir gern,
Entschuldigung wirst du mit Freude finden;

Ich sehe dich, bist du auch noch so fern!
Und in der Nähe kannst du mir verschwinden.

37

Am heißen Quell verbringst du deine Tage,
Das regt mich auf zu innerm Zwist;
Denn wie ich dich so ganz im Herzen trage
Begreif' ich nicht wie du wo anders bist.

38

AN MADAME MARIE SZYMANOWSKA

Die Leidenschaft bringt Leiden! – Wer beschwichtigt
Beklommnes Herz dich, das zuviel verloren?
Wo sind die Stunden überschnell verflüchtigt?
Vergebens war das Schönste dir erkoren!
Trüb ist der Geist, verworren das Beginnen;
Die hehre Welt wie schwindet sie den Sinnen!

Da schwebt hervor Musik mit Engelsschwingen,
Verflicht zu Millionen Tön' um Töne,
Des Menschen Wesen durch und durch zu dringen
Zu überfüllen ihn mit ewger Schöne,
Das Auge netzt sich, fühlt im höhern Sehnen
Den Götter-Wert der Töne wie der Tränen.

Und so das Herz erleichtert merkt behende
Daß es noch lebt und schlägt und möchte schlagen,

---

38 Dieses Gedicht, die Leiden einer bangenden Liebe ausdrückend, steht schon im vorigen Band an seinem gemütlichen Platze; hier durfte es nicht fehlen, weil es ursprünglich durch die hohe Kunst der Madam Szymanowska, der trefflichsten Pianospielerin, zu bedenklicher Zeit und Stunde aufgeregt und ihr ursprünglich übergeben wurde.
⟨Zusatz zum Inhaltsverzeichnis:⟩
Nachträgliche Notiz zu Nro. 38. dieser Bemerkungen:
»Auch ist hier wohl der Ort noch mehrere Wiederholungen einzelner Gedichte wo nicht zu rechtfertigen doch zu entschuldigen. Das erstemal stehen sie im Allgemeinen unter ihres Gleichen, denen sie nur überhaupt durch einen gewissen Anklang verwandt sind; das zweitemal aber in Reih' und Glied, da man sie denn erst ihrem Gehalt und Bezug nach erkennen und beurteilen wird. Weitersinnenden und mit unsern Arbeiten sich ernstlicher beschäftigenden Freunden glauben wir durch diese Anordnung etwas gefälliges erwiesen zu haben.«

Zum reinsten Dank der überreichen Spende
Sich selbst erwiedernd willig darzutragen.
Da fühlte sich – o daß es ewig bliebe! –
Das Doppel-Glück der Töne wie der Liebe.

39
In das Stammbuch
DER FRAU HOFMARSCHALL V. SPIEGEL
Januar 1821

Der Dichtung Faden läßt sich heut nicht fassen;
Ich bitte mir die Blätter weiß zu lassen!

Am 25. Februar 1824

Seit jenen Zeilen bis zum heutigen Tage
Sind fast zweihundert Wochen fortgeschritten,
Und immer ist es noch die alte Klage
Als lasse sich die Muse nicht erbitten;
Doch wenn ich sie im Stillen ernstlich frage
Versetzt sie mich, mit Adlerflug, in mitten
Von jener Feier einzigen Augenblicken,
Wie es erscholl im freudigsten Entzücken:

»Nun geht es auf, das Licht der Morgenländer,
Die Tochter von Byzanz. Ihr seht sie hier!
Als Kaiserskind trägt sie die Goldgewänder,
Und doch ist sie des Schmuckes höchste Zier.
Die goldnen Schuhe, jene teuren Pfänder
Die Liebesboten zwischen Ihm und Ihr,
Sie bringt der Zwerg, die frohste Morgengabe:
Ein Liebespfand ist mehr als Gut und Habe.

Da sprach das Lied, so heiter als bedächtig
Von König Rothers unbezwungner Kraft,
Dem, wie er schon in Waffen groß und mächtig,
Auch Liebe nun das höchste Glück verschafft,

---

39 Frau Hofmarschall von Spiegel hatte mir ein neues Album im Jahre 1821 übergeben; es war mir im Augenblick nicht möglich etwas Gehöriges zu finden, ich behielt mir ein paar weiße Seiten vor. Ende Februar 1824 erbat ich mir das Album wieder und schrieb jenes Gedicht hinein. Die zwei mittleren Stanzen wird man in dem Maskenzuge »die romantische Poesie« wiederfinden, wo gedachte Dame als Prinzessin von Byzanz mit König Rother im Glanze der Schönheit und Majestät auftrat. Schade daß solche Erscheinungen nicht festgehalten, ja nicht einmal, wie gute Theaterstücke, wiederholt werden können.

Als Pilger klug, als Gast freigebig, prächtig,
Hat er als Held zuletzt sie weggerafft,
Zum schönsten Glück, zum höchsten Mutterlose:
Von ihnen stammt Pipin und Karl der Große.«

Wie denn das Gute, Schöne nimmer schwindet
Und, immer wirkend, immer sich erhält,
Sich ungesäumt zum höchsten Wahren findet,
Als lebend zu Lebendigem gesellt;
Und glücklich ist wer ihnen sich verbindet,
Beständig bleibt ihm die bewegte Welt;
So war's auch mir im Augenblick, dem süßen,
Nach langer Zeit die Freundin zu begrüßen.

40
DER ZIERLICHSTEN UNDINE

Gib acht! es wird dir allerlei begegnen,
Bist du im Trocknen wird es regnen,
Zum Schwimmen wird die Welle sich versagen,
Wen aber hast du deshalb anzuklagen?
Merkst du nicht eifersücht'gen Zorn?
Ein Lächeln wird er wohl verdienen;
Und du verzeihst dem Onkel Kühleborn,
Man sagt ihm nach er liebe selbst Undinen.

41
REICHTUM UND BLÜTE

Blumen und Gold zugleich
Machen reich.
Goldnen Rahmen siehst du erfüllt
Mit deinem Bild.
Sieh nur wie köstlich es ist
Was du hast und bist.

---

40 Der zierlichsten aus den Wellen gebornen Undine auf einem Maskenball durch einen neckischen Unterhändler zugebracht.

41 Ein vorzügliches Blumengemälde in dem reichsten Goldrahmen an passender Stelle geziemend dargebracht.

42

Myrt' und Lorbeer hatten sich verbunden;
Mögen sie vielleicht getrennt erscheinen,
Wollen sie, gedenkend sel'ger Stunden,
Hoffnungsvoll sich abermals vereinen.

43

Das holde Tal hat schon die Sonne wieder
Mit Frühlingsblüt' und Blumen angefüllt,
Die Nachtigall singt immer neue Lieder
Dem Hochgefühl das ihr entgegen quillt;
Erfreue dich der gottverliehnen Gaben!
Froh, wie er dich erschuf, will er dich haben.

44
Julien
GRÄFIN EGLOFFSTEIN

Freundlich werden neue Stunden
Zu vergangnen sich gesellen,
Blüten, Blumen, wohl empfunden
Bleiben ewig Immortellen.

45
Derselben
REISE-SEGEN

Sei die Zierde des Geschlechts! –
Blicke weder links noch rechts;

---

42 Dieses Gedicht begleitete einen geschlungenen Lorbeer- und Myrtenkranz zum Symbol eines wie Hatem und Suleika in Liebe und Dichtung wetteifernden Paares.

43 Aufruf im Frühling an Gesunde und Genesende.

44 An Julie Gräfin Egloffstein, die ein seltenes Talent zur bildenden Kunst mit manchem andern und überdies mit persönlichen Eigenschaften verbindet, welche allein hinreichend wären sie als höchst vorzüglich in der Welt auftreten zu lassen. Dieses Gedicht ward veranlaßt durch unverwelkliche Blumen von ausgezeichneter Schönheit.

45 Derselben auf die Reise mitgegeben, die sie in einigem Zwiespalt zwischen sich und eifrig beratenden Freunden antrat, welche besonders wegen Anwendung ihres schönen Talents nicht einig werden konnten.

Schaue von den Gegenständen
In Dein Innerstes zurück;
Sicher traue Deinen Händen,
Eignes fordre, Freundes Glück.

46

AN JULIEN

Zur Dresdner Reise

Ein guter Geist ist schon genug,
Du gehst zu hundert Geistern,
Vorüber wandelt Dir ein Zug
Von großen, größern Meistern.
Sie grüßen alle Dich fortan
Als feinen Jung-Gesellen,
Und winken freundlich Dich heran
Dich in den Kreis zu stellen.
Du stehst und schweigst am heil'gen Ort
Und möchtest gerne fragen,
Am Ende ist's ein einzig Wort
Was sie Dir alle sagen.

47

AN JULIEN

Von so zarten Miniaturen,
Wie der schönen Hand sie glücken,
Schreitest Du auf breitere Spuren
Wichtiger umher zu blicken.

Heil den ernsteren Geschäften!
Seligen Erfolg zu schauen,
Einigest zu Mannes Kräften
Liebenswürdiges der Frauen.

46 Ebendieselbe hatte sich zu einem Aufenthalt in Dresden entschlossen, wo sie die eigentlichste Fördernis ihrer Bemühungen finden konnte.

47 Dieselbe hatte sich nun aus dem kleinen Format in größeres erhoben, worin es ihr ebenfalls nach Wunsch glückte.

48
JULIEN

Abgeschlossen sei das Buch,
Es enthält fürwahr genug;
Was davon Dich kann erfreuen
Wird sich immerfort erneuen,
Und was mag dem Scheiden frommen,
Als ein baldig Wiederkommen?

49
HERRN KANZLER V. MÜLLER
W. d. 13. April. 1822

Will sich's wohl ziemen Dir zum zweitenmale
Dieselbe Gabe festlich darzubringen?
Den Dichter-Trank in Deiner eignen Schale
Und nur dazu das alte Lied zu singen?
So sei es denn! – es bleiben alte Lieder
Den Christ-Gemeinden wie gewohnt erbaulich;
Und hört er Freundes Wunsch und Segen wieder
Er findet sie wie immer lieb und traulich.

50
ZU THAERS JUBELFEST
dem vierzehnten Mai 1824

Wer müht sich wohl im Garten dort
Und mustert jedes Beet?

---

48 Zum Abschluß eines vollgeschriebenen und vollgezeichneten Albums.

49 Herrn Kanzler von Müller hatte ich das vorige Jahr ein vollständiges Exemplar meiner Werke zum Geburtstage überreicht, ungebunden und ungeschmückt. Derselbe gab mir ein Jahr darauf den ersten Band gebunden zurück und Gelegenheit mich an demselben Tage nachträglich einzuzeichnen.

50 Thaers Jubelfest, bei welchem ich, obschon abwesend, meinen aufrichtigen Anteil dem würdigen Manne zu beweisen nicht verfehlen wollte. Es ward von Zelter komponiert und von ihm an Ort und Stelle selbst ausgeführt. Bei dieser Gelegenheit fällt mir auf daß an einen so geistverwandten und herzverbundenen Freund wie Zelter kein besonderes Gedicht in dieser ganzen Sammlung sich vorfindet. Es kommt aber daher, daß alles Lyrische was ich seit dreißig Jahren gedichtet, als in seinem Sinne und Geiste verfaßt ihm zu eigentlicher musikalischer Belebung gesendet worden.

Er pflanzt und gießt und spricht kein Wort
So schön auch alles steht.
Das er gepfropft und oculiert
Mit sichrer kluger Hand
Das Bäumchen zart ist anspaliert
Nach Ordnung und Verstand.

Doch sagt mir was es heißen soll?
Warum ist er so still?
Man sieht ihm ist der Kopf so voll,
Daß er was andres will.
Genug ihm wird nicht wohl dahier,
Ich fürcht' er will davon,
Er schreitet nach der Gartentür
Und draußen ist er schon.

Im Felde gibt's genug zu tun,
Wo der Befreite schweift;
Er schaut, studiert und kann nicht ruhn
Bis es im Kopfe reift.
Auf einmal hat's der Biedre los
Wie er das Beste kann:
Nicht ruhen soll der Erdenkloß,
Am wenigsten der Mann!

Der Boden rührt sich ungesäumt
Im Wechsel jedes Jahr,
Ein Feld so nach dem andern keimt
Und reift und fruchtet bar;
So fruchtet's auch von Geist zu Geist,
Und nutzt von Ort zu Ort.
Gewiß ihr fragt nicht wie er heißt,
Sein Name lebe fort!

51
Die Feier
DES ACHTUNDZWANZIGSTEN AUGUSTS
dankbar zu erwiedern

Sah gemalt, in Gold und Rahmen,
Grauen Barts, den Ritter reiten,

51 Mit diesem Gedichte suchte ich den vielfachen Ausdruck von Liebe und freundschaftlicher Neigung zur Feier meines siebzigsten Geburtstags nach allen Seiten hin dankbar zu erwiedern.

Und zu Pferd an seinen Seiten
An die vierundzwanzig kamen;
Sie zum Thron des Kaisers ritten,
Wohlempfangen, wohlgelitten,
Derb und kräftig, hold und schicklich.
Und man pries den Vater glücklich.

Sieht der Dichter nah und ferne
Söhn' und Töchter, lichte Sterne,
Sieht sie alle wohlgeraten,
Tüchtig, von geprüften Taten,
Freigesinnt, sich selbst beschränkend,
Immerfort das Nächste denkend;
Tätig treu in jedem Kreise,
Still beharrlich jeder Weise;
Nicht vom Weg dem graden weichend,
Und zuletzt das Ziel erreichend.

Bring' er Töchter nun und Söhne,
Sittenreich, in holder Schöne,
Vor den Vater alles Guten,
In die reinen Himmelsgluten,
Mitgenossen ew'ger Freuden! –
Das erwarten wir bescheiden.

52

DER FRAU VON ZIEGESAR GEB. V. STEIN
zum Geburtstage

Zwar die vierundzwanzig Ritter
Ehren wir in allen Fällen;
Doch auch Fräulein sind nicht bitter
Wenn sie sich dazwischen stellen.

Heute lasset mich beachten
Solche lieblichsten Vereine,

---

52 Hierauf ließ der immer tätige und ergetzliche junge Freund Sulpitz Boisseree die zum Andenken auf einen mit Söhnen reich gesegneten Ritter Waldstein geschlagene Medaille in Kupfer stechen. Ich bediente mich dieser neuen Anregung, um jenen Dankesgruß zu wiederholen und zu vermannigfaltigen. Dies geschah denn auch im gegenwärtigen Gedicht. Es ward mit dem vorigen allgemeinen, nebst beigefügter Medaillen-Abbildung, als wahrer heitrer Ausdruck von Teilnahme, einem liebenswürdigen Gliede der gleichfalls zahlreich ausgebreiteten Familien überreicht.

Wenn sie bunte Reihe machten
Die *Ziegesar* und die *Steine.*

Kämen sämtlich angezogen
Dieser Stämme frohe Lichter;
Würden Könige gewogen
Und begrüßten sie die Dichter.

Und besonders aber Eine,
Welche wir zu segnen kamen;
Freunde nennen Sie die Kleine,
Sie verdient gar viele Namen.

53

MEINEM FREUNDE V. KNEBEL

zum 30. November 1817

Lustrum ist ein fremdes Wort!
Aber wenn wir sagen:
Lustra haben wir am Ort
Acht bis neun ertragen,
Und genossen und gelebt,
Und geliebt bisweilen;
Wird, wer nach dem Gleichen strebt,
Heute mit uns teilen;
Wenn wir sagen: das ist viel!
Denn das Leben streuet
Blum' und Dorne! – Ziel ist Ziel!
Das uns heute freuet.

54

AN BERNHARD V. KNEBEL

Weimar d. 30. Novbr. 1820

Den November, den dreißigsten,
Feire stets als heiligen Tag
Mit Opfern, wie's nur dem fleißigsten,
Dem besten Sohne gelingen mag:
Denn der Vater ist heut geboren,

---

53 An meinen alten Weimarischen Urfreund, Major von Knebel, gleichfalls von Zelter komponiert, um vierstimmig zum gefeierten Tage vorgetragen zu werden.

54 An dessen herangewachsenen Sohn, einige Jahre später.

Der Dich liebt wie's billig ist.
Kindlein, sei ihm zugeschworen!
Freude nur bringt was willig ist.

55

AN GRÄFIN MARIE VON EINSIEDEL

geboren Jena d. 18. Okt. 1819
Zum Tauftage den 30. Oktober 1819
treuliches Eingebinde

Töchterchen! nach trüben Stunden
Zu der Eltern Lust erschienen,
Hast so jung das Glück gefunden
Den Geliebtesten zu dienen.
Mögest Du den frohsten Stunden
Ihres Lebens blühend grünen.

56

WIEGENLIED DEM JUNGEN MINERALOGEN
WOLFGANG V. GOETHE

Den 21 April 1818

Singen sie Blumen der kindlichen Ruh,
Käfer und Vögel und Tierchen dazu;
Aber du wachest, wir treten herein,
Bringen was ruhiges, bringen den Stein.

Steinchen, die bunten, ein lustiges Spiel!
Was man auch würfe und wie es auch fiel.
Kindischen Händchen entschnickt sich so fein,
Knöchlein und Bohnen und Edelgestein.

Knabe du siehest nun Steine behaun,
Ordnend sich fügen, zu Häusern sich baun.
Wohl! du verwunderst dich, stimmest mit ein:
Das ist wahrhaftig ein nützlicher Stein!

Spielst du mit Schussern, das Kügelchen rollt,
Dreht sich zur Grube so wie du gewollt,

---

55 Patengruß einem während der schweren Krankheit des Vaters sehnlichst erwarteten Ankömmling.

56 Einem Neugebornen, den die mineralogische Gesellschaft zu Jena nicht früh genug an sich heranziehen konnte.

Läufest begierig auch hinter ihm drein,
Das ist fürwahr wohl ein lustiger Stein!

Steinchen um Steinchen verzettelt die Welt,
Wissende haben's zusammen gestellt;
Trittst du begierig zu Sälen herein,
Siehst du zuerst nicht den Stein vor dem Stein.

Doch unterscheidest und merkest genau:
Dieser ist rot und ein andrer ist blau,
Einer, der klärste, von Farben so rein,
Farbig erblitzet der edelste Stein.

Aber die Säulchen wer schliff sie so glatt,
Spitzte sie, schärfte sie glänzend und matt?
Schau in die Klüfte des Berges hinein,
Ruhig entwickelt sich Stein aus Gestein.

Ewig natürlich bewegende Kraft
Göttlich gesetzlich entbindet und schafft;
Trennendes Leben, im Leben Verein,
Oben die Geister und unten der Stein.

Nun! wie es Vater und Ahn Dir erprobt
Gott und Natur und das All ist gelobt!
Komme! der Stiftende führet dich ein
Unserem Ringe willkommener Stein!

57

ZUM GEBURTSTAG

mit meinen kleinen Gedichten

Wenn Kranz auf Kranz den Tag umwindet
Sei dieser auch Ihr zugewandt,
Und wenn Sie hier Bekannte findet
So hat Sie sich vielleicht erkannt.

57 Mit meinen kleinen Gedichten, wo Sie sich auf manchem Blatt wie im Spiegel wieder finden konnte.

58

Wen ein guter Geist besessen
Hält sich das Gedächtnis rein;
Alles Übel sei vergessen
Eingedenk der Lust zu sein!
Bleib' ein fröhliches Vermächtnis
Jed' Ergetzen, jede Ruh;
So belebe Dein Gedächtnis
Und dann denke mich dazu!

59

Zur Erinnerung trüber Tage
Voll Bemühen voller Plage,
Zum Erinnern schöner Stunden
Wo das Rechte war gefunden.

—

Viel geduldetes, genoss'nes,
Halbverschwiegnes, laut ergoss'nes,
Ward in ferner Welt vertan;
Aber jene guten Zeiten,
Tiefurts Tal, ätherische Weiten,
Gehen dich besonders an.

60

Lieblich ist's im Frühlings-Garten
Mancher holden Blume warten;
Aber lieblicher im Segen
Seiner Freunde Namen pflegen:
Denn der Anblick solcher Züge
Tut so Seel' als Geist Genüge,
Ja, zu Lieb und Treu bekennt
Sich der Freund wie er sich nennt.

58-66 In Stammbücher, Zeichnungsmappen, Notenhefte und sonst eingeschrieben. Sie sind teils allgemein verständlich, oder auch im besondern leicht zu deuten.

61

Hörst du reine Lieder singen,
Ohr ist eins mit deiner Brust;
Siehst du Farben um dich klingen,
Wirst du deines Aug's bewußt.
In das Innere zu dringen
Gibt das Äußre Glück und Lust.

62

Zuerst im stillsten Raum entsprungen,
Das Lied erklingt von Ort zu Ort;
Wie es in Geist und Seel erklungen
So hallt's nach allen Seiten fort.

63

In ein Stammbuch
ZUM BILDCHEN RUINE PLESS
bei Göttingen

Auf diesen Trümmern hab' ich auch gesessen,
Vergnügt getrunken und gegessen,
Und in die Welt hinaus geschaut:
War aber wenig nur davon erbaut.
Kein liebes Kind gedachte meiner,
Und ich fürwahr gehörte keiner;
So war die ganze Welt umgraut.
Ihr wißt ja selbst was sie erheitert,
Die Horizonte stufenklar erweitert.

64

In ein Stammbuch
ZUM BILDCHEN VON ULRICHS GARTEN

Daß zu Ulrichs Gartenräumen
Soll ein Verslein mir erträumen
Ist ein wunderbarer Streich;
Denn es war von süßen Träumen
In den ländlich engen Räumen
Mir ein Frühling hold und reich.
Sollt' es Euch zu Lust und Frommen
Auch einmal zu Gute kommen,

Freut Euch in dem engsten Raum.
Was beglückt es ist kein Traum.

65

IN EINE SAMMLUNG
KÜNSTLICH AUSGESCHNITTENER LANDSCHAFTEN

Zarte, schattende Gebilde
Fliegt zu eurer Künstlerin,
Daß sie, freundlich, froh und milde,
Immer sich nach ihrem Sinn
Eine Welt von Schatten bilde;
Denn das irdische Gefilde
Schattet oft nach eignem Sinn.

66

Flora, welche Jena's Gauen
Reich mit Blum' und Früchten schmückt,
Ist verwundert anzuschauen
Was ein fremder Himmel schickt.

Sorget nun, in dichten Häusern,
Daß auch hier der Wachstum frei,
Daß den allerzartsten Reisern
Hier ein ewiger Sommer sei.

67

Wer hat's gewollt? wer hat's getan?
So Liebliches erzielt?
Das ist doch wohl der rechte Roman,
Der selbst Romane spielt.

68

Verirrtes Büchlein! kannst unsichre Tritte
Da oder dorthin keineswegs vermeiden;

67-68 Zwei Exemplare der Wanderjahre hatten zwischen zwei Freundinnen gekreuzt und dadurch heitere Mißverständnisse veranlaßt, welche hier freundlich ausgesprochen werden.

Irrsternen zu bewegst du deine Schritte,
Und vor dem Kommen bist bereit zu scheiden.
Für diesmal aber wollen wir dich fesseln,
Du sollst mir diese Botschaft nicht verfehlen;
Sei es durch Rosen, Dornen, Veilchen, Nesseln,
Nur immer grade zu, geh zu Adelen!

69

AN ZWEI GEBRÜDER,
eifrige junge Naturfreunde
Marienbad. 182⟨2⟩

Am feuchten Fels, den dichtes Moos versteckt,
Erblühen Blumen, flattert manch Insekt;
Scheint es auch dürr den kahlen Berg hinan,
So nährt es doch, das Schaf bewollt sich dran.
Die Wiese grünt, gehörnte Herde braunt,
Da wandeln Menschen gut und bös gelaunt,
Genießen reichlich, spärlich, früh und spat,
Den Wunderwuchs der folgereichen Saat.
Und wenn der Kranke fast am Ziel erliegt
So steigt die Quelle rasch, die Hoffnung siegt.
Ihr! vom Gestein hinauf zur Atmosphäre
Gedenket mein! – Dem Höchsten Preis und Ehre!

70

TOAST ZUM AKADEMISCHEN MITTAGSMAHL
am 22. April 1820

Abwesend ist kein Freund zu achten
Der immer für uns denkt und strebt,
Und wie es auch die Zeiten brachten
Für uns in gleichem Sinne lebt.
Bei Sonnenschein und Regenschauer
Ruft ein verklärter, heitrer Blick
Dem zweifelhaften Zustand Glück,
Und jedem Glück die längste Dauer.

---

69 An zwei hoffnungsvolle Knaben, welche, entzündet durch eifrige Geologen, sich leidenschaftlich ihnen zugesellten und im Aufspüren von merkwürdigen Gebirg- und Gangarten sich besonders tätig erwiesen.

70-72 Bei verschiedenen Gastmahlen.

71

TOAST ZUM 28. AUGUST 1820

beim akademischen Gastmahl auf der Rose

Wo Jahr um Jahr die Jugend sich erneut,
Ein frisches Alter würd'ge Lehre beut,
Wo Fürsten reichlich hohe Mittel spenden,
Was alles kann und wird sich da vollenden,
Wenn jeder tätig, froh, an seinem Teil. –
Heil jedem Einzelnen! dem Ganzen Heil!

72

TOAST

zum Landtage

Das Wohl des Einzelnen bedenken,
Im Ganzen auch das Wohl zu lenken,
Welch wünschenswertester Verein!
Den guten Wirt beruft man zum Berater,
Ein jeder sei zu Hause Vater,
So wird der Fürst auch Landesvater sein.

73

MASKENZÜGE

Die Gestalten gehn vorüber,
Masken scheinen sie zu sein;
Doch sie sind uns beiden lieber,
Uns vom edelsten Verein.

Sie sind wahr, denn wohl vernommen
Haben wir sie selbst gefühlt,
Und, wie es vielleicht gekommen,
Sie zum Teile mitgespielt.

Denke nun zum vielten Male
Was, nach sternenheller Nacht,
Holder Tag im hohen Saale
Wunderfältig dargebracht.

73-74 Zwischen jene ausführlicheren Maskenzüge einzuschalten.

74

DER ABWESENDE DEM MASKENFEST

zum 16. Februar 1818

So wandelt hin lebendige Gestalten,
Bewegten Lebens reichliche Gebilde,
Dem schönsten Tage lasset Liebe walten,
Im Reihen schmückt elysische Gefilde.
Ergetzen sollt ihr, geistreich unterhalten,
Belehren auch und warnen freundlichst milde.
Der Dichter Alle segnet Euch zum Frieden,
Abwesend sei es oder abgeschieden.

75

BILDER-SZENEN

Zur Feier des zweiten Februar 1817

Mit Säulen schmückt ein Architekt aufs beste,
Mit Statuen, Gemälden seine Hallen,
Dann finden sich am frohen Tag die Gäste,
Von Melodie bewegt einher zu wallen.
Nun wirket umgekehrt, am schönsten Feste,
Durch Widerspruch die Kunst *Ihm* zu gefallen.
Statt laute Freude frisch bewegt zu schildern,
Erstarrt das Lebende zu holden Bildern.

76

BILDER-SZENEN

Den 15. März 1816 bei Freiherrn v. Helldorf

Ihr kommt Gebildetes allhier zu schauen,
Gebildet scheinbar, doch ein lebend Bild;
So weiß die Kunst vielfältig anzubauen
Der Fabel, der Geschichte reich Gefild.
Ihr sehet tücht'ge Männer, wackre Frauen,
Zu Taten mächtig, wie zur Hülfe mild,
Und so entgegnen wir Euch, starr erscheinend,
Lebendig, uns zu Eurer Lust vereinend.

75-76 Bilderszenen, zu den so beliebten Darstellungen von Gemälden durch lebendige Personen.

77

Wohin er auch die Blicke kehrt und wendet
Jemehr erstaunt er über Kunst und Pracht,
Mit Vorsatz scheint der Reichtum hier verschwendet,
Es scheint als habe sich nur alles selbst gemacht.
Soll er sich wundern, daß das Werk vollendet?
Soll er sich wundern, daß es so erdacht?
Ihn dünkt, als fang' er erst, mit himmlischem Entzücken,
Zu leben an in diesen Augenblicken.

78

DEN 6. JUNI 1816

Du versuchst, o Sonne, vergebens
Durch die düstren Wolken zu scheinen!
Der ganze Gewinn meines Lebens
Ist ihren Verlust zu beweinen.

79

Lebe wohl auf Wiedersehn!
Wenig Jahre meine Freude
Sei mir Hoffnungs-Trost im Leide,
Du, nun als ein Engel schön.
Lebe wohl auf Wiedersehn!

80

Laßt nach viel geprüftem Leben
Hier den edlen Pilgrim ruhn!
Ehrt sein Wollen und sein Streben,
Wie sein Dichten und sein Tun.

---

77 Ein Bruchstück, das aber der Denkende anzuschließen wissen wird.

78-81 Grabschriften: der Gatte der Gattin, der Vater dem Kinde, die Kinder dem Vater; letzteres für Kosegarten bestimmt und wie ich vernehme auf seinen Denkstein gesetzt; das Publikum dem Schauspieler, auf den guten alten Malkolmi gemeint.

81

Reichen Beifall hattest du erworben,
Allgemeine Neigung rein erzielt;
Viel Personen sind in dir gestorben,
Und du hast sie alle gut gespielt.

Rhein und Main

82

Zu des Rheins gestreckten Hügeln,
Hochgesegneten Gebreiten,
Auen die den Fluß bespiegeln,
Weingeschmückten Landesweiten,
Möget mit Gedankenflügeln
Ihr den treuen Freund begleiten.

83

Was ich dort gelebt, genossen,
Was mir all dorther entsprossen,
Welche Freude, welche Kenntnis,
Wär' ein allzulang Geständnis.
Mög' es jeden so erfreuen,
Die Erfahrenen, die Neuen!

84

Erst Empfindung, dann Gedanken,
Erst in's Weite, dann zu Schranken,
Aus dem Wilden hold und mild
Zeigt sich dir das wahre Bild.

82-96 Rhein und Main. Bei meinem Aufenthalt in jenen Gegenden wurden eine Menge kleinere Gedichte, teils in manches Album, meist unter landschaftliche Zeichnungen, ja manchmal als Besuch- und Abschiedskarten verteilt; von denen sich vorstehende, vielleicht hie und da rätselhafte, erhalten haben. Freunde werden sich deren gern erinnern und so mögen sie denn auch hier eingeschlossen stehen. Zu bemerken ist bei Nro. 91 daß Herzog und Herzogin von Cumberland, Hoheiten, in der Nacht zum 16. August die Einsiedler am Flusse unverhofft besuchten.

85

Wenn ihr's habt und wenn ihr's wißt;
Wißt ihr denn wer es vermißt?
Bleibet eurem Sinne treu,
Neu ist alt und alt ist neu.

86

Hier sah ich hin, hier sah ich zu
Nach liebevoller Weise,
Die fernen Lieben, Du, auch Du,
Sie lebten froh im Kreise.

87

Aussicht

Siehst du das wie ich es sah,
Wohnst du so wie ich gewohnt;
Lieb' und Freundschaft sind dir nah,
Und ein jeder Tag betont.

88

Blumenkelche, Blumenglocken
Folgen deinem Reiselauf;
Unter Schneegestöbers Flocken
Suche mir ein Liebes auf.

89

Nicht ist alles Gold was gleißt,
Glück nicht alles was so heißt,
Nicht alles Freude was so scheint.
Damit hab' ich gar manches gemeint.

90

An die Stelle des Genusses
Trete Bildchen holden Scheins,
Zu Erinnerung des Flusses,
Der Terrasse, dieses Hains.

91

Den 15. August 1815

Wohlerleuchtet, glühend-milde
Zog der Fluß im Abendschein,
Über Brück' und Stadtgebilde
Finsternisse sanken ein.

Den 16. August

Doch am Morgen ward es klar,
Neu begann's umher zu grünen
Nach der Nacht, wo jenes Paar
Sternengleich uns angeschienen.

92

Du bist auch am Rhein gewesen,
Auch am Hof zu Biberich;
Magst nun an dem Maine lesen
Wie es lustig war um dich.

93

Also lustig sah es aus
Wo der Main vorüber floß,
Als im schmucken Hain und Haus
Festlich Eilfer überfloß.

Ferner Freunde ward gedacht:
Denn das heißt genießen,
Wenn zu Fest- und Flusses-Pracht
Tausend Quellen fließen.

94

Wasserfülle, Landesgröße,
Heitren Himmel, frohe Bahn!
Diese Wellen, diese Flöße
Landen auch in Winkel an.

95

Fluß und Ufer, Land und Höhen
Rühmen seit geraumer Zeit
So Dein Kommen, so Dein Gehen,
Zeugen Deiner Tätigkeit.

96

Pfeifen hör ich fern im Busche!
Das ist wohl der Vogelsteller? –
Neben mir es pfeift noch greller;
Schelme sind's, es sind Cartouche!
Diese geben sich ein Zeichen. –
Keineswegs! Ein Vielgewandter,
Und uns allen Wohlbekannter
Kommt zum Lustmahl ohne gleichen.

97

Wenn was irgend ist geschehen,
Hört man's noch in späten Tagen;
Immer klingend wird es wehen,
Wenn die Glock' ist angeschlagen.
Und so laßt von diesem Schalle
Euch erheitern, viele, viele!
Denn am Ende sind wir alle
Pilgernd Könige zum Ziele.

98

Worte sind der Seele Bild –
Nicht ein Bild! sie sind ein Schatten!
Sagen herbe, deuten mild
Was wir haben, was wir hatten. –
Was wir hatten wo ist's hin?
Und was ist's denn was wir haben? –
Nun, wir sprechen! Rasch im Fliehn
Haschen wir des Lebens Gaben.

---

97 Im Wandersinne zu einem alten Manuscript der heiligen drei Königs-Legende.

98 Der Worte, flüchtiger wie bleibender, Wert und Wirkung.

ERGÄNZUNGEN
ZUR SAMMLUNG VON 1827

IM ernsten Beinhaus war's wo ich beschaute
Wie Schädel Schädeln angeordnet paßten;
Die alte Zeit gedacht' ich, die ergraute.
Sie stehn in Reih' geklemmt' die sonst sich haßten,
Und derbe Knochen die sich tödlich schlugen
Sie liegen kreuzweis, zahm allhier zu rasten.
Entrenkte Schulterblätter! was sie trugen
Fragt niemand mehr, und zierlich tät'ge Glieder,
Die Hand, der Fuß zerstreut aus Lebensfugen.
Ihr Müden also lagt vergebens nieder,
Nicht Ruh im Grabe ließ man euch, vertrieben
Seid ihr herauf zum lichten Tage wieder,
Und niemand kann die dürre Schale lieben,
Welch herrlich edlen Kern sie auch bewahrte.
Doch mir Adepten war die Schrift geschrieben,
Die heil'gen Sinn nicht jedem offenbarte,
Als ich in Mitten solcher starren Menge
Unschätzbar herrlich ein Gebild gewahrte,
Daß in des Raumes Moderkält und Enge
Ich frei und wärmefühlend mich erquickte,
Als ob ein Lebensquell dem Tod entspränge.
Wie mich geheimnisvoll die Form entzückte!
Die gottgedachte Spur, die sich erhalten!
Ein Blick der mich an jenes Meer entrückte
Das flutend strömt gesteigerte Gestalten.
Geheim Gefäß! Orakelsprüche spendend,
Wie bin ich wert dich in der Hand zu halten?
Dich höchsten Schatz aus Moder fromm entwendend,
Und in die freie Luft, zu freiem Sinnen,
Zum Sonnenlicht andächtig hin mich wendend.
Was kann der Mensch im Leben mehr gewinnen
Als daß sich Gott-Natur ihm offenbare?
Wie sie das Feste läßt zu Geist verrinnen,
Wie sie das Geisterzeugte fest bewahre.
(Ist fortzusetzen)

VERMÄCHTNIS

Kein Wesen kann zu nichts zerfallen,
Das Ew'ge regt sich fort in allen,
Am Sein erhalte dich beglückt!
Das Sein ist ewig, denn Gesetze
Bewahren die lebend'gen Schätze
Aus welchen sich das All geschmückt.

Das Wahre war schon längst gefunden,
Hat edle Geisterschaft verbunden,
Das alte Wahre fass' es an.
Verdank' es, Erdensohn, dem Weisen
Der ihr die Sonne zu umkreisen
Und dem Geschwister wies die Bahn.

Sofort nun wende dich nach innen,
Das Zentrum findest du da drinnen
Woran kein Edler zweifeln mag.
Wirst keine Regel da vermissen,
Denn das selbstständige Gewissen
Ist Sonne deinem Sittentag.

Den Sinnen hast du dann zu trauen,
Kein Falsches lassen sie dich schauen
Wenn dein Verstand dich wach erhält.
Mit frischem Blick bemerke freudig,
Und wandle, sicher wie geschmeidig,
Durch Auen reichbegabter Welt.

Genieße mäßig Füll' und Segen,
Vernunft sei überall zugegen
Wo Leben sich des Lebens freut.
Dann ist Vergangenheit beständig,
Das Künftige voraus lebendig,
Der Augenblick ist Ewigkeit.

Und war es endlich dir gelungen,
Und bist du vom Gefühl durchdrungen:
Was fruchtbar ist allein ist wahr;
Du prüfst das allgemeine Walten,
Es wird nach seiner Weise schalten,
Geselle dich zur kleinsten Schar.

Und wie von Alters her, im stillen,
Ein Liebewerk, nach eignem Willen,
Der Philosoph, der Dichter schuf;
So wirst du schönste Gunst erzielen:
Denn edlen Seelen vorzufühlen
Ist wünschenswertester Beruf.

WEST-ÖSTLICHER DIVAN (1827)

MOGANNI NAMEH

BUCH DES SÄNGERS

Zwanzig Jahre ließ ich gehn
Und genoss was mir beschieden;
Eine Reihe völlig schön
Wie die Zeit der Barmekiden.

HEGIRE

Nord und West und Süd zersplittern,
Throne bersten, Reiche zittern,
Flüchte du, im reinen Osten
Patriarchenluft zu kosten,
Unter Lieben, Trinken, Singen,
Soll dich Chisers Quell verjüngen.

Dort im Reinen und im Rechten,
Will ich menschlichen Geschlechten
In des Ursprungs Tiefe dringen,
Wo sie noch von Gott empfingen
Himmelslehr' in Erdesprachen,
Und sich nicht den Kopf zerbrachen.

Wo sie Vaeter hoch verehrten
Jeden fremden Dienst verwehrten;
Will mich freun der Jugendschranke:
Glaube weit, eng der Gedanke,
Wie das Wort so wichtig dort war,
Weil es ein gesprochen Wort war.

Will mich unter Hirten mischen,
An Oasen mich erfrischen,
Wenn mit Caravanen wandle,
Schawl, Caffeé und Moschus handle.
Jeden Pfad will ich betreten
Von der Wüste zu den Staedten.

Boesen Felsweg auf und nieder
Trösten Hafis deine Lieder,
Wenn der Führer mit Entzücken,
Von des Maulthiers hohem Rücken,
Singt die Sterne zu erwecken,
Und die Räuber zu erschrecken.

Will in Bädern und in Schenken
Heil'ger Hafis dein gedenken,
Wenn den Schleyer Liebchen lüftet
Schüttlend Ambralocken düftet.
Ja des Dichters Liebesflüstern
Mache selbst die Huris lüstern.

Wolltet ihr ihm dies beneiden,
Oder etwa gar verleiden;
Wisset nur, dass Dichterworte
Um des Paradieses Pforte
Immer leise klopfend schweben,
Sich erbittend ew'ges Leben.

SEGENSPFÄNDER

Talisman in Carneol
Gläubigen bringt er Glück und Wohl,
Steht er gar auf Onyx Grunde
Küss ihn mit geweihtem Munde!
Alles Uebel treibt er fort,
Schützet dich und schützt den Ort:
Wenn das eingegrabne Wort
Allahs Namen rein verkündet,
Dich zu Lieb und That entzündet.
Und besonders werden Frauen
Sich am Talisman erbauen.

Amulete sind dergleichen
Auf Papier geschriebne Zeichen;
Doch man ist nicht im Gedränge
Wie auf edlen Steines Enge,
Und vergönnt ist frommen Seelen
Längre Verse hier zu wählen.
Männer hängen die Papiere
Gläubig um als Scapulire.

Die Inschrift aber hat nichts hinter sich,
Sie ist sie selbst, und muss dir alles sagen,
was hinterdrein, mit redlichem Behagen,
Du gerne sagst: Ich sag' es! Ich!

Doch Abraxas bring ich selten!
Hier soll meist das Fratzenhafte,
Das ein düstrer Wahnsinn schaffte,
Für das allerhoechste gelten.
Sag' ich euch absurde Dinge
Denkt, dass ich Abraxas bringe.

Ein Siegelring ist schwer zu zeichnen,
Den hoechsten Sinn im engsten Raum;
Doch weisst du dir ein Aechtes anzueignen
Gegraben steht das Wort, du denkst es kaum.

FREYSINN

Lasst mich nur auf meinem Sattel gelten!
Bleibt in euren Hütten euren Zelten!
Und ich reite froh in alle Ferne,
Ueber meiner Mütze nur die Sterne.

—

Er hat euch die Gestirne gesetzt
Als Leiter zu Land und See;
Damit ihr euch daran ergötzt
Stets blickend in die Höh.

TALISMANE

Gottes ist der Orient!
Gottes ist der Occident!
Nord- und südliches Gelände
Ruht im Frieden seiner Hände.

—

Er, der einzige Gerechte,
Will für jedermann das Rechte.
Sey, von seinen hundert Namen,
Dieser hochgelobet! Amen.

—

Mich verwirren will das Irren;
Doch du weißt mich zu entwirren.
Wenn ich handle, wenn ich dichte
Gieb du meinem Weg die Richte.

—

Ob ich Ird'sches denk und sinne,
Das gereicht zu hoeherem Gewinne.
Mit dem Staube nicht der Geist zerstoben
Dringet, in sich selbst gedrängt, nach oben.

—

Im Athemholen sind zweyerley Gnaden:
Die Luft einziehen, sich ihrer entladen.
Jenes bedrängt, dieses erfrischt;
So wunderbar ist das Leben gemischt.
Du danke Gott wenn er dich presst,
Und dank ihm wenn er dich wieder entlässt.

VIER GNADEN

Dass Araber an ihrem Theil
Die Weite froh durchziehen
Hat Allah zu gemeinem Heil
Der Gnaden vier verliehen.

Den Turban erst der besser schmückt
Als alle Kaiserkronen,
Ein Zelt das man vom Orte rückt
Um überall zu wohnen.

Ein Schwerdt das tüchtiger beschützt
Als Fels und hohe Mauern,
Ein Liedchen, das gefaellt und nützt,
Worauf die Mädchen lauern.

Und Blumen sing' ich ungestoert
Von Ihrem Schawl herunter,
Sie weiss recht wohl was Ihr gehört
Und bleibt mir hold und munter.

Und Blum und Früchte weiss ich euch
Gar zierlich aufzutischen,
Wollt ihr Moralien zugleich,
So geb' ich von den frischen.

GESTÄNDNISS

Was ist schwer zu verbergen? Das Feuer!
Denn bey Tage verräths der Rauch,
Bey Nacht die Flamme, das Ungeheuer.
Ferner ist schwer zu verbergen auch
Die Liebe, noch so stille gehegt,
Sie doch gar leicht aus den Augen schlägt.
Am schwersten zu bergen ist ein Gedicht,
Man stellt es untern Scheffel nicht.
Hat es der Dichter frisch gesungen,
So ist er ganz davon durchdrungen,
Hat er es zierlich nett geschrieben,
Will er die ganze Welt solls lieben.
Er liest es jedem froh und laut,
Ob es uns quält, ob es erbaut.

ELEMENTE

Aus wie vielen Elementen
Soll ein ächtes Lied sich naehren?
Dass es Layen gern empfinden,
Meister es mit Freuden hören.

Liebe sey vor allen Dingen
Unser Thema wenn wir singen;
Kann sie gar das Lied durchdringen,
Wird's um desto besser klingen.

Dann muss Klang der Gläser tönen,
Und Rubin des Weins erglänzen:
Denn für Liebende für Trinker
Winckt man mit den schönsten Kränzen.

Waffenklang wird auch gefodert
Dass auch die Trommete schmettre;
Dass, wenn Glück zu Flammen lodert,
Sich im Sieg der Held vergöttere.

Dann zuletzt ist unerlässlich,
Dass der Dichter manches hasse,
Was unleidlich ist und hässlich
Nicht wie schönes leben lasse.

Weiss der Saenger dieser Viere
Urgewalt'gen Stoff zu mischen,
Hafis gleich wird er die Völker
Ewig freuen und erfrischen.

ERSCHAFFEN UND BELEBEN

Hans Adam war ein Erdenklos,
Den Gott zum Menschen machte,
Doch bracht er aus der Mutter Schooss
Noch vieles Ungeschlachte.

Die Elohim zur Nas' hinein
Den besten Geist ihm bliesen
Nun schien er schon was mehr zu seyn,
Denn er fing an zu niesen.

Doch mit Gebein und Glied und Kopf
Blieb er ein halber Klumpen.
Bis endlich Noah für den Tropf
Das wahre fand, den Humpen.

Der Klumpe fühlt sogleich den Schwung,
Sobald er sich benetzet,
So wie der Teig zur Säuerung
Sich in Bewegung setzet.

So, Hafis mag dein holder Sang
Dein heiliges Exempel
Uns führen, bey der Glaeser Klang,
Zu unsres Schöpfers Tempel.

PHAENOMEN

Wenn zu der Regenwand
Phoebus sich gattet,
Gleich steht ein Bogenrand
Farbig beschattet.

Im Nebel gleichen Kreis
Seh ich gezogen,
Zwar ist der Bogen weiss,
Doch Himmelsbogen.

So sollst du muntrer Greis,
Dich nicht betrüben,
Sind gleich die Haare weiss,
Doch wirst du lieben.

LIEBLICHES

Was doch buntes dort verbindet
Mir den Himmel mit der Höhe?
Morgennebelung verblindet
Mir des Blickes scharfe Sehe.

Sind es Zelten des Vessires
Die er lieben Frauen baute?
Sind es Teppiche des Festes
Weil er sich der Liebsten traute?

Roth und weiss, gemischt, gesprenkelt
Wüsst ich schoenres nicht zu schauen
Doch wie Hafis kommt dein Schiras
Auf des Nordens trübe Gauen?

Ja es sind die bunten Mohne,
Die sich nachbarlich erstrecken,
Und, dem Kriegesgott zum Hohne,
Felder streifweis freundlich decken.

Möge stets so der Gescheute
Nutzend Blumenzierde pflegen,
Und ein Sonnenschein, wie heute,
Klaeren sie auf meinen Wegen.

ZWIESPALT

Wenn links an Baches Rand
Cupido flötet,
Im Felde rechter Hand
Mavors drommetet,
Da wird dorthin das Ohr
Lieblich gezogen,
Doch um des Liedes Flor
Durch Lärm betrogen.
Nur flötets immer voll
im Kriegesthunder,
Ich werde rasend, toll,
Ist das ein Wunder.
Fort waechst der Flötenton
Schall der Posaunen,
Ich irre, rase schon,
Ist das zu staunen.

IM GEGENWÄRTIGEN VERGANGNES

Ros' und Lilie morgenthaulich
Blüht im Garten meiner Nähe,
Hinten an bebuscht und traulich
Steigt der Felsen in die Höhe.
Und mit hohem Wald umzogen,
Und mit Ritterschloss gekroenet,
Lenkt sich hin des Gipfels Bogen,
Bis er sich dem Thal versöhnet.

Und da duftets wie vor Alters,
Da wir noch von Liebe litten,
Und die Saiten meines Psalters
Mit dem Morgenstrahl sich stritten.
Wo das Jagdlied aus den Büschen,
Fülle runden Tons enthauchte,
Anzufeuern, zu erfrischen
Wie's der Busen wollt' und brauchte.

Nun die Wälder ewig sprossen
So ermuthigt euch mit diesen,
Was ihr sonst für euch genossen
Laesst in andern sich geniessen.
Niemand wird uns dann beschreien
Dass wirs uns alleine gönnen,
Nun in allen Lebensreihen
Müsset ihr geniessen koennen.

Und mit diesem Lied und Wendung
Sind wir wieder bey Hafisen
Denn es ziemt des Tags Vollendung
Mit Geniessern zu geniessen.

LIED UND GEBILDE

Mag der Grieche seinen Thon
Zu Gestalten drücken
An der eignen Hände Sohn
Steigern sein Entzücken;

Aber uns ist wonnereich
In den Euphrat greifen,
Und im flüssgen Element
Hin und wieder schweifen.

Löscht ich so der Seele Brand
Lied es wird erschallen;
Schoepft des Dichters reine Hand
Wasser wird sich ballen.

DREISTIGKEIT

Worauf kommt es überall an
Dass der Mensch gesundet?
Jeder höret gern den Schall an
Der zum Ton sich rundet.

Alles weg! was deinen Lauf stoert!
Nur kein düster Streben!
Eh er singt und eh er aufhoert
Muss der Dichter leben.

Und so mag des Lebens Erzklang
Durch die Seele droehnen!
Fühlt der Dichter sich das Herz bang
Wird sich selbst versöhnen.

DERB UND TÜCHTIG

Dichten ist ein Uebermuth,
Niemand schelte mich!
Habt getrost ein warmes Blut
Froh und frey wie ich.

Sollte jeder Stunde Pein
Bitter schmecken mir;
Würd ich auch bescheiden seyn
Und noch mehr als ihr.

Denn Bescheidenheit ist fein
Wenn das Maedchen blüht,
Sie will zart geworben seyn
Die den Rohen flieht.

Auch ist gut Bescheidenheit
Spricht ein weiser Mann
Der von Zeit und Ewigkeit
Mich belehren kann!

Dichten ist ein Uebermuth!
Treib es gern allein.
Freund und Frauen, frisch von Blut
Kommt nur auch herein.

Mönchlein ohne Kapp' und Kutt'
Schwatze nicht auf mich ein,
Zwar du machest mich caput,
Nicht bescheiden! Nein.

Deiner Phrasen leeres Was
Treibet mich davon,
Abgeschliffen hab' ich das
An den Solen schon.

Wenn des Dichters Mühle geht
Halte sie nicht ein:
Denn wer einmal uns versteht
Wird uns auch verzeihn.

ALLLEBEN

Staub ist eins der Elemente
Das du gar geschickt bezwingest
Hafis, wenn zu Liebchens Ehren,
Du ein zierlich Liedchen singest.

Denn der Staub auf ihrer Schwelle
Ist dem Teppich vorzuziehen,
Dessen goldgewirckte Blumen
Mahmuds Günstlinge beknieen.

Treibt der Wind von ihrer Pforte
Wolken Staubs behend vorüber
Mehr als Moschus sind die Düfte
Und als Rosenöl dir lieber.

Staub den hab ich längst entbehret
In dem stets umhüllten Norden,
Aber in dem heissen Süden
Ist er mir genugsam worden.

Doch schon laengst dass liebe Pforten
Mir auf ihren Angeln schwiegen!
Heile mich Gewitterregen,
Lass mich dass es grunelt riechen!

Wenn jetzt alle Donner rollen
Und der ganze Himmel leuchtet,
Wird der wilde Staub des Windes
Nach dem Boden hingefeuchtet.

Und sogleich entspringt ein Leben,
Schwillt ein heilig, heimlich Wirken,
Und es grunelt und es grünet
In den irdischen Bezirken.

SELIGE SEHNSUCHT

Sagt es niemand, nur den Weisen,
Weil die Menge gleich verhöhnet,
Das Lebend'ge will ich preisen
Das nach Flammentod sich sehnet.

In der Liebesnaechte Kühlung,
Die dich zeugte, wo du zeugtest,
Ueberfaellt dich fremde Fühlung
Wenn die stille Kerze leuchtet.

Nicht mehr bleibtest du umfangen
In der Finsterniss Beschattung,
Und dich reisset neu Verlangen
Auf zu höherer Begattung.

Keine Ferne macht dich schwierig
Kommst geflogen und gebannt
Und zuletzt, des Lichts begierig,
Bist du Schmetterling verbrannt.

Und so lang du das nicht hast,
Dieses: Stirb und werde!
Bist du nur ein trüber Gast
Auf der dunklen Erde.

Thut ein Schilf sich doch hervor
Welten zu versüssen!
Möge meinem Schreibe-Rohr
Liebliches entfliessen.

HAFIS NAMEH

BUCH HAFIS

Sey das Wort die Braut genannt,
Bräutigam der Geist;
Diese Hochzeit hat gekannt
Wer Hafisen preist.

BEYNAME

Dichter

Mohamed Schemseddin sage,
Warum hat dein Volk, das hehre,
Hafis dich genannt?

Hafis

Ich ehre,
Ich erwiedere deine Frage.
Weil, in glücklichem Gedächtniss,
Des Corans geweiht Vermächtniss
Unverändert ich verwahre
Und damit so fromm gebahre
Dass gemeinen Tages Schlechtniss
Weder mich noch die berühret
Die Prophetenwort und Saamen
Schätzen wie es sich gebühret,
Darum gab man mir den Namen.

Dichter

Hafis drum, so will mir scheinen,
Möcht ich dir nicht gerne weichen:
Denn wenn wir wie andre meynen,
Werden wir den andern gleichen.
Und so gleich ich dir vollkommen
Der ich unsrer heil'gen Bücher
Herrlich Bild an mich genommen
Wie auf jenes Tuch der Tücher
Sich des Herren Bildniss drückte
Mich in stiller Brust erquickte
Trotz Verneinung, Hindrung, Raubens,
Mit dem heiteren Bild des Glaubens.

ANKLAGE

Wisst ihr denn auf wen die Teufel lauern,
In der Wüste, zwischen Fels und Mauern?
Und, wie sie den Augenblick erpassen,
Nach der Hölle sie entführend fassen?
Lügner sind es und der Bösewicht.

Der Poete warum scheut er nicht
Sich mit solchen Leuten einzulassen!

Weiss denn der mit wem er geht und wandelt.
Er der immer nur im Wahnsinn handelt.
Graenzenlos, von eigensinn'gem Lieben,
Wird er in die Oede fortgetrieben,
Seiner Klagen Reim, in Sand geschrieben,
Sind vom Winde gleich verjagt;
Er versteht nicht was er sagt,
Was er sagt wird er nicht halten.

Doch sein Lied man lässt es immer walten,
Da es doch dem Coran widerspricht.
Lehret nun, ihr des Gesetzes Kenner,
Weisheit fromme, hochgelahrte Männer,
Treuer Mosleminen feste Pflicht.

Hafis, in's besondre, schaffet Aergernisse,
Mirza sprengt den Geist ins Ungewisse,
Saget was man thun und lassen müsse?

FETWA

Hafis Dichterzüge sie bezeichnen
Ausgemachte Wahrheit unauslöschlich;
Aber hie und da auch Kleinigkeiten
Ausserhalb der Gränze des Gesetzes.
Willst du sicher gehn, so musst du wissen
Schlangengift und Theriak zu sondern –
Doch der reinen Wollust edler Handlung
Sich mit frohem Muth zu überlassen,
Und vor solcher, der nur ew'ge Pein folgt,
Mit besonnenem Sinn sich zu verwahren,
Ist gewiss das beste um nicht zu fehlen.
Dieses schrieb der arme Ebusuud euch,
Gott verzeih ihm seine Sünden alle.

DER DEUTSCHE DANKT

Heiliger Ebusuud, hast's getroffen!
Solche Heilige wünschet sich der Dichter:
Denn gerade jene Kleinigkeiten
Ausserhalb der Gränze des Gesetzes
Sind das Erbtheil wo er, übermüthig,
Selbst im Kummer lustig, sich beweget.
Schlangengift und Theriak muss

Ihm das eine wie das andere scheinen,
Tödten wird nicht jenes, dies nicht heilen:
Denn das wahre Leben ist des Handelns
Ewge Unschuld, die sich so erweiset
Dass sie niemand schadet als sich selber.
Und so kann der alte Dichter hoffen
Dass die Houris ihn im Paradiese,
Als verklärten Jüngling wohl empfangen.
Heiliger Ebusuud, du hast's getroffen!

FETWA

Der Mufti las des *Misri* Gedichte,
Eins nach dem andern, alle zusammen,
Und wohlbedächtig warf sie in die Flammen,
Das schöngeschriebne Buch es ging zu nichte.
Verbrannt sey jeder, sprach der hohe Richter,
Wer spricht und glaubt wie *Misri* – er allein
Sey ausgenommen von des Feuers Pein:
Denn Allah gab die Gabe jedem Dichter;
Misbraucht er sie im Wandel seiner Sünden,
So seh' er zu, mit Gott sich abzufinden.

UNBEGRENZT

Dass du nicht enden kannst das macht dich gross,
Und dass du nie beginnst das ist dein Loos.
Dein Lied ist drehend wie das Stern Gewölbe,
Anfang und Ende immer fort dasselbe,
Und was die Mitte bringt ist offenbar,
Das was zu Ende bleibt und Anfangs war.

Du bist der Freuden ächte Dichterquelle,
Und ungezählt entfliesst dir Well' auf Welle.
Zum küssen stets bereiter Mund,
Ein Brustgesang der lieblich fliesset,
Zum Trinken stets gereitzter Schlund
Ein gutes Herz das sich ergiesset.

Und mag die ganze Welt versinken
Hafis mit dir, mit dir allein
Will ich wetteifern! Lust und Pein
Sey uns den Zwillingen gemein!
Wie du zu lieben und zu trinken
Das soll mein Stolz mein Leben seyn.

Nun töne Lied mit eignem Feuer!
Denn du bist älter, du bist neuer.

NACHBILDUNG

In deine Reimart hoff' ich mich zu finden,
Das Wiederholen soll mir auch gefallen,
Erst werd' ich Sinn sodann auch Worte finden;
Zum zweytenmal soll mir kein Klang erschallen
Er müsste denn besondern Sinn begründen,
Wie du's vermagst begünstigter vor allen.

Denn wie ein Funke fähig zu entzünden
Die Kaiserstadt wenn Flammen grimmig wallen,
Sich winderzeugend, glühn von eignen Winden,
Er, schon erloschen, schwand zu Sternenhallen;
So schlangs von dir sich fort mit ew'gen Gluten
Ein deutsches Herz von frischem zu ermuthen.

Zugemessne Rhytmen reizen freylich
Das Talent erfreut sich wohl darin;
Doch wie schnelle widern sie abscheulich,
Hohle Masken ohne Blut und Sinn.
Selbst der Geist erscheint sich nicht erfreulich,
Wenn er nicht auf neue Form bedacht,
Jener todten Form ein Ende macht.

OFFENBAR GEHEIMNISS

Sie haben dich heiliger Hafis
Die mystische Zunge genannt,
Und haben, die Wortgelehrten,
Den Werth des Worts nicht erkannt.

Mystisch heissest du ihnen,
Weil sie närrisches bey dir denken
Und ihren unlautern Wein
In deinen Nahmen verschenken.

Du aber bist mystisch rein
Weil sie dich nicht verstehn,
Der du, ohne fromm zu seyn, selig bist
Das wollen sie dir nicht zugestehn.

WINK

Und doch haben sie recht die ich schelte:
Denn dass ein Wort nicht einfach gelte
Das müsste sich wohl von selbst verstehn.
Das Wort ist ein Fächer! Zwischen den Stäben
Blicken ein paar schöne Augen hervor.
Der Fächer ist nur ein lieblicher Flor,
Er verdeckt mir zwar das Gesicht;
Aber das Mädchen verbirgt er nicht,
Weil das schoenste was sie besitzt
Das Auge, mir in's Auge blitzt.

* AN HAFIS

Was alle wollen weißt du schon
Und hast es wohl verstanden:
Denn Sehnsucht hält, von Staub zu Thron,
Uns all in strengen Banden.

Es thut so weh, so wohl hernach
Wer sträubte sich dagegen?
Und wenn den Hals der eine brach
Der andre bleibt verwegen.

Verzeihe Meister, wie du weißt
Dass ich mich oft vermesse
Wenn sie das Auge nach sich reisst
Die wandelnde Cypresse.

Wie Wurzelfassern schleicht ihr Fuss
Und buhlet mit dem Boden
Wie leicht Gewölk verschmilzt ihr Gruss
Wie Ost-Gekos ihr Oden.

Das alles drängt uns ahndevoll
Wo Lock' an Locke kräuselt,
In brauner Fülle ringelnd schwoll,
Sodann im Winde säuselt.

Nun öffnet sich die Stirne klar
Dein Herz damit zu glätten,
Vernimmst ein Lied so froh und wahr
Den Geist darin zu betten.

Und wenn die Lippen sich dabey
Aufs niedlichste bewegen;
Sie machen dich auf einmal frey
In Fesseln dich zu legen.

Der Athem will nicht mehr zurück,
Die Seel' zur Seele fliehend
Gerüche winden sich durchs Glück
Unsichtbar wolkig ziehend.

Doch wenn es allgewaltig brennt,
Dann greifst du nach der Schaale
Der Schenke läuft der Schenke kömmt
Zum erst und zweytenmale.

Sein Auge blitzt, sein Herz erbebt
Er hofft auf deine Lehren,
Dich, wenn der Wein den Geist erhebt,
Im höchsten Sinn zu hören.

Ihm öffnet sich der Welten Raum
Im Innern Heil und Orden,
Es schwillt die Brust, es bräunt der Pflaum
Er ist ein Jüngling worden.

Und wenn dir kein Geheimniss blieb
Was Herz und Welt enthalte,
Dem Dencker winckst du treu und lieb
Dass sich der Sinn entfalte.

Auch dass vom Throne Fürstenhort
Sich nicht für uns verliere
Giebst du dem Schach ein gutes Wort
Und giebst es dem Veziere.

Das alles kennst und singst du heut
Und singst es morgen eben.
So trägt uns freundlich dein Geleit
Durchs rauhe milde Leben.

USCHK NAMEH

BUCH DER LIEBE

⟨*⟩
Sage mir
Was mein Herz begehrt?

Mein Herz ist bey dir
Halt es werth.

MUSTERBILDER

Hör' und bewahre
  Sechs Liebespaare.
Wortbild entbindet, Liebe schürt zu:
  Rustan und Rodawu.
Unbekannte sind sich nah:
  Jussuph und Suleika.
Liebe nicht Liebesgewinn:
  Ferhad und Schirin.
Nur für einander da:
  Medschnun und Leila.
Liebend im Alter sah
  Dschemil auf Boteinah.
Süsse Liebeslaune,
  Salomo und die Braune!
Hast du sie wohl vermerckt,
  Bist im Lieben gestaerkt.

** NOCH EIN PAAR

Ja! Lieben ist ein gross Verdienst!
Wer findet schöneren Gewinnst? –
Du wirst nicht mächtig, wirst nicht reich;
jedoch den grössten Helden gleich.
Man wird so gut wie vom Propheten,
Von *Wamik* und von *Asra* reden. –
Nicht reden wird man, wird sie nennen.
Die Nahmen müssen alle kennen.
Was sie gethan, was sie geübt
Das weiss kein Mensch! Dass sie geliebt
Das wissen wir. Genug gesagt!
Wenn man nach Wamik und Asra fragt.

LESEBUCH

Wunderlichstes Buch der Bücher
Ist das Buch der Liebe;
Aufmerksam hab' ichs gelesen:
Wenig Blätter Freuden,
Ganze Hefte Leiden,
Einen Abschnitt macht die Trennung.
Wiedersehn! ein klein Capitel

Fragmentarisch. Bände Kummers
Mit Erklaerungen verlaengert,
Endlos ohne Maas.
O! Nisami! – doch am Ende
Hast den rechten Weg gefunden;
Unauflösliches wer löst es?
Liebende sich wieder findend.

---

*

Ja! die Augen waren's, ja der Mund,
Die mir blickten, die mich küssten.
Hüfte schmal der Leib so rund
Wie zu Paradieses Lüsten.
War sie da? Wo ist sie hin?
Ja! sie war's, sie hat's gegeben,
Hat gegeben sich im Fliehn
Und gefesselt all' mein Leben.

GEWARNT

Auch in Locken hab ich mich
Gar zu gern verfangen,
Und so Hafis! wär's wie dir
Deinem Freund ergangen.

Aber Zoepfe flechten sie
Nun aus langen Haaren,
Unterm Helme fechten sie,
Wie wir wohl erfahren.

Wer sich aber wohl besann
Lässt sich so nicht zwingen:
Schwere Ketten fürchtet man,
Rennt in leichte Schlingen.

VERSUNKEN

Voll Locken kraus ein Haupt so rund! –
Und darf ich dann in solchen reichen Haaren,
Mit vollen Haenden hin und wieder fahren
Da fühl' ich mich von Herzensgrund gesund.
Und küss' ich Stirne, Bogen, Auge, Mund
Dann bin ich frisch und immer wieder wund.

Der fünfgezackte Kamm wo sollt' er stocken?
Er kehrt schon wieder zu den Locken.
Das Ohr versagt sich nicht dem Spiel,
Hier ist nicht Fleisch hier ist nicht Haut,
So zart zum Scherz so liebeviel!
Doch wie man auf dem Koepfchen kraut,
Man wird in solchen reichen Haaren
Für ewig auf und nieder fahren.
So hast du Hafis auch gethan,
Wir fangen es von vornen an.

BEDENKLICH

Soll ich von Smaragden reden
Die dein Finger niedlich zeigt?
Manchmal ist ein Wort vonnöthen,
Oft ist's besser dass man schweigt.

Also sag' ich: dass die Farbe
Grün und augerquicklich sey!
Sage nicht dass Schmerz und Narbe
Zu befürchten nah dabey.

Immerhin du magst es lesen!
Warum übst du solche Macht!
»So gefaehrlich ist dein Wesen
Als erquicklich der Smaragd.«

⟨*⟩
Liebchen, ach! im starren Bande
Zwängen sich die freyen Lieder,
Die im reinen Himmelslande
Munter flogen hin und wieder.
Allem ist die Zeit verderblich,
Sie erhalten sich allein!
Jede Zeile soll unsterblich,
Ewig wie die Liebe seyn.

SCHLECHTER TROST

Mitternachts weint' und schluchzt' ich
Weil ich dein entbehrte.
Da kamen Nachtgespenster

Und ich schaemte mich.
Nachtgespenster, sagt ich,
Schluchzend und weinend
Findet ihr mich, dem ihr sonst
Schlafendem vorüberzogt.
Grosse Güter vermiss' ich.
Denkt nicht schlimmer von mir
Den ihr sonst weise nanntet,
Grosses Uebel betrifft ihn! –
Und die Nachtgespenster
Mit langen Gesichtern
Zogen vorbey,
Ob ich weise oder thörig
Völlig unbekümmert.

GENÜGSAM

»Wie irrig waehnest du
Aus Liebe gehöre das Mädchen dir zu.
Das könnte mich nun gar nicht freuen,
Sie versteht sich auf Schmeicheleyen.«

Dichter
Ich bin zufrieden dass ich's habe!
Mir diene zur Entschuldigung:
Liebe ist freywillige Gabe
Schmeicheley Huldigung.

GRUSS

O wie selig ward mir!
Im Lande wandl' ich
Wo Hudhud über den Weg läuft.
Des alten Meeres Muscheln
Im Stein sucht' ich die versteinten.
Hudhud lief einher
Die Krone entfaltend.
Stolzirte, neckischer Art,
Ueber das Todte scherzend
Der Lebend'ge.
Hudhud, sagt' ich, fürwahr!
Ein schoener Vogel bist du.
Eile doch, Wiedehopf!
Eile der Geliebten

Zu verkünden dass ich ihr
Ewig angehöre.
Hast du doch auch
Zwischen Salomo
Und Saba's Königin
Ehemals den Kuppler gemacht.

ERGEBUNG

»Du vergehst und bist so freundlich,
Verzehrst dich und singst so schön?«

Dichter
Die Liebe behandelt mich feindlich!
Da will ich gern gestehn
Ich singe mit schwerem Herzen.
Sieh doch einmal die Kerzen
Sie leuchten indem sie vergehn.

⟨*⟩
Eine Stelle suchte der Liebe Schmerz,
Wo es recht wüst und einsam wäre;
Da fand er denn mein oedes Herz
Und nistete sich in das leere.

UNVERMEIDLICH

Wer kann gebieten den Vögeln
Still zu seyn auf der Flur?
Und wer verbieten zu zappeln
Den Schafen unter der Schur?

Stell' ich mich wohl ungebaerdig
Wenn mir die Wolle kraust?
Nein! Die Ungebärden entzwingt mir
Der Scherer der mich zerzaust.

Wer will mir wehren zu singen
Nach Lust zum Himmel hinan?
Den Wolken zu vertrauen
Wie lieb sie mirs angethan.

GEHEIMES

Ueber meines Liebchens Aeuglen
Stehn verwundert alle Leute,
Ich, der Wissende, dagegen
Weiss recht gut was das bedeute.

Denn es heisst: Ich liebe diesen,
Und nicht etwa den und jenen
Lasset nur ihr guten Leute
Euer Wundern, euer Sehnen.

Ja, mit ungeheuren Mächten
Blicket sie wohl in die Runde;
Doch sie sucht nur zu verkünden
Ihm die naechste süsse Stunde.

GEHEIMSTES

»Wir sind emsig nachzuspüren,
Wir, die Anecdotenjäger
Wer dein Liebchen sey und ob du
Nicht auch habest viele Schwäger.

Denn dass du verliebt bist sehen wir,
Mögen dir es gerne gönnen;
Doch dass Liebchen so dich liebe
Werden wir nicht glauben können.«

Ungehindert, liebe Herren,
Sucht sie auf, nur hört das Eine:
Ihr erschrecket wenn sie dasteht
Ist sie fort ihr koost dem Scheine.

Wisst ihr wie *Schehâb-eddin*
Sich auf *Arafat* entmantelt;
Niemand haltet ihr für thörig
Der in seinem Sinne handelt.

Wenn vor deines Kaysers Throne
Oder vor der Vielgeliebten
Je dein Name wird gesprochen
Sey es dir zu hoechstem Lohne.

Darum wars der höchste Jammer
Als einst *Medschnun* sterbend wollte
Dass vor *Leila* seinen Namen
Man forthin nicht nennen sollte.

TEFKIR NAMEH

BUCH DER BETRACHTUNGEN

Höre den Rath den die Leyer tönt;
Doch er nutzet nur wenn du fähig bist;
Das glücklichste Wort es wird verhöhnt
Wenn der Hörer ein Schiefohr ist.

»Was tönt denn die Leyer?« sie tönet laut:
Die schönste das ist nicht die Beste Braut,
Doch wenn wir dich unter uns zaehlen sollen,
So musst du das Schönste, das Beste wollen.

FÜNF DINGE

Fünf Dinge bringen fünfe nicht hervor,
Du, dieser Lehre öffne du dein Ohr:
Der stolzen Brust wird Freundschaft nicht entsprossen.
Unhöflich sind der Niedrigkeit Genossen;
Ein Bösewicht gelangt zu keiner Grösse;
Der Neidische erbarmt sich nicht der Blösse;
Der Lügner hofft vergeblich Treu und Glauben;
Das halte fest und niemand lass dirs rauben.

FÜNF ANDERE

Was verkürzt mir die Zeit?
  Thätigkeit!
Was macht sie unerträglich lang?
  Müssiggang!
Was bringt in Schulden?
  Harren und Dulden!
Was macht Gewinnen?
  Nicht lange besinnen!
Was bringt zu Ehren?
  Sich wehren!

Lieblich ist des Mädchens Blick der winket,
Trinkers Blick ist lieblich eh er trinket,
Gruss des Herren der befehlen konnte,
Sonnenschein im Herbst der dich besonnte.
Lieblicher als alles dieses habe
Stets vor Augen, wie sich kleiner Gabe
Dürft'ge Hand so hübsch entgegen draenget,

Zierlich dankbar was du reichst empfänget.
Welch ein Blick! ein Gruss! ein sprechend Streben!
Schau es recht und du wirst immer geben.

Und was im *Pend-Nameh* steht
Ist dir aus der Brust geschrieben:
Jeden dem du selber giebst
Wirst du wie dich selber lieben.
Reiche froh den Pfennig hin,
Häufe nicht ein Gold-Vermaechtniss,
Eile freudig vorzuziehn
Gegenwart vor dem Gedaechtniss.

Reitest du bey e'nem Schmidt vorbey,
Weisst nicht wann er dein Pferd beschlaegt;
Siehst du eine Hütte im Felde frey,
Weisst nicht ob sie dir ein Liebchen hegt;
Einem Jüngling begegnest du schön und kühn,
Er überwindet dich künftig oder du ihn.
Am sichersten kannst du vom Rebstok sagen
Er werde für dich was Gutes tragen.
So bist du denn der Welt empfohlen,
Das Uebrige will ich nicht wiederholen.

---

*
Den Gruss des Unbekannten ehre ja!
Er sey dir werth als alten Freundes Gruss.
Nach wenig Worten sagt ihr Lebewohl!
Zum Osten du, er westwärts Pfad an Pfad –
Kreutzt euer Weg nach vielen Jahren drauf
Sich unerwartet, ruft ihr freudig aus:
Er ist es! ja! da wars! als hätte nicht
So manche Tagefahrt zu Land und See,
So manche Sonnenkehr sich drein gelegt.
Nun tauschet Waar' um Waare, theilt Gewinn!
Ein alt Vertrauen wirke neuen Bund –
Der erste Gruss ist viele Tausend werth,
Drum grüsse freundlich jeden der begrüsst.

---

*

Haben sie von deinen Fehlen
Immer viel erzaehlt,
Und für wahr sie zu erzählen
Vielfach sich gequaelt.
Hätten sie von deinem Guten
Freundlich dir erzählt,
Mit verständig treuen Winken
Wie man bessres waehlt;
O! gewiss! das Allerbeste
Blieb mir nicht verheelt,
Das fürwahr nur wenig Gäste
In der Clause zaehlt,
Nun als Schüler mich, zu kommen,
Endlich auserwaehlt,
Und mich lehrt der Busse Frommen,
Wenn der Mensch gefehlt.

---

*

Märkte reizen dich zum Kauf;
Doch das Wissen blähet auf.
Wer im Stillen um sich schaut
Lernet wie die Lieb' erbaut.
Bist du Tag und Nacht beflissen
Viel zu hoeren, viel zu wissen;
Horch an einer andern Thüre
Wie zu wissen sich gebühre.
Soll das Rechte zu dir ein
Fühl' in Gott was Rechts zu seyn:
Wer von reiner Lieb entbrannt
Wird vom Lieben Gott erkannt.

---

*

Wie ich so ehrlich war
Hab ich gefehlt,
Und habe Jahre lang
Mich durch gequaelt;
Ich galt und galt auch nicht,
Was sollt es heissen?
Nun wollt ich Schelm seyn
Thät mich befleissen;
Das wollt mir gar nicht ein
Musst mich zerreissen.
Da dacht ich ehrlich seyn

Ist doch das beste,
War es nur kümmerlich
So steht es feste.

———

*

Frage nicht durch welche Pforte
Du in Gottes Stadt gekommen,
Sondern bleib' am stillen Orte
Wo du einmal Platz genommen.

Schaue dann umher nach Weisen,
Und nach Mächtigen, die befehlen;
Jene werden unterweisen,
Diese That und Kräfte stählen.

Wenn du nützlich und gelassen
So dem Staate treu geblieben,
Wisse! Niemand wird dich hassen
Und dich werden Viele lieben.

Und der Fürst erkennt die Treue,
Sie erhält die That lebendig;
Dann bewährt sich auch das Neue
Nächst dem Alten erst beständig.

———

*

Woher ich kam? Es ist noch eine Frage,
Mein Weg hierher, der ist mir kaum bewusst,
Heut nun, und hier, am himmel-frohen Tage,
Begegnen sich, wie Freunde, Schmerz und Lust.
O! süsses Glück! Wenn beyde sich vereinen!
Einsam, wer möchte lachen? möchte weinen?

———

*

Es geht eins nach dem andern hin,
Und auch wohl vor dem andern;
Drum lasst uns rasch und brav und kühn
Die Lebenswege wandern.
Es haelt dich auf, mit Seitenblick,
Der Blumen viel zu lesen;
Doch hält nichts grimmiger zurück,
Als wenn du falsch gewesen.

———

Behandelt die Frauen mit Nachsicht!
Aus krummer Rippe ward sie erschaffen,
Gott konnte sie nicht ganz grade machen.
Willst du sie biegen, sie bricht.
Laesst du sie ruhig sie wird noch krümmer,
Du guter Adam, was ist denn schlimmer? –
Behandelt die Frauen mit Nachsicht:
Es ist nicht gut dass euch eine Rippe bricht.

---

*

Das Leben ist ein schlechter Spass,
Dem fehlts an Dies, dem fehlts an Das,
Der will nicht wenig, der zuviel
Und Kann und Glück kommt auch in's Spiel.
Und hat sich's Unglück drein gelegt
Jeder wie er nicht wollte trägt.
Bis endlich Erben mit Behagen
Herrn Kannnicht-Willnicht weitertragen.

Das Leben ist ein Gänsespiel:
Jemehr man vorwärts gehet,
Je früher kommt man an das Ziel,
Wo niemand gerne stehet.

Man sagt die Gaense wären dumm
O! glaubt mir nicht den Leuten:
Denn eine sieht einmal sich rum
Mich rückwärts zu bedeuten.

Ganz anders ist's in dieser Welt
Wo alles vorwärts drücket,
Wenn einer stolpert oder faellt
Keine Seele rückwärts blicket.

---

*

»Die Jahre nahmen dir, du sagst, so vieles:
Die eigentliche Lust des Sinnespieles,
Erinnerung des allerliebsten Tandes
Von gestern, weit und breiten Landes
Durchschweifen frommt nicht mehr; selbst nicht von Oben
Der Ehren anerkannte Zier, das Loben
Erfreulich sonst. Aus eignem Thun Behagen

Quillt nicht mehr auf, dir fehlt ein dreistes Wagen!
Nun wüsst' ich nicht was dir Besondres bliebe?«

Mir bleibt genug! Es bleibt Idee und Liebe!

---

*

Vor den Wissenden sich stellen
Sicher ist's in allen Fällen!
Wenn du lange dich gequälet
Weiss er gleich wo dir es fehlet;
Auch auf Beyfall darfst du hoffen,
Denn er weiss wo du's getroffen.

Freygebiger wird betrogen,
Geizhafter ausgesogen,
Verstaendiger irrgeleitet,
Vernünftiger leer geweitet,
Der Harte wird umgangen,
Der Gimpel wird gefangen,
Beherrsche diese Lüge,
Betrogener betrüge!

Wer befehlen kann wird loben
Und er wird auch wieder schelten,
Und das muss dir treuer Diener,
Eines wie das andere gelten.

Denn er lobt wohl das Geringe,
Schilt auch wo er sollte loben,
Aber bleibst du guter Dinge
Wird er dich zuletzt erproben.

Und so haltet's auch ihr Hohen
Gegen Gott wie der Geringe,
Thut und leidet, wie sichs findet,
Bleibt nur immer guter Dinge.

An
SCHACH SEDSCHAN
und
SEINES GLEICHEN

Durch allen Schall und Klang
Der Transoxanen
Erkühnt sich unser Sang
Auf deine Bahnen!
Uns ist für gar nichts bang,
In dir lebendig,
Dein Leben daure lang
Dein Reich beständig.

HÖCHSTE GUNST

Ungezähmt so wie ich war
Hab' ich einen Herrn gefunden,
Und gezähmt nach manchem Jahr
Eine Herrin auch gefunden.
Da sie Prüfung nicht gespart
Haben sie mich treu gefunden,
Und mit Sorgfalt mich bewahrt
Als den Schatz den sie gefunden.
Niemand diente zweyen Herrn
Der dabey sein Glück gefunden;
Herr und Herrin sehn es gern
Dass sie beide mich gefunden,
Und mir leuchtet Glück und Stern
Da ich beide sie gefunden.

FERDUSI
spricht

O Welt! wie schamlos und boshaft bist du!
Du nährst und erziehest und tödtest zugleich.

—

Nur wer von Allah begünstiget ist,
Der nährt sich, erzieht sich, lebendig und reich.

—

Was heisst denn Reichtum? – Eine wärmende Sonne,
Geniesst sie der Bettler wie wir sie geniessen!
Es möge doch keinen der Reichen verdriessen
Des Bettlers, im Eigensinn, selige Wonne.

DSCHELAL-EDDIN RUMI
spricht

Verweilst du in der Welt, sie flieht als Traum,
Du reisest, ein Geschick bestimmt den Raum,
Nicht Hitze, Kälte nicht vermagst du fest zu halten,
Und was dir blüht, sogleich wird es veralten.

SULEIKA
spricht

Der Spiegel sagt mir ich bin schön!
Ihr sagt: zu altern sey auch mein Geschick.
Vor Gott muss alles ewig stehn,
In mir liebt Ihn, für diesen Augenblick.

RENDSCH NAMEH

BUCH DES UNMUTHS

»Wo hast du das genommen?
Wie konnt' es zu dir kommen?
Wie aus dem Lebensplunder
Erwarbst du diesen Zunder?
Der Funken letzte Gluthen
Von frischem zu ermuthen.«

Euch mög es nicht bedünkeln
Es sey gemeines Fünkeln;
Auf ungemessner Ferne,
Im Ocean der Sterne,
Mich hatt' ich nicht verloren,
Ich war wie neu geboren.

Von weisser Schaafe Wogen
Die Hügel überzogen,
Umsorgt von ernsten Hirten,
Die gern und schmal bewirthen,
So ruhig, liebe Leute,
Dass jeder mich erfreute.

In schauerlichen Nächten,
Bedrohet von Gefechten,
Das Stöhnen der Cameele
Durchdrang das Ohr, die Seele,
Und derer die sie führen
Einbildung und Stolziren.

Und immer ging es weiter,
Und immer ward es breiter
Und unser ganzes Ziehen
Es schien ein ewig Fliehen,
Blau, hinter Wüst' und Heere,
Der Streif erlogner Meere.

Keinen Reimer wird man finden
Der sich nicht den besten hielte,
Keinen Fiedler der nicht lieber
Eigne Melodieen spielte.

Und ich konnte sie nicht tadeln;
Wenn wir andern Ehre geben
Müssen wir uns selbst entadeln,
Lebt man denn wenn andre leben?

Und so fand ichs denn auch juste
In gewissen Antichambern,
Wo man nicht zu sondern wusste
Mäusedreck von Koriandern.

Das Gewesne wollte hassen
Solche rüstige neue Besen,
Diese dann nicht gelten lassen
Was sonst Besen war gewesen.

Und wo sich die Völker trennen,
Gegenseitig im Verachten,
Keins von beiden wird bekennen
Dass sie nach demselben trachten.

Und das grobe Selbstempfinden
Haben Leute hart gescholten,
Die am wenigsten verwinden,
Wenn die andern was gegolten.

Befindet sich einer heiter und gut,
Gleich will ihn der Nachbar peinigen;
So lang der Tüchtge lebt und thut,
Möchten sie ihn gerne steinigen.
Ist er hinterher aber todt,
Gleich sammeln sie grosse Spenden,
Zu Ehren seiner Lebensnoth
Ein Denkmal zu vollenden;
Doch ihren Vortheil sollte dann
Die Menge wohl ermessen,
Gescheiter wär's den guten Mann
Auf immerdar vergessen.

Uebermacht, Ihr könnt es spüren,
Ist nicht aus der Welt zu bannen;
Mir gefaellt zu conversiren
Mit Gescheiten, mit Tyrannen.

Da die dummen Eingeengten
Immerfort am stärksten pochten,
Und die Halben, die Beschränkten
Gar zu gern uns unterjochten;

Hab ich mich für frey erklaeret,
Von den Narren, von den Weisen,
Diese bleiben ungestoeret,
Jene möchten sich zerreissen.

Denken, in Gewalt und Liebe,
Müssten wir zuletzt uns gatten,
Machen mir die Sonne trübe
Und erhitzen mir den Schatten.

Hafis auch und Ulrich Hutten
Mussten ganz bestimmt sich rüsten
Gegen braun und blaue Kutten;
Meine gehn wie andre Christen.

»Aber nenn' uns doch die Feinde!«
Niemand soll sie unterscheiden:
Denn ich hab' in der Gemeinde
Schon genug daran zu leiden.

Wenn du auf dem Guten ruhst,
Nimmer werd' ichs tadeln,
Wenn du gar das Gute thust,
Sieh das soll dich adeln.
Hast du aber deinen Zaun
Um dein Gut gezogen,
Leb' ich frey und lebe traun
Keineswegs betrogen.

Denn die Menschen sie sind gut,
Würden besser bleiben,
Sollte nicht wies einer thut
Auch der andre treiben.
Auf dem Weg da ists ein Wort,
Niemand wird's verdammen:
Wollen wir an Einen Ort,
Nun! wir gehn zusammen.

Vieles wird sich da und hie
Uns entgegen stellen.
In der Liebe mag man nie
Helfer und Gesellen,
Geld und Ehre hätte man
Gern allein zur Spende

Und der Wein, der treue Mann,
Der entzweyt am Ende.

Hat doch über solches Zeug
Hafis auch gesprochen,
Ueber manchen dummen Streich
Sich den Kopf zerbrochen,
Und ich seh' nicht was es frommt
Aus der Welt zu laufen,
Magst du, wenns zum Schlimmsten kommt,
Auch einmal dich raufen.

Als wenn das auf Namen ruhte,
Was sich schweigend nur entfaltet.
Lieb' ich doch das schoene Gute
Wie es sich aus Gott gestaltet.

Jemand lieb' ich, das ist nöthig,
Niemand hass' ich; soll ich hassen,
Auch darzu bin ich erboetig,
Hasse gleich in ganzen Massen.

Willst sie aber näher kennen
Sieh auf's Rechte, sieh auf's Schlechte,
Was sie ganz fürtrefflich nennen
Ist wahrscheinlich nicht das Rechte.

Denn das Rechte zu ergreifen
Muss man aus dem Grunde leben,
Und saalbadrisch auszuschweifen
Dünket mich ein seicht Bestreben.

Wohl! Herr Knitterer er kann sich
Mit Zersplitterer vereinen,
Und Verwitterer alsdann sich
Allenfalls der beste scheinen.

Dass nur immer, in Erneuung,
Jeder täglich Neues höre
Und zugleich auch die Zerstreuung
Jeden in sich selbst zerstöre.

Dies der Landsmann wünscht und liebet
Mag er Deutsch mag Teutsch sich schreiben,

Und das Lied nur heimlich piepet:
Also war es und wird bleiben.

Medschnun heisst – ich will nicht sagen
Dass es grad ein Toller heisse;
Doch ihr müsst mich nicht verklagen
Dass ich mich als Medschnun preise.

Wenn die Brust, die redlich volle,
Sich entladet euch zu retten,
Ruft ihr nicht: das ist der Tolle!
Holet Stricke, schaffet Ketten!

Und wenn ihr zuletzt in Fesseln
Seht die Klügeren verschmachten,
Sengt es euch wie Feuernesseln
Das vergebens zu betrachten.

Hab ich euch denn je gerathen
Wie ihr Kriege führen solltet?
Schalt ich euch, nach euren Thaten
Wenn ihr Friede schliessen wolltet?

Und so hab ich auch den Fischer
Ruhig sehen Netze werfen,
Brauchte dem gewandten Tischer
Winkelmaas nicht einzuschärfen.

Aber ihr wollt' besser wissen
Was ich weiss, der ich bedachte
Was Natur, für mich beflissen,
Schon zu meinem Eigen machte.

Fühlt ihr auch dergleichen Stärke
Nun, so fördert eure Sachen.
Seht ihr aber meine Werke,
Lernet erst: so wollt' er's machen.

WANDERERS GEMÜTHSRUHE

Ueber's Niederträchtige
Niemand sich beklage;
Denn es ist das Maechtige,
Was man dir auch sage.

In dem Schlechten waltet es
Sich zu Hochgewinne,
Und mit Rechtem schaltet es
Ganz nach seinem Sinne.

Wandrer! – Gegen solche Noth
Wolltest du dich sträuben?
Wirbelwind und trocknen Koth
Lass sie drehn und stäuben.

———

Wer wird von der Welt verlangen?
Was sie selbst vermisst und träumet,
Rückwärts oder seitwärts blickend
Stets den Tag des Tags versäumet.
Ihr Bemühn ihr guter Wille
Hinkt nur nach dem raschen Leben,
Und was du vor Jahren brauchtest,
Möchte sie dir heute geben.

———

*
Sich selbst zu loben ist ein Fehler,
Doch jeder thuts der etwas Gutes thut;
Und ist er dann in Worten kein Verhehler,
Das Gute bleibt doch immer gut.

Lasst doch, ihr Narren, doch die Freude
Dem Weisen, der sich weise haelt,
Dass er, ein Narr wie ihr, vergeude
Den abgeschmackten Danck der Welt.

———

Glaubst du denn von Mund zu Ohr
Sey ein redlicher Gewinnst?
Ueberlieferung, o! du Thor!
Ist auch wohl ein Hirngespinnst.

Nun geht erst das Urtheil an
Dich vermag aus Glaubensketten
Der Verstand allein zu retten,
Dem du schon Verzicht gethan.

———

Und wer franzet oder brittet,
Italiänert oder teutschet,
Einer will nur wie der andre
Was die Eigenliebe heischet.

Denn es ist kein Anerkennen,
Weder vieler, noch des Einen,
Wenn es nicht am Tage fördert
Wo man selbst was möchte scheinen.

Morgen habe denn das Rechte
Seine Freunde wohlgesinnet,
Wenn nur heute noch das Schlechte
Vollen Platz und Gunst gewinnet.

Wer nicht von dreytausend Jahren
Sich weiss Rechenschaft zu geben,
Bleib im Dunkeln unerfahren,
Mag von Tag zu Tage leben.

———

*
Sonst wenn man den heiligen Coran citirte
Nannte man die Sure den Vers dazu,
Und jeder Moslim, wie sich's gebürte,
Fühlte sein Gewissen in Respeckt und Ruh.
Die neuen Derwische Wissens nicht besser,
Sie schwatzen das Alte, das Neue dazu.
Die Verwirrung wird täglich grösser,
O! heiliger Coran! O! ewige Ruh!

DER PROPHET spricht

Aergert's jemand dass es Gott gefallen
Mahomed zu gönnen Schutz und Glück,
An den stärcksten Balken seiner Hallen
Da befestig' er den derben Strick,
Knüpfe sich daran! das hält und trägt,
Er wird fühlen dass sein Zorn sich legt.

* TIMUR spricht

Was? Ihr misbilliget den kräftigen Sturm
Des Uebermuths, verlogne Pfaffen!
Hätt Allah mich bestimmt zum Wurm;
So hätt' er mich als Wurm geschaffen.

HIKMET NAMEH

BUCH DER SPRÜCHE

Talismane werd' ich in dem Buch zerstreuen
Das bewirkt ein Gleichgewicht.
Wer mit gläubiger Nadel sticht
Ueberall soll gutes Wort ihn freuen.

—

Vom heut'gen Tag von heut'ger Nacht
Verlange nichts
Als was die gestrigen gebracht.

—

Wer geboren in bösten Tagen
Dem werden selbst die bösen behagen.

—

Wie etwas sey leicht
Weiss der es erfunden und der es erreicht.

—

Das Meer fluthet immer,
Das Land behält es nimmer.

———

*

Was wird mir jede Stunde so bang? –
Das Leben ist kurz der Tag ist lang.
Und immer sehnt sich fort das Herz,
Ich weiss nicht recht ob himmelwärts,
Fort aber will es hin und hin,
Und mögte vor sich selber fliehn.
Und fliegt es an der Liebsten Brust
Da ruhts im Himmel unbewusst;
Der Lebe-Strudel reisst es fort
Und immer hängts an Einem Ort;
Was es gewollt was es verlohr
Es bleibt zuletzt sein eigner Thor.

———

*

Prüft das Geschick dich weiss es wohl warum,
Es wünschte dich enthaltsam! Folge stumm.

—

Noch ist es Tag, da rühre sich der Mann
Die Nacht tritt ein, wo niemand wirken kann.

———

*

Was machst du an der Welt sie ist schon gemacht,
Der Herr der Schöpfung hat alles bedacht.

Dein Loos ist gefallen, verfolge die Weise,
Der Weg ist begonnen vollende die Reise:
Denn Sorgen und Kummer verändern es nicht,
Sie schleudern dich ewig aus gleichem Gewicht.

—

Wenn der Schweergedrückte klagt:
Hülfe, Hoffnung sey versagt,
Bleibet heilsam fort und fort
Immer noch ein freundlich Wort.

—

»Wie ungeschickt habt ihr euch benommen,
Da euch das Glück ins Haus gekommen«
Das Mädchen hat's nicht übel genommen,
Und ist noch ein paarmal wieder gekommen.

———

*

Mein Erbtheil wie herrlich, weit und breit
Die Zeit ist mein Besitz, mein Acker ist die Zeit.

—

Gutes thu rein aus des Guten Liebe!
Das überliefre deinem Blut;
Und wenns den Kindern nicht verbliebe
Den Enkeln kommt es doch zu gut.

—

Enweri sagt's, ein herrlichster der Männer,
Des tiefsten Herzens, höchsten Hauptes Kenner:
Dir frommt an jedem Ort, zu jeder Zeit
Geradheit, Urtheil und Verträglichkeit.

———

Was klagst du über Feinde?
Sollten solche je werden Freunde,
Denen das Wesen wie du bist
Im Stillen ein ewiger Vorwurf ist.

—

Dümmer ist nichts zu ertragen,
Als wenn Dumme sagen den Weisen:
Dass sie sich in grossen Tagen
Sollten bescheidentlich erweisen.

—

Wenn Gott so schlechter Nachbar wäre
Als ich bin und als du bist,
Wir hätten beyde wenig Ehre;
Der laesst einen jeden wie er ist.

—

Gesteht's! Die Dichter des Orients
Sind grösser als wir des Occidents.
Worin wir sie aber völlig erreichen,
Das ist im Hass auf unsres Gleichen.

———

Ueberall will jeder obenauf seyn,
Wie's eben in der Welt so geht.
Jeder sollte freylich grob seyn,
Aber nur in dem was er versteht.

—

Verschon uns Gott mit deinem Grimme!
Zaunkönige gewinnen Stimme.

—

Will der Neid sich doch zerreissen,
Lass ihn seinen Hunger speissen.

—

Sich im Respeckt zu erhalten
Muss man recht borstig seyn.
Alles jagt man mit Falken,
Nur nicht das wilde Schwein.

———

Was hilfts dem Pfaffen-Orden
Der mir den Weg verrannt?
Was nicht gerade erfasst worden
Wird auch schief nicht erkannt.

—

Einen Helden mit Lust preisen und nennen
Wird jeder der selbst als kühner stritt.
Des Menschen Werth kann niemand erkennen
Der nicht selbst Hitze und Kälte litt.

—

Gutes thu' rein aus des Guten Liebe,
Was du thust verbleibt dir nicht;
Und wenn es auch dir verbliebe,
Bleibt es deinen Kindern nicht.

—

Soll man dich nicht auf's schmälichste berauben
Verbirg dein Gold, dein Weggehn, deinen Glauben.

———

Wie kommt's dass man an jedem Orte
So viel Gutes, so viel Dummes hört?
Die Jüngsten wiederholen der Aeltesten Worte,
Und glauben dass es ihnen angehört.

—

Lass dich nur in keiner Zeit
Zum Widerspruch verleiten,
Weise fallen in Unwissenheit
Wenn sie mit Unwissenden streiten.

—

»Warum ist Wahrheit fern und weit?
Birgt sich hinab in tiefste Gründe?«

—

Niemand verstehet zur rechten Zeit!
Wenn man zur rechten Zeit verstünde;
So wäre Wahrheit nah und breit,
Und wäre lieblich und gelinde.

———

Was willst du untersuchen
Wohin die Milde fliesst.
In's Wasser wirf deine Kuchen,
Wer weiss wer sie geniesst.

—

Als ich einmal eine Spinne erschlagen,
Dacht ich ob ich das wohl gesollt?
Hat Gott ihr doch wie mir gewollt
Einen Antheil an diesen Tagen!

—

»Dunkel ist die Nacht, bey Gott ist Licht.«
Warum hat er uns nicht auch so zugericht?

———

Welch eine bunte Gemeinde!
An Gottes Tisch sitzen Freund und Feinde.

—

Ihr nennt mich einen kargen Mann;
Gebt mir was ich verprassen kann.

—

Soll ich dir die Gegend zeigen
Musst du erst das Dach besteigen.

—

Wer schweigt hat wenig zu sorgen,
Der Mensch bleibt unter der Zunge verborgen.

———

Ein Herre mit zwey Gesind
Er wird nicht wohl gepflegt.
Ein Haus worin zwey Weiber sind
Es wird nicht rein gefegt.

—

Ihr lieben Leute bleibt dabey
Und sagt nur Autos epha!
Was sagt ihr lange Mann und Weib,
Adam, so heissts, und Eva.

—

Wofür ich Allah hoechlich danke?
Dass er Leiden und Wissen getrennt.
Verzweifeln müsste jeder Kranke
Das Uebel kennend wie der Arzt es kennt.

—

Närrisch, daß jeder in seinem Falle
Seine besondere Meynung preisst!
Wenn Islam Gott ergeben heisst,
Im Islam leben und sterben wir alle.

———

Wer auf die Welt kommt baut ein neues Haus
Er geht und laesst es einem zweyten
Der wird sichs anders zubereiten
Und niemand baut es aus.

—

Wer in mein Haus tritt der kann schelten
Was ich ließ viele Jahre gelten;
Vor der Thür aber müsst er passen
Wenn ich ihn nicht wollte gelten lassen.

—

Herr lass dir gefallen
Dieses kleine Haus,
Grössre kann man bauen
Mehr kommt nicht heraus.

———

Du bist auf immer geborgen,
Das nimmt dir niemand wieder:
Zwey Freunde, ohne Sorgen,
Weinbecher, Büchlein Lieder.

—

»Was brachte Lockman nicht hervor,
Den man den garst'gen hiess!«

Die Süssigkeit liegt nicht im Rohr,
Der Zucker der ist süss.

—

Herrlich ist der Orient
Ueber's Mittelmeer gedrungen,
Nur wer Hafis liebt und kennt
Weiss was Calderon gesungen.

———

»Was schmückst du die eine Hand denn nun
Weit mehr als ihr gebührte.«
Was sollte denn die linke thun,
Wenn sie die rechte nicht zierte?

—

Wenn man auch nach Mecca triebe
Christus Esel würd' er nicht
Dadurch besser abgericht,
Sondern stets ein Esel bliebe.

—

Getretner Quark
Wird breit, nicht stark.

—

Schlägst du ihn aber mit Gewalt
In feste Form, er nimmt Gestalt.
Dergleichen Steine wirst du kennen,
Europäer Pisé sie nennen.

———

Betrübt euch nicht ihr guten Seelen!
Denn wer nicht fehlt weiss wohl wenn andre fehlen;
Allein wer fehlt der ist erst recht daran,
Er weiss nun deutlich wie sie wohl gethan.

—

Du hast gar vielen nicht gedanckt
Die dir so manches Gute gegeben!
Darüber bin ich nicht erkrankt,
Ihre Gaben mir im Herzen leben.

—

Guten Ruf musst du dir machen,
Unterscheiden wohl die Sachen,
Wer was weiter will verdirbt.

—

Die Flut der Leidenschaft sie stürmt vergebens
An's unbezwungne, feste Land. –

Sie wirft poetische Perlen an den Strand,
Und das ist schon Gewinn des Lebens.

* VERTRAUTER

Du hast so manche Bitte gewährt
Und wenn sie dir auch schädlich war
Der gute Mann da hat wenig begehrt
Dabey hat es doch keine Gefahr.

VEZIR

Der gute Mann hat wenig begehrt,
Und hätt' ich's ihm sogleich gewährt
Er auf der Stelle verlohren war.

---

*

Schlimm ist es, wie doch wohl geschieht
Wenn Wahrheit sich nach dem Irrthum zieht;
Das ist auch manchmal ihr Behagen,
Wer wird so schoene Frau befragen?
Herr Irrthum wollt er an Wahrheit sich schliessen
Das sollte Frau Wahrheit bass verdriessen.

—

*

Wisse dass mir sehr missfällt
Wenn so viele singen und reden!
Wer treibt die Dichtkunst aus der Welt?
Die Poeten!

TIMUR NAMEH

BUCH DES TIMUR

DER WINTER UND TIMUR

So umgab sie nun der Winter
Mit gewalt'gem Grimme. Streuend
Seinen Eishauch zwischen alle,
Hetzt er die verschiednen Winde
Widerwärtig auf sie ein.
Über sie gab er Gewaltkraft
Seinen frostgespitzten Stürmen,
Stieg in Timurs Rath hernieder,
Schrie ihn drohend an und sprach so:
Leise, langsam, Unglücksel'ger!
Wandle du Tyrann des Unrechts;
Sollen länger noch die Herzen
Sengen, brennen deinen Flammen?
Bist du der verdammten Geister
Einer, wohl! ich bin der andre.
Du bist Greis, ich auch, erstarren
Machen wir so Land als Menschen.
Mars! Du bists! ich bin Saturnus,
Uebelthätige Gestirne,
Im Verein die Schrecklichsten.
Tödtest du die Seele, kältest
Du den Luftkreis; meine Lüfte
Sind noch kälter als du seyn kannst.
Quälen deine wilden Heere
Gläubige mit tausend Martern;
Wohl, in meinen Tagen soll sich,
Geb es Gott! was schlimmres finden.
Und bey Gott! Dir schenk' ich nichts
Hör' es Gott was ich dir biete!
Ja bey Gott! von Todeskälte
Nicht, o Greis, vertheidgen soll dich
Breite Kohlenglut vom Heerde,
Keine Flamme des Decembers.

AN SULEIKA

Dir mit Wohlgeruch zu kosen,
Deine Freuden zu erhöhn,
Knospend müssen tausend Rosen
Erst in Gluten untergehn.

Um ein Fläschchen zu besitzen
Das den Ruch auf ewig hält,
Schlank wie deine Fingerspitzen,
Da bedarf es einer Welt.

Einer Welt von Lebenstrieben,
Die, in ihrer Fülle Drang,
Ahndeten schon Bulbuls Lieben,
Seeleregenden Gesang.

Sollte jene Qual uns quälen?
Da sie unsre Lust vermehrt.
Hat nicht Myriaden Seelen
Timurs Herrschaft aufgezehrt!

SULEIKA NAMEH

BUCH SULEIKA

Ich gedachte in der Nacht
Dass ich den Mond sähe im Schlaf;
Als ich aber erwachte
Ging unvermuthet die Sonne auf.

EINLADUNG

Musst nicht vor dem Tage fliehen:
Denn der Tag den du ereilest
Ist nicht besser als der heut'ge;
Aber wenn du froh verweilest
Wo ich mir die Welt beseit'ge
Um die Welt an mich zu ziehen,
Bist. du gleich mit mir geborgen.
Heut ist heute, morgen morgen,
Und was folgt und was vergangen
Reisst nicht hin und bleibt nicht hangen.
Bleibe du, mein Allerliebstes,
Denn du bringst es und du giebst es.

Dass Suleika von Jussuff entzückt war
Ist keine Kunst.
Er war jung, Jugend hat Gunst,
Er war schön, sie sagen zum Entzücken,
Schön war sie, konnten einander beglücken.
Aber dass du, die so lange mir erharrt war,
Feurige Jugendblicke mir schickst,
Jetzt mich liebst, mich später beglückst,
Das sollen meine Lieder preissen
Sollst mir ewig Suleika heissen.

Da du nun Suleika heissest
Sollt ich auch benamset seyn.
Wenn du deinen Geliebten preisest,
Hatem! das soll der Name seyn.
Nur dass man mich daran erkennet,
Keine Anmassung soll es seyn;
Wer sich St: Georgenritter nennet
Denkt nicht gleich Sanct Georg zu seyn.
Nicht Hatem Thai, nicht der Alles Gebende
Kann ich in meiner Armuth seyn;
Hatem Zograi nicht, der reichlichst Lebende
Von allen Dichtern, möcht' ich seyn.
Aber beyde doch im Auge zu haben
Es wird nicht ganz verwerflich seyn:
Zu nehmen, zu geben des Glückes Gaben

Wird immer ein gross Vergnügen seyn.
Sich liebend aneinander zu laben
Wird Paradieses Wonne seyn.

HATEM

Nicht Gelegenheit macht Diebe,
Sie ist selbst der grösste Dieb,
Denn sie stahl den Rest der Liebe
Die mir noch im Herzen blieb.

Dir hat sie ihn übergeben
Meines Lebens Vollgewinn,
Dass ich nun, verarmt, mein Leben
Nur von dir gewärtig bin.

Doch ich fühle schon Erbarmen
Im Carfunkel deines Blicks
Und erfreu' in deinen Armen
Mich erneuerten Geschicks.

SULEIKA

Hochbeglückt in deiner Liebe
Schelt ich nicht Gelegenheit,
Ward sie auch an dir zum Diebe
Wie mich solch ein Raub erfreut!

Und wozu denn auch berauben?
Gieb dich mir aus freyer Wahl,
Gar zu gerne möcht ich glauben –
Ja ich bins die dich bestahl.

Was so willig du gegeben
Bringt dir herrlichen Gewinn,
Meine Ruh, mein reiches Leben
Geb' ich freudig, nimm es hin.

Scherze nicht! Nichts von Verarmen!
Macht uns nicht die Liebe reich?
Halt ich dich in meinen Armen,
Jedem Glück ist meines gleich.

Der Liebende wird nicht irre gehn,
Wär's um ihn her auch noch so trübe.
Sollten Leila und Medschnun auferstehn,
Von mir erführen sie den Weg der Liebe.

—

Ist's möglich dass ich Liebchen dich kose!
Vernehme der göttlichen Stimme Schall!
Unmöglich scheint immer die Rose,
Unbegreiflich die Nachtigall.

SULEIKA

Als ich auf dem Euphrat schiffte,
Streifte sich der goldne Ring
Fingerab, in Wasserklüfte,
Den ich jüngst von dir empfing.

Also träumt ich. Morgenröthe
Blitzt in's Auge durch den Baum,
Sag Poete, sag Prophete!
Was bedeutet dieser Traum?

HATEM

Dies zu deuten bin erbötig!
Hab ich dir nicht oft erzählt
Wie der Doge von Venedig
Mit dem Meere sich vermählt.

So von deinen Fingergliedern
Fiel der Ring dem Euphrat zu.
Ach zu tausend Himmelsliedern
Süsser Traum begeisterst du!

Mich, der von den Indostanen
Streifte bis Damascus hin,
Um mit neuen Caravanen
Bis ans rothe Meer zu ziehn.

Mich vermählst du deinem Flusse,
Der Terrasse, diesem Hayn,
Hier soll bis zum letzten Kusse
Dir mein Geist gewidmet seyn.

Kenne wohl der Männer Blicke,
Einer sagt: ich liebe, leide!
Ich begehre, ja verzweifle!
Und was sonst ist kennt ein Mädchen.
Alles das kann mir nicht helfen,
Alles das kann mich nicht rühren;
Aber Hatem deine Blicke
Geben erst dem Tage Glanz.
Denn sie sagen: Die gefaellt mir,
Wie mir sonst nichts mag gefallen.
Seh ich Rosen, seh ich Lilien,
Aller Gärten Zier und Ehre,
So Cypressen, Myrten, Veilchen,
Aufgeregt zum Schmuck der Erde;
Und geschmückt ist sie ein Wunder,
Mit Erstaunen uns umfangend,
Uns erquickend, heilend, segnend,
Dass wir uns gesundet fühlen,
Wieder gern erkranken möchten.
Da erblicktest du Suleika
Und gesundetest erkrankend,
Und erkranketest gesundend,
Lächeltest und sahst herüber
Wie du nie der Welt gelächlet.
Und Suleika fühlt des Blickes
Ewge Rede: Die gefällt mir
Wie mir sonst nichts mag gefallen.

GINGO BILOBA

Dieses Baums Blatt, der von Osten
Meinem Garten anvertraut,
Giebt geheimen Sinn zu kosten,
Wies den Wissenden erbaut.

Ist es Ein lebendig Wesen?
Das sich in sich selbst getrennt,
Sind es zwey? die sich erlesen,
Dass man sie als eines kennt.

Solche Frage zu erwiedern
Fand ich wohl den rechten Sinn;
Fühlst du nicht an meinen Liedern
Dass ich eins und doppelt bin?

Suleika

Sag, du hast wohl viel gedichtet,
Hin und her, dein Lied gerichtet, –
Schoene Schrift von deiner Hand,
Prachtgebunden, goldgeraendet,
Bis auf Punkt und Strich vollendet,
Zierlich lockend manchen Band?
Stets wo du sie hingewendet
War's gewiss ein Liebespfand.

Hatem

Ja von maechtig holden Blicken,
Wie von laechlendem Entzücken
Und von Zaehnen blendend klar,
Wimpern-Pfeile, Locken-Schlangen
Hals und Busen reizumhangen,
Tausendfaeltige Gefahr.
Denke nun wie von so langem
Prophezeyt Suleika war.

Suleika

Die Sonne kommt! Ein Prachterscheinen!
Der Sichelmond umklammert sie.
Wer konnte solch ein Paar vereinen?
Dies Räthsel wie erklärt sich's? Wie?

Hatem

Der Sultan konnt' es, er vermählte
Das allerhöchste Weltenpaar,
Um zu bezeichnen Auserwählte
Die tapfersten der treuen Schaar.

Auch sey's ein Bild von unsrer Wonne!
Schon seh ich wieder mich und dich,
Du nennst mich, Liebchen, deine Sonne,
Komm, süsser Mond, umklammre mich!

Komm Liebchen, komm! umwinde mir die Mütze!
Aus deiner Hand nur ist der Tulbend schön.
Hat Abbas doch auf Irans höchstem Sitze,
Sein Haupt nicht zierlicher umwinden sehn.

Ein Tulbend war das Band, das Alexandern
In Schleifen schön vom Haupte fiel,
Und allen Folgeherrschern, jenen Andern,
Als Königszierde wohlgefiel.

Ein Tulbend ist's der unsern Kaiser schmücket,
Sie nennen's Krone. Name geht wohl hin!
Juwel und Perle! sey das Aug' entzücket!
Der schönste Schmuck ist stets der Mousselin.

Und diesen hier, ganz rein und silberstreifig,
Umwinde Liebchen um die Stirn umher.
Was ist denn Hoheit? Mir ist sie geläufig!
Du schaust mich an, ich bin so gross als Er.

Nur wenig ist's was ich verlange,
Weil eben alles mir gefällt,
Und dieses Wenige, wie lange,
Giebt mir gefaellig schon die Welt!

Oft sitz' ich heiter in der Schenke
Und heiter im beschränkten Haus;
Allein sobald ich dein gedenke,
Dehnt sich mein Geist erobernd aus.

Dir sollten Timurs Reiche dienen,
Gehorchen sein gebietend Heer,
Badakschan zollte dir Rubinen,
Türkisse das Hyrkanische Meer.

Getrocknet honigsüsse Früchte
Von Bochara dem Sonnenland,
Und tausend liebliche Gedichte
Auf Seidenblatt von Samarkand.

Da solltest du mit Freude lesen
Was ich von Ormus dir verschrieb,
Und wie das ganze Handelswesen
Sich nur bewegte dir zu Lieb.

Wie in dem Lande der Bramanen
Viel tausend Finger sich bemüht,
Dass alle Pracht der Indostanen
Für dich auf Woll' und Seide blüht.

Ja, zu Verherrlichung der Lieben,
Giessbäche Soumelpours durchwühlt
Aus Erde, Grus, Gerill, Geschieben
Dir Diamanten ausgespült.

Wie Taucherschaar verwegner Männer
Der Perle Schatz dem Golf entriss,
Darauf ein Divan scharfer Kenner
Sie dir zu reihen sich befliss.

Wenn nun Bassora noch das Letzte,
Gewürz und Weyrauch beygethan,
Bringt alles was die Welt ergetzte
Die Caravane dir heran.

Doch alle diese Kaisergüter
Verwirrten doch zuletzt den Blick;
Und wahrhaft liebende Gemüther
Eins nur im andern fühlt sein Glück.

Hätt ich irgend wohl Bedenken
Balch, Bochâra, Samarkand,
Süsses Liebchen, dir zu schenken?
Dieser Städte Rausch und Tand.

Aber frag einmal den Kaiser,
Ob er dir die Städte giebt?
Er ist herrlicher und weiser;
Doch er weiss nicht wie man liebt.

Herrscher! zu dergleichen Gaben
Nimmermehr bestimmst du dich!
Solch ein Mädchen muss man haben
Und ein Bettler seyn wie ich.

Die schön geschriebenen,
Herrlich umgüldeten,
Belächeltest du
Die anmasslichen Blätter,
Verziehst mein Prahlen
Von deiner Lieb' und meinem
Durch dich glücklichen Gelingen,
Verziehst anmuthigem Selbstlob.

Selbstlob! Nur dem Neide stinkt's,
Wohlgeruch Freunden
Und eignem Schmack!

Freude des Daseyns ist gross,
Grösser die Freud am Daseyn.
Wenn du Suleika
Mich überschwenglich beglückst,
Deine Leidenschaft mir zuwirfst
Als wär's ein Ball,
Dass ich ihn fange,
Dir zurückwerfe
Mein gewidmetes Ich;
Das ist ein Augenblick!
Und dann reisst mich von dir
Bald der Franke, bald der Armenier.

Aber Tage währt's,
Jahre dauert's, dass ich neu erschaffe
Tausendfältig deiner Verschwendungen Fülle,
Auftrösle die bunte Schnur meines Glücks,
Geklöpplet tausendfadig
Von dir, o Suleika.

Hier nun dagegen
Dichterische Perlen,
Die mir deiner Leidenschaft
Gewaltige Brandung
Warf an des Lebens
Verödeten Strand aus.
Mit spitzen Fingern
Zierlich gelesen,
Durchreiht mit juwelenem
Goldschmuck,
Nimm sie an deinen Hals,
An deinen Busen!
Die Regentropfen Allahs,
Gereift in bescheidener Muschel.

Lieb' um Liebe, Stund' um Stunde,
Wort um Wort und Blick um Blick;
Kuss um Kuss, vom treusten Munde,
Hauch um Hauch und Glück um Glück.
So am Abend, so am Morgen!

Doch du fühlst an meinen Liedern
Immer noch geheime Sorgen;
Jussufs Reitze möcht ich borgen
Deine Schönheit zu erwiedern.

Suleika

Volk und Knecht und Ueberwinder
Sie gestehn zu jeder Zeit
Höchstes Glück der Erdenkinder
Sey nur die Persönlichkeit.

Jedes Leben sey zu führen
Wenn man sich nicht selbst vermisst;
Alles könne man verlieren,
Wenn man bliebe was man ist.

Hatem

Kann wohl seyn! so wird gemeynet;
Doch ich bin auf andrer Spur:
Alles Erdenglück vereinet
Find' ich in Suleika nur.

Wie sie sich an mich verschwendet,
Bin ich mir ein werthes Ich;
Hätte sie sich weg gewendet,
Augenblicks verlör ich mich.

Nun mit Hatem wär's zu Ende;
Doch schon hab' ich umgelost
Ich verkörpre mich behende
In den Holden den sie kost.

Wollte, wo nicht gar ein Rabbi,
Das will mir so recht nicht ein;
Doch Ferdusi, Motanabbi,
Allenfalls der Kaiser seyn.

Hatem

Wie des Goldschmidts Bazarlädchen
Vielgefärbt, geschliffne Lichter,
So umgeben hübsche Mädchen
Den beynah ergrauten Dichter.

Mädchen

Singst du schon Suleika wieder!
Diese können wir nicht leiden,
Nicht um dich – um deine Lieder
Wollen, müssen wir sie neiden.

Denn wenn sie auch garstig wäre
Machst du sie zum schönsten Wesen,
Und so haben wir von Dschemil
Und Boteinah viel gelesen.

Aber eben weil wir hübsch sind
Möchten wir auch gern gemalt seyn,
Und wenn du es billig machest,
Sollst du auch recht hübsch bezahlt seyn.

Hatem

Bräunchen, komm, es wird schon gehen;
Zöpfe, Kämme gross und kleine,
Zieren Köpfchens nette Reine
Wie die Kuppel ziert Moscheen.

Du Blondinchen bist so zierlich,
Aller Weis' und Weg' so nette,
Man gedenkt nicht ungebührlich
Alsogleich der Minarette.

Du da hinten hast der Augen
Zweyerley, du kannst die beyden,
Einzeln, nach Belieben brauchen.
Doch ich sollte dich vermeiden.

Leichtgedrückt die Augenlieder
Eines, die den Stern bewhelmen
Deutet auf den Schelm der Schelmen,
Doch das andre schaut so bieder.

Dies, wenn jen's verwundend angelt,
Heilend, nährend wird sich's weisen.
Niemand kann ich glücklich preisen
Der des Doppelblicks ermangelt.

Und so könnt ich alle loben,
Und so könnt ich alle lieben:
Denn so wie ich euch erhoben
War die Herrin mit beschrieben.

Mädchen

Dichter will so gerne Knecht seyn,
Weil die Herrschaft draus entspringet;
Doch vor allem sollt ihm recht seyn,
Wenn das Liebchen selber singet.

Ist sie denn des Liedes mächtig?
Wie's auf unsern Lippen waltet:
Denn es macht sie gar verdächtig
Dass sie im Verborgnen schallet.

Hatem

Nun wer weiss was sie erfüllet!
Kennt ihr solcher Tiefe Grund?
Selbstgefühltes Lied entquillet,
Selbstgedichtetes dem Mund.

Von euch Dichterinnen allen
Ist ihr eben keine gleich:
Denn sie singt mir zu gefallen,
Und ihr singt und liebt nur euch.

Mädchen

Merke wohl du hast uns eine
Jener Huris vorgeheuchelt!
Mag schon seyn! wenn es nur keine
Sich auf dieser Erde schmeichelt.

HATEM

Locken haltet mich gefangen
In dem Kreise des Gesichts!
Euch geliebten braunen Schlangen
Zu erwiedern hab' ich nichts.

Nur dies Herz es ist von Dauer,
Schwillt in jugendlichstem Flor;
Unter Schnee und Nebelschauer
Rast ein Aetna dir hervor.

Du beschämst wie Morgenröthe
Jener Gipfel ernste Wand,
Und noch einmal fühlet Hatem
Frühlingshauch und Sommerbrand.

Schenke her! Noch eine Flasche!
Diesen Becher bring ich Ihr!
Findet sie ein Häufchen Asche,
Sagt sie: der verbrannte mir.

SULEIKA

Nimmer will ich dich verlieren!
Liebe giebt der Liebe Kraft.
Magst du meine Jugend zieren
Mit gewaltiger Leidenschaft.
Ach! wie schmeichelt's meinem Triebe,
wenn man meinen Dichter preist:
Denn das Leben ist die Liebe,
Und des Lebens Leben Geist.

———

Lass deinen süssen Rubinenmund
Zudringlichkeiten nicht verfluchen,
Was hat Liebesschmerz andern Grund
Als seine Heilung zu suchen.

—

Bist du von deiner Geliebten getrennt
Wie Orient und Occident,
Das Herz durch alle Wüste rennt;
Es giebt sich überall selbst das Geleit,
Für Liebende ist Bagdad nicht weit.

———

⟨*⟩
Mag sie sich immer ergänzen
Eure brüchige Welt in sich!
Diese klaren Augen sie glänzen,
Dieses Herz es schlaegt für mich!

O! dass der Sinnen doch so viele sind!
Verwirrung bringen sie ins Glück herein.
Wenn ich dich sehe wünsch ich taub zu seyn,
Wenn ich dich höre blind.

—

Auch in der Ferne dir so nah!
Und unerwartet kommt die Qual.
Da hör' ich wieder dich einmal,
Auf einmal bist du wieder da!

———

Wie sollt ich heiter bleiben
Entfernt von Tag und Licht?
Nun aber will ich schreiben
Und trinken mag ich nicht.

Wenn sie mich an sich lockte
War Rede nicht im Brauch,
Und wie die Zunge stockte
So stockt die Feder auch.

Nur zu! geliebter Schenke
Den Becher fülle still.
Ich sage nur: Gedenke!
Schon weiss man was ich will.

Wenn ich dein gedenke,
Fragt mich gleich der Schenke:
Herr warum so still?
Da von deinen Lehren
Immer weiter hören
Saki gerne will.

Wenn ich mich vergesse
Unter der Cypresse
Hält er nichts davon;
Und im stillen Kreise
Bin ich doch so weise,
Klug wie Salomon.

⟨*⟩ BUCH SULEIKA

Ich möchte dieses Buch wohl gern zusammen schürzen,
Dass es den andern wäre gleich geschnürt.
Allein wie willst du Wort und Blatt verkürzen
Wenn Liebeswahnsinn dich in's Weite führt.

An vollen Büschelzweigen,
Geliebte sieh nur hin!
Lass dir die Früchte zeigen
Umschaalet stachlig grün.

Sie hängen längst geballet,
Still, unbekannt mit sich,
Ein Ast der schauklend wallet
Wiegt sie geduldiglich.

Doch immer reift von Innen
Und schwillt der braune Kern,
Er möchte Luft gewinnen
Und säh' die Sonne gern.

Die Schaale platzt und nieder
Macht er sich freudig los;
So fallen meine Lieder
Gehäuft in deinen Schoos.

Suleika

An des lust'gen Brunnens Rand
Der in Wasserfäden spielt,
Wußt ich nicht was fest mich hielt;
Doch da war von deiner Hand
Meine Chiffer leis gezogen,
Nieder blickt ich, dir gewogen.

Hier, am Ende des Canals
Der gereihten Hauptallee,
Blick ich wieder in die Höh
Und da seh ich abermals
Meine Lettern fein gezogen.
Bleibe! bleibe mir gewogen!

Hatem

Möge Wasser, springend, wallend,
Die Cypressen dir gestehn:
Von Suleika zu Suleika
Ist mein Kommen und mein Gehn.

Suleika

Kaum dass ich dich wieder habe
Dich mit Kuss und Liedern labe,
Bist du still in dich gekehret;
Was beengt? und drückt und störet?

Hatem

Ach Suleika, soll ich's sagen?
Statt zu loben möcht ich klagen!
Sangest sonst nur meine Lieder,
Immer neu und immer wieder.

Sollte wohl auch diese loben,
Doch sie sind nur eingeschoben;
Nicht von Hafis, nicht Nisami,
Nicht Saadi, nicht von Dschami.

Kenn ich doch der Väter Menge,
Sylb um Sylbe, Klang um Klänge,
Im Gedächtniss unverloren;
Diese da sind neu geboren.

Gestern wurden sie gedichtet.
Sag! hast du dich neu verpflichtet?
Hauchest du, so froh-verwegen
Fremden Athem mir entgegen!

Der dich eben so belebet,
Eben so in Liebe schwebet,
Lockend ladend zum Vereine,
So harmonisch als der meine.

Suleika

War Hatem lange doch entfernt,
Das Mädchen hatte was gelernt,
Von ihm war sie so schön gelobt,
Da hat die Trennung sich erprobt.
Wohl dass sie dir nicht fremde scheinen;
Sie sind Suleika's, sind die deinen!

Behramgur, sagt man, hat den Reim erfunden,
Er sprach entzückt aus reiner Seele Drang;
Dilaram schnell, die Freundinn seiner Stunden,
Erwiederte mit gleichem Wort und Klang.

Und so, Geliebte! warst du mir beschieden
Des Reims zu finden holden Lustgebrauch,
Dass auch Behramgur ich, den Sassaniden,
Nicht mehr beneiden darf: mir ward es auch.

Hast mir diess Buch geweckt, du hast's gegeben:
Denn was ich froh, aus vollem Herzen, sprach,
Das klang zurück aus deinem holden Leben,
Wie Blick dem Blick, so Reim dem Reime nach.

Nun tön' es fort zu dir, auch aus der Ferne;
Das Wort erreicht, und schwände Ton und Schall.
Ist's nicht der Mantel noch gesäter Sterne?
Ist's nicht der Liebe hochverklärtes All?

Deinem Blick mich zu bequemen,
Deinem Munde, deiner Brust,
Deine Stimme zu vernehmen
War die letzt' und erste Lust.

Gestern, Ach! war sie die letzte,
Dann verlosch mir Leucht und Feuer,
Jeder Scherz der mich ergetzte
Wird nun schuldenschwer und theuer.

Eh es Allah nicht gefällt
Uns aufs neue zu vereinen,
Giebt mir Sonne, Mond und Welt
Nur Gelegenheit zum Weinen.

SULEIKA

Was bedeutet die Bewegung?
Bringt der Ost mir frohe Kunde?
Seiner Schwingen frische Regung
Kühlt des Herzens tiefe Wunde.

Kosend spielt er mit dem Staube,
Jagt ihn auf in leichten Woelkchen,
Treibt zur sichern Rebenlaube
Der Inseckten frohes Völkchen.

Lindert sanft der Sonne Glühen,
Kühlt auch mir die heissen Wangen,
Küsst die Reben noch im Fliehen,
Die auf Feld und Hügel prangen.

Und mir bringt sein leises Flüstern
Von dem Freunde tausend Grüsse;
Eh noch diese Hügel düstern
Grüssen mich wohl tausend Küsse.

Und so kannst du weiter ziehen!
Diene Freunden und Betrübten.
Dort wo hohe Mauern glühen,
Find' ich bald den Vielgeliebten.

Ach! die wahre Herzenskunde,
Liebeshauch, erfrischtes Leben
Wird mir nur aus seinem Munde,
Kann mir nur sein Athem geben.

HOCHBILD

Die Sonne, Helios der Griechen,
Fährt prächtig auf der Himmelsbahn,
Gewiss das Weltall zu besiegen
Blickt er umher, hinab, hinan.

Er sieht die schönste Göttin weinen,
Die Wolkentochter, Himmelskind,
Ihr scheint er nur allein zu scheinen;
Für alle heitre Räume blind.

Versenkt er sich in Schmerz und Schauer
Und häufiger quillt ihr Thränenguss;
Er sendet Lust in ihre Trauer
Und jeder Perle Kuss auf Kuss.

Nun fühlt sie tief des Blicks Gewalten
Und unverwandt schaut sie hinauf;
Die Perlen wollen sich gestalten:
Denn jede nahm sein Bildniss auf.

Und so, umkraenzt von Farb' und Bogen,
Erheitert leuchtet ihr Gesicht,
Entgegen kommt er ihr gezogen;
Doch er! doch ach! erreicht sie nicht.

So, nach des Schicksals hartem Loose,
Weichst du mir Lieblichste davon;
Und wär' ich Helios der Grosse
Was nützte mir der Wagenthron?

NACHKLANG

Es klingt so prächtig wenn der Dichter
Der Sonne bald, dem Kaiser sich vergleicht;
Doch er verbirgt die traurigen Gesichter,
Wenn er in düstren Nächten schleicht.

Von Wolken streifenhaft befangen
Versank zu Nacht des Himmels reinstes Blau;
Vermagert bleich sind meine Wangen
Und meine Herzensthraenen grau.

Lass mich nicht so der Nacht, dem Schmerze,
Du allerliebstes, du mein Mondgesicht!
O, du mein Phosphor, meine Kerze,
Du meine Sonne, du mein Licht.

SULEIKA

Ach! um deine feuchten Schwingen,
West, wie sehr ich dich beneide:
Denn du kannst ihm Kunde bringen
Was ich in der Trennung leide.

Die Bewegung deiner Flügel
Weckt im Busen stilles Sehnen,
Blumen, Augen, Wald und Hügel
Stehn bey deinem Hauch in Thränen.

Doch dein mildes sanftes Wehen
Kühlt die wunden Augenlieder;
Ach für Leid müsst ich vergehen,
Hofft ich nicht zu sehn ihn wieder.

Eile denn zu meinem Lieben,
Spreche sanft zu seinem Herzen;
Doch vermeid ihn zu betrüben
Und verbirg ihm meine Schmerzen.

Sag ihm, aber sags bescheiden:
Seine Liebe sey mein Leben,
Freudiges Gefühl von beyden
Wird mir seine Nähe geben.

WIEDERFINDEN

Ist es möglich! Stern der Sterne,
Drück' ich wieder dich ans Herz!
Ach! was ist die Nacht der Ferne
Für ein Abgrund, für ein Schmerz.
Ja du bist es! meiner Freuden
Süsser, lieber Widerpart;
Eingedenk vergangner Leiden
Schaudr' ich vor der Gegenwart.

Als die Welt im tiefsten Grunde
Lag an Gottes ew'ger Brust,
Ordnet' er die erste Stunde
Mit erhabner Schöpfungslust,
Und er sprach das Wort: Es werde!
Da erklang ein schmerzlich Ach!
Als das All' mit Machtgebärde
In die Wirklichkeiten brach.

Auf that sich das Licht. So trennte
Scheu sich Finsterniss von ihm,
Und sogleich die Elemente
Scheidend auseinander fliehn.
Rasch in wilden, wüsten Träumen
Jedes nach der Weite rang,
Starr, in ungemessnen Räumen,
Ohne Sehnsucht, ohne Klang.

Stumm war alles, still und öde,
Einsam Gott zum erstenmal!
Da erschuf er Morgenröthe,
Die erbarmte sich der Quaal;
Sie entwickelte dem Trüben
Ein erklingend Farbenspiel,
Und nun konnte wieder lieben
Was erst auseinander fiel.

Und mit eiligem Bestreben
Sucht sich was sich angehört;
Und zu ungemessnem Leben
Ist Gefühl und Blick gekehrt.
Seys Ergreifen, sey es Raffen,
Wenn es nur sich fasst und hält!
Allah braucht nicht mehr zu schaffen,
Wir erschaffen seine Welt.

So, mit morgenrothen Flügeln,
Riss es mich an deinen Mund,
Und die Nacht, mit tausend Siegeln
Kräftigt sternenhell den Bund.
Beyde sind wir auf der Erde
Musterhaft in Freud und Quaal
Und ein zweytes Wort: Es werde!
Trennt uns nicht zum zweytenmal.

VOLLMONDNACHT

Herrin! sag was heißt das Flüstern?
Was bewegt dir leis' die Lippen?
Lispelst immer vor dich hin,
Lieblicher als Weines Nippen!
Denkst du deinen Mundgeschwistern
Noch ein Pärchen herzuziehn?

Ich will küssen! Küssen! sagt' ich.

Schau! Im zweifelhaften Dunkel
Glühen blühend alle Zweige,
Nieder spielet Stern auf Stern;
Und smaragden, durchs Gesträuche
Tausendfältiger Karfunkel;
Doch dein Geist ist allem fern.

Ich will küssen! Küssen! sagt' ich.

Dein Geliebter, fern, erprobet
Gleicherweis im Sauersüssen,
Fühlt ein unglücksel'ges Glück.
Euch im Vollmond zu begrüssen
Habt ihr heilig angelobet,
Dieses ist der Augenblick.

Ich will küssen! Küssen! sag' ich.

GEHEIMSCHRIFT

Lasst euch, o Diplomaten!
Recht angelegen seyn,
Und eure Potentaten
Berathet rein und fein.

Geheimer Chiffern Sendung
Beschäftige die Welt,
Bis endlich jede Wendung
Sich selbst ins Gleiche stellt.

Mir von der Herrin süsse
Die Chiffer ist zur Hand,
Woran ich schon geniesse,
Weil sie die Kunst erfand.
Es ist die Liebesfülle
Im lieblichsten Revier,
Der holde, treue Wille
Wie zwischen mir und ihr.

Von abertausend Blüten
Ist es ein bunter Strauss,
Von englischen Gemüthen
Ein vollbewohntes Haus;
Von buntesten Gefiedern
Der Himmel übersä't,
Ein klingend Meer von Liedern
Geruchvoll überweht.

Ist unbedingten Strebens
Geheime Doppelschrift,
Die in das Mark des Lebens
Wie Pfeil um Pfeile trifft.
Was ich euch offenbaret
War längst ein frommer Brauch,
Und wenn ihr es gewahret,
So schweigt und nutzt es auch.

ABGLANZ

Ein Spiegel er ist mir geworden,
Ich sehe so gerne hinein,
Als hinge des Kaysers Orden
An mir mit Doppelschein;
Nicht etwa selbstgefaellig
Such' ich mich überall;
Ich bin so gerne gesellig
Und das ist hier der Fall.

Wenn ich nun vorm Spiegel stehe,
Im stillen Wittwerhaus,

Gleich guckt, eh' ich mich versehe,
Das Liebchen mit heraus.
Schnell kehr' ich mich um, und wieder
Verschwand sie die ich sah;
Dann blick ich in meine Lieder,
Gleich ist sie wieder da.

Die schreib ich immer schöner
Und mehr nach meinem Sinn,
Trotz Krittler und Verhöhner,
Zu täglichem Gewinn.
Ihr Bild in reichen Schranken
Verherrlichet sich nur,
In goldnen Rosenranken
Und Rähmchen von Lasur.

SULEIKA

Wie! Mit innigstem Behagen,
Lied, empfind' ich deinen Sinn!
Liebevoll, du scheinst zu sagen:
Dass ich ihm zur Seite bin.

Dass er ewig mein gedenket,
Seiner Liebe Seligkeit
Immerdar der Fernen schenket,
Die ein Leben ihm geweiht.

Ja! mein Herz es ist der Spiegel,
Freund! worin du dich erblickt,
Diese Brust wo deine Siegel
Kuss auf Kuss herein gedrückt.

Süsses Dichten, lautre Wahrheit
Fesselt mich in Sympathie!
Rein verkörpert Liebesklarheit
Im Gewand der Poesie.

---

*

Lass den Weltenspiegel Alexandern:
Denn was zeigt er? – Da und dort
Stille Völker, die er, mit den andern,
Zwingend rütteln möchte fort und fort.

Du! nicht weiter, nicht zu Fremdem strebe!
Singe mir, die du dir eigen sangst.
Dencke dass ich liebe, dass ich lebe,
Dencke dass du mich bezwangst.

Die Welt durchaus ist lieblich anzuschauen,
Vorzüglich aber schön die Welt der Dichter;
Auf bunten, hellen oder silbergrauen
Gefilden, Tag und Nacht, erglänzen Lichter.
Heut ist mir alles herrlich, wenns nur bliebe!
Ich sehe heut durchs Augenglas der Liebe.

In tausend Formen magst du dich verstecken,
Doch, Allerliebste gleich erkenn ich dich,
Du magst mit Zauberschleyern dich bedecken,
Allgegenwärtige, gleich erkenn ich dich.

An der Cypresse reinstem, jungen Streben,
Allschöngewachsene, gleich erkenn ich dich,
In des Canales reinem Wellenleben,
Allschmeichelhafte, wohl erkenn' ich dich.

Wenn steigend sich der Wasserstrahl entfaltet,
Allspielende, wie froh erkenn ich dich.
Wenn Wolke sich gestaltend umgestaltet,
Allmannigfaltige, dort erkenn ich dich.

An des geblümten Schleyers Wiesenteppich,
Allbuntbesternte, schön erkenn ich dich.
Und greift umher ein tausendarmger Eppich
O! Allumklammernde, da kenn ich dich.

Wenn am Gebirg der Morgen sich entzündet,
Gleich, Allerheiternde, begrüss ich dich,
Dann über mir der Himmel rein sich rundet,
Allherzerweiternde, dann athm' ich dich.

Was ich mit äusserm Sinn, mit innerm kenne,
Du Allbelehrende, kenn' ich durch dich.
Und wenn ich Allahs Namenhundert nenne,
Mit jedem klingt ein Name nach für dich.

SAKI NAMEH

DAS SCHENKENBUCH

Ja, in der Schenke hab' ich auch gesessen,
Mir ward wie andern zugemessen,
Sie schwatzten, schrieen, bändelten von heut,
So froh und traurig wie's der Tag gebeut;
Ich aber sass im Innersten erfreut,
An meine Liebste dacht' ich – wie sie liebt?
Das weiss ich nicht; was aber mich bedrängt!
Ich liebe sie wie es ein Busen giebt
Der treu sich Einer gab und knechtisch hängt.
Wo war das Pergament, der Griffel wo?
Die alles fassten! – doch so wars! ja so!

———

Sitz' ich allein,
Wo kann ich besser seyn?
Meinen Wein
Trink ich allein,
Niemand setzt mir Schranken,
Ich hab' so meine eigne Gedanken.

—

So weit bracht es Muley, der Dieb,
Dass er trunken schoene Lettern schrieb.

———

Ob der Koran von Ewigkeit sey?
Darnach frag' ich nicht!
Ob der Koran geschaffen sey?
Das weiss ich nicht!
Dass er das Buch der Bücher sey
Glaub ich aus Mosleminen-Pflicht.
Dass aber der Wein von Ewigkeit sey
Daran zweifl' ich nicht;
Oder dass er vor den Engeln geschaffen sey
Ist vielleicht auch kein Gedicht.
Der Trinkende, wie es auch immer sey,
Blickt Gott frischer ins Angesicht.

———

Trunken müssen wir alle seyn!
Jugend ist Trunkenheit ohne Wein;
Trinkt sich das Alter wieder zu Jugend,
So ist es wundervolle Tugend.

Für Sorgen sorgt das liebe Leben
Und Sorgenbrecher sind die Reben.

Da wird nicht mehr nachgefragt!
Wein ist ernstlich untersagt.
Soll denn doch getrunken seyn,
Trinke nur vom besten Wein:
Doppelt wärest du ein Ketzer
In Verdammnis um den Krätzer.

So lang man nüchtern ist
Gefällt das Schlechte,
Wie man getrunken hat
Weiss man das Rechte;
Nur ist das Uebermaass
Auch gleich zu handen;
Hafis! o lehre mich
Wie du's verstanden.

Denn meine Meinung ist
Nicht übertrieben:
Wenn man nicht trinken kann
Soll man nicht lieben;
Doch sollt ihr Trinker euch
Nicht besser dünken,
Wenn man nicht lieben kann
Soll man nicht trinken.

SULEIKA

Warum du nur oft so unhold bist?

Hatem

Du weisst dass der Leib ein Kerker ist,
Die Seele hat man hinein betrogen,
Da hat sie nicht freye Ellebogen.
Will sie sich da- und dorthin retten:
Schnürt man den Kerker selbst in Ketten,
Da ist das Liebchen doppelt gefährdet,
Desshalb sie sich so oft so seltsam gebärdet.

Wenn der Körper ein Kerker ist,
Warum nur der Kerker so durstig ist?
Seele befindet sich wohl darinnen
Und bliebe gern vergnügt bey Sinnen;
Nun aber soll eine Flasche Wein,
Frisch eine nach der andern herein.
Seele will's nicht länger ertragen,
Sie an der Thüre in Stücke schlagen.

DEM KELLNER

Setze mir nicht, du Grobian,
Mir den Krug so derb vor die Nase!
Wer mir Wein bringt sehe mich freundlich an,
Sonst trübt sich der Eilfer im Glase.

DEM SCHENKEN

Du zierlicher Knabe, du komm herein,
Was stehst du denn da auf der Schwelle?
Du sollst mir künftig der Schenke seyn,
Jeder Wein ist schmackhaft und helle.

SCHENKE SPRICHT

Du mit deinen braunen Locken,
Geh' mir weg verschmitzte Dirne!
Schenk' ich meinem Herrn zu Danke,
Nun so küsst er mir die Stirne.

Aber du, ich wollte wetten,
Bist mir nicht damit zufrieden,
Deine Wangen, deine Brüste
Werden meinen Freund ermüden.

Glaubst du wohl mich zu betrügen
Dass du jetzt verschämt entweichest?
Auf der Schwelle will ich liegen
Und erwachen wenn du schleichest.

Sie haben wegen der Trunkenheit
Vielfältig uns verklagt,
Und haben von unsrer Trunkenheit
Lange nicht genug gesagt.
Gewöhnlich der Betrunkenheit
Erliegt man bis es tagt;
Doch hat mich meine Betrunkenheit
In der Nacht umher gejagt.
Es ist die Liebestrunkenheit
Die mich erbärmlich plagt,
Von Tag zu Nacht, von Nacht zu Tag
In meinem Herzen zagt.
Dem Herzen das in Trunkenheit
Der Lieder schwillt und ragt,
Dass keine nüchterne Trunkenheit
Sich gleich zu heben wagt.
Lieb', Lied und Weines Trunkenheit,
Ob's nachtet oder tagt,
Die göttlichste Betrunkenheit
Die mich entzückt und plagt.

---

*

Du kleiner Schelm du
Dass ich mir bewusst sey
Darauf kommt es überall an.
Und so erfreu ich mich
Auch deiner Gegenwart
Du allerliebster
Obgleich betrunken.

---

*

Was, in der Schenke, waren heute
Am frühsten Morgen für Tumulte?
Der Wirth und Mädchen! Fackeln, Leute!
Was gab's für Händel, für Insulte?
Die Flöte klang, die Trommel scholl!
Es war ein wüstes Wesen –
Doch bin ich, Lust und Liebe voll,
Auch selbst dabey gewesen.

Dass ich von Sitte nichts gelernt
Darüber tadelt mich ein jeder;
Doch bleib ich weislich weit entfernt
Vom Streit der Schulen und Catheder.

SCHENKE

Welch ein Zustand! Herr, so späte
Schleichst du heut aus deiner Kammer;
Perser nennen's Bidamag buden,
Deutsche sagen Katzenjammer.

Dichter

Lass mich jetzt, geliebter Knabe,
Mir will nicht die Welt gefallen,
Nicht der Schein, der Duft der Rose,
Nicht der Sang der Nachtigallen.

Schenke

Eben das will ich behandeln,
Und ich denk, es soll mir klecken,
Hier geniess die frischen Mandeln
Und der Wein wird wieder schmecken.

Dann will ich auf der Terrasse
Dich mit frischen Lüften tränken;
Wie ich dich ins Auge fasse
Giebst du einen Kuss dem Schenken.

Schau! die Welt ist keine Höhle,
Immer reich an Brut und Nestern;
Rosenduft und Rosenöle!
Bulbul auch, sie singt wie gestern.

Jene garstige Vettel,
Die buhlerische,
Welt heisst man sie,
Mich hat sie betrogen
Wie die übrigen alle.
Glaube nahm sie mir weg,
Dann die Hoffnung,
Nun wollte sie
An die Liebe,
Da riss ich aus.
Den geretteten Schatz
Für ewig zu sichern
Theilt ich ihn weislich
Zwischen Suleika und Saki.
Jedes der beyden

Beeifert sich um die Wette
Höhere Zinsen zu entrichten.
Und ich bin reicher als je:
Den Glauben hab' ich wieder!
An ihre Liebe den Glauben;
Er, im Becher, gewährt mir
Herrliches Gefühl der Gegenwart;
Was will da die Hoffnung!

SCHENKE

Heute hast du gut gegessen,
Doch du hast noch mehr getrunken;
Was du bey dem Mahl vergessen
Ist in diesen Napf gesunken.

Sieh das nennen wir ein Schwänchen
Wies dem satten Gast gelüstet,
Dieses bring' ich meinem Schwane
Der sich auf den Wellen brüstet.

Doch vom Singschwan will man wissen
Dass er sich zu Grabe läutet;
Lass mich jedes Lied vermissen,
Wenn es auf dein Ende deutet.

SCHENKE

Nennen dich den grossen Dichter,
Wenn dich auf dem Markte zeigest;
Gerne hör' ich wenn du singest
Und ich horche wenn du schweigest.

Doch ich liebe dich noch lieber,
Wenn du küssest zum Erinnern;
Denn die Worte gehn vorüber
Und der Kuss der bleibt im Innern.

Reim auf Reim will was bedeuten,
Besser ist es viel zu denken.
Singe du den andern Leuten
Und verstumme mit dem Schenken.

DICHTER

Schenke komm! Noch einen Becher!

Schenke
Herr, du hast genug getrunken;
Nennen dich den wilden Zecher!

Dichter
Sahst du je dass ich gesunken?

Schenke
Mohamed verbietets.

Dichter
Liebchen!
Hört es niemand, will dir's sagen.

Schenke
Wenn du einmal gerne redest,
Brauch ich gar nicht viel zu fragen.

Dichter
Horch! wir andre Musulmannen
Nüchtern sollen wir gebückt seyn,
Er in seinem heil'gen Eifer,
Möchte gern allein verrückt seyn.

---

* *Saki*
Denck, o Herr! wenn du getrunken
Sprüht um dich des Feuers Glast!
Prasselnd blitzen tausend Funken,
Und du weisst nicht wo es fasst.

Mönche seh ich in den Ecken
Wenn du auf die Tafel schlägst,
Die sich gleisnerisch verstecken
Wenn dein Herz du offen trägst.

Sag' mir nur warum die Jugend,
Noch von keinem Fehler frey
So ermangelnd jeder Tugend
Klüger als das Alter sey.

Alles weißt du was der Himmel
Alles was die Erde trägt,
Und verbirgst nicht das Gewimmel
Wie sich's dir im Busen regt.

Hatem

Eben drum, geliebter Knabe
Bleibe jung und bleibe klug;
Dichten zwar ist Himmelsgabe,
Doch im Erdeleben Trug.

Erst sich im Geheimniss wiegen,
Dann verplaudern früh und spat,
Dichter ist umsonst verschwiegen,
Dichten selbst ist schon Verrath.

SOMMERNACHT

Dichter

Niedergangen ist die Sonne,
Doch im Westen glaenzt es immer,
Wissen möcht ich wohl, wie lange
Dauert noch der goldne Schimmer?

Schenke

Willst du, Herr, so will ich bleiben,
Warten ausser diesen Zelten,
Ist die Nacht des Schimmers Herrinn,
Komm' ich gleich es dir zu melden.

Denn ich weiss du liebst das Droben,
Das Unendliche zu schauen,
Wenn sie sich einander loben
Jene Feuer in dem Blauen.

Und das hellste will nur sagen:
Jetzo glänz ich meiner Stelle,
Wollte Gott euch mehr betagen,
Glänztet ihr wie ich so helle.

Dennn vor Gott ist alles herrlich,
Eben weil er ist der beste;
Und so schläft nun aller Vogel
In dem gross und kleinen Neste.

Einer sitzt auch wohl gestängelt
Auf den Aesten der Cypresse,
Wo der laue Wind ihn gängelt,
Bis zu Thaues luft'ger Nässe.

Solches hast du mich gelehret,
Oder etwas auch dergleichen;
Was ich je dir abgehöret
Wird dem Herzen nicht entweichen.

Eule will ich, deinetwegen,
Kautzen hier auf der Terrasse,
Bis ich erst des Nordgestirnes
Zwillings-Wendung wohl erpasse.

Und da wird es Mitternacht seyn,
Wo du oft zu früh ermunterst,
Und dann wird es eine Pracht seyn,
Wenn das All mit mir bewunderst.

Dichter

Zwar in diesem Duft und Garten
Tönet Bulbul ganze Nächte;
Doch du könntest lange warten
Bis die Nacht soviel vermöchte.

Denn in dieser Zeit der Flora,
Wie das Griechen-Volk sie nennet,
Die Strohwittwe, die Aurora
Ist in Hesperus entbrennet.

Sieh dich um! sie kommt! wie schnelle!
Ueber Blumenfelds Gelänge! –
Hüben hell und drüben helle,
Ja die Nacht kommt ins Gedränge.

Und auf rothen leichten Solen
Ihn, der mit der Sonn' entlaufen,
Eilt sie irrig einzuhohlen;
Fühlst du nicht ein Liebe-Schnaufen?

Geh nur, lieblichster der Söhne,
Tief in's Innre schliess die Thüren;
Denn sie möchte deine Schöne
Als den Hesperus entführen.

---

* *Der Schenke schlaefrig:*
So hab' ich endlich von dir erharrt:
In allen Elementen Gottes Gegenwart.
Wie du mir das so lieblich giebst!
Am lieblichsten aber dass du liebst.

Hatem
Der schläft recht süss und hat ein Recht zu schlafen.
Du guter Knabe hast mir eingeschenkt,
Vom Freund und Lehrer, ohne Zwang und Strafen,
So jung vernommen wie der Alte denkt.
Nun aber kommt Gesundheit holder Fülle
Dir in die Glieder dass du dich erneust.
Ich trinke noch, bin aber stille, stille,
Damit du mich erwachend nicht erfreust.

MATHAL NAMEH

BUCH DER PARABELN

Vom Himmel sank, in wilder Meere Schauer,
Ein Tropfe bangend, grässlich schlug die Flut,
Doch lohnte Gott bescheidnen Glaubensmuth
Und gab dem Tropfen Kraft und Dauer.
Ihn schloss die stille Muschel ein
Und nun, zu ew'gem Ruhm und Lohne,
Die Perle glänzt an unsers Kaisers Krone
Mit holdem Blick und mildem Schein.

Bulbuls Nachtlied, durch die Schauer
Drang zu Allahs lichtem Throne,
Und dem Wohlgesang zu Lohne
Sperrt er sie in goldnen Bauer.
Dieser sind des Menschen Glieder.
Zwar sie fühlet sich beschränket;
Doch wenn sie es recht bedenket,
Singt das Seelchen immer wieder.

⟨*⟩ WUNDERGLAUBE

Zerbrach einmal eine schöne Schaal'
Und wollte schier verzweifeln,
Unart und Übereil zumal
Wünscht' ich zu allen Teufeln.
Erst rast' ich aus, dann weint' ich weich
Beym traurigen Scherbelesen,
Das jammerte Gott, er schuf es gleich
So ganz als wie es gewesen.

Die Perle die der Muschel entrann,
Die schönste, hochgeboren,
Zum Juwelier, dem guten Mann,
Sprach sie: ich bin verloren!
Durchbohrst du mich, mein schönes All
Es ist sogleich zerrüttet,
Mit Schwestern muss ich, Fall für Fall,
Zu schlechten seyn gekuttet.

»Ich denke jetzt nur an Gewinn,
Du musst es mir verzeihen:

Denn wenn ich hier nicht grausam bin,
Wie soll die Schnur sich reihen?«

Ich sah, mit Staunen und Vergnügen,
Eine Pfauenfeder im Coran liegen.
Willkommen an dem heilgen Platz!
Der Erdgebilde höchster Schatz.
An dir wie an des Himmels Sternen
Ist Gottes Grösse im Kleinen zu lernen.
Dass er, der Welten überblickt,
Sein Auge hier hat aufgedrückt,
Und so den leichten Flaum geschmückt
Dass Könige kaum unternahmen
Die Pracht des Vogels nachzuahmen.
Bescheiden freue dich des Ruhms,
So bist du werth des Heiligthums.

Ein Kaiser hatte zwey Cassire,
Einen zum Nehmen, einen zum Spenden;
Diesem fiel's nur so aus den Händen
Jener wusste nicht woher zu nehmen.
Der Spendende starb, der Herrscher wusste nicht gleich,
Wem das Geber-Amt sey anzuvertrauen,
Und wie man kaum thät um sich schauen,
So war der Nehmer unendlich reich,
Man wusste kaum vor Gold zu leben,
Weil man einen Tag nichts ausgegeben.
Da ward nun erst dem Kaiser klar
Was Schuld an allem Unheil war.
Den Zufall wusst er wohl zu schätzen
Nie wieder die Stelle zu besetzen.

---

*

Zum Kessel sprach der neue Topf:
Was hast du einen schwartzen Bauch! –
Das ist bey uns nun Küchgebrauch.
Herbey, herbey du glatter Tropf,
Bald wird dein Stolz sich mindern.
Behält der Henkel ein klar Gesicht,
Darob erhebe du dich nicht
Besieh nur deinen Hintern.

Alle Menschen gross und klein
Spinnen sich ein Gewebe fein,
Wo sie mit ihrer Scheeren Spitzen
Gar zierlich in der Mitte sitzen.
Wenn nun darein ein Besen fährt,
Sagen sie es sey unerhört
Man habe den grössten Pallast zerstört.

Vom Himmel steigend Jesus bracht'
Des Evangeliums ewige Schrift,
Den Jüngern las er sie Tag und Nacht;
Ein göttlich Wort es wirkt und trifft.
Er stieg zurück, nahm's wieder mit;
Sie aber hattens gut gefühlt
Und jeder schrieb, so Schritt vor Schritt,
Wie ers in seinem Sinn behielt,
Verschieden. Es hat nichts zu bedeuten:
Sie hatten nicht gleiche Fähigkeiten;
Doch damit können sich die Christen
Bis zu dem jüngsten Tage fristen.

ES IST GUT

Bey Mondenschein im Paradeis
Fand Jehovah im Schlafe tief
Adam versunken, legte leis'
Zur Seit' ein Evchen, das auch entschlief.
Da lagen nun, in Erdeschranken,
Gottes zwey lieblichste Gedanken. –
Gut!!! rief er sich zum Meisterlohn,
Er ging sogar nicht gern davon.

Kein Wunder dass es uns berückt,
Wenn Auge frisch in Auge blickt,
Als hätten wirs so weit gebracht
Bey dem zu seyn der uns gedacht.
Und ruft er uns, wohlan! es sey!
Nur, das beding' ich, alle zwey.
Dich halten dieser Arme Schranken,
Liebster von allen Gottes-Gedanken.

PARSI NAMEH

BUCH DES PARSEN

VERMÄCHTNISS
alt persischen Glaubens

Welch Vermächtniss, Brüder, sollt' euch kommen
Von dem Scheidenden, dem armen Frommen?
Den ihr Jüngeren geduldig nährtet,
Seine letzten läge pflegend ehrtet.

Wenn wir oft gesehn den König reiten,
Gold an ihm und Gold an allen Seiten
Edelstein auf ihn und seine Grossen
Ausgesät wie dichte Hagelschlossen.

Habt ihr jemals ihn darum beneidet?
Und nicht herrlicher den Blick geweidet,
Wenn die Sonne sich auf Morgenflügeln
Darnawends unzähligen Gipfelhügeln

Bogenhaft hervorhob. Wer enthielte
Sich des Blicks dahin? Ich fühlte, fühlte
Tausendmal in so viel Lebenstagen
Mich mit ihr, der kommenden, getragen.

Gott auf seinem Throne zu erkennen,
Ihn den Herrn des Lebensquells zu nennen,
Jenes hohen Anblicks werth zu handeln
Und in seinem Lichte fortzuwandeln.

Aber stieg der Feuerkreis vollendet,
Stand ich als in Finsterniss geblendet,
Schlug den Busen die erfrischten Glieder
Warf ich, Stirn voran, zur Erde nieder.

Und nun sey ein heiliges Vermächtniss
Brüderlichem Wollen und Gedächtnisse:
Schwerer Dienste tägliche Bewahrung,
Sonst bedarf es keiner Offenbarung.

Regt ein Neugeborner fromme Hände,
Dass man ihn sogleich zur Sonne wende!
Tauche Leib und Geist im Feuerbade,
Fühlen wird es jeden Morgens Gnade.

Dem Lebendigen übergebt die Todten,
Selbst die Thiere deckt mit Schutt und Boden

Und so weit sich eure Kraft erstrecket
Was euch unrein dünkt, es sey bedecket.

Grabet euer Feld in's zierlich Reine,
Dass die Sonne gern den Fleiss bescheine,
Wenn ihr Bäume pflanzt so sey's in Reihen,
Denn sie lässt Geordnetes gedeihen.

Auch dem Wasser darf es in Kanälen
Nie am Laufe, nie an Reine fehlen,
Wie euch Senderud aus Bergrevieren
Rein entspringt, soll er sich rein verlieren.

Sanften Fall des Wassers nicht zu schwächen,
Sorgt die Gräben fleissig auszustechen,
Rohr und Binse, Molch und Salamander,
Ungeschöpfe! tilgt sie mit einander.

Habt ihr Erd und Wasser so im Reinen
Wird die Sonne gern durch Lüfte scheinen,
Wo sie, ihrer würdig aufgenommen,
Leben wirkt, dem Leben Heil und Frommen.

Ihr von Müh zu Mühe so gepeinigt
Seyd getrost, nun ist das All gereinigt,
Und nun darf der Mensch, als Priester, wagen
Gottes Gleichniss aus dem Stein zu schlagen.

Wo die Flamme brennt erkennet freudig
Hell ist Nacht und Glieder sind geschmeidig
An des Heerdes raschen Feuerkräften
Reift das Rohe Thier- und Pflanzensäften.

Schleppt ihr Holz herbey, so thut's mit Wonne,
Denn ihr tragt den Saamen irdscher Sonne,
Pflückt ihr Pambeh, mögt ihr traulich sagen:
Diese wird als Docht das Heilge tragen.

Werdet ihr in jeder Lampe Brennen
Fromm den Abglanz höhern Lichts erkennen,
Soll euch nie ein Missgeschick verwehren
Gottes Thron am Morgen zu verehren.

Da ist unsers Daseyns Keysersiegel,
Uns und Engeln reiner Gottesspiegel
Und was nur am Lob des Höchsten stammelt
Ist in Kreis' um Kreise dort versammelt.

Will dem Ufer Senderuds entsagen,
Auf zum Darnavend die Flügel schlagen,
Wie sie tagt ihr freudig zu begegnen
Und von dorther ewig euch zu segnen.

Wenn der Mensch die Erde schätzet,
Weil die Sonne sie bescheinet,
An der Rebe sich ergetzet
Die dem scharfen Messer weinet,
Da sie fühlt dass ihre Säfte,
Wohlgekocht, die Welt erquickend,
Werden regsam vielen Kräften,
Aber mehreren erstickend;
Weiss er das der Glut zu danken
Die das alles lässt gedeihen;
Wird Betrunkner stammlend wanken,
Mässiger wird sich singend freuen.

CHULD NAMEH

BUCH DES PARADIESES

* VORSCHMACK

Der aechte Moslem spricht vom Paradiese
Als wenn er selbst allda gewesen waere,
Er glaubt dem Koran wie es der verhiesse
Hierauf begründet sich die reine Lehre.

Doch der Prophet, Verfasser jenes Buches,
Weiß unsre Maengel droben auszuwittern,
Und sieht dass, troz dem Donner seines Fluches,
Die Zweifel oft den Glauben uns verbittern.

Deshalb entsendet er den ewigen Räumen
Ein Jugend-Muster, alles zu verjüngen;
Sie schwebt heran und fesselt, ohne Säumen,
Um meinen Hals die allerliebsten Schlingen.

Auf meinem Schoos, an meinem Herzen halt ich
Das Himmels-Wesen, mag nichts weiter wissen;
Und glaube nun ans Paradies gewaltig
Denn ewig möcht ich sie so treulich küssen.

BERECHTIGTE MÄNNER

Nach der Schlacht von Bedr
unterm Sternenhimmel.
Mahomet spricht.

Seine Todten mag der Feind betrauern:
Denn sie liegen ohne Wiederkehren;
Unsre Brüder sollt ihr nicht bedauern:
Denn Sie wandeln über jenen Sphären.

Die Planeten haben alle sieben
Die metallnen Thore weit gethan,
Und schon klopfen die verklärten Lieben
Paradieses Pforten kühnlich an.

Finden, ungehofft und überglücklich,
Herrlichkeiten die mein Flug berührt,
Als das Wunderpferd mich augenblicklich
Durch die Himmel alle durchgeführt.

Weisheitsbaum an Baum cypresseragend
Heben Aepfel goldner Zierd empor,

Lebensbäume breite Schatten schlagend
Decken Blumensitz und Kräuter-Flor.

Und nun bringt ein süsser Wind von Osten
Hergeführt die Himmels-Mädchen-Schaar;
Mit den Augen fängst du an zu kosten,
Schon der Anblick sättigt ganz und gar.

Forschend stehn sie was du unternahmest?
Grosse Plane? fährlich blutigen Straus?
Dass du Held seyst sehn sie, weil du kamest;
Welch ein Held du seyst? sie forschens aus.

Und sie sehn es bald an deinen Wunden,
Die sich selbst ein Ehrendenkmal schreibt.
Glück und Hoheit alles ist verschwunden,
Nur die Wunde für den Glauben bleibt.

Führen zu Chiosken dich und Lauben,
Säulenreich von buntem Lichtgestein,
Und zum edlen Saft verklärter Trauben
Laden sie mit Nippen freundlich ein.

Jüngling! mehr als Jüngling bist willkommen
Alle sind wie alle licht und klar;
Hast du Eine dir an's Herz genommen;
Herrin, Freundin ist sie deiner Schaar.

Doch die allertrefflichste gefällt sich
Keineswegs in solchen Herrlichkeiten,
Heiter, neidlos, redlich unterhält dich
Von den mannigfalt'gen andrer Trefflichkeiten.

Eine führt dich zu der andern Schmause,
Den sich jede äusserst ausersinnt.
Viele Frauen hast und Ruh im Hause,
Werth dass man darob das Paradies gewinnt.

Und so schicke dich in diesen Frieden:
Denn du kannst ihn weiter nicht vertauschen;
Solche Mädchen werden nicht ermüden,
Solche Weine werden nicht berauschen.

—

Und so war das Wenige zu melden
Wie der sel'ge Musulman sich brüstet.
Paradies der Männer Glaubenshelden
Ist hiemit vollkommen ausgerüstet.

AUSERWÄHLTE FRAUEN

Frauen sollen nichts verlieren
Reiner Treue ziemt zu hoffen;
Doch wir wissen nur von vieren
Die alldort schon eingetroffen.

Erst Suleika, Erdensonne
Gegen Jussuf ganz Begierde,
Nun des Paradieses Wonne,
Glänzt sie der Entsagung Zierde.

Dann die Allgebenedeyte,
Die den Heiden Heil geboren,
Und getäuscht, in bitterm Leide,
Sah den Sohn am Kreutz verloren.

Mahom's Gattinn auch! Sie baute
Wohlfahrt ihm und Herrlichkeiten,
Und empfahl bey Lebenszeiten
Einen Gott und eine Traute.

Kommt Fatima dann die Holde,
Tochter, Gattinn sonder Fehle,
Englisch allerreinste Seele
In dem Leib von Honiggolde.

Diese finden wir alldorten;
Und wer Frauenlob gepriesen
Der verdient an ewigen Orten
Lustzuwandeln wohl mit diesen.

* EINLASS

Houri

Heute steh ich meine Wache
Vor des Paradieses Thor,
Weiss nicht grade wie ichs mache,
Kommst mir so verdächtig vor!

Ob du unsern Mosleminen
Auch recht eigentlich verwandt?
Ob dein Kaempfen und Verdienen
Dich ans Paradies gesandt?

Zählst du dich zu jenen Helden?
Zeige deine Wunden an
Die mir rühmliches vermelden
Und ich führe dich heran.

Dichter

Nicht so vieles Federlesen!
Lass mich immer nur herein:
Denn ich bin ein Mensch gewesen
Und das heisst ein Kaempfer seyn.

Schärfe deine kräftgen Blicke!
Hier durchschaue diese Brust,
Sieh der Lebens-Wunden Tücke,
Sieh der Liebes-Wunden Lust.

Und doch sang ich gläubiger weise:
Dass mir die Geliebte treu,
Dass die Welt, wie sie auch kreise,
Liebevoll und danckbar sey.

Mit den Trefflichsten zusammen
Wirckt ich bis ich mir erlangt
Dass mein Nahm' in Liebesflammen
Von den schönsten Herzen prangt.

Nein! du wählst nicht den Geringern;
Gieb die Hand! Dass, Tag für Tag,
Ich an deinen zarten Fingern
Ewigkeiten zählen mag.

* ANKLANG

Houri

Draussen am Orte,
Wo ich dich zuerst sprach,
Wacht ich oft an der Pforte
Dem Gebote nach.
Da hört ich ein wunderlich Gesäusel,
Ein Ton- und Sylbengekräusel,
Das wollte herein;
Niemand aber ließ sich sehen,
Da verklang es klein zu klein:
Es klang aber fast wie deine Lieder,
Das erinnr' ich mich wieder.

Dichter

Ewig Geliebte! wie zart
Erinnerst du dich deines Trauten!
Was auch, in irdischer Luft und Art,
Für Töne lauten,
Die wollen alle herauf;
Viele verklingen da unten zu Hauf;
Andere mit Geistes Flug und Lauf,
Wie das Flügel-Pferd des Propheten,
Steigen empor und flöten
Draussen an dem Thor.

Kommt deinen Gespielen so etwas vor
So sollen sie's freundlich vermerken,
Das Echo lieblich verstärcken,
Dass es wieder hinunter halle,
Und sollen acht haben
Dass, in jedem Falle,
Wenn Er kommt seine Gaben
Jedem zu Gute kommen;
Das wird beyden Welten frommen.

Sie mögens ihm freundlich lohnen,
Auf liebliche Weise fügsam,
Sie lassen ihn mit sich wohnen:
Alle Guten sind genügsam.

Du aber bist mir beschieden,
Dich lass ich nicht aus dem ewigen Frieden;
Auf die Wache sollst du nicht ziehe,
Schick eine ledig Schwester dahin.

---

* *Dichter*

Deine Liebe, dein Kuss mich entzückt!
Geheimnisse mag ich nicht erfragen;
Doch sag mir ob du an irdischen Tagen
Jemals Theil genommen?
Mir ist es oft so vorgekommen,
Ich wollt es beschwören, ich wollt es beweisen
Du hast einmal Suleika geheissen.

Houri

Wir sind aus den Elementen geschaffen,
Aus Wasser, Feuer, Erd und Luft
Unmittelbar; und irdischer Duft
Ist unserm Wesen ganz zuwieder.
Wir steigen nie zu euch hernieder;
Doch wenn ihr kommt bey uns zu ruhn
Da haben wir genug zu thun.

Denn, siehst du, wie die Gläubigen kamen,
Von dem Propheten so wohl empfohlen,
Besitz vom Paradiese nahmen,
Da waren wir, wie er befohlen,
So liebenswürdig, so charmant,
Wie uns die Engel selbst nicht gekannt.

Allein der erste, zweite, dritte
Die hatten vorher eine Favorite,
Gegen uns waren's garstige Dinger,
Sie aber hielten uns doch geringer,
Wir waren reizend, geistig munter;
Die Moslems wollten wieder hinunter.

Nun war uns himmlisch Hochgebornen
Ein solch Betragen ganz zuwider,
Wir aufgewiegelten Verschwornen
Besannen uns schon hin und wieder,
Als der Prophet durch alle Himmel fuhr
Da passten wir auf seine Spur;
Rückkehrend hatt' er sich's nicht versehn,
Das Flügel-Pferd es musste stehn.

Da hatten wir ihn in der Mitte! –
Freundlich ernst, nach Propheten Sitte,
Wurden wir kürzlich von ihm beschieden;
Wir aber waren sehr unzufrieden.
Denn seine Zwecke zu erreichen
Sollten wir eben alles lenken,
So wie ihr dächtet sollten wir denken,
Wir sollten euren Liebchen gleichen.

Unsere Eigenliebe ging verloren,
Die Mädchen krauten hinter den Ohren,
Doch, dachten wir, im ewigen Leben
Muss man sich eben in alles ergeben.

Nun sieht ein jeder was er sah,
Und ihm geschieht was ihm geschah.
Wir sind die Blonden, wir sind die Braunen,
Wir haben Grillen und haben Launen,
Ja, wohl auch manchmal eine Flause,
Ein jeder denkt er sey zu Hause,
Und wir darüber sind frisch und froh
Dass sie meynen es wäre so.

Du aber bist von freyem Humor
Ich komme dir paradiesisch vor;
Du giebst dem Blick, dem Kuss die Ehre
Und wenn ich auch nicht Suleika waere.
Doch da sie gar zu lieblich war,
So glich sie mir wohl auf ein Haar.

Dichter

Du blendest mich mit Himmelsklarheit,
Es sey nun Täuschung oder Wahrheit,
Genug ich bewundre dich vor allen.
Um ihre Pflicht nicht zu versäumen,
Um einem Deutschen zu gefallen,
Spricht eine Houri in Knittelreimen.

Houri

Ja, reim' auch du nur unverdrossen,
Wie es dir aus der Seele steigt!
Wir paradiesische Genossen
Sind Wort und Thaten reinen Sinns geneigt.
Die Thiere, weisst du, sind nicht ausgeschlossen,
Die sich gehorsam, die sich treu erzeigt!
Ein derbes Wort kann Houri nicht verdriessen,
Wir fühlen was vom Herzen spricht,
Und was aus frischer Quelle bricht,
Das darf im Paradiese fliessen.

———

* *Houri*

Wieder einen Finger schlägst du mir ein!
Weisst du denn wieviel Aeonen
Wir vertraut schon zusammen wohnen?

Dichter

Nein! – Wills auch nicht wissen. Nein!
Mannigfaltiger frischer Genuss,
Ewig bräutlich keuscher Kuss! –
Wenn jeder Augenblick mich durchschauert,
Was soll ich fragen wie lang es gedauert!

Houri

Abwesend bist denn doch auch einmal,
Ich merck es wohl, ohne Maass und Zahl.
Hast in dem Weltall nicht verzagt,
An Gottes Tiefen dich gewagt;
Nun sey der Liebsten auch gewärtig!
Hast du nicht schon das Liedchen fertig?
Wie klang es draussen an dem Thor?
Wie klingts? – Ich will nicht stärcker in dich dringen,
Sing mir die Lieder an Suleika vor:
Denn weiter wirst du's doch im Paradies nicht bringen.

BEGÜNSTIGTE THIERE

Vier Thieren auch verheissen war
Ins Paradies zu kommen,
Dort leben sie das ew'ge Jahr
Mit Heiligen und Frommen.

Den Vortritt hier ein Esel hat,
Er kommt mit muntern Schritten:
Denn Jesus zur Propheten-Stadt
Auf ihm ist eingeritten.

Halb schüchtern kommt ein Wolf sodann,
Dem Mahomet befohlen:
Lass dieses Schaf dem armen Mann
Dem Reichen magst du's holen.

Nun, immer wedelnd, munter, brav,
Mit seinem Herrn, dem braven,
Das Hündlein, das den Siebenschlaf
So treulich mitgeschlafen.

Abuherrira's Katze hier
Knurrt um den Herrn und schmeichelt:
Denn immer ist's ein heilig Thier
Das der Prophet gestreichelt.

HÖHERES UND HÖCHSTES

Daß wir solche Dinge lehren
Möge man uns nicht bestrafen:
Wie das alles zu erklären
Dürft ihr euer Tiefstes fragen.

Und so werdet ihr vernehmen
Dass der Mensch, mit sich zufrieden,
Gern sein Ich gerettet sähe,
So dadroben wie hienieden.

Und mein liebes Ich bedürfte
Mancherley Bequemlichkeiten,
Freuden wie ich hier sie schlürfte
Wünscht' ich auch für ew'ge Zeiten.

So gefallen schöne Gärten,
Blum und Frucht und hübsche Kinder,
Die uns allen hier gefielen,
Auch verjüngtem Geist nicht minder.

Und so möcht ich alle Freunde,
Jung und alt in Eins versammlen,
Gar zu gern in deutscher Sprache
Paradieses-Worte stammlen.

Doch man horcht nun Dialeckten
Wie sich Mensch und Engel kosen,
Der Grammatik, der versteckten,
Declinirend Mohn und Rosen.

Mag man ferner auch in Blicken
Sich rhetorisch gern ergehen,
Und zu himmlischem Entzücken
Ohne Klang und Ton erhöhen.

Ton und Klang jedoch entwindet
Sich dem Worte selbstverständlich,
Und entschiedener empfindet
Der Verklärte sich unendlich.

Ist somit dem Fünf der Sinne
Vorgesehn im Paradiese,
Sicher ist es ich gewinne
Einen Sinn für alle diese.

Und nun dring' ich aller Orten
Leichter durch die ewigen Kreise,
Die durchdrungen sind vom Worte
Gottes rein-lebendigerweise.

Ungehemmt mit heissem Triebe
Lässt sich da kein Ende finden,
Bis im Anschaun ewiger Liebe
Wir verschweben, wir verschwinden.

SIEBENSCHLÄFER

Sechs Begünstigte des Hofes
Fliehen vor des Kaisers Grimme,
Der als Gott sich lässt verehren,
Doch als Gott sich nicht bewaehret:
Denn ihn hindert eine Fliege
Guter Bissen sich zu freuen.
Seine Diener scheuchen wedlend,
Nicht verjagen sie die Fliege.
Sie umschwärmt ihn, sticht und irret
Und verwirrt die ganze Tafel,
Kehret wieder wie des hämischen
Fliegengottes Abgesandter.

Nun! so sagen sich die Knaben,
Sollt' ein Flieglein Gott verhindern?
Sollt' ein Gott auch trinken, speisen,
Wie wir andern. Nein, der Eine
Der die Sonn' erschuf, den Mond auch,
Und der Sterne Glut uns wölbte,
Dieser ist's, wir fliehn! – Die zarten
Leicht beschuht, beputzte Knaben
Nimmt ein Schäfer auf, verbirgt sie,
Und sich selbst in Felsenhöhle.
Schäfershund er will nicht weichen,
Weggescheucht, den Fuss zerschmettert,
Drängt er sich an seinen Herren,
Und gesellt sich zum Verborgnen,
Zu den Lieblingen des Schlafes.

Und der Fürst dem sie entflohen,
Liebentrüstet, sinnt auf Strafen,
Weiset ab so Schwerdt als Feuer,
In die Höhle sie mit Ziegeln
Und mit Kalk sie lässt vermauern.

Aber jene schlafen immer,
Und der Engel ihr Beschützer,
Sagt, vor Gottes Thron, berichtend:
So zur Rechten, so zur Linken
Hab' ich immer sie gewendet,
Dass die schönen, jungen Glieder
Nicht des Moders Qualm verletze.
Spalten riss ich in die Felsen
Dass die Sonne steigend, sinkend,
Junge Wangen frisch erneute. –
Und so liegen sie beseligt. –
Auch, auf heilen Vorderpfoten,
Schläft das Hündlein süssen Schlummers.

Jahre fliehen, Jahre kommen,
Wachen endlich auf die Knaben
Und die Mauer, die vermorschte,
Altershalben ist gefallen.
Und Jamblika sagt, der Schöne,
Ausgebildete vor allen,
Als der Schäfer fürchtend zaudert:
Lauf ich hin! und hol' euch Speise,
Leben wag' ich und das Goldstück! –
Ephesus, gar manches Jahr schon,
Ehrt die Lehre des Propheten
Jesus. (Friede sey dem Guten.)

Und er lief, da war der Thore
Wart und Thurn und alles anders.
Doch zum nächsten Beckerladen
Wandt' er sich nach Brot in Eile. –
Schelm! so rief der Becker, hast du,
Jüngling, einen Schatz gefunden!
Gieb mir, dich verräth das Goldstück,
Mir die Hälfte zum Versöhnen!

Und sie hadern. – Vor den König
Kommt der Handel; auch der König
Will nur theilen wie der Becker.

Nun bethätigt sich das Wunder
Nach und nach aus hundert Zeichen.
An dem selbsterbauten Pallast
Weiss er sich sein Recht zu sichern.
Denn ein Pfeiler durchgegraben
Führt zu scharf benamsten Schätzen.

Gleich versammlen sich Geschlechter
Ihre Sippschaft zu beweisen.
Und als Ururvater prangend
Steht Jamblikas Jugendfülle.
Wie von Ahnherrn hört er sprechen
Hier von seinem Sohn und Enkeln.
Der Urenkel Schaar umgiebt ihn,
Als ein Volk von tapfern Männern,
Ihn den jüngsten zu verehren.
Und ein Merkmal übers andere
Dringt sich auf, Beweis vollendend;
Sich und den Gefährten hat er
Die Persönlichkeit bestätigt.

Nun zur Höhle kehrt er wieder,
Volk und König ihn geleiten. –
Nicht zum König, nicht zum Volke
Kehrt der Auserwählte wieder:
Denn die Sieben, die von lang' her,
Achte waren's mit dem Hunde,
Sich von aller Welt gesondert,
Gabriels geheim Vermögen
Hat, gemäss dem Willen Gottes,
Sie dem Paradies geeignet,
Und die Höhle schien vermauert.

GUTE NACHT

Nun so legt euch liebe Lieder
An den Busen meinem Volke
Und in einer Moschus-Wolke
Hüte Gabriel die Glieder
Des Ermüdeten gefällig;
Dass er frisch und wohlerhalten,
Froh, wie immer, gern gesellig,
Möge Felsenklüfte spalten,
Um des Paradieses Weiten
Mit Heroen aller Zeiten,
Im Genusse zu durchschreiten;
Wo das Schöne, stets das Neue,
Immer wächst nach allen Seiten,
Dass die Unzahl sich erfreue.
Ja, das Hündlein gar, das treue,
Darf die Herren hinbegleiten.

DIVAN-GEDICHTE AUS DEM NACHLASS

GEDICHTE, GEDICHTFRAGMENTE, CHIFFERNBRIEFE

H 178
Eigenhändige Gedichtreinschrift

Dass ich bezahle
Um zu verführen
Das gilt in Westen
Das gilt in Osten.
Dass ich bezahle
Um zu verliehren
Das sind, ich dächte,
Sehr falsche Kosten

Berka
d 21. Jun. Goethe
1814

R 3
Eigenhändige Gedichtreinschrift

Sollt einmal durch Erfurt fahren,
Das ich sonst so oft durchschritten,
Und ich schien, nach vielen Jahren,
Wohlempfangen, wohlgelitten.

Wenn, mich Alten, alte Frauen,
Aus der Bude froh gegrüset,
Glaubt' ich Jugendzeit zu schauen,
Die einander wir versüsset.

Das war eine Beckerstochter,
Eine Schusterinn daneben,
Eule keinesweges jene
Diese wusste wohl zu leben.

Und so wollen wir beständig,
Wettzueifern mit Hafisen,
Uns der Gegenwart erfreuen,
Das Vergangne mitgeniessen.

25 Jul 1814.

R 1
Eigenhändige Gedichtreinschrift

VISION

[Artges Häuschen hab ich klein,
Und, darin versteket,
Bin ich vor der Sonne Schein
Gar bequem bedecket.

Denn da giebt es Schalterlein,
Federchen und Lädchen,
Finde mich so wohl allein
Als mit hübschen Mädchen.

Denn, o Wunder! mir zur Lust
Regen sich die Wälder,
Näher kommen meiner Brust
Die entfernten Felder.

Und so tanzen auch vorbey
Die bewachsnen Berge,
Fehlet nur das Lustgeschrey
Aufgeregter Zwerge.

Doch so gänzlich still und stumm
Rennt es mir vorüber
Meistens grad und oft auch krumm
Und so ist mir's lieber.

Wenn ichs recht betrachten will
Und es ernst gewahre,
Steht vielleicht das alles still
Und ich selber fahre.]

d. 26 Jul
1814.

R 19/H 138
Eigenhändige Gedichtreinschrift

⟨ca. 8 Zeilen Spatium⟩

Jesus auch er darf da lehren
Paradisischen Gemeinen;

Wer will seinen Jüngern wehren
Dass sie sagen wie sie's meynen.

Himmlisch weibliche Naturen
Wandeln da im luftgen Hayne,
Abends immer sind sie Huren,
Jungfraun mit des Morgensscheine

Auch zugleich die Mutter Gottes
Die gar einen Sohn gebohren,
Und, zum Truz Satanschen Spottes,
Nicht am x + y verlohren.

Auch die Königinn des Himmels
....
Weil sie einen Sohn gebohren
Ist als Jungfrau benedeyet

H 10
Eigenhändige Sammelhandschrift mit Gedichtfragmenten

FRAGMENTE

Dass des Hauses Glanz sich mehre
Als ein ewig Eigenthum
Und der Sohn so halt auf Ehre
Wie der Vater hielt auf Ruhm

—

Hör ich doch in deinen Liedern
O Hafis die Dichter loben
Sieh ich will es dir erwiedern
Herrlich den der Dank erhoben!

—

⟨*Z. 10-13: Vorstufe von* Keinen Reimer wird man finden …, *v. 9-12*⟩

—

wenn alle sprechen
Ganz gewiss da hort man keinen.

—

Seh ich zum Wagen heraus
Mich nach jemand um,
So macht er gleich was draus
Er denkt ich grüs ihn stumm
Und er hat recht.

—

Solcher Bande darf sich niemand rühmen
Als wer selbst von Banden frey sich fühlt
Und wer heiter im Absurden spielt
Den wird auch wohl das Absurde ziemen.

⟨*Z. 25-31: Vorstufe von* Nachbildung, *v. 13-19*⟩

—

Und so ists auch Hafisen ergangen
Der doch der bestbegabte war.

—

Und da schleppt sich ein Mann auf den Knieen.

⟨*Z. 35-42: Vorstufe von* Wer wird von der Welt verlangen? …
Z. 43-47: Vorstufe von Sommernacht, *v. 1-4*⟩

H 55/Bl. 65
Eigenhändige Gedichtentwürfe auf einer Sammelhandschrift

⟨…⟩

Traue nicht dem Truncken Weisen
Denn er stielt dir dein Geheimniss.

—

Wenn du dieses hörst, so achte sie alt die Welt
Viele Jahre sind seitdem über Berge und Thäler
Verflossen, und so werden noch viele verfliesen.

⟨…⟩

H 19
Eigenhändiger Gedichtentwurf

Sollt ich nicht ein Gleichniss brauche*n*
Wie es mir beliebt
Da uns Gott des Lebens Gleichnis
In der Mucke giebt.

H 20
Eigenhändiger Gedichtentwurf

Sollt ich nicht ein Gleichniss brauchen
Wie es mir beliebt
Da mir Gott in Liebchens Augen
Sich im Gleichniss giebt.

H 63 τ
Eigenhändiger Gedichtentwurf

Und in Alammannen Mundart
Auch den Perser uberbieten.

H 49/Bl. 87
Eigenhändiger Gedichtentwurf

UNTERGANG DER
ZUND-DYNASTIE

Uli Khan auf der Terasse
Sas er und empfing Berichte
Dass aus Mazenderan nähere
Kriegesvolk
Nachricht folgt auf Nachricht

Uli Khan den Krieg zu enden
Eilt nach Kerman. Habt ihr alle
Hast du Ibrahim vergessen
Dass ich einst dich Vater nannt
Nachricht folgt auf Nachricht

Uli Khan der hoch verehrte
Muss sein Weib u sein*e* Kin*der*
Sind nach Tubus hingebrach*t*

H 145 α
Eigenhändige Gedichtentwürfe

Und unsrer Zelten Pfäle
Verdrängen die Gazele

Wer Perlen will
Der muss ins Meer sich stürzen

H 143
Eigenhändige Gedichtentwürfe

Die Beding*ung* doch ist eng*e*
Das sie niemals uberschritten
Sie verschweig*en* auf das Strenge
Dass ihr Herr so viel gelitten

Dass auch sie gepufft geword*en*
Oft des schlech*ten* Henkers Beut*e*
Sage*n* das sei nichts gewes*en*
Und da sind sie liebe Leute

Kommen wir in die Revi*ere*
Zu dem lustg*en* Himmel Sch*mause*
Lagernd, streken wir die Vier*e*
Ey dahier sind wir zu Hause!

H 52
Eigenhändiger Gedichtentwurf

Doch bedingt ins allerengste
Das sie niemals überschri*tten*
Sie verschweigen auf das streng*ste*
Dass ihr Herr so viel gelit*ten*
Dass gestaubt mit frische*n* Bese*n*
Und Ihr Her*r* des Henkers Beute
Thun als wär es nichts gewesen
Und da sind sie Liebe Leute
....
Gehn das Haupt mit Schm⟨*uck ?*⟩
verbrä⟨*met ?*⟩
....
....
Denn im Paradies da muss man
Mehr noch als Human sich zeig*en*

H 4
Eigenhändige Gedichtentwürfe auf einer Sammelhandschrift

⟨...⟩

[Dem den tausend Menschen lieben
Gieb dein Herz nicht hin
....
Schon den Scheidebrief gesch*rieben*]

—

[Steckt doch Mark in jedem Knoch*en*
Und in jedem Hemde steckt ein Mann]

⟨...⟩

H 11
Eigenhändige Gedichtentwürfe

⟨*3-4 Zeilen Spatium*⟩

Diesen Wein von Ispah*an*
....
Wein er kann dir nicht beha*gen*
Dir hat ihn kein Arzt erlaubt
Wenig nur verdirbt den Mag*en*
Und zu viel erhitzt das Haupt

⟨*ca. 9 Zeilen Spatium*⟩

Zu geniessen weiss im Prackern
Abrahams geweihtes Blut
Seh ich sie im Bazar schacher*n*
Kaufen wohlfeil kaufen gut.

⟨*obere Hälfte Spatium*⟩
⟨*Vorstufe von* Nur wenig ist's was ich verlange..., *v. 25-28*⟩

H 2/Bl. 86
Eigenhändiger Gedichtentwurf

Und nun erhebt sich das gröss*te* Gelacht*er*
Alle der Ster*n*kunst Verach*ter*
Wie sie am Hofe die haufigst*en* sind
Spotten u
Dem herrlichst*en* Gunstling erzürnt sich der Furst
Wohin er sich richtet wohin er sich wend*et*
Er sieht sich verspott*et* geschmah*t* u geschandet
Mit Steinen verfolgt ihn Wut
Ein ein*z*ger ein Edler erkennt die Talente
Und nun in dem schwer*en* dem seltn*en* Moment*e.*
Verbirgt er umgiebt ihn der sichersten Hut
Doch boten auf Boten von Os⟨*ten ?*⟩ herub*er*
Vermelden

⟨*Vorstufe von* Geständniß
Vorstufe von Nur wenig ist's was ist verlange..., *v. 25-28*
Vorstufe von Genügsam, *v. 5-8*⟩

H 45
Eigenhändiger Gedichtentwurf

Wo kluge Leute zusammen kommen
Da wird erst Weisheit wahrgenommen.
So gab einst Sabas Königinn
Gelegenheit zum höchsten Sinn;

Vor Salomo, unter andern Schätzen,
Lässt sie eine goldene Vase setzen
Gross, reicher, unerhörter Zier,
Fischen und Vögeln und Waldgethier,
Worum sich krause Schnörkel häufen,
Als Jakin und Boas an beyden Knäufen!

Sollt ein Knecht allzutäppisch seyn
Stöst eine wüste Beule hinein;
Wird augenblicks zwar reparirt,
Doch feines Auge den Makel spürt,
Genuss und Freude sind nun genirt.

Der König spricht: Ich dacht es eben!
Trifft doch das Höchste das uns gegeben,
Ein allzugarstiger Schmitz darneben.
Es können die Eblis die uns hassen
Vollkommnes nicht vollkommen lassen.

H 145
Eigenhändige Sammelhandschrift mit Gedichtfragmenten

Gros ist Europens Staatskalender
Jedoch der Goenner Zahl ist klein

—

Wisst ihr denn was Liebchen heisse
Wisst ihr welchen Wein ich preise

—

Weniger verkühlt den Magen
Und zuviel erhitzt den Kopf.

—

Folge nicht Lugnern u Heuchlern
Damit du ihnen schmeicheln mögest
Werden sie an dir zu Schmeichlern.

H 152
Eigenhändiger Chiffernbrief

صُولَيخَةٌ

1.	3. 4.
2.	13-16
3.	9-12
4.	3-14
9.	9.
10.	11.
16.	1-4.
19.	1-8.

H 58/Bl. 44
Eigenhändiger Gedichtentwurf

Jedes Wort ist ein Versprechen
Jeder Blick ist ein Genuss.

H 131
Chiffernbrief
(Marianne von Willemer)

22.	15.-19.
23. –	8.-9.
42. –	11.-12.
45. –	2.-3.
67. –	13. – –
98.	6.-9.
111.	2. – –
- - -	6 - 7
121	22-25.
126.	3 - 6.
131.	21 22.
136.	16 - 19
140.	13 16

Bl. 42
Eigenhändiger Chiffernbriefentwurf

12.
II. 124 – 1 – [8].

H 151
Eigenhändiger Chiffernbrief

Mariannen

I			II
313	–	3. 4	121 n*ach* 122.
314	–	7-18	
315	–	11. 12	
316	–	17-20	
317	–	19-22	
329	–	9. 10	
335	–	15-18	
336	–	1-4	

---

10. O*ktober* 1815.

H 142
Eigenhändiger Gedichtentwurf (Erstfassung)

Wo man mir Guts erzeigt uberall
'S ist eine Flasche Eilfer,
Am Rhein, am Mayn u Necker
Man bringt lächlend Eilfer
Hört man doch auch wohlthätige Nahmen
Wiederholt wie: Eilfer
Friedrich den zweyten zum Beyspiel
Als beherrschenden Eilfer
Kannt wird noch immer genannt
Als anregender Eilfer
Mehrere Nahmen in der Stille
Nenn ich beym Eilfer
Von meinen Liedern sprechen sie auc*h*
Ruhmlich froh wie vom Eilfer.
Trincken auf mein Wohl klingend mit mir
Alles im reinsten Eilfer.
Dies würde mich mehr freuen
Mehr als der Eilfer
Tränke nur Hafis auch der Wurdig*e*
Trinck den Eilfer
Eilig steig ich zum Hades hinab
Wo vom Eilfer

Nüchterne Seelen nicht trincken
Sage den Eilfer
Eilig Hafis geh da droben stehet
Ein vollkommenes Glas Eilfer.
Das der Freund mir einschenkte
Der würdigste, der den Eilfer
Sich abspart damit ich reichlich geniße
Den vollkomenen Eilfer
Hafis jedoch eile denn zum Pfande
Bleib ich bis du geschlurft den Eilfer
An der Tagseite des Rheingaus
Wo verherrlicht der Eilfer
Ich an der Nach*t*seite hier schaudert
den der gewohnt an Eilfer
Komme zuruck Besonnener
Unbesonnen durch Eilfer
Dass ich Ahnherr dich grusse
Athmend noch Eilfer
Kehr ich zuruck so Eifert die Freund*in*
Hat doch der Eilfer
Abermals dich niedergeworfe*n*
Truncken vom Eilfer
Lagst unempfindlich meinem Kose*n*
Als ware der Eilfer
Meinen Kussen vergleichbar
Meide den Eilfer
Und sie weis nicht dass du Hafis
An meiner Statt den Eilfer
Ausgeschlurft ich aus Liebe zu d*ir*
Seelenlos dalag das soll nur der Eilfer
Alles habe gethan und verbro*chen*
Der unschuldige Eilfer
Liebchen aber sagt diesen Rival
den Schencken den Eilfer
Neid ich wie des schwar*z*augigen Schenck*en*
Stets bereiten Eilfer
Hatem sieh mir ins Auge
den Schencken den Eilfer
Lass sie fahren diese Kusse sie sind von heute
Was will der Eilfer.
....
....
Denn ich mochte gar zu gern
Trincken den Eilfer
Wenn er alt ist denn gegenwartig
Ist er allzu rasch u jung der Eilfer

Niemals mocht ich entbehren
  Im Leben den Eilfer
Der soviel wuchs und gut
  Anno eilf drum heist er eilfer

⟨ca. 24 Zeilen Spatium⟩

Sing es mir ein andrer nach
  Dieses Lied vom Eilfer
Den*n* ich sang im Liebesrausch
  Und berauscht vom Eilfer.

R 10
Eigenhändiger Gedichtentwurf (Zweitfassung)

Wo man mir guts erzeigt uberall
  S' ist eine Flasche Eilfer
Am Rhein u Mein, im Neckerthal,
  Man bringt mir lächlend Eilfer.
Und nennt gar manchen braven Mann
  Viel seltner als den Eilfer
Hat er der Menschheit wohlgethan
  Ist immer noch kein Eilfer.
Die guten Fürsten nennt man so,
  beynahe wie den Eilfer
Uns machen ihre Thaten froh
  Sie leben hoch im Eilfer
Und manchen Nahmen nenn ich leis
  Still schöppelnd meinen Eilfer
Sie weiss es wenn es niemand weis
  Da schmeckt mir erst der Eilfer
Von meinen Liedern sprechen sie
  Fast rühmlich wie vom Eilfer
Und Blum und Zweige brechen sie
  Mich kränzend und den Eilfer
Das alles wär ein grössres Heil
  Ich theilte gern den Eilfer
Nähm Hafis auch nur seinen Theil
  Und schlurfte mit den Eilfer
Drum eil ich in das Paradies
  Wo leider nie vom Eilfer
Die Gläubgen trinken. Sey er süs
  Der Himmelswein! Kein Eilfer
Geschwinde Hafis eile hin
  Da steht im Roemer Eilfer

H 155
Chiffernbrief
(Marianne von Willemer)

I.

139. –	6 - 7.
181. – –	1 - 2.
214. – –	1 - 4.
270. – –	1 - 2.
310. – –	9 - 12.
340. – –	3 - 6.
346. – –	15 - 16.
396. – –	1. -
420. – –	1 - 8.
423. – –	15. 18.
424. – –	1. -

---

18. 8br 1815

صُولَيخَةُ

H 149
Eigenhändiger Gedichtentwurf

Dir zu eröffnen
Mein Herz verlangt mich
Hört ich von deinem!
Darnach verlangt mich
Wie blickt so traurig
Die Welt mich an

In meinem Sinne
Wohnet mein Freund nur
Und sonsten keiner,
Und keine Feind Spur.
Wie Morgenkerzen
Ward mir ein Vorsaz:

Mein Leben will ich
Nur zum Geschäfte
Von seiner Liebe
Und von heut an machen
Ich dencke seiner
Mir blutets Herz.

Kraft hab ich kein*e*
Als ihn zu lieben
So recht im Stillen.
Was will das werden
Will ihn umarmen,
Und kann es nicht.

R 2, S. 9
Sammelhandschrift mit Gedichtreinschriften (Kräuter)

⟨*Z. 1-4: Reinschrift von* »Was schmückst du die eine Hand denn nun..«⟩

So traurig dass in Kriegestagen
Zu Tode sich die Männer schlagen
Im Frieden ist's dieselbe Noth
Die Weiber schlagen mit Zungen todt.

⟨*Z. 9-18: Reinschrift von* Wenn man auch nach Mecca triebe..., Getretner Quark..., Schlägst du ihn aber mit Gewalt...⟩

R 7
Eigenhändige Gedichtreinschrift

Lasst mich weinen! umschraenkt von Nacht,
In unendlicher Wüste.
Camele ruhn, die Treiber desgleichen,
Rechnend still wacht der Armenier;
Ich aber, neben ihm, berechne die Meilen
Die mich von Suleika trennen, wiederhole
Die wegeverlängernden Aergerlichen Krümmungen.
Lasst mich weinen! das ist keine Schande.
Weinende Männer sind gut.
Weinte doch Achill um seine Briseis!
Xerxes beweinte das unerschlagene Heer,
Uber den selbstgemordeten Liebling
Alexander weinte.
Lasst mich weinen, Thraenen beleben den Staub.
Schon grunelts.

R 9
Eigenhändige Gedichtreinschrift

Nicht mehr auf Seidenblat
Schreib' ich symmetrische Reime;
Nicht mehr fass ich sie
In goldne Rancken;
Dem Staub, dem beweglichen eingezeichnet
Uberweht sie der Wind,
Aber die Kraft besteht,
Bis zum Mittelpunct der Erde
Dem Boden angebannt.
Und der Wandren wird kommen
Der Liebende. Betritt er
Diese Stelle, ihm zuckts
Durch alle Glieder.
»Hier! Vor mir liebte der Liebende!
War es Medschnun der zarte?
Ferhad der kräftige? Gemil der daurende?
Oder von jenen tausend
Glücklich-Unglücklichen Einer?
Er liebte! Ich liebe wie er,
Ich ahnd' ihn!«
Suleika du aber ruhst
Auf dem zarten Polster
Das ich dir bereitet und geschmückt.
Auch dir zuckts aufweckend durch die Glieder.
»Er ist der mich ruft Hatem.
Auch ich rufe dir, o! Hatem! Hatem.«

H 48/Bl. 85
Eigenhändiger Gedichtentwurf (zwei Fassungen)

Da liegt ein Ey es ist kein Ey nein
Das Oben Unten es ist so buckli*ck*
Ist ohne Regel es ist ein Bündel
Den Bundel Knabe schlage! du schlag ihn Knabe
Der Knabe schlägt das Bündel bläht sic*h*
Es schlägt ein andrer und blähend weiter
Erschriegt das Bündel die Herrn u Held*en*
Schach Dudan spri*ng*t v*om*
Er ungedul*d*ig vom Pferd u stöst
Den Sporn ins Weise
Da piazt der Kuchen ein mächti*g* Kindlein
Entwickelt derb und allzuderbe Glieder

Da liegt ein Ey es ist kein Ey Nein!
Das Oben Unten es ist so bucklick
Ist ohne Regel, es ein Zaub*er*Bündel
Es hat ein Rege*n* es hat ein Leben
Schlagt hin ihr Knaben zersprengt die Hulle
Ein Knabe schlägt das Bündel bläht sich
Nun schlägt ein andrer und blähend wachst es.
Da will nun keiner sich nahn dem Zauber
Doch Ali Kaschan er steigt vom Pferd
Den Sporen tritt er in das Gewächse
Da platzt u reißt es ein derbes Kindlein
Entwicklet

H 153
Chiffernbrief
(Marianne von Willemer)

I			II		
402	–	11 - 12	406	–	1-8
			525	–	5-8
			35	–	1-8.

R 4
Eigenhändige Gedichtreinschrift

Hafis dir sich gleich zu stellen,
　Welch ein Wahn!
Rauscht doch wohl auf Meeres Wellen
　Rasch ein Schiff hinan,
Fühlet seine Seegel schwellen
　Wandelt kühn und stolz
Wills der Ocean zerschellen,
　Schwimmt's, ein morsches Holz.
Dir in Liedern, leichten, schnellen,
　Wallet kühle Flut,
Siedet auf zu Feuerwellen;
　Mich verschlingt die Glut.
Doch mir will ein Dünckel schwellen,
　Der mir Kühnheit giebt.
Hab doch auch im sonnenhellen
　Land gelebt, geliebt.

d. 22 Dez
　1815.

H 161
Eigenhändiger Gedichtentwurf

Schwarzer Schatten ist uber den Staub der Geliebten Gefahrte
Ich machte mich zum Staube; aber der Schatten ging uber mich hin

H 59/Bl. 46
Eigenhändige Gedichtentwürfe

So sag mir doch wie soll ich ihn denn winden
Ein jeder Stand trägt ihn nach seiner Art.

—

Und wer sich selbst erkennt
Erkennet seinen Gott.

H 60/Bl. 47
Eigenhändiger Gedichtentwurf

Ich fuhle gern am Kopfe deine Hand
Und sieht man dann dass ich dir angehöre
Das Liebchen ist mein Stand

R 5/H 44
Eigenhändige Gedichtreinschrift

Sprich! Unter welchem Himmelszeichen
Der Tag liegt,
Wo mein Herz, das doch mein eigen,
Nicht mehr wegfliegt?
Und wenn es flöge, zum Erreichen
Mir ganz nah liegt?
Auf dem Polster, dem süssen, dem weichen
Wo mein Herz an ihrem liegt.

8. J. 16.

H 154
Chiffernbrief
(Marianne von Willemer)

⟨I.

404 .... 19-20.
281 .... 23-24⟩

H 83
Gedichtabschrift
(Eckermann)

Und warum sendet
Der Reuterhauptmann
Nicht seine Boten
Von Tag zu Tage?
Hat er doch Pferde
Versteht die Schrift.

Er schreibt ja Talik
Auch Neßky weiß er
Zierlich zu schreiben
Auf Seidenblätter.
An Seiner Stelle
Sey mir die Schrift.

Die Kranke will nicht
Will nicht genesen
Vom süßen Leiden
Sie, an der Kunde
Von ihrem Liebsten
Gesundend, krankt.

R 8
Eigenhändiges arabisches Exzerpt und Gedichtreinschrift

مَقْبُولُ السُلطانِ مَسْعُودٌ
وَمَبْغُوضُ الخَاقَانِ مَرْدودٌ

Schreibt er in Nessky
So sagt er's treulich,
Schreibt er in Talik
'S ist gar erfreulich,
Eins wie das andre,
Genug er liebt.

H 163
Eigenhändige Gedichtreinschrift mit Chiffernbriefzusatz

Alles kündet dich an,
Erscheint die herrliche Sonne,

Kommst du, so hoff ich es bald.
Trittst du im Garten hervor;
So bist du die Rose der Rosen,
Lilie der Lilie zusammt.
Singst du dem himmlichen Dom,
Erklingen sogleich die Gestirne,
Mit dir und um dich umher!
Nacht! und so wär es denn Nacht,
Nun überscheinst du des Mondes
Lieblichen ladenden Glanz.
Ladend und lieblich bist du!
Und Blumen, Mond und Gestirne
Huldigen, Sonne! nur dir
Sonne so sey du auch mir!
Die Schoepferinn herrlicher Tage.
Leben und Ewigkeit ists!

13. März Abends zehn Uhr

Im Jahr der Welten II. 163. 5. 8.

H 53/Bl. 50
Eigenhändiger Gedichtentwurf (zwei Fassungen)

Nicht nur als Kabus hast du mich belehrt
Als Oguz auch mir Weisheit zugekeh*rt*
Als Chadsche nur giebst du mir zu bedeuten
Wie Chadsch*e* darf des Timurs Mach*t* begleiten

Nicht nur als Kabus hast du mi*ch* belehrt
Als Oguz auch mir Weisheit zugekeh*rt*
Nun g
Wie Chadshah, dürfte Timurs Macht begleiten.

⟨*ca. 4 Z. Spatium*⟩

⟨*Z. 9-10: Variante zu* Gar viele Laender…⟩

H 18
Eigenhändige Gedichtreinschrift und persisches Exzerpt

Gar viele Laender hab ich bereist
Gesehen Menge von Menschen allermeist
Ein Winkel sogar hab ich wohl bedacht

Ein jeder Halm hat mir Körner gebracht.
Gesegnete Stadt nie solche geschaut.
Houris auf Houris, Braut auf Braut!

در اقصاي عالم بكشتم بسر بُردم ايّام با هركسي
تمتّع زهر كوشۀ يافتم
چه اين شهر ونسوان حوري نژاد
چه خوش كفت

R 18
Eigenhändige Gedichtreinschrift

Mit der Teutschen Freundschaft
Hat's keine Noth
Aergerlichster Feindschaft
Steht Höflichkeit zu Gebot
Je sanfter sie sich erweisen
Hab ich immer frisch gedroht.
Lies mich nicht verdriesen
Trübes Morgen- und Abendroth,
Lies die Wasser fliessen
Fliessen zu Freud u Noth.
Aber mit allen diesen
Blieb ich mir selbst zu gebot;
Sie alle wollten geniessen
Was ihnen die Stunde bot
Ihnen hab ichs nicht verwiesen
Jeder hat seine Noth,
Sie lassen mich alle grüssen
Und hassen mich bis in Tod.

Zinne 19 Marz
1818

H 3
Eigenhändige Sammelhandschrift mit Gedichten und Gedichtentwürfen

⟨*Z. 1: Vorstufe zum Kapitel* Künftiger Divan
Z. 2-3: Vorstufe zu Was wird mir jede Stunde so bang? . . .⟩

Moschus bist du! Wo du warst
Wird man immer dich gewahr

—

21 Jul.

⟨*Z. 7ff.: Vorstufen zu* So hab' ich endlich von dir erharrt . . . *(v. 1-4),* Ja! die Augen waren's, ja der Mund . . ., Wenn der Schweergedrückte klagt . . ., Was wird mir jede Stunde so bang? . . .⟩

H 76
Sammelhandschrift mit Gedichtabschriften (Stägemann)

⟨*Z. 1-4: Abschrift von H 23*⟩

Herrlich bist du wie Moschus:
Wo du warst gewahrt man dich noch.

⟨*Z. 7ff.: Abschriften von H 161, H 19, H 20, H 83, H 162*⟩

H 90
Gedichtabschrift (Riemer)

In welchem Weine
Hat sich Alexander betrunken?
Ich wette den letzten Lebensfunken:
Er war nicht so gut als der meine!

H 162
Eigenhändiger Gedichtentwurf

HATEM UND SULEIKA

Hudhud sprach: mit Einem Blicke
Hat sie alles mir vertraut
Und ich bin von Eurem Glücke

Immer wie ichs war erbaut.
Liebt ihr doch! – In Trennungs-Nächten
Seht, wie sich's in Sternen schreibt.
Dass, gesellt zu ewigen Mächten,
Glanzreich Eure Liebe bleibt

H 27
Eigenhändige Sammelhandschrift mit Gedichtreinschriften

Hudhud auf dem Palmensteckchen,
Hier im Eckchen,
Nistet, äugelnd, wie charmant!
Und ist immer vigilant.

HUDHUD ERKLAERT EINE RÄTHSELHAFTE STELLE

Der Mahler wagts mit Götterbildern
Sein höchstes hat er aufgestellt
Doch was er für unmöglich hält:
Dem Liebenden die Liebste schildern,
Er wag es auch! Ein Traum wird frommen,
Ein Schattenbild es ist willkommen

HUDHUD, ALS EINLADENDER BOTE

Dich beglückte ja mein Gesang
Nun dräng er gern zu dir in's Ferne.
Ich singe Morgen und Abend entlang,
Sie sagen: Besser! Das hör ich gerne
Kommt auch ein Blat von Zeit zu Zeit,
Bringt einen Gruss, lass dich nicht stören!
Aber ist denn Bagdad so weit?
Willst du mich gar nicht wieder hören?

HUDHUD ERBITTET EIN NEUJAHRSGESCHENCK,
RÄTHSELWEISE

Ein Werckzeug ist es alle Tage nöthig,
Den Männern weniger, den Frauen viel,
Zum treusten Dienste gar gelind erbötig,
Im Einen vielfach, spitz und scharf, sein Spiel
Gern wiederholt; wobey wir uns bescheiden:

Von aussen glatt, wenn wir von innen leiden.
Doch Spiel und Schmuck erquickt uns nur aufs neue,
Erhielt das Wer*k*zeug er*s*t gerechte Weihe.

Dec. 1819.

H 146
Eigenhändiger Gedichtentwurf

Mich nach- und umzubilden miszubild*en*
Versuchen sie seit vollen funfzig Jahren
Ich dächte doch da konnte*s*t du erfah*ren*
Was an dir sei in Vaterlands Gefilden
Du hast getobt zu deine*r* Zeit mit wilden
Daemonisch genialen Jungen Schaare*n*,
Dann sachte schlossest du von Jahr zu Jahr
Dich naeher an die Weisen göttlich mild*en*.

H 22
Eigenhändiger Gedichtentwurf

Schoen und Köstlich ist die Gabe
Wohlenträtselt das Verlangen,
Dass die Weihe sie empfangen
Bleibet aber ungewiss.

Waere das nicht nachzubringen?
Was Er sittsam nicht entraubte,
Wenn Sie sichs nur selbst erlaubte!!
Hudhud geh u melde dies.

H 23/Bl. 48
Eigenhändiger Gedichtentwurf

Ach ich kann sie nicht erwiedern
Wie ich auch daran mich freue
Gnüg es dir an mein*en* Lied*ern*
Meinem Herzen, meiner Treue.

H 179
Eigenhändiger Gedichtentwurf

⟨Wer sich selbst und andre kennt
Wird auch hier erkennen:
Orient und Occident
Sind nicht mehr zu trennen.⟩

H 68
Eigenhändiger Gedichtentwurf

[Sinnig zwischen beyden Welten
Sich zu wiegen lass ich gelten,
Also zwischen Ost und Westen
Sich bewegen sey zum besten!]

H 16
Eigenhändiger Gedichtentwurf

[So der Westen wie *d*er Osten
Geben reines dir zu kosten
Lass die Grillen lass die Schaalen
Setze Dich zum großen Mahle
Mögst auch im Vorübergehn
Diese Schüssel nicht verschm*ähn*]

H 144
Eigenhändiger Gedichtentwurf

Immerfort zunächst im Oste*n*
Alt- u neuen Sang zu kosten!

6 July

H 181
Eigenhändige Gedichtentwürfe oder -übersetzungen

DOU-ROUY

Und wie die Hortensien seyd ihr
Bald grün bald roth bald blau
Am Ende gar misfärbig
ich kenn euch genau.

KHALKHAL
(Knöchel Schellen Ring)

Der Schellenring um eure Knöchel
Ihr Liederlichen das verführt mich nicht.

SAMMLUNGEN AUSSERHALB DER AUSGABE LETZTER HAND

ANNETTE
Leipzig
1767

AN ANNETTEN

Es nannten ihre Bücher
Die alten sonst nach Göttern,
Nach Musen und nach Freunden,
Doch keiner nach der Liebsten;
Warum sollt' ich, Annette,
Die Du mir Gottheit, Muse,
Und Freund mir bist, und alles,
Dies Buch nicht auch nach Deinem
Geliebten Namen nennen?

ZIBLIS
Eine Erzählung

Mädgen setzt euch zu mir nieder
Niemand stört hier unsre Ruh,
Seht es kommt der Frühling wieder
Weckt die Blumen und die Lieder,
Ihn zu ehren hört mir zu.

Weise, strenge Mütter lehren:
Mädgen, flieht der Männer List.
Und doch lasst ihr euch betören!
Hört, ihr sollt ein Beispiel hören,
Wer am meisten furchtbar ist.

Ziblis jung und schön, zur Liebe,
Zu der Zärtlichkeit gemacht,
Floh aus rauhem wilden Triebe,
Nicht aus Tugend alle Liebe,
Ihre Freude war die Jagd.

Als sie einst tief im Gesträuche
Sorglos froh ein Liedgen sang,
Ward sie blaß, wie eine Leiche,
Da aus einer alten Eiche
Ein gehörnter Waldgott sprang.

Zärtlich lacht das Ungeheuer,
Ziblis wendet ihr Gesicht,
Läuft, doch der gehörnte Freier
Springt ihr wie ein hüpfend Feuer
Nach, und ruft: O flieh mich nicht.

Schrein kann niemals überwinden.
Sie lief schneller, er ihr nach.
Endlich kam sie zu den Gründen,
Da wo unter jungen Linden
Emiren am Wasser lag.

Hilf mir! rief sie. Er voll Freude,
Daß er so die Nymphe sah,
Stand bewaffnet zu dem Streite
Mit dem Ast der nächsten Weide,
Als der Waldgott kam, schon da.

Der trat näher ihn zu höhnen,
Und ging schnell den Zweikampf ein.
Sie erbebt für Emirenen.
Immer wird das Herz der Schönen
Auf des Schönen Seite sein.

Seinen Feind im Sand zu höhnen,
Regt sich Fuß, und Arm, und Hand.
Bald mit Stoßen, bald mit Dehnen
Liebe stärkt die Kraft der Sehnen,
Beide waren gleich entbrannt.

Endlich sinkt der Faun zur Erden,
Denn ihn traf ein harter Streich.
Gräßlich zerrt er die Geberden;
Emiren ihn los zu werden,
Wirft ihn in den nächsten Teich.

Ziblis lag mit matten Blicken,
Da der Sieger kam, im Gras.
Wirds ihm ihr zu helfen glücken?
Leicht sind Mädgen zu erquicken,
Oft ist ihre Krankheit Spaß.

Sie erhebt sich. Neues Leben
Gibt ein heißer Kuß ihr gleich.
Doch, der einen schon gegeben,
Sollte nicht nach mehrern streben?
Das sieht einem Märgen gleich.

Wartet nur. Es folgten Küsse
Hundertweis; sie schmeckten ihr.
Ja die Mäulgen schmecken süße.
Und bei Ziblis waren diese
Gar die ersten. Glaubt es mir.

Darum sog mit langen Zügen
Sie begierig immer mehr.
Endlich trunken von Vergnügen,
Ward dem Emiren das Siegen,
Wie ihr denken könnt, nicht schwer.

Mädgen, fürchtet rauher Leute
Buhlerische Wollust nie
Die im ehrfurchtsvollen Kleide
Viel von unschuldsvoller Freude
Reden, Mädgen, fürchtet die.

Wacht, denn da ist nichts zu scherzen.
Seid viel lieber klug als kalt.
Zittert stets für eure Herzen.
Hat man einmal diese Herzen;
Ha! das andre hat man bald!

LYDE
Eine Erzählung

Euer Beifall macht mich freier,
Mädgen, hört ein neues Lied.
Doch verzeiht, wenn meine Leyer
Nicht von jenem heil'gen Feuer
Der geweihten Dichter glüht.

Hört von mir, was wenig wissen,
Hört's, und denket nach dabei:
Daß, wenn zwei sich zärtlich küssen,
Gern sich sehn, und ungern missen,
Es nicht stets aus Liebe sei.

Lyde brannt' von einem Blicke
Für Aminen, er für sie;
Doch ein widriges Geschicke
Hinderte noch beider Glücke,
Ihre Eltern schliefen nie.

Wachsamkeit wird euch nichts taugen,
Wenn die Töchter unser sind;
Eltern, habet hundert Augen,
Mädgen, wenn sie List gebrauchen,
Machen hundert Augen blind.

Listig hofft sie eine Stunde
Ihre Wächter los zu sein.
Endlich kommt die Schäferstunde,
Und von ihrem heißen Munde
Saugt Amin die Wollust ein.

So genoß entfernt vom Neide
Er noch manchen süßen Kuß.
Doch er ward so vieler Beute
Überdrüssig. Jede Freude
Endigt sich mit dem Genuß.

Ist wohl bei des Blutes Wallen,
Denkt er immer Liebe da?
Liebt sie mich denn wohl vor allen?
Oder hab ich ihr gefallen?
Weil sie mich am ersten sah?

Einst spricht er, dies auszuspüren:
Ach, wie quält mein Vater mich!
Fern soll ich die Herde führen –
Himmel! Dich soll ich verlieren!
Ha! Das Leben eh'r als dich.

Liebste, nein, ich komme wieder,
Doch, der beste Freund von mir,
(Hier sah sie zur Erde nieder)
Singet angenehme Lieder,
Diesen Freund, den laß ich dir.

Lyde denkt an keine Tücke,
Weint, und geht es weinend ein.
Ungern flieht Amin sein Glücke,
Listig bleibt der Freund zurücke,
Oft ist er mit ihr allein.

Viel singt er von Glut und Liebe,
Sie wird feurig, er wird kühn.
Sie empfindet neue Triebe,
Und Gelegenheit macht Diebe.
Endlich – Gute Nacht, Amin.

Kinder, seht, da müßt ihr wachen,
Euch vom Irrtum zu befrein.
Glaubet nie den Schein der Sachen,
Sucht euch ja gewiß zu machen,
Eh' ihr glaubt geliebt zu sein.

KUNST
DIE SPRÖDEN ZU FANGEN
Erste Erzählung

Verzweifelt nicht ihr Jünglinge, wenn eure Mädgen spröde sind. Niemals hat noch die Kälte der mütterlichen Lehren ein weibliches Herze so zu Eise gehärtet, daß es der alles erwärmende Hauch der Liebe nicht hätte zerschmelzen sollen.

Hört, was nur mein Freund erzählte, dem ich sonst viel glaube.

Ich liebte ein Mädgen recht feurig, recht zärtlich; aber sie floh die Jünglinge und die Liebe, weil ihr die Mutter die Jünglinge und die Liebe sehr fürchterlich gemalt hatte. Das schreckte mich nicht ab, es machte mich nur behutsam.

Ich seh's du kennst sie nicht die Liebe, dacht ich,
Denn wer sie kennt, der flieht sie nicht.
Wie leicht wird's sein, dich zu entzünden,
Da du so unerfahren bist?
Die Liebe sollst du bald empfinden,
Und sollst nicht wissen, daß sie's ist.

Wenn ich sie im Haine antraf, redete ich sie ganz trocken an. Meine Kälte betrog sie, daß sie nicht floh, und mit sich reden ließ. Ich sagte ihr viel von erhabnen Empfindungen, die ich Freundschaft nannte; leicht gewann ich da ihre Vertraulichkeit.

Dem Mädgen ward nebst andern Gaben
Viel feuriges Gefühl geschenkt,
Da meint's, es denke gleich erhaben,
Da es doch nichts als feurig denkt.

Ich ward ihr Freund, sie meine Freundin. Mein Umgang fing an ihr täglich weniger gleichgültig zu werden. Sie freuete sich, wenn ich kam, und betrübte sich, wenn ich ging.

Was bei des Jünglings Blicken
Ein jedes Mädgen fühlt,
War das, was mit Entzücken
Sie nur für Freundschaft hielt.

Ich war oft mit ihr alleine gewesen, doch hatte ich es nicht wagen dürfen, die Lehren der Mutter mit Gewalt anzugreifen. Nach und nach suchte ich sie mit List zu untergraben. Seit einiger Zeit war ich ihr Lehrer geworden, hatte sie viel gutes gelehrt; und dem Liebhaber glaubt ein Mädchen immer mehr, als der Mutter. Da fing sie an zu zweifeln, ob auch die Mutter immer möchte wahr geredet haben. Das merkte ich, und wußte ihre Zweifel zu nähren.

Einst saß sie meinen Lehren
Aufmerksam zu zuhören;
Da sprach ich: Du mußt wissen,
Daß auch die Freunde küssen,
Die Freunde so wie ich und du –
Ich wagt' es – und sie ließ es zu.

Da ich den ersten so leicht erhalten hatte, konnte ich noch eher auf den zweeten hoffen.

Nie schmeckt ein Mädgen einen Kuß,
Die sich nicht nach dem zweeten sehnte.
Oft wiederholt' ich meinen Kuß,
Daß sie sich bald daran gewöhnte.
Wenn ich sie sah, und sie nicht küßte,
Sprach gleich ihr Blick, daß sie etwas vermißte.

Der glückliche Fortgang meiner Eroberungen machte mich stolz, und wer stolz ist, ist kühn.

So schwer ist's nicht, wie ich geglaubt,
Dem Mädgen eine Gunst zu rauben;
Hat sie uns nur erst eins erlaubt,
Das andre wird sie schon erlauben.

So bald ich sie wiedersah, redete ich feuriger, küßte ich sie feuriger, als sonst. Ich sah, daß sie bewegt ward.

Da wagt's mein Arm sie zu umschließen.
Sie ließ es zu.
Da wagt's mein Mund die weiße Brust zu küssen.
Sie ließ es zu.
Doch eilends sprang sie auf. Dich werd ich fliehen müssen,
Gefährlicher! rief sie, und ließ nichts weiter zu,
Und floh. So weit gelang mir mein Bemühen.
Ich folg' ihr langsam, da sie flieht;
Denn eher wird sie bei dem Fliehen,
Als ich bei dem Verfolgen müd.

KUNST
DIE SPRÖDEN ZU FANGEN
Zwote Erzählung

Es ist kein Mädgen so listig, so vorsichtig, das nicht von einem listigen Jünglinge könnte gefangen werden. Hört wie es Charlotten erging. Charlotte, ein weises Mädgen, die wohl wußte, warum die Jünglinge zu fürchten waren, liebte mich recht zärtlich, aber, mehr noch sich selbst. Drum war sie immer zurückhaltend, immer streng gegen mich, wie es meine Annette jetzt ist, wenn sie ihre Mutter beobachtet. Wäre sie ganz klug gewesen, so hätte sie mich ganz gemieden; doch sie war zu dieser Tat zu sehr Mädgen.

Oft führt' ich sie zum Haine,
Und war mit ihr alleine;
O wie war ich erfreut!
Ist je ein Paar alleine,
Ist Amor niemals weit

Einst saßen wir unter dem Schatten einer überhangenden Myrte, ein Becher mit Weine und ein Körbgen mit Obst stand vor uns; wir redeten von Freundschaft. Schnell flog Amor aus einer jungen Rose heraus, die halb aufgeblüht, wie ein Mädgen von funfzehn Jahren, sich die Myrte hinaufgeschlungen hatte. Ich sah ihn, das Mädgen nicht. Wie freuete ich mich, da ich seinen Bogen gespannt, und seinen Köcher gefüllt sah. Nun wird er mir helfen, und einen Pfeil auf ihre Brust schicken; er wird nicht abspringen, der spitzige Pfeil!

Du brauchst nicht scharf zu zielen,
Die Brust ist ohnbewehrt.
Ich hab' ihr, wie in Spielen,
Gar manches schon gelehrt,
Was ohne sich zu fühlen,
Kein junges Mädgen hört.

Aber er bleibt doch immer ein Kind, Amor. Kaum sah er die Trauben, als er schnell hinflog, eine Beere nach der andern mit einem Pfeile aufstach und aussog, wie die Bienen ihren Stachel in die Blumen stechen und Honig saugen. Da er sich satt gesogen hatte, ward er mutwillig, flog auf den Becher und schaukelte auf dem Rande. Aber einmal versah er's, der gute Amor, und fiel mit einem lauten Schrei in den Wein. Possierlich schwamm er auf dem goldnen Meere, plätscherte mit den Flügeln, ruderte mit Händen und Füßen, und schrie immer. Da jammerte er mich, daß ich ihn heraus hub. Was machst du, fragte das Mädgen – Eine Biene war in den Wein gefallen, sagt ich. Freudig dankte mir Amor, und hüpfte in den

Sonnenschein, da schüttelte er seine Flügel, und trocknete sich. Ich sah ihm zu, und bemerkte, daß sein Köcher von Pfeilen leer war. Wo sind sie? dacht ich – Indem fielen meine Blicke auf den Becher; da zogen sich Bläsgen vom Boden herauf, wie sie der Wein aus dem Zucker zieht. Amor hatte die Pfeile im Schwimmen verloren, und nun sog der Wein das Gift aus den Spitzen. Ich habe deiner Hülfe nicht mehr nötig, Amor! – jauchzete ich, und reichte ihr den Becher, und sah starr auf sie. Sie trank, und sah mich an, und trank mit starken Zügen. Wie süße! seufzete sie tief, da sie den Becher niedersetzte. Ich beobachtete sie genau; eine sanfte Mattigkeit schlich durch alle ihre Glieder.

Und kraftlos sank ihr Haupt zurücke.
Erst irrten unbestimmt die Blicke
Umher, und fielen dann auf mich,
Und eilten weg, und kamen wieder.
Sie lächelte und schlug die Augen nieder,
Ihr fühlbar Herz empörte sich,
Und schickte brennendes Verlangen
In ihren Busen, auf die Wangen,
Die Wangen glühten, und der Busen stieg.
Da rief ich: Sieg! Sieg, Amor, Sieg!

Und der kleine getrocknete Prahler, als wenn er noch so viel bei der Sache getan hätte,

Rief, als er in die Lüfte stieg:
Sieg! Sieg!

TRIUMPH DER TUGEND
Erste Erzählung

Von stiller Wollust eingeladen
Drang in den Tempel der Dryaden
Mit seinem Mädgen Daphnis ein,
Um zärtlich ohnbemerkt zu sein.
Des Taxus Nacht umgab den Fuß der Eichen,
Nur Vögel hüpften auf den Zweigen,
Rings um sie her lag feierliches Schweigen,
Als wären sie auf dieser Welt allein.

Sie saßen tändelnd in dem Kühlen.
Allein, dem Herzen nah, das uns so zärtlich liebt –
Wem Amor solch ein Glücke gibt,
Wird der nicht mehr als sonsten fühlen?
Und unser Paar fing bald an mehr zu fühlen.

Des Mädgens zärtlich Herz lag ganz in ihrem Blicke,
Halblächelnd nennt sie ihn ihr bestes größtes Glücke.
Sein Herz von heißem Blut erfüllt
Drückt sich an ihr's, läßt nach, drückt wieder;
Und wenn das Blut einmal von Liebe schwillt,
Reißt es gar leicht der Ehrfurcht Grenzen nieder.

Konnt' Daphnis wohl dem Reiz des Busens widerstehn?
Bei jedem Kuß durchglüht ihn neues Feuer,
Bei jedem Kusse ward er freier,
Und sie – und sie – ließ es geschehn.
Der Schäfer fühlt ein taumelndes Entzücken,
Und da sie schweigt, da jetzt in ihren Blicken
Anstatt der Munterkeit ein sanfter Kummer liegt,
Glaubt er sie auf dem Grad von feurigen Entzücken,
Wo man die Mädgen leicht besiegt.

Sie war an seine Brust gesunken,
Und er zuletzt von Wollust trunken
Erbat sich, Amor, Sieg von Dir.
Doch schnell entriß sie sich den Armen,
Die sie umfaßten: Aus Erbarmen,
Rief sie, komm, eile weg von hier.
Bestürzt und zitternd folgt er ihr.

Da sprach sie zärtlich: Laß nicht mehr
Dich die Gelegenheit verführen;
O Freund, ich liebe dich zu sehr,
Um dich unwürdig zu verlieren.

TRIUMPH DER TUGEND
Zwote Erzählung

Ich fand mein Mädgen einst allein
Am Abend so, wie ich sie selten finde.
Entkleidet sah ich sie; dem guten Kinde
Fiel es nicht ein,
Daß ich so nahe bei ihr sein,
Neugierig sie betrachten könnte.
Was sie mir nie zu sehn vergönnte,
Des Busens volle Blüten wies
Sie dem verschwiegnen kalten Spiegel, ließ
Das Haar geteilt von ihrem Scheitel fallen,
Wie Rosenzweig' um Knospen, um den Busen wallen.

Ganz außer mir vom niegefundnen Glück'
Sprang ich hervor; Jedoch wie schmollte
Sie, da ich sie umarmen wollte.
Zorn sprach ihr furchtsam wilder Blick,
Die eine Hand stieß mich zurück,
Die andre deckte das, was ich nicht sehen sollte.
Geh, rief sie, soll ich deine Kühnheit dir
Verzeihen; eile weg von hier.

Ich, fliehn? Von heißer Glut durchdrungen –
Ohnmöglich – diese schöne Zeit
Von sich zu stoßen! Die Gelegenheit
Kömmt nicht so leicht zurück. Voll Zärtlichkeit
Den Arm um ihren Hals gezwungen, stand
Ich neben ihrem Sessel, meine warme Hand
Auf ihrem heißen Busen, den zuvor
Sie nie berühret. Hoch empor
Stieg er und trug die Hand mit sich empor
Dann sank mit einem tiefen Atemzug er wieder,
Und zog die Hand mit sich hernieder.
So stand Dianens Jäger mutig da,
Triumph gen Himmel hauchend, als er sah,
Was ungestraft kein Sterblicher noch sah.

Mein Mädgen schwieg, und sah mich an; ein Zeichen,
Die Grausamkeit fing' an sich zu erweichen,
Geschmolzen durch die Fühlbarkeit.
O Mädgen, soll mit list'gen Streichen
Kein Jüngling seinen Zweck erreichen,
So müßt ihr niemals ruhig schweigen,
Wenn ihr mit ihm alleine seid.

Mein Arm umschlang mit angestrengten Sehnen
Die weiche Hüfte. Fast – fast – doch des Sieges Lauf
Hielt schnell ein glüh'nder Strom von Tränen
Unwiderstehlich auf.

Sie stürzt mir um den Hals, rief schluchzend: Rette
Mich unglückselige, die niemand retten kann
Als du geliebter. Gott! ach hätte
Dir nie dies Herz gebrannt! Ich sah dich, da begann
Mein Elend; Bald, bald ist's vollendet.
O Mutter, welchen Lohn
Gab ich den treuen Lehren, die du mir verschwendet,
Dies Herz zu bilden! Mußte sich dein Drohn
So fürchterlich erfüllen:

Würd' ich eine Tat
Vor dir verhüllen,
Deinen Rat
Verachten, selbst mich weise dünken;
Würd' ich versinken.
Ich sinke schon; o rette mich! –
Sei stark mein Freund, o rette dich!
Wir beide sind verloren – Freund, Erbarmen!

Noch hielt ich sie in meinen Armen.
Sie sah voll Angst rings um sich her.
Wie Wellen auf dem Meer,
Des Grund erbebte, schlug die Brust, dem Munde
Entrauscht' ein Sturm. Sie seufzte: Unschuld – ach wie klang
Dies Wort so lieblich, wenn in mittgernächt'ger Stunde
An meinem Haupt' es mir mein Engel sang.
Jetzt rauscht's wie ein Gewitterton vorüber.
Sie rief's. Es ward ihr Auge trüber,
Sah sternen an. Sie betet: Sieh
Aus deiner Unschuldswohnung, Herr, auf mich herüber,
Erbarme dich! Entzieh
Der reißenden Gefahr mich. Du
Vermagst's allein; der ist zu schwach dazu,
Der Mensch, zu dem ich vor dir betete.

Naht euch, Verführer, deren Wange nie
Von heilgem Graun errötete,
Wenn eure Hand gefühllos, wie
Die Schnitter Blumen, Unschuld tötete,
Und euer Siegerfuß darüber tretend, sie
Durch Hohn zum Zweiten Male tötete,
Naht euch. Betrachtet hie
Der Vielgeliebten Tränen rollen;
Hört ihre Seufzer, hört die feuervollen
Gebete. Wehe dem, der dann
Noch einen Wunsch zu ihrem Elend wollen,
Noch einen Schritt zum Raube wagen kann!
Es sank mein Arm, aus ihm zur Erd' sie nieder,
Ich betet', weint', und riß mich los, und floh.

Den nächsten Tag fand ich sie wieder
Bei ihrer Mutter, als sie froh,
Der Freudbetränten Mutter Unschuldslieder
Mit Engelstimmen sang.

O Gott, wie drang ein Wonnestrahl durch's Herz mir! Nieder
Zur Erde blickend stand
Ich da. Sie faßt mich bei der Hand,
Führt mich vertraulich auf die Seite,
Und sprach: Dank es dem harten Streite,
Daß du zur Sonn' unschuldig blickst,
Beim Anblick jener heil'gen nicht erschrickst,
Mich nicht verachtend von dir schickst.
Freund, dieses ist der Tugend Lohn;
O, wärst du gestern tränend nicht entflohn,
Du sähst mich heute
Und ewig nie mit Freude.

ELEGIE
AUF DEN TOD
DES BRUDERS MEINES FREUNDES

Im düstern Wald, auf der gespaltnen Eiche,
Die einst der Donner hingestreckt,
Sing' ich um deines Bruders Leiche,
Die fern von uns ein fremdes Grab bedeckt.

Nah schon dem Herbste seiner Jahre
Hofft er getrost der Taten Lohn;
Doch unaufhaltsam trug die Bahre
Ihn schnell davon.

Du weinest nicht? – Dir nahm ein langes Scheiden
Die Hoffnung ihn hier noch einmal zu sehn.
Gott ließ vor dir ihn zu dem Himmel gehn;
Du sahst's, und konntest nichts als ihn beneiden.

Doch horch – Welch eine Stimm' voll Schmerz
Tönt in mein Ohr von seinem Grabe?
Ich eil', ich seh', sie ist's! Ihr Herz
Liegt mit in seinem Grabe.

Verlassen, ohne Trost liegt hie,
Mit ängstlicher Geberde
Zu Gott gekehrt, als hoffte sie,
Das schönste Mädgen an der Erde.

Nie hat ein Herz so viel gelitten,
Herr, sieh herab auf ihre Not,
Und schenke gnädig ihren Bitten
Sein Leben, oder ihren Tod.

O Gott, bestrafest du die Liebe,
Du Wesen voller Lieb und Huld?
Denn nichts als eine heil'ge Liebe
War dieser Unglücksel'gen Schuld.

Sie hofft im hochzeitlichen Kleide
Bald mit ihm zum Altar zu ziehn;
Da riß sein Fürst von ihrer Seite
Tyrannisch ihn.

O Fürst, du kannst die Menschen zwingen,
Für dich allein ihr Leben zu zubringen,
Das wird man deinem Stolz' verzeihn;
Doch willst du ihre Seelen binden,
Durch dich zu denken, zu empfinden,
Das muß zu Gott um Rache schrein.

Wie ward sein großes Herz durchstochen,
Als er, der nie sein Wort gebrochen,
Sein Wort zum erstenmale brach,
Zum erstenmal es der Geliebten brach,
Der, eh es noch sein Mund versprach,
Sein Herz ein ewig Band versprochen.

Als Bürger der bedrängten Erde
Sprach er, kann ich nie deine sein;
Doch von der Furcht, daß die dir untreu werde,
Soll dich mein Tod befrein.
Leb' wohl, es wein bei meinem Grabe
Jed' zärtlich Herz gerührt von meiner Treu,
Dann eil' die stolze Tyrannei,
Der ich schon längst vergeben habe,
Daß sie des Grabes Ursach sei,
Unwillig fühlend, schnell vorbei.

ODE
an Herrn Professor Zachariae

Schon wälzen schnelle Räder rasselnd sich und tragen
Dich von dem unbedau'rten Ort',
Und angekettet fest an deinem Wagen
Die Freude mit dir fort.

Du bist uns kaum entwichen, und schwermütig ziehen
Aus dumpfen Höhlen (denn dahin

Flohn sie bei deiner Ankunft, wie für'm Glühen
Der Sonne Nebel fliehn)

Verdruß und Langeweile. Wie die Stymphaliden
Umschwärmen sie den Tisch, und sprühn
Von ihren Fittigen Gift unserm Frieden
Auf alle Speisen hin.

Wo ist sie zu verscheuchen unser güt'ger Retter,
Der Venus vielgeliebter Sohn,
Apollo's Liebling, Liebling aller Götter?
Bebt! Er ist uns entflohn.

O gäb er mir die Stärke seine mächt'ge Leyer
Zu schlagen, die Apoll ihm gab;
Ich rührte sie, dann flöhn die Ungeheuer
Erschröckt zur Höll' hinab.

O leih' mir, Sohn der Maja, deiner Ferse Schwingen,
Die du sonst Sterblichen geliehn;
Sie reißen mich aus diesem Elend, bringen
Mich nach der Okker hin.

Dann folg' ich ohnerwartet einstens ihm am Flusse;
jedoch so wenig staunet er,
Als ging ihm, angeheftet seinem Fuße,
Sein Schatten hinter her.

Von ihm dann unzertrennlich wärmt den jungen Busen
Der Glanz, der glorreich ihn umgibt.
Er liebet mich, dann lieben mich die Musen,
Weil mich ihr Liebling liebt.

AN DEN SCHLAF

Der du mit deinem Mohne
Selbst Götteraugen zwingst,
Und Bettler oft zum Throne
Zum Mädgen Schäfer bringst,
Vernimm; Kein Traumgespinste
Verlang' ich heut' von dir,
Den größten deiner Dienste
Geliebter, leiste mir.

An meines Mädgens Seite
Sitz' ich, ihr Aug' spricht Lust,
Und unter neid'scher Seide
Steigt fühlbar ihre Brust,
Oft hatte meinen Küssen
Sie Amor zugebracht,
Dies Glück muß ich vermissen,
Die strenge Mutter wacht.

Am Abend triffst du wieder
Mich dort, o tritt herein,
Sprüh' Mohn von dem Gefieder,
Da schlaf die Mutter ein:
Bei blassem Lichterscheinen,
Von Lieb' Annette warm,
Sink', wie Mama in deinen,
In meinen gier'gen Arm.

PYGMALION
Eine Romanze

Es war einmal ein Hagenstolz,
Der hieß Pygmalion;
Er machte manches Bild von Holz
Von Marmor und von Ton.

Und dieses war sein Zeitvertreib,
Und alle seine Lust.
Kein junges schönes sanftes Weib
Erwärmte seine Brust.

Denn er war klug und furchte sehr
Der Hörner schwer Gewicht;
Denn schon seit vielen Jahren her
Traut man den Weibern nicht.

Doch es sei einer noch so wild,
Gern wird er Mädgen sehn.
Drum macht' er sich gar manches Bild
Von Mädgen jung und schön.

Einst hatt' er sich ein Bild gemacht,
Es staunte, wer es sah;
Es stand in aller Schönheit Pracht
Ein junges Mädgen da.

Sie schien belebt, und weich, und warm,
War nur von kalten Stein;
Die hohe Brust, der weiße Arm
Lud zur Umarmung ein.

Das Auge war empor gewandt,
Halb auf zum Kuß der Mund.
Er sah das Werk von seiner Hand,
Und Amor schoß ihn wund.

Er war von Liebe ganz erfüllt,
Und was die Liebe tut.
Er geht, umarmt das kalte Bild,
Umarmet es mit Glut.

Da trat ein guter Freund herein,
Und sah dem Narren zu,
Sprach: Du umarmest harten Stein,
O welch ein Tor bist du!

Ich kauft' ein schönes Mädgen mir,
Willst du, ich geb' dir sie?
Und sie gefällt gewißlich dir
Weit besser, als wie die.

Sag' ob du es zufrieden bist –
Er sah es nun wohl ein,
Ein Mädgen, das lebendig ist,
Sei besser als von Stein.

Er spricht zu seinem Freunde, ja.
Der geht und holt sie her.
Er glühte schon eh er sie sah,
Jetzt glüht er zweimal mehr.

Er atmet tief, sein Herze schlug,
Er eilt, und ohne Trau
Nimmt er – Man ist nicht immer klug,
Nimmt er sie sich zur Frau.

Flieht Freunde ja die Liebe nicht,
Denn niemand flieht ihr Reich:
Und wenn euch Amor einmal kriegt,
Dann ist es aus mit euch.

Wer wild ist, alle Mädgen flieht,
Sich unempfindlich glaubt,
Dem ist, wenn er ein Mädgen sieht,
Das Herze gleich geraubt.

Drum seht oft Mädgen, küsset sie,
Und liebt sie auch wohl gar,
Gewöhnt euch dran, und werdet nie
Ein Tor, wie jener war.

Nun, liebe Freunde, merkt euch dies,
Und folget mir genau;
Sonst straft euch Amor ganz gewiß,
Und gibt euch eine Frau.

DIE LIEBHABER

Mein Mädgen im Schatten der Laube
Umhangen von purpurner Traube
Bekränzte mit Rebenlaub sich
Und wartete schmachtend auf mich.
Da wallte der Herrscher der Träume
Durch zitternde Wipfel der Bäume,
Erblickte das liebliche Kind,
Sank nieder, umarmt es geschwind.

Sie schlummert, er küßte die Wangen,
Sie glühten von heißem Verlangen,
Erhitzet, o Gottheit, von Dir,
Nach sterblichen Küssen von mir.
Da saugte mit atmenden Zügen
Annette das größte Vergnügen
Der Träume die Mädgen erfreun,
Vom Munde des Göttlichen ein.

Schnell war sie von Leuten umgeben,
Die schmachteten seufzend nach Leben,
Und harreten zitternd aufs Glück
Von einem beseelenden Blick.
Da lag nun auf Knien die Menge,
Mein Mädgen erblickt das Gedränge,
Und hörte der Bittenden Schrein,
Und dünkte sich Venus zu sein.

Erst sah sie den schrecklichen Sieger,
Da lag er gebückt, wie ein Krieger,
Den stärkerer Streitenden Macht
In schimpfliche Fesseln gebracht.
So sprach er: »Die mächtigen Waffen
Den Ruhm zu erobern geschaffen
Erheben, erwählest du mich,
Auf deine Befehle nur sich.

Da fürcht ich nicht Wäll' nicht Kanonen,
Nicht Tonnen, die Minen bewohnen,
Nicht Feinde die scharenweis ziehn,
Du sprichst nur: Entflieht; sie entfliehn.
Doch mußt du für Eisen nicht beben,
Mein Arm den jetzt Waffen umgeben,
Schließt sich in entwaffneter Ruh'
Auch sanften Umarmungen zu.«

Der Kaufmann mit Putzwerk und Stoffen,
Was eitele Mädgen nur hoffen,
Trat näher, und beugte sein Knie,
Verbreitet es hoffend vor sie; –
»Erhöre mich, werde die meine«,
So sprach er, »dies alles ist deine,
Dich kleid' ich in herrlicher Pracht
Dann wenn du mich glücklich gemacht.«

Der Stutzer im scheckigen Kleide
Von Samt und von Gold und von Seide
Kam summend, wie Käfer im Mai,
Mit künstlichen Sprüngen herbei –
»Du glänzest bei Ball und Konzerten,
Du herrschest beim Spiel und in Gärten,
Mein Dressenrock schimmert auf dich,
Geliebteste, wähle du mich.«

Noch andere kamen. Geschwinde
Wies da mich dem göttlichen Kinde
Der Traumgott. Sie schau'te mich kaum;
Den lieb ich – so rief sie im Traum,
»Komm, eile! o komm mich zu küssen« –
Ich eilte sie fest zu umschließen;
Denn ich war ihr wachend schon nah,
Und küssend erwachte sie da.

Kein Pinsel malt unser Entzücken,
Da sank sie reit sterbenden Blicken,
O welche unsterbliche Lust!
An meine hochfliegende Brust.
So lag einst Vertumn und Pomone,
Als er auf dem grünenden Throne
Das sprödeste Mädgen bekehrt,
Zuerst sie die Liebe gelehrt.

ANNETTE AN IHREN GELIEBTEN

Ich sah wie Doris bei Damöten stand,
Er nahm sie zärtlich bei der Hand;
Lang sahen sie einander an;
Und sahn sich um, ob nicht die Eltern wachen,
Und da sie niemand sahn,
Geschwind – Genug sie machtens, wie wirs machen.

AN EINEN JUNGEN PRAHLER

Dir hat, wie du mir selbst erzählt,
Es nie an Phillis Gunst gefehlt.
Du sprichst, dir hab sie viel erlaubt,
Und du ihr noch weit mehr geraubt.
Doch jetzt kommt sie, es wird sehr viel davon gesprochen,
In wenig Tagen in die Wochen.
Was könnte nun vom Argwohn dich befrein,
Der Vater dieses Kind's zu sein?
Wärst du nicht gar zu klein!

MADRIGAL

Mein Mädgen sagte mir: Wie schön
Ist nicht Olind! ich hab' ihn heut gesehn,
Lang sah ich ihn bewundernd an;
Wer hätt' ihn nicht bewundern sollen?
Geliebter, du wirst doch nicht schmollen,
Daß ich's getan?
Ich sprach: Mein Herz fühlt nichts vom Neide,
Was auch dein Mund für Lob der Schönheit gibt;
Denn liebtest du die schönen Leute,
Sprich, hättest du mich je geliebt?

DAS SCHREIEN
Nach dem Italiänischen

Jüngst schlich ich meinem Mädgen nach,
Und ohne Hindernis
Umfaßt' ich sie im Hain; sie sprach:
Laß mich, ich schrei gewiß.
Da droht' ich trotzig: Ha, ich will
Den töten, der uns stört.
Still, winkt sie lispelnd, Liebster, still,
Damit dich niemand hört.

MADRIGAL
Aus dem Französischen

Climene lebt in tausend Sorgen,
Daß heut den Schatz ihr Hymen mächtig raubt,
Den sie der Liebe lang verborgen.
O, hätte sie längst meinem Rat geglaubt;
Sie hätte jetzt nichts mehr zu sorgen.

MADRIGAL
Aus dem Französischen
des Herrn v. Voltaire

Auch in die allergröbste Lügen
Mischt oft ein Schein von Wahrheit sich.
Ich war im Traum' zum Königsrang gestiegen,
Und liebte dich,
Erklärt' es kühn zu deinen Füßen.
Doch mit dem Traum' verließ nicht alles mich;
Nichts als mein Reich ward mir entrissen.

AN MEINE LIEDER

Seid, geliebte kleine Lieder,
Zeugen meiner Fröhligkeit;
Ach sie kömmt gewiß nicht wieder,
Dieser Tage Frühlingszeit.

Bald entflieht der Freund der Scherze,
Er, dem ich euch sang, mein Freund.
Ach, daß auch vielleicht dies Herze
Bald um meine Liebste weint!

Doch, wenn nach der Trennung Leiden
Einst auf euch Ihr Auge blickt,
Dann erinnert Sie der Freuden,
Die uns sonst vereint erquickt.

ODEN
AN MEINEN FREUND
1767

ERSTE ODE

Verpflanze den schönen Baum,
Gärtner! er jammert mich.
Glücklicheres Erdreich
Verdiente der Stamm.

Noch hat seiner Natur Kraft
Der Erde aussaugendem Geize,
Der Luft verderbender Fäulnis,
Ein Gegengift widerstanden.

Sieh wie er im Frühling
Lichtgrüne Blätter schlägt
Ihr Orangenduft
Ist dem Geschmeiße Gift.

Der Raupen tückischer Zahn
Wird stumpf an ihnen,
Es blinkt ihr Silberglanz
Im Sonnenscheine.

Von seinen Zweigen
Wünscht das Mädchen
Im Brautkranze,
Früchte hoffen Jünglinge.

Aber sieh der Herbst kömmt,
Da geht die Raupe,
Klagt der listigen Spinne
Des Baums Unverwelklichkeit.

Schwebend zieht sich,
Von ihrer Taxuswohnung,
Die Prachtfeindin, herüber
Zum wohltätigen Baum.

Und kann nicht schaden.
Aber die vielkünstliche
Überzieht, mit grauem Ekel
Die Silberblätter.

Sieht triumphierend,
Wie das Mädgen schaurend,
Der Jüngling jammernd,
Vorübergeht.

Verpflanze den schönen Baum,
Gärtner, er jammert mich.
Baum, danke dem Gärtner
Der dich verpflanzt!

ZWOTE ODE

Du gehst! Ich murre.
Geh! laß mich murren.
Ehrlicher Mann,
Fliehe dieses Land.

Tote Sümpfe,
Dampfende Oktobernebel,
Verweben ihre Ausflüsse
Hier unzertrennlich.

Gebärort
Schädlicher Insekten,
Mörderhülle
Ihrer Bosheit.

Am schilfigten Ufer
Liegt die wollüstige,
Flammengezüngte Schlange,
Gestreichelt vom Sonnenstrahl.

Fliehe sanfte Nächtgänge
In der Mondendämmerung.
Dort halten zuckende Kröten
Zusammenkünfte auf Kreuzwegen.

Schaden sie nicht;
Werden sie schrecken.
Ehrlicher Mann
Fliehe dieses Land!

DRITTE ODE

Sei gefühllos!
Ein leichtbewegtes Herz,
Ist ein elend Gut
Auf der wankenden Erde.

Behrisch, des Frühlings Lächeln
Erheitre Deine Stirne nie,
Nie trübt sie dann mit Verdruß
Des Winters stürmischer Ernst.

Lehne Dich nie an des Mädgens
Sorgenverwiegende Brust,
Nie auf des Freundes
Elendtragenden Arm.

Schon versammelt
Von seiner Klippenwarte
Der Neid, auf Dich
Den ganzen, luchsgleichen Blick.

Dehnt die Klauen,
Stürzt und schlägt
Hinterlistig sie
Dir in die Schultern.

Stark sind die magern Arme,
Wie Panther Arme,
Er schüttelt Dich
Und reißt Dich los.

Tod ist Trennung,
Dreifacher Tod
Trennung ohne Hoffnung
Wiederzusehn.

Gerne verließest Du
Dieses gehaßte Land,
Hielte Dich nicht Freundschaft
Mit Blumenfesseln an mir.

Zerreiß sie! Ich klage nicht.
Kein edler Freund
Hält den Mitgefangnen
Der fliehn kann zurück.

Der Gedanke
Von des Freundes Freiheit,
Ist ihm Freiheit
Im Kerker.

Du gehst, ich bleibe.
Aber schon drehen
Des letzten Jahrs Flügelspeichen
Sich um die rauchende Achse.

Ich zähle die Schläge
Des donnernden Rads,
Segne den letzten,
Da springen die Riegel, frei bin ich wie Du.

NEUE LIEDER
in Melodien gesetzt
von
Bernhard Theodor Breitkopf

NEUJAHRSLIED

Wer kömmt! Wer kauft von meiner War!
Devisen auf das neue Jahr,
Für alle Stände.
Und fehlt auch einer hie und da;
Ein einz'ger Handschuh paßt sich ja
An zwanzig Hände.

Du Jugend, die du tändelnd liebst,
Ein Küßgen um ein Küßgen gibst,
Unschuldig heiter.
Jetzt lebst du noch ein wenig dumm,
Geh nur erst dieses Jahr herum,
So bist du weiter.

Die ihr schon Amors Wege kennt,
Und schon ein bißgen lichter brennt,
Ihr macht mir bange.
Zum Ernst, ihr Kinder, von dem Spaß!
Das Jahr! zur höchsten Not noch das,
Sonst währt's zu lange.

Du junger Mann, du junge Frau,
Lebt nicht zu treu, nicht zu genau
In enger Ehe.
Die Eifersucht quält manches Haus,
Und trägt am Ende doch nichts aus,
Als doppelt Wehe.

Der Witwer wünscht in seiner Not
Zur selgen Frau, durch schnellen Tod
Geführt zu werden.
Du guter Mann, nicht so verzagt!
Das, was dir fehlt, das, was dich plagt,
Find'st du auf Erden.

Ihr, die ihr Misogyne heißt,
Der Wein heb' euern großen Geist

Beständig höher.
Zwar Wein beschweret oft den Kopf,
Doch der tut manchem Ehetropf,
Wohl zehnmal weher.

Der Himmel geb zur Frühlingszeit,
Mir manches Lied voll Munterkeit,
Und Euch gefall' es.
Ihr lieben Mädgen singt sie mit,
Dann ist mein Wunsch am letzten Schritt,
Dann hab' ich alles.

DER WAHRE GENUSS

Umsonst, daß du ein Herz zu lenken
Des Mädgens Schoß mit Golde füllst.
O Fürst, laß dir die Wollust schenken,
Wenn du sie wahr empfinden willst.
Gold kauft die Zunge ganzer Haufen,
Kein einzig Herz erwirbt es dir;
Doch willst du seine Tugend kaufen,
So geh und gib dein Herz dafür.

Was ist die Lust die in den Armen
Der Buhlerin die Wollust schafft?
Du wärst ein Vorwurf zum Erbarmen,
Ein Tor, wärst du nicht lasterhaft.
Sie küsset dich aus feilem Triebe,
Und Glut nach Gold füllt ihr Gesicht.
Unglücklicher! Du fühlst nicht Liebe,
So gar die Wollust fühlst du nicht.

Sei ohne Tugend, doch verliere
Den Vorzug eines Menschen nie!
Denn Wollust fühlen alle Tiere,
Der Mensch allein verfeinert sie.
Laß dich die Lehren nicht verdrießen,
Sie hindern dich nicht am Genuß,
Sie lehren dich, wie man genießen,
Und Wollust würdig fühlen muß.

Soll dich kein heilig Band umgeben
O Jüngling; schränke selbst dich ein.
Man kann in wahrer Freiheit leben,
Und doch nicht ungebunden sein.

Laß nur für Eine dich entzünden,
Und ist ihr Herz von Liebe voll;
So laß die Zärtlichkeit dich binden,
Wenn dich die Pflicht nicht binden soll.

Empfinde Jüngling, und dann wähle
Ein Mädgen dir, sie wähle dich,
Von Körper schön, und schön von Seele,
Und dann bist du beglückt, wie ich!
Ich, der ich diese Kunst verstehe,
Ich habe mir ein Kind gewählt,
Daß uns zum Glück der schönsten Ehe
Allein des Priesters Segen fehlt.

Für nichts besorgt als meine Freude,
Für mich nur schön zu sein bemüht.
Wollüstig nur an meiner Seite,
Und sittsam wenn die Welt sie sieht.
Daß unsrer Glut die Zeit nicht schade,
Räumt sie kein Recht aus Schwachheit ein,
Und ihre Gunst bleibt immer Gnade,
Und ich muß immer dankbar sein.

Ich bin genügsam, und genieße,
Schon da, wenn sie mir zärtlich lacht,
Wenn sie beim Tisch des Liebsten Füße
Zum Schemel ihrer Füße macht.
Den Apfel, den sie angebissen,
Das Glas, woraus sie trank, mir reicht,
Und mir, bei halbgeraubten Küssen,
Den sonst verdeckten Busen zeigt.

Wenn in gesellschaftlicher Stunde,
Sie einst mit mir von Liebe spricht,
Wünsch ich nur Worte von dem Munde,
Nur Worte, Küsse wünsch ich nicht.
Welch ein Verstand der sie beseelet,
Mit immer neuem Reiz umgibt!
Sie ist vollkommen, und sie fehlet
Darin allein, daß sie mich liebt.

Die Ehrfurcht wirft mich ihr zu Füßen,
Die Wollust mich an ihre Brust.
Sieh Jüngling, dieses heißt genießen!
Sei klug und suche diese Lust.
Der Tod führt einst von ihrer Seite

Dich auf zum englischen Gesang,
Dich zu des Paradieses Freude,
Und du fühlst keinen Übergang.

DIE NACHT

Gern verlaß ich diese Hütte,
Meiner Liebsten Aufenthalt,
Wandle mit verhülltem Tritte
Durch den ausgestorbnen Wald.
Luna bricht die Nacht der Eichen,
Zephirs melden ihren Lauf,
Und die Birken streun mit Neigen
Ihr den süßten Weihrauch auf.

Schauer, der das Herze fühlen,
Der die Seele schmelzen macht,
Flüstert durchs Gebüsch im Kühlen.
Welche schöne, süße Nacht!
Freude! Wollust! Kaum zu fassen!
Und doch wollt' ich, Himmel, dir
Tausend solcher Nächte lassen,
Gäb' mein Mädgen Eine mir.

DAS SCHREIEN
Nach dem Italiänischen

Einst ging ich meinem Mädgen nach
Tief in den Wald hinein,
Und fiel ihr um den Hals, und ach!
Droht sie, ich werde schrein.

Da rief ich trotzig, ha! ich will
Den töten der uns stört!
Still, lispelt sie, Geliebter, still!
Daß ja dich niemand hört.

DER SCHMETTERLING

In des Papillons Gestalt
Flattr' ich nach den letzten Zügen
Zu den vielgeliebten Stellen,
Zeugen himmlischer Vergnügen,

Über Wiesen, an die Quellen,
Um den Hügel, durch den Wald.

Ich belausch ein zärtlich Paar,
Von des schönen Mädgens Haupte
Aus den Kränzen schau ich nieder,
Alles was der Tod mir raubte,
Seh ich hier im Bilde wieder,
Bin so glücklich wie ich war.

Sie umarmt ihn lächelnd stumm,
Und sein Mund genießt der Stunde,
Die ihm güt'ge Götter senden,
Hüpft vom Busen zu dem Munde,
Von dem Munde zu den Händen,
Und ich hüpf um ihn herum,

Und sie sieht mich Schmetterling.
Zitternd vor des Freunds Verlangen
Springt sie auf, da flieg ich ferne.
»Liebster komm ihn einzufangen!
Komm! ich hätt' es gar zu gerne,
Gern das kleine bunte Ding.«

DAS GLÜCK
An mein Mädgen

Du hast uns oft im Traum gesehen
Zusammen zum Altare gehen,
Und dich als Frau, und mich als Mann;
Oft nahm ich wachend deinem Munde
In einer unbewachten Stunde,
So viel man Küsse nehmen kann.

Das reinste Glück, das wir empfunden,
Die Wollust mancher reichen Stunden
Floh, wie die Zeit, mit dem Genuß.
Was hilft es mir, daß ich genieße?
Wie Träume fliehn die wärmsten Küsse,
Und alle Freude wie ein Kuß.

WUNSCH EINES JUNGEN MÄDGENS

O fände für mich
Ein Bräutigam sich!
Wie schön ists nicht da,
Man nennt uns Mama.
Da braucht man zum Nähen,
Zur Schul nicht zu gehen.
Da kann man befehlen,
Hat Mägde, darf schmälen,
Man wählt sich die Kleider,
Nach Gusto den Schneider.
Da läßt man spazieren
Auf Bälle sich führen,
Und fragt nicht erst lange
Papa und Mama.

HOCHZEITLIED
An meinen Freund

Im Schlafgemach, entfernt vom Feste,
Sitzt Amor dir getreu und bebt,
Daß nicht die List mutwillger Gäste
Des Brautbetts Frieden untergräbt.
Es blinkt mit mystisch heil'gem Schimmer
Vor ihm der Flammen blasses Gold,
Ein Weihrauchwirbel füllt das Zimmer,
Damit ihr recht genießen sollt.

Wie schlägt dein Herz beim Schlag der Stunde,
Der deiner Gäste Lärm verjagt!
Wie glühst du nach dem schönen Munde,
Der bald verstummt und nichts versagt.
Du eilst, um alles zu vollenden,
Mit ihr ins Heiligtum hinein,
Das Feuer in des Wächters Händen
Wird wie ein Nachtlicht still und klein.

Wie bebt von deiner Küsse Menge
Ihr Busen, und ihr voll Gesicht,
Zum Zittern wird nun ihre Strenge,
Denn deine Kühnheit wird zur Pflicht.
Schnell hilft dir Amor sie entkleiden,
Und ist nicht halb so schnell als du;
Dann hält er schalkhaft und bescheiden,
Sich fest die beiden Augen zu.

KINDERVERSTAND

In großen Städten lernen früh
Die jüngsten Knaben was;
Denn manche Bücher lesen sie,
Und hören dies und das
Vom Lieben und vom Küssen,
Sie brauchtens nicht zu wissen.
Und mancher ist im zwölften Jahr,
Fast klüger als sein Vater war
Da er die Mutter nahm.

Das Mädgen wünscht von Jugend auf,
Sich hochgeehrt zu sehn,
Sie ziert sich klein und wächst herauf
In Pracht und Assembleen.
Der Stolz verjagt die Triebe
Der Wollust und der Liebe,
Sie sinnt nur drauf wie sie sich ziert,
Ein Aug entzückt, ein Herze rührt,
Und denkt ans andre nicht.

Auf Dörfern sieht's ganz anders aus,
Da treibt die liebe Not,
Die Jungen auf das Feld hinaus
Nach Arbeit und nach Brot.
Wer von der Arbeit müde,
Läßt gern den Mädgen Friede.
Und wer noch obendrein nichts weiß,
Der denkt an nichts, den macht nichts heiß;
So geht's den Bauern meist.

Die Bauernmädgen aber sind
In Ruhe mehr genährt,
Und darum wünschen sie geschwind
Was jede Mutter wehrt.
Oft stoßen schöckernd Bräute
Den Bräutgam in die Seite,
Denn von der Arbeit, die sie tun,
Sich zu erholen, auszuruhn,
Das können sie dabei.

DIE FREUDEN

Da flattert um die Quelle
Die wechselnde Libelle,
Der Wasserpapillon,
Bald dunkel und bald helle,
Wie ein Chamäleon;
Bald rot und blau, bald blau und grün.
O daß ich in der Nähe
Doch seine Farben sähe!

Da fliegt der Kleine vor mir hin
Und setzt sich auf die stillen Weiden.
Da hab ich ihn!
Und nun betracht ich ihn genau,
Und seh ein traurig dunkles blau.
So geht es dir Zergliedrer deiner Freuden!

AMORS GRAB
Nach dem Französischen

Weint, Mädgen! hier bei Amors Grabe, hier
Sank er von nichts, von ohngefähr darnieder.
Doch ist er würklich tot? Ich schwöre nicht dafür.
Ein Nichts, ein Ohngefähr erweckt ihn öfters wieder.

LIEBE UND TUGEND

Wenn einem Mädgen das uns liebt,
Die Mutter strenge Lehren gibt,
Von Tugend, Keuschheit und von Pflicht,
Und unser Mädgen folgt ihr nicht,
Und fliegt mit neuverstärktem Triebe
Zu unsern heißen Küssen hin;
Da hat daran der Eigensinn,
So vielen Anteil als die Liebe.

Doch wenn die Mutter es erreicht,
Daß sie das gute Herz erweicht,
Voll Stolz auf ihre Lehren sieht,
Daß uns das Mädgen spröde flieht;
So kennt sie nicht das Herz der Jugend,
Denn wenn das je ein Mädgen tut
So hat daran der Wankelmut
Gewiß mehr Anteil als die Tugend.

UNBESTÄNDIGKEIT

Im spielenden Bache da lieg ich wie helle!
Verbreite die Arme der kommenden Welle,
Und buhlerisch drückt sie die sehnende Brust.
Dann trägt sie ihr Leichtsinn im Strome darnieder,
Schon naht sich die zweite und streichelt mich wieder,
Da fühl ich die Freuden der wechselnden Lust.

O Jüngling sei weise, verwein' nicht vergebens
Die fröhlichsten Stunden des traurigen Lebens
Wenn flatterhaft je dich ein Mädgen vergißt.
Geh, ruf sie zurücke die vorigen Zeiten,
Es küßt sich so süße der Busen der Zweiten,
Als kaum sich der Busen der Ersten geküßt.

AN DIE UNSCHULD

Schönste Tugend einer Seele,
Reinster Quell der Zärtlichkeit!
Mehr als Byron, als Pamele
Ideal und Seltenheit.
Wenn ein andres Feuer brennet,
Flieht dein zärtlich schwaches Licht;
Dich fühlt nur wer dich nicht kennet,
Wer dich kennt der fühlt dich nicht.

Göttin! In dem Paradiese
Lebtest du mit uns vereint;
Noch erscheinst du mancher Wiese,
Morgens eh die Sonne scheint.
Nur der sanfte Dichter siehet
Dich im Nebelkleide zieh'n;
Phöbus kömmt, der Nebel fliehet,
Und im Nebel bist du hin.

DER MISANTHROP

A. Erst sitzt er eine Weile
Die Stirn von Wolken frei;
Auf einmal kömmt in Eile
Sein ganz Gesicht der Eule
Verzerrtem Ernste bei.

B. Sie fragen, was das sei?
Lieb oder lange Weile.
C. Ach sie sinds alle zwei.

DIE RELIQUIE

Ich kenn', o Jüngling, deine Freude,
Erwischest du einmal zur Beute
Ein Band, ein Stückgen von dem Kleide,
Das dein geliebtes Mädgen trug.
Ein Schleier, Halstuch, Strumpfband, Ringe,
Sind wirklich keine kleinen Dinge,
Allein mir sind sie nicht genug.

Mein zweites Glücke nach dem Leben,
Mein Mädgen hat mir was gegeben,
Setzt eure Schätze mir darneben,
Und ihre Herrlichkeit wird nichts.
Wie lach ich all der Trödelware!
Sie schenkte mir die schönsten Haare,
Den Schmuck des schönen Angesichts.

Soll ich dich gleich, Geliebte, missen,
Wirst du mir doch nicht ganz entrissen,
Zu sehn, zu tändeln und zu küssen,
Bleibt mir der schönste Teil von dir.
Gleich ist des Haars und mein Geschicke,
Sonst buhlten wir mit einem Glücke
Um sie, jetzt sind wir fern von ihr.

Fest waren wir an sie gehangen,
Wir streichelten die runden Wangen,
Und gleiteten oft mit Verlangen
Von da herab zur rundern Brust.
O Nebenbuhler, frei vom Neide,
Reliquie, du schöne Beute,
Erinnre mich der alten Lust.

DIE LIEBE WIDER WILLEN

Ich weiß es wohl, und spotte viel:
Ihr Mädgen seid voll Wankelmut!
Ihr liebet, wie im Kartenspiel,
Den David und den Alexander;

Sie sind ja Forcen mit einander,
Und die sind mit einander gut.

Doch bin ich elend wie zuvor,
Mit misanthropischem Gesicht,
Der Liebe Sklav, ein armer Tor!
Wie gern wär ich sie los die Schmerzen!
Allein es sitzt zu tief im Herzen,
Und Spott vertreibt die Liebe nicht.

DAS GLÜCK DER LIEBE

Trink, o Jüngling, heilges Glücke
Taglang aus der Liebsten Blicke,
Abends gaukl' ihr Bild dich ein;
Kein Verliebter hab es besser,
Doch das Glück bleibt immer größer
Fern von der Geliebten sein.

Ew'ge Kräfte, Zeit und Ferne,
Heimlich wie die Kraft der Sterne,
Wiegen dieses Blut zur Ruh.
Mein Gefühl wird stets erweichter,
Doch mein Herz wird täglich leichter,
Und mein Glück nimmt immer zu.

Nirgends kann ich sie vergessen,
Und doch kann ich ruhig essen,
Heiter ist mein Geist und frei;
Und unmerkliche Betörung
Macht die Liebe zur Verehrung,
Die Begier zur Schwärmerei.

Aufgezogen durch die Sonne,
Schwimmt im Hauch äther'scher Wonne
So das leichtste Wölkchen nie,
Wie mein Herz in Ruh und Freude.
Frei von Furcht, zu groß zum Neide
Lieb ich, ewig lieb ich sie.

AN DEN MOND

Schwester von dem ersten Licht,
Bild der Zärtlichkeit in Trauer!
Nebel schwimmt mit Silberschauer
Um dein reizendes Gesicht.
Deines leisen Fußes Lauf
Weckt aus Tagverschloßnen Höhlen
Traurig abgeschiedne Seelen,
Mich, und nächt'ge Vögel auf.

Forschend übersieht dein Blick
Eine großgemeßne Weite!
Hebe mich an deine Seite,
Gib der Schwärmerei dies Glück!
Und in wollustvoller Ruh,
Säh der weitverschlagne Ritter
Durch das gläserne Gegitter,
Seines Mädgens Nächten zu.

Dämmrung wo die Wollust thront,
Schwimmt um ihre runden Glieder.
Trunken sinkt mein Blick hernieder.
Was verhüllt man wohl dem Mond.
Doch, was das für Wünsche sind!
Voll Begierde zu genießen,
So da droben hängen müssen:
Ei, da schieltest du dich blind.

ZUEIGNUNG

Da sind sie nun! Da habt ihr sie!
Die Lieder, ohne Kunst und Müh
Am Rand des Bachs entsprungen.
Verliebt, und jung, und voll Gefühl
Trieb ich der Jugend altes Spiel,
Und hab sie so gesungen.

Sie singe, wer sie singen mag!
An einem hübschen Frühlingstag
Kann sie der Jüngling brauchen.
Der Dichter blinzt von ferne zu,
Jetzt drückt ihm diätetsche Ruh
Den Daumen auf die Augen.

Halb scheel, halb weise sieht sein Blick,
Ein bißgen naß auf euer Glück,
Und jammert in Sentenzen.
Hört seine letzten Lehren an,
Er hat's so gut wie ihr getan
Und kennt des Glückes Grenzen.

Ihr seufzt, und singt, und schmelzt und küßt,
Und jauchzet ohne daß ihr's wißt,
Dem Abgrund in der Nähe.
Flieht Wiese, Bach und Sonnenschein,
Schleicht, soll's euch wohl im Winter sein,
Bald zu dem Herd der Ehe.

Ihr lacht mich aus und ruft: der Tor!
Der Fuchs, der seinen Schwanz verlor,
Verschnitt jetzt gern uns alle.
Doch hier paßt nicht die Fabel ganz,
Das treue Füchslein ohne Schwanz
Das warnt euch für der Falle.

NACHLESE

AN DEN KUCHENBÄCKER HÄNDEL

O Händel, dessen Ruhm vom Süd zum Norden reicht,
Vernimm den Päan, der zu deinen Ohren steigt!
Du bäckst, was Gallier und Briten emsig suchen,
Mit schöpfrischem Genie, originelle Kuchen.
Des Kaffee's Ozean, der sich vor dir ergießt,
Ist süßer als der Saft, der vom Hymettus fließt.
Dein Haus, ein Monument, wie wir den Künsten lohnen,
Umhangen mit Trophä'n, erzählt den Nationen:
Auch ohne Diadem fand Händel hier sein Glück,
Und raubte dem Kothurn gar manch Achtgroschenstück.
Glänzt deine Urn' dereinst in majestät'schem Pompe,
Dann weint der Patriot an deiner Katakombe.
Doch leb! dein Torus sei von edler Brut ein Nest,
Steh hoch wie der Olymp, wie der Parnassus fest!
Kein Phalanx Griechenlands mit römischen Ballisten
Vermög Germanien und Händeln zu verwüsten.
Dein Wohl ist unser Stolz, dein Leiden unser Schmerz,
Und Händels Tempel ist der Musensöhne Herz.

AN VENUS

Große Venus, mächtge Göttin!
Schöne Venus, hör mein Flehn.
Nie hast du, mich
Über Krügen vor dem Bacchus
Auf der Erden liegen sehn.

Keinen Wein hab ich getrunken
Den mein Mädgen nicht gereicht
Nie getrunken,
Daß ich nicht voll güt'ger Sorge
Deine Rosen erst gesäugt.

Und dann goß ich auf dies Herze,
Das schon längst dein Altar ist,
Von dem Becher
Güldne Flammen, und ich glühte,
Und mein Mädgen ward geküßt.

Dir allein empfand dies Herze
Göttin gib mir einen Lohn.
Aus dem Lethe
Soll ich trinken wenn ich sterbe,
Ach befreie mich davon.

Laß mir Gütige – Dem Minos
Seis an meinem Tod genung –
Mein Gedächtnis!
Denn es ist ein zweites Glücke
Eines Glücks Erinnerung.

⟨In das Stammbuch von Georg Gröning⟩

Was unterm Monde liegt ist eitel!
Sprach Salomo, und Phanias;
Und Goethe spricht heut' Abend eben das.

Leipzig
am Abende vor
dem 28 August
dem Tage seiner
Abreise. 1768.

AN MEINE LIEDER

Verfließet, vielgeliebte Lieder,
Zum Meere der Vergessenheit!
Kein Mädchen sing' euch lieblich wieder,
Kein Jüngling in der Blütenzeit.

Ihr sanget nur zu meiner Lieben;
Nun spricht sie meiner Treue Hohn.
Ihr war't in's Wasser eingeschrieben;
So fließt denn auch mit ihm davon.

GUTE NACHT
an
Annetten
da sie heuratete

Wenn man zwanzig Freier zählet,
Keinen liebt, und alle quälet,

Alle liebt, und keinen wählet;
Das ist eine stolze Lust
Für so eines Mädgens Brust.
Wenn so zwanzig bettlend stehn,
O wie lebt sich's da so schön!
Ist wohl eine Wollust größer?
Doch im Ehstand sitzt man besser.

Zwar mit Freuden und mit Scherzen
In zwei kopulierten Herzen,
Ist's wie mit den Hochzeitkerzen
Glänzend leuchten sie im Saal
Und verherrlichen das Mahl,
Aber, so nach zehen Uhr
Bleiben kleine Stümpfgen nur;
Damit leuchte dir zu Bette!
Gute Nacht! Schlaf wohl, Annette!

GEDICHTE ZU SYMBOLISCHEN BILDERN

⟨Adler, mit einer Leier nach oben strebend⟩

Sollen immer unsre Lieder
Nach dem höchsten Äther dringen?
Bringe lieber sie hernieder,
Daß wir Lieb' und Liebchen singen.

—

Bei Tag der Wolken formumformend Weben!
Bei Nacht des Sternenheeres glühend Leben!
Mit reinen Saiten wag' empor zu dringen,
Du wirst der Sphären ewige Lieder singen!

—

Wie David königlich zur Harfe sang,
Der Winzerin Lied am Throne lieblich klang,
Des Persers Bulbul Rosenbusch umbangt,
Und Schlangenhaut als Wildengürtel prangt,
Von Pol zu Pol Gesänge sich erneun,
Ein Sphärentanz harmonisch im Getümmel;
Laßt alle Völker unter gleichem Himmel
Sich gleicher Gabe wohlgemut erfreun.

—

Guter Adler! nicht so munter
Mit der Leier fort nach oben,
Bringe lieber sie herunter,
Daß wir uns an ihr erproben;
Manches ist an uns zu loben.

—

Guter Adler, nicht in's Weite,
Mit der Leier fort nach oben,
Unsre Sängerin begleite,
Daß wir euch zusammen loben.

⟨Schwebender Genius über der Erdkugel, mit der einen Hand nach unten, mit der andern nach oben deutend⟩

Zwischen oben, zwischen unten,
Schweb' ich hin zu muntrer Schau,
Ich ergötze mich am Bunten,
Ich erquicke mich im Blau.
    Und wenn mich am Tag die Ferne
Luftiger Berge sehnlich zieht,

Nachts das Übermaß der Sterne
Prächtig mir zu Häupten glüht,
Alle Tag' und alle Nächte
Rühm' ich so des Menschen Los;
Denkt er ewig sich in's Rechte.
Ist er ewig schön und groß.

—

Memento mori! gibt's genug,
Mag sie nicht hererzählen;
Warum sollt' ich im Lebensflug
Dich mit der Grenze quälen!
Drum, als ein alter Knasterbart,
Empfehl' ich dir docendo:
Mein teurer Freund, nach deiner Art,
Nur vivere memento!

—

Wenn am Tag Zenit und Ferne
Blau in's Ungemess'ne fließt,
Nachts die Überwucht der Sterne
Himmlische Gewölbe schließt,
So am Grünen, so am Bunten
Kräftigt sich ein reiner Sinn,
Und das Oben, wie das Unten
Bringt dem edlen Geist Gewinn.

⟨Beschildeter Arm, gegen ein vorüberziehendes Wetter Bücher beschützend⟩

Manches Herrliche der Welt
Ist in Krieg und Streit zerronnen;
Wer beschützet und erhält,
Hat das schönste Los gewonnen.

—

Soll dich das Alter nicht verneinen,
So mußt du es gut mit andern meinen;
Mußt viele fördern, manchem nützen,
Das wird dich vor Vernichtung beschützen.

—

Alter Held schützt alte Bücher,
Doch das Wetter zieht vorüber;
Unsre holden jungen Krieger
Schützen hübsche Mädchen lieber.

⟨Regenbogen über den Hügeln einer anmutigen Landschaft⟩

Grau und trüb und immer trüber
Kommt ein Wetter angezogen;
Blitz und Donner sind vorüber,
Euch erquickt ein Regenbogen.

—

Frohe Zeichen zu gewahren,
Wird der Erdkreis nimmer müde;
Schon seit vielen tausend Jahren
Spricht der Himmelsbogen: *Friede.*

—

Aus des Regens düstrer Trübe
Glänzt das Bild das immer neue;
In den Tränen zarter Liebe
Spiegelt sich der Engel – Treue.

—

Wilde Stürme, Kriegeswogen
Ras'ten über Hain und Dach;
Ewig doch und allgemach
Stellt sich her der bunte Bogen.

Über Wiese, Hain und Dach
Stürzte Krieges Ungemach,
Wo nun Frühlings Lüftchen fächelt,
Und der Friedens-Bogen lächelt.

⟨Genius, die Büste der Natur enthüllend⟩

Bleibe das Geheimnis teuer!
Laß den Augen nicht gelüsten!
Sphinx-Natur, ein Ungeheuer,
Schreckt sie dich mit hundert Brüsten.

—

Suche nicht verborgne Weihe!
Unter'm Schleier laß das Starre!
Willst du leben, guter Narre,
Sieh nur hinter dich in's Freie.

—

Anschaun, wenn es dir gelingt,
Daß es erst in's Innre dringt,
Dann nach außen wiederkehrt,
Bist am herrlichsten belehrt.

⟨Urne auf einem bunten Teppich⟩

Kannst du die Bedeutung lesen,
Ihren Sinn verlierst du nie:
Beide sind nur tote Wesen
Und die Kunst belebte sie.

—

Offen steht sie! doch geheime Gaben
Zugerollt in ihrem Schoße
Liegen ahnungsvoll die Lose,
Wer's ergreift, der wird es haben.

⟨Leuchtender Stern über Winkelwaage, Blei und Zirkel⟩

Zum Beginnen, zum Vollenden
Zirkel, Blei und Winkelwaage;
Alles stockt und starrt in Händen,
Leuchtet nicht der Stern dem Tage.

—

Sterne werden immer scheinen,
Allgemein auch zum Gemeinen,
Aber gegen Maß und Kunst
Richten sie die schönste Gunst.

⟨Pinsel und Feder vom Lorbeer umwunden und von einem Sonnenblick beleuchtet⟩

Auf den Pinsel, auf den Kiel
Muß die Sonne freundlich blicken,
Dann erreichen sie das Ziel
Erdensöhne zu beglücken.
Künstlern auch der Lorbeer grünt,
Wenn sie freudig ihn verdient.

—

Willst du Großes dich erkühnen,
Zeigt sich hier ein doppelt Glück;
Feder wird dem Geiste dienen
Und der Pinsel dient dem Blick.

—

Wenn der Pinsel ihm die Welt erschuf,
Wenn die Feder ihm das Wort gereicht,
Bleibt des Mimen edelster Beruf
Daß er sich des Lorbeers würdig zeigt.

—

Will der Feder zartes Walten,
Will des Pinsels mutig Schalten
Sich dem reinsten Sinn bequemen,
Kannst getrost den Lorbeer nehmen.

DORNBURGER GEDICHTE

DEM AUFGEHENDEN VOLLMONDE

Dornburg, ⟨25.⟩ August 1828

Willst du mich sogleich verlassen!
Warst im Augenblick so nah!
Dich umfinstern Wolkenmassen
Und nun bist du gar nicht da.

Doch du fühlst wie ich betrübt bin,
Blickt dein Rand herauf als Stern!
Zeugest mir daß ich geliebt bin,
Sei das Liebchen noch so fern.

So hinan denn! hell und heller,
Reiner Bahn, in voller Pracht!
Schlägt mein Herz auch schmerzlich schneller,
Überselig ist die Nacht.

DORNBURG

September 1828

Früh wenn Tal, Gebirg und Garten
Nebelschleiern sich enthüllen,
Und dem sehnlichsten Erwarten
Blumenkelche bunt sich füllen;

Wenn der Äther, Wolken tragend,
Mit dem klaren Tage streitet,
Und ein Ostwind, sie verjagend,
Blaue Sonnenbahn bereitet;

Dankst du dann, am Blick dich weidend,
Reiner Brust der Großen, Holden,
Wird die Sonne, rötlich scheidend,
Rings den Horizont vergolden.

CHINESISCH-DEUTSCHE JAHRES- UND TAGESZEITEN

I

Sag was könnt' uns Mandarinen,
Satt zu herrschen, müd zu dienen,
Sag was könnt' uns übrig bleiben,
Als in solchen Frühlingstagen
Uns des Nordens zu entschlagen
Und am Wasser und im Grünen
Fröhlich trinken, geistig schreiben,
Schal' auf Schale, Zug in Zügen?

II

Weiß wie Lilien, reine Kerzen,
Sternen gleich, bescheidner Beugung,
Leuchtet aus dem Mittelherzen
Rot gesäumt die Glut der Neigung.

So frühzeitige Narzissen
Blühen reihenweis im Garten.
Mögen wohl die Guten wissen
Wen sie so spaliert erwarten.

III

Ziehn die Schafe von der Wiese,
Liegt sie da, ein reines Grün,
Aber bald zum Paradiese
Wird sie bunt geblümt erblühn.

Hoffnung breitet lichte Schleier
Nebelhaft vor unsern Blick:
Wunscherfüllung, Sonnenfeier
Wolkenteilend bring' uns Glück.

IV

Der Pfau schreit häßlich, aber sein Geschrei
Erinnert mich an's himmlische Gefieder,
So ist mir auch sein Schreien nicht zuwider.
Mit Indischen Gänsen ist's nicht gleicherlei,
Sie zu erdulden ist unmöglich:
Die Häßlichen sie schreien unerträglich.

V

Entwickle deiner Lüste Glanz
Der Abendsonne goldnen Strahlen,
Laß deines Schweifes Rad und Kranz
Kühn-äugelnd ihr entgegen prahlen.
Sie forscht wo es im Grünen blüht,
Im Garten überwölbt vom Blauen;
Ein Liebespaar wo sie's ersieht,
Glaubt sie das Herrlichste zu schauen.

VI

Der Guckuck wie die Nachtigall
Sie mögten den Frühling fesseln,
Doch drängt der Sommer schon überall
Mit Disteln und mit Nesseln;
Auch mir hat er das leichte Laub
An jenem Baum verdichtet,
Durch das ich sonst zu schönstem Raub
Den Liebesblick gerichtet;
Verdeckt ist mir das bunte Dach,
Die Gitter und die Pfosten,
Wohin mein Auge spähend brach,
Dort ewig bleibt mein Osten.

VII

War schöner als der schönste Tag,
Drum muß man mir verzeihen,
Daß ich sie nicht vergessen mag
Am wenigsten im Freien.
Im Garten war's, Sie kam heran,
Mir ihre Gunst zu zeigen;

Das fühl' ich noch und denke dran,
Und bleib' ihr ganz zu eigen.

VIII

Dämmrung senkte sich von oben,
Schon ist alle Nähe fern;
Doch zuerst emporgehoben
Holden Lichts der Abendstern!
Alles schwankt in's Ungewisse
Nebel schleichen in die Höh;
Schwarzvertiefte Finsternisse
Wiederspiegelnd ruht der See.

Nun im östlichen Bereiche
Ahnd' ich Mondenglanz und Glut,
Schlanker Weiden Haargezweige
Scherzen auf der nächsten Flut.
Durch bewegter Schatten Spiele
Zittert Luna's Zauberschein,
Und durch's Auge schleicht die Kühle
Sänftigend in's Herz hinein.

IX

Nun weiß man erst was Rosenknospe sei,
Jetzt da die Rosenzeit vorbei;
Ein Spätling noch am Stocke glänzt
Und ganz allein die Blumenwelt ergänzt.

X

Als Allerschönste bist du anerkannt,
Bist Königin des Blumenreichs genannt;
Unwidersprechlich allgemeines Zeugnis,
Streitsucht verbannend, wundersam Ereignis!
Du bist es also, bist kein bloßer Schein,
In dir trifft Schau'n und Glauben überein;
Doch Forschung strebt und ringt, ermüdend nie,
Nach dem Gesetz, dem Grund *Warum* und *Wie*.

XI

Mich ängstigt das Verfängliche
Im widrigen Geschwätz,
Wo nichts verharret alles flieht,
Wo schon verschwunden was man sieht;
Und mich umfängt das bängliche
Das graugestrickte Netz. –
»Getrost! Das Unvergängliche
Es ist das ewige Gesetz
Wonach die Ros' und Lilie blüht.«

XII

Hingesunken alten Träumen
Buhlst mit Rosen, sprichst mit Bäumen,
Statt der Mädchen statt der Weisen;
Können das nicht löblich preisen,
Kommen deshalb die Gesellen
Sich zur Seite dir zu stellen,
Finden, dir und uns zu dienen,
Pinsel, Farbe, Wein im Grünen.

XIII

Die stille Freude wollt ihr stören?
Laßt mich bei meinem Becher Wein;
Mit andern kann man sich belehren,
Begeistert wird man nur allein.

XIV

»Nun denn! Eh' wir von hinnen eilen
Hast noch was Kluges mitzuteilen?«

Sehnsucht in's Ferne, Künftige zu beschwichtigen,
Beschäftige dich hier und heut im Tüchtigen.

AUS DER ZEITSCHRIFT »CHAOS«

Wenn Phöbus Rosse sich zu schnell
In Dunst und Nebel stürzen,
Geselligkeit wird, blendend hell,
Die längste Nacht verkürzen.
Und wenn sich wieder auf zum Licht
Die Horen eilig drängen,
So wird ein liebend Frohgesicht
Den längsten Tag verlängen.

DER BRÄUTIGAM

Um Mitternacht, ich schlief, im Busen wachte
Das liebevolle Herz als wär' es Tag;
Der Tag erschien, mir war als ob es nachte,
Was ist es mir, soviel er bringen mag.

Sie fehlte ja, mein emsig Tun und Streben,
Für sie allein ertrug ich's durch die Glut
Der heißen Stunde, welch erquicktes Leben
Am kühlen Abend! lohnend war's und gut.

Die Sonne sank und Hand in Hand verpflichtet
Begrüßten wir den letzten Segensblick,
Und Auge sprach, in's Auge klar gerichtet:
Von Osten, hoffe nur, sie kommt zurück.

Um Mitternacht der Sterne Glanz geleitet
Im holden Traum zur Schwelle, wo sie ruht.
O sei auch mir dort auszuruhn bereitet,
Wie es auch sei das Leben, es ist gut.

〈An Marianne von Willemer, 24. 10. 1826〉
Mit einem buntgestickten Kissen

Nicht soll's von Ihrer Seite kommen,
Sobald es einmal Platz genommen;
Mich denkend sieh' es freundlich an;
Mich liebend lehne Dich daran.

Angedenken an das Gute
Hält uns immer frisch bei Mute.

Angedenken an das Schöne
Ist das Heil der Erdensöhne.

Angedenken an das Liebe,
Glücklich! wenn's lebendig bliebe.

Angedenken an das Eine,
Bleibt das Beste, was ich meine.

⟨Auf Lord Byron, Juni 1825⟩

Stark von Faust, gewandt im Rat,
Liebt er die Hellenen;
Edles Wort und schöne Tat
Füllt' sein Aug' mit Tränen.

Liebt den Säbel, liebt das Schwert,
Freut sich der Gewehre;
Säh' er, wie sein Herz begehrt,
Sich vor mut'gem Heere!

Laßt ihn der Historia,
Bändigt euer Sehnen;
Ewig bleibt ihm Gloria,
Bleiben uns die Tränen.

Wasserstrahlen reichsten Schwalles
Drohn den Himmel zu erreichen,
Sammel-Quellen raschen Falles
Nur vermögen so zu steigen.

Also muß die Feuerquelle
Sich im Abgrund erst entzünden,
Und die Niederfahrt zur Hölle
Soll die Himmelfahrt verkünden.

DIE NEUE SIRENE

Habt von Sirenen gehört? – Melpomenens Töchter sie prunkten
Zöpfumflochtenen Haupts, heiter entzückten Gesichts;
Vögel jedoch von der Mitte hinab, die gefährlichsten Buhlen,
Denen vom küßlichen Mund floß ein verführendes Lied.
Eine geschwisterte nun, zum Gürtel ab griechische Schönheit,
Sittig hinab zum Fuß nordisch umhüllt sie das Knie;
Auch sie redet und singt zum öst- und westlichen Schiffer,
Seinen bezauberten Sinn, Helena läßt ihn nicht los.

AN SIE

Ist das Chaos doch, bei'm Himmel!
Wie ein Maskenball zu achten.
Welch ein wunderlich Getümmel!
Allerlei verschiedne Trachten!

Aber ich will es benutzen
Wie die andern Maskenbälle,
Nicht mich eitel aufzustutzen;
Unbekannt auf alle Fälle,

Will ich dir in Reimen sagen,
Was ich gern in Prosa sagte,
Wenn es dir, nach mir zu fragen,
Nur im mindesten behagte.

Du allein kannst mich entdecken,
Du allein wirst mich verstehen,
Willst du trösten, willst du necken,
Und so mag es weiter gehen.

AN SIE

Bist du's nicht, so sei vergeben,
Daß du es im Scherz genommen;
Bist du's aber, sei ein Leben
Aus der Heiterkeit willkommen.

Und es wird sich leicht erschürfen,
Ob wir beide Gleiches meinen;
Fragen wir was wir bedürfen,
Und wir werden uns vereinen.

Wenn du kommst, es muß mich freuen,
Wenn du gehst, es muß mich schmerzen;
Und so wird es sich erneuen
Immerfort in beiden Herzen.

Fragst du, werd' ich gern ausführlich
Deinem Forschen Antwort geben,
Wenn ich frage, wirst du zierlich
Mit der Antwort mich beleben.

Schmerzen, welche dich berührten,
Rühren mich in gleicher Strenge,
Wenn die Feste dich entführten,
Folg' ich dir zur heitern Menge.

Drängt sich dann in Wechseltagen
Wildes Rauschen, ruhig Fließen;
Eins ist leichter zu ertragen,
Eins ist besser zu genießen.

Prüfung braucht es! doch bei Zeiten
Überzeugung still und süße,
Ehe sich ein Glück bereiten,
Sich Vertraun gewinnen ließe.

Solch ein Feuer nie verlodert
In dem angefochtnen Leben;
Ist es zwar sehr viel gefodert,
Ist doch auch sehr viel gegeben.

⟨Stammbuchverse⟩

1

Selbst erfinden ist schön; doch glücklich von Andern Gefundnes
Fröhlich erkannt und geschätzt, nennst du das weniger dein?

2

Was den Jüngling ergreift, den Mann hält, Greise noch labet,
Liebenswürdiges Kind, bleibe dein glückliches Teil.

3

Alter gesellet sich gern der Jugend, Jugend zum Alter;
Aber am liebsten bewegt Gleiches dem Gleichen sich zu.

4

Halte das Bild der Würdigen fest! Wie leuchtende Sterne
Teilet sie aus die Natur durch den unendlichen Raum.

5

Wer ist der glücklichste Mensch? Der fremdes Verdienst zu empfinden
Weiß und am fremden Genuß sich wie am eignen zu freu'n.

6

Vieles gibt uns die Zeit und nimmt's auch, aber der Bessern
Holde Neigung sie sei ewig dir froher Genuß.

Jeder geht zum Theater heraus,
Diesmal war es ein volles Haus,
Er lobt und schilt, wie er's gefühlt,
Er denkt, man habe für ihn gespielt.

Willst Du Dir ein gut Leben zimmern,
Mußt ums Vergangne Dich nicht bekümmern,
Und wäre Dir auch was verloren,
Erweise Dich wie neu geboren.
Was jeder Tag will? sollst Du fragen,
Was jeder Tag will wird er sagen!
Mußt Dich an eignem Tun ergötzen,
Was Andre tun, das wirst Du schätzen,
Besonders keinen Menschen hassen,
Und das Übrige Gott überlassen.
Zum 25ten Oktober 1828

ERINNERUNG

Er

Gedenkst Du noch der Stunden
Wo eins zum andern drang?

Sie

Wenn ich Dich nicht gefunden,
War mir der Tag so lang.

Er

Dann, herrlich! ein Selbander,
Wie es mich noch erfreut.

Sie
Wir irrten uns an einander;
Es war eine schöne Zeit.

AN FRÄULEIN VON SCHILLER

Weil so viel zu sagen war,
Wußt' ich nichts zu sagen,
Ob die Blätter gleich ein Jahr
Mir vor'm Auge lagen.

Jetzo, da du sie entführt,
Mag die Feder walten:
Denn es bleibt, wie sich's gebührt,
Immerfort bei'm Alten.

Milde zum Verständlichen
Wird die Mutter mahnen,
Deutend zum Unendlichen
Auf des Vaters Bahnen.
10. Aug. 1819

⟨An Marianne von Willemer, 14. 4. 1830⟩
MIT EINEM BLATT BRYOPHYLLUM CALYCINUM

Wie aus Einem Blatt unzählig
Frische Lebenszweige sprießen;
Mögst in Einer Liebe seelig
Tausendfaches Glück genießen!

AN DIE NEUNZEHN FREUNDE IN ENGLAND

Worte, die der Dichter spricht,
Treu, in heimischen Bezirken,
Wirken gleich, doch weiß er nicht,
Ob sie in die Ferne wirken.

Briten! habt sie aufgefaßt:
»Tätigen Sinn, das Tun gezügelt;
Stetig Streben, ohne Hast.«
Und so wollt ihr's denn besiegelt.
W. 28. Aug. 1831

IN EIN ALBUM

Würd' ein künstlerisch Bemühen
Rosenbüsche, wie sie blühen,
Rosenkrone, wie sie leuchtet,
Hell, von Morgentau befeuchtet,
Diesen Blättern anvertrauen;
Würdest du dein Bildnis schauen;
Wie's der Sommergarten hegt,
Bleibt's in unsrer Brust geprägt.
Am längsten Tage 1831

GEOGNOSTISCHER DANK

Haslau's Gründe, Felsenteile,
Vielbesucht und vielgenannt,
Seit der Forscher tät'ge Weile
uns den Egeran genannt.

Was wir auch beginnen mochten,
War das Eine nur getan,
Wie wir klopften, wie wir pochten,
immer war's der Egeran.

Von Aplomen, von Granaten
War genügsam nichts gedacht.
Und die geognost'schen Taten
Hemmte, drohend, nur die Nacht.

Uns genügte, was wir fanden;
Doch, vom Glück *ihr* zugewandt,
Kam das Einzige zu Handen
Einer schönen lieben Hand.

DANKBARE ERWIDERUNG
zum 28. August 1831

Dem heiligen Vater pflegt man, wie wir wissen,
Des Fußes Hülle, fromm gebeugt, zu küssen!
Doch! Wem begegnet's hier im langen Leben
Dem eignen Fußwerk Kuß um Kuß zu geben?

Er denkt gewiß an jene liebe Hand,
Die Stich um Stich an diesen Schmuck verwandt.

Liegt dir *Gestern* klar und offen,
Wirkst du *heute* kräftig, frei;
Kannst auch auf ein *Morgen* hoffen,
Das nicht minder glücklich sei.

DEN VEREHRTEN ACHTZEHN FRANKFURTER FESTFREUNDEN

am 28. August 1831

Heitern Weinbergs Lustgewimmel,
Fraun und Männer, tätig, bunt,
Laut ein fröhliches Getümmel
Macht den Schatz der Rebe kund.

Dann der Kelter trübes Fließen
Abgewartet, hellen Most,
Jahresgabe, zu genießen,
Hoffnungsreiche Lebenskost.

Doch im Keller wird's bedenklich,
Dem Gefäß entquillt ein Schaum,
Und erstickend ziehn verfänglich
Dünste durch den düstern Raum.

Edle Kraft, in sich bewahret,
Wächst im Stillsten unvermerkt,
Bis, gesteigert und bejahret,
Sie des Freundes Fest verstärkt.

Großes redliches Bemühen
Emsig still sich fördern mag;
Jahre kommen, Jahre fliehen,
Freudig tritt es auf zum Tag.

Künste so und Wissenschaften
Wurden ruhig-ernst genährt,
Bis die ewig Musterhaften
Endlich aller Welt gehört.

AUS EPISCHEN ZUSAMMENHÄNGEN

AUS ›WILHELM MEISTERS LEHRJAHRE‹

Ich armer Teufel, Herr Baron,
Beneide Sie um Ihren Stand,
Um Ihren Platz so nah am Thron,
Und um manch schön Stück Acker Land,
Um Ihres Vaters festes Schloß,
Um seine Wildbahn und Geschoß.

Mich armen Teufel, Herr Baron,
Beneiden Sie, so wie es scheint,
Weil die Natur vom Knaben schon
Mit mir es mütterlich gemeint,
Ich ward, mit leichtem Mut und Kopf,
Zwar arm, doch nicht ein armer Tropf.

Nur dächt' ich, lieber Herr Baron,
Wir ließen's beide wie wir sind:
Sie blieben des Herrn Vaters Sohn,
Und ich bleib meiner Mutter Kind.
Wir leben ohne Neid und Haß,
Begehren nicht des andern Titel,
Sie keinen Platz auf dem Parnaß,
Und keinen ich in dem Kapitel.

AUS ›WILHELM MEISTERS WANDERJAHRE‹

Und so heb' ich alte Schätze
Wunderlichst in diesem Falle;
Wenn sie nicht zum Golde setze,
Sind's doch immerfort Metalle.

Man kann schmelzen, man kann scheiden,
Wird gediegen, läßt sich wägen,
Möge mancher Freund mit Freuden
Sich's nach seinem Bilde prägen!

Wüßte kaum genau zu sagen,
Ob ich es noch selber bin,

Will man mich im Ganzen fragen
Sag' ich: ja so ist mein Sinn;
Ist ein Sinn, der uns zuweilen
Bald beängstet, bald ergötzt,
Und in so viel tausend Zeilen
Wieder sich in's Gleiche setzt.

Ein Wunder ist der arme Mensch geboren,
In Wundern ist der irre Mensch verloren,
Nach welcher dunklen, schwer entdeckten Schwelle
Durchtappen pfadlos ungewisse Schritte?
Denn in lebendigem Himmelsglanz und Mitte
Gewahr', empfind' ich Nacht und Tod und Hölle.

Bist noch so tief in Schmerz und Qual verloren,
So bleibst du doch zum Jugendglück geboren;
Ermanne dich zu rasch gesundem Schritte,
Komm in der Freundschaft Himmelsglanz und Helle,
Empfinde dich in treuer Guten Mitte,
Da sprieße dir des Lebens heitre Quelle.

Bleiben, Gehen, Gehen, Bleiben,
Sei fortan dem Tücht'gen gleich,
Wo wir Nützliches betreiben
Ist der wertheste Bereich.
Dir zu folgen wird ein Leichtes,
Wer gehorchet der erreicht es,
Zeig' ein festes Vaterland.
Heil dem Führer! Heil dem Band!

Du verteilest Kraft und Bürde
Und erwägst es ganz genau,
Gibst dem Alten Ruh und Würde,
Jünglingen Geschäft und Frau.
Wechselseitiges Vertrauen
Wird ein reinlich Häuschen bauen,
Schließen Hof und Gartenzaun,
Auch der Nachbarschaft vertraun.

Wo an wohlgebahnten Straßen
Man in neuer Schenke weilt,

Wo dem Fremdling reicher Maßen
Ackerfeld ist zugeteilt,
Siedeln wir uns an mit andern.
Eilet, eilet, einzuwandern
In das feste Vaterland.
Heil dir Führer! Heil dir Band!

AUS DEM ›MÄRCHEN‹

Was helfen mir die vielen guten Zeichen?
Des Vogels Tod, der Freundin schwarze Hand?
Der Mops von Edelstein, hat er wohl seinesgleichen?
Und hat ihn nicht die Lampe mir gesandt?

Entfernt vom süßen menschlichen Genusse,
Bin ich doch mit dem Jammer nur vertraut.
Ach! warum steht der Tempel nicht am Flusse!
Ach! warum ist die Brücke nicht gebaut!

AUS ›NOVELLE‹

Aus den Gruben, hier im Graben,
Hör' ich des Propheten Sang;
Engel schweben ihn zu laben,
Wäre da dem Guten bang?
Löw' und Löwin hin und wieder
Schmiegen sich um ihn heran;
Ja, die sanften frommen Lieder
Haben's ihnen angetan.

Engel schweben auf und nieder
Uns in Tönen zu erlaben,
Welch ein himmlischer Gesang!
In den Gruben, in dem Graben
Wäre da dem Kinde bang?
Diese sanften frommen Lieder
Lassen Unglück nicht heran:
Engel schweben hin und wieder
Und so ist es schon getan.

Denn der Ew'ge herrscht auf Erden,
Über Meere herrscht sein Blick,
Löwen sollen Lämmer werden,
Und die Welle schwenkt zurück.

Blankes Schwert erstarrt im Hiebe;
Glaub' und Hoffnung sind erfüllt;
Wundertätig ist die Liebe,
Die sich im Gebet entfüllt.

Und so geht mit guten Kindern
Sel'ger Engel gern zu Rat,
Böses Wollen zu verhindern,
Zu befördern schöne Tat.
So beschwören fest zu bannen
Liebem Sohn an's zarte Knie
Ihn, des Waldes Hochtyrannen,
Frommer Sinn und Melodie.

XENIEN VON GOETHE UND SCHILLER

DIE SAMMLUNG VOM JULI 1796

⟨1⟩ Das doppelte Amt

Saiten rühret Apoll, doch er spannt auch den tötenden Bogen,
Wie er die Hirtin entzückt, streckt er { Centauren / den Python } in Staub.

⟨2⟩ Das Monodistichon

Wünscht ihr den Musageten zu sehn, gebt Boden und Freiheit,
Hier auf dem schmalen Rain ist für den Schützen nur Platz.

⟨3⟩ Übersetzung

Xenien? ruft ihr. O greifet doch zu, und fraget nicht lange,
Gastliche Gaben sinds, wenns ja ein Name muß sein.

⟨4⟩ Unser Vorgänger

Martial, wenn ihrs nicht wißt, bewirtete einst so die Römer,
Viel mehr geben wir nicht – aber die Meinung ist gut.

⟨5⟩

Viele Bücher genießt ihr, die ungesalzen, verzeihet
Daß dies Büchelchen uns überzusalzen beliebt.

⟨6⟩ An den Leser

Alles, wir sagens vorher, ist nicht für alle; doch nichts ist
Ohne Bestimmung, es nimmt jeder sich selbst sein Paket.

⟨7⟩ Feuerwerk

Lange kneteten wir Salpeter, Kohlen und Schwefel,
Bohrten Röhren, gefall nun auch das Feuerwerk euch.

⟨8⟩ Die Arten

Einige steigen als leuchtende Kugeln und andere zünden,
Manche auch werfen wir nur spielend, das Aug zu erfreun.

⟨9⟩ An die lustigen Xenien

Fort! ins Land der Philister ihr Füchse, mit brennenden Schwänzen,
Und verderbet der Herrn reife papierene Saat.

⟨10⟩ An die ernsthaften Xenien

Seht ihr die lustigen Brüder ins Erdgetümmel sich mischen;
An der Grazien Hand weilet um Jupiters Thron.

⟨11⟩ An die Xenien

»Deutschland fragt nach Gedichten nicht viel«! ihr kleinen Gesellen
Lärmt bis jeglicher sich wundernd ans Fenster begibt.

⟨12⟩ An den Leser

Lies uns nach Laune, nach Lust, in trüben, in fröhlichen Stunden,
Wie uns der böse Geist, wie uns der gute gezeugt.

⟨13⟩ Warnung

Unsrer liegen noch hundert im Hinterhalt! Daß ihr nicht etwa,
Rückt ihr zu heftig heran, Schultern und Rücken entblößt.

⟨14⟩ An die ernsthaften Herren

Dichter und Kinder, man gibt sich mit beiden nur ab, um zu spielen,
Nun so erboset euch nicht, wird euch die Jugend zu laut.

⟨15⟩ Der ästhetische Torschreiber

Halt Passagiere! wer seid ihr? Wes Standes? Welches Charakters?
Niemand passieret hier durch, bis er den Paß mir gezeigt.

⟨16⟩ Xenien

Distichen sind wir. Wir geben uns nicht für mehr noch für minder.
Sperre du immer. Wir ziehn über den Schlagbaum hinweg.

⟨17⟩ Maut

Öffnet die Coffres! Ihr habt doch nichts Contrebandes geladen?
Gegen die Kirche? den Staat? Nichts von französischem Gut?

⟨18⟩ Antwort

Coffres führen wir nicht. Wir führen nicht mehr als zwei Taschen
Tragen; den Hauderer dort hinter uns – den visitiert.

⟨19⟩ Die Journale Deutschland und Frankreich

Zwei Journale gibt er heraus, wohl dreie; verwahret
Nur die Papiere, denn ihn treibet der Hunger auf Raub.

⟨20⟩ Nur Zeitschriften

Frankreich faßt er mit einer, das arme Deutschland gewaltig
Mit der andern, doch sind beide papieren und leicht!

⟨21⟩ Das Local

Deutsche schreiben das Werk – wir sehens – in Frankreich? mit nichten!
Schirach hat sie gelehrt schreiben von Hause nach Haus.

⟨22⟩ Das Motto

Wahrheit sag ich euch, Wahrheit und immer Wahrheit, versteht sich:
Meine Wahrheit; denn sonst ist mir auch keine bekannt.

⟨23⟩ Der Wächter Zions

Meine Wahrheit bestehet in Bellen, besonders wenn irgend
Wohlgekleidet ein Mann sich auf der Straße mir zeigt.

⟨24⟩ Verschiedene Dressuren

Aristokratische Hunde sie knurren auf Bettler, ein echter
Demokratischer Spitz klafft nach dem seidenen Strumpf.

⟨25⟩ Böse Gesellschaft

Aristokraten mögen noch gehn, ihr Stolz ist doch höflich,
Aber du löbliches Volk bist so voll Hochmut und grob.

⟨26⟩ An die Obern

Immer bellt man auf euch, bleibt sitzen! es wünschen die Beller
Jene Plätze wo man ruhig das Bellen vernimmt.

⟨27⟩ Der Wolf in Schafskleidern

Haltet ihr denn den Deutschen so dumm, ihr Freiheitsapostel!
Jeglicher sieht: euch ists nur um die Herrschaft zu tun.

⟨28⟩ Das Merkmal

Überzeugung sonderst du leicht vom stumpfen Parteigeist,
Denn das Zeichen begehrt dieser und jene den Sinn.

⟨29⟩ Verlegene Ware

Was in Frankreich vorbei ist das spielen Deutsche noch immer,
Denn der stolzeste Mann schmeichelt dem Pöbel und kriecht.

⟨30⟩ Eure Absicht

»Pöbel! wagst du zu sagen, wo ist der Pöbel?« Ihr machtet,
Ging es nach eurem Sinn, gerne die Völker dazu.

⟨31⟩ Nicht lange

Schmeichelt der Menge nur immer! der Paroxysmus verschwindet,
Und sie lacht euch zuletzt, wie nun wir einzelnen aus.

⟨32⟩ BaalsPfaffen

Heilige Freiheit! Erhabener Trieb der Menschen zum Bessern!
Wahrlich, du konntest dich nicht schlechter mit Priestern versehn.

⟨33⟩ Der Stöpsel

Schüttle den Staat wie du willst. Nie wirst du etwas bedeuten.
Leicht auf der Fläche schwimmt immer und ewig der Kork.

⟨34⟩ Verfehlter Beruf

Schreckensmänner wären sie gerne, doch lacht man in Deutschland
Ihres Grimmes der nur mäßige Schriften zerfleischt.

⟨35⟩ Die Staatsverbesserer

So schlimm steht es wahrlich noch nicht um des Staates Gesundheit,
Daß er die Kur bei euch wage auf Leben und Tod.

⟨36⟩ An mehr als Einen

Erst habt ihr die Großen beschmaust, nun wollt ihr sie stürzen;
Hat man Schmarotzer doch nie dankbar dem Wirte gesehn.

⟨37⟩ Das Kennzeichen

Freiheits Priester! Ihr habt die Göttin niemals gesehen;
Denn mit knirschendem Zahn zeigt sich die Göttliche nicht!

⟨38⟩ Das Requisit

Lange werden wir euch noch ärgern und werden euch sagen:
Rote Kappen, euch fehlt nur noch das Glöckchen zum Putz.

⟨39⟩ *Er* in Paris

Hätte deine Musik doch den Parisern gefallen,
Ein unschädlicher Geck wärst du dann wiedergekehrt.

⟨40⟩ Böse Ware

Was für Ware du ihnen gebracht, das wissen die Götter,
Aber du brachtest von dort schlechte Artikel zurück.

⟨41⟩

Nein das ist doch zu arg. Da läuft auch selbst noch der Cantor
Von der Orgel und ach! pfuscht auf dem Klaven des Staats.

⟨42⟩ Meister und Dilettant

Melodien verstehst du noch leidlich elend zu binden,
Aber gar jämmerlich, Freund, bindest du Wort und Begriff.

⟨43⟩ Der Halbvogel

Fliegen möchte der Strauß, allein er rudert vergeblich,
Ungeschickt rühret der Fuß immer den leidigen Sand.

⟨44⟩ Der letzte Versuch

Vieles hast du geschrieben, der Deutsche wollt es nicht lesen;
Gehn die Journale nicht ab, dann ist auch alles vorbei.

⟨45⟩ Der Zeitschriftsteller

Bald ist die Menge gesättigt von demokratischem Futter,
Und ich wette du steckst irgend ein anderes auf.

⟨46⟩ Dem Großsprecher

Öfters nahmst du das Maul schon so voll und konntest nicht wirken,
Auch jetzt wirkest du nichts, nimm nur das Maul nicht so voll.

⟨47⟩ Sein Handgriff

Auszuziehen versteh ich und zu beschmutzen die Schriften,
Dadurch mach ich sie mein, und ihr bezahlet sie mir.

⟨48⟩

Schlechtes zu fertigen ist doch so leicht, und selber das schlechte
Ist ihm zu schwer, sein Buch wird nur durch Stehlen gefüllt.

⟨49⟩ Unmögliche Vergeltung

Deine Kollegen verschreist und plünderst du! Dich zu verschreien
Ist nicht nötig, und nichts ist auch zu plündern an dir.

⟨50⟩ Der Sittenrichter

Gern erlassen wir dir die moralische Delikatesse,
Herzlich zufrieden, wenn du, Freund, nur nicht lügst und nicht stiehlst.

⟨51⟩ Abscheu

Heuchler, ferne von mir! Besonders du widriger Heuchler,
Der du mit Grobheit glaubst Falschheit zu decken und List.

⟨52⟩ Kennzeichen

Wie unterscheidet sich *Grobheit* von Biederkeit? Leichtlich, denn jener
Fehlen die Grazien stets, diese verlassen sie nie.

⟨53⟩

Ist das Knie nur geschmeidig, so darf die Zunge schon lästern,
Was darf der nicht begehn, der sich zu kriechen nicht schämt!

⟨54⟩

Was du mit Beißen verdorben, das bringst du mit Schmeicheln ins Gleiche,
Recht so, auf hündische Art zahlst du die hündische Schuld.

⟨55⟩ Die Bestimmung

Diese vierzig kann einer sich nehmen, wofern ihn gelüstet;
Doch er gebe denn auch billig dem Nachbar was ab.

⟨56⟩ Der Hausierer

Ja das fehlte nur noch zu der Entwicklung der Sache,
Daß als Krämer sich nun Kr⟨amer⟩ nach Frankreich begibt.

⟨57⟩ Deutschlands Revenge an Frankreich

Manchen Lakai schon verkauftet ihr uns als Mann von Bedeutung.
Gut, wir spedieren euch hier Kr⟨amer⟩ als Mann von Verdienst.

⟨58⟩ An einige Repräsentanten

Gute Männer, mit Not habt ihr dem Beil euch entzogen
Wie entzieht ihr euch nun seinem seckanten Besuch?

⟨59⟩ Der Unterschied

Unberufene Schwärmer! wir werden euch ewig verfolgen,
Gehet zu Spittlern und lernt wie man Verfassung beschaut.

⟨60⟩ Venus in der Schlacht

Drängt sich nicht gar Amathusia selbst durch die schmutzigen Haufen?
Ach mit zerfetztem Schleir kehrt sie vom Marsfeld zurück.

⟨61⟩ Zeus zur Venus

Töchterchen, dein Geschäft sind nicht die Werke des Krieges,
Gehe du heim und besing Werke der Liebe, der Lust.

⟨62⟩ Der Patriot

Daß Verfassung sich überall bilde! wie sehr ists zu wünschen,
Aber ihr Schwätzer verhelft uns zu Verfassungen nicht.

⟨63⟩ Die drei Stände

Sagt, wo steht in Deutschland der Sansculott? In der Mitte;
Unten und oben besitzt jeglicher was ihm behagt.

⟨64⟩ Väterlichster Rat

Willst du frei sein, mein Sohn! so lerne was rechtes, und halte
Dich genügsam, und sieh niemals nach oben hinauf.

⟨65⟩ Die Hauptsache

Jedem Besitzer das seine! und jedem Regierer den Rechtsinn,
Das ist zu wünschen, doch ihr, beides verschafft ihr uns nicht.

⟨66⟩ Ein Drittes

Woran erkennst du den Edlen in jedem Stande? Der immer,
Welchen Vorteil er hat, stets sich zum Gleichgewicht neigt.

⟨67⟩

Wißt ihr, wie auch der Kleine was ist? er mache das Kleine
Recht, der Große begehrt just so das Große zu tun.

⟨68⟩

Wer ist das würdigste Glied der Regierung? Ein würdiger Bürger,
Und im despotischen Land ist er der Pfeiler des Staats.

⟨69⟩ Der Erste

Wer ist denn wirklich ein Fürst? Ich hab es immer gesehen,
Der nur ist wirklich Fürst, der es vermochte zu sein.

⟨70⟩ Ultima ratio

Fehlt die Einsicht von oben, der gute Wille von unten;
Führt sogleich die Gewalt, oder sie endet den Streit.

⟨71⟩ Wer will die Stelle?

Republiken hab' ich gesehen und das ist die beste,
Die dem regierenden Teil Lasten, nicht Vorteil gewährt.

⟨72⟩ Zum ewigen Frieden

Bald, kennt jeder den eigenen Vorteil und gönnet dem andern
Seinen Vorteil, so ist ewiger Friede gemacht.

⟨73⟩ Zum ewigen Krieg

Keiner bescheidet sich gern mit dem Teile der ihm gebühret,
Und so habt ihr den Stoff ewig und ewig zum Krieg.

⟨74⟩ Unterschied

Zweierlei Arten gibt es, die treffende Wahrheit zu sagen,
Öffentlich immer dem Volk, immer dem Fürsten geheim.

⟨75⟩ Warum?

Wenn du laut den einzelnen schiltst, er wird sich verstocken,
Wie sich die Menge verstockt, wenn du im Ganzen sie lobst.

⟨76⟩ An unsere Repräsentanten

Unsere Stimme zum König hat jener Drache, mit vielen
Schwänzen und Einem Kopf, nicht das vielköpfige Tier.

⟨77⟩ An den Selbstherrscher

Du bist König und Ritter und kannst befehlen und streiten,
Aber zu jedem Vertrag rufe den Kanzler herbei.

⟨78⟩ Der Minister

Klug und tätig und fest, bekannt mit allem, nach oben
Und nach unten gewandt, er sei Minister und bleib's.

⟨79⟩ Der Hofmann

Welchen Hofmann ich ehre? Den klärsten und feinsten! das andre
Was er noch sonst besitzt kommt ihm als Menschen zu gut.

⟨80⟩ Der Ratsherr

Ob du der klügste seist? Daran ist wenig gelegen;
Aber der biederste sei, so wie bei Rate zu Haus.

⟨81⟩ Der Nachtwächter

Ob du wachst, das kümmert uns nicht, wofern du nur singest,
Singe wie mehrere tun, schlafend, wo möglich, dein Lied.

⟨82⟩ Verkehrter Beruf

Forsche der Philosoph, der Weltmann handle! Doch weh uns,
Handelt der Forscher und gibt, der es vollzieht, das Gesetz.

⟨83⟩ Die Unberufenen

Wissen wollt ihr und handeln, und keiner fragt sich, was bin ich
Für ein Gefäß zum Gehalt? Was für ein Werkzeug zur Tat?

⟨84⟩ Politische Lehre

Alles sei recht was du tust, doch dabei laß es bewenden,
Freund, und enthalte dich ja, alles was recht ist zu tun.

⟨85⟩ Das Kennzeichen

Wahrem Eifer genügt, daß das Vorhandne *vollkommen*
Sei, der falsche will stets, daß das Vollkommene sei.

⟨86⟩ Die gute Staatsverfassung

Diese nur kann ich dafür erkennen, die jedem erleichtert,
Gut zu denken, doch nie, daß er so denke, bedarf.

⟨87⟩ An die Gesetzgeber

Setzet immer voraus, daß der Mensch im Ganzen, was recht ist,
Will, im einzelnen nur rechnet mir niemals darauf.

⟨88⟩ Doppelter Irrtum

Nimmst du die Menschen für schlecht, du kannst dich verrechnen, o Weltmann,
Schwärmer, wie bist du getäuscht, nimmst du die Menschen für gut.

⟨89⟩ Würde des Menschen

Nichts mehr davon, ich bitt euch. Zu essen gebt ihm, zu wohnen,
Habt ihr die *Blöße* bedeckt, – gibt sich die *Würde* von selbst.

⟨90⟩ Das goldne Zeitalter

Ob die Menschen im ganzen sich bessern? Ich glaub es, denn einzeln,
Suche man wie man auch will, sieht man doch gar nichts davon.

⟨91⟩ Majestas populi

Majestät der Menschennatur! Dich soll ich beim Haufen
Suchen? Bei wenigen nur hast du von jeher gewohnt!

⟨92⟩ Das Lotto

Einzelne wenige zählen, die übrigen alle sind blinde
Nummern, ihr leeres Gewühl hüllet die Treffer bloß ein.

⟨93⟩ Trost

Mit dem hundertsten Teil sind wir zufrieden, es zeigt sich
Dieser hundertste Teil mäßig und biederen Sinns.

⟨94⟩ Warnung

Deutsche, haltet nur fest an eurem Wesen und daß euch
Frankreich diesseit des Mains, jenseit des Rheins nicht betört.

⟨95⟩ Literarische Ekliptik

Jetzo, ihr Distichen, nehmt euch zusammen, es tut sich der Tierkreis
Grauend euch auf; Mir nach Kinder! wir müssen hindurch.

⟨96⟩ Zeichen des Widders

Auf den Widder stoßt ihr zuerst, den Führer der Schafe;
Aus den Journalen heraus sticht sein gewundenes Horn.

⟨97⟩ Zeichen des Stiers

Neben an gleich empfängt euch sein Namens Bruder; mit stumpfen
Hörnern, weicht ihr nicht aus, stößt euch der Hallische Ochs.

⟨98⟩ Zeichen des Fuhrmanns

Alsobald knallet in G⟨otha⟩ des Reiches würdiger Schwager,
Zwar er nimmt euch nicht mit, aber er fährt doch vorbei.

⟨99⟩ Zeichen der Zwillinge

Unter die Zwillinge tretet ihr nun, hier mögt ihr verweilen;
Grüßet sie höflich, sie sind werte Bekannte von mir.

⟨100⟩ Zeichen der Hunde

Südwärts hinter euch heulen der Hekate nächtliche Hunde,
Eudaemonia genannt, und der Professor zu W⟨ien.⟩

⟨101⟩ Zeichen des Bärs

Nordwärts strecket der Bär zu Kiel die bleiernen Tatzen
Gegen euch aus, doch er fängt euch nur die Fliegen vom Kleid.

⟨102⟩ Zeichen des Krebses

Kommt mir dem Krebs in B⟨erli⟩n nicht zu nah, manch lyrisches Blümchen
Schwellend in üppigem Wuchs kneipte die Schere zu Tod.

⟨103⟩ Zeichen des Löwen

Jetzo nehmt euch in acht vor dem wackern Eutinischen Leuen,
Daß er mit griechischem Zahn euch nicht verwunde den Fuß.

⟨104⟩ Zeichen der Jungfrau

Bücket euch, wie sichs geziemt, vor der zierlichen Jungfrau zu Weimar,
Schmollt sie auch oft – wer verzeiht Launen der Grazie nicht?

⟨105⟩ Zeichen des Raben

Vor dem Raben nur sehet euch vor, der hinter ihr krächzet,
Das Nekrologische Tier setzt auf Kadaver sich nur.

⟨106⟩ Haar der Berenice

Sehet auch wie ihr in S⟨alzburg⟩ den groben Fäusten entschlüpfet,
Die Berenices Haar streicheln mit eisernem Kamm.

⟨107⟩ Zeichen der Waage

Jetzo wäre der Ort, daß ihr die Waage beträtet,
Aber dies Zeichen ward längst schon am Himmel vermißt.

⟨108⟩ Zeichen des Skorpions

Aber jetzt kömmt ein böses Insekt, aus dem giftigen Frankreich,
Schmeichelnd naht es, ihr habt, flieht ihr nicht eilig, den Stich.

⟨109⟩ Ophiuchus

Drohend hält euch die Schlang' jetzt Ophiuchus entgegen,
Fürchtet sie nicht, es ist nur der getrocknete Balg.

⟨110⟩ Zeichen des Schützen

Seid ihr da glücklich vorbei, so naht euch dem zielenden Hofrat
Schütz, nur geruhig, er liebt und er verstehet auch Spaß.

⟨111⟩ Gans

Laßt sodann ruhig die Gans in L⟨eipzi⟩g und G⟨oth⟩a gagagen,
Die beißt keinen, es quält nur ihr Geschnatter das Ohr.

⟨112⟩ Zeichen des Steinbocks

Im Vorbeigehen stutzt mir den alten Berlinischen Steinbock,
Das verdrießt ihn, so gibts etwas zu lachen fürs Volk.

⟨113⟩ Zeichen des Pegasus

Aber seht ihr in B⟨raunschwei⟩g den Grad ad Parnassum, so bittet
Höflich ihm ab, daß ihr euch eigene Wege gewählt.

⟨114⟩ Zeichen des Wassermanns

Übrigens haltet euch ja von dem Dr⟨esdene⟩r Wassermann ferne,
Daß er nicht über euch her gieße den Plata und Nil.

⟨115⟩ Eridanus

An des Eridanus Ufern umgeht mir die furchtbare Waschfrau,
Welche die Sprache des Teut säubert mit Lauge und Sand.

⟨116⟩ Fische

Seht ihr in Leipzig die Fischlein, die sich in Sulzers Zisterne
Regen, so fangt euch zur Lust einige Grundeln heraus.

⟨117⟩ Die Eiche

Lasset euch ja nicht zu Ungers altdeutscher Eiche verführen,
Ihre styptische Frucht nähret kein reinliches Tier.

⟨118⟩ Fliegender Fisch

Neckt euch in Breslau der fliegende Fisch, erwartets geduldig,
In sein wäßrichtes Reich zieht ihn Neptun bald hinab.

⟨119⟩ Die Kronen

Vor der nördlichen Krone und vor der südlichen habt mir
Achtung und überhaupt rühret nichts heiliges an.

⟨120⟩

Manche Gefahren umringen euch noch, ich hab sie verschwiegen,
Aber den Mutigen rückt nichts aus dem ewigen Gleis!

⟨121⟩

Ista quidem mala sunt, quasi tam manifesta negemus,
Haec mala sunt, sed tu non meliora facis.

⟨122⟩ Deutschland

Deutschland? Aber wo liegt es? Ich weiß das Land nicht zu finden,
Wo das gelehrte beginnt, hört das politische auf.

⟨123⟩ Reichsländer

Wo ich den deutschen *Körper* zu suchen habe, das weiß ich,
Aber den deutschen *Geist*, sagt mir, wo findet man den?

⟨124⟩ Rhein

Treu wie dem Schweizer gebührt, bewach ich Germaniens Grenze,
Aber der Gallier hüpft über den duldenden Strom.

⟨125⟩ Sein Schicksal

Mächtig erhebt sich der deutsche Rhein und mächtig die deutsche
Kunst, nur den Ozean hat keines von beiden gesehn.

⟨126⟩ Rhein und Mosel

Schon so lang' umarm' ich die Lotharingische Jungfrau,
Aber noch hat kein Sohn unsre Umarmung erfreut.

⟨127⟩ Donau

Bacchus der lustige führt mich und Komus der fette durch reiche
Triften, aber verschämt bleibet die Charis zurück.

⟨128⟩ Donau bei Wien

Einzelne Saiten begrüßen mich noch an deinem Gestade,
Leopoldina, doch dann schweiget auf immer der Strand.

⟨129⟩ Ens

Mich umwohnet mit glänzendem Aug das Volk der Phajaken,
Immer ists Sonntag, es dreht ewig am Herd sich der Spieß.

⟨130⟩ Die Phajaken

Wir Phajaken wir suchen kein Lob in Kämpfen des Geistes,
Lieben nur halter den Schmaus, Feuerwerk, Hatzen und Spiel.

⟨131⟩ Main

Meine Burgen zerfallen zwar, doch getröstet erblick' ich
Seit Jahrhunderten her stets noch das alte Geschlecht.

⟨132⟩ Neckar

⟨133⟩ Saale

Kurz ist mein Lauf und begrüßt der Fürsten, der Völker so viele,
Aber die Fürsten sind gut, aber die Völker sind frei.

⟨134⟩ Pleiße

Flach ist mein Ufer und seicht mein Bächlein, es schöpften zu durstig
Meine Poeten mich, meine Prosaiker aus.

⟨135⟩ Ilm

Meine Ufer sind arm, doch höret die leisere Welle,
Führet der Strom sie vorbei, manches unsterbliche Lied.

⟨136⟩ Elbe

⟨137⟩ Weser

⟨138⟩ Spree

Sprache gab mir einst Ramler und Stoff mein Cäsar, da nahm ich
Meinen Mund etwas voll, aber ich schweige seitdem.

⟨139⟩ Salzach

Aus Juvaviens Bergen ström' ich das Erzstift zu salzen,
Lenke dann Bayern zu, wo es am Salze gebricht.

⟨140⟩ Gesundbrunnen zu XXX

Seltsames Land! Hier haben die Flüsse Geschmack und die Quellen,
Bei den Bewohnern allein hab ich noch keinen verspürt.

⟨141⟩ Der anonyme Fluß

Fastenspeisen dem Tisch des frommen Bischofs zu liefern,
Goß der Schöpfer mich aus durch das verhungerte Land.

⟨142⟩ Iser

⟨143⟩ Les fleuves indiscrets

Jetzt kein Wort mehr, ihr Flüsse. Man siehts, ihr wißt euch so wenig
Zu bescheiden als einst Diderots Steine getan.

⟨144⟩ Die Eisbahn

Wasser ist Körper und Boden die Welle. Das neuste Theater
Tut, in der Sonne Glanz, zwischen den Ufern sich auf.

⟨145⟩ Bedeutung

Wahrlich es scheint nur ein Traum! Bedeutende Bilder des Lebens
Schweben lieblich und leicht über die Fläche dahin.

⟨146⟩ Die Kämpfer

Alles gleitet unter einander, die Schüler und Meister,
Und das gewöhnliche Volk, das in der Mitte sich hält.

⟨147⟩ Selbständigkeit

Jeder zeigt hier, was er vermag; nicht Lob und nicht Tadel
Zöge den einen herauf, oder den andern hinab.

⟨148⟩ Kunstrichter

Euch Präkonen des Pfuschers, Verkleinrer des Meisters, euch wünscht ich,
Blaß, und im Ohnmachts Gefühl, stumm hier am Ufer zu sehn.

⟨149⟩ Bescheidenheit

Lehrling, du schwankest und zauderst, und scheuest die glättere Fläche!
Nur gelassen! du wirst einst noch die Freude der Bahn.

⟨150⟩ Gefahr

Fallen ist der Sterblichen Los. So fällt hier der Schüler
Wie der Meister, doch stürzt dieser gefährlicher hin.

⟨151⟩ Schönheit

Willst du schon zierlich erscheinen? und bist nicht sicher Vergebens.
Nur aus vollendeter Kraft blicket die Anmut hervor.

⟨152⟩ Dem Dilettanten

Gleite fröhlich dahin, gib Rat dem werdenden Schüler,
Freue des Meisters dich, und so genieße des Tags.

⟨153⟩ Das Publikum

Fällt auf dem Eise der rüstigste Läufer, so lacht man am Ufer,
Wie man bei Bier und Tabak sich über Feldherrn erhebt.

⟨154⟩ Mittelalter

Eingefroren sahen wir so Jahrhunderte starren,
Menschengefühl und Vernunft schlich nur tief unten im Grund.

⟨155⟩ Die Individualität

Schwimme nur hin, du Scholle des Eises! und kommst du als Scholle
Nicht hinunter, du kommst doch wohl als Tropfen ins Meer.

⟨156⟩ Menschliches Leben

In den Ozean schifft mit tausend Masten der Jüngling,
Still, auf gerettetem Boot treibt an das Ufer der Greis.

⟨157⟩ Das Wirken

An dem Eingang der Bahn liegt die Unendlichkeit offen,
Doch mit dem engesten Kreis höret der Weiseste auf.

⟨158⟩ Die Forscher

Tausend Spione lauren auf deine Spuren, o Wahrheit,
Aber mit leisem Tritt schreitest du mitten hindurch.

⟨159⟩

Alles will jetzt den Menschen von außen, von innen ergründen,
Wahrheit, wo rettest du dich hin vor der grausamen Jagd?

⟨160⟩ Metaphysiker und Physiker

Welches Treiben zugleich nach reiner Vernunft, nach Erfahrung,
Ach sie stecken das Haus oben und unten in Brand.

⟨161⟩

Welche wohl bleibt von allen den Philosophien? Ich weiß nicht,
Aber die Philosophie, hoff ich, soll ewig bestehn.

⟨162⟩ Wissenschaft

Eine unsterbliche Göttin ist sie dem einen, dem andern
eine tüchtige Kuh, die ihn mit Butter versorgt.

⟨163⟩

Herrlicher Künste Mutter ist das Bedürfnis gewesen,
Zu der Wissenschaft nur hat es noch keinen geführt.

⟨164⟩ Ärzte

Wissen möchtet ihr gern die geheime Struktur des Gebäudes
Und ihr wählt den Moment, wenn es in Flammen gerät.

⟨165⟩ Empiriker

Daß ihr der Künste würdigste treibt, wer hat es bezweifelt?
Aber die würdigste Kunst ist nur Gewerbe bei euch.

⟨166⟩ Theoretiker

Ihr verfahrt nach Gesetzen, auch würdet ihr alle kurieren,
Wäre der Obersatz nur, wäre der Untersatz wahr!

⟨167⟩ Die Systeme

Prächtig habt ihr gebaut. Du lieber Himmel! Wie treibt man,
Nun er so königlich erst wohnet, den Irrtum heraus?

⟨168⟩ Letzte Zuflucht

Vornehm schaut ihr im Glück auf den blinden Empiriker nieder,
Aber, seid ihr in Not, ist er der delphische Gott.

⟨169⟩

Was ist das schwerste von allem? Was dir das leichteste dünket,
Mit den Augen zu sehn, was vor den Augen dir liegt.

⟨170⟩ Triumph der Schule

Welch ein erhabner Gedanke! Uns lehrt der unsterbliche Meister,
Künstlich zu teilen den Strahl, den wir nur einfach gekannt.

⟨171⟩ Vergebliche Bemühung

Spaltet immer das Licht! wie öfters strebt ihr zu trennen,
Was euch allen zum Trutz Eins und ein Einziges bleibt.

⟨172⟩ Die Möglichkeit

Liegt der Irrtum nur erst, wie ein Grundstein, unten im Boden,
Immer baut man darauf, nimmermehr kommt er an Tag.

⟨173⟩ Wiederholung

Hundertmal werd ichs euch sagen und tausendmal: Irrtum ist Irrtum!
Ob ihn der größte Mann, ob ihn der kleinste beging.

⟨174⟩ Wer glaubts?

Newton hat sich geirrt? ja doppelt und dreifach! und wie denn?
Lange steht es gedruckt, aber es liest es kein Mensch.

⟨175⟩ Der Welt Lauf

Drucken fördert euch nicht, es unterdrückt euch die Schule;
Aber nicht immer, und dann geben sie schweigend sich drein.

⟨176⟩ Hoffnung

Allen habt ihr die Ehre genommen, die gegen euch zeugten;
Aber dem Märtyrer kehrt späte sie doppelt zurück.

⟨177⟩ Exempel

Schon ein Irrlicht sah ich verschwinden, dich Phlogiston! Balde,
O Newtonisch Gespenst! folgst du dem Brüderchen nach.

⟨178⟩ Der letzte Märtyrer

Auch mich bratet ihr noch als Huß vielleicht, aber wahrhaftig!
Lange bleibet der Schwan, der es vollendet, nicht aus.

⟨179⟩ Menschlichkeiten

Leidlich hat Newton gesehen, und falsch geschlossen, am Ende
Blieb er, ein Brite, verstockt, schloß er nur, sah er nicht mehr.

⟨180⟩ Und abermals Menschlichkeiten

Seine Schüler hörten nun auf zu sehn und zu schließen,
Sie erzählten nur fort, was er gesehn und gewähnt.

⟨181⟩

Aristokratisch gesinnt ist mancher Gelehrte, denn gleich ists,
Ob man auf Helm und Schild oder auf Meinungen ruht.

⟨182⟩

»Warum sagst du uns das in Versen?« Die Verse sind wirksam,
Spricht man in Prosa zu euch, stopft ihr die Ohren euch zu.

⟨183⟩ Schöpfung durch Feuer

Arme basaltische Säulen! Ihr solltet dem Feuer gehören,
Und doch sah euch kein Mensch je aus dem Feuer entstehn.

⟨184⟩ Der Vorzug

Jedermann freute sich nun bei sich auch Lava zu finden,
Denn es klinget nicht schlecht: hier ist Vulkanisch Gebirg!

⟨185⟩ Kurze Freude

Endlich zog man sie wieder ins alte Wasser herunter,
Und es löscht sich nun bald dieser entzündete Streit.

⟨186⟩ Die Mathematische Größe

Prahlt doch nicht immer so mit euren Nebelgestirnen,
Ist der Schöpfer nur groß, weil er zu zählen euch gibt?

⟨187⟩ An die Astronomen

Euer Gegenstand ist der erhabenste freilich im Raume,
Aber, Freunde, im Raum wohnt das Erhabene nicht.

⟨188⟩ Der astronomische Himmel

In unendliche Höhen erstreckt sich das Sternengewölbe,
Doch der Kleinigkeitsgeist fand auch bis dahin den Weg.

⟨189⟩ Licht und Farbe

Wohne du ewiglich Eines dort bei dem ewiglich Einen,
Farbe, du wechselnde, komm freundlich zum Menschen herab.

⟨190⟩ Wahrheit

Eine nur ist sie für alle, doch siehet sie jeder verschieden,
Daß es doch Eines nur ist, macht das Verschiedene wahr.

⟨191⟩ Schönheit

Schönheit ist ewig nur Eine, doch zahllos wechselt das Schöne,
Daß es Eines doch bleibt, macht ja das wechselnde schön.

⟨192⟩

Keiner sei gleich dem andern, doch gleich sei jeder dem Höchsten!
Wie das zu machen? Es sei jeder vollendet in sich.

⟨193⟩

Ewig strebst du umsonst, dich dem Göttlichen ähnlich zu machen,
Hast du das Göttliche nicht erst zu dem deinen gemacht.

⟨194⟩

Allen gehört, was du denkst, dein eigen ist nur, was du fühlest,
Soll er dein Eigentum sein, fühle den Gott, den du denkst.

⟨195⟩ Harmonie und Identität

Einig sollst du zwar sein, doch Eines nicht mit dem Ganzen,
Durch die Vernunft bist du eins, einig mit ihm durch das Herz.

⟨196⟩

Stimme des Ganzen ist deine Vernunft, dein Herz bist du selber,
Heil dir, wenn die Vernunft immer im Herzen dir wohnt.

⟨197⟩

Über das Herz zu siegen ist groß, ich verehre den Tapfern,
Aber wer durch sein Herz sieget, er gilt mir noch mehr.

⟨198⟩ Moralische Schwätzer

Wie sie mit ihrer Moral, die schmutzgen Naturen uns quälen!
Tut euch die Peitsche so gar not, was empfehlt ihr sie uns!

⟨199⟩ Die neue Entdeckung

Ernsthaft beweisen sie dir, du dürftest nicht stehlen, nicht lügen.
Welcher Lügner und Dieb zweifelte jemals daran?

⟨200⟩ Meine Antipathie

Herzlich ist mir das Laster zuwider und doppelt zuwider
Ist mirs, weil es allein nötig die Tugend gemacht.

⟨201⟩

»Wie, du hassest die Tugend?« – Ich wollte wir übten sie alle,
Und so spräche, wills Gott, ferner kein Mensch mehr davon!

⟨202⟩

Nur zwei Tugenden gibts, o wären sie immer vereinigt!
Immer die Güte auch groß, immer die Größe auch gut!

⟨203⟩ Mein Glaube

Welche Religion ich bekenne? Keine von allen,
Die du mir nennst. »Und warum keine?« Aus Religion.

⟨204⟩ Realist und Idealist

Beide suchen die Wahrheit. Der innen im Herzen und jener
Außen im Leben, und so findet sie jeder gewiß.

⟨205⟩

Ist dein Auge gesund, so zeigt es dir außen den Schöpfer,
Ist es dein Herz, dann gewiß zeigt es dir innen die Welt.

⟨206⟩ An die Mystiker

Das ist eben das wahre Geheimnis, das allen vor Augen
Liegt, euch ewig umgibt, aber von keinem gesehn.

⟨207⟩ Schlüssel

Willst du dich selber erkennen, so sieh wie die andern es treiben,
Willst du die andern verstehn, blick in dein eigenes Herz.

⟨208⟩ Glaubwürdigkeit

Wem zu glauben ist? redliche Freunde, das kann ich euch sagen,
Glaubt dem Leben, es lehrt besser als Redner und Buch.

⟨209⟩ Was nutzt

Schädliche Wahrheit, wie zieh ich sie vor dem nützlichen Irrtum!
Wahrheit heilet den Schmerz, den sie vielleicht uns erregt.

⟨210⟩ Was schadet
Ist ein Irrtum wohl schädlich? Nicht immer, aber das Irren
Immer ists schädlich, wie sehr, sieht man am Ende des Wegs.

⟨211⟩ Zucht
Wahrheit ist niemals schädlich, sie straft – und die Strafe der Mutter
Bildet das schwankende Kind, wehret der schmeichelnden Magd.

⟨212⟩ Das Schoßkind
Fremde Kinder lieben wir nie so sehr als die eignen,
Irrtum, das eigene Kind, ist uns dem Herzen so nah.

⟨213⟩
Nie verläßt uns der Irrtum, doch zieht ein höher Bedürfnis
Immer den strebenden Geist leise zur Wahrheit hinan.

⟨214⟩ An die Herren G. H. J.
Astronomen seid ihr und kennet viele Gestirne;
Aber der Horizont decket manch Sternbild euch zu.

⟨215⟩
Viele sind gut und verständig, doch zählen für Einen nur Alle.
Denn sie regiert der Begriff, ach nicht das liebende Herz.

⟨216⟩
Traurig herrscht der Begriff, aus tausendfach wechselnden Formen
Bringet er, dürftig und leer, ewig nur Eine hervor.

⟨217⟩
Aber von Leben rauscht es und Lust, wo liebend die Schönheit
Herrschet, das ewige Eins wandelt sie tausendfach neu.

⟨218⟩ Verstand
Bilden wohl kann der Verstand, doch der tote kann nicht beleben,
Aus dem Lebendigen quillt alles Lebendige nur.

⟨219⟩ Phantasie
Schaffen wohl kann sie den Stoff, doch die wilde kann nicht gestalten,
Aus dem harmonischen quillt alles harmonische nur.

⟨220⟩ Dichtungskraft
Daß dein Leben Gestalt, dein Gedanke Leben gewinne,
Laß die belebende Kraft stets auch die bildende sein.

⟨221⟩
Sucht ihr das menschliche Ganze? O suchet es ja nicht beim Ganzen!
Nur in dem schönen Gemüt bildet das Ganze sich ab.

⟨222⟩ Die verschiedene Bestimmung

Millionen gebraucht die Natur, das Geschlecht zu erhalten,
Aber durch wenige nur pflanzet die Menschheit sich fort.

⟨223⟩

Tausend Keime zerstreuet der Herbst, doch bringet kaum einer
Früchte, zum Element kehren die meisten zurück.

⟨224⟩

Aber entfaltet sich auch nur Einer, der einzige streuet
Eine lebendige Welt ewiger Bildungen aus.

⟨225⟩

Nur an des Lebens Gipfel, der Blume, zündet sich neues
In der organischen Welt, in der empfindenden an.

⟨226⟩ Gutes und Schönes

Wirke Gutes, du nährst der Menschheit göttliche Pflanze,
Bilde Schönes, du streust Keime der göttlichen aus.

⟨227⟩ Verstand und Genie

Wiederholen kann jener was ist, er kann es verbessern,
Neue Naturen pflanzt in die Natur das Genie.

⟨228⟩ Genialität

Gutes aus Gutem das kann jedweder verständige bilden,
Aber der Genius ruft Gutes aus Schlechtem hervor.

⟨229⟩

Nur an gebildetem Stoff kannst du, Nachahmer, dich bilden,
Selbst das Gebildete ist Stoff nur dem bildenden Geist.

⟨230⟩

Welches Genie das größte wohl sei? das größte ist dieses,
Welches, umstrickt von der Kunst, bleibt auf der Spur der Natur.

⟨231⟩ Der Unterschied

Will der *Witz* nicht gelingen, so lachen wir über den Toren,
Aber, mißlingt das Genie, ist es dem Rasenden gleich.

⟨232⟩ Witz und Verstand

Der wagt zu wenig, und jener zu viel – in der Nüchternheit mutig,
Fromm in der Wahrheit zu sein, war dem Genie nur verliehn.

⟨233⟩

Sorgend bewacht der Verstand des Wissens dürftigen Vorrat,
Nur zu erhalten ist er, nicht zu erobern geschickt.

⟨234⟩

Darum haßt er dich ewig, Genie! An die neue Erwerbung
Wagst du den alten, du wagst kühnlich den ganzen Besitz.

⟨235⟩ Die schwere Verbindung

Warum will sich Geschmack und Genie zu selten vereinen?
Jener fürchtet die Kraft, dieses verachtet den Zaum.

⟨236⟩ Korrektheit

Frei von Tadel zu sein, ist der niedrigste Grad und der höchste,
Denn nur die *Ohnmacht* führt oder die *Größe* dazu.

⟨237⟩

Blößen gibt nur das Gute dem Tadel, am Werke des Stümpers
Ist nichts schlechtes, es ist gutes daran nichts zu sehn.

⟨238⟩ Lehre an den Kunstjünger

Daß du der Fehler schlimmsten, die Mittelmäßigkeit, meidest,
Jüngling, so meide doch ja keinen der andern zu früh!

⟨239⟩ Die Sicherheit

Nur das feurige Roß, das mutige, stürzt auf der Rennbahn,
Mit bedächtigem Paß schreitet der Esel daher.

⟨240⟩ Böser Kampf

Mittelmäßigkeit ist von allen Gegnern der schlimmste,
Deine Verirrung, Genie, schreibt sie als Tugend sich an.

⟨241⟩

Willst du dem Schlechten den Preis verschaffen? Zähle die Fehler
Willst du das Gute erhöhn? zähle die Tugenden ab.

⟨242⟩

So wars von jeher, mein Freund, und so wird auch bleiben. Die Ohnmacht
Hat die *Regel* für sich, aber die Kraft den Erfolg.

⟨243⟩

Kannst du nicht *allen* gefallen durch deine Tat und dein Kunstwerk,
Mach es *wenigen* recht, vielen gefallen ist schlimm.

⟨244⟩

Wer ist zum Richter bestellt? Nur der Bessere? Nein, wem das *Gute*
Über das Beste noch gilt, der ist zum Richter bestellt.

⟨245⟩ Zeit
Aller Dinge Gehalt, er wird durch dich nur entschieden,
Leise Gottheit, auch mich richtest du, richte gelind.

⟨246⟩ Einführung
Fort jetzt ihr Musen! Fort Poesie! du Göttin des Marktes,
Deutliche Prosa, empfang deutlich den deutlichen Gast.

⟨247⟩ Ankündigung
Nicolai reiset noch immer, noch lang wird er reisen,
Aber ins Land der Vernunft findet er nimmer den Weg.

⟨248⟩ Geschichte und Weissagung
Seine Meinung sagt er von seinem Jahrhundert, er sagt sie,
Nochmals sagt er sie laut, hat sie gesagt und geht ab.

⟨249⟩ Polyphem auf Reisen
Bücher und Menschen verschluckt und ganze Provinzen der Unflat,
Aber wie roh er sie fraß lehret das Reisegefäß.

⟨250⟩ Buchhändler Gewerbe
Meine Reis' ist ein Faden, an dem ich drei Lustra die Deutschen
Nützlich führe, so wie formlos die Form mirs gebeut.

⟨251⟩ Die zwei Sinne
Fein genug ist dein Gehör, auf Anekdoten zu horchen,
Aber die Farben laß, Blinder, uns andere sehn.

⟨252⟩ Formalphilosophie
Allen Formen macht er den Krieg, er weiß wohl, zeitlebens
Hat er mit Müh und Not Stoff nur zusammengeschleppt.

⟨253⟩ Der Todfeind
Willst du alles vertilgen, was deiner Natur nicht gemäß ist,
Nicolai, zuerst schwöre dem Schönen den Tod!

⟨254⟩ Das Kennzeichen
Was den konfusen Kopf so ganz besonders bezeichnet
Ist, daß er alles verfolgt, was *zur Gestalt* sich erhebt.

⟨255⟩ Philosophische Querköpfe
Querkopf! schreiet ergrimmt in unsere Wälder Herr Nickel,
Leerkopf! schallt es darauf lustig zum Walde heraus.

⟨256⟩ Empirischer Querkopf
Armer empirischer Teufel! du kennst nicht einmal das Dumme
In dir selber, es ist ach! a priori so dumm.

⟨257⟩

Nicolai entdeckt die Quellen der Donau! Welch Wunder!
Sieht er gewöhnlich doch sich nach der Quelle nicht um.

⟨258⟩

Nichts kann er leiden was groß ist und mächtig, drum, herrliche Donau,
Spürt dir der Häscher so lang nach, bis er seicht dich ertappt.

⟨259⟩ N. Reisen XI Band S. 177

A propos Tübingen! Dort sind Mädchen, die tragen die Zöpfe
Lang geflochten, auch dort gibt man die Horen heraus.

⟨260⟩ Polizei Trost

Gutes Jena, dich wäscht die Leutra zweimal die Woche.
Leutra, nimm nur den Kot gleich auch des Kritikers mit!

⟨261⟩ Der bunte Styl

Die französischen Bonmots besonders, sie nehmen sich herrlich
Zwischen dem deutschen Gemisch alberner Albernheit aus.

⟨262⟩ Der Glückliche

Sehen möcht ich dich, Nickel, wenn du ein Späßchen erhaschest,
Und, von dem Fund entzückt, drauf dich im Spiegel besiehst.

⟨263⟩ Überfluß und Mangel

Manches Seelenregister enthalten die Bände, doch wahrlich
Was die Seele betrifft, diese vermißt man durchaus.

⟨264⟩ Verkehrte Wirkung

Rührt sonst einen der Schlag, so stockt die Zunge gewöhnlich,
Dieser, so lange gelähmt, schwatzt nur geläufiger fort.

⟨265⟩ Keine Rettung

Lobt ihn, er schmiert ein Buch euch zu loben, verfolgt ihn, er schmiert eins
Euch zu schelten, er schmiert, was ihr auch treibet, ein Buch.

⟨266⟩ Ecce homo

Nenne Lessing nur nicht, der gute hat vieles gelitten
Und in des Märtyrers Kranz warst du ein schrecklicher Dorn.

⟨267⟩

Nahe warst du dem Edeln und bliebst doch der Alberne? Näher
War ihm der Stuhl, wo er saß, aber er blieb nur ein Stuhl.

⟨268⟩

Hast du auch wenig genug verdient um die Bildung der Deutschen,
Fritz Nicolai, sehr viel hast du dabei doch verdient.

⟨269⟩ Die Horen an Nicolai

Unsere Reihen störtest du gern, doch werden wir wandeln,
Und du tappe denn auch, plumper Geselle! so fort.

⟨270⟩ Fichte und Er

Freilich tauchet der Mann kühn in die Tiefe des Meeres,
Wenn du, auf leichtem Kahn, schwankest und Heringe fängst.

⟨271⟩ Briefe über ästhetische Bildung

Dunkel sind sie zuweilen, vielleicht mit Unrecht, o Nickel!
Aber die Deutlichkeit ist wahrlich nicht Tugend an dir.

⟨272⟩ Modephilosophie

Lächerlichster, du nennst das Mode, wenn immer von neuem
Sich der menschliche Geist, ernstlich, nach Bildung bestrebt.

⟨273⟩

Was du mit Händen nicht greifst, das scheint dir Blinden ein Unding
Und betastest du was, gleich ist das Ding auch beschmutzt.

⟨274⟩ Der Lastträger

Weil du vieles geschleppt und schleppst und schleppen wirst, meinst du,
Was sich selber bewegt, könne vor dir nicht bestehn.

⟨275⟩ Der Instinkt

Reget sich was, gleich schießt der Jäger, ihm scheinet die Schöpfung,
Wie lebendig sie ist, nur für den Schnappsack gemacht.

⟨276⟩ Das Unentbehrliche

Könnte Menschenverstand doch ohne Vernunft nur bestehen,
Nickel hätte fürwahr menschlichsten Menschenverstand.

⟨277⟩ Apolog

Hast du jemals den Schwank vom Fuchs und vom Kranich gelesen?
Etwas ähnliches, Freund, hab ich vor kurzem erlebt.

⟨278⟩ Der Kranich beim Fuchse

Den philosoph'schen Verstand lud einst der gemeine zu Tische,
Schüsseln sehr breit und flach setzt er dem Hungrigen vor.

⟨279⟩ Was geschah?
Hungrig verließ die Tafel der Gast. Nur dürftige Bißlein
Faßte der Schnabel, der Wirt schluckte die Speisen allein.

⟨280⟩ Der Fuchs beim Kranich
Den gemeinen Verstand lud nun der andre zu Tische,
Einen enghalsigten Krug setzt er dem Durstigen vor.

⟨281⟩ Was geschah?
Trink nun, Bester! so rief und mächtig schlürfte der Langhals,
Aber vergebens am Rand schnuppert das tierische Maul.

⟨282⟩ Die Xenien
Was uns ärgert, du gibst mit langen entsetzlichen Noten
Uns auch wieder heraus unter der Reiserubrik.

⟨283⟩ Dem Buchhändler
Was uns belustigt, du mußt uns aus eigenem Laden verkaufen,
Und für ein Dritteil Rabatt stellst du an Pranger dich selbst!

⟨284⟩ Bonus odor
Gröblich haben wir dich behandelt, das brauche zum Vorteil
Und im zwölften Band schilt uns, da gibt es ein Blatt.

⟨285⟩ Ankündigung
Den Philister verdrieße, den Schwärmer necke, den Heuchler
Quäle der fröhliche Vers, der nur das Gute verehrt.

⟨286⟩ Der Teleolog
Welche Verehrung verdient der Weltenschöpfer! der, gnädig,
Als er den Korkbaum schuf, gleich auch die Stöpsel erfand!

⟨287⟩ Der Antiquar
Was ein christliches Auge nur sieht erblick ich im Marmor:
Zeus und sein ganzes Geschlecht grämt sich und fürchtet den Tod.

⟨288⟩ Der Kenner
Alte Vasen und Urnen! Das Zeug wohl könnt ich entbehren;
Doch ein Majolica-Topf machte mich glücklich und reich.

⟨289⟩ Dioskuren
Seine Unsterblichkeit teilt mit dem sterblichen Bruder der Halbgott
Euch hat das gleichere Los gnädig die Prüfung erspart.

⟨290⟩ Das Brüderpaar
Als Kentauren gingen sie einst durch Wälder und Berge,
Aber das wilde Geschlecht hat sich geschwinde bekehrt.

⟨291⟩ Dialogen aus dem Griechischen

Zur Erbauung andächtiger Seelen hat F⟨riedrich⟩ S⟨tolberg⟩,
Graf und Poet und Christ, diese Gespräche verdeutscht.

⟨292⟩ Jamben

Jambe nennt man das Tier mit einem kurzen und langen
Fuß, und so nennst du mit Recht Jamben das hinkende Werk.

⟨293⟩ Belsazer, ein Drama

König Belsazer schmaust in dem ersten Akte, der König
Schmaust in dem zweiten, es schmaust fort bis zu Ende der Fürst.

⟨294⟩ Der Ersatz

Als du die griechischen Götter geschmäht, da warf dich Apollo
Von dem Parnasse; dafür gehst du ins Himmelreich ein.

⟨295⟩ Erreurs et Verité

Irrtum wolltest du bringen und Wahrheit, o Bote! von Wandsbeck;
Wahrheit sie war dir zu schwer, Irrtum den brachtest du fort.

⟨296⟩ H⟨einrich⟩ S⟨tilling⟩

Auf das empfindsame Volk hab ich nie was gehalten, es werden,
Kommt die Gelegenheit nur, schlechte Gesellen daraus.

⟨297⟩ Neueste Theorie der Liebe

Eine Leiter zu Gott ist die Liebe, sie fängt bei dem Essen
An, bei der höchsten Substanz hört sie gesättiget auf.

⟨298⟩ Gewisse Romane

Das verkauft er für Humanität? Zusammen addieren,
Kannst du den Engel, das Vieh, aber vereinigen nicht.

⟨299⟩ Qui pro quo

Menschlichkeit kennest du nicht, nur Menschlichkeiten; der Dämon
Wechselt bei dir mit dem Schwein ab, und das nennest du Mensch.

⟨300⟩ Humanität

Seele legt sie auch in den Genuß, noch Geist ins Bedürfnis,
Grazie selbst in die Kraft, noch in die Hoheit ein Herz.

⟨301⟩ An die Väter

Was die Natur bedarf, die bedürftige, nimmt sie sich selber,
Deine Sorge sei das, was die unsterbliche braucht.

⟨302⟩ An die Jünglinge

Fallen verzeih ich dir gern, nur strebe immer nach oben,
Bist du zum Fluge, du bist nimmer zum Streben zu schwer.

⟨303⟩ An die Bußfertigen

Überrascht dich der stärkere Sinn, du erhebest dich wieder,
Nur, ich beschwöre dich, Freund, keine Verträge mit ihm.

⟨304⟩ Procul profani

Wie sie sich quälen, das Edle mit ihrem Gemeinen zu gatten,
Aber das Edle wird nur durch ihr Gemeines gemein.

⟨305⟩

Himmelan flögen sie gern, doch hat auch der Körper sein Gutes,
Und man packt es geschickt hinten dem Seraph noch auf.

⟨306⟩ Der Philosoph und der Schwärmer

Jener steht auf der Erde, doch schaut zum Himmel das Antlitz.
Dieser, die Augen im Kot, recket die Beine hinauf.

⟨307⟩ Bon vivants

Was sie im Himmel wohl suchen, das, Freunde, will ich euch sagen,
Vor der Hand suchen sie nur Schutz vor dem höllischen Feur.

⟨308⟩ Horaz

Immer treibe die Furcht den Sklaven mit eisernem Stabe.
Freude, führe du mich immer an rosigtem Band.

⟨309⟩ L⟨avater⟩

Schade daß die Natur nur Einen Menschen aus dir schuf,
Denn zum würdigen Mann war und zum Schelmen der Stoff.

⟨310⟩ Ein anderes

Alles mischt die Natur so einzig und innig, doch hat sie
Edel- und Schalksinn hier, ach! nur zu innig vermischt.

⟨311⟩

Wie verfährt die Natur, um hohes und niedres im Menschen
Zu verbinden? Sie stellt Eitelkeit zwischen hinein.

⟨312⟩ Für Töchter edler Herkunft

Töchtern edler Geburt ist dieses Werk zu empfehlen,
Um zu Töchtern der Lust schnell sich befördert zu sehn.

⟨313⟩ Der Kunstgriff

Wollt ihr zugleich den Kindern der Welt und den Frommen gefallen?
Malet die Wollust – nur malet den Teufel dazu.

⟨314⟩ H⟨erme⟩s Romanhelden

Ohne das mindeste nur *dem Pedanten* zu nehmen, erschufst du,
Künstler wie keiner mehr ist, einen vollendeten *Geck*.

⟨315⟩ Pfarrer Cyllenius
Still doch von deinen Pastoren und ihrem Zofenfranzösisch,
Auch von den Zofen nichts mehr mit dem Pastorenlatein.

⟨316⟩ Manso von den Grazien
Hexen lassen sich wohl durch schlechte Verse zitieren,
Aber die Grazie kommt nur auf der Grazie Ruf!

⟨317⟩ Derselbe über die Verleumdung der Wissenschaften
Wer verleumdet sie denn? Wer so elend wie du sie verteidigt,
Wahrlich der Advokat ist des Beschuldigers wert.

⟨318⟩ Tassos Jerusalem von Manso
Ein asphaltischer Sumpf bezeichnet hier noch die Stätte,
Wo Jerusalem stand, das uns Torquato besang.

⟨319⟩ Die Kunst zu lieben von Manso
Auch zu lieben bedarfst du der Kunst? Unglücklicher Manso,
Daß die *Natur* auch nichts, gar nichts für dich noch getan!

⟨320⟩ Das Unverzeihliche
Alles kann mißlingen, wir könnens ertragen, vergeben;
Nur nicht, was sich bestrebt, reizend und lieblich zu sein.

⟨321⟩ Mansoische Reimerei
Wieland, wie reich ist dein Geist! Das kann man nun erst empfinden
Sieht man, wie fad und wie leer dein Caput mortuum ist.

⟨322⟩ Jean Paul Richter
Hieltest du deinen Reichtum nur halb so zu Rate, wie jener
Seine Armut, du wärst unsrer Bewunderung wert.

⟨323⟩ Alte Jungfern und Manso
Niemand wollte sie frein, ihn niemand lesen; so sei denn
Jede Ehe verwünscht, jedes gelesene Werk!

⟨324⟩ An seinen Lobredner
Meinst du, er werde größer, wenn du die Schultern ihm leihest?
Er bleibt klein wie zuvor, du hast den Höcker davon.

⟨325⟩ Er und seine Gesellen
Jahre lang schöpfen wir schon in das Sieb und brüten den Stein aus,
Aber der Stein wird nicht warm, aber das Sieb wird nicht voll.

⟨326⟩ Französische Lustspiele in Dyks Verlag
Wir versichern auf Ehre, daß wir einst witzig gewesen,
Sind wir auch hier, wir gestehns, herzlich geschmacklos und fad.

⟨327⟩ Bibliothek schöner Wissenschaften
Wirket ein Buch, wir beweisen euch klar, es konnte nicht wirken,
Fällt es, so zeigen wir euch, daß es notwendig gefiel.

⟨328⟩ Moritz
Armer Moritz! Wie viel hast du nicht im Leben erlitten.
Äakus sei dir gerecht; Schlichtegroll war es dir nicht.

⟨329⟩ Nekrolog
Unter allen, die von uns berichten, bist du mir der liebste,
Wer sich lieset in dir, liest dich zum Glücke nicht mehr.

⟨330⟩ Philosophische Annalen
Reise behutsam, o Wahrheit, der schwarze Jakob mit seiner
Bande lauert dir auf, aber es gilt nur dein Geld.

⟨331⟩ Verfehlter Beruf
Konnte denn die Nadel dich nicht, nicht der Hobel ernähren,
Daß du mit Metaphysik stiehlst ein abscheuliches Brot?

⟨332⟩ An Schwätzer und Schmierer
Treibet das Handwerk nur fort, wir könnens euch freilich nicht legen,
Aber ruhig, das glaubt, treibt ihr es künftig nicht mehr.

⟨333⟩ An die Herren P. R. W.
Euch bedaur' ich am meisten, ihr wähltet gerne das Gute,
Aber euch hat die Natur gänzlich das Urteil versagt.

⟨334⟩
Was mich bewegt, das Kleine mit Spott und mit Ernst zu verfolgen?
Weil es das Kleine nur ist, welches das Große verdrängt.

⟨335⟩ B. T. R. ⟨Böttiger⟩
Kriechender Efeu, du rankest empor an Felsen und Bäumen,
Faulen Stämmen; du rankst, kriechender Efeu, empor.

⟨336⟩ Guter Poet, schlechter Kunstrichter
Hängten auch alle poetische Sudler sich an dich, sie ziehen
Dich nicht hinunter, doch du ziehst sie auch schwerlich hinauf.

⟨337⟩
Überall bist du Poet, im Gespräch, in Geschäften, am Spieltisch,
Nur in der Poesie bist du nicht immer Poet.

⟨338⟩ R⟨eichardt⟩sche Kompositionen
Dies ist Musik fürs Denken. So lang man sie höret, gefällt sie
Keinem, zwei Stunden darauf macht sie erst rechten Effekt.

⟨339⟩ Der böse Geselle

Dichter, bitte die Musen vor ihm dein Lied zu bewahren,
Auch dein leichtestes zieht nieder der schwere Gesang.

⟨340⟩ Überschriften zu seinen Melodien

Frostig und herzlos ist der Gesang, doch werden die Leser
Auf besonderm Post⟨s⟩kript höflich zu fühlen ersucht.

⟨341⟩

Meine Freude verdarb er mir garstig, die versifizierte
Mein ich, die and're gottlob! wird mir durch den nicht vergällt.

⟨342⟩

Ecce rubet quidam, pallet, stupet, oscitat, odit.
Hoc volo, nunc nobis carmina nostra placent.

⟨343⟩ Geschichte des dicken Mannes
(Man sehe die Rezension davon in der
Deutschen Bibliothek.)

Dieses Werk ist durchaus nicht in Gesellschaft zu lesen,
Da es, wie Rezensent meldet, die Blähungen treibt.

⟨344⟩ Literaturbriefe

Auch Nicolai schrieb an dem trefflichen Werk? ich wills glauben,
Mancher Gemeinplatz auch steht in dem trefflichen Werk.

⟨345⟩ Anekdoten von Friedrich II.

Von dem unsterblichen Friedrich, dem einzigen, handelt in diesen
Blättern der zehen mal zehn tausendste sterbliche Fritz.

⟨346⟩ Nicolais Romane

Kennt ihr im Reinecke Fuchs die appetitliche Höhle?
Just so kommt er mir vor unter den Kindern des Geists.

⟨347⟩ Pantheon der Deutschen

Deutschlands größte Männer und kleinste sind hier versammelt,
Jene gaben den Stoff, diese die Worte des Buchs.

⟨348⟩ Borussias

Sieben Jahre nur währte der Krieg von welchem du singest?
Sieben Jahrhunderte, Freund, währt mir dein Heldengedicht.

⟨349⟩ Guter Rat

Accipe facundi Culicem, studiose, Maronis,
Ne, nugis positis, arma virumque canas.

⟨350⟩ Verfasser des Hesperus
Nicht an Reiz noch an Kraft fehlts deinem Pinsel, das Schöne
Schön uns zu malen, du hast leider nur Fratzen gesehn.

⟨351⟩ Deutsches Lustspiel
Toren hätten wir wohl, wir hätten Larven die Menge,
Leider helfen sie nur selbst zur Komödie nichts.

⟨352⟩ Der Wolfische Homer
Mit hartherzger Kritik hast du den Dichter entleibet,
Aber unsterblich durch dich lebt das verjüngte Gedicht.

⟨353⟩ A⟨delung⟩
Anatomieren magst du die Sprache, doch nur ihr Kadaver,
Geist und Leben entschlüpft flüchtig dem groben Skalpell.

⟨354⟩ Gesellschaft von Sprachfreunden
O wie schätz ich euch hoch! Ihr bürstet sorglich die Kleider
Unsrer Autoren und wem fliegt nicht ein Federchen an?

⟨355⟩ Homer
Sieben Städte zankten sich drum, ihn geboren zu haben,
Nun, da der Wolf ihn zerriß, nehme sich jede ein Stück.

⟨356⟩ Schriften für Damen und Kinder
»Bibliothek für das andre Geschlecht, nebst Fabeln für Kinder«:
Also für Kinder nicht, nicht für das andre Geschlecht.

⟨357⟩ Ein andres
Immer für Weiber und Kinder! ich dächte, man schriebe für Männer,
Und überließe dem Mann Sorge für Frau und für Kind.

⟨358⟩ Der Purist
Sinnreich bist du, die Sprache von gallischen Wörtern zu säubern,
Nun so sage doch, Freund, wie man *Pedant* uns verdeutscht.

⟨359⟩ An einen gewissen moralischen Dichter
Ja der Mensch ist ein ärmlicher Wicht, ich weiß – doch das wollt ich
Eben vergessen und kam, ach wie gereut mich's, zu dir.

⟨360⟩ Der erhabene Stoff
Deine Muse besingt, wie Gott sich der Menschen erbarmte,
Aber ist *das* Poesie, daß er erbärmlich sie fand?

⟨361⟩ Die Epopeen
Der steigt über den Menschen hinauf und jener hinunter,
Wer es am glücklichsten traf, weiß ich, doch sag ich es nicht.

⟨362⟩ Reinecke Fuchs

Vor Jahrhunderten hätte ein Dichter dieses gesungen?
Wie ist das möglich? Der Stoff ist ja von gestern und heut.

⟨363⟩ Zum Geburtstag

Möge dein Lebensfaden sich spinnen, wie in der Prosa
Dein Periode, bei dem leider die Lachesis schläft.

⟨364⟩ Beispielsammlung

Nicht bloß Beispielsammlung, nein selber ein warnendes Beispiel,
Wie man nimmermehr soll sammeln für guten Geschmack.

⟨365⟩ Richter

Richter in London! Was wär er geworden! Doch Richter in Hof ist
Halb nur gebildet, ein Mann dessen Talent euch ergötzt.

⟨366⟩

Alles an diesem Gedicht ist vollkommen, Sprache, Gedanke,
Rhythmus, das einzige nur fehlt noch, es ist kein Gedicht.

⟨367⟩ Kosegarten

Höre den Tadler, du kannst was er noch vermißt dir erwerben,
Jenes, was nie sich erwirbt, freue dich, gab dir Natur.

⟨368⟩ Der Meister

Jeden anderen Meister erkennt man an dem, was er darstellt,
An dem, was er verschweigt, kennt man den Meister des Styls.

⟨369⟩ Verfehlter Beruf

Schade daß ein Talent hier auf dem Katheder verhallet,
Das auf höherm Gerüst hätte zu glänzen verdient.

⟨370⟩ Der galante Philosoph

Eine lustige Weisheit doziert hier ein lustiger Doktor,
Bloß dem Namen nach ernst, und in dem lustigen Saal.

⟨371⟩ Auswahl

Streiche jeder ein Distichon weg, das ihm etwa mißfiele,
Und wir wetten, es blieb keins von fünfhunderten stehn.

⟨372⟩ Hildegard von Hohenthal

Gerne hört man dir zu, wenn du mit Worten Musik machst,
Mischtest du nur nicht sogleich hundische Liebe darein.

⟨373⟩ Menschenhaß und Reue

Menschenhaß? Nein, davon verspürt ich beim heutigen Stücke
Keine Regung, jedoch Reue, die hab ich gefühlt.

⟨374⟩ Herr Leonhard** ⟨Meister⟩

Deinen Namen liest man auf zwanzig Schriften und dennoch
Ist es dein Nam' allein, den man in allen vermißt.

⟨375⟩ Herr Schatz, a. d. Reichsanzeiger

Dieser schreckliche Mann rezensierte für Jena, für Leipzig!
Deutschland!! solche Gewalt konntest du Einem vertraun!

⟨376⟩ Apollos Bildsäule in einem gewissen Gartentempel

Mit der linken regiert er die Leier, wen nimmt es noch Wunder,
Daß er in diesem Revier immer so linkisch gespielt?

⟨377⟩

Manche rühmen, sie habe Verstand; ich glaubs, für den Einen,
Den sie jedesmal liebt, hat sie auch wirklich Verstand.

⟨378⟩ Das Märchen

Mehr als zwanzig Personen sind in dem Märchen geschäftig.
»Nun und was machen sie denn alle?« Das Märchen, mein Freund.

⟨379⟩

Was mit glühendem Ernst die liebende Seele gebildet,
Reizte dich nicht, dich reizt, Leser, mein Kobold allein.

⟨380⟩ Frivole Neugier

Das verlohnte sich auch, den Delphischen Gott zu bemühen,
Daß er dir sage, mein Freund, wer der Armenier war.

⟨381⟩

Eine gesunde Moral empfiehlt dies poetische Werk dir,
Aber ich lobe nur das, welches sich selber empfiehlt.

⟨382⟩

Zwei Jahrzehende kostest du mir, zehn Jahre verlor ich
Dich zu begreifen und zehn, mich zu befreien von dir.

⟨383⟩ Der griechische Genius an Meyer in Italien

Tausend andern verstummt, die mit taubem Herzen ihn fragen,
Dir, dem Verwandten und Freund, redet vertraulich der Geist.

⟨384⟩ Bürger

Zu den Toten immer das Beste, so sei dir auch Minos,
Lieber Bürger, gelind, wie du es selber dir warst.

⟨385⟩ Louise von Voß

Wahrlich es füllt mit Wonne das Herz, dem Gesange zu horchen,
Ahmt ein Sänger wie der Töne des Altertums nach.

⟨386⟩ Nachahmung

Ringe, Deutscher, nach römischer Kraft, nach griechischer Schönheit,
Beides gelang dir, doch nie glückte der gallische Sprung.

⟨387⟩ Fichte

Hart erscheint noch die kämpfende Kraft, wenn die siegende schonet,
Aber nur weiter, dich führt sicher zum Siege die Bahn.

⟨388⟩ Garve

Hör ich über Geduld dich, edler Leidender, reden,
O wie wird mir das Volk frömmelnder Schwätzer verhaßt.

⟨389⟩ Spittler

Für die historische Kunst hast du reichlich gesäet, nun sei auch
Künstler in deiner Kunst, ernte, du Trefflicher, selbst.

⟨390⟩ Professor Historiarum

Breiter wird immer die Welt und immer mehr neues geschiehet,
Ach die Geschichte wird stets länger und kürzer das Brot.

⟨391⟩

Raum und Zeit hat man wirklich *gemalt*, es steht zu erwarten,
Daß man mit ähnlichem Glück nächstens die Tugend uns tanzt.

⟨392⟩ Jeremiade

Alles in Deutschland hat sich in Prosa und Versen verschlimmert,
Ach und hinter uns weit liegt schon die goldene Zeit.

⟨393⟩

Philosophen verderben die Sprache, Poeten die Logik,
Und mit dem Menschenverstand kommt man durchs Leben nicht mehr.

⟨394⟩

Aus der Ästhetik, wohin sie gehört, verjagt man die Tugend,
Jagt sie, den lästigen Gast, in die Politik hinein.

⟨395⟩ Das Publikum im Gedränge

Wohin flüchten wir uns? Sind wir natürlich, so sind wir
Platt, und genieren wir uns, nennt man uns abgeschmackt gar.

⟨396⟩ Die Foderungen

Jener will uns natürlich, der ideal; wir versuchen
Unser Möglichstes doch keines von beiden zu sein.

⟨397⟩
Schöne Naivität der Stubenmädchen zu Leipzig,
Komm doch wieder, o komm, witzige Einfalt, zurück!

⟨398⟩ Komödie
Komm, Komödie, wieder, du ehrbare Wochenvisite,
Siegmund, du süßer Amant, Maskarill, spaßhafter Knecht.

⟨399⟩ Tragödie
Trauerspiele voll Salz, voll epigrammatischer Nadeln,
Und du Menuettschritt unsers geborgten Kothurns.

⟨400⟩ Prosa
Alte Prosa komm wieder, die alles so ehrlich heraussagt,
Was sie denkt und gedacht, auch was der Leser sich denkt.

⟨401⟩
Philosoph'scher Roman, du Gliedermann, der so geduldig
Still hält, wenn die Natur gegen den Schneider sich wehrt.

⟨402⟩ Karl von Karlsberg
Was der berühmte Verfasser des menschlichen Elends verdiene?
Sich in der Charité gratis verköstigt zu sehn.

⟨403⟩ Charade
Nichts als dein Erstes fehlt dir, so wäre dein Zweites genießbar,
Aber dein Ganzes, mein Freund, hat auch nicht Salz noch Geschmack.

⟨404⟩ Die Gedichtsammlung
Eine Kollektion von Gedichten? Eine Kollekte
Nenn es, der Armut zu lieb und bei der Armut gemacht.

⟨405⟩ Das Dorf Döbritz
In der Art versprechen wir euch die sämtlichen Dörfer
Deutschlands, aber es wird dennoch kein Grünau daraus.

⟨406⟩ Charis
Ist dies die Frau des Künstlers Vulkan? Sie spricht von dem Handwerk,
Wie es des Roturiers adlichter Hälfte geziemt.

⟨407⟩ v. R⟨acknitz⟩
Ehemals hatte man Einen Geschmack, nun gibt es Geschmäcke!
Aber sagt mir: wo sitzt dieser Geschmäcke Geschmack?

⟨408⟩

Warum tadelst du manchen nicht öffentlich? Weil er ein Freund ist,
So wie mein eigenes Herz tadl' ich im stillen den Freund.

⟨409⟩

Warum schiltst du die einen so hundertfach? Weil das Geschmeiße,
Rührt sich der Wedel nicht stets, immer dich leckt und dich sticht.

⟨410⟩

Glaubst du denn nicht, wir könnten die schwache Seite dir zeigen?
Immerhin tut es, denn ich halte sie selbst nicht für stark.

⟨411⟩ Der Verleger von P⟨latners⟩ Schriften

Eine Maschine besitz ich die selber denkt was sie drucket,
Obengenanntes Werk zeig ich zur Probe hier vor.

⟨412⟩ Josephs II Dictum an die Buchhändler

Einem Handel mit Käse verglich er eure Geschäfte?
Wahrlich der Kaiser – man siehts – war auf dem Leipziger Markt.

⟨413⟩ An . . .

Gerne plagt ich auch dich, doch es will mir mit dir nicht gelingen,
Du bist zum Ernst mir zu leicht, bist für den Scherz mir zu plump.

⟨414⟩

Nein! Du erbittest mich nicht. Du hörtest dich gerne verspottet,
Hörtest du dich nur genannt – darum verschon ich dich, Freund.

⟨415⟩ Anschlagzettel zum Otto von Wittelspach
a. d. Hamburg. Theater

Da die Franzosen nunmehr ihr Theater eröffnet, so läßt Herr
Schröder zum letztenmal heut noch als Kaiser sich sehn.

⟨416⟩ Preisfrage zur Aufmunterung des deutschen Genies

Sechzig Dukaten erhält, wer ein gutes Heldengedicht schreibt,
Aber das Manuskript bleibt der Gesellschaft geschenkt.

⟨417⟩ Der Virtuose

Eine hohe Noblesse bedien' ich heut mit der Flöte,
Die, wie ganz Wien mir bezeugt, völlig wie Geige sich hört.

⟨418⟩ Sachen so gesucht werden

Einen Bedienten wünscht man zu haben, der leserlich schreibet
Und orthographisch, jedoch nichts in Bell' Lettres getan.

⟨419⟩ Buchhändler Anzeige

Nichts ist der Menschheit so wichtig als ihre Bestimmung zu kennen;
Um zwölf Groschen courant wird sie bei mir jetzt verkauft.

⟨420⟩ Preisfrage von der Akademie nützlicher Wissenschaften in T.

Wie auf dem u fortan der teure Schnörkel zu sparen?
Auf die Antwort sind funfzig Dukaten gesetzt.

⟨421⟩ Rezension

Sehet wie artig der Frosch nicht hüpft, doch find ich die hintern
Füße um vieles zu lang, so wie die vordern zu kurz.

⟨422⟩ Sachen so gestohlen worden (Immanuel Kant spricht)

Sechzig Begriffe wurden mir neulich diebisch entwendet,
Leicht sind sie kenntlich, es steht sauber mein I. K. darauf.

⟨423⟩ Antwort auf obigen Avis

Wenn nicht alles mich trügt, so hab ich besagte Begriffe
In Herrn Jacobs Moral kürzlich zu Halle gesehn.

⟨424⟩ Die philosophische Unterredung

Einer, das höret man wohl, spricht *nach* dem andern, doch keiner
Mit dem andern, wer nennt zwei Monologen Gespräch?

⟨425⟩ G. G.

Jeder, siehst du ihn einzeln, ist leidlich klug und verständig.
Sind sie in Corpore, gleich wird dir ein Dummkopf daraus.

⟨426⟩ Die Hörsäle auf gewissen Universitäten

Prinzen und Grafen sind hier von gemeinen Hörern geschieden.
Wohl! denn trennte der Stand nirgends, er trennte doch hier!

⟨427⟩ Frage in den Reichsanzeiger, Wilhelm Meister betreffend

Zu was Ende die griechischen Namen für deutsche Personen?
Raubt es nicht allen Genuß an dem vortrefflichen Werk?

⟨428⟩ Göschen an die Deutschen Dichter

Ist nur erst Wieland heraus, so kommts an euch übrigen alle,
Und nach der Lokation! habt nur einstweilen Geduld!

⟨429⟩ E⟨walds⟩ Hymenäus zu der St⟨olberg⟩ und Sch⟨losserischen⟩ Heirat

Arm in Arme nun geht ihr zur Herrlichkeit ein, ihr vermählten
Seelen, ich hüpfe als Spitz hinter euch Glücklichen her.

⟨430⟩ Aus einer der neuesten Episteln

Klopstock, der ist mein Mann, der in neue Phrasen gestoßen,
Was er im höllischen Pfuhl hohes und großes gesehn.

⟨431⟩ M⟨einer⟩s

Weil du doch alles beschriebst, so beschreib uns zu gutem Beschluß
Auch die Maschine noch, Freund, die dich so fertig bedient.

⟨432⟩ Currus virûm miratur inanes

Wie sie knallen die Peitschen! Hilf Himmel! Deutsche Journale
Wagen an Wagen! Wie viel Staub und wie wenig Gepäck!

⟨433⟩ Das Journal Deutschland

Alles beginnt der Deutsche mit Feierlichkeit, und so zieht auch
Diesem deutschen Journal blasend ein Spielmann voran.

⟨434⟩ Archiv der Zeit

Unglückselige Zeit! wenn aus diesem Archiv dich die Nachwelt
Schätzet, wie bettelhaft stehst du, wie hektisch vor ihr.

⟨435⟩ Böse Vorbedeutung

Auf dem Umschlag sieht man die Charitinnen, doch leider
Kehrt uns Aglaja den Teil, den ich nicht nennen darf, zu.

⟨436⟩ Allgemeine deutsche Bibliothek

Zehnmal gelesne Gedanken auf zehnmal bedrucktem Papiere,
Auf zerriebenem Blei stumpfer und bleierner Witz.

⟨437⟩ Deutsche Monatsschrift

Deutsch in Künsten gewöhnlich heißt mittelmäßig! und bist du,
Deutscher Monat, vielleicht auch so ein deutsches Produkt?

⟨438⟩ Reichsanzeiger

Edles Organ, durch welches das deutsche Reich mit sich selbst spricht,
Geistreich wie es hineinschallet, so schallt es heraus.

⟨439⟩ Philosophische Annalen

Vierzig Eselein ziehen den Bettelkarren durch Deutschland,
Den auf schmutzigem Bock Jacob der Kutscher regiert.

⟨440⟩ Genius der Zeit

Dich, o Dämon, erwart ich, und deine herrschenden Launen,
Doch im härenen Sack schleppt sich ein Kobold dahin.

⟨441⟩ Urania

Deinen heiligen Namen kann nichts entehren, und wenn ihn
Auf sein Sudelgefäß Ewald, der frömmelnde schreibt.

⟨442⟩ Der Bär wehrt die Fliegen

Immer zum Glücke des Volks befördert Eudämonia
Hochverrätrische Schrift, aber mit Noten, zum Druck.

⟨443⟩ Besorgnis

Eines wird mich verdrießen für meine lieben Gedichtchen:
Wenn sie die W⟨iener⟩ Censur durch ihr Verbot nicht bekränzt.

⟨444⟩ Die Horen

Einige wandlen zu ernst, die andern schreiten verwegen,
Wenige gehen den Schritt wie ihn das Publikum hält.

⟨445⟩ Merkur

Wieland zeigt sich nur selten, doch sucht man gern die Gesellschaft,
Wo sich Wieland auch nur selten der Seltene zeigt.

⟨446⟩ Minerva

Trocken bist du und ernst, doch immer die würdige Göttin!
Und so leihest du auch gerne den Namen dem Heft.

⟨447⟩ Flora

Flora Deutschlands Töchtern gewidmet. O! brächte Pomona,
Brächte Hymen doch auch Früchte den Guten herbei.

⟨448⟩ Journal des Luxus und der Moden

Du bestrafest die Mode, bestrafest den Luxus und beide
Weißt du zu fördern; du bist ewig des Beifalls gewiß.

⟨449⟩ Das Paket Manuskripte

Mit der Eule gesiegelt? Da kann Minerva nicht fern sein!
Ich erbreche, da fällt von und für Deutschland heraus.

⟨450⟩ Flüchtlinge

Flüchtlinge, sagt, wer seid ihr? von wannen trägt euch die Woge?
Habt ihr wo ein Gewerb? Streift ihr als Räuber umher?

⟨451⟩ Gelehrte Zeitung

Wie die Nummern des Lotto so zieht man hier die Autoren,
Wie sie kommen; doch daß niemand dabei was gewinnt.

⟨452⟩ Meißners Apollo

»Warum fährst du nicht zu? Es warten die Götter, die Menschen.«
Lieber Himmel, ich kann über die Maut nicht hinaus.

⟨453⟩ Jacobi's Taschenbuch

Viele Läden und Häuser sind offen in südlichen Ländern,
Und man sieht das Gewerb, aber die Armut zugleich.

⟨454⟩ Lyrische Blumenlese

Eine Granate, o Zeus, in dem dürren stygischen Reiche!
Eine Anthologie auf dem berlinischen Sand!

⟨455⟩ Voßens Almanach

Immer fort, du redlicher Voß! beim neuen Kalender
Nenne der Deutsche dich doch, der dich im Jahre vergißt.

⟨456⟩ Schillers Almanach von 1796

Du erhebst uns erst zu Idealen, und stürzest
Gleich zur Natur uns zurück! glaubst du, wir danken dir das?

⟨457⟩ Kalender der Musen und Grazien

Musen und Grazien, oft habt ihr euch schrecklich verirret,
Doch dem Pfarrer noch nie selbst die Perücke gebracht.

⟨458⟩ Beckers Taschenbuch

Ha du bist mir der frechste von allen Schmarotzern im Lande,
Bettelst bei allen, und sie füllen den Ranzen dir voll.

⟨459⟩

»Unsre Gedichte nur trifft dein Spott?« O schätzet euch glücklich,
Daß das schlimmste an euch eure Erdichtungen sind!

⟨460⟩ Schillers Almanach von 1797

Nun erwartet denn auch, für seine herzliche Gaben,
Liebe Kollegen, von Euch unser Kalender den Dank.

⟨461⟩ An die Freier

Freier! Seid ihr beleidigt? Hier ist der Bogen Odysseus!
Spannt ihn wie wir ihn gespannt, schnellt durch die Äxte den Pfeil.

⟨462⟩

Ein paar Jahre rühret euch nun, dann kommen wir wieder,
Ist uns günstig Apoll, munter und mutig wie heut.

⟨463⟩ Xenien

Muse, wo führst du uns hin? Was, gar zu den Manen hinunter?
Hast du vergessen, daß wir nur Monodistichen sind?

⟨464⟩ Die Muse

Desto besser! Gefiedert wie ihr, dünnleibig und luftig,
Seele mehr als Gebein, wischt ihr als Schatten hindurch.

⟨465⟩ Sit mihi fas audita loqui

Hölle, jetzt nimm dich in Acht, es kommt ein Reisebeschreiber,
Und die Publizität deckt auch den Acheron auf.

⟨466⟩ Sterilemque tibi Proserpina vaccam

Hekate, keusche! dir schlacht ich *die Kunst zu lieben von Manso*,
Jungfer noch ist sie! Sie hat nie was von Liebe gewußt!

⟨467⟩ Im Überfahren

Noch ein Phantom stieg ein. Das las uns eine Gedächtnis-
Rede auf Preußens Monarch, während wir ruderten, vor.

⟨468⟩ Elpänor

Muß ich dich hier schon treffen, Elpänor? Du bist mir gewaltig
Vorgelaufen! Und wie, gar mit gebrochnem Genick?

⟨469⟩ Die unglückliche Eilfertigkeit

Ach wie sie Freiheit schrien und Gleichheit, ich hörs, ich will folgen,
Und weil die Trepp mir zu lang währet, so spring ich vom Dach.

⟨470⟩ Recensendum

Unbeerdigt irr ich noch stets, mich verschmähet der Fährmann,
Bis das Jenaer Blatt meine Gebeine verscharrt.

⟨471⟩ Der Höllenhund

»Scheusal! Was bellst du?« Mein Herr, es sind unserer zwei die da bellen,
Spitz Nicolai versieht oben, ich unten das Amt.

⟨472⟩

Sage, Freund, wie find ich denn dich in des Todes Behausung?
Ließ ich doch frisch und gesund dich in Berlin noch zurück?

⟨473⟩ Antwort

Ach das ist nur mein Leib, der in der Oberwelt umgeht,
Aber es schiffte schon längst über den Lethe der Geist.

⟨474⟩ Salmoneus

Was? du hier in der Qual, der welschen Tragödia König?
Muß ich so übel bestellt, göttlicher Peter! dich sehn?

⟨475⟩ Antwort

Ach! Mir geschieht ganz recht! Warum hab ich mit witzgen Tiraden
Nachgepfuscht den Affekt, ach! und den Blitz des Genies.

⟨476⟩ Tityos

Über Europa hinweg, das ihm huldigte, lag er gebreitet,
Voluminos wie er einst trat aus den Pressen zu Kehl.

⟨477⟩

Sohn der Erde! So tief liegst du da, der so hoch einst gestanden,
Und das gefräßige Tier, das an der Leber dir pickt!

⟨478⟩

Ach das ist Frerons unsterblicher Schnabel, der ewig mich peinigt,
Weil ich mit schlechten Bonmots nach dem . . . gezielt.

⟨479⟩ Achilles

Vormals im Leben ehrten wir dich wie einen der Götter,
Nun du tot bist, so herrscht über die Geister dein Geist.

⟨480⟩ Trost

Laß dich den Tod nicht reuen, Achill. Es lebet dein Name
In der Bibliothek schöner Scientien hoch.

⟨481⟩ Antwort

Lieber möcht ich fürwahr als Tagelöhner das Feld baun,
Als des Gänsegeschlechts Führer sein, wie du erzählst.

⟨482⟩ Der ungeheure Orion

Auf der Asphodelos Wiese verfolgt er die drängenden Tiere,
Die in den Literaturbriefen er lebend gewürgt.

⟨483⟩ Tantalos

Auch den Tantalos sah ich, zur Hippokrene gebücket,
Lechzend vor Durst, doch der Quell, wollt er ihn kosten, zerrann.

⟨484⟩ Frage

Du verkündige mir von meinen noch lebenden Neffen,
Ob in der Literatur beide noch walten und wie?

⟨485⟩ Antwort

Freilich walten sie noch, aus dem Bauche des Rosses die ersten,
Schießen sie spitzige Pfeil' auf die Trojaner herab.

⟨486⟩ Frage

Melde mir auch ob du Kunde vom alten Peleus vernahmest,
Ob er noch weit geehrt in den Kalendern sich liest.

⟨487⟩ Antwort

Ach, ihm mangelt leider die spannende Kraft und die Schnelle,
Die einst des Grenadiers herrliche Saiten belebt.

⟨488⟩ Ajax

Ajax, Telamons Sohn! So mußtest du selbst bis zum Tode
Noch forttragen den Groll wegen der Rezension.

⟨489⟩ Sulzer

Drüben über den Urnen! Wie anders ists als wir dachten!
Mein aufrichtiges Herz hat mir Vergebung erlangt.

⟨490⟩ Haller

Ach wie schrumpfen allhier die dicken Bücher zusammen,
Einige werden belohnt, aber die meisten verziehn.

⟨491⟩ Moses Mendelssohn

»Ja! du siehst mich unsterblich!« Das hast du uns ja in dem Phädon
Längst bewiesen. – »Mein Freund, freue dich, daß du es *siehst*!«

⟨492⟩ Der junge Werther

Worauf lauerst du hier? »Ich erwarte den dummen Gesellen,
Der sich so abgeschmackt über mein Leiden *gefreut*.«

⟨493⟩ Lessing

Edler Schatten, du zürnst? Ja, über den grausamen Bruder,
Der mein modernd Gebein lässet in Frieden nicht ruhn.

⟨494⟩ Agamemnon

Nicht der gewaltige Dis, mich tötet' Ägisthos und brachte
In Hexameter mich, daß ich erstickte und starb.

⟨495⟩ Porphyrogeneta den Kopf unter dem Arm

Köpfe schaffet euch an, ihr Liebden! Tut es bei Zeiten!
Wer *nicht* hat, er verliert auch was er *hat* noch dazu.

⟨496⟩ Sisyphus

Auch noch hier nicht in Ruh, du unglückselger! Noch immer
Rollst du Bergauf wie einst, da du regiertest, den Stein.

⟨497⟩ Ovid

Sag doch, Odysseus, das muß ein tüchtig gesegneter Kerl sein,
Der sich von Amors Kunst nach mir zu singen vermaß.

⟨498⟩ Antwort

Geh doch, ein hektisches Bürschgen, das mit dem Finger nur sündigt
Noscitur ex libro quanta sit hasta viri.

⟨499⟩

Endlich erblickt' ich auch den gewaltigen Herkules; seine
Übersetzung: Er selbst leider war nicht mehr zu sehn.

⟨500⟩ Sein Gefolge

Rings um schrie, wie Vögelgeschrei, das Geschrei der Tragöden,
Und das Hundegebell der Dramaturgen um ihn.

⟨501⟩

Schauerlich stand das Ungetüm da. Gespannt war der Bogen,
Und der Pfeil auf der Senn traf noch beständig das Herz.

⟨502⟩ Er

Welche noch kühnere Tat, unglücklicher, wagest du jetzo?
Zu den Verstorbenen selbst niederzusteigen ins Grab!

⟨503⟩ Ich

Wegen Tiresias mußt ich herab, den Seher zu fragen,
Wo ich den guten Geschmack fände, der nicht mehr zu sehn.

⟨504⟩ Er

Glauben sie nicht der Natur und den alten Griechen, so holst du
Ihnen ewig umsonst eine Ästhetik herauf.

⟨505⟩ Ich

O die Natur, die zeigt auf unsern Bühnen sich wieder,
Splitternackend, daß man jegliche Rippe ihr zählt.

⟨506⟩ Er

Wie? So ist wirklich bei euch der alte Kothurnus zu sehen,
Den zu holen ich selbst stieg in des Tartarus Nacht?

⟨507⟩ Ich

Nichts mehr von diesem tragischen Spuk. Kaum einmal im Jahre
Läuft dein geharnischter Geist über die Bretter hinweg.

⟨508⟩ Er

Auch gut. Philosophie hat eure Gefühle geläutert,
Und vor dem heitern Humor fliehet der schwarze Affekt.

⟨509⟩ Ich

Ja, ein derber und trockener Spaß, nichts geht uns darüber.
Aber der Jammer auch, wenn er nur naß ist, gefällt.

⟨510⟩ Er

Also sieht man bei euch den leichten Tanz der Thalia
Neben dem ernsten Gang, welchen Melpomene geht?

⟨511⟩ Ich

Keines von beiden! Uns kann nur das christlich moralische rühren,
Und was recht populär, häuslich und bürgerlich ist.

⟨512⟩ Er

Was? Es dürfte kein Cäsar auf euren Bühnen sich zeigen,
Kein Anton, kein Orest, keine Andromacha mehr?

⟨513⟩ Ich

Nichts! Man siehet bei uns nur Förster, Kommerzienräte,
Fähndriche, Sekretärs, oder Husarenmajors.

⟨514⟩ Er

Aber ich bitte dich, Freund, was kann dieser Misère
Großes begegnen, was kann Großes denn durch sie geschehn?

⟨515⟩ Ich

Was? Sie spielen, sie fechten, sie lieben, sie leihen, versetzen,
Borgen, stehlen auch Gold, wagen den Galgen und mehr.

⟨516⟩ Er

Woher nehmt ihr denn aber das große gigantische Schicksal,
Welches den Menschen erhebt, wenn es den Menschen zermalmt?

⟨517⟩ Ich

Das sind Grillen! Uns selbst und unsre guten Bekannten,
Unsern Jammer und Not suchen und finden wir hier.

⟨518⟩ Er

Aber das habt ihr ja alles bequemer und besser zu Hause,
Warum entfliehet ihr euch, wenn ihr euch selber nur sucht?

⟨519⟩ Ich

Nimms nicht übel, mein Heros. Das ist ein verschiedener Casus,
Das Geschick das ist blind, und der Poet ist gerecht.

⟨520⟩ Er

Also *eure* Natur, die erbärmliche, trifft man auf euren
Bühnen, die große nur nicht, nicht die unendliche an?

⟨521⟩ Ich

Der Poet ist der Wirt und der letzte Actus die Zeche,
Wenn sich das Laster erbricht, setzt sich die Tugend zu Tisch.

⟨522⟩ Die Muse zu den Xenien

Aber jetzt rat ich euch, geht, sonst kommt noch gar der Gorgone
Fratze, oder ein Band Oden von Haschka herauf.

⟨523⟩ Der epische Hexameter

Schwindelnd trägt er dicht fort auf rastlos strömenden Wogen,
Hinter dir siehst du, du siehst vor dir nur Himmel und Meer.

⟨524⟩ Distichon

Im Hexameter steigt des Springquells silberne Säule,
Im Pentameter drauf fällt sie melodisch herab.

⟨525⟩ Ottave rime

Stanze, dich schuf die Liebe, die zärtlich schmachtende; dreimal
Fliehest du schamhaft und kehrst dreimal verlangend zurück.

⟨526⟩ Alexandriner

In das Gewölk hinauf sendet mich nicht mit Jupiters Blitzen,
Aber ich trag euch dafür ehrlich zur Mühle den Sack.

⟨527⟩ Arabesken

In der Schönheit Gebiet sind wir die freiesten Bürger,
Doch da wir sonst nichts sind, sehet, so sind wir nicht viel.

⟨528⟩

Alle die andern, sie haben zu tragen, zu tun, zu bedeuten,
Wir, das glückliche Volk, brauchen sonst nichts als zu sein.

⟨529⟩ Architektur

Unter dem leichten Geschlecht erscheinst du schwer und bedächtig,
Aber zu Regel und Zucht winkst du die Schwestern zurück.

⟨530⟩

Hüpfe nur, leichtes Geschlecht, ich gefesselte kann dir nicht folgen
Aber ich weiß zu ruhn, und auf mir selber zu stehn.

⟨531⟩

Freilich kann ich dich nicht in schlängelnden Wellen umspielen,
Aber mein Dasein faßt mächtig wie keines dich an.

⟨532⟩ Säule

Müßig gelt ich dir nichts, ich gefalle dir nur wenn ich trage,
Herrlich im glänzenden Reihn schmückt mich die glänzende Last.

⟨533⟩ Tempel

Fröhlich dienen wir eines dem andern, mich halten die schlanken
Säulen oben, und leicht über uns schwebet das Dach.

⟨534⟩ Gewölb

Sicher ruhst du auf uns, und warum? Weil wir alle zum Zentrum
Gleich uns neigen und gleich unter uns teilen die Last.

⟨535⟩ Obelisk

Aufgerichtet hat mich auf hohem Gestelle der Meister:
Stehe, sprach er, und ich steh ihm mit Mut und mit Lust.

⟨536⟩ Triumphbogen

Fürchte nicht, sagte der Meister, den Bogen des Himmels. Ich stelle
Dich unendlich wie ihn, in die Unendlichkeit hin.

⟨537⟩ Peterskirche

Suchst du das Unermeßliche hier? Du hast dich geirret,
Meine Größe ist die, größer zu machen dich selbst.

⟨538⟩ Schöne Brücke

Unter mir, über mir rennen die Wellen, die Wagen und gütig
Gönnte der Meister mir selbst auch mit hinüber zu gehn.

⟨539⟩ Tor

Schmeichelnd lade das Tor den Freien ein zum Gesetze,
Froh in die freie Natur führ es den Bürger hinaus.

⟨540⟩ Grenzscheide

Heilig waren vordem die Tore, sie stehen bedeutend
Zwischen der wilden Natur, zwischen dem engen Vertrag.

⟨541⟩ Das Skelett und die Urne

In das Grab hinein pflanzte der menschliche Grieche noch Leben,
Und du töricht Geschlecht stellst in das Leben den Tod!

⟨542⟩ Die Basreliefs

Seht, was versucht nicht der Mensch, mit dem Tod zu versöhnen das Leben,
Nimmer gelingt's – ach sie sind schrecklich und ewig getrennt.

⟨543⟩ Der Genius mit der umgestürzten Fackel

Lieblich sieht er zwar aus mit seiner erloschenen Fackel,
Aber, ihr Herren, der Tod ist so ästhetisch doch nicht.

⟨544⟩ Pompeji

Vor der zerstörenden Zeit und vor dem zerstörenden Goten
Flüchtete tief in das Grab mich die Zerstörung hinab.

⟨545⟩ Grabschrift

Freust du dich deines Lebens, o Wandrer, so soll es mir lieb sein,
Auch ich lebte, auch ich hab mich des Lebens gefreut.

⟨546⟩

Verse! Wo irret ihr hin? Zu den Toten? Ins Leben zurücke!
Lacht nicht der Himmel? Im Glas schäumt nicht der purpurne Wein?

⟨547⟩ Ein Korb mit Steinwein

Ring und Stab! O seid mir auf Steinweinflaschen willkommen,
Ja, wer die Schafe so tränket, der heißt mir ein Hirt.

⟨548⟩ Das Geschenk

Dreimal gesegneter Trank! Dich gewann mir die Muse, die Muse
Schickt dich, die Kirche selbst drückte das Siegel dir auf.

⟨549⟩

Nie erscheinen die Götter allein, das glaubt mir, kaum hab ich
Bacchus im Hause, so klopft Phöbus der herrliche an.

⟨550⟩ Die Dichterstunde

Amor der lächelnde kommt, es kommen die Himmlischen alle,
Und der irdische Raum füllet mit Göttern sich an.

⟨551⟩

Wie bewirt ich die Götter? Hier füllet kein Nektar die Schale,
Und was den Menschen vergnügt, wird es den Gott auch erfreun?

⟨552⟩

Liebe, du mächtige knüpfst den Olympus, die Erde zusammen,
Schönheit, du holde, wie oft zogst du vom Himmel den Gott.

⟨553⟩

Alles streitende löst sich in deinem harmonischen Reiche,
Liebe, so endige denn hier auch den Haß und den Streit.

⟨554⟩ Apollo der Hirt

Mächtig führt er den Bogen, doch seine Lust ist die Leier,
Nur wenn er liebt und beglückt ist er der glückliche Gott.

⟨555⟩ Die Idealwelt

Alle sind sie entwichen des Lebens Schatten, verschwunden
Sind mir die Menschen und klar stehet der Mensch nur vor mir.

⟨556⟩

Immer war mir das Feld und der Wald, und der Fels und die Gärten
Nur ein Raum, und du machst sie, Geliebte, zum Ort.

⟨557⟩

Raum und Zeit, ich empfind es, sind bloße Formen des Denkens,
Da das Eckchen mit dir, Liebchen, unendlich mir scheint.

⟨558⟩

Schwer zu bezwingen ist schon die Neigung, gesellet sich aber
Gar die Gewohnheit zu ihr, nimmer bezwingest du sie.

⟨559⟩ Der Homeruskopf als Siegel

Treuer alter Homer, dir vertrau ich das süße Geheimnis,
Um der Liebenden Glück wisse der Sänger allein.

⟨560⟩

Welche Schrift ich zweimal, ja dreimal hinter einander
Lese? Das herzliche Blatt, das die Geliebte mir schreibt.

⟨561⟩

Wer mich entzückt, vermag mich zu täuschen. O! Dichter und Sänger,
Mimen! lerntet ihr doch meiner Geliebten was ab!

⟨562⟩

Ein Epigramm sei zu kurz, mir etwas herzlichs zu sagen?
Wie, mein Geliebter, ist denn nicht noch viel kürzer der Kuß?

⟨563⟩

Kennst du den herrlichen Gift der unbefriedigten Liebe?
Er versengt und erquickt, zehret am Mark und erneut's.

⟨564⟩

Das ist die wahre Liebe, die immer und immer sich gleich bleibt,
Wenn man ihr alles gewährt, wenn man ihr alles versagt.

⟨565⟩ Klage der Schönheit

Warum bin ich vergänglich? o Zeus! so fragte die Schönheit.
Macht dich doch, sagte der Gott, nur das Vergängliche schön.

⟨566⟩

Und die Liebe, die Blumen, der Tau und die Jugend vernahmens,
Alle gingen sie weg, weinend, von Jupiters Thron.

⟨567⟩

Leben muß man und lieben! Es endet Leben und Liebe!
Schnittest du, Parze, doch nur beiden die Fäden zugleich.

⟨568⟩ Jugend

Einer Charis erfreuet sich jeder im Leben, doch flüchtig,
Hält nicht die himmlische sie, eilet die irdische fort.

⟨569⟩ Quelle der Verjüngung

Glaubt mir, es ist kein Märchen, die Quelle der Jugend, sie rinnet
Wirklich und jedem, ihr fragt, wo? In der dichtenden Kunst.

⟨570⟩ Das Kind

Sieh hier in Einen Strauß die doppelte Blume gebunden,
Jüngling und Jungfrau, sie deckt beide die Knospe noch zu.

⟨571⟩ Knabenalter

Leise löst sich das Band, es entzweien sich zart die Naturen,
Und von der lieblichen Scham trennet sich feurig die Kraft.

⟨572⟩ Der Knabe

Gönne dem Knaben zu spielen, in wilder Begierde zu toben,
Nur die gesättigte Kraft kehret zur Anmut zurück.

⟨573⟩ Die Geschlechter

Aus der Knospe beginnt die doppelte Blume zu streben,
Köstlich ist jede, doch stillt keine dein sehnendes Herz.

⟨574⟩ Jungfrau

Blühend erhebt sich die schlanke Gestalt in schwellender Fülle,
Aber der Stolz bewacht streng wie der Gürtel den Reiz.

⟨575⟩

Herrlich siehst du im Chor der Oreaden sie ragen,
Aber die Chariten stehn nur um die Göttin von Gnid.

⟨576⟩

Scheu wie das zitternde Reh, das ihr Horn durch die Wälder verfolget,
Flieht sie im Mann nur den Feind, hasset noch weil sie nicht liebt.

⟨577⟩

Trotzig schauet und kühn aus finstern Wimpern der Jüngling,
Aber die herrschende Kraft schonet die dienende nicht.

⟨578⟩

Fern in der Speere Gewühl und auf die stäubende Rennbahn
Ruft ihn der lockende Ruhm, reißt ihn der brausende Mut.

⟨579⟩

Jetzo, Natur, beschütze dein Werk. Auseinander auf immer
Fliehet, wenn du nicht vereinst, feindlich, was ewig sich sucht.

⟨580⟩

Aber da bist du, du mächtige schon! aus dem wildesten Streite
Rufst du der Harmonie göttlichen Frieden hervor.

⟨581⟩ Nacht und Stille

Tief verstummet die lärmende Jagd, des rauschenden Tages
Tosen verhallet, und leis' sinken die Sterne herab.

⟨582⟩ Gesang

Seufzend flüstert im Winde das Rohr, sanft murmeln die Bäche,
Und mit melodischem Lied füllt Philomela den Hain.

⟨583⟩ Das Verlangen

Was erreget zu Seufzern der Jungfrau steigenden Busen?
Jüngling, was füllet den Blick schwellend mit Tränen dir an?

⟨584⟩ Des Weibes

Ach sie suchet umsonst, was sie sanft anschmiegend umfasse,
Und die schwellende Frucht beuget zur Erde die Last.

⟨585⟩ Des Mannes

Ruhelos strebend verzehrt sich in eigenen Flammen die Seele.
Ach der brennenden Glut wehet kein lindernder Hauch.

⟨586⟩ Die Begegnung

Siehe! da finden sie sich, es führet sie Amor zusammen,
Und dem geflügelten Gott folgt der geflügelte Sieg.

⟨587⟩

Göttliche Liebe! du bists die der Menschheit Blumen vereinigt,
Ewig getrennt, sind sie doch ewig verbunden durch dich!

⟨588⟩

Einmal sollst du dich nur und nur Einem, o Schöne, dich schenken,
Wie die Blume der Scham Einer und einmal nur pflückt.

⟨589⟩ Der Vater

Wirke, so viel du magst, du stehest doch ewig allein da,
Bis an das All die Natur dich, die gewaltige, knüpft.

⟨590⟩ Der Naturkreis

Alles, du ruhige, schließt sich in deinem Reiche! So kehret
Auch zum Kinde der Greis, kindisch und kindlich, zurück.

⟨591⟩ Das gemeinschaftliche Schicksal

Siehe, wir hassen, wir streiten, es trennet uns Neigung und Meinung
Aber es bleichet indes dir sich die Locke wie mir.

⟨592⟩

Warum plagen wir einer den andern? Das Leben verrinnet,
Und es versammelt uns nur einmal wie heute die Zeit.

⟨593⟩ Jetzige Generation

War es stets so wie jetzt? Ich kann das Geschlecht nicht begreifen,
Nur das Alter ist jung, ach! und die Jugend ist alt!

⟨594⟩ Falscher Studiertrieb

O wie viel neue Feinde der Wahrheit! mir blutet die Seele,
Seh ich das Eulengeschlecht, das zu dem Lichte sich drängt.

⟨595⟩ Poetischer Dilettant

Weil ein Vers dir gelingt in einer gebildeten Sprache,
Die für dich dichtet und denkt, glaubst du schon Dichter zu sein.

⟨596⟩ E⟨milie⟩ v⟨on⟩ B⟨erlepsch⟩

Alles schreibt, es schreibt der Knabe, der Greis, die Matrone.
Götter, erschafft ein Geschlecht, welchem das schreibende schreibt.

⟨597⟩

Du vereinigest jedes Talent, das den Autor vollendet,
O entschließe dich, Freund, nichts als ein Leser zu sein.

⟨598⟩

Welchen Leser ich wünsche? Den unbefangensten, der mich,
Sich und die Welt vergißt und in dem Buche nur lebt.

⟨599⟩ Das Mittel

Willst du wirken als Autor, in Deutschland, so triff sie nur tüchtig,
Denn zum Beschauen des Werks finden sich wenige nur.

⟨600⟩

Hast du an liebender Brust das Kind der Empfindung gepfleget,
Einen Wechselbalg nur gibt dir der Leser zurück.

⟨601⟩ Der Weg zum Ruhme

Glücklich nenn ich den Autor, *der in der Höhe* den Beifall
Findet, der deutsche muß *nieder* sich bücken dazu.

⟨602⟩

Tadeln ist leicht, erschaffen so schwer; ihr Tadler des Schwachen,
Habt ihr das Treffliche denn auch zu belohnen ein Herz?

⟨603⟩

Was belohnet den Meister? der zart antwortende Nachklang,
Und der reine Reflex aus der begegnenden Brust.

⟨604⟩

Enthousiasmus suchst du bei deutschen Lesern? Du armer,
Glücklich, könntest du auch rechnen auf Höflichkeit nur.

⟨605⟩

Gutes in Künsten verlangt ihr? Seid ihr denn würdig des Guten,
Das nur der ewige Krieg gegen euch selber erzeugt?

⟨606⟩

Gabe von oben nur ist was du schönes in Künsten besitzest,
Wahrlich von unten herauf bringt es dein Grund nicht hervor.

⟨607⟩

Muß der Künstler nicht selbst den Schößling von außen sich holen?
Nicht aus Rom und Athen borgen die Sonne, die Luft?

⟨608⟩

Tote Sprachen nennt ihr die Sprache des Flaccus und Pindar,
Und von beiden nur kommt, was in der unsrigen lebt!

⟨609⟩ Die Bedeutung

Was bedeutet dein Werk? so fragt ihr den Künstler, den Dichter,
Freunde, fragt ihr mich so, kennt ihr das Schöne noch nicht.

⟨610⟩

»Bessern, bessern soll uns der Dichter!« – So darf denn auf eurem
Rücken des Büttels Stock nimmer und nimmermehr ruhn?

⟨611⟩ Geist

»Geistreich nennt man dies Werk? Wir können ja nichts daraus schöpfen –«
Toren ihr! Wär es denn Geist, fing man in Eimern es auf?

⟨612⟩ Die Sachmänner

Euch ist alles ein Nichts, was man mit Scheffeln nicht misset,
Was man in Bündel nicht packt, was man in Speichern nicht häuft.

⟨613⟩ An die Muse

Was ich ohne dich wäre, ich weiß es nicht; aber mir grauet,
Seh ich, was ohne dich hundert' und tausende sind.

⟨614⟩ Der schöne Geist und der Schöngeist

Nur das leichtere trägt auf leichter Achsel der Schöngeist,
Aber der schöne Geist trägt das Gewichtige leicht.

⟨615⟩ Philister
Nimmer belohnt ihn des Baumes Frucht, den er mühsam erziehet,
Nur der Geschmack genießt, was die Gelehrsamkeit pflanzt.

⟨616⟩ Philister und Schöngeist
Jener mag gelten, er dient doch als fleißiger Knecht noch der Wahrheit,
Aber dieser bestiehlt Wahrheit und Schönheit zugleich.

⟨617⟩ Der beste Rat
Freunde, treibet nur alles mit Ernst und Liebe, die beiden
Stehen dem Deutschen so schön, den ach so vieles entstellt.

⟨618⟩ Auf gewisse Anfragen
Ob dich der Genius ruft? ob du dem rufenden folgest?
Ja wenn du mich fragst – nein, folge dem rufenden nicht.

⟨619⟩
Wie beklag ich es tief, wenn eine herrliche Seele,
Wert mit zum Zwecke zu gehn, mich nur als Mittel begreift.

⟨620⟩ An ...
Teile mir mit, was du *weißt*, ich werd es dankbar empfangen,
Aber du gibst mir dich selbst, damit verschone mich, Freund.

⟨621⟩ Das Widerwärtige
Dichter und Liebende schenken sich selbst. Doch Speise voll Ekel!
Dringt die gemeine Natur sich zum Genusse dir auf.

⟨622⟩ Wahrheit und Schönheit
Aus der schlechtesten Hand kann Wahrheit mächtig noch wirken,
Bei der Schönheit allein macht das Gefäß den Gehalt.

⟨623⟩ An einen berühmten Schriftsteller
Wahrheit willst du mich lehren? Bemühe dich nicht. Nicht die Sache
Will ich durch dich, ich will dich durch die Sache nur sehn.

⟨624⟩ Brauchbarkeit und Würdigkeit
Hast du etwas, so gib es her und ich zahle was recht ist;
Bist du etwas, o dann tauschen die Seelen wir aus.

⟨625⟩ Unterschied der Stände
Auch in der sittlichen Welt ist ein Adel, gemeine Naturen
Zahlen mit dem was sie tun, schöne mit dem was sie sind.

⟨626⟩ Der sittliche und der schöne Charakter
Repräsentant ist jener der ganzen Menschen Gemeine,
Aber das schöne Gemüt zählt schon allein für sich selbst.

⟨627⟩

Wäre sie unverwelklich die Schönheit, ihr könnte nichts gleichen,
Nichts wo die göttliche blüht weiß ich der göttlichen gleich.

⟨628⟩

Ein unendliches ahndet, ein Höchstes erschafft die Vernunft sich,
In der schönen Gestalt sieht es verkörpert der Blick.

⟨629⟩

Eines verzeih ich mir nicht. Ich verzeihe mir nicht, daß ich etwas
Höheres über euch, göttliche Musen! gesucht.

⟨630⟩

Was ist heilig? das ists, was viele Seelen zusammen
Bindet, bänd es auch nur leicht, wie die Binse den Kranz.

⟨631⟩

Was ist das heiligste? das was heut und ewig die Geister,
Tiefer und tiefer gefühlt, immer nur einiger macht.

⟨632⟩

Manch verwandtes Gemüt treibt mit mir im Strom des Jahrhunderts,
Aber der Strom zerrinnt und wir erkannten uns nicht.

⟨633⟩

Geistige Liebe, sie ist der Seelen seeligste Kette,
Wenn sie, merket das wohl, Schönes mit Schönem vereint.

⟨634⟩ Br⟨üder⟩ G⟨emeinde⟩

Aber widrigers kenn ich auch nichts, als wenn sich durch Bande
Geistiger Lieb' und Begier Grobes mit Grobem vermählt.

⟨635⟩ Liebe und Begierde

Recht gesagt, Schlosser! Man liebt was man hat, man begehrt was man nicht hat,
Denn nur das reiche Gemüt liebt, und das arme begehrt.

⟨636⟩ Innrer Wert und äußre Erscheinung

Gott nur siehet das Herz – Drum eben, weil Gott nur das Herz sieht,
Sorge, daß wir doch auch etwas erträgliches sehn.

⟨637⟩

Falschheit nur und Verstellung ist in dem Umgang der Menschen,
Keiner erscheint, wie er ist – Danke dem Himmel, mein Freund.

⟨638⟩

Strenge, wie mein Gewissen, bemerkst du wo ich gefehlet;
Darum hab ich dich stets wie – mein Gewissen geliebt.

⟨639⟩ Delikatesse im Tadel

Was heißt schonender Tadel? der deinen Fehler verkleinert?
Zudeckt? Nein, der dich selbst über den Fehler erhebt!

⟨640⟩ Die Bedingung

Jede Wahrheit vertrag ich, auch die mich selber zu nichts macht;
Aber das fodr' ich – zu nichts mache mich, eh du sie sagst.

⟨641⟩

Teuer ist mir der Freund, doch auch den Feind kann ich nutzen,
Zeigt mir der Freund, was ich *kann*, lehrt mich der Feind, was ich *soll*.

⟨642⟩

Dieser ist mir der Freund, der mit mir strebendem wandelt;
Läd't er zum sitzen mich ein, sag ich ihm diesmal: Leb' wohl!

⟨643⟩

Kinder werfen den Ball der Wand zu und fangen ihn wieder,
Aber ich lobe das Spiel, wirft mir der Freund ihn zurück.

⟨644⟩ Die Sprache

Warum kann der lebendige Geist dem Geist nicht erscheinen?
Spricht die Seele, so spricht ach! schon die *Seele* nicht mehr.

⟨645⟩ An den Dichter

Laß die Sprache dir sein, was der Körper den Liebenden. Er nur
Ists, der die Wesen trennt, und der die Wesen vereint.

⟨646⟩ Tabulae votivae

Was der Gott mich gelehrt, was mir durchs Leben geholfen,
Häng ich dankbar und fromm hier in dem Heiligtum auf.

⟨647⟩ An die Xenien

O ihr neckischen Jungen! was zerrt und schleppt ihr für Kränze?
Dornen? bei Seite damit! Blätter und Blumen herbei!

⟨648⟩ Die Mannigfaltigkeit

Reich ist an Blumen die Flur, doch einige sind nur dem Auge,
Andre dem Herzen nur schön, wähle dir, Leser, nun selbst.

⟨649⟩ L. B.
Rosenknospe, du bist dem blühenden Mädchen gewidmet,
Die als die herrlichste sich, als die bescheidenste zeigt.

⟨650⟩ C. G.
Viele Veilchen binde zusammen! das Sträußchen erscheinet
Erst als Blume; du bist, häusliches Mädchen, gemeint.

⟨651⟩ L. D.
Eine kannt' ich, sie war wie die Lilie schlank, und ihr Stolz war
Unschuld, geschmückter hat Salomo keine gesehn.

⟨652⟩ H. W.
Schön erhebt sich der Aglei und senkt das Köpfchen herunter,
Ist es Gefühl? Oder ists Mutwill? Wir wissen es nicht.

⟨653⟩ N. Z. S. O. A. D.
Viele duftende Glocken, o! Hiazinthe, bewegst du,
Aber die Glocken ziehn, wie die Gerüche, nicht an.

⟨654⟩ Kornblume
Zierde wärst du der Gärten, doch wo du erscheinest, da sagst du:
Ceres streute mich selbst aus, mit der goldenen Saat.

⟨655⟩ A. L.
Nachtviole, dich geht man am blendenden Tage vorüber,
Doch bei der Nachtigall Schlag hauchest du köstlichen Geist.

⟨656⟩ Tuberose
Unter der Menge strahlest du vor, du ergötzest im Freien,
Aber bleibe vom Haupt, bleibe vom Herzen mir fern.

⟨657⟩ Klatschrose
Weit von fern erblick ich dich schon, doch komm ich dir näher,
Ach! so seh ich, zu bald, daß du die Rose nur lügst.

⟨658⟩ A. F. K. N. H. D.
Tulpen! ihr werdet gescholten von sentimentalischen Kennern,
Aber ein lustiger Sinn wünscht auch ein lustiges Blatt.

⟨659⟩ W. R. L. K. W. J.
Nelken! wie find ich euch schön! doch alle gleicht ihr einander,
Unterscheidet euch kaum, und ich entscheide mich nicht.

⟨660⟩ C. F.
Deine liebliche Kleinheit, dein holdes Auge, sie sagen
Immer: vergiß mein nicht! immer: vergiß nur nicht mein.

⟨661⟩ M. R.

Sagt, was füllet das Zimmer mit Wohlgerüchen? Reseda,
Farblos, ohne Gestalt, stilles und zierliches Kraut.

⟨662⟩ L. W.

Schwänden dem inneren Auge die Bilder sämtlicher Blumen,
Eleonore, dein Bild brächte das Herz sich hervor.

⟨663⟩ Frauen

Mächtig seid ihr – ihr seids durch der Gegenwart ruhigen Zauber,
Was die stille nicht wirkt, wirket die rauschende nie.

⟨664⟩

Kraft erwart ich vom Mann, des Gesetzes Würde behaupt' er,
Aber durch Schönheit allein herrschet und herrsche das Weib.

⟨665⟩

Manche zwar haben geherrscht durch des Geistes Macht und der Taten,
Aber dann haben sie dich, höchste der Kronen, entbehrt.

⟨666⟩

Wahre Königin ist nur des Weibes weibliche Schönheit,
Wo sie sich zeige, sie herrscht, herrschet bloß weil sie sich zeigt.

⟨667⟩

Männer richten nach Gründen. Des Weibes Urteil ist seine
Liebe! Wo es nicht liebt, hat schon gerichtet das Weib.

⟨668⟩

Frauen richtet mir nie des Mannes einzelne Taten,
Aber über den Mann sprechet das richtende Wort!

⟨669⟩ W⟨ilhelm⟩ v⟨on⟩ H⟨umboldt⟩

Lieblichen Lohn hast du dir von der Schönen schönster verdienet,
Auf den herrlichsten Thron stellst du das holde Geschlecht.

⟨670⟩

Überall weichet das Weib dem Manne, nur in dem Höchsten
Weichet dem weiblichen Weib immer der männliche Mann!

⟨671⟩

Was das Höchste mir sei? Des Sieges ruhige Klarheit,
Wie sie von weiblicher Stirn, wie sie von göttlicher strahlt.

⟨672⟩ Im Leiden

Schwimmt auch die Wolke des Grams um die heiter glänzende Scheibe,
Schöner nur bricht sich das Bild auf dem vergoldeten Duft.

⟨673⟩ Schöne Seele

Dünke der Mann sich frei, du *bist's*, denn ewig notwendig
Weißt du von keiner Wahl, keiner Notwendigkeit mehr.

⟨674⟩

Was du auch gibst, stets gibst du dich ganz, du bist ewig nur Eines,
Schon dein zärtester Laut ist dein harmonisches Selbst.

⟨675⟩

Hier ist ewige Jugend bei niemals versiegender Fülle,
Und mit der Blume zugleich brichst du die goldene Frucht.

⟨676⟩

Lebet, ist Leben in euch, und erzählt noch dem kommenden Alter,
Distichen, was wir geehrt, was wir gehaßt und geliebt.

AUS SKIZZENBLÄTTERN

⟨677⟩ An die Herren D. E. F.

Ja, wie Bileam geht mirs, nur umgekehrt, will ich euch loben,
Siehe, da stößt der Geist scheltende Worte hervor.

⟨678⟩ Freiheit

Freiheit ist ein herrlicher Schmuck, der schönste von allen,
Und doch steht er, wir sehn's, wahrlich nicht jeglichem an.

⟨679⟩ Vorwurf

Ha! nun haben wir euch Aristokraten! es soll euch
Übel ergehen, es liest euch nun halb Deutschland nicht mehr.

⟨680⟩ Aufgabe

Wem das Gedichtchen gehört? ihr werdet es schwerlich erfahren,
Sondert, wenn ihr nun könnt, o! Chorizonten, auch hier.

⟨681⟩ An einige Schriftsteller

Tadelt immer die Fürsten! zwar jeder politische Fehler
Straft sich selber, doch euch werden die Fehler bezahlt.

⟨682⟩ Sonderbar

Wie viel hundert Gelehrte, vernünftige Männer den Irrtum
Pflegen, werdet ihr sehn, wenn ihr das Spektrum begreift.

⟨683⟩ Zeugen der Wahrheit

Vier Franzosen nenn ich euch erst, sie sahen den Irrtum
Mehr oder weniger ein, aber der Irrtum bestand.

⟨684⟩ Der Renegat

Konnte dein starkes Talent die Deutschen niemals entzücken,
Recht so, mit schwacher Schrift zwingst du den Beifall vielleicht.

⟨685⟩ Aussicht auf Kultur

Ungezogen genug sind schon die Menschen und jeder
Hegt noch mit viel Bedacht seinen verzogenen Hund.

⟨686⟩ Vergebene Lehre

»Wiederholt euch doch, nicht!« Ja! Hundertmal sollt ihr dasselbe
Hören, da ihr doch auch ewig ein Einerlei seid.

⟨687⟩ Der Vorsichtige

Noch halt ich mein Urteil zurück, das ist das bequemste;
Löst sich das Rätsel einmal, bin ich wie alle gescheut.

⟨688⟩ A und O

Neuster Stoff zum Drama, zum Heldengedichte: die Schöpfung,
Sündenfall und Heil, zuletzt das jüngste Gericht.

⟨689⟩ Der letzte Kämpfer

Auch den lob ich den Mann, der, wie Horatius Cocles,
Auf der Brücke sich stellt, dann sich die Hüfte verstaucht.

⟨690⟩ Schlechter Dienst

Armer Flieger, du flogst mitunter artig durch Deutschland,
Aber Deutschland lähmt ewig die Flügel dir nun.

⟨691⟩ Der Pretiöse

»Niemand soll mich bestechen« – ich glaub es, die häßlichen Weiber
Drohen mit gleichem Glück ihren Verführern mit Schmach.

⟨692⟩ Das neuste in der Chemie

Irgend ein Anteil der Luft gehört zum atmen und brennen,
Dies ist der Säure Grund, Nahrung des Lebens und Brands.

⟨693⟩ Nichts neues unter der Sonne

Mayow wußte das schon vor hundert Jahren, und half sein
Buch, das Säkulum durch, wohl dem Chemisten zum Sinn?

⟨694⟩ Die Epitheten

Deutsche Bären nennte man sonst die deutschen Baronen,
Sag' wie nennen sie denn, deutschester Michel, dich dort?

⟨695⟩

Gänseblumen heißet ihr deutsch und Bellis lateinisch,
Gibt es doch Männer, für die ihr nur bellissimae seid.

⟨696⟩ Literarische Zuverlässigkeit

Allegiere der Erste nur falsch, da schreiben ihm zwanzig
Immer den Irrtum nach, ohne den Text zu besehn.

⟨697⟩

Nur die Fläche bestimmt die kreisenden Bahnen des Lebens,
Ist sie glatt, so vergißt jeder die nahe Gefahr.

⟨698⟩

Alle streben und eilen und suchen und fliehen einander,
Aber alle beschränkt freundlich die glättere Bahn.

⟨699⟩

Siehe schon nahet der Frühling, das strömende Wasser verzehret
Unten, der sanftere Blick, oben, der Sonne, das Eis.

⟨700⟩

Dieses Geschlecht ist hinweg, zerstreut die bunte Gesellschaft,
Schiffern und Fischern gehört wieder die wallende Flut.

⟨701⟩ Der Gegner

Neu ist der Einfall doch nicht, man hat ja selber den höchsten
Einzigsten reinsten Begriff Gottes in Teile geteilt.

⟨702⟩

Selten erhaben und groß und selten würdig der Liebe
Lebt er doch immer, der Mensch, und wird geehrt und geliebt.

⟨703⟩

Wenige Treffer sind gewöhnlich in solchen Boutiquen –
Doch die Hoffnung führt uns und die Neugier herbei.

⟨704⟩

»Geh doch! sein Leben ist keusch.« Das möchten wir gerne ihm lassen,
Aber die lustigste Kunst ist nur bei ihm nicht jocos.

⟨705⟩

Mögt ihr die schlechten Regenten mit strengen Worten verfolgen,
Aber schmeichelt doch auch schlechten Autoren nicht mehr.

⟨706⟩

Setze künftig nur Mottos vor deine Journale, sie zeigen
Alle die Tugenden an, die dich auf ewig fliehn.

⟨707⟩

Giebichensteiner, sei auch persönlich in deinen Satyren,
Deine leidge Person tritt doch am stärksten hervor.

⟨708⟩

Als man ihn traf den Esel, da schlug er aus, doch das macht ihn
Nicht zum Pferde. Nicht wird, den er auch träfe, ihm gleich.

⟨709⟩

Freilich laufe wer nackt als ungestümer Luperkus,
Aber mit falschem Bart prangst in der Kutte du nur.

⟨710⟩

Sag mir, wo ist denn die Klicke? »Da drüben ist sie beim Nachbar!«
Frag ich den Nachbar, er sagt, hüben sei sie bei dir.

⟨711⟩

Einen Tyrannen zu hassen vermögen auch knechtische Seelen,
Nur wer die Tyrannei hasset ist edel und groß.

⟨712⟩ Der Künstler

Buonarotti fing an den Block zur Büste zu bilden,
Sah, es wurde nichts draus, Freunde, da ließ er ihn stehn.

⟨713⟩

Als ein wahrer Narziß besorgst du Karikaturen,
Stehst und beäugelst mit Lust immer auf's neue Dein Bild.

⟨714⟩

Euch verkümmert man das Allgemeine des Titels;
Allgemeinen Gehalt, Freunde, gewähret uns nun.

⟨715⟩

Saget, wann nützt mein Gedicht, o Musen! Wenn es den Edlen
Weckt in dem Augenblick, wenn er sich selber vergißt.

⟨716⟩

Ob ein Mensch gewohnt ist mit rechtlichen Menschen zu leben,
Ob er ein Gänsehirt ist, seht ihr beim ersten Blick.

⟨717⟩

Welch ein ästhetischer Kram rhapsodischen Denkens und Wissens!
Schiene nur Phöbus darein, flöß es wie *Butter* hin*weg*.

⟨718⟩ Kammerrat

Immer im Kleinen gesorgt, damit es im Großen nicht, fehle...

⟨719⟩ Finanzier

Immer im Großen gesorgt, damit das Kleine auch fruchte,
Denn was Tausende tun knüpfest du oder zerreißt's.

⟨720⟩

Redet, Lumpen, lumpig von mir, doch saget: es war ihm
Ernst! und redet sodann, Lumpen ihr, lumpig von mir.

⟨721⟩ Poetische Erdichtung und Wahrheit

Wozu nützt denn die ganze Erdichtung? Ich will es dir sagen,
Leser, sagst du mir erst, wozu die Wirklichkeit nützt.

⟨722⟩ Sokrates

Weil er unwissend sich rühmte, nannt' ihn Apollo den Weisen.
Freund, wieviel weiser bist du; was er bloß rühmte, du bists.

⟨723⟩ Sokrates

Dich erklärte der Pythia Mund für den weisesten Griechen.
Wohl! der weiseste mag oft der beschwerlichste sein.

⟨724⟩ Distinktionszeichen

»Unbedeutend sind doch auch manche von euren Gedichtgen!«
Freilich, zu jeglicher Schrift braucht man auch Komma und Punkt.

⟨725⟩

Ließe die Wahrheit sich schmeicheln, der schmeichelt ich, daß sie doch niemals
Von mir wiche, die jetzt ach mir nur manchmal erscheint.

⟨726⟩ An die Stummen

Ihr verschweiget ein Buch, wenn euch das Buch nicht behagte,
Schweiget, wenn ihr vermögt, nun auch dies Büchlein zu Tod.

⟨727⟩ Vergebnes Bemühen

O verschreien möchtet ihr gerne die Bücher; lesebegierig
Lieset Deutschland das Buch, lieset auch wie mans verschreit.

AUS DEM ›WANDERNDEN EXEMPLAR‹

⟨728⟩

Qui gravis es nimium potes hinc iam lector abire
  Quo libet; urbanae scripsimus ista togae.

⟨729, 730⟩

Triste supercilium durique severa Catonis
  Frons et aratoris filia Fabricii
Et personati fastus et regula morum
  Quidquid et in tenebris non sumus, ite foras.

⟨731⟩ Woldemar und Alwill

Euch erhabne Gestalten hat nicht der Künstler gebildet,
  Sondern die Tugend hat selbst sich verkörpert in Euch.

⟨732⟩ Fichtes Wissenschaftslehre

Was nicht Ich ist, sagst du, ist nur ein Nichtich. Getroffen,
  Freund! So dachte die Welt längst und so handelte sie.

⟨733⟩ Ramler im Gött. M. Alm. 1796
(Der an Zeus Ruhebette hängt, hangen wird und hing.)

Geh, Karl Reinhard, du lügst. Das ist deine, nicht Ramlers Arbeit,
  Der an des Nachbars Reim flicken wird, flickte und flickt.

⟨734⟩ An einen Herrn *tz*

Schnell' ich den Pfeil auf dich? Nein, du hast Gnade gefunden,
  Nimmt sich ja Xenius Zeus selber der Hungrigen an.

⟨735⟩ W⟨eimar⟩ und J⟨ena⟩

Deine Größe, Berlin, pflegt jeder Fremde zu rühmen;
  Führt der Weg ihn zu uns, stutzt er so klein uns zu sehn.

⟨736⟩ Hesperus oder 45 Hundsposttage

Ist es auch nicht der Schreiber des Buchs, so ist es vermutlich
  Doch der Träger, der Hund, der von dem Buche sich nährt.

⟨737⟩ Annalen der Philosophie und des philosophischen Geistes

Zum philosophischen Geist schreibt diese Schenke sich. Geist zwar
  Dürft ihr nicht suchen, jedoch leidlichen Branntwein und Bier.

⟨738⟩ Göschen

Einen Helden suchtest du dir um deinen Charakter
  Darzustellen, und fuhrst in den Bedienten Johann.

⟨739⟩ Reisen ins südliche Frankreich

Wie es hinter dem Mieder beschaffen und unter dem Röckchen,
Lehret, wißt ihr es nicht, zierlich der reisende Freund.

⟨740⟩ Die gefährlichen Verbindungen

Warnung reizet uns oft, ich seh' es, denn jegliche Schöne
Liest und wünscht, ins geheim, sich der Verbindung Gefahr.

⟨741⟩ Mittelmäßigkeit

»Macht ihr euch Feinde zur Lust?« Im literarischen Deutschland
Gibts nur Einen, er paßt in den Pentameter nicht.

⟨742⟩ Nicolai

Zur Aufklärung der Deutschen hast du mit Lessing und Moses
Mitgewirkt, ja du hast ihnen die Lichter geschneuzt.

⟨743⟩ Nicolai auf Reisen

Schreiben wollt er und leer war der Kopf, da besah er sich Deutschland,
Leer kam der Kopf zurück, aber das Buch war gefüllt.

⟨744⟩ Abschied von Nicolai

Unerschöpflich wie deine Plattheit ist meine Satyre,
Doch für das laufende Jahr nimm mit dem Hundert vorlieb.

⟨745⟩ Donau

Gegen den Aufgang ström ich, der Freiheit, der Musen Gefilde
Laß ich hinter mir lang, eh der Euxin mich noch trinkt.

⟨746⟩ Rhein und Donau

Warum vereint man zwei Liebende nicht? Euch verhießen aus unserm
Torus die Götter schon längst einen unsterblichen Sohn.

⟨747⟩ Die geistlichen Flüsse

Unser einer hat's halter gut in geistlicher Herren
Landen, ihr Joch ist sanft und ihre Lasten sind leicht.

⟨748⟩ Weser und Elbe

Von der Sonne fliehen wir weg, die Grazien scheuen
Unsre Ufer, von *Thors* krächzenden Stimmen geschreckt.

⟨749⟩ Auf zwei Sudler die einander loben

Nicht so, nicht so, ihr Herrn. Wollt ihr einander zu Ehren
Bringen, muß vor der Welt einer den andern verschrein.

⟨750⟩ Die kritischen Wölfe

Wenn sie, von Menschenwittrung gelockt, dich hungernd umheulen,
Wanderer, schlage du nur Feuer, sie laufen davon.

⟨751⟩ Die Dykische Sippschaft

Weil ihr in Haufen euch stellt, so glaubt ihr mehr zu vermögen?
Desto schlimmer: jemehr Bettler, je fauler die Luft.

⟨752⟩ Wer es haben will

Nimms nicht übel, daß nun auch deiner gedacht wird. Verlangst du
Das Vergnügen umsonst, daß man den Nachbar vexiert?

⟨753⟩ Übergang

Aber wie bin ich es müde durch lauter Fratzen und Larven
Mich zu drängen, o führt, Verse, zu Menschen mich hin.

⟨754⟩ Charlotte

Hunderte denken an sich bei diesem Namen, es gilt nur
Einer, auf diesem Papier findet sie, sucht sie ihn nicht.

⟨755⟩ An ***

Ja ich liebte dich einst, dich wie ich Keine noch liebte,
Aber wir fanden uns nicht, finden uns ewig nicht mehr.

⟨756⟩ An meine Freunde

Heilig wäre mir nichts? Ihr habt mein Leben begleitet,
Freunde, und wißt es, was mir ewig das heiligste bleibt.

⟨757⟩ An einen Quidam

Arg genug hab ichs gemacht, ich habe niemand geschonet,
Aber ich schonte doch dich; hab ich nicht viele geschont?

⟨758⟩ Der Heinsische Ariost

Wohl, Ariosto, bist du ein wahrhaft unsterblicher Dichter.
Denn da du hier nicht starbst, stirbst du, du Göttlicher nie.

⟨759⟩ Gedikes Pindar

Wunderlich finden zuweilen sich menschliche Namen zusammen,
Von Herrn Gedikes Hand liest man hier Pindarn verdeutscht.

⟨760⟩ Der schlechte Dichter

Glaubt nicht der arme Mensch mit Jupiters Tochter zu leben,
Und ein Knochengeripp folgt ihm zu Tisch und zu Bett.

⟨761⟩ Nach Martial

»Welch unnützes Geschwätz!« Und leugnen wir denn, was bekannt ist?
Unnütz freilich, doch du – treibst du was besseres, Freund?

⟨762⟩ Nach eben demselben

Sieh dort erblaßt ein gewisser, errötet, entsetzet sich, gähnt, kocht
Rache! Verse, so recht! Jetzo gefallet ihr mir.

⟨763⟩ Allgemeine Literatur Zeitung

Bliebe das echte nur stehen auf deinen Kolumnen, verschwände
Schiefes und Halbes! Alsdann wäre die Gabe zu groß.

AUS BRIEFEN

⟨764⟩ Jakob der Kantianer

Sollte Kantische Worte der hohle Schädel nicht fassen?
Hast du in hohler Nuß nicht auch Devisen gesehn?

⟨765⟩

Komm nur von Giebichenstein, von Malepartus! Du bist doch
Reineke nicht, du bist doch nur halb Bär und halb Wolf.

⟨765 a⟩

Auch erscheint ein Herr F* rhetorisch, grimmig-ironisch
Seltsam gebärdet er sich, platt deutsch, im Zeitungsformat.

AUS DEM ALMANACH

⟨766 (5)⟩ Der Mann mit dem Klingelbeutel

Messieurs! Es ist der Gebrauch, wer diese Straße bereiset,
Legt für die Dummen was, für die Gebrechlichen, ein.

⟨767 (6)⟩ Helf Gott

Das verwünschte Gebettel! Es haben die vorderen Kutschen
Reichlich für uns mit bezahlt. Geben nichts. Kutscher, fahr zu.

⟨768 (7)⟩ Der Glückstopf

Hier ist Messe, geschwind, packt aus und schmücket die Bude,
Kommt, Autoren, und zieht, jeder versuche sein Glück.

⟨769 (10)⟩ Das Desideratum

Hättest du Phantasie, und Witz und Empfindung und Urteil,
Wahrlich, dir fehlte nicht viel, Wieland und Lessing zu sein!

⟨770 (28)⟩ An deutsche Baulustige

Kamtschadalisch lehrt man euch bald die Zimmer verzieren,
Und doch ist manches bei euch schon kamtschadalisch genug.

⟨771 (31)⟩ Der Zeitpunkt

Eine große Epoche hat das Jahrhundert geboren,
Aber der große Moment findet ein kleines Geschlecht.

⟨772 (36)⟩ Der Schulmeister zu Breslau

In langweiligen Versen und abgeschmackten Gedanken
Lehrt ein Präzeptor uns hier, wie man gefällt und verführt.

⟨773 (37)⟩ Amor, als Schulkollege

Was das entsetzlichste sei von allen entsetzlichen Dingen?
Ein Pedant, den es jückt, locker und lose zu sein.

⟨774 (38)⟩ Der zweite Ovid

Armer *Naso*, hättest du doch wie *Manso* geschrieben,
Nimmer, du guter Gesell, hättest du Tomi gesehn.

⟨775 (46)⟩ Dieselbe ⟨Bibliothek der Schönen Wissenschaften⟩

Invaliden Poeten ist dieser Spittel gestiftet,
Gicht und Wassersucht wird hier von der Schwindsucht gepflegt.

⟨776 (47)⟩ Die neuesten Geschmacksrichter

Dichter, ihr armen, was müßt ihr nicht alles hören, damit nur
Sein Exercitium schnell lese gedruckt der Student!

⟨777 (49)⟩ Guerre ouverte

Lange neckt ihr uns schon, doch immer heimlich und tückisch,
Krieg verlangtet ihr ja, führt ihn nun offen, den Krieg.

⟨778 (52)⟩ Der Commissarius des jüngsten Gerichts

Nach Calabrien reis't er, das Arsenal zu besehen,
Wo man die Artillerie gießt zu dem jüngsten Gericht.

⟨779 (53)⟩ Kant und seine Ausleger

Wie doch ein einziger Reicher so viele Bettler in Nahrung
Setzt! Wenn die Könige baun, haben die Kärrner zu tun.

⟨780 (54)⟩ J⟨aco⟩b

Steil wohl ist er, der Weg zur Wahrheit, und schlüpfrig zu steigen,
Aber wir legen ihn doch nicht gern auf Eseln zurück.

⟨781 (55)⟩ Die Stockblinden

Blinde, weiß ich wohl, fühlen und Taube sehen viel schärfer,
Aber mit welchem Organ philosophiert denn das Volk?

⟨782 (56)⟩ Analytiker

Ist denn die Wahrheit ein Zwiebel, von dem man die Häute nur abschält?
Was ihr hinein nicht gelegt, ziehet ihr nimmer heraus.

⟨783 (57)⟩ Der Geist und der Buchstabe

Lange kann man mit Marken, mit Rechenpfennigen zahlen,
Endlich, es hilft nichts, ihr Herrn, muß man den Beutel doch ziehn.

⟨784 (58)⟩ Wissenschaftliches Genie

Wird der Poet nur geboren? Der Philosoph wirds nicht minder,
Alle Wahrheit zuletzt wird nur gebildet, geschaut.

⟨785 (59)⟩ Die bornierten Köpfe

Etwas nützet ihr doch, die Vernunft vergißt des Verstandes
Schranken so gern, und *die* stellet ihr redlich uns dar.

⟨786 (60)⟩ Bedientenpflicht

Rein zuerst sei das Haus, in welchem die Königin einzieht,
Frisch denn, die Stuben gefegt! dafür, ihr Herrn, seid ihr da.

⟨787 (61)⟩ Ungebühr

Aber, erscheint sie selbst, hinaus vor die Türe, Gesinde!
Auf den Sessel der Frau pflanze die Magd sich nicht hin.

⟨788 (63)⟩ An Kant

Vornehm nennst du den Ton der neuen Propheten? Ganz richtig,
Vornehm philosophiert heißt wie *Rotüre* gedacht.

⟨789 (93)⟩ Revolutionen

Was das Luthertum war ist jetzt das Franztum in diesen
Letzten Tagen, es drängt ruhige Bildung zurück.

⟨790 (94)⟩ Parteigeist

Wo Parteien entstehn, hält jeder sich hüben und drüben;
Viele Jahre vergehn, eh sie die Mitte vereint.

⟨791 (96)⟩ Deutscher Nationalcharakter

Zur *Nation* euch zu bilden, ihr hoffet es, Deutsche, vergebens.
Bildet, ihr könnt es, dafür freier zu Menschen euch aus.

⟨792 (105)⟩ Elbe

All ihr andern, ihr sprecht nur ein Kauderwelsch. Unter den Flüssen
Deutschlands rede nur ich, und auch in Meissen nur, Deutsch.

⟨793 (107)⟩ Weser

Leider von mir ist gar nichts zu sagen, auch zu dem kleinsten
Epigramme, bedenkt! geb ich der Muse nicht Stoff.

⟨794 (109)⟩ P⟨egnitz⟩ bei N⟨ürnberg⟩

Ganz hypochondrisch bin ich vor langer Weile geworden,
Und ich fließe nur fort, weil es so hergebracht ist.

⟨795 (118)⟩ Der moderne Halbgott

Christlicher Herkules, du ersticktest so gerne die Riesen,
Aber die heidnische Brut steht, Herkuliscus! noch fest.

⟨796 (120)⟩ Nachbildung der Natur

Was nur einer vermag, das sollte nur einer uns schildern:
Voß nur den Pfarrer und nur *Iffland* den Förster allein.

⟨797 (121)⟩ Nachäffer

Aber da meinen die Pfuscher, ein jeder Schwarzrock und Grünrock
Sei auch, an und für sich, unsrer Beschauung schon wert.

⟨798 (122)⟩ Klingklang

In der Dichtkunst hat er mit Worten herzlos geklingelt;
In der Philosophie treibt er es pfäffisch so fort.

⟨799 (123)⟩ An gewisse Umschöpfer

Nichts soll werden das Etwas, daß Nichts sich zu Etwas gestalte,
Laß das Etwas nur sein! nie wird zu Etwas das Nichts.

⟨800 (127)⟩ An die Moralisten

Richtet den herrschenden Stab auf leben und handeln und lasset
Amorn, dem lieblichen Gott, doch mit der Muse das Spiel!

⟨801 (128)⟩ Der Leviathan und die Epigramme

Fürchterlich bist du im Kampf, nur brauchst du etwas viel Wasser,
Aber versuch es einmal, Fisch! in den Lüften mit uns.

⟨802 (158)⟩ Stoßgebet

Vor dem Aristokraten in Lumpen bewahrt mich, ihr Götter,
Und vor dem Sansculott auch mit Epauletten und Stern.

⟨803 (175)⟩ Neueste Farbentheorie von Wünsch

Gelbrot und Grün macht das Gelbe, Grün und Violblau das Blaue!
So wird aus Gurkensalat wirklich der Essig erzeugt!

⟨804 (178)⟩ Sektions-Wut

Lebend noch exenterieren sie euch und seid ihr gestorben,
Passet im Nekrolog noch ein Prosektor euch auf.

⟨805 (179)⟩ Kritische Studien

Schneidet, schneidet, ihr Herrn, durch Schneiden lernet der Schüler,
Aber wehe dem Frosch, der euch den Schenkel muß leihn!

⟨806 (181)⟩ Naturforscher und Transzendental-Philosophen

Feindschaft sei zwischen euch, noch kommt das Bündnis zu frühe,
Wenn ihr im Suchen euch trennt, wird erst die Wahrheit erkannt.

⟨807 (182)⟩ An die voreiligen Verbindungsstifter

Jeder wandle für sich, und wisse nichts von dem andern,
Wandeln nur beide gerad, finden sich beide gewiß.

⟨808 (183)⟩ Der treue Spiegel

Reiner Bach, du entstellst nicht den Kiesel, du bringst ihn dem Auge
Näher, so seh ich die Welt, ***, wenn du sie beschreibst.

⟨809 (222)⟩ Kunstgriff

Schreib die Journale nur anonym, so kannst du mit vollen
Backen deine Musik loben, es merkt es kein Mensch.

⟨810 (226)⟩ Die Mitarbeiter

Wie sie die Glieder verrenken, die Armen! Aber nach dieser
Pfeife zu tanzen, es ist auch, beim Apollo! kein Spaß.

⟨811 (235)⟩ Anacharsis der Zweite
Anacharsis dem ersten nahmt ihr den Kopf weg, der zweite
Wandert nun ohne Kopf klüglich, Pariser, zu euch.

⟨812 (236)⟩ Historische Quellen
Augen leiht dir der Blinde zu dem, was in Frankreich geschiehet,
Ohren der Taube, du bist, Deutschland, vortrefflich bedient.

⟨813 (237)⟩ Der Almanach als Bienenkorb
Lieblichen Honig geb' er dem Freund, doch nahet sich täppisch
Der Philister, ums Ohr saus' ihm der stechende Schwarm!

⟨814 (238)⟩ Etymologie
Ominos ist dein Nam', er spricht dein ganzes Verdienst aus,
Gerne verschafftest du, ging es, dem Pöbel den Sieg.

⟨815 (243)⟩ An die Philister
Freut euch des Schmetterlings nicht, der Bösewicht zeugt euch die Raupe,
Die euch den herrlichen Kohl, fast aus der Schüssel, verzehrt.

⟨816 (244)⟩ Hausrecht
Keinem Gärtner verdenk ichs, daß er die Sperlinge scheuchet,
Doch nur Gärtner ist er, jene gebar die Natur.

⟨817 (272)⟩ Schinks Faust
Faust hat sich leider schon oft in Deutschland dem Teufel ergeben,
Doch so prosaisch noch nie schloß er den schrecklichen Bund.

⟨818 (273)⟩ An Madame B** und ihre Schwestern
Jetzt noch bist du Sibylle, bald wirst du Parze, doch fürcht ich,
Hört ihr alle zuletzt gräßlich als Furien auf.

⟨819 (274)⟩ Almansaris und Amanda
Warum verzeiht mir Amanda den Scherz und Almansaris tobet?
Jene ist tugendhaft, Freund, diese beweiset, sie seis.

⟨820 (275)⟩ B**
Wäre Natur und Genie von allen Menschen verehret,
Sag, was bliebe, Phantast, denn für ein Publikum dir?

⟨821 (276)⟩ Erholungen. Zweites Stück
Daß ihr seht, wie genau wir den Titel des Buches erfüllen,
Wird zur Erholung hiemit euch die Vernichtung gereicht.

⟨822 (277)⟩ Moderezension
Preise dem Kinde die Puppen, wofür es begierig die Groschen
Hinwirft, so bist du fürwahr Krämern und Kindern ein Gott.

⟨823 (278)⟩ Dem Zudringlichen
Ein vor allemal willst du ein ewiges Leben mir schaffen?
Mach im zeitlichen doch mir nicht die Weile so lang.

⟨824 (279)⟩ Höchster Zweck der Kunst
Schade fürs schöne Talent des herrlichen Künstlers! O hätt er
Aus dem Marmorblock doch ein Kruzifix uns gemacht!

⟨825 (294)⟩ Auktion
Da die Metaphysik vor kurzem unbeerbt abging,
Werden die *Dinge an sich* morgen sub hasta verkauft.

⟨826 (295)⟩ Gottesurteil
(Zwischen einem Göttinger und Berliner.)
Öffnet die Schranken! Bringet zwei Särge! Trompeter, geblasen!
Almanachsritter, heraus gegen den Ritter vom Sporn!

⟨827 (298)⟩ Schauspielerin
Furiose Geliebten sind meine Forcen im Schauspiel,
Und in der Comédie glänz ich als Brandteweinfrau.

⟨828 (301)⟩ Literarischer Adreßkalender
Jeder treibe sein Handwerk, doch immer steh es geschrieben:
Dies ist das Handwerk, und der treibet das Handwerk geschickt.

⟨829 (302)⟩ Neuste Kritikproben
Nicht viel fehlt dir, ein Meister nach meinen Begriffen zu heißen,
Nehm ich das einzige aus, daß du verrückt phantasierst.

⟨830 (303)⟩ Eine zweite
Lieblich und zart sind deine Gefühle, gebildet dein Ausdruck,
Eins nur tadl' ich, du bist frostig von Herzen und matt.

⟨831 (304)⟩ Eine dritte
Du nur bist mir der würdige Dichter! es kommt dir auf eine
Platitüde nicht an, nur um natürlich zu sein.

⟨832 (305)⟩ Schillers Würde der Frauen
Vorn herein liest sich das Lied nicht zum besten, ich les' es von hinten,
Strophe für Strophe, und so nimmt es ganz artig sich aus.

⟨833 (306)⟩ Pegasus, von demselben

Meine zarte Natur schockiert das grelle Gemälde,
Aber, von Langbein gemalt, mag ich den Teufel recht gern.

⟨834 (307)⟩ Das ungleiche Verhältnis

Unsre Poeten sind seicht, doch das Unglück ließ sich vertuschen,
Hätten die Kritiker nicht ach! so entsetzlich viel Geist.

⟨835 (308)⟩ Neugier

Etwas wünscht' ich zu sehn, ich wünschte einmal von den Freunden,
Die das Schwache so schnell finden, das Gute zu sehn!

⟨836 (320)⟩ Die zwei Fieber

Kaum hat das kalte Fieber der Gallomanie uns verlassen,
Bricht in der Gräcomanie gar noch ein hitziges aus.

⟨837 (321)⟩ Griechheit

Griechheit was war sie? Verstand und Maß und Klarheit! drum dächt' ich,
Etwas Geduld noch, ihr Herrn, eh ihr von Griechheit uns sprecht.

⟨838 (322)⟩ Warnung

Eine würdige Sache verfechtet ihr, nur mit Verstande
Bitt' ich! daß sie zum Spott und zum Gelächter nicht wird!

⟨839 (323)⟩ Übertreibung und Einseitigkeit

Daß der Deutsche doch alles zu einem Äußersten treibet,
Für Natur und Vernunft selbst, für die nüchterne schwärmt!

⟨840 (324)⟩ Neueste Behauptung

Völlig charakterlos ist die Poesie der Modernen,
Denn sie verstehen bloß charakteristisch zu sein.

⟨841 (325)⟩ Griechische und moderne Tragödie

Unsre Tragödie spricht zum Verstand, drum zerreißt sie das Herz so,
Jene setzt in Affekt, darum beruhigt sie so!

⟨842 (326)⟩ Entgegengesetzte Wirkung

Wir modernen, wir gehn erschüttert, gerührt aus dem Schauspiel,
Mit erleichterter Brust hüpfte der Grieche heraus.

⟨843 (327)⟩ Die höchste Harmonie

Ödipus reißt die Augen sich aus, Jokasta erhenkt sich,
Beide schuldlos; das Stück hat sich harmonisch gelöst.

⟨844 (328)⟩ Aufgelöstes Rätsel
Endlich ist es heraus, warum uns Hamlet so anzieht,
Weil er, merket das wohl, ganz zur Verzweiflung uns bringt.

⟨845 (329)⟩ Gefährliche Nachfolge
Freunde, bedenket euch wohl, die tiefere kühnere Wahrheit
Laut zu sagen, sogleich stellt man sie euch auf den Kopf.

⟨846 (330)⟩ Geschwindschreiber
Was sie gestern gelernt, das wollen sie heute schon lehren,
Ach! was haben die Herrn doch für ein kurzes Gedärm!

⟨847 (331)⟩ Die Sonntagskinder
Jahre lang bildet der Meister und kann sich nimmer genug tun,
Dem genialen Geschlecht wird es im Traume beschert!

⟨848 (347)⟩ Phlegyasque miserrimus omnes admonet
O ich Tor! Ich rasender Tor! Und rasend ein jeder
Der, auf des Weibes Rat horchend, den Freiheitsbaum pflanzt!

⟨849 (348)⟩ Die dreifarbige Kokarde
Wer ist der Wütende da, der durch die Hölle so brüllet,
Und mit grimmiger Faust sich die Kokarde zerzaust?

⟨850 (349)⟩ Agamemnon
Bürger Odysseus! Wohl dir! Bescheiden ist deine Gemahlin,
Strickt dir die Strümpfe, und steckt keine drei Farben dir an!

⟨851 (357)⟩ Dioskuren
Einen wenigstens hofft' ich von euch hier unten zu finden,
Aber beide seid ihr sterblich, drum lebt ihr zugleich.

⟨852 (360)⟩ Peregrinus Proteus
Siehest du Wieland, so sag ihm: ich lasse mich schönstens bedanken,
Aber er tat mir zuviel Ehr' an, ich war doch ein Lump.

⟨853 (361)⟩ Lucian von Samosata
»Nun, Freund, bist du versöhnt mit den Philosophen? Du hast sie
Oben im Leben, das weiß Jupiter! tüchtig geneckt.«

⟨854 (362)⟩ Geständnis
Rede leiser, mein Freund. Zwar hab ich die Narren gezüchtigt,
Aber mit vielem Geschwätz oft auch die Klugen geplagt.

⟨855 (363)⟩ Alkibiades

Kommst du aus Deutschland? Sieh mich doch an, ob ich wirklich ein solcher
Hasenfuß bin, als bei euch man in Gemälden mich zeigt?

⟨856 (364)⟩ Martial

Xenien nennet ihr euch? Ihr gebt euch für Küchenpräsente?
Ißt man denn, mit Vergunst, spanischen Pfeffer bei euch?

⟨857 (365)⟩ Xenien

Nicht doch! Aber es schwächten die vielen wäßrigten Speisen
So den Magen, daß jetzt Pfeffer und Wermut nur hilft.

⟨858 (366)⟩ Rhapsoden

Wer von euch ist der Sänger der Ilias? Weils ihm so gut schmeckt,
Ist hier von Heynen ein Pack Göttinger Würste für ihn.

⟨859 (367)⟩ Viele Stimmen

Mir her, ich sang der Könige Zwist! Ich die Schlacht bei den Schiffen!
Mir die Würste! ich sang, was auf dem Ida geschah!

⟨860 (368)⟩ Rechnungsfehler

Friede! Zerreißt mich nur nicht! die Würste werden nicht reichen,
Der sie schickte, er hat sich nur auf Einen versehn.

⟨861 (369)⟩ Einer aus dem Chor
(fängt an zu rezitieren.)

»Wahrlich, nichts lustigers weiß ich, als wenn die Tische recht voll sind,
Von Gebacknem und Fleisch, und wenn der Schenke nicht säumt –«

⟨862 (370)⟩ Vorschlag zur Güte

Teilt euch wie Brüder! Es sind der Würste gerade zwei Dutzend,
Und wer Astyanax sang, nehme noch diese von mir.

⟨863 (371)⟩ Philosophen

Gut, daß ich euch, ihr Herrn, in pleno beisammen hier finde,
Denn das Eine, was not, treibt mich herunter zu euch.

⟨864 (372)⟩ Aristoteles

Gleich zur Sache, mein Freund. Wir halten die Jenaer Zeitung
Hier in der Hölle und sind längst schon von allem belehrt.

⟨865 (373)⟩ Dringend

Desto besser! So gebt mir, ich geh euch nicht eher vom Leibe,
Einen allgültigen Satz, und der auch allgemein gilt.

⟨866 (374)⟩ Einer aus dem Haufen
Cogito ergo sum. Ich denke und mithin, so bin ich,
Ist das Eine nur wahr, ist es das andre gewiß.

⟨867 (375)⟩ Ich
Denk ich, so bin ich! Wohl! Doch wer wird immer auch denken?
Oft schon war ich, und hab wirklich an gar nichts gedacht!

⟨868 (376)⟩ Ein Zweiter
Weil es Dinge doch gibt, so gibt es ein Ding aller Dinge,
In dem Ding aller Ding schwimmen wir, wie wir so sind.

⟨869 (377)⟩ Ein Dritter
Just das Gegenteil sprech ich. Es gibt kein Ding als mich selber!
Alles andre, in mir steigt es als Blase nur auf.

⟨870 (378)⟩ Ein Vierter
Zweierlei Dinge laß ich passieren, die Welt und die Seele,
Keins weiß vom andern und doch deuten sie beide auf Eins.

⟨871 (379)⟩ Ein Fünfter
Von dem Ding weiß ich nichts, und weiß auch nichts von der Seele,
Beide erscheinen mir nur, aber sie sind doch kein Schein.

⟨872 (380)⟩ Ein Sechster
Ich bin ich, und setze mich selbst, und setz ich mich selber
Als nicht gesetzt, nun gut! setz ich ein Nicht Ich dazu.

⟨873 (381)⟩ Ein Siebenter
Vorstellung wenigstens ist; ein Vorgestelltes ist also,
Ein Vorstellendes auch, macht, mit der Vorstellung, drei!

⟨874 (382)⟩ Ich
Damit lock ich, ihr Herrn, noch keinen Hund aus dem Ofen,
Einen erklecklichen Satz will ich, und der auch was setzt.

⟨875 (383)⟩ Ein Achter
Auf theoretischem Feld ist weiter nichts mehr zu finden,
Aber der praktische Satz gilt doch: Du kannst, denn du sollst!

⟨876 (384)⟩ Ich
Dacht' ichs doch! Wissen sie nichts vernünftiges mehr zu erwidern,
Schieben sies einem geschwind in das Gewissen hinein.

⟨877 (385)⟩ David Hume
Rede nicht mit dem Volk, der Kant hat sie alle verwirret,
Mich frag, ich bin mir selbst auch in der Hölle noch gleich.

⟨878 (386)⟩ Rechtsfrage

Jahre lang schon bedien ich mich meiner Nase zum Riechen,
Hab ich denn wirklich an sie auch ein erweisliches Recht?

⟨879 (387)⟩ Puffendorf

Ein bedenklicher Fall! doch die Erste Possession scheint
Für dich zu sprechen, und so brauche sie immerhin fort.

⟨880 (388)⟩ Gewissensskrupel

Gerne dien ich den Freunden, doch tu ich es leider mit Neigung,
Und so wurmt es mir oft, daß ich nicht tugendhaft bin.

⟨881 (389)⟩ Decisum

Da ist kein anderer Rat, du mußt suchen, sie zu verachten,
Und mit Abscheu alsdann tun, wie die Pflicht dir gebeut.

ANDERE DISTICHEN AUS DEM ALMANACH

⟨882⟩ Das Ehrwürdige

Ehret ihr immer das Ganze, ich kann nur Einzelne achten,
Immer in Einzelnen nur hab ich das Ganze erblickt.

⟨883, 884⟩ Tugend des Weibes

Tugenden brauchet der Mann, er stürzet sich wagend ins Leben,
Tritt mit dem stärkeren Glück in den bedenklichen Kampf.
Eine Tugend genüget dem Weib, sie ist da, sie erscheinet,
Lieblich dem Herzen, dem Aug' lieblich erscheine sie stets.

⟨885⟩ Die moralische Kraft

Kannst du nicht schön empfinden, dir bleibt doch vernünftig zu wollen,
Und als ein Geist zu tun, was du als Mensch nicht vermagst.

⟨886⟩ An ***

Dich erwähl ich zum Lehrer, zum Freund. Dein lebendiges Bilden
Lehrt mich, dein lehrendes Wort rühret lebendig mein Herz.

⟨887⟩ Das ungleiche Schicksal

Mit dem Philister stirbt auch sein Ruhm; du, himmlische Muse,
Trägst, die dich lieben, die du liebst, in Mnemosynens Schoß.

⟨888⟩ Pflicht für jeden

Immer strebe zum Ganzen und kannst du selber kein Ganzes
Werden, als dienendes Glied schließ' an ein Ganzes dich an.

⟨889, 890⟩ Natur und Vernunft

Wärt ihr, Schwärmer, im Stande die Ideale zu fassen,
O so verehrtet ihr auch, wie sich's gebührt, die Natur.
Wärt ihr, Philister, im Stand, die Natur im Großen zu sehen,
Sicher führte sie selbst euch zu Ideen empor.

⟨891⟩ Das Subjekt

Wichtig wohl ist die Kunst und schwer, sich selbst zu bewahren,
Aber schwüriger ist diese: sich selbst zu entfliehn.

⟨892⟩ Empiriker

Daß ihr den sichersten Pfad gewählt, wer möchte das leugnen?
Aber ihr tappet nur blind auf dem gebahntesten Pfad.

⟨893-895⟩ Moralische Schwätzer
Wie sie mit ihrer reinen Moral uns, die schmutzigen, quälen!
Freilich, der groben Natur dürfen sie gar nichts vertraun!
Bis in die Geisterwelt müssen sie fliehn, dem Tier zu entlaufen,
Menschlich können sie selbst auch nicht das menschlichste tun.
Hätten sie kein *Gewissen*, und spräche die *Pflicht* nicht so heilig,
Wahrlich, sie plünderten selbst in der Umarmung die Braut.

⟨896, 897⟩ Der Strengling und der Frömmling
Jener fodert durchaus, daß dir das Gute mißfalle,
Dieser will gar, daß du liebst, was dir von Herzen mißfällt.
Muß ich wählen, so seis in Gottes Namen die Tugend,
Denn ich kann einmal nicht lieben, was abgeschmackt ist.

⟨898⟩ Theophagen
Diesen ist alles Genuß. Sie essen Ideen, und bringen
In das Himmelreich selbst Messer und Gabel hinauf.

⟨899⟩ Fratzen
Fromme gesunde Natur! Wie stellt die Moral dich an Pranger
Heilge Vernunft! Wie tief stürzt dich der Schwärmer herab!

⟨900-902⟩ Moral der Pflicht und der Liebe
Jede, wohin sie gehört! Erhabene Seelen nur kleidet
Jene, die andere steht schönen Gemütern nur an.
Aber widrigers kenn ich auch nichts, als wenn sich durch Bande
Zarter geistiger Lieb' Grobes mit Grobem vermählt.
Und verächtlicher nichts, als die Moral der Dämonen
In dem Munde des Volks, dem noch die Menschlichkeit fehlt.

⟨903⟩ Die Erzieher
Bürger erzieht ihr der sittlichen Welt, wir wollten euch loben,
Stricht ihr sie nur nicht zugleich aus der empfindenden aus.

⟨904, 905⟩ Der Genius
Wiederholen zwar kann der Verstand, was da schon gewesen,
Was die Natur gebaut, bauet er wählend ihr nach.
Über Natur hinaus baut die Vernunft, doch nur in das Leere,
Du nur, Genius, mehrst *in* der Natur die Natur.

⟨906, 907⟩ Genialität
Wodurch gibt sich der Genius kund? Wodurch sich der Schöpfer
Kund gibt in der Natur, in dem unendlichen All.
Klar ist der Äther und doch von unergründlicher Tiefe,
Offen dem Aug', dem Verstand bleibt er doch ewig geheim.

⟨908⟩ Der Unterschied

Lächelnd sehn wir den Tänzer auf glatter Ebene straucheln.
Aber auf ernstlichem Seil, wer mag den Schwindelnden sehn?

⟨909⟩ Vergebliches Geschwätz

Fortzupflanzen die Welt sind alle vernünftgen Diskurse
Unvermögend, durch sie kommt auch kein Kunstwerk hervor.

⟨910, 911⟩ Genialische Kraft

Alle Schöpfung ist Werk der Natur. Von Jupiters Throne
Zuckt der allmächtige Strahl, nährt und erschüttert die Welt.
Pflanzet über die Häuser die leitenden Spitzen und Ketten,
Über die ganze Natur wirkt die allmächtige Kraft.

⟨912-914⟩ An die Moralisten

Lehret! Das ziemet euch wohl, auch wir verehren die Sitte,
Aber die Muse läßt sich nicht gebieten von euch.
Nicht von dem Architekt erwart ich melodische Weisen,
Und, Moralist, von dir nicht zu dem Epos den Plan.
Vielfach sind die Kräfte des Menschen, o daß sich doch jede
Selbst beherrsche, sich selbst bilde zum herrlichsten aus!

⟨915⟩ An die Muse

Nimm dem Prometheus die Fackel, o Muse, belebe die Menschen,
Nimm sie dem Amor und rasch quäl' und beglücke, wie er.

⟨916⟩ Geranium

Prangt mit den Farben Aurorens, Ranunkeln, Tulpen und Asters,
Hier ist ein dunkles Blatt, das euch an Dufte beschämt.

⟨917⟩ Ranunkeln

Keine lockt mich von euch, ich möchte zu keiner mich wenden,
Aber im Beete vermischt, sieht euch das Auge mit Lust.

⟨918-936⟩ Einer

Grausam handelt Amor mit mir! o! spielet, ihr Musen,
Mit den Schmerzen, die er, spielend, im Busen erregt.

Manuskripte besitz ich wie kein Gelehrter noch König,
Denn mein Liebchen sie schreibt, was ich ihr dichtete, mir.

Wie im Winter die Saat nur langsam keimet, im Frühling
Lebhaft treibet und schoßt, so war die Neigung zu dir.

Immer war mir das Feld und der Wald, und der Fels und die Gärten
Nur ein Raum, und du machst sie, Geliebte, zum Ort.

Raum und Zeit, ich empfind es, sind bloße Formen des Denkens,
 Da das Eckchen mit dir, Liebchen, unendlich mir scheint.

Sorge! sie steiget mit dir zu Pferde, sie steiget zu Schiffe,
 Viel zudringlicher noch packet sich Amor mir auf.

Schwer zu besiegen ist schon die Neigung, gesellet sich aber
 Gar die Gewohnheit zu ihr, unüberwindlich ist sie.

Welche Schrift ich zweimal, ja dreimal hinter einander
 Lese? das herzliche Blatt, das die Geliebte mir schreibt.

Wer mich entzückt, vermag mich zu täuschen. O! Dichter und Sänger,
 Mimen! lerntet ihr doch meiner Geliebten was ab!

Alle Freude des Dichters, ein gutes Gedicht zu erschaffen,
 Fühle das liebliche Kind, das ihn begeisterte, mit.

Ein Epigramm sei zu kurz, mir etwas herzlichs zu sagen?
 Wie, mein Geliebter, ist denn nicht noch viel kürzer der Kuß?

Kennst du den herrlichen Gift der unbefriedigten Liebe?
 Er versengt und erquickt, zehret am Mark und erneut's.

Kennst du die herrliche Wirkung der endlich befriedigten Liebe?
 Körper verbindet sie schön, wenn sie die Geister befreit.

Das ist die wahre Liebe, die immer und immer sich gleich bleibt,
 Wenn man ihr alles gewährt, wenn man ihr alles versagt.

Alles wünscht' ich zu haben, um mit ihr alles zu teilen,
 Alles gäb ich dahin, wär sie, die Einzige, mein.

Kränken ein liebendes Herz und schweigen müssen! geschärfter
 Können die Qualen nicht sein, die Rhadamant sich ersinnt.

Warum bin ich vergänglich? o Zeus! so fragte die Schönheit.
 Macht dich doch, sagte der Gott, nur das Vergängliche schön.

Und die Liebe, die Blumen, der Tau und die Jugend vernahmens,
 Alle gingen sie weg, weinend, von Jupiters Thron.

Leben muß man und lieben! Es endet Leben und Liebe!
 Schnittest du, Parze, doch nur beide die Fäden zugleich.

VERSTREUTES

BRIEFGEDICHTE

⟨An Riese⟩

Leipzig den 20 Octbr 1765
Morgends um 6.

⟨. . .⟩ Ich lebe hier, wie – wie – ich weiß selbst nicht recht wie. Doch so ohngefähr

So wie ein Vogel der auf einem Ast
Im schönsten Wald, sich, Freiheit ahtmend, wiegt,
Der ungestört die sanfte Lust genießt,
Mit seinen Fittigen von Baum zu Baum,
Von Busch auf Busch sich singend hinzuschwingen.

Genug stellt euch ein Vögelein, auf einem grünen Aestelein in allen seinen Freuden für, so leb ich. Heut hab ich angefange Collegia zu hören. ⟨. . .⟩

⟨An Riese⟩

⟨. . .⟩ Es fehlt sehr wenig ⟨vom Trauerspiel *Belsazar*⟩; so ist der fünfte Aufzug fertig. In 5füßigen Jamben.

Die Versart, die dem Mädgen wohl gefiel
Der ich allein, Freund! zu gefallen wünschte.
Die Versart, die, der große Schlegel selbst,
Und meist die Kritiker für's Trauerspiel
Die schicklichste und die bequemste halten.
Die Versart die den meisten nicht gefällt,
Den meisten deren Ohr sechsfüsige,
Alexandriner noch gewohnt. Freund! die,
Die ists die ich erwählt mein Trauerspiel
Zu enden. Doch was schreib ich viel davon.
Die Ohren gällten dir gar manches mahl,
Von meinen Versen wieder drum mein Freund,
Erzähl ich dir was angenehmehres.
Ich schaute Gellerten, Gottscheden auch,
Und eile jezt sie treu dir zu beschreiben.

Gottsched ein Mann so groß als wär er vom alten Geschlechte
Jenes der zu Gath im Land der Philister gebohren,

Zu der Kinder Ißraels Schrecken zum Eichgrund hinabkam.
Ja so sieht er aus und seines Cörperbaus Größe
Ist, er sprach es selbst, sechs ganze Parisische Schue.
Wolt ich recht ihn beschreiben; so müßt ich mit einem Exempel
Seine Gestalt dir vergleichen, doch dieses wäre vergebens.
Wandeltest du geliebter auch gleich durch Länder und Länder,
Von dem Aufgang herauf biß zu dem Untergang nieder,
Würdest du dennoch nicht einen der Gottscheden ähnlichte finden.
Lange hab ich gedacht und endlich Mittel gefunden
Dir ihn zu beschreiben doch lache nicht meiner Geliebter.
Humano capiti, cervicem jungens equinam
Derisus a Flacco non sine jure fuit.
Hinc ego Kölbeliis imponens pedibus magnis,
Immane corpus, crassasque scapulas Augsti[1];
Et magna, magni, brachiaque manusque Rolandi,
Addensque tumidum, morosi Rostii[2] caput.
Ridebor forsan? Ne rideatis amici.
Diß ist das wahre bild von diesem großen Mann,
So gut als ich es nur durch Beyspiel geben kan.
Nun nimm geliebter Freund, die jetzt beschriebnen Stücke,
So zeiget glaub es mir sich Gottsched deinem Blicke.
Ich sah den großen Mann auf dem Catehder stehn,
Ich hörte was er sprach, und muß es dir gestehn,
Es ist sein Fürtrag gut, und seine Reden fließen
So wie ein klarer Bach. Doch steht er gleich den Riesen,
Auf dem erhabnen Stuhl. Und kennte man ihn nicht
So wüßte man es gleich weil er steets prahlend spricht.
Genug er sagte viel von seinem Kabinette
Wie vieles Geld ihn das und jen's gekostet hätte.

Und andre Dinge mehr, genug mein Freund
Ich muß schließen. Du weißt doch, er hat eine Frau. Er hat wieder geheurahtet, der alte Bock! Ganz Leipzig verachtet ihn. Niemand gehet mit ihm um.

Apropos. Hast du nicht gehört? Der Hofraht beklagt sich über den Mangel der Mädgen zu Göttingen. Zu was will er ein Mädgen?

Um die retohrischen Figuren auszuüben
Und nach der neusten Art recht hübnerisch zu lieben
Zu sehn ob die Protase ein hartes Herz erweicht,
Zu sehn ob man durch Reglen der Liebe Zweck erreicht
Zu sehn ob Mimesis, die Ploce, die Sarkasmen,
So voller Reitzung sind wie Neukirchs Pleonasmen,

1 Du kennst ihn doch? den dicken Schornsteinfeger.
2 Du wirst dich noch des Fuchsen Vater erinnern.

Und ob er in dem Tohne, wie er den Ulfo singt,
Mit des Corvinus Versen, das Herz der Schönen zwingt,
Und ob – Mein Blat ist voll ich werde sch⟨l⟩ießen müßen.
Die Mädgen eurer Stadt und Kehren sollt ihr grüßen.

d. 8 Nov Goethe
1765.

⟨An die Schwester Cornelia⟩

den 7 Dec. ⟨1765⟩

Jetzt will ich antworten
Schreibe mir von der Reineckischen Sache doch umständlicher.

Wenn man sie in ein Kloster steckte
Und ihr Gesicht mit einem Schleier deckte,
Diß kennte wohl zu ihrem Vorteil seyn
Den Reitz, der ihr jetzt fehlt, kann neue Tracht ihr geben,
Da kann sie immer einsam leben,
Sie ist ja gern allein.

Was ich von Frau Fremont dencke. Ihr Mann taugte nicht viel, sie auch nicht.

Das Ende krönt jetzt die vergangne Zeiten,
Wer einmahl glitt, wird leichte zweimahl gleiten.
Kind die Exequien die waren würklich schön,
Wer wird nicht den Verstand der klugen Domherrn sehn.
Er der aus Sparsamkeit oft was er war vergaß,
Der Wasser tranck und harte Eyer aß,
Der dessen Lehre
War; daß der Fürsten Ehre,
Allein im vollen Beutel wäre.
Er der gespaaret statt gekriegt,
Er den kein leerer Pracht vergnügt,
Der würde sich im Grabe wenden,
Wolt' man nach seinem Todt so ohne Noht verschwenden.

Das Teater! Gut, vielleicht wird nichts gescheuters daraus als aus der neulichen Zayre. Doch schreibe mir nur oft. Auf deine närrische Fragen zu antworten. Böß binn ich etlichemahl geworden. Aber noch kein j'enrage. Das Waldhorn lautet, nun, wie es lautet. keine Hippine giebt hier.

Ich schreibe jetzt von meinem Belsazer.
Fast ist der letzte Aufzug auch so weit,
Als wie die andern sind. Doch wiß du das:
In Versen, wie hier die, verfertigt ich,
Die fünfte Handlung. Dieses Schwester ist
Das Versmas das der Britte braucht, wenn er
Auf dem Coturn im Trauerspiele geht.
Jetzt steh ich still, und denck den Fehlern nach,
Den Fehlern die so häufig sind, wie hier
Studenten sind. Da denck ich nach, und die
Verbessr' ich. Dir schick ich vielleicht einmahl
Etwas davon. Wie auch von dem was ich
Sonst noch in Versen schrieb. Jetzt Lebe wohl.
Grüß mir die Mutter, sprich, sie soll verzeihn,
Daß ich sie niemals grüsen ließ, sag ihr
Das was sie weiß, – daß ich sie ehre. Sags,
Daß nie mein kindlich Hertz von Liebe voll,
Die Schuldigkeit vergist. Und ehe soll,
Die Liebe nicht erkalten eh ich selbst,
Erkalte.

⟨An Riese, 28. 4. 1766⟩

⟨. . .⟩ Bester Rieße diese Einsamkeit hat, so eine gewisse Traurigkeit, in meine Seele gepräget.

Es ist mein einziges Vergnügen
Wenn ich entfernt von jedermann,
Am Bache, bey den Büschen liegen,
An meine Lieben dencken kann.

So vergnügt ich aber auch da bin, so fühle ich dennoch allen Mangel des gesellschaftlichen Lebens, Ich seufze nach meinen Freunden, und meinen Mädgen, und wenn ich fühle daß ich vergebens seufze

Da wird mein Herz von Jammer voll,
Mein Aug wird trüber,
Der Bach rauscht jetzt im Sturm vorüber,
Der mir vorher so sanft erscholl.
Kein Vogel singt in den Gebüschen,
Der grüne Baum verdort
Der Zephir der mich zu erfrischen
Sonst wehte, stürmt und wird zum Nord,
Und trägt entrißne Blüten fort.
Voll Zittern flieh ich dann den Ort,

Ich flieh und such in öden Mauern,
Einsames Trauern.

Aber wie froh bin ich, ganz froh, Horn hat mich durch seine Ankunft einem Teil, meiner Schwermuht entrissen. Er wundere sich daß ich so verändert bin.

Er sucht die Ursach zu ergründen,
Denckt lächlend nach, und sieht mir ins Gesicht.
Doch wie kann er die Ursach finden,
Ich weiß sie selbsten nicht.

⟨...⟩ Ich muß doch einwenig von mir selbst reden.

Ganz andre Wünsche steigen jezt, als sonst,
Geliebter Freund in meiner Brust herauf.
Du weißt, wie sehr ich mich zur Dichtk⟨unst⟩ neigte,
Wie großer Haß in meinem Bußen schlug,
Mit dem ich die verfolgte, die sich nur,
Dem Recht und seinem Heiligtuhme weihten.
Und nicht der Mußen sanften Lockungen,
Ein offnes Ohr, und ausgestreckte Hände,
Voll Sehnsucht reichten. Ach du weißt mein Freund,
Wie sehr ich, (und gewiß mit Unrecht,) glaubte,
Die Muße liebte mich, und gäb mir oft,
Ein Lied. Es klang von meiner Lejer zwar,
Manch stolzes Lied, das aber nicht die Musen,
Und nicht Apollo reihten. Zwar mein Stolz
Der glaubt es, daß so tief zu mir herab
Sich Götter niederließen, glaubte, daß
Aus Meisterhänden nichts Vollkommners käme,
Als es aus meiner Hand gekommen war.
Ich fühlte nicht, daß keine Schwingen, mir
Gegeben waren, um emporzurudern.
Und auch vielleicht, mir von der Götter Hand,
Niehmals gegeben werden würden. Doch
Glaubt ich, ich hab sie schon und könnte fliegen.
Allein kaum kam ich her, als schnell der Nebel
Von meinen Augen sanck, als ich den Ruhm,
Der Großen Männer sah, und erst vernahm,
Wie viel dazu gehörte; Ruhm verdienen.
Da sah ich erst, daß mein erhabner Flug,
Wie es mir schien, nichts war als das Bemühn,
Des Wurms im Staube, der den Adler sieht,
Zur Sonn' sich schwingen, und wie der hinauf
Sich sehnt. Er sträubt empor, und windet sich,

Und ängstlich spannt er alle Nerven an,
Und bleibt am Staub. Doch schnell entsteht ein Wind,
Der hebt den Staub in Wirbeln auf, den Wurm
Erhebt er in den Wirbeln auch. Der glaubt
Sich groß, dem Adler gleich, und jauchzet schon
Im Taumel. Doch auf einmahl zieht der Wind
Den Odem ein. Es sinckt der Staub hinab,
Mit ihm, der Wurm. Jetzt kriecht er wie zuvor.

Werdet nicht über mein Galimathias böse. Lebt Wohl. ⟨. . .⟩

⟨An die Schwester Cornelia, 11. 5. 1766⟩

⟨. . .⟩ In like a situation of my soul, I make english verses, ⟨. . .⟩ english verses, that a stone would weep. In that moment thou shallt have of them. Think on it sister thou art a happy maiden, to have a brother who makes english ve⟨r⟩ses. I pray thee be not haugty thereof.

A SONG
OVER
THE UNCONFIDENCE
TOWARDS MY SELF
To Dr. Schlosser

Thou knowst how heappily they Freind
Walks upon florid Ways;
Thou knowst how heavens bounteous hand
Leads him to golden days.

But hah! a cruel ennemy
Destroies all that Bless;
In Moments of Melancholy
Flies all my Happiness.

Then fogs of doubt do fill my mind
With deep obscurity;
I search my self, and cannot find
A spark of Worth in me.

When tender freinds, to tender kiss,
Run up with open arms;
I think I merit not that bliss,
That like a kiss me warmeth.

Hah! when my child, I love thee, sayd,
And gave the kiss I sought;
Then I – forgive me tender maid –
She is a false one, thought.

She cannot love a peevish boy,
She with her godlike face.
O could I, freind, that t⟨h⟩ought destroy,
It leads the golden days.

An other t⟨h⟩ought is misfortune,
Is death and night to me:
I hum no supportable tune,
I can no poet be.

Then to the Altar of the Nine
A triste incense I bring;
I beg let Poetry be mine
O Sistres let me sing.

But when they then my prayer not hear,
I break my whispring lire;
Then from my eyes runns down a tear,
Extinguish th'incensed fire.

Then curse I, Freind, the fated sky,
And from th'altar I fly;
And to my Freinds aloud I cry,
Be happier then I.

Are they not beautifull sister? Ho yes! Senza Dubbio.

⟨An Trapp⟩

⟨. . .⟩ Vous connoissez ma passion pour la belle Charitas, que Vous l'avez crue le plus fort motif de m'amener a Vous ecrire, en me donnant par Horn le doux espoir, de me faire entendre des nouvelles, qui touchent de plus pres Votre charmante niece. Votre offre a encore plus de pouvoir sur moi, parceque je suis toutafait delaissè par ce mechant Muller.

Muller! Je suis fachè de ce malicieux.
Ce n'est plus cet ami si tendre en ses adieux,
Qui m'aimant autre fois, relevoit ma foiblesse,
Se joingit a ma joie, et chassa ma tristesse.

Aujourdhoui tour changè, il rit de mes soupirs,
Et dans un noir chagrin fait changer ines plaisirs.
Jamais il ne m'ecrit des nouvelles agreables
Sans qu'il fasse entrer un recit qui m'accable;
Et qu'il d'un coup mechant, adroitement portè,
Ne m'ote le bonheur, que lui meme a donnè.
Le cruel! Il connoit mon coeur sensible et tendre,
Il connoit le repos qu'il y pourroit repandre;
Il scait bien qu'un ami s'il ne peut nous aider,
Devroit en nous plaingnant pourtant nous soulager.
Le fait il? Ob que non! Ma douleur est extreme.
Je suis foible il est vrai. Est on fort quand on aime.
Mais il ne cherche rien que de combler mes maux,
Et me dit en riant: Ha, tu as des rivaux.
Je ne le scais que trop, sans qu'il le dise encore.
Tout qui la voit l'admire, qui la connoit l'adore,
Mais faut il eveiller, l'idee plein d'effroi,
Un rival est plus digne de cet enfant que moi.
Soit! Si je ne suis; je vais chercher de l'etre.
Chassons le vil honneur! Que l'amour soit mon maitre.
J'ecouterai lui seul, lui seul doit me guider,
Au sommet du bonnheur par lui je vais monter.
Au sommet de la science montè par l'industrie,
Je reviens, cher ami, pour revoir ma patrie,
Et viens voir, en depit et tout altier censeur,
Si elle est en etat d'achever mon bonheur.

Mais il faut j'usques la que Votre main m'assiste.
Laissez parler toujours ce docte moraliste.
Ecrivez moi! Que fait l'enfant autant aimè?
Se souvient il de moi? Ou m'at il oubliè?
Ah ne me cachez rien qu'il m'eleve ou m'accable.
Un poignard de sa main, me seroit abgreable.
Ecrivez, c'est allors, que de mon coeur cheri,
Comme elle est mon amante, Vous serez mon ami.

Je suis avec toute affection possible
Cher Trappe

Lipsic
ce. 2 du Juin.
1766.

Le Votre
Goethe

⟨An Behrisch, 12. 10. 1766⟩

⟨. . .⟩ Juste ciel qu'el plaisir, de se voir seul, avec sa bienaimée, quatre heures de suite. Elles se passerent sans que personne de nous deux, le sut. J'appris que la mere m'avoit pardonné, et que la bonne femme fatiguée enfin des tendresses perpetuelles que l'autre fit a sa fille, tourna toute son humeur contre lui. Que ces quatres heures me firent heureux!

What pleasure, God! of like a flame to born,
A virteous fire, that ne'er to vice kan turn.
What volupty! when trembling in my arms,
The bosom of my maid, my bosom warmeth!
Perpetual kisses of her lips o'erflow,
In holy embrace mighty virtue shew.
When I then, rapt, in never felt extase,
My maid! I say, and she, my dearest! says.
When then, my heart, of love and virtue hot,
Cries: come ye angels! Come! see and envy me not.

Vous rirez un peu de cette extase ⟨. . .⟩

⟨An die Schwester Cornelia⟩

⟨. . .⟩ ce 13 d'Octobre ⟨1766⟩

VAUDEVILLE
a. Mr Pfeil

Otez moi la grammaire!
Dit autrefois Monsieur le Sot.
Si Le Poitevin, et son frere
Le Peplier, veulent me plaire,
Il faut qu'ils me laissent en repos.

Les regles de ces droles
Si sottement barbouilles,
Sont bonnes, dans les ecoles,
Pour exercer les epaules,
Et la tete, des pauvres ecoliers.

Madame Deesse grammaire
En entendant ces discours,
Me dicta dans sa colere,
L'arret, l'arret si severe,
Que j'aurai a pleurer toujours

Que ta prose de fautes fertile
   Que sans attraits sojent tes vers,
Et que ton maigre style,
Te rende ridicule,
   A la belle a la quelle tu sers.

Grandpretre de cette deesse
   Pfeil! viens me preter ton secours,
Afin que ma maitresse
En vengeant ta deesse
   Ne me fasse finir mes jours.

Va t'en, porter a la Dame
   Avec des dus encens,
Le repentir de mon ame.
Dis lui que je me blame
   De l'avoir haie ceans.

Et lorscequ'elle me pardonne
   Va demander en mon nom,
Quelle soit la facon la plus bonne,
De firmer de ma personne
   Avec elle la plus forte union.

En relisant cette petite sottise en vers, je vois que ma demande est un peu obscure, et qu'on ne sauroit deviner si tot, que je veux savoir de lui, comment me perfectionner bientot dans la langue francaise ⟨. . .⟩

A MONSIEUR LE MAJOR GENERAL DE HOFFMANN

Au sujet de la mort, de Madame
son epouse.

La mort, en sortant du Tartare,
   Voulant que l'univers sentit
la pesanteur, de son couroux barbare,
            Se mit,
A depeupler du fleau de la guerre
            La terre;
            Et vit
Avec plaisir, tous le champs inondès
De sang, et dans le Sang baignes
   Les malheureux
Frondes par le Tonnere
Dans la poussiere.

Les feux
Du meurtre, et du carnage
Eteints enfin,
La mort fremit de rage,
Voyant le genre humain
En sureté
De n'etre pas fauché
Comme autre fois par millions.
Otons,
Dit elle, otons leur
Ce bonheur.
Si autre fois je frappois mille,
Frappons, a la venir, un seul qui vaudra mille.
Elle le dit,
On vit
Bientot familles desolèés
Pleurer, autour d'un mausolee
D'un pere vertueux,
D'un fils l'espoir de sa patrie
Et d'autres dont la vie,
Ne dut que tard etre finie.
Combien vit on de malheureux!
Et ce spectre hideux,
Tout content de sa proie,
Va dedans les enfers,
Aux ennemis de l'univers
Porter sa joie.
D'un tel coup ton Epouse tomba,
Et ce trepas
Desola Sa Famille.
Mais Elle n'en cut point d'effroi;
Car en perdant ici, le monde et Toi,
Elle trouve la haut et le Ciel, et Sa Fille.

J'attens avec impatience, d'entendre, le succes de ce petit poeme, et la raison pourquoi mon cher Pere, m'ordonna de le composer. ⟨. . .⟩

⟨An die Schwester Cornelia, 11. 5. 1767⟩

⟨. . .⟩ Vraiment j'aime les filles touttes ensemble, quoique je puisse souvent chanter:

Von kalten Weisen rings umgeben
Sing ich was heisse Liebe sey;
Ich Sing vom süßen Saft der Reben
Und Wasser trinck ich oft dabey.

⟨. . .⟩ Fais lire les vers suivants a ma mere.

AN MEINE MUTTER

Obgleich kein Gruß, obgleich kein Brief von mir,
So lang dir kömmt, laß keinen Zweifel doch
Ins Herz, als wär die Zärtlichkeit des Sohns,
Die ich dir schuldig bin, aus meiner Brust
Entwichen. Nein, so wenig als der Fels
Der tief im Fluß, vor ewgem Ancker liegt,
Aus seiner Stätte weicht, obgleich die Fluht,
Mit stürmschen Wellen bald, mit sanften bald
Darüber fließt, und ihn dem Aug entreißt,
So wenig weicht die Zärtlichkeit für dich
Aus meiner Brust, obgleich des Lebens Strom,
Vom Schmerz gepeitscht bald stürmend drüber fließt,
Und von der Freude bald gestreichelt, still
Sie deckt, und sie verhindert daß sie nicht
Ihr Haupt der Sonne zeigt, und ringsumher
Zurückgeworfne Strahlen trägt, und dir
Bey jedem Blicke zeigt, wie dich dein Sohn verehrt.

⟨An die Schwester Cornelia, 13. 10. 1767⟩

⟨. . .⟩ Manchmal mach' ich Madrigals, und das sind meistenteils Naivetäten von meinem Mädgen und Freunden. Z. E.

LE VERITABLE AMI

Va te sevrer des baisers de ta belle,
Me dit un jour l'ami; par son air sedouisant,
Ses yieux perçans, par son tein eclatant,
Sa taille mince, son language amusant,
Elle te pourroit bien deranger la cervelle;
Fuis de cette beaute de dangereux amour!
Mais pour te faire voir a quel degré je t'aime,
Je veux t'oter tout espoir du retour,
En m'en faisant aimer moi meme.

⟨An Friederike Oeser⟩

Franckfurt am 6. Nov.
1768.

Mamsell,
So launisch, wie ein Kind das zahnt;
Bald schüchtern, wie ein Kaufmann den man mahnt,
Bald still, wie ein Hypochondrist,
Und sittig, wie ein Mennonist,
Und folgsam, wie ein gutes Lamm;
Bald lustig, wie ein Bräutigam,
Leb' ich, und binn halb kranck und halb gesund,
Am ganzen Leibe wohl, nur in dem Halse wund;
Sehr missvergnügt, dass meine Lunge
Nicht so viel Ahtem reicht, als meine Zunge
Zu manchen Zeiten braucht, wenn sie mit Stolz erzählt,
Was ich bey Euch gehabt, und was mir jetzt hier fehlt.

Da sucht man nun mit Macht mir neues Leben,
Und neuen Muht und neue Krafft zu geben;
Drum reichet mir mein Docktor Medicinä
Extrackte aus der Cortex Chinä,
Die junger Herrn erschlaffte Nerven
An Augen, Fus und Hand,
Auf's neue stärcken, den Verstand
Und das Gedächtniss schärfen.

Besonders ist er drauf bedacht,
Durch Ordnung wieder einzubringen,
Was Unordnung so schlimm gemacht,
Und heisst mich meinen Willen zwingen.

»Bey Tag, und sonderlich bey Nacht
Nur an nichts reitzendes gedacht!«
Welch ein Befehl für einen Zeichnergeist,
Den jeder Reitz bis zum Entzücken reisst.
Des Bouchers Mädgen nimmt er mir
Aus meiner Stube, hängt dafür
Mir eine abgelebte Frau,
Mit riefigem Gesicht, mit halbzerbrochnem Zahne,
Vom fleissig kalten Gerhard Dow
An meine Wand, langweilige Tisane
Setzt er mir statt des Weins dazu.

O sage Du,
Kann man was traurigers erfahren?
Am Körper alt, und jung an Jahren,

Halb siech, und halb gesund zu seyn?
Das giebt so melanchol'sche Laune,
Und ihre Pein
Würd' ich nicht los, und hätt' ich sechs Alraune.
Was nützte mir der ganzen Erde Geld?
Kein krancker Mensch geniesst die Welt.

Und dennoch wollt' ich gar nicht klagen,
Denn ich binn schon im Leiden sehr geübt;
Hätt' ich nur das, was uns die Plagen,
Die Last der Kranckheit zu ertragen,
Mehr Krafft als selbst die Tugend giebt;
Verkürzung grauer Regenstunden,
Balsam'sches Pflaster aller Wunden,
Gesellschafftsgeister die man liebt.

Zwar hab ich hier an meiner Seite
Beständig rechte gute Leute,
Die mit mir leiden, wenn ich leide,
Sie sorgen mir für manche Freude,
Es fehlt mir nur an mir, um recht beglückt zu seyn.
Und dennoch kenn' ich niemand, der die Pein
Des Schmerzens, so behende stillt, die Ruh
Mit Einem Blick der Seele schenckt, wie Du.

Ich kam zu Dir, ein Todter aus dem Grabe,
Den bald ein zweyter Todt zum zweytenmal begräbt;
Und wem er nur einmal recht nah um's Haupt geschwebt,
Der bebt
Bey der Erinnerung, gewiss solang er lebt.
Ich weiss wie ich gezittert habe;
Doch machtest Du mit Deiner süssen Gabe,
Ein Blumenbeet mir aus dem Grabe;
Erzähltest mir wie schön, wie kummerfrey,
Wie gut, wie süss Dein seelig Leben sey,
Mit einem Ton von solcher Schmeicheley,
Dass ich, was mir das Elend jemals raubte,
Weil Du's besas'st selbst zu besitzen glaubte.
Zufrieden reisst ich fort, und was noch mehr ist, froh,
Und ganz war meine Reise so.

Ich kam hierher, und fand das Frauenzimmer
Ein bissgen – ja man sagt's nicht gern – wie immer,
Gnug bis hierher hat keine mich gerührt.
Zwar sag ich nicht was einst Herr Schübler
Von Hamburgs Schönen prädicirt,

Doch binn ich auch ein starcker Grübler,
Seitdem Ihr Mädgen mich verführt,
Die ich wohl schweerlich je vergesse;
Und da begreiffst Du wohl, dass jede leicht verliert,
Die ich nach Eurem Maasstab messe.
Du lieber Gott! an Munterkeit ist hie
An Einsicht, und an Witz Dir keine einz'ge gleich,
Und Deiner Stimme Harmonie
Wie käme die heraus in's Reich.

So ein Gespräch, wie unsers war, im Garten,
Und in der Loge noch, mit diesem seltnen Zug,
So aufgeweckt, und doch so klug,
Ja, darauf kann ich warten.

Binn ich bey Mädgen launisch froh;
So sehn sie sittenrichtrisch sträflich,
Da heisst's: der Herr ist wohl aus Bergamo?
Sie sagen's nicht einmal so höflich.
Zeigt man Verstand, so ist auch das nicht recht.
Denn will sich einer nicht bequemen
Des Grandisons ergebner Knecht
Zu seyn, und alles blindlings anzunehmen
Was der Dicktator spricht,
Den lacht man aus, den hört man nicht.

Wie seyd Ihr nicht so gut, so Euch zu bessern willig,
Auf eigne Fehler streng, und gegen fremde billig,
Und zum Gefallen ohnbemüht,
Ist niemand den Ihr nicht gewönnet.
Ah, man ist Euer Freund so wenig man Euch kennet,
Man liebt Euch, eh man's sich versieht;
Mit einem Mädgen hier zu Lande,
Ist's aber ein langweilig Spiel,
Zu Freundschafft fehlt's ihr am Verstande,
Zur Liebe fehlt's ihr am Gefühl.

Drauf ging ich ganz gewiss, hätt ich nicht soviel Laune.
Bräch' ich mir nicht gar manche Lust vom Zaune,
Lacht ich nicht da wo keine Seele lacht.
Und dächt ich nicht, dass Ihr schon offt an mich gedacht.

Ja, dencken müsst Ihr offt an mich, das sage
Ich Euch, besonders an dem Tage
wenn Ihr auf Euerm Landgut seyd,
Dem Ort der mir so manche Plage
Gemacht, dem Ort der mich so sehr erfreut.

Doch Du verstehst mich nicht, ich will es Dir erklären,
Ich weiss doch Du verzeihst es mir.
Die Lieder die ich Dir gegeben, die gehören
Als wahres Eigentuhm dem schönen Ort und Dir.

Wenn mich mein böses Mädgen plagte,
Wenn der Verdruss mich aus den Mauern jagte,
War ich verwegen gnug, und wagte
Dich aufzusuchen eh es tagte,
Auf Deinen Feldern die Du liebst,
Die Du mir offt so schön beschriebst.

Da ging ich nun in Deinem Paradiese,
in jedem Holz, auf jeder Wiese,
Am Fluss, am Bach, das hoffende Gesicht
Vom Morgenstrahl geschminckt, und sucht' und fand Dich nicht.

Dann schlug ich, angereizt von launischem Verdrusse,
Den armen Frosch, am sonnbestrahlten Flusse,
Dann jagt' ich ringsumher, und fing
Bald einen Reim bald einen Schmetterling.

Und mancher Reim, und mancher Schmetterling
Entging
Der ausgestreckten Hand, die mitten
In ihrem Haschen stille stand,
Wenn aus dem Wald, von Stimmen oder Tritten
Den Schall, mein lauschend Ohr empfand.

Am Tage sang ich diese Lieder,
Am Abend ging ich wieder heim,
Nahm meine Feder, schrieb sie nieder
Den guten und den schlechten Reim.

Offt kehrt ich noch mit immer schlechterm Glücke
Auf die fatale Flur zurücke,
Biss mir zuletzt das günstige Geschicke
Noch einen Tag den ich nicht hoffte gab.
Doch ich genoss sie kaum die süssen letzten Stunden,
Sie waren gar zu nah am Grab.
Ich sage nicht was ich empfunden,
Denn mein prosaisches Gedicht
Stimmt diesesmal sehr zur Empfindung nicht.

Du hast die Lieder nun, und zur Belohnung
Für alles was ich für Dich litt,

Besuchst Du Deine seelge Wohnung;
So nimm sie mit;
Und sing sie manchmal an den Orten
Mit Lust wo ich aus Schmerz sie sang,
Dann denck an mich, und sage: dorten
Am Flusse wartete er lang,
Der Arme der so offt mit ungewognem Glücke
Die schönen Felder fühllos sah!
Käm er in diesem Augenblicke,
Eh nun, jetzt wär' ich da.

Jetzt, dächt ich nun, wär's hohe Zeit zum Schliessen,
Denn wenn man so zwey Bogen Reime schreibt,
Da wollen sie zuletzt nicht fliessen.
Doch warte nur wenn mich die Laune treibt,
Und Deine Gunst mir sonst versichert bleibt,
So schreib ich Dir noch manchen Brief wie diesen.

Willst Du mir die Geschwister grüssen,
So schliesse Richtern auch mit ein.
Leb wohl! Und wird das Glück Dein Freund beständig seyn
Wie ich; so wirst Du steets des schönsten Glücks geniessen.

Goethe

AUS BRIEFEN AN CHARLOTTE VON STEIN

⟨Weimar, 14. 4. 1776⟩

Warum gabst du uns die Tiefen Blicke
Unsre Zukunft ahndungsvoll zu schaun
Unsrer Liebe, unserm Erdenglücke
Wähnend selig nimmer hinzutraun?
Warum gabst uns Schicksal die Gefühle
Uns einander in das Herz zu sehn,
Und durch all die seltenen Gewühle
Unser wahr Verhältnis auszuspähn.

Ach so viele tausend Menschen kennen
Dumpf sich treibend kaum ihr eigen Herz,
Schweben zwecklos hin und her und rennen
Hoffnungslos in unversehnem Schmerz,
Jauchzen wieder wenn der schnellen Freuden
Unerwarte Morgenröte tagt.
Nur uns Armen liebevollen beiden
Ist das wechselseitge Glück versagt
Uns zu lieben ohn uns zu verstehen,
In dem Andern sehn was er nie war
Immer frisch auf Traumglück auszugehen
Und zu schwanken auch in Traumgefahr.

Glücklich den ein leerer Traum beschäftigt!
Glücklich drum die Ahndung eitel wär!
Jede Gegenwart und jeder Blick bekräftigt
Traum und Ahndung leider uns noch mehr.
Sag was will das Schicksal uns bereiten?
Sag wie band es uns so rein genau?
Ach du warst in abgelebten Zeiten
Meine Schwester oder meine Frau.

Kanntest jeden Zug in meinem Wesen,
Spähtest wie die reinste Nerve klingt,
Konntest mich mit Einem Blicke lesen
Den so schwer ein sterblich Aug durchdringt.
Tropftest Mäßigung dem heißen Blute,
Richtetest den wilden irren Lauf,
Und in deinen Engelsarmen ruhte
Die zerstörte Brust sich wieder auf,
Hieltest zauberleicht ihn angebunden

Und vergaukeltest ihm manchen Tag.
Welche Seligkeit glich jenen Wonnestunden,
Da er dankbar dir zu Füßen lag.
Fühlt sein Herz an deinem Herzen schwellen,
Fühlte sich in deinem Auge gut,
Alle seine Sinnen sich erhellen
Und beruhigen sein brausend Blut.

Und von allem dem schwebt ein Erinnern
Nur noch um das ungewisse Herz
Fühlt die alte Wahrheit ewig gleich im Innern,
Und der neue Zustand wird ihm Schmerz.
Und wir scheinen uns nur halb beseelet
Dämmernd ist um uns der hellste Tag.
Glücklich daß das Schicksal das uns quälet
Uns doch nicht verändern mag.

⟨Weimar, 29. 6. 1776⟩

Hier bildend nach der reinen stillen
Natur, ist ach mein Herz der alten Schmerzen voll
Leb ich doch stets um derentwillen
Um derentwillen ich nicht leben soll.

⟨Ilmenau, Juli 1776⟩

Und ich geh meinen alten Gang
Meine liebe Wiese lang.
Tauche mich in die Sonne früh
Bad ab im Monde des Tages Müh,
Leb in Liebes Klarheit und Kraft,
Tut mir wohl des Herren Nachbarschaft
Der in Liebes Dumpfheit und Kraft hin lebt
Und sich durch seltnes Wesen webt.

⟨Ilmenau, 21. 7. 1776⟩

Zwischen Felsen wuchsen hier
Diese Blumen die wir treu dir reichen
Verwelkliche Zeichen
Der ewigen Liebe zu dir.

⟨Ilmenau, 22. 7. 1776⟩

Ach, so drückt mein Schicksal mich
Daß ich nach dem unmöglichen strebe.
Lieber Engel für den ich nicht lebe
Zwischen den Gebürgen leb ich für dich.

⟨Egersburg, 8. 8. 1776⟩

Ach wie bist du mir,
Wie bin ich dir geblieben!
Nein an der Wahrheit
Verzweifl ich nicht mehr.
Ach, wenn du da bist
Fühl ich, ich soll dich nicht lieben
Ach wenn du fern bist
Fühl ich, ich lieb dich so sehr.

⟨Kranichfeld, 2. 9. 1776⟩

Hierhergetrabt die Brust voll tiefem Wühlen
Planvoller Aussicht, sehnt sich nun
Mein Herz ein Weilgen auszuruhn
Und wieder rein an der Natur zu fühlen
Und wieder was für dich zu tun.

⟨Dornburg, 16. 10. 1776⟩

Ich bin eben nirgend geborgen
Fern an die holde Saale hier
Verfolgen mich manche Sorgen
Und meine Liebe zu dir.

⟨Weimar, 28. 4. 1777⟩

Was mir in Kopf und Herzen stritt
Seit manchen lieben Jahren!
Was ich da träumend jauchzt und litt,
Muß wachend nun erfahren.

⟨Weimar, 25. 4. 1778⟩

MIT EINER HIAZYNTHE

Aus dem Zaubertal dortnieden
Das der Regen still umtrübt,
Aus dem Taumel der Gewässer,
Sendet Blume Gruß und Frieden
Der dich immer treu und besser
Als du glauben magst geliebt.

Diese Blume die ich pflücke
Neben mir vom Tau genährt
Läßt die Mutter still zurücke
Die sich in sich selbst vermehrt.
Lang entblättert und verborgen
Mit den Kindern an der Brust,
Wird an neuen Frühlingsmorgen
Vielfach sie des Gärtners Lust.

⟨Weimar, 19. 4. 1779⟩

Deine Grüße hab' ich wohl erhalten
Liebe lebt jetzt in tausend Gestalten,
Gibt der Blume Farb und Duft
Jeden Morgen durchzieht sie die Luft,
Tag und Nacht spielt sie auf Wiesen in Hainen,
Mir will sie oft zu herrlich erscheinen,
Neues bringt sie täglich hervor
Leben summt uns die Biene ins Ohr
Bleib ruf ich oft Frühling man küsset dich kaum
Engel so fliehst du wie ein schwankender Traum
Immer wollen wir dich ehren und schätzen
So uns an dir wie am Himmel ergötzen.

⟨Weimar, 13. 5. 1779⟩

Man wills den Damen übel deuten
Daß sie wohl zu gewissen Zeiten
Ihr Herz mit mehrern teilen können!
Doch dich kann man gar glücklich nennen
O du des Hofes Zierd und Ehre
Du schonst gar weislich deins
Und hast gelegentlich für jeden eins
Und wenns auch nur von Mehl und Farben wäre.

⟨Ilmenau, 8. 9. 1780⟩

Es fähret die poetsche Wut
In unsrer Freunde junges Blut
Es siedet über und über.
Apollo laß es ja dabei
Und mache sie dagegen frei
Von jedem andren Fieber!

⟨Zilbach, 12. 9. 1780⟩

Ein jeder hat sein Ungemach
Stein zieht den alten Ochsen nach
Der Herzog jungen Hasen
Der Prinz ist gutgesinnt für's Bett,
Und ach wenn ich ein Misel hätt,
So schwätzt ich nicht mit Basen.

⟨Weimar, 15. 10. 1780⟩

Um Mitternacht wenn die Menschen erst schlafen
Dann scheinet uns der Mond
Dann leuchtet uns der Stern,
Wir wandlen und singen
Und tanzen erst gern.

Um Mitternacht
Wenn die Menschen erst schlafen
Auf Wiesen an den Erlen
Wir suchen unsern Raum
Und wandlen und singen
Und tanzen einen Traum.

⟨Weimar, 9. 12. 1780⟩

Zum Tanze schick ich dir den Strauß
Mit himmelfarbnem Band,
Und siehst du andern freundlich aus,
Reichst andren deine Hand,
So denk auch an ein einsam Haus
Und an ein schöner Band.

⟨Kötschau, 11. 12. 1780⟩

Aus Kötschaus Toren reichet Euch
Ein alter Hexenmeister,
Konfekt und süßen roten Wein
Durch einen seiner Geister.

Der sollt wenn er nicht heiser wär
Euch auch dies Liedgen singen,
Doch wird er einen holden Gruß
Von mir Euch überbringen.

Kein Wetter kann der arme Tropf
Am hohen Himmel machen,
Sonst sollt euch Sonne Mond und Stern,
Zu eurer Reise lachen.

Genießet weil ihr süße seid
Auch etwas süßes gerne
Und denkt bei Scherz und Fröhlichkeit
An einen in der Ferne,

Der gerne mögt mit mancher Lust
Euch Schönen zu vergnügen
An jedem Weg, in jedem Busch
Im Hinterhalte liegen.

Den Ihr drum als Oresten saht
Als Scapin sich gebärden,
Und der nun mögt zu Eurem Spaß
Auch Wirt von Kötschau werden.

⟨Weimar, 16. 12. 1780⟩

Sag ich's euch geliebte Bäume
Die ich ahndevoll gepflanzt
Als die wunderbarsten Träume
Morgenrötlich mich umtanzt.
Ach ihr wißt es wie ich liebe,
Die so schön mich wieder liebt,
Die den reinsten meiner Triebe
Mir noch reiner wiedergibt.

Wachset wie aus meinem Herzen
Treibet in die Luft hinein

Denn ich grub viel Freud und Schmerzen
Unter eure Wurzeln ein
Bringet Schatten traget Früchte
Neue Freude jeden Tag
Nur daß ich sie dichte dichte
Dicht bei ihr genießen mag.

⟨Meiningen, Mai 1782⟩

Man lauft man drängt man reißt mich mit!
Was hat das zu bedeuten?
Sechs Pferde mit gemeßnem Schritt
Erblick ich schon von weiten,
Ein Dichter, der so manches litt,
Fährt her, begafft von Leuten,
Steigt aus und kommt mit stolzem Tritt
Begrüßt von allen Seiten.
Doch kommt ein Wurm im Herzen mit
Und läßt ihn vieles leiden.
Er muß bei stolzem Tritt und Schritt
Ein armes Volk beneiden.
O Pegase! o nimm ihn mit
In der Begeistrung Weiten;
Er gibt gewiß für Einen Ritt
Das SechsGespann mit Freuden.

⟨Weimar, September 1782?⟩

Von mehr als einer Seite verwaist,
Klag ich um deinen Abschied hier
Nicht allein meine Liebe verreist
Meine Tugend verreist mit dir

Denn ach bald wird in dumpfes Unbehagen
Die schönste Stimmung umgewandt,
Die Leidenschaft heißt mich an frischen Tagen
Nach dem und jenem Gute jagen,
Und denk ich es recht sicher heim zu tragen,
Spielt mir's der Leichtsinn aus der Hand.

Bald reizt mich die Gefahr ein Abenteur zu wagen,
Ich stürze mich hinein und halte mutig Stand,
Doch seitwärts fährt die Lust auf ihrem Taubenwagen,
Die Luft wird balsamreich mein Herz gerät in Brand;

Mein Schutzgeist eil es ihr zu sagen
Durchstreiche schnell das ferne Land.
Sie soll nicht schelten soll den Freund beklagen.
Und bitte sie zu Lindrung meiner Plagen
Um das geheimnisvolle Band.

Sie trägts und oft hat mir's ihr Blick versprochen pp.

⟨Weimar, 23. 11. 1782⟩

Bin so in Lieb zu ihr versunken
Als hätt ich von ihrem Blut getrunken.

⟨80er Jahre⟩

Arm an Geiste kommt heut spät dein Geliebter vor dich,
Arm an Liebe kommt er weder frühe noch spat.

⟨80er Jahre⟩

Frage nicht nach mir und was ich im Herzen verwahre,
Ewige Stille geziemt ohne Gelübde dem Mann.
Was ich zu sagen vermöchte ist jetzo schon kein Geheimnis,
Nur diesen Namen verdient was sich mir selber verbirgt.

⟨80er Jahre⟩

Als der Undankbare floh, o Göttin ewiger Treue,
Fleht' ich ihn nicht zurück, fleht' ich: Verzeih du ihm! nur
Du ergriffst ihn gewaltig und hast ihn übel gebändigt;
Graue Locke hält nun ihn den Beweglichen fest.

⟨Ilmenau, April 1783?⟩

Laß dir gefallen
Aus diesem Glas zu trinken,
Und mög dir dünken
Wir säßen neben dir
Denn, obgleich fern sind wir
Dir doch die Nächsten fast von allen.

⟨25. 8. 1783⟩

Herzlich bat ich die Muse mich liebliche Worte zu lehren
Heute zur Feier des Tags doch sie erhörte mich nicht.
Besser lehrt mich das Kochbuch ein eßbares Opfer zu bringen,
Wenn es dein Völklein genießt, mehr es die Feier des Tags.

⟨Eisenach, 23.-25. 6. 1784⟩

Was ich leugnend gestehe und offenbarend verberge
Ist mir das einzige Wohl, bleibt mir ein reichlicher Schatz
Ich vertrau es dem Felsen damit der Einsame rate
Was in der Einsamkeit mich was in der Welt mich beglückt.

⟨Eisenach, 23.-25. 6. 1784⟩

Felsen sollten nicht Felsen und Wüsten Wüsten nicht bleiben,
Drum stieg Amor herab sieh und es lebte die Welt.
Auch belebt er mir die Höhle mit himmlischem Lichte
Zwar der Hoffnung nur doch ward die Hoffnung erfüllt.

⟨Weimar, 24. 7. 1784⟩

Doch denke niemand daß mit vielem Sinnen
Das ganze Lied er je enträtseln werde.
Gar viele müssen vieles hier gewinnen,
Gar manche Blüten trägt die Mutter Erde.
Der eine geht mit düstrem Blick von hinnen,
Der andre weilt mit fröhliger Gebärde.
Ein jeder soll nach seiner Lust genießen,
Für manchen Wandrer wird die Quelle fließen.

* * *

⟨FÜR EWIG⟩

Denn was der Mensch in seinen Erdeschranken
Von hohem Glück mit Götternamen nennt,
Die Harmonie der Treue, die kein Wanken,
Der Freundschaft, die nicht einen Zweifel kennt,
Das Licht das Weisen nur zu geinsamen Gedanken
Das Dichtern nur zu schönen Bildern brennt
Das hatt ich all in meinen besten Stunden
In ihr entdeckt und es für mich gefunden.

* * *

Wohin er auch die Blicke kehrt und wendet
Jemehr erstaunt er über Kunst und Pracht.
Mit Vorsatz scheint der Reichtum hier verschwendet,
Es scheint als habe sich nur alles selbst gemacht
Soll er sich wundern, daß das Werk vollendet
Soll er sich wundern, daß es so erdacht
Ihn dünkt als fang er erst mit himmlischem Entzücken
Zu leben an in diesen Augenblicken.

⟨Braunschweig, 24. 8. 1784⟩

Gewiß ich wäre schon so ferne ferne
Soweit die Welt nur offen liegt gegangen
Bezwängen mich nicht übermächt'ge Sterne
Die mein Geschick an deines angehangen
Daß ich in dir nun erst mich kennen lerne
Mein Dichten, Trachten, Hoffen und Verlangen
Allein nach dir und deinem Wesen drängt
Mein Leben nur an deinem Leben hängt.

⟨Weimar, 22. 11. 1784⟩

NACH DEM LATEINISCHEN

Du verachtest den Armen er lehne sich überall nieder
Schöne Königin, wohl lieg ich bald hier und bald dort;
Aber fändest du ihn erwachend einst in dem Arme
Du beriefst ihn mit Recht: lehnt er doch überall an!

⟨Weimar, Juni 1786?⟩

Woher sind wir geboren
Aus Lieb.
Wie wären wir verloren
Ohn Lieb.
Was hilft uns überwinden?
Die Lieb.
Kann man auch Liebe finden?
Durch Lieb.
Was läßt nicht lange weinen?
Die Lieb.
Was soll uns stets vereinen
Die Lieb.

AN PERSONEN – AUF PERSONEN

BEI DEM ERFREULICHEN ANBRUCHE
DES 1757. JAHRES
WOLLTE
SEINEN
HOCHGEEHRTESTEN UND HERTZLICHGELIEBTEN
GROS ELTERN
DIE GESINNUNGEN KINDLICHER HOCH-
ACHTUNG UND LIEBE
DURCH
FOLGENDE SEGENS WÜNSCHE
ZU ERKENNEN GEBEN
DEROSELBEN
TREUGEHORSAMSTER ENCKEL
JOHANN WOLFGANG GOETHE

Erhabner GrosPapa!
Ein Neues Jahr erscheint,
Drum muß ich meine Pflicht und Schuldigkeit entrichten,
Die Ehrfurcht heist mich hier aus reinem Hertzen dichten,
So schlecht es aber ist, so gut ist es gemeint.
Gott, der die Zeit erneut, erneure auch *Ihr* Glück,
Und cröne *Sie* dies Jahr mit stetem Wohlergehen
Ihr Wohlseyn müsse lang so fest wie Cedern stehen,
Ihr Thun begleite stets ein günstiges Geschick;
Ihr Haus sey wie bisher des Segens Sammelplatz,
Und lasse *Sie* noch spät Möninens Ruder führen,
Gesundheit müsse *Sie* bis an *Ihr* Ende zieren,
Dann diese ist gewiß der allergröste Schatz.

Erhabne GrosMama!
Des Jahres erster Tag
Erweckt in meiner Brust ein zärtliches Empfinden,
Und heist mich ebenfals *Sie* ietzo anzubinden
Mit Versen, die vielleicht kein Kenner lesen mag;
Indessen hören *Sie* die schlechte Zeilen an,
Indem sie wie mein Wunsch aus wahrer Liebe fliesen
Der Segen müsse sich heut über *Sie* ergiesen,
Der Höchste schütze *Sie*, wie er bisher getan.
Er wolle *Ihnen* stets, was *Sie* sich wünschen, geben,
Und lasse *Sie* noch oft ein Neues Jahr erleben.
Dies sind die Erstlinge, die *Sie* anheut empfangen,
Die Feder wird hinfort mehr Fertigkeit erlangen.

BEY
DIESEM NEUEN JAHRES WECHSEL
ÜBERREICHET
SEINEN
VEREHRUNGSWÜRDIGEN
GROSS ELTERN
DIESES OPFER
AUS KINDLICHER HOCHACHTUNG
JOH: WOLFG: GOETHE
DEN 1. JENNER. 1762.

Gros Eltern da diß Jahr heut seinen Anfang nimt
So nehmt auch dieses an das ich vor *Euch* bestimt
Und ob Apollo schon mir nicht geneigt gewesen
So würdiget es doch nur einmal durchzulesen
Ich wünsch aus kindlichem gehorsamen Gemüthe
Euch alles Glück und Heyl von Gottes Hand und Güte
Sein guter Engel sey bey *Euch* in aller Zeit.
Er geb *Euch* das Geleit in Wiederwärtigkeit,
Sowohl als in dem Glück, und laß *Euch* lang noch leben
Daß *Ihr* Urenklen noch den Segen könnet geben
Diß schreibt der älteste von *Eurer* Töchter Söhnen
Um sich auch nach und nach zu dencken angewöhnen
Und zeigt ingleichen hier mit diesen Zeilen an
Was er diß Jahr hindurch im Schreiben hat gethan.
Wenn mich biß ubers Jahr die Parcen schonen thäten
Wie gerne wolt ich denn mit fremder Zunge reden.

〈In das Stammbuch von Johann Christoph Clarus〉

Ces lignes mon ami, que je vais Vous ecrire,
Vous marquent mon amour, quand Vous irez les lire.
Le seul de mes souhaits c'est: jusqu'a mon trepas
Ami m'aimez toujours, et ne m'oubliez pas.

ce 18 Avrill JWGoethe
1764.

〈In das Stammbuch von Friedrich Maximilian Moors〉

Dieses ist das Bild der Welt,
Die mann für die beste hält,
Fast, wie eine Mördergrube,
Fast, wie eines Burschen Stube,

Fast so, wie ein Opernhauß,
Fast, wie ein Magisterschmauß,
Fast, wie Köpfe von Poeten,
Fast, wie schoene Raritäten,
Fast, wie abgeseztes Geld,
Sieht sie aus die beste Welt.

Risum teneatis amici!
Horatius.

Es hat der Autor wenn er schreibt.
So was gewisses das ihn treibt.
Der Trieb zog auch den Alexander,
Und alle Helden mit einander,
Drum schreib ich auch allhier mich ein:
Ich möcht nicht gern vergessen seyn.

Franckfurt am Mayn
den 28. Aug. 1765.

Goethe
d. s. W. Liebhaber.

〈In das *Güldne Schatzkästlein* der Mutter〉

Das ist mein Leib, nehmt hin und esset.
Das ist mein Blut, nehmt hin und trinckt.
Auf daß ihr, meiner nicht vergesset,
Auf daß nicht euer Glaube sinckt.
Bey diesem Wein, bey diesem Brod,
Erinnert euch an meinen Tod.

Ffurt
den 30 Sept.
1765.

Zum Zeichen der Hochachtung
und Ehrfurcht setzte dieses
seiner geliebtesten Mutter
J. W. Goethe

〈In das Stammbuch von Georg Gröning〉

Was unterm Monde liegt ist eitel!
Sprach Salomo, und Phanias;
Und Goethe spricht heut' Abend eben das.

Leipzig
am Abende vor
dem 28 August
dem Tage seiner
Abreise. 1768.

⟨STRASSBURG – SESSENHEIM⟩[1]

⟨MIT EINEM GEMALTEN BAND⟩

Kleine Blumen, Kleine Blätter
Streuen mir mit leichter Hand
Gute iunge FrühlingsGötter
Tandlent auf ein luftig Band

Zephier nimms auf deine Flügel
Schlings um meiner Liebsten Kleid
Und dan tritt sie für den Spiegel
mit zufriedener Munterkeit

Sieht mit Rosen sich umgeben
Sie wie eine Rosse iung
– einen Kuß geliebtes Leben
Und ich bin belohnt genu⟨n⟩g,

Schicksal Seegne diese trieben
Laß mich ihr und laß Sie mein
Laß das Leben unsrer Liebe
Doch kein Rossen Leben sein

Mädgen das wie ich Empfindet
Reig mir deine Liebe Hand
Und das Band daß uns verbindet
sey kein schwages Rossen Band.

⟨WILLKOMMEN UND ABSCHIED⟩
⟨Sessenheimer Handschrift⟩

Es Schlug mein Herz, geschwind zu Pferde
Und fort! wild wie ein Held zur Schlacht
Der Abend wiegte schon die Erde
Und an den Bergen hing die Nacht
Schon stund im Nebelkleid die Eiche
Wie ein getürmter Riese da,
Wo Finsternis aus dem Gesträuche
Mit hundert Schwarzen Augen sah

1 ⟨An Friederike Brion.⟩

Der Mond von einem Wolkenhügel
Sah schläfrig aus dem Duft hervor

⟨WILLKOMMEN UND ABSCHIED⟩
⟨Iris-Druck von 1775⟩

Mir schlug das Herz; geschwind zu Pferde,
Und fort, wild, wie ein Held zur Schlacht!
Der Abend wiegte schon die Erde,
Und an den Bergen hing die Nacht;
Schon stund im Nebelkleid die Eiche,
Ein aufgetürmter Riese, da,
Wo Finsternis aus dem Gesträuche
Mit hundert schwarzen Augen sah.

Der Mond von seinem Wolkenhügel,
Schien kläglich aus dem Duft hervor;
Die Winde schwangen leise Flügel,
Umsausten schauerlich mein Ohr;
Die Nacht schuf tausend Ungeheuer –
Doch tausendfacher war mein Mut;
Mein Geist war ein verzehrend Feuer,
Mein ganzes Herz zerfloß in Glut.

Ich sah dich, und die milde Freude
Floß aus dem süßen Blick auf mich.
Ganz war mein Herz an deiner Seite,
Und jeder Atemzug für dich.
Ein rosenfarbes Frühlings Wetter
Lag auf dem lieblichen Gesicht,
Und Zärtlichkeit für mich, ihr Götter!
Und hofft' es, ich verdient' es nicht.

Der Abschied, wie bedrängt, wie trübe!
Aus deinen Blicken sprach dein Herz.
In deinen Küssen, welche Liebe,
O welche Wonne, welcher Schmerz!
Du gingst, ich stund, und sah zur Erden,
Und sah dir nach mit nassem Blick;
Und doch, welch Glück! geliebt zu werden,
Und lieben, Götter, welch ein Glück.

MAIFEST

Wie herrlich leuchtet
Mir die Natur!
Wie glänzt die Sonne!
Wie lacht die Flur!

Es dringen Blüten
Aus jedem Zweig,
Und tausend Stimmen
Aus dem Gesträuch,

Und Freud und Wonne
Aus jeder Brust.
O Erd o Sonne
O Glück o Lust!

O Lieb' o Liebe,
So golden schön,
Wie Morgenwolken
Auf jenen Höhn;

Du segnest herrlich
Das frische Feld,
Im Blütendampfe
Die volle Welt.

O Mädchen Mädchen,
Wie lieb' ich dich!
Wie blinkt dein Auge!
Wie liebst du mich!

So liebt die Lerche
Gesang und Luft,
Und Morgenblumen
Den Himmels Duft,

Wie ich dich liebe
Mit warmen Blut,
Die du mir Jugend
Und Freud und Mut

Zu neuen Liedern,
Und Tänzen gibst!
Sei ewig glücklich
Wie du mich liebst!

Jetzt fühlt der Engel, was ich fühle
Ihr Herz gewann ich mir beim Spiele
Und sie ist nun von Herzen mein
Du gabst mir Schicksal diese Freude
Nun laß auch Morgen sein wie heute
Und lehr mich ihrer würdig sein.

Ich komme bald, ihr goldnen Kinder,
Vergebens sperret uns der Winder
In unsre warmen Stuben ein
Wir wollen uns zum Feuer setzen
Und tausendfaltig uns ergötzen
Uns lieben wie die Engelein
Wir wollen kleine Kränzgen winden
Wir wollen kleine Sträußgen binden
Und wie die kleinen Kinder sein

Nun sitzt der Ritter an dem Ort,
Den ihr ihm nanntet liebe Kinder,
Sein Pferd ging ziemlich langsam fort,
Und seine Seele nicht geschwinder.
Da sitz ich nun vergnügt bei tisch
Und endige mein abenteuer,
Mit einem Paar gesottener Eier
Und einem Stück gebacknem Fisch
Die Nacht war wahrlich ziemlich düster
Mein Falcke stolperte wie Blind
Und doch fand ich den Weg so gut als ihn der Küster
Des Sonntags früh zur Kirche findt.

Balde seh ich Rickgen wieder
Balde bald umarm ich Sie
Munter tanzen meine Lieder
Nach der süßten Melodie,

Ach wie Schön hats mir geklungen
Wenn Sie meine Lieder sang
Lange hab ich nicht gesungen
Lange liebe liebe lang

Denn mich ängsten tiefe Schmerzen
Wenn mein Mädchen mir entflieht
Und der wahre gram im Herzen
Geht nicht über in ein Lied

Doch jetzt Sing ⟨ich⟩ und ich habe
Volle Freude süß und rein
Ja, ich gäbe diese gabe
Nicht für aller Klöster Wein.

Erwache Friedericke
Vertreib die Nacht
Die einer Deiner Blicke
Zum Tage macht.
Der Vögel sanft Geflüster
Ruft liebevoll
Daß mein geliebt Geschwister
Erwachen soll

⟨Ist Dir Dein Wort nicht heilig
Und meine Ruh?
Erwache! Unverzeihlich!
Noch schlummerst Du!
Horch Philomelens Kummer
Schweigt heute still
Weil Dich der böse Schlummer
Nicht meiden will.⟩

Es zittert Morgenschimmer
Mit blödem Licht
Errötend durch Dein Zimmer
Und weckt Dich nicht.
Am Busen Deiner Schwester
Der für Dich schlagt
Entschläfst Du immer fester
Je mehr es tagt.

⟨Ich seh Dich schlummern, Schöne
Vom Auge rinnt
Mir eine süße Träne
Und macht mich blind
Wer kann es fehllos sehen
Wer wird nicht heiß
Und wär er von den Zehen
Zum Kopf von Eis!⟩

⟨Vielleicht erscheint Dir träumend
O Glück mein Bild
Das halb im Schlaf und reimend
Die Musen schilt
Erröten und erblassen
Sieh sein Gesicht:
Der Schlaf hat ihn verlassen
Doch wacht er nicht.⟩

Die Nachtigall, im Schlafe
Hast Du versäumt:
So höre nun zur Strafe
Was ich gereimt
Schwer lag auf meinem Busen
Des Reimes Joch.
Die schönste meiner Musen,
Du – schliefst ja noch.

⟨Einzeichnung auf die Tafel in der Buchenlaube bei Sessenheim unter die Namen der Freunde⟩

Dem Himmel wachse entgegen
Der Baum, der Erde Stolz.
Ihr Wetter, Stürm' und Regen,
Verschont das heilige Holz!
Und soll ein Namen verderben,
So nehmt die Obern in Acht!
Es mag der Dichter sterben,
Der diesen Reim gemacht.

———

Ein grauer trüber Morgen
Bedeckt mein Liebes Feld,
Im Nebel tief verborgen,
Liegt um mich her die Welt
O Liebliche Fridricke
Dürft ich nach Dir zurück
In einem Deiner Blicke
Liegt Sonnenschein und Glück

Der Baum in dessen Rinde
Mein Nam bei Deinem Steht,
Wird bleich vom rauhen Winde

Der jede Lust verweht
Der Wiesen grüner Schimmer
Wird trüb wie mein gesicht
Sie Sehen die Sonne nimmer
Und ich Fridricken nicht,

Bald geh ich in die Reben
Und herbste trauben ein
Umher ist alles Leben
Es strudelt neuer Wein,
Doch in der öden Laube
Ach, denk ich wär Sie hier,
Ich brächt ihr diese traube,
Und Sie – was gäb Sie mir

———

Ob ich Dich liebe weiß ich nicht:
Seh ich nur einmal dein Gesicht,
Seh Dir in's Auge nur einmal,
Frei wird mein Herz von aller Qual;
Gott weiß, wie mir so wohl geschicht!
Ob ich Dich liebe, weiß ich nicht.

———

Ach wie sehn ich mich nach Dir,
Kleiner Engel! nur im Traum, –
Nur im Traum erscheine mir!
Ob ich da gleich viel erleide,
Bang um Dich mit Geistern streite,
Und erwachend atme kaum.
Ach wie sehn ich mich nach Dir,
Ach wie teuer bist du mir,
Selbst in einem schweren Traum!

PILGERS MORGENLIED[1]
an Lila

MorgenNebel, Lila,
Hüllen deinen Turn um.
Soll ich ihn zum
Letzten mal nicht sehn!

1 ⟨Die folgenden drei Gedichte an die Darmstädter Empfindsamen.⟩

Doch mir schweben
Tausend Bilder
Seliger Erinnerung
Heilig warm um's Herz,
Wie er so stand
Zeuge meiner Wonne,
Als zum ersten mal
Du den Fremdling
Ängstlich liebevoll
Begegnetest,
Und mit einem mal
Ew'ge Flammen
In die Seel' ihm warfst.

Zische Nord
Tausend schlangenzüngig
Mir um's Haupt!
Beugen sollst du's nicht!
Beugen magst du
Kind'scher Zweige Haupt,
Von der Sonne
Muttergegenwart geschieden.

Allgegenwärt'ge Liebe!
Durchglühst mich,
Beutst dem Wetter die Stirn,
Gefahren die Brust,
Hast mir gegossen
In's frühwelkende Herz
Doppeltes Leben,
Freude zu leben,
Und Mut.

ELISIUM
an Uranien

Uns gaben die Götter
Auf Erden Elisium.

Wie du das erstemal
Liebahndend dem Fremdling
Entgegentratst,
Und deine Hand ihm reichtest,
Fühlt er alles voraus
Was ihm für Seligkeit
Entgegen keimte.

Uns gaben die Götter
Auf Erden Elisium.

Wie du den liebenden Arm
Um den Freund schlangst,
Wie ihm Lilas Brust
Entgegen bebte,
Wie ihr euch rings umfassend
In heilger Wonne schwebtet,
Und ich, im Anschaun selig
Ohne sterblichen Neid
Darneben stand

Uns gaben die Götter
Auf Erden Elisium

Wie durch heilige Täler wir
Händ in Hände wandelten,
Und des Fremdlings Treu
Sich euch versiegelte;
Daß du dem liebenden
Stille sehnenden
Die Wange reichtest
Zum himmlischen Kuß

Uns gaben die Götter
Auf Erden Elisium

Wenn du fern wandelst
Am Hügelgebüsch,
Wandeln Liebesgestalten
Mit dir den Bach hinab.
Wenn mir auf dem Felsen
Die Sonne niedergeht
Seh ich Freundegestalten
Mir winken durch
Wehende Zweige
Des dämmernden Hains.

Uns gaben die Götter
Auf Erden Elisium.

Seh ich verschlagen
Unter schauernden Himmels
Öde Gestade,
In der Vergangenheit

Goldener Myrtenhainsdämmerung
Lilan an deiner Hand,
Seh mich schüchternen
Eure Hände fassen –
Bittend blicken
Eure Hände küssen –
Eure Augen sich begegnen,
Auf mich blicken, seh ich,
Werfe den hoffenden Blick
Auf Lila, sie nähert sich mir.
Himmlische Lippe!
Und ich wanke, nahe mich,
Blicke, seufze, wanke –
Seligkeit! Seligkeit!
Eines Kusses Gefühl!

Mir gaben die Götter
Auf Erden Elisium!

Ach, warum nur Elisium!

FELS-WEIHEGESANG
an Psyche

Veilchen bring' ich getragen,
Junge Blüten zu dir,
Daß ich dein moosig Haupt
Ringsum bekränze,
Ringsum dich weihe,
Felsen des Tals.

Sei du mir heilig,
Sei den Geliebten
Lieber als andre
Felsen des Tals.

Ich sah von dir
Der Freunde Seligkeit,
Verbunden Edle
Mit ew'gem Band.

Ich irrer Wandrer
Fühlt' erst auf dir
Besitztumsfreuden
Und Heimatsglück.

Da wo wir lieben,
Ist Vaterland;
Wo wir genießen,
Ist Hof und Haus.

Schrieb meinen Namen
An deine Stirn;
Du bist mir eigen,
Mir Ruhe Sitz.

Und aus dem fernen
Unlieben Land
Mein Geist wird wandern
Und ruhn auf dir.

Sei du mir heilig,
Sei den Geliebten
Lieber als andre
Felsen des Tals.

Ich sehe sie versammelt
Dort unten um den Teich,
Sie tanzen einen Reihen
Im Sommerabendrot.
Und warme Jugendfreude
Webt in dem Abendrot,
Sie drücken sich die Hände
Und glühn einander an.
Und aus den Reihn verlieret
Sich Psyche zwischen Felsen
Und Sträuchen weg und traurend
Um den Abwesenden
Lehnt sie sich über den Fels.
Wo meine Brust hier ruht,
An das Moos mit innigem
Liebesgefühl sich
Atmend drängt,
Ruhst du vielleicht dann Psyche.
Trübe blickt dein Aug'
In den Bach hinab
Und eine Träne quillt
Vorbeigequollnen Freuden nach,
Hebst dann zum Himmel
Dein bittend Aug',
Erblickest über dir
Da meinen Namen.

– Auch der –
Nimm des verlebten Tages Zier,
Die bald welke Rose, von deinem Busen,
Streu die freundlichen Blätter
Über's düstre Moos,
Ein Opfer der Zukunft.

UM ›GÖTZ VON BERLICHINGEN‹ UND DIE ›LEIDEN DES JUNGEN WERTHERS‹

〈An Kestner. Widmung eines Exemplars von Oliver Goldsmith' *The Deserted Village*. September 1772〉

Wenn einst nach überstandnen Lebens müh und Schmerzen,
Das Glück dir Ruh und Wonnetage gibt,
Vergiß nicht den, der – ach! von ganzem Herzen,
Dich, und mit dir geliebt.

Goethe.

〈An Kestner, Januar 1773〉

〈. . .〉 Wenn nun übrigens hochdieselben an des hl. Römisch Reichs Gerechtigkeits Purifikations Wesen manche Feder verschaben, und von dem Gekritze und Gekratze in dem Heiligtume des deutschen Orden sich erholen wenn meine Buben noch über einander K〈r〉abeln wie junge Katzen, Albrecht bald die Continuation des Christen in der Einsamkeit herausgibt. Georg bald versifiziert wie Gotter Und die Großen sich zu Phisica glücklich hinan chriisieren und analysieren

Wenn dem Papa sein Pfeifgen schmeckt
Der Doktor Hofrat Grillen heckt
Und sie Carlingen für Liebe verkauft
Die Lotte herüber hinüber lauft
Lenchen treuherzig und wohlgemut
In die Welt hinein Lugen tut.
Mit dreckigen Händen und Honigschnitten
Mit Löcher im Kopf nach deutschen Sitten
Die Buben jauchzen mit hellem Hauf
Tür ein Tür aus, Hof ab Hof auf
Und ihr mit den blauen Äugelein
Gucket so ganz gelassen drein
Als wärt ihr männlein von Porzellan,
Seid innerlich doch ein Wackrer Mann
Treuer liebhaber und Warmer Freund
So laß des Reichs und Christen Feind
Und Ruß und Preuß und Belial
Sich teilen in den Erdenball
Und nur das liebe Teu〈t〉sche Haus

Nehmt von der großen Teilung aus
Und daß der Weg von hier zu euch
Wie Jakobs Leiter sei sicher und gleich.
Und unser Magen verdau gesund.
So segnen Wir euch mit Herz und M⟨u⟩nd
Gott allein die Ehr
Mir mein Weib allein
So kann ich und er
Wohl zufrieden sein.

⟨An Johann Heinrich Merck, März/April 1773⟩

Schicke dir hier in altem Kleid
Ein neues Kindlein wohl bereit,
Und ist's nichts weiters auf der Bahn,
Hats immer alte Hosen an.
Wir Neuen sind ja solche Hasen,
Sehn immer nach den alten Nasen,
Und hast ja auch wies jeder schaut,
Dir Neuen ein altes Haus gebaut.
Darum wies steht sodann geschrieben,
Im Evangelium da drüben,
Daß sich der neu Most so erweist,
Daß er die alten Schläuch zerreißt.
Ist fast das Gegenteil so wahr
Das alt die jungen Schläuch reißt gar.
Und können wir nicht tragen mehr
Krebs, Panzerhemd, Helm, Schwert und Speer,
Und erliegen darunter tot
Wie Ameis unterm Schollenkot,
So ist doch immer unser Mut
Wahrhaftig wahr und bieder gut.
Und allen Perückeurs und Fratzen
Und allen Literarschen Katzen
Und Räten, Schreibern, Maidels, Kindern,
Und wissenschaftlich schönen Sündern,
Sei Trotz und Hohn gesprochen hier
Und Haß und Ärger für und für.
Weisen wir so diesen Philistern
Kritikastern und ihren Geschwistern
Wohl ein jeder aus seinem Haus
Seinen Arsch zum Fenster hinaus.

⟨An Friedrich Wilhelm Gotter, Juni 1773⟩

Schicke dir hier den alten Götzen;
Magst ihn zu deinen Heilgen setzen,
Oder magst ihn in die Zahl
Der Ungeblätterten stellen zumal.
Hab's geschrieben in guter Zeit,
Tags, Abends und Nachts Herrlichkeit;
Und find' nicht halb die Freud' so mehr,
Da nun gedruckt ist ein großes Heer.
Find', daß es wie mit den Kindern ist,
Da doch wohl immer die schönste Frist
Bleibt, wenn man in der schönen Nacht
Sie hat der lieben Frau gemacht.
Das Andre geht dann seinen Gang,
Und Rechnen, Wehn, und Tauf' und Sang.
Mögt euch nun auch ergötzen dran,
So habt ihr doppelt wohl getan.
Magst, wie ich höre, dann allda
Agieren, tragieren Komödia
Vor Stadt und Land und Hof und Herrn,
Die säh'n das Schattenspiel wohl gern.
So such dir denn in deinem Haus
Einen rechten tüchtigen Bengel aus
Und gib ihm die Roll' von meinem Götz,
In Panzer, Blechhaub' und Geschwätz.
Dann nimm den Weisling vor dich hin,
In Pumphos', Kragen und stolzem Kinn,
Und Spada wohl nach Spanier Art,
Und Weitnaslöchern, Stützleinbart,
Und sei ein Falscher an den Frauen,
Laß dich zuletzt vergiftet schauen.
Und bring', da hast du meinen Dank,
Mich vor die Weiblein ohn' Gestank.
Mußt alle garst'gen Worte lindern,
Aus Scheißkerl Schurken, aus Arsch mach Hintern,
Und gleich' das Alles so fortan,
Wie du's wohl ehmals schon getan.

⟨Als Nicolai die *Freuden des jungen Werthers* geschrieben hatte⟩

Ein junger Mensch, ich weiß nicht wie,
Verstarb an der Hypochondrie

Und ward dann auch begraben.
Da kam ein schöner Geist herbei,
Der hatte seinen Stuhlgang frei,
Wie ihn so Leute haben.
Der setzt sich nieder auf das Grab
Und legt sein reinlich Häuflein ab,
Schaut mit Behagen seinen Dreck,
Geht wohl eratmend wieder weg,
Und spricht zu sich bedächtiglich;
»Der arme Mensch, er dauert mich,
Wie hat er sich verdorben!
Hätt' er ge– so wie ich,
Er wäre nicht gestorben!«

⟨Auf Nicolai⟩

Mag jener dünkelhafte Mann
Mich als gefährlich preisen;
Der plumpe, der nicht schwimmen kann,
Er will's dem Wasser verweisen!
Was schiert mich der Berliner Bann,
Geschmäcklerpfaffenwesen!
Und wer mich nicht verstehen kann,
Der lerne besser lesen.

STOSSGEBET
⟨An Friedrich Heinrich Jacobi⟩

Vor Werthers Leiden
Mehr noch vor seinen Freuden
Bewahr uns lieber Herre Gott

RHEINREISE

⟨Aus Lavaters Tagebuch⟩

½ 6 uhr, ihr lieben, erwach' ich ⟨. . .⟩ Ja wahrlich, ich darf oft vor Freud' und HeimwehFurcht nicht dran denken, daß ich noch so wirklich und eigentlich ein so liebes Weibchen, und zwei so liebe Kinder – und so viele liebe liebende zu Hause habe –

»unterdes«, diktiert mir Goethe aus seinem Bett herüber, »unterdes gehts immer so gerade zu in die Welt 'nein. Es schläft sich, ißt sich, trinkt sich, und liebt sich auch wohl an jedem Orte Gottes, wie am andern, folglich also

itzt schreib er weiter« – Nun ich schrieb auf ein Papier an die Wand, wo ich schlief: ⟨Gedicht Lavaters . . .⟩

Goethe diktiert weiter:

II. SURA

Es ist so viel Heimweh in der Welt,
Daß eins dem andern die Waage hält;
Da streckt er sich in seinem Bett,
Denkt: O daß ich mein Weibchen hätt'!
Ich kröne ⟨gräme?⟩ mich in meinem Sinn:
Fort ist die gute Meyerin!
Doch hoffen wir wieder Maienfreud:
Er lehret und bekehrt die Leut'.
Ich fahr zum schönen Liesel heut.

explicit Sura

⟨Zusatz von fremder Hand: *Er* Herr Verfasser ist noch ein wilder Vogel, den Gott ganz anders wird pfeifen lernen.⟩

Goethe schrieb an die Wand:

Wenn Du darnach was fragst,
Wir waren hier,
Du, der Du nach uns kommen magst,
Hab wenigstens so frisches Blut
Und sei so leidlich, fromm und gut
Und leidlich glücklich, als wie wir!
Den 18 Jul. 74 Goethe

⟨. . . Reimspiele auf dem Schiff zwischen Ems und Koblenz⟩

Goethe:
Wir werden nun recht gut geführt,
Weil Basedow das Ruder rührt.

⟨...⟩ Herrlich altes Schloß Lahnegg herab auf die Lahne blinkend.

Goethe diktierte:
⟨GEISTES-GRUSS⟩

Hoch auf dem alten Turne steht,
Des Helden edler Geist,
Der wie das Schiff vorüber geht,
Es wohl zu fahren heißt.
»Sieh diese Sehne war so stark,
Dies Herz so fest und wild –
Die Knochen voll von Rittermark
Der Becher angefüllt –
Mein halbes Leben stürmt' ich fort
Verdehnt die Hälft' in Ruh
Und Du, Du Menschen Schifflein dort
Fahr immer, immer zu –«

Goethe schrieb ins Kalenderlin der Fr. Hofrat Kämpf:

Sarah kocht unserm Herre Gott,
Elisabeth Götzen in der Not,
Nahmen sich ihres Hauses an
Waren Gott lieb, waren lieb dem Mann,
Du sorgtest für die Freunde hier
Drum liebes Weibchen, dank' ich dir.

Den 18. Juli 74. Goethe auf dein Rhein am Mast geschrieben im Angesicht von Koblenz.

⟨...⟩ Nach dem Essen

Aus Goethe:
Hat alles seine Zeit,
Das Nahe wird weit,
Das Warme wird kalt,
Das Junge wird alt,
Das Kalte wird warm
Der Reiche wird arm,
Der Narre gescheut,
Alles zu seiner Zeit.

⟨In das Stammbuch von Georg Friedrich Schmoll⟩

Gelacht! Geschrieben!
Die Zeit vertrieben!
Die Zeit gehalten
Heißt wohl verwalten.

auf der Lahn ut supra
Goethe.

⟨Auf das Nebenblatt quer geschrieben:⟩
Auch was die quer
So gehts auf der Welt her

⟨von oben nach unten:⟩
Auch etwas grad wie die Allee im Bad

⟨und im Kreis:⟩
Auch etwas ringsherum geht alles um und um

⟨DINÉ ZU KOBLENZ⟩

Zwischen Lavater und Basedow
Saß ich bei Tisch des Lebens froh.
Herr Helfer, der war gar nicht faul,
Setzt sich auf einen schwarzen Gaul,
Nahm einen Pfarrer hinter sich
Und auf die Offenbarung strich,
Die uns Johannes der Prophet
Mit Rätseln wohl versiegelt hätt.
Er öffnet die Siegel kurz und gut,
Wie man Theriaks Büchsen öffnen tut
Und maß mit einem heilgen Rohr
Die Kubus Stadt und Perlen Tor
Dem hoch erstaunten Jünger vor.
Ich war indes nicht weit gereist
Hatt ein Stück Salmen aufgespeist.
Vater Basedow unter dieser Zeit
Packt einen Tanzmeister an seiner Seit,
Und zeigt ihm was die Taufe klar
Bei Christ und seinen Jüngern war
Und daß sichs gar nicht ziemet jetzt,
Daß man den Kindern die Köpfe netzt.
Drob ärgert sich der andre sehr
Und wollte gar nichts hören mehr,
Und sagt es wüßt ein jedes Kind,

Daß in der Bibel anders stünd.
Und ich, behaglich unterdessen
Hatt einen Hahnen aufgefressen.

Bad Ems, halb Juli 1774

⟨In ein Album⟩

Und, wie nach Emmaus, weiter ging's
Mit Sturm und Feuerschritten:
Prophete rechts, Prophete links,
Das Weltkind in der Mitten.

DEM PASSAVANT- UND SCHÜBLERISCHEN BRAUTPAARE

Die Geschwister
des Bräutigams
pp.

Er fliegt hinweg *Dich* zu umfangen,
Und unsre Seele jauchzt ihm laut
Mit innig heißerem Verlangen
Flog nie der Bräutigam zur Braut
O Schwester willst *Du* länger weilen
Auf bring uns doppelt *Ihn* zurück
Wir wollen alles mit *Dir* teilen
Und unser Herz und unser Glück.

Die besten Eltern zu verlassen
Die Freunde denen *Du* verschwindst
Ist Traurig. Doch um *Dich* zu fassen
Bedenke was *Du* wiederfindst.
Dein Glück o Freundin wird nicht minder,
Und unsers wird durch dich vermehrt.
Sieh *dich* erwarten muntre Kinder
Die werten Eltern Gott beschert

Komm zu dem täglich neuen Feste
Wo warme Liebe sich ergießt
Ringsum die Brüderlichen Gäste
Da eins des andern Glück genießt.
Im langgehofften Sommerregen
Reicht Gott dem früchtevollen Land
Erquickung, tausendfältigen Segen;
Reich *Du* dem Bruder *Deine* Hand

Und mit der Hand ein künftig Glücke
Für *Ihn* und *Dich* und uns zugleich;
Dann werden jede Augenblicke
An neuen Lebensfreuden reich.
Ja es sind wonnevolle Schmerzen
Was aus der Eltern Auge weint
Sie sehen *Dich* mit warmem Herzen
Mit *Deiner* Schwester neu vereint.

Wie Freud und Tanz *Ihn* Dir ergeben
Und Jugendwonne *Euch* verknüpft
So seht einst *Euer* ganzes Leben
Am schönen Abend hingeschlüpft.
Und war das Band das *Euch* verbunden
Gefühlvoll warm und heilig rein
So laßt die letzte eurer Stunden
Wie *Eure* erste heiter sein.

⟨In das Stammbuch von Lenz⟩

Zur Erinnerung guter Stunden,
Aller Freuden, aller Wunden,
Aller Sorgen, aller Schmerzen,
In zwei tollen Dichter Herzen,
Noch im letzten Augenblick
Laß ich Lenzgen dies zurück
Goethe

⟨Schweizer Reisetagebuch⟩
Den 15 Junius 1775.
Donnerstags morgen
aufm Zürchersee.

Ohne Wein kann's uns auf Erden
Nimmer wie dreihundert werden
Ohne Wein u. ohne Weiber
Hol der Teufel unsre Leiber.
⟨Wozu sind wohl Apollos⟩ *Affen*
⟨Als wie zu bouts rimés⟩ *geschaffen*
⟨Sie halten oft gleich einer⟩ *Laus*
⟨In Clios Haar und Pomade⟩ *Schmaus.*

⟨AUF DEM SEE⟩

Ich saug an meiner Nabelschnur
Nun Nahrung aus der Welt.
Und herrlich rings ist die Natur
Die mich am Busen hält.
Die Welle wieget unsern Kahn
Im Rudertakt hinauf
Und Berge Wolken angetan
Entgegnen unserm Lauf.

Aug mein Aug was sinkst du nieder
Goldne Träume kommt ihr wieder
Weg du Traum so Gold du bist
Hier auch Lieb und Leben ist.
Auf der Welle blinken
Tausend schwebende Sterne
Liebe Nebel trinken
Rings die türmende Ferne

Morgenwind umflügelt
Die beschattete Bucht
Und im See bespiegelt
Sich die reifende Frucht

VOM BERGE IN DIE SEE

Vid. das Privat Archiv des Dichters
Lit. L.

Wenn ich liebe Lili dich nicht liebte
Welche Wonne gab mir dieser Blick
Und doch wenn ich Lili dich nicht liebt⟨e⟩
Wär! Was wär mein Glück.

⟨An die Wand von Lavaters Stube im Pfarrhaus von Oberried⟩

Bist du hier,
Bin ich dir
Immer gegenwärtig,
Machst du hier,
Machst mit mir
Deine Werklein fertig.

⟨An Johann Georg und Rahel d'Orville, 30. 7. oder 3. 9. 1775⟩

Lieber Hr. Dorville liebe Frau
Ich bitt euch nehmts nicht so genau;
Ihr kennt nun doch einmal den Affen,
Wißt ist nichts gescheuts mit ihm zu schaffen.
Lauft da, was kann wohl tollers sein!
Wie Kain in die Welt hinein.
Dafür sitzt er auch auf dem Sand,
Die Stadt ist ihm ein ödes Land,
Und ist ihm halt die Welt so leer,
Als wenn er erst 'nein gekommen wär.
Ihm ist so weh, er schauet nicht
Des liebsten Buben Angesicht,
Hängt nicht dem Mann um Hals u. Leib,
Küßt nicht das liebe treue Weib,
Spaziert nicht mehr im Frauenschlepp,
Und hört ach nicht mehr das Beb! Bepp!

Was hilft mir nun das Glockengebrumm,
Das Kutschengerassel, und Leut Gesumm!
Was tät ich in der Kirche gar?
Da ich schon einmal im Himmel war,
Ich Hand in Hand mit Engeln saß,
Mich in dem Himmels blau vergaß,
Das aus dem süßen Auge winkt,
Drin Lieb und Treu wie Sternlein blinkt.
Was hört ich an des Pfarrers Lehr
Die doch nicht halb so kräftig wär
Als wenn ihr Mündlein lieb und mild
Mich über Fluch und Unart schilt.

Was lachst du Sonne daherein?
Ich bitte dich laß mich allein.
Du lächelst ihren Laden an,
Der heut mir nicht wird aufgetan.
Aha! Du bist so freundlich hier,
Blickst durch die Ritzen schlau nach ihr,
Und meinst du hättst wohl nie so schön
Dadroben einen Engel ruhen sehn.

Der Tag rückt weiter nun heran
Besuch! – Ach was geht der mich an!
Ich bilde mir so freundlich ein,
Ich säß noch drauß mit euch allein.
Der Mann raucht seine Pfeif Tobak,
Man fuschelt in dem Arbeitssack,
Man wickelt Seide, es läßt sich an
Als würden Wunderstreich getan.
Ein Medizinisch Dejeuné,
Mit Selzer Wasser und Kaffee;
Nach Fastenbrezeln wohlgeschmiert,
Kommt Has und Wein hereinspaziert.
Lili muß jeden Lusten stillen,
Das all um ihres Magens willen.

Die Kinder kommen angehuppt,
Mann wird zur Türe 'naus geschwuppt!
Ist allen so wohl ohn Unterlaß;
Ach lieber Gott, mir auch so was!

Frau Dorville wo mag Lili sein?
Ist sie in ihrer Stub allein? –
Sie hat die Stirn in ihrer Hand!
Was ist ihr in dem Freuden land?

Soll das ein böses Kopfweh sein?
Oder ach! ist's etwan andre Pein?

Geh liebes Mufti, ich bitte dich,
Klettr' ihr auf den Schoß, küß sie für mich.
Schei⟨c⟩h Daher, Hanne Buzzi du
Küß ihr die Hand, laß ihr nicht Ruh.
Mach Ali Bey dich auch an sie,
Schmieg dich ihr liebend an das Knie.
Und Abu Dahab komm getrollt,
Sei freundlich bis sie sagt: Du Gold!
Dich herzlich auf dem Arme küßt,
Und hoffend allen Schmerz vergißt.

Der alte Friedrich kommt und fragt:
Was heut den Damen wohl behagt?
Er soll Kapaun und Wildpret tragen!
Lili hast du ihm nichts zu sagen?
Schon wart ich auf das alte Gesicht,
Ich bin untröstlich kömmt er nicht.

War der Hr. Doktor noch nicht da?
Sang Andre noch kein Trallallra?
Oho dadraus gehts bunt ja her
Als ob der Teufel ledig wär.
›Eins, zwei, drei! Kling! Klang! Krack! en garde
Kling! Rompez! Klang! paies ma quarte.‹
So mag es wohl dem Teufel sein
Wenn er in seiner Höll allein
Nach Himmels Freuden seufzt u. klagt
Daß ihn der Unmut r'ausgejagt.
Doch hab ich weit ein besser Los,
Die Kluft ist lange nicht so groß;
Bin euch mit Leib und Seele nah
Pliz! Plaz! So bin ich wieder da
Goethe

Holde Lili warst so lang
All meine Lust und all mein Sang
Bist ach nun all mein Schmerz und doch
All mein Sang bist du noch

⟨Eintragung in ein Exemplar der *Stella*⟩

Im holden Tal, auf schneebedeckten Höhen
War stets dein Bild mir nah;
Ich sah's um mich in lichten Wolken wehen,
Im Herzen war mir's da.
Empfinde hier, wie mit allmächt'gem Triebe
Ein Herz das andre ziert,
Und daß vergebens Liebe
Vor Liebe flieht.

BRIEF AN LOTTCHEN

Mitten im Getümmel mancher Freuden,
Mancher Sorgen, mancher Herzensnot,
Denk ich Dein, o Lottchen; denken Dein die Beiden;
Denken an das Abendbrot
Das Du ihnen freundlich reichtest,
Da du mir auf reichgebauter Flur,
In dem Schoße herrlicher Natur,
Manche leichtverhüllte Spur
Einer lieben Seele zeigtest.
Wohl ist mirs daß ich Dich nicht verkannt,
Daß ich gleich Dich in der ersten Stunde,
Ganz den vollen Herzensausdruck in dem Munde,
Dich ein gutes gutes Kind genannt.

Still und eng und ruhig auferzogen
Wirft man uns auf einmal in die Welt;
Uns umspülen hundert tausend Wogen,
Alles reizt uns, mancherlei gefällt,
Mancherlei verdrießt uns, und von Stund zu Stunden
Schwankt das leicht', unruhige Gefühl:
Wir empfinden, und was wir empfunden
Spült hinweg das bunte Welt-Gewühl.

Wohl ich weiß es, da durchschleicht uns innen
Manche Hoffnung, mancher Schmerz;
Lottchen, wer kennt unsre Sinnen?
Lottchen, wer kennt unser Herz?
Ach! es möchte gern gekannt sein, überfließen
In das Mitempfinden einer Creatur,
Und, vertrauend, zwiefach neu genießen
Alles Leid und Freude der Natur.

Und da sucht das Aug' oft so vergebens
Rings umher, und findet alles zu.
So vertaumelt sich der schönste Teil des Lebens
Ohne Sturm und ohne Ruh;
Und, zu deinem ew'gen Unbehagen,
Stößt dich heute, was dich gestern zog.
Kannst du zu der Welt Vertrauen tragen,
Die so oft dich trog,
Und bei Deinem Weh' und Glücke
Blieb in eigenwill'ger starrer Ruh?
Sieh, da tritt der Geist in sich zurücke
Und das Herze schließt sich zu.

* * *

So fand ich Dich, und ging Dir frei entgegen;
O Sie ist wert zu sein geliebt,
Rief ich, erflehte Dir des Himmels reinsten Segen,
Den er Dir nun in Deiner Freundin gibt.

⟨DEN MÄNNERN ZU ZEIGEN⟩

1 Samuel 16. Kap 11 V.

Und Samuel sprach zu Isai: Sind
Das die Knaben alle.

Ach ich war auch in diesem Falle
Als ich die Weisen hört und las
Da jeder diese Welten alle
Mit seiner Menschen spanne maß.
Da frag ich: aber sind sie das,
Sind das die Knaben alle.

⟨GRABSCHRIFT⟩

Ich war ein Knabe warm und gut
Als Jüngling hatt ich frisches Blut
Versprach einst einen Mann.
Gelitten hab ich u. geliebt
Und liege nieder ohnbetrübt
Da ich nicht weiter kann.

MIT EINER ZEICHNUNG

Sieh in diesem Zauberspiegel
Einen Traum wie lieb und gut
Unter ihres Gottes Flügel
Unsre Freundin leidend ruht.

Fühle wie sie sich herüber
Aus des Lebens Woge stritt
Sieh dein Bild ihr gegenüber
Und den Gott der für euch litt.

Fühle was ich in dem Schweben
Dieser Dämmrung all gefühlt
Als mit ungeduldgem Streben
Ich die Zeichnung hingewühlt.

⟨In ein altes Stammbuch, 13./14. 11. 1774⟩

Ein teures Büchlein siehst du hier
Voll Pergament und weiß Papier
Das wohl schon an die hundert Jahr
Zum Stammbuch eingeweihet war
Praedestination ist ein Wunderding
Wie es dem lieben Büchlein ging
So ging es auch wie's jeder schaut
Dem König von Garbe seiner Braut.
Davon ich die Historiam
Hier nicht erzähl aus Sitt und Scham
Wie solches auf dem vorgen Blatt
Herr Reynier sich ausgebeten hat.
Möcht er wohl vorgesehen haben
Was drüber kämen für feine Knaben.
Gnug er das Buch für gutes Geld
Für seine Freunde weis bestellt,
Drei vier Blätter die sind beschrieben,
Die andern sind auch weiß geblieben
Hat sie das Geschick mir zudacht
Nach Erbschafts Moder und langer Nacht,
Zog es endlich der Jungfrauen Flor
Aus Schutt und Staub und Graus hervor,
Und gab es mir, und schenkt es mir
Als wohlbekannt wegen viel Geschmier,
Daß ich Papier und Pergament

Erfüllt mit Werken meiner Händ,
Dazu bei Schnee und Winternacht
Der Anfang alsobald gemacht,
Da wir wohl hinterm Ofen saßen
Borstofer Äpfel weidlich fraßen,
Zugegen war die Jungfrau lieb
Von Post und Kirch zwei große Dieb.
Dadurch Weihung nicht gering
Ihre rechte Würdigkeit empfing.
Da es nach Christ ein Tausend Jahr
Siebenhundert und vier und siebzig war
Zwei Tage nach Martini Tag,
Abends mit'm achten Glockenschlag.
Frankfurt am Main des Witzes Flor
Nicht weit vom Eschenheimer Tor
Findest das Haus nach dem A.B.C.
Hundert sieben u. funfzig Lit. D.
Und hiermit mach ich den Beschluß,
Hab freilich alles nicht beschrieben,
Genug was wir zusammen trieben
War nicht Actus continuus.

Goethe pp

Den Abend drauf nach Schrittschuhfahrt,
Mit Jungfräulein von edler Art
Staats Kirschen Tort, gemeinem Bier
Den Abend zugebracht allhier.
Um Äugelein schön und Lichter Glanz,
Ram Sitha Hanneman und sein Schwanz,

⟨An Hieronymus Peter Schlosser, Ende November 1774⟩

Du dem die Musen von den Akten Stöcken
Die Rosenhände willig strecken,
Der zweener Herren Diener ist
Die ärgre Feinde sind als Mammonas u. Christ,
Den Weg zum Römer selbst mit Blumen dir bestreust
Dem Winter Lieblichkeit und Dichter Freuden leihst;
Kein Wunder daß auch deine Gunst
Zu meinem Vorteil diesmal schwärmet,
Das flache Denkmal unsrer Kunst
Mit freundlicher Empfindung wärmet.
Laß es an deiner Seite stehn,
Schenk ihm auch unverdient die Ehre,
Und mögtest du an dem Versuche sehn
Was ich gern dir, und gern den Musen wäre.

Goethe.

⟨In eine Zeichenmappe für Merck, Ende 1774⟩

Hier schick ich dir ein teures Pfand
Das ich mit eigner hoher Hand
Mit Zirkel rein und Lineal
Gefertigt dir zur Zeichen Schal.
Und auch zu festem Kraft und Grund
In einer guten Zeichen Stund.
Nimm's lieber Alter auf dein Knie
Und denke mein wenns um dich schwebt
Wie es in Sympathien hie
Um mein verschwirbelt Hirngen lebt.
Geb Gott dir Lieb zu deinem Pantoffel
Ehr jede krüpliche Kartoffel
Erkenne jedes Dings Gestalt
Sein Leid und Freud Ruh und Gewalt
Und fühle wie die ganze Welt
Der große Himmel zusammen hält.
Dann du ein Zeichner, Colorist
Haltungs und Ausdrucks Meister Bist.

⟨An den Herzog Carl August, Waldeck, Heiligabend 1775⟩

Gehab dich wohl bei den hundert Lichtern
Die dich umglänzen
Und all den Gesichtern
Die dich umschwänzen
Und umkredenzen.
Findst doch nur wahre Freud und Ruh
Bei Seelen grad und treu wie du.

⟨An den Herzog Carl August, Anfang 1776⟩

Durchlauchtigster
es nahet sich
Ein Bäuerlein demütiglich
Da ihr mit Euerm Roß und Heer
Zum Schlosse tut stolzieren sehr.
Gebt auch mir einen gnädigen Blick,
Das ist schon Untertanen Glück
Denn Haus und Hof und Freud und Leid
Hab ich schon seit geraumer Zeit.
Haben euch sofern auch lieb und gern,
Wie man eben lieb hat seinen Herrn
Den man wie unsern Herr Gott nennt
Und auch meistens nicht besser kennt.
Geb Euch Gott allen guten Segen,
Nur laßt euch uns sein angelegen
Denn wir bäurisch treues Blut
Sind doch immer euer bestes Gut
Und könnt euch mehr an uns erfreun
Als am *Park* und an Stutereien.
Dies reich ich Euch im fremden Land
Bliebe euch übrigens gern unbekannt
Zieht ein und nehmet Speis und Kraft
Im Zauberschloß in der Nachbarschaft
Wo eine gute Fee regiert
Die einen goldnen Szepter führt
Und um sich eine kleine Welt
Mit holdem Blick zusammen hält.
Seb. Simpel

⟨An Johann Gottfried Herder, Weimar, Februar 1776⟩

Hochwürdiger!
'ʼs ist eine alte Schrift,
Daß die Ehen werden im Himmel gestift.
Seid also vielmehr zu eurem Orden
Vom Himmel grad ʼrab gestiftet worden.
Es uns auch allen herzlich frommt
Daß ihr bald mit der Peitsche kommt –
Und wie dann unser Herr und Christ
Auf einem Esel geritten ist,
So werdet ihr in diesen Zeiten
Auf hundert und fünfzig Esel reiten,
Die in Euer Herrlichkeit Diözes
Erlauern sich die Rippenstößʼ.
Wollten Euch nun bewillkommen baß,
Bereiten Euer Haushalt trocken und naß,
Welches fürwahr wird besser sein,
Als täten wir Euch die Kleider streun.
Derhalb zuvörderst woran die Welt
Ihre Achse gebunden hält,
Wornach Sonnʼ, Mond und Sternʼ sich drehn,
All Sinnbäu ʼrüber hinüber gehn,
Wie nämlich jedes Ding sich putzt,
Vorʼs andern Augen pfauisch stutzt,
Dran da sich zeigt eines jeden Gabʼ,
Ein Pfau ein Pfau, ein Rabʼ ein Rabʼ.

Ihr, der Ihr seid in unserm Gart
Eben wie der Messias erwart,
Wo eben keiner weiß, was *der* solltʼ,
Aber doch immer was *er* wolltʼ,
Möchtʼ sich aber immer mit leisen Schritten
Vom Messias ein Vizdum erbitten.
Also *ohneracht* all der Ehrʼ auf Erd,
Daß der Herr nicht selbst gekreuzigt werdʼ,
Wollen erscheinen schön und züchtig,
Sind hernach zu allem andern tüchtig.
Denn wie im Buche geschrieben steht,
Daß der Wolf in Schafskleidern geht,
So würdʼ es euch gar übel stehn,
Als Schaf in Wolfskleidern zu gehn.
Ihr habt darum ein schwarzes Kleid,
Einen langen Mantel von schwarzer Seidʼ,
Ein Kräglein wohl in Saum gelegt,
Das nun keiner läng-breiter trägt.

⟨Schick'⟩ euch ein Muster zur nächsten Frist,
Weils immer doch die Hauptsach ist.
Dürft auch den Mantel wie vor Zeiten
In Sack 'nein stecken vor allen Leuten.
Wenn Euch nun erst der *Rat der Stadt*
Zum *Oberpfarr* berufen hat,
Werd't Ihr vom *Fürsten* dann ernennt
Hofpred'ger, Generalsuperndent.
Mögt auch immer Rückantwort schreiben,
Wie Ihr an den *Lyncker* tätet treiben,
Weil wir doch in der Fastnacht Spiel
Haben Ratzen und Fratzen gar viel,
Und im Grund weder Luther noch Christ
Im mindesten hier gemeinet ist,
Sondern was in dem Schöpsen-Geist
Eben lutherisch und christlich heißt.

⟨An die Herzogin Luise, Widmung zur *Lila*,
Weimar, 30. 1. 1777⟩

Was wir vermögen,
Bringen wir
An dem geliebten Tage dir
Entgegen.
Du fühlst, daß bei dem Unvermögen
Und unter der Zaubermummerei
Doch guter Wille und Wahrheit sei.

⟨Aus einem Brief an Auguste zu Stolberg,
Weimar, 17. 7. 1777⟩

Alles gaben Götter die unendlichen
Ihren Lieblingen ganz
Alle Freuden die unendlichen
Alle Schmerzen die unendlichen ganz.

⟨An den Herzog Carl August, Weimar, vielleicht 1778⟩

Zwar bin ich nicht seit gestern
Im Zauberhandwerk eingeweiht;
Doch haben meine Schwestern
Dir schon das Beste prophezeit.

Drum laß mich bittend raten:
Wend' uns ein gnädig Auge zu,
Laß uns in deinen Staaten
Genießen die erwünschte Ruh.

Doch stört den schönen Frieden
Des Krieges wilder rascher Tritt,
Nimm uns, die Nimmermüden,
Als Marketenderinnen mit.

⟨›Neujahrspossen‹ 1779 von Goethe und v. Seckendorff⟩

1. Gustgen

Goldne Lämmgen
Ein grünes Stämmgen
Und schöne Äste
Und dran das beste
Von Marzipan
Zum heilgen Christ
Geht das wohl an
So lang du ein klein Gustgen bist
Doch fürwahr
Das neue Jahr
Bleibt dir was schuldig
Sei nur geduldig.

2. Fräul. v. Stein

Wills Gott daß du nur heute lachst
So sind wir aus großer Gefahr
Wir bitten daß du heut nur nicht Gesichter machst
Erschröck uns nicht das neue Jahr.

3. Fräul. v. Waldner

Alle Tage
Lebendige Geister
Und zu jeder Sprache
Einen neuen Meister.

4. Frau von Werthern

Mögst du an dem bösen Orte
Wohin deine Reise geht
Immer schnarren, immer lispeln
Daß dich nie ein Mensch versteht
Und dein Weg dann ungeduldig

Nach den Leuten wieder gehn
Die dein Schnarren und dein Lispeln
Gerne hören und verstehn.

5. An Caroline Ilten

Du siehst wie es gefährlich ist
Gefällig zu sein
Freundlich gefällig wie du bist
Lädst du so gar das böse Fieber ein
Es plagt dich wie du andre weißt zu plagen
Du kannst es nicht von deinem Herzen jagen
Wie jeder der dich ein mal kennt
So leicht sich nicht von deiner Kette trennt.

6. Herz. Luise

Man liebt dich heut wie in den alten Tagen
Nur darf man dirs nicht immer sagen
Doch dieser Tag bricht allen Zwang
O sei uns freundlich sei es lang
Im neuen Jahr da du uns neues Leben
In ihm willst geben.

7. Fr. v. Stein

Du machst die Alten jung die Jungen alt
Die Kalten warm, die Warmen kalt
Bist ernst im Scherz, der Ernst macht dich zu lachen,
Dir gab auf's menschliche Geschlecht
Ein süßer Gott sein längst bewährtes Recht
Aus Weh ihr Wohl, aus Wohl ihr Weh zu machen.

8. Mamms. Schröter

Wir mögten gern, du kannst es glauben
Nur auf ein Jahr
Dir die Gestalt und die Verehrer rauben
Du wärest glücklich ganz und gar
Du ehrtest mehr die seltne Gaben
So schön zu sein und so viel Dienst zu haben.

9. Fräul. Nostitz

Am Hof gabs doch noch was zu tun
Und du wardst immer mehr zur Dicken
Und jetzo willst du völlig ruhn
Wir bitten dich nicht zu ersticken.

10. Fiekgen

Auserlesen
Artiges Wesen
Mögst du genesen
Von deinen stillen
Lieblichen Grillen.

11. Fräul. Volgstedt

Verstand und Tugend bleibt der Menschheit schönster Tag
Ihn trübt wohl fürchterlich des Schicksals Donnerschlag
Doch ruht der Weise stets auf unerstiegnen Höhen
Ins Land der Eitelkeit mit stillem Blick zu sehen.

12. Malchen Hendrich

In deinem Herzen
Ist nicht viel Platz,
Drum alle acht Tage
Einen neuen Schatz.

13. Fräulein Reinbaben

Immer recht viel
Zu lesen
Und nach dem Schauspiel
Ganze Portechaisen.

14. Anngen Müllern

Kätzgen
Ein Schmätzgen
An mich
Und deinem Schätzgen
Gar lieblich
Ein Dutzend mehr
Ach wer doch nur dein Schätzgen wär.

15. Fräulein Göchhausen

Der Kauz der auf Minervens Schilde sitzt
Kann Göttern wohl und Menschen nützen
Die Musen haben dich beschützt
Nun magst du sie beschützen.

16. Fräul. v. Oppel

Wo Adel in der Ordnung prangt
Und alles wohl zusammenhangt
Ist wünschen Überfluß
Der Fall ist dein, wir sehn zufrieden
Dich was dir Glück und Stand beschieden
Im dauernden Genuß.

17. Frau von Witzleben

Wert dem Gemahl den Freunden teuer
Wird jeder frohe Tag für dich auch uns zur Feier.

18. Gräfin Giannini

Dir wünschen wir nach altem Brauch
Zum neuen Jahre Glück und Segen
Doch unter andern auch
Der nötigen Zerstreuung wegen
Ein tägliches Konzert mit Pauken und mit Zittern
Den ganzen Horizont beladen mit Gewittern
Und pour accomplir le bonheur
Im taroc ombre Spiel beständig les honneurs.

19. Frau von Oertel

Mutter-Tugend ist kein leerer Name
In den Töchtern keimt des Guten Same
Wenn aus ihren zarten Fingerspitzen
Die Eltern blitzen.

20. Frau v. Felgenhauer

Das Weib das Gott der Herr erschuf
Schuf er zu mancherlei Beruf
Allein der süßeste von allen
Ist der den Männern zu gefallen
Wir danken Gott zu dieser Frist
Daß du ein Weib geworden bist.

21. Fräul. v. Wöllwarth

Hoffnung macht wachsen
Besonders in Sachsen
Du wärst in Schwaben
Längst schon begraben.
Hier gibts noch Herzen
Brennend wie Kerzen
Wenn sie erloschen sind
Flugs mit ein wenig Wind
Bläst du zusammen
Feuer und Flammen
Wohl dir wenns gut gerät
Erhörter Wunsch kommt nie zu spät.

22. Frau von Lichtenberg

Daß schnell dir dieses Jahr verging
Ist eben wohl kein Wunderding;
Mit gutem Appetit genießen

Vom Morgen bis zum Abend küssen
Und fest sich an den Schnurrbart schließen
Kann lange Nächte leicht versüßen
Fast weiß man nicht bei deinem Wohl
Was man dir weiter wünschen soll
Als etwa nach vollendeten Redouten
Einen kleinen schreienden Rekruten.

⟨An . . ., Anfang 1781⟩

Der Reiter kommt auf weichem Grund geritten
Und gibt sein steif Persönchen uns zum besten.
Willkommen sei er bei den Winterfesten,
Der schönsten Dame reit' er vor dem Schlitten.

⟨An . . ., 4. 2. 1781⟩

Im Abendrot liegt See und Himmel still
Dich lockt der West mit seinen leichten Flügeln,
Von deinen kaum erreichten Hügeln
Zurück ins Meer, das wieder Feigen will

Es siehts dein Freund und gönnt dir das Vergnügen,
Er wünscht dir auch in jeder Freude ⟨Fremde?⟩ Glück,
Sieht deine bunte schöne Wimpel fliegen
Und kehrt auf seinen Acker still zurück.

Dort treibt er sein Gewerb nicht ohne Sorgen,
Und schränkt sich ganz in seine Hecken ein,
Du warst gewarnt; du schienst geborgen,
Nun sei Gewinnst und auch Verlust sei dein

⟨An den Herzog Carl August, Weimar, 18. 2. 1781⟩

So groß als die Begierde war in mir
Die altgeliebten Bilder zu erlangen,
Mit gleicher Lust geb ich sie dir
Und scheine sie dadurch erst zu empfangen.

⟨Für Caroline von Ilten an Luise von Göchhausen, 26. 2. 1782⟩

Das Gänslein rot im Domino
Sieht in die Welt so leicht und froh
Und zeigt sich als ein Meisterstück
Aus der hochgräflichen Fabrik.
Doch zierlich, wie das Schätzchen steht,
Geht's ihm, wie's vielen Leuten geht;
Denn es ist, ich gesteh' es gern,
Die Schale besser als der Kern,
Und viel zu loben find' ich da,
Den Schneider mehr als den Papa.
Doch ach, warum kommt so geputzt,
So überzierlich aufgestutzt,
Das liebe schöne Kind so weit,
So ferne her zur stillen Zeit?
Ach, wären wir noch allzumal
Im hellen hohen Palmensaal!
Sie führte dann auf jenem Plan
Auch einen großen Aufzug an,
Wenn alle die ihr ähnlich sein
Pathetisch stiegen hinterdrein.
Doch diese Freuden sind nun aus,
Drum mach' nur die Honneurs vom Haus
Und lad' uns Freunde wie wir sind
Mit diesem allerliebsten Kind
In eine kleine Assemblee,
Zu einem wohlfrisierten Tee.
Dann laß uns schwätzen, laß uns sitzen,
Erzählen und die Ohren spitzen,
Und wohl soll's ihr mit Groß und Klein
Au sein de sa famille sein.

⟨An Luise von Göchhausen und ihre Teegesellschaft, 4. 3. 1782⟩

O Kinder, still! reicht meinen Lehren
Ein unbefangen willig Ohr!
Das werte Gänslein zu verehren,
Setzt ihr ihm Tee und Waffeln vor.

Allein ich kann's euch nicht verstecken,
Wenn euch die Wahrheit nicht gefällt:
Das was euch schmeckt wird ihr nicht schmecken,
Sie kommt aus einer andern Welt.

Denn Fremde gehn auf ihrer Reise
Von Orten nur vergnügt davon,
Traktiert man sie auf ihre Weise,
Und loben dann den guten Ton.

Seht wie sie ekel ihren Schnabel
Vor euren Leckerbissen schließt,
Und wie der Kranich in der Fabel
Von flachen Schüsseln nichts genießt.

Drum send' ich euch sie zu beglücken,
Des Hafers goldne Körner hier.
Und richtet ja, sie zu entzücken,
Mit dem Diskurs euch auch nach ihr!

⟨An Caroline Herder
mit einem Exemplar der *Fischerin*,
17. 7. 1782⟩

Dies kleine Stück gehört, so klein es ist,
Zur Hälfte dein, wie du bei'm ersten Blick
Erkennen wirst, gehört euch beiden zu,
Die ihr schon lang für Eines geltet. Drum
Verzeih, wenn ich so kühn und ohngefragt,
Und noch dazu vielleicht nicht ganz geschickt,
Was er dem Volke nahm dem Volk zurück
Gegeben habe. Denn wir andern, die
Wir jeden Tag berupft zu Bette gehn
Und dennoch kleine, ausgestopfte, bunte,
Erlogen-wahre Vögel auf den Markt
Zu bringen, von den Kunden solcher Lust
Gefordert werden, können's wahrlich nicht
Aus eignen Mitteln immer, müssen still
Was da ein Pfau, ein Rabe dort, und was
Ein andrer hier verloren, sammlend schleichen.

Und wenn du nun, wie man durch einen Blick
Zum Händedruck, durch den zu einem Kuß
Gelockt wird, es durch diese Blätter wirst
Zu sehn, was man gedruckt nicht lesen kann,
Weil es gespielt und nicht gesprochen wird,
Auch wohl gesprochen wird, doch schlecht, geschrieben,
Sich ausnimmt, o so komm, ich lade dich
In deren Namen ein, die unserm Spiele
Den Raum gibt und die Nacht um uns erhellt.

Doch darfst du, Mütterchen, dem feuchten Reich
Des Erlenkönigs dich bei kühler Nacht
Nicht anvertrauen, so entschäd'ge dich
Ein Zauberschatten, zeige dir im Bild
Den schönen Blick, wie Wald und Fluß im Tal
Auf einmal rege wird und wie die Nacht
Von Feuern leuchtet um ein loses Kind.

⟨An Knebel, Weimar, 27. 7. 1782⟩

DEINEM SCHREIBTISCHE

Mich erbaute zuerst ein Denker, weihte der Liebe,
Weihte der Freundschaft mich ein, stillem Genusse der Welt.
Doch es ward die Stadt ihm zu eng, er eilte von dannen,
Ließ dem Freunde mich stehn, der mich nun emsig besitzt,
Der dem schönen Gefilde, den lieblichen Stunden entsagend,
Sich der Mühe zu weihn, wählte die engere Stadt.

FEIER DER GEBURTSSTUNDE DES ERBPRINZEN KARL FRIEDRICH VON SACHSEN-WEIMAR DEN 15. FEBRUAR 1783, GEGEN MORGEN

Vor vierzehn Tagen harrten wir
In dieser nächtlichen Stunde,
Noch zweifelhaft auf unser Glück,
Mit zugeschloßnem Munde.

Nach vierzehn Tagen kommen wir,
Die Stimme zu erheben,
Zu rufen: Endlich ist er da!
Er lebt, und er wird leben!

Nach vierzehn Jahren wollen wir
Dies Ständchen wieder bringen,
Zu seiner ersten Jünglingszeit
Ein Segenslied zu singen.

Nach vierzehnhundert Jahren wird
Zwar mancher von uns fehlen;
Doch soll man dann Karl Friedrichs Glück
Und Güte noch erzählen.

⟨In das Stammbuch von Monsieur Brak, 12. 10. 1783⟩

Will der Knabe nicht hören was der erfahrene Mann spricht?
Muß der Jüngling stets irren? und schwerbetrogen die Männer
Wieder zu Knaben sich wünschen nur um sich selber zu folgen?

ZUR FEIER DES 1. 20. 23. 24. 26. 30. NOVEMBERS 1783

Dem Schützen, doch dem alten nicht,
Zu dem die Sonne weicht,
Der uns ihr fernes Angesicht
Aus grauen Wolken zeigt;

Dem Knaben sei dies Lied geweiht,
Der zwischen Rosen spielt,
Uns höret und zur rechten Zeit
Nach schönen Herzen zielt.

Durch ihn hat uns des Winters Nacht,
So häßlich sonst und rauh,
Gar manchen werten Freund gebracht
Und manche liebe Frau.

Von nun an soll sein schönes Bild
Am Sternenhimmel stehn,
Und er soll ewig, hold und mild,
Uns auf- und untergehn.

⟨In ein Stammbuch, 1. 1. 1785⟩

Alle gleichen wir uns, denn wir sind eines Geschlechtes;
Allen gleichen wir nicht sagt einem jeden das Herz.

⟨In das Stammbuch Fritz von Steins, Weimar, 17. 3. 1785⟩

Unglück bildet den Menschen und zwingt ihn sich selber zu kennen,
Leiden gibt dem Gemüt doppeltes Streben und Kraft.
Uns lehrt eigener Schmerz der andern Schmerzen zu teilen.
Eigener Fehler erhält Demut und billigen Sinn.
Mögest du, glücklicher Knabe, nicht dieser Schule bedürfen,
Und nur die Fröhlichkeit dich führen die Wege des Rechts.

⟨In das Stammbuch der Gräfin Christine von Brühl, Karlsbad, 24. 7. 1785⟩

Warum siehst du Tina verdammt, den Sprudel zu trinken?
Wohl hat sie es verdient an allen, die sie beschädigt
Und zu heilen vergessen, die an der Quelle des Lethe
Becher auf Becher nun schlurpfen, die gichtischen Schmerzen der Liebe
Aus den Gliedern zu spülen und, will es ja nicht gelingen,
Bis zum Rheumatismus der Freundschaft sich zu kurieren.

BÄNKELSÄNGERLIED
zum Geburtstage des Grafen Hans Moritz von Brühl
26. Juli 1785

Ein munter Lied! Dort kommt ein Chor
Von Freunden her sich zu ergötzen,
Was säng' ich ihnen Bessers vor
Als von dem Mann den alle schätzen?
Von seinem Leben ward uns heut
Der erste frohe Tag gegeben,
Und die ihr seine Freunde seid,
Heut fing er an für euch zu leben.

Hier seht ihr seiner Tage Lauf
Und was man sieht ist leicht zu hören.
Hier geht der Sonnenstrahl ihm auf,
Wer darf des Kindes Ruhe stören?
Es ruht und wächs't der teure Sohn,
Seht nur die roten vollen Backen,
Doch glaubet mir, er hatte schon
Den Schelmen faustendick im Nacken.

Hier galoppiert er früh und spat,
Hier steht er wirklich auf dem Kopfe,
Und hier als männlicher Soldat
Mit Degen, Hut und langem Zopfe.
Ihr seht, der Feinde Macht ist groß,
Sie drohn mit Schwertern und Kanonen.
Er kommandiert, er eilt drauflos,
Er siegt und weiß nun zu verschonen.

Hier ruht er von Strapazen aus
Und denkt einmal in Ruh zu leben,
Allein Herr Amor lacht ihn aus

Und will ihm was zu wachen geben.
Er zeiget ihm das schönste Bild,
Das einem Zaubrer er gestohlen,
Es eilt der Held, entzündet wild,
Und will sich seine Schöne holen.

Wie bald sie einig worden sind,
Das kann ich nicht gewiß erzählen,
Genug, er hascht das schöne Kind
Und läßt es nicht an Küssen fehlen.
O große Lust, doch übergroß
Läßt ihn das Glück die Lust empfinden,
Einmal auf der Geliebten Schoß
Ein artig Murmelchen zu finden.

Nun fühlt er seinen neuen Stand
Und fügt sich in den Vater-Orden,
Er gräbt und hacket frisch das Land,
Wie's Adam einst befehligt worden.
Und so versorgt er erst das Haus,
Dann bricht er allerschönste Rosen,
Er schmückt dem Weibchen Lauben aus
Und setzt sich drein, sie liebzukosen.

Bald kommt die Wißbegier ihn an,
Hier seht ihr ihn botanisch jagen,
Hier, wie Enceladus getan,
Ein echtes Kabinettstück tragen.
Doch nichts geht über seine Lust,
Wenn er den Freunden Feste feiert,
Mit freier Seele, treuer Brust
Der edlen Seelen Bund erneuert.

Hier hätt' ich fast den Schluß gemacht,
Ich habe schon zu lang gesungen.
Was seh' ich, hier ist Mitternacht,
Er sitzt, vom Dichtergeist durchdrungen,
Er zählt und sinnt und reimt und flicht,
Für wen es sei, muß ich erfahren:
Es ist ein zärtliches Gedicht
Für seine Frau nach vierzehn Jahren.

Drum singen wir den braven Mann,
Den braven Vater, braven Gatten
Und braven Freund, wer singen kann,
Den Felsen, Wäldern, Fluß und Matten.

Und wer nicht singen kann, der schreit,
Und wer nicht tanzen kann, muß springen.
Hoch lebe Moritz! Lebe weit!
Nun gebet mir den Lohn für's Singen!

⟨Karlsbader Abschiedslied, 12. 8. 1785⟩

Auf den Auen wandlen wir
Und bleiben glücklich ohne Gedanken,
Am Hügel schwebt des Abschieds Laut,
Es bringt der West den Fluß herab
Ein leises Lebewohl.
Und der Schmerz ergreift die Brust,
Und der Geist schwankt hin und her,
Und sinkt und steigt und sinkt.
Von weiten winkt die Wiederkehr
Und sagt der Seele Freude zu.
Ist es so? Ja! Zweifle nicht.

⟨An Musäus mit einem Bild, 1785⟩

GESPRÄCH ZWISCHEN SCHILDWACHE UND FREUND HEIN AM COBURGER TOR

Schildwache

Wer da?

Freund Hein

Ich bin Freund Hein.
Laß' er mich herein!

Schildwache

Er sieht so hager und so bleich,
Eher einem Toten als einem Lebenden gleich;
Er kommt von keinem gesunden Ort.
Zeig' er mir erst seinen Passeport.

Freund Hein

Mein Paß ist diese Sense hier,
Tür, Tor und Schlagbaum öffnet sie mir.
Mich hält in meinem raschen Lauf
Selbst eine Armee en front nicht auf.
Will er mich noch weiter schikanieren,

Werd' ich über ihn wegmarschieren,
Kein lautes Wörtchen mit ihm sprechen,
Den Kieler Wandrer an ihm rächen.

⟨An Caroline von Staupitz, Karlsbad, 7. 8. 1786⟩

O Schöne mit dem weißen Stabe,
Du kleiner, guter, holder Schatz,
Verlasse mit der schönsten Gabe
Gesunder Freude diesen Platz.

Und denkest du an alle Stäbe,
Die schwarz und braun, so bunt als schön,
Gemodelt aus dem Holz der Rebe
Am Sprudel auf und nieder gehn –

Und denkest du an alle Schätze,
Die neben dir, geliebtes Kind,
Mit dem holdseligsten Geschwätze
Des Saales beste Zierde sind,

Dann denk' auch, daß in letzten Wochen
Du einem späten Gast gelacht,
Der, wenn er im Plural gesprochen,
Sich doch den Singular gedacht.

⟨Karlsbad, Ende August 1786⟩

ABSCHIED AN DEN HERZOG CARL AUGUST
im Namen der Engelhäuser Bäuerinnen

Ist es denn wahr, was man gesagt?
Dem lieben Himmel sei's geklagt!
Verlässest du die Königsstadt?
Die dir so viel zu danken hat.
Denn bis zu uns nach Engelhaus
Erschallet lang dein Ruhm heraus,
Daß deine Freundlichkeit und Gnad'
Allen dreifach gesegnet das Bad;
Denn nicht der Pole freut sich dein,
Es freut sich nicht der Jud' allein,
Es freut sich dein auch jeder Christ,
Daß du so mild gewesen bist.
Und wer das nicht erkennen wollt',

Für einen Heiden gelten sollt'.
Doch die nach dir am meisten schaun,
Sind gewiß alle schöne Fraun,
Die du, o edler Brunnengast!
Löblich und fein gewartet hast.
Die beißen alle mit Verdruß
Auf's *Muß* als eine harte Nuß.
Es scheinet ihnen alles alt,
Das Tal zu weit, der Sprudel kalt;
Ein Strom aus ihren Augen quillt,
Der ärger als die Tepel schwillt;
Und flöß' der Strom den Berg hinauf,
Er hielte dich im Reisen auf.
In deren Namen stehen wir,
Von Engelhaus die Nymphen, hier
Und wünschen dir zur frühen Zeit
Von allen Heiligen das Geleit.
So viel Kanonenschüsse geschwind
Vor'm Elefanten gefallen sind.
So manchen Fall Gurofsky erzählt
Und keuscher Frauen Ohren quält,
So manche Kollatschen man früh und spat
Bei dem Kurfürsten gebacken hat,
So vielen Segen nimm mit fort
Von dem heilsamen schönen Ort;
Und wie vom heißen Sprudel-Trieb
Dir niemals was im Leibe blieb,
So laß in deines Herzens Schrein
Die Freunde desto fester sein.

〈An den Herzog Carl August, Rom, 28. 8. 1787〉

Du sorgest freundlich mir den Pfad
Mit Lieblingsblumen zu bestreun.
Still tätig danke dir mein Leben
Für alles Gute, was du mir erzeigst.
Fügst du dazu die Sorge für dich selbst,
So geh' ich ohne Wunsche fröhlich hin.
Denn nur gemeinsam Wohl beglückt Verbundene.

〈An Fritz von Stein, Rom, 16. 2. 1788〉

Der Segen wird gesprochen!
Die Riesin liegt in den Wochen;

Drei Wölfe sind ausgekrochen.
Sie liegen zwischen Eis und Nebel und Schnee,
Tränke gern Eicheln- und Rübenkaffee,
Wenn sie ihn nur hätte! –
Da läuft die Maus! –
Kind, geh zu Bette
Und lösche die Lichter aus!

⟨In das Album des Silhouettenschneiders
Johann Friedrich von Anthing,
Weimar, 7. 9. 1789⟩

Es mag ganz artig sein, wenn Gleich' und Gleiche
In Proserpinens Park spazieren gehn,
Doch besser scheint es mir, im Schattenreiche
Herrn Anthings sich hier oben wieder sehn.

⟨An Herder, aus dem schlesischen Feldlager, 21. 8. 1790⟩

Grün ist der Boden der Wohnung, die Sonne scheint durch die Wände
Und das Vögelchen singt über dem leinenen Dach;
Kriegerisch reiten wir aus, besteigen Schlesiens Höhen,
Schauen mit gierigem Blick vorwärts nach Böhmen hinein.
Aber es zeigt sich kein Feind – und keine Feindin, o bringe,
Wenn uns Mavors betrügt, bring' uns Cupido den Krieg!

⟨In das Gästebuch der Knappschaft zu Tarnowitz, 4. 9. 1790⟩

Fern von gebildeten Menschen, am Ende des Reiches, wer hilft euch
Schätze finden und sie glücklich zu bringen ans Licht?
Nur Verstand und Redlichkeit helfen, es führen die beiden
Schlüssel zu jeglichem Schatz, welchen die Erde verwahrt.

⟨In das Stammbuch des Schauspielers
Heinrich Beck,
Weimar, 31. 1. 1791⟩

Blumen reicht die Natur, es windet die Kunst sie zum Kranze.

⟨An den Herzog Carl August, Weimar, 24. 3. 1791⟩

Zu dem erbaulichen Entschluß
Bei diesem Wetter hier zu bleiben
Send ich des Wissens Überfluß
Die Zeit dir edel zu vertreiben.
Gewiß, du wirst zufrieden sein
Wenn du wirst die Verwandtschaft sehen
Worinnen Geist und Fleisch und Stein
Und Erz und Öl und Wasser stehen.

Indes macht draußen vor dem Tor,
Wo allerliebste Kätzchen blühen,
Durch alle zwölf Kategorien
Mir Amor seine Späße vor.

⟨In das Stammbuch des Schauspielers
Friedrich Ludwig Schröder,
Weimar, 25. 4. 1791⟩

Viele sahn dich mit Wonne, dich wünschen so viele zu sehen;
Reise glücklich! Du bringst überall Freude mit hin.

⟨An F. H. Jacobi, Weimar, 1. 6. 1791⟩

Will ich die Blumen des frühen, die Früchte des späteren Jahres,
Will ich was reizt und entzückt, will ich was sättigt und nährt,
Will ich den Himmel, die Erde mit einem Namen begreifen;
Nenn ich *Sakontala* dich und so ist alles gesagt.

Tierische Hügel beherrschte Dionysos, aber der Bischof
Dionysius trieb ihn und die Seinen herab;
Christlich lagerten sich Bacchanten-Scharen im Tale,
Hinter die Mauren versteckt, üben sie alten Gebrauch.

Die ihrem Mann allein gewährt vergnügte Stunden,
Ich gehe noch herum! ich hab' sie nicht gefunden.

⟨In das Album
der Fürstin Amalie Gallitzin,
Weimar, 17. 4. 1793⟩

Unterschieden ist nicht das Schöne vom Guten, das Schöne
Ist nur das Gute, das sich lieblich verschleiert uns zeigt.

SEHNSUCHT

Melod. O! Vater der Barmherzigkeit etc.

Dies wird die letzte Trän' nicht sein
Die glühend Herz auf quillet,
Das mit unsäglich neuer Pein
Sich schmerzvermehrend stillet.

O! laß doch immer hier und dort
Mich ewig Liebe fühlen;
Und mögt' der Schmerz auch also fort
Durch Nerv' und Adern wühlen.

Könnt' ich doch ausgefüllt einmal
Von dir, o Ew'ger! werden –
Ach diese lange, tiefe Qual
Wie dauert sie auf Erden!

Mel. O Vater der Barmherzigkeit

O Vater alles wahren Sinns
Und des gesunden Lebens,
Du Geber köstlichen Gewinns,
Du Fördrer treuen Strebens,
Sprich in mein Herz dein leises Wort,
Bewahre mich so fort und fort
Für Heuchlern und für Huren.

⟨An die Herzogin Luise,
Weimar, 29. 1. 1796⟩

Sklaven sollten wir haben in deiner Gegenwart? Alle,
Fürstin, machest du frei, alle verbindest du dir.

〈In das Stammbuch
des Grafen Emerich Bethlen,
13. 3. 1796〉

Baue, Jüngling, den Garten bei Zeiten, so erntest du Früchte
Schon, wenn viele sich erst ungewiß suchen den Platz.

〈In das Stammbuch
August Wilhelm Ifflands,
Weimar, 24. 4. 1796〉

Viel von Künsten und Künstlern wird immer in Deutschland gesprochen,
Angeschaut haben wir nun Künstler und Künste zugleich.

〈An Schiller
mit einer kleinen mineralogischen Sammlung,
Jena, 13. 6. 1797〉

Dem Herren in der Wüste bracht'
Der Satan einen Stein,
Und sagte: Herr, durch deine Macht
Laß es ein Brötchen sein!

Von vielen Steinen sendet dir
Der Freund ein Musterstück,
Ideen gibst du bald dafür
Ihm tausendfach zurück.

〈ZUM GEBURTSTAG DER HERZOGIN LUISE
AM 30. 1. 1798〉

Der lang ersehnte Friede nahet wieder
Und alles scheint umkränzet und umlaubt,
Hier legt die Wut die scharfen Waffen nieder,
Dem Sieger ist sogar der Helm geraubt,
Das nahe Glück erreget frohe Lieder
Und Scherz und laute Freuden sind erlaubt,
Und wir, als ein Gebild aus höhern Sphären,
Erscheinen heute deinen Tag zu ehren.

Die Palmen legen wir zu deinen Füßen
Und Blumen streuen wir vor deinem Schritt.

Die Eintracht darf sich wieder fest umschließen.
An ihrer Seite kommt die Hoffnung mit;
In Sicherheit und Ruhe zu genießen
Und zu vergessen alles was es litt,
Dies ist der Wunsch, der jedes Herz belebet,
Das wieder frisch ins neue Leben strebet.

Und Ceres wird versöhnet und verehret,
Die wieder froh die goldnen Ähren regt,
Wenn dann die Fülle prächtig wiederkehret,
Die aller Freuden reiche Kränze trägt;
Wird auch der Kunst der schönste Wunsch gewähret,
Daß ihr ein fühlend Herz entgegen schlägt,
Und in der Ferne sehen wir, aufs neue,
Der edlen Schwestern eine lange Reihe!

Doch jeder blickt behende nach den Seinen
Und teilt mit Freunden freudiges Gefühl,
Man eilet sich harmonisch zu vereinen,
Und wir sind hier an der Erscheinung Ziel;
Du zählst, mit Heiterkeit, uns zu den Deinen
Verzeihest, mild, das bunte Maskenspiel.
O! sei beglückt! So wie du uns entzückest
Im Kreise den du schaffest und beglückest.

⟨Stammbuchblatt, Pyrmont, 15. 7. 1801⟩

Weise die Rose nicht ab von deinem Busen, sie blühet
Noch auf der Wange dir, noch in dem Herzen dir auf.

⟨In das Stammbuch Augusts von Goethe, Jena, 22. 11. 1801⟩

Gönnern reiche das Buch und reich' es Freund- und Gespielen,
Reich' es dem Eilenden hin, der sich vorüber bewegt.
Wer des freundlichen Worts, des Namens Gabe dir spendet,
Häufet den edlen Schatz holden Erinnrens dir an.

⟨An den Fürsten Carl von Ligne, Weimar, Mitte Januar 1804⟩

In früher Zeit, noch froh und frei,
Spielt' ich und sang zu meinen Spielen;
Dann fing's im Herzen an zu wühlen,
Ich fragte nicht, ob ich ein Dichter sei:
Doch daß ich liebte, konnt' ich fühlen.

So bleibt es noch. Ich weiß nicht viel
Von eignen dichterischen Taten.
Man sagt, mir sei als Ernst und Spiel
Nicht übel dies und jen's geraten.
Gern hör' ich Gutes von der Kunst,
Der ich mein Leben treu geblieben;
Doch mich in meinen Freunden lieben,
Dies, edler Mann, dies ist die schönste Gunst.

⟨An . . ., 1804⟩

Wie du Vertrauen erweckst, o Genius anderer Welten,
Mehr als der irdische Mann zeige dich selig und reich!

⟨An die Herzogin Anna Amalia, Weimar, 27. 4. 1805⟩

Freundlich empfange das Wort laut ausgesprochner Verehrung,
Das die Parze mir fast schnitt von den Lippen hinweg.

⟨An Esther Stock in Frankfurt, Weimar, 1. 1. 1806⟩

Was uns Günstiges in fernen Landen
Auch begegnet, sehnt, bei allem Glück,
Doch das Herz zu seiner Jugend Banden,
Zu dem heim'schen Kreise sich zurück.

⟨In ein Stammbuch unter eine Zeichnung, Jena, 5. 10. 1806⟩

Zu unsres Lebens oft getrübten Tagen
Gab uns ein Gott Ersatz für alle Plagen,
Daß unser Blick sich himmelwärts gewöhne,
Den Sonnenschein, die Tugend und das Schöne.

⟨Zueignung an Prinzessin Caroline von Weimar, Weimar, 17. 1. 1807⟩

Dieses Stammbuch, wie man's auch nimmt,
War eigentlich für 'nen Studenten bestimmt,
Der es auf akademischen Pfaden
Sich wählen sollt' aus Hertels Laden;

Wie ich's denn auch, – nicht guter Ding', –
Aus der hübschen Frau Hertel Hand empfing.

Denn guter Dinge konnt' ich nicht sein.
Wir waren schon in den Oktober hinein,
Und preußische Scharen allzumal
Zertrappelten uns Berg und Tal,
Und damals war noch nichts verloren.

Ich kraute mir aber hinter den Ohren
Und letzte mich, wie vor alter Zeit,
Wieder an des Tales Wirklichkeit
Und wollte kühnlich mich erdreisten,
An der Saale das auch zu leisten
Was an der Töpel ich trieb im Spiel;
Das war nun freilich gar nicht viel.

Kaum hatt' ich aber ein paar Pappeln zeichnet
Und ein paar Berge mir angeeignet,
Da brach die Sündflut auf einmal herein:
Es hätte nicht können schlimmer sein.

Wie aber nach dem jüngsten Gericht
Was vorgeschah auch wieder geschicht
Und über Wolken und unter Flammen
Freunde und Feinde kommen zusammen,
Und überall im höchsten Chor
Jeder Heilige, nach wie vor,
Hebt und trägt sein Marterinstrument,
Woran man ihn allein erkennt:
So werd' ich auch wohl in Abrahams Schoß
Bleistift und Pinsel nicht werden los;
Bei vieler Lust und wenig Gaben
Werd' ich doch nur gekritzelt haben.

Doch sei dem allen wie es sei,
Kein Blatt im Buch ist überlei,
Auf beiden Seiten manche beschrieben
Und so nichts weiter übrig blieben,
Als daß du glaubst, das viele Papier,
Was auch drauf stehe, gehöre dir.
Und dazu hast du Fug und Macht,
Immer war dein dabei gedacht.
So steht dein Bild auch klar und glatt
In unserm Herzen auf jedem Blatt.
Und Liebe bleibt zu unserm Gewinn
Ein beßrer Zeichner als ich bin.

⟨In das Stammbuch der Malerin Caroline Bardua,
Weimar, 12. 5. 1807⟩

Wie wir dich in unsrer Mitte
Üben dein Talent gesehn,
Mögest du mit gleichem Schritte
Immer, immer vorwärts gehn.

⟨An Amalie von Stein, geb. von Seebach, ca. 1807/09⟩

Der dieses Bild der Einsamkeit gemacht,
Hat oft in Einsamkeit an dich gedacht.

⟨An Pauline Gotter, vermutlich 1808⟩

Traun! ein schönes Geheimnis hast du durch dein Wesen gelöset,
Wie mit weiblichem Sinn tieferes Wissen sich eint.

⟨An Silvie von Ziegesar⟩

ZUM EIN UND ZWANZIGSTEN JUNI
Karlsbad 1808

Nicht am Susquehanna, der durch Wüsten fließt,
Wo zum ird'schen Manna geist'ges man genießt,
Nicht vom Gnadentale, nicht nach Herrenhut,
Wo bei'm Liebesmahle Tee man trinkt für Blut:
Nein! am Tepelstrande, von der großen Bruck,
Wo die Mohrenbande schaut Sankt Nepomuk,
Zu dem weißen Hirschen, der beständig rennt,
Ohne daß ein Pirschen seine Straße hemmt,
Eile dieses Blättchen, munter und geschwind,
Wo im kurzen Bettchen ruht das liebe Kind.

Nennet mir bei Zeiten gleich den schönsten Tag,
So daß niemand streiten, niemand zweifeln mag.
»Meinst du *den*, wo's Krippchen frömmlich bunt geschmückt?
Den, wo sich am Püppchen Püppchen hoch entzückt?
Den vielleicht vor Fasten, wo's am tollsten geht,
Wo man ohne Rasten sich mit Liebchen dreht?
Ist es Ostern? Pfingsten? Corpus Domini?
Freundchen! du besingst'en, frisch zur Melodie!«

Keiner ist der meine der sich rücken läßt;
Einer ist's, der *eine*, dieser steht so fest.
Läßt er nah sich blicken, wünscht man ihn heran;
Hat man ihn im Rücken, gleich fängt's Trauren an.
Bruder nicht noch Schwester hat er für und für,
Und man glaubt, Silvester steh' schon vor der Tür.
Drum mit Wohlbedachte grüßt ihn ehrenvoll,
Weil er was er brachte wohl uns lassen soll.
Wird er gleich entweichen, wie nun Tage sind,
Läßt er seines Gleichen uns das längste Kind.

Froh am schönen Feste soll's in Karlsbad sein!
Ein paar hundert Gäste stellten schon sich ein.
Gleich soll jeder haben, was ihm konveniert;
Früh mit Wassergaben jeder wird traktiert,
Freuet sich nicht minder als bei'm größten Schmaus,
Denn er geht gesünder, als er kam, nach Haus.
Liebliches Gedudel tönte gestern Nacht;
Lust'ger ist der Sprudel heut schon aufgewacht.
Frischlich angefeuchtet steht der Fels umlaubt;
Kreuzes Panner leuchtet um das kahle Haupt.
Herzlich grüßt der Biedre dieses Tages Stern,
Hoch wird alles Niedre, Hohes neigt sich gern.
Der verschloss'ne Stolze grüßet heiter, mild;
Tät'ger wird Graf Bolze, Herr vom goldnen Schild.

Doch sie kömmt geschritten! Schaut nur, wie sie steigt,
Wo sich auf Graniten manche Blume zeigt.
In den bunten Höhen eil' ihr nachzugehn,
Wo die Orchideen und Dianthen stehn,
Und Ornithogalen, weiß und schlank wie sie.
Ihr zu Liebe strahlen Lenz und Sommer hie.
Doch die Wetterkenner, zweifelnd stehn sie dort,
Wohlbedächt'ge Männer! Und du schreitest fort,
Pflückest junge Rosen, lächelst leichtem Stich;
Wie im Lande Gosen sonnt es rings um dich.
Reich an Sträuß- und Kränzen, trotz dem Wolkengraus,
Bringst du die Exzellenzen ungenetzt nach Haus.
Folge so dir immer, wie sich's wölken mag,
Heitrer Sonnenschimmer, dir zum eignen Tag!
Trotz dem Wetterbübchen geh's dir jungem Blut,
Tochter, Freundin, Liebchen, wie du's wert bist, gut!

⟨In das Stammbuch von Bertha v. Loder,
Jena, 13. 5. 1809⟩

Wie die Blüten heute dringen
Aus den aufgeschloss'nen Zweigen,
Wie die Vögel heute singen
Aus durchsichtigen Gesträuchen,
So begleitet reis' und lebe
Und so freundlich nimm und gebe.

⟨An Hedwig v. Berg, geb. v. Sievers,
Weimar, 20. 7. 1809⟩

Wie es dampft und braus't und sprühet
Aus der unbekannten Gruft!
Von geheimem Feuer glühet
Heilsam Wasser, Erd' und Luft.

Hülfsbedürft'ge Schar vermehrt sich
Täglich um den Wunderort,
Und im Stillen heilt und nährt sich
Unser Herz an Freundes Wort.

SUPPLEMENT ZU SCHILLERS GLOCKE

Aus dem Stegreife. Zu Gunsten einer Schauspielerin,
die in der Austeilung übergangen war

Reißt der schöne Wahn entzwei.
Ach! auf wiesenreichen Auen
Wünschen wir die Pracht zu schauen,
Die von gestern! – Sie ist hin!
Vor der Sense fliehn die Träume,
Abgemäht sind Blumenräume,
Dürr und braun das holde Grün.

Und ruhet nimmer.
Und nimmer zu ruhn
Gewöhnt sie die Tochter.
Ein wirtliches Tun
Es kleidet wie Seide,
Dem Jüngling gefällt sie
Im häuslichen Kleide.
Er verbirgt seinen Willen,
Er wählt sie im Stillen.

Die sie blühend ihm gebar.
Die sie an der treuen Brust
Hielt und hegt' mit Mutter Lust,
Wenn die andern stufenweise
Durch des Hofes weite Kreise
Haschten, trieben, stritten, herzten
Und das Wachstum sich erscherzten.

Denn das Auge des Gesetzes wacht.
Ja, so wenig als im Freien,
Bergen, Tälern, Wüsteneien,
Ist im Hause Ruh beschert
Wo Gesetz nicht herrscht und wehrt.

〈An Christine von Ligne, Teplitz, 2. 9. 1810〉

Ein klein Papier hast du mir abgewonnen,
Ich war auf größeres gefaßt;
Denn viel gewinnst du wohl, worauf du nicht gesonnen,
Worum du nicht gewettet hast.

DAS BLUMENCHOR
Zum 30. Januar 1812

Wir begegnen dem Entzücken,
Wie es jeder fühlen mag,
Und mit kindlich heitern Blicken
Grüßen wir den schönsten Tag.

〈An die Schauspielerin Amalie Wolff zum 10. 12. 1812〉

Erlaubt sei dir, in mancherlei Gestalten
Das junge Volk und die ehrwürd'gen Alten
Zum Besten, wie es dir beliebt, zu halten:
Und Phädra, wütend, leidenschaftlich groß;
Elisabeth, so lieb- als schonungslos;
Messina's Fürstin, fest, wenn das Geschick bricht;
Jungfrau, gestählt, nur gegen Liebesblick nicht;
Klärchen zuletzt, die jeden so verführt,
Daß er den Kopf, wie Belgiens Held, verliert.
Der Wechsel bilde dein beglücktes Reich,
Bleibst du nur uns, den Freunden, immer gleich.

⟨An Oberstlieutenant von Bock, Weimar, 22. 10. 1813⟩

Von allen Dingen die geschehn,
Wenn ich es redlich sagen sollte,
So war's, Kosaken hier zu sehn,
Nicht eben was ich wünschen wollte.
Doch als die heilig große Flut
Den Damm zerriß der uns verengte,
Und Well' auf Welle mich bedrängte,
War *dein* Kosak mir lieb und gut.

⟨An Gräfin Josephine O'Donell, Weimar, 3. 2. 1814⟩

Die kleinen Büchlein kommen froh,
Der werten Dame sich zu bücken,
Doch Lieb' und Freundschaft auszudrücken,
Bedürft' es ein in Folio.

⟨An Friedrich Peucer bei Übersendung eines rheinländischen Dukaten⟩

Nein! frechere Wette
Verliert man nicht,
Als an der Elbe ich
Dazumalen
Dresden, den 15. August 1813

Jetzt,
Da man über'm Rheine ficht,
Will ich mit Rheingold
Sie bezahlen.
Weimar, den 16. Februar 1814

⟨An Gräfin Constanze von Fritsch bei Übersendung eines Pensée-Straußes, Weimar, 27. 2. 1814⟩

Die deutsche Sprache wird nun rein,
Pensée darf künftig nicht mehr gelten;
Doch wenn man sagt: *Gedenke mein!*
So hoff' ich, soll uns niemand schelten.

⟨An P. A. Wolff, mit fünf Landschaften in Sepia, Weimar, zum 3. 5. 1814⟩

Blätter nach Natur gestammelt,
Sind sie endlich auch gesammelt,
Deuten wohl auf Kunst und Leben;
Aber ihr im Künstler-Kranze,
Jedes Blatt sei euch das Ganze,
Und belohnt ist euer Streben.

⟨An Caroline Ulrich, Berka, 8. 6. 1814⟩

LIEBE

Ich bliebe gern verschlossen still
Doch muß ich mich im Kreise zeigen.
Vergebt wenn ich mich rühmen will
Denn heute soll ja niemand schweigen.
O! wie's in meinem Busen ringt!
Mir ist das schwerste Los gefallen:
Denn Opfer wie sie Liebe bringt
Das sind die schmerzlichsten von allen.

⟨An Caroline Ulrich, Berka, 24. 6. 1814⟩

Wäre der Rubin mir eigen,
Perlen wären um ihn her,
O, so wollt' ich bald erzeigen,
Wie so herzlich lieb er wär';
Denn ich schüf' ihn gleich zum Ringe,
Schlangen würd' ich um ihn ziehn,
Und ich sagte: Liebe, bringe,
Bring' ihn der Geliebten hin.

⟨Aus der Gedichtsammlung *Willkommen* für den Herzog Carl August, Weimar 1814⟩

⟨Widmung⟩

Diese Stimmen sie erschallen
Aus der Menge laut vor allen,
Dir zu Ehren, zu Gefallen;
Hör' auch sie mit Hulden an!
Was die Lieder wiederhallen,
Hast du, Herr, in Tat getan.

Blumen und Pflanzen

Die Pflanzen sämtlich die dir angehören,
Sie grüßen dich entzückt in deinen Gauen;
Und willst du sie mit neuen auch vermehren,
Wir werden nicht dazu mit Neide schauen.

Sonnenblume

Die Sonnenblume möchte dich begrüßen,
Dieweil sie sich so gern zur Sonne wendet;
Nur steht zur Zeit sie noch zurückgewiesen,
Doch du erscheinst, und sie ist gleich vollendet.

Veilchen

Das Veilchen aber, wollt' es dich erreichen,
So müßt' es tausendfach dich überschütten;
Doch wird es still wie alle seines Gleichen
Mit Wohlgerüchen deine Gunst erbitten.

〈Wielands Pforte〉

»Der du frühe schon das Große wolltest,
Wie ich dich so jung und kühn gesehn,
Hast es nun getan so wie du solltest,
Und für uns, für alle war's geschehn.«
Gebe das Geschick
Erst- und letztes Glück:
Dich dir selbst des Friedens zu ergehn.«

Familiengemälde

So leitet zu des Schlosses Pforten
Die Muse festlich jeden Schritt;
Es fehlet nicht an ernsten Worten,
Und manches heitre tönet mit.

Bald blüht in diesen Lustgefilden
Ein neues Fest dem treuen Blick:
Gemahlin, Söhne, Töchter bilden
Den schönsten Kranz, ein häuslich Glück.

Der Künstler steht entzückt im Schauen,
Entwirft mit Rubens Hand und Kraft
Anständ'ge Ritter, edle Frauen
Und aller Stoffe Farb' und Saft.

Schon hat er's emsig unter Händen,
Er sieht es wachsend vor sich stehn:
Gelingt's ihm schnell es zu vollenden,
So werdet ihr's mit Freude sehn.

⟨Wiesbaden, 1. 9. 1814⟩

Was der August nicht tut,
Macht der September gut.

⟨An Charlotte von Stein, Weimar, 26. 12. 1814⟩

Gegen soviel schöne Dinge
Weiß ich nicht was ich dir bringe.
Späne, die sich leicht entzünden,
Licht, in dunkler Nacht zu finden;
Becher, die den Wein verbessern,
Feinde von gefüllten Fässern;
Süßigkeit auf Süßigkeiten!
Alles kann nur Glück bedeuten,
Welches all, im nächsten Jahre,
Holde Geberin, erfahre.

REQUIEM DEM FROHSTEN MANNE DES JAHRHUNDERTS

Chor

Alle ruhen, die gelitten,
Alle ruhen, die gestritten;
Aber auch die sich ergötzten,
Heiterkeit am Leben schätzten,
Ruhn in Frieden;
So bist du von uns geschieden.

Genius
(Tenor)

Wem hoher Ahnen Geist im alten Sange
Das Kinderhaupt umschwebt,
Wem früh vom Waffenklange
Die Erde bebt,
Er wird sich nie Gefahren beugen,
Und Heiterkeit, sie bleibt sein eigen.
  Holder Knabe, froh gesinnet,
  Alles sei dein Eigentum!

Zwar die brave Faust gewinnet,
Doch der Geist bewährt den Ruhm.

Erdgeist
(Baß)

So soll dem Jüngling denn, vor allen,
Der Schlachten Ruf,
Der Prüfung Ruf erschallen!

(Maestosissimo)

Wenn die alten, wie die neuen
Erdenbürger sich entzweien –
Nur voran! mit Glücks Gewalt!
Der Besitz, er wird nicht alt.

Das Entsetzen, wie das Grauen,
Das Zerstören, als ein Bauen,
Nur voran! mit Geists Gewalt!
Wirblet Pauke, Drommete schallt.

Genius

Verklinge, wilder unwillkommner Ton.

Und sollten wir ihn nicht umgarnen?
Er läßt sich vor Gefahr nicht warnen.

Genien

Doch sind wir liebenswürdig bar,
So liebenswürdig – als Gefahr.

Sylphe des Hofs

Locke du!

Sylphe der Gesellschaft

Locke du!

Sylphe des Hofs

Zu, nur zu!

Sylphe der Gesellschaft

Zu, nur zu!

Beide

Sieh, da horcht der Kriegsgenosse
Auf das Schmeichlen, auf die Posse.

Sylphe des Hofs
Locke du!

Sylphe der Gesellschaft
Zu, nur zu!

Genius
Nein! Nicht Zu, nur zu!
In seinem Wesen ist ein andres Wesen,
Ihn hab' ich mir zum Beispiel auserlesen.
Unglück das sinket, Glück es steigt,
In beiden sei er froh und leicht.
Und was wollt ihr frohe Seelen?

Genien
Für die Freude nur den Raum.

Genius
Kann euch das –? es kann nicht fehlen,

Genien
Lust'ges Leben, lust'ger Traum.

Genius
Der Sonne herrlich Licht, des Äthers freier Raum,
Dort wohnt das Ewige, das Wahre;
Wie ernst das Leben auch gebahre,
Des Menschen Glück, es ist ein eitler Traum.
Rasch knatternd schlägt ein Wetter auf dich ein;
Was hilft euch eurer Taten Lohn?
Ein Ohngefähr, es schmettert herein –
Beraubt
der Vater, tot der Sohn!
Verwais't

Vater
(Baß)
Nein es ist kein Trost dem Tage,
Der dem Vater nahm den Sohn!

Mutter
(Alt)
Hemme, stille deine Klage!
Er ist auch der Mutter Sohn.

Schwester
(Sopran)
Den Geschwistern ist verloren,
Der mit ihnen war geboren.

Geschwister und Verwandte
Und doch sind wir neu geboren,
Sind dem Vater wir der Sohn.

Vater
Nein, es bleibt kein Trost dem Tage,
Der dem Vater nahm den Sohn;
Einet meiner bittern Klage
Liebevollen Trauerton.

Chor
Ja, wir einen Jammerklage
Mit dem Vater für den Sohn.

Chorführer
So ward es Nacht, ein unermeßlich Trauern
Umgibt uns mit der Gräber Schauern.
Der Morgen kommt von jenen Höhn –
Wer kann dem Trost, der Freude widerstehn!

Fremde Länder
Sollten wir dich nicht umgaukeln,
Denen du gehuldigt hast?
Laß dich holde Bilder schaukeln,
Von der Hütte zum Palast.

Italien
(Sopran)
Auch mich hast du besucht,
Du mußt's bedenken!
Was ich vergeude,
Niemand kann es schenken.

Das Wehn der Himmelslüfte,
Dem Paradiese gleich,
Des Blumenfelds Gedüfte
Das ist mein weites Reich.

Das Leben aus dem Grabe
Jahrhunderte beschließt;
Das ist der Schatz, die Habe,
Die man mit mir genießt.

Chor

Sollten wir dich nicht umgaukeln,
Denen du gehuldigt hast?
Laß dich holde Bilder schaukeln,
Blumen, Wälder und Palast.

⟨An . . ., Weimar, April 1815⟩

Wäre doch das Blättchen größer!
Sagt' ich mehr und sagt' es besser;
Da es aber gar zu klein,
Sag' ich nur: Gedenke mein!

⟨An Carl Kirms und Ernst Constantin v. Schardt zum 30. 5. 1815⟩

Frage nicht durch welche Pforte
Du in Gottes Stadt gekommen,
Sondern bleib' am stillen Orte,
Wo du einmal Platz genommen.

Schaue dann umher nach Weisen
Und nach Mächt'gen, die befehlen;
Jene werden unterweisen,
Diese Tat und Kräfte stählen.

Wenn du nützlich und gelassen,
So dem Staate treu geblieben,
Wisse! Niemand wird dich hassen,
Und dich werden viele lieben.

Und der Fürst erkennt die Treue,
Sie erhält die Tat lebendig,
Dann bewährt sich auch das Neue
Nächst dem Alten erst beständig.

Und vollbringst du, kräftig milde,
Deiner Laufbahn reine Kreise,
Wirst du auch zum Musterbilde
Jüngeren nach deiner Weise.

—

So Ihr Beiden, heut gefeiert,
Vor viel Tausenden erlesen,
Fühlet jene Pflicht erneuert,
Die Euch heilig stets gewesen.

Sei dem fröhlichen Vereine
Dieses späte Lied entschuldigt,
Das vom alten deutschen Rheine
Eurem schönen Tage huldigt.

⟨Für den Pädagogen Johannes de l'Aspée im Namen seiner Schülerinnen, Wiesbaden, 23. 6. 1815⟩

Gütiger Lehrer, Deine Kinder bringen
Dir den reinsten Wunsch am frohsten Tag,
Könnten wir ihn Dir melodisch singen,
Nur so gut als es der Chor vermag,
Hörtest Du des Opferdankes Treue,
Jeder neue Tag bringt Dir's aufs neue.

⟨An Oberst von Geismar, Weimar, am 21. 10., nachmittags 3 Uhr, 1815⟩

Dem wir unsre Rettung danken
Aus den Händen wilder Franken,
Nimm zur Jahresfeier-Stunde
Heißen Wunsch vom treusten Munde!

⟨An Fanny Caspers, Jena, 21. 11. 1815⟩

In einer Stadt einmal
Auf dem Stadthaus
Ein großer Saal,
Darin ein lustig Mahl.
Unter den Gästen
Eine artige Maus,
Wie's bei solchen Festen
Geht, im Champagnersaus.
Sie hatte nicht so viel getrunken
Als Schiller, ich und alle,
Sie war mir aber um den Hals gesunken.
In keiner Falle
Fing man so lieblich Mäuschen;
Niedlich war sie, niedlicher im Räuschchen.
Ich hielt sie feste, feste,
Wir küßten uns auf's beste,
Doch wickelt sie sich heraus –
Fort war die Maus!

Die treibt sich in Osten und Süden;
Gott schenk' ihr Lieb' und Frieden.

⟨An Charlotte von Stein, 25. 12. 1815⟩

Daß du zugleich mit dem heilgen Christ
An diesem Tage geboren bist,
Und August auch der werte Schlanke,
Dafür ich Gott im Herzen danke –
Dies gibt in tiefer Winterszeit
Erwünschteste Gelegenheit
Mit einigem Zucker Dich zu grüßen,
Abwesenheit mir zu versüßen,
Der ich, wie sonst, in Sonnenferne,
Im Stillen liebe, leide, lerne.

⟨An Sulpiz Boisserée, Epiphanias 1816⟩

Hast den Anker fest im Rheine liegend
Für das wohl beladne Schiff,
Bleibe doch in Neckarbuchten schmiegend,
Hier ist kein Korallenriff.
Aber da, wo jeder Tag erzeuget
Hindernis auf Hindernisse türmend auf,
Oder schlimmer noch sie wiegend beuget,
Richtetest du wohl dahin den Lauf?

⟨An Sulpiz Boisserée, Weimar, März 1816⟩

Granit gebildet anerkannt
Es war ein *wirklich* freundlich Senden;
Empfanget nun, aus gleicher Hand,
Ein *Bild*, das auch die Welten spenden.
Das regte sich in Gottes Frühe,
Doch spät erst kommt es zum Betracht
Und gibt Betrachtern Qual und Mühe,
Ich hab' es mühsam oft bedacht.

Und ich bedenk' es alle Tage! –
Wie unterstünde sich die Lust?
Uns zu versüßen Qual der Plage,
Wär' sich nicht Lust der Qual bewußt!

⟨An Rosine Städel in Frankfurt, Weimar, 5. 5. 1816⟩

Was, mit mir, die Freunde wollen,
Will mir noch nicht glücken;
Was ich hätte bringen sollen,
Muß ich leider schicken.

⟨An Alexander von Humboldt, Weimar, 12. 6. 1816⟩

An Trauertagen
Gelangte mir dein herrlich Heft!
Es schien zu sagen:
Ermanne dich zu fröhlichem Geschäft!
Die Welt in allen Zonen grünt und blüht,
Nach ewigen beweglichen Gesetzen;
Das wußtest du ja sonst zu schätzen,
Erheitre so durch mich dein schwer bedrängt Gemüt!

⟨An Gräfin Constanze von Fritsch, Weimar, 6. 12. 1816⟩

Dein Ostgeschenk weiß ich zu schätzen,
Von Westen sei dir dies gebracht.
An Dank hab' ich schon viel gedacht,
Doch will sich's nicht in's Gleiche setzen.

⟨In das Stammbuch von Ludwig Fischer,
Jena, 29. 3. 1817⟩

Als kleinen Knaben hab' ich dich gesehn
Mit höchstem Selbstvertraun der Welt entgegen gehn.
Und wie sie dir im Künftigen begegnet,
So sei getrost, von Freundes Blick gesegnet.

⟨In das Stammbuch
von Eduard Ludwig Loebenstein-Loebel, 17. 5. 1817⟩

Herr Löbel ist ein Medicus;
Dem Apotheker zum Verdruß.
Dem Ärzte sonst so gern die Kasse füllen,
Soll Caius und Sempronius,
Um ein und andrer Krankheit willen
Sein Becherchen mit Weine füllen

Nun will er selbst, die Kurart einzuführen
Strohwein administrieren.
Es lebe solch ein Medicus!

DEM FÜRSTEN BLÜCHER VON WAHLSTADT
die Seinen

In Harren und Krieg,
In Sturz und Sieg
Bewußt und groß!
So riß er uns
Von Feinden los.

⟨An Johann Wolfgang Döbereiner im Namen seiner Kinder, zum Geburtstag, vielleicht Weimar, 15. 12. 1817⟩

Wenn wir dich, o Vater, sehen
In der Werkstatt der Natur,
Stoffe sammeln, lösen, binden,
Als seist du der Schöpfer nur,

Denken wir: der solche Sachen
Hat so weislich ausgedacht,
Sollte der nicht Mittel finden
Und die Kunst, die fröhlich macht?

Und dann schauend auf nach oben,
Wünschen, bester Vater, wir,
Was die Menschen alle loben,
Glück und Lebensfreuden dir.

AN DEN VEREHRLICHEN FRAUEN-VEREIN

Mariens Huld und Anmut wollt' ich schauen
Und zarter Sorgfalt glückliches Gedeihn;
Da sah ich euer Wirken, edle Frauen,
Der Fürstentugend lichten Widerschein;
Und mich ergriff's, mit fröhlichem Vertrauen
Dem guten Zweck ein kleines Lied zu weihn.
Es sei ein Talisman in euren Händen,
Der Herzen aufschließt, reichlicher zu spenden!

⟨An Ottilie von Goethe, März 1818⟩

AUSTAUSCH
Drei heilige Könige gegen Ein schlafend Nymphchen

Alte, bärtige, sogar schwarze Gesichter
Hast du mir überliefert; aber mit solchem Gelichter
Kann ich nicht wieder dienen, jedoch, in lieblicher Breite,
En hübsches Kind von der andern Seite.
Sollte der Anblick dich erschrecken,
Du kannst sie leicht mit 'nem Schleier decken.

⟨An die Familie Augusts von Goethe, Jena, 21. 7. 1818⟩

Und so Ade
Dem Miselé,
Dem schweigsamen Mann,
Der Frau die reden kann.

⟨Auf die Sängerin Catalani, Karlsbad,
zum goldenen Brunnen, am 14. 8. 1818⟩

Im Zimmer wie im hohen Saal
Hört man sich nimmer satt:
Denn man erfährt zum ersten Mal,
Warum man Ohren hat.

⟨An den Grafen Otto v. Loeben, Karlsbad, 18. 8. 1818⟩

Da du gewiß, wie du mir zugesagt,
Nach meinem Scheiden feiern willst mein Leben;
So laß mich dir, da es noch beiden tagt,
Ein freundlich Wort zu deinem Tage geben.

⟨An denselben nach dessen Tode den 3. 4. 1825⟩

Nun ist's geschehn! Dir hat ein herber Streich
Das schöne Lebensglück entrissen;
Drum ist es besser, auf der Stelle gleich
Die Freunde preisen, die Geliebte küssen.

⟨An die Frankfurter Freunde, Januar 1820⟩

Verliehet ihr den goldnen Kranz,
Ihr Lieben dort am Maine,
So war es mir ein holder Glanz
Zu ewigem Vereine.
Doch hat sich bald das Blatt gewandt,
Nun wird er sich verteuern:
In meinem neuen Vaterland
Muß ich ihn jetzt versteuern.

⟨Weimar, 3. 2. 1820⟩

IHRO HOHEIT DER PRINZESSIN MARIE
VON SACHSEN-WEIMAR UND -EISENACH

Deinen Wachstum zu begrüßen
Sammeln wir die frohen Kreise,
Jeder spräche gern die süßen
Worte jung-lebend'ger Weise;
Blumen wollten auch jetzunder
Schon aus ihren Knospen brechen,
Dessenthalben ist's kein Wunder
Daß sogar die Steine sprechen.

⟨Karlsbad, Ende Mai 1820⟩

HERRN CUNO'S BUCHHANDLUNG
zum eisernen Kreuz

Heuer, als der Mai, beflügelt,
Wiegt in Tagen sich, den milden,
Seh' ich was die Deutschen bilden
Auch in Böhmen abgespiegelt.
Was du bringst, im Heft und Bande,
In Formaten groß und klein,
Sei es Heil dem guten Lande,
Mögen's reine Bilder sein.

⟨An Ottilie von Goethe, Jena, 20. 6. 1820⟩

Wo ich wohne
Zeigt die Melone;
Am Paradiese
Zunächst der Wiese
Liegt ein Garten;
Da warten
Hübsche Kinder auf mich.
Ich aber denk' an dich,
In aller Tugend und Zucht
Schick' ich die Frucht.

⟨An Gräfin Caroline von Egloffstein, Einsiedelei Jena, 10. 7. 1820⟩

Der Heiden-Kaiser Valerian
Hat es mir niemals angetan;
In seinen sehr konfusen Zeiten
Mocht' ich ihn keineswegs begleiten:
Denn ob ihn schon durch göttlich Walten
(Die Münze sagt's) Apoll erhalten,
So sehen wir doch allzuklar,
Wie jammervoll sein Phöbus war.

Da er nun aber, zu meinem Frommen,
Soll von so lieben Händen kommen,
So mach' ich ihm ein freundlich Gesicht;
Gute Christen die täten's nicht.
Mutter und Tochter mögen's entschuld'gen,
Beiden werd' ich für ewig huld'gen.

⟨An den Herzog August von Sachsen-Gotha, Weimar, 29. 8. 1820⟩

MYSTISCHE ERWIEDERUNG

Aus düstern Klosterhallen schallen
Verhaltne Seufzer und verhallen
An unsres Herzens Bebewand;
Dann soll auch unter Purpurthronen,
Safran-Gehängen prächtig wohnen,
Dem du ein Auge zugewandt.

Alldort empfangen uns begeistet
Geschmacksgerüche; wer erdreistet
Des Doppelpaares hohen Preis?
Doch Kutt' und Purpur sind ergötzlich,
Gerüche, Schmäcke überschätzlich
Dem, der sich deine Gnade weiß.

⟨An Knebel⟩

Völligen Unsinn siegelt' ich hier, geschriebnes Geschreibe,
Öffn' es nicht, sonst schwirrt Käfer auf Käfer umher.

⟨An Friedrich Förster, Jena, 27. 9. 1820⟩

Als an der Elb' ich die Waffen ihm segnete,
Dem Bekreuzten am Neckar begegnete,
Da fehlte ihm noch das Dritte,
Der Gegensatz der siebenten Bitte.
Sie heißt: von allem Bösen
Mögest, Herr, uns gnädig erlösen;
Hier heißt es: gib das Beste
Und mach' das Leben zum Feste;
Da er nun auch das erfahren,
Möge Gott ihn lange bewahren.

⟨An Marianne von Willemer, Weimar, 22. 12. 1820⟩

Du! schweige künftig nicht so lange,
Tritt freundlich oft zu mir herein;
Und laß bei jedem frommen Sange
Dir Glänzendes zur Seite sein.

⟨An Gräfin Caroline von Egloffstein bei ihrer Abreise nach Petersburg, mit Fouqué's *Zauberring*, 1821⟩

Ein *Zauber* wohl ziehet nach Norden,
Doch halten die *Ringe* wir fest;
Heil dir, die im eisigen Norden
Nicht Wärme der Heimat verläßt.

⟨Jena, 21. 10. 1821⟩

FAMILIEN-GRUSS

Und so fang' ich oben
Gleich wie billig an
Urmama zu loben,
Die euch wohlgetan.
Dann geht meine Kunde
Zu der A-mama,
Die zu jeder Stunde
Gern die Enkel sah.
War doch je sie grämlich
Gegen diese Brut?
Sind sie unbequemlich,
Ist sie wohlgemut.
Mutter sei gegrüßet
Und auch der Papa,
Wie ihr euch versüßet
Euer Ehstands-*Ja*.
Und so wird Ulrike
Sticheln für und für,
Daß es wohl sich schicke
Zu der Putz-Gebühr.
Werden so die Knaben
Tag für Tage groß,
Wie sie's leidlich haben,
Geht's bei ihnen los.

⟨An Felix Mendelssohn-Bartholdy,
Weimar, 20. 1. 1822⟩

Wenn über die ernste Partitur
Quer Steckenpferdlein reiten;
Nur zu! auf weiter Töne-Flur
Wirst manche Lust bereiten,
Wie du's getan mit Lieb' und Glück;
Wir wünschen dich allesamt zurück.

⟨An . . ., vielleicht 1822⟩

Steine sind zwar kalt und schwer,
Doch das Herz ist frei und leicht.
Kommt ein Stein von Osten her,

Doppelt ist der Wunsch erreicht;
Denn es ist ganz einerlei,
Wo und wie das Herz empfindet,
Das empfänglich, heiter, frei,
Sich auch wohl am Stein entzündet.

⟨An die Schauspielerin Christine Genast zum Geburtstage, Weimar, 31. 1. 1822?⟩

Treu wünsch' ich dir zu deinem Fest
Das Beste, was sich wünschen läßt;
Doch wünscht' ich mir zum Lebens-Kranze
Dich anzuschaun in deinem Glanze;
Dich selbst in Handeln, Worten, Blicken,
Mir und den Freunden zum Entzücken.

⟨An Doris Böhler, Weimar, 15. 2. 1822⟩

Soll sich das Leben wohl gestalten,
Muß man verstehn, die Freude fest zu halten,
Du tust in Deinem Wirkungskreise,
Es stets mit lieblich holder Weise,
Doch was Du gibst, die Freude, das Ergötzen,
Kann nur der Genius Dir ganz ersetzen.
Von mir der ich zu fern von Dir und Deinem Glanze
Flicht dieses Blatt mit ein, zu Deinem Lebenskranze.

⟨An Ulrike von Levetzow, Marienbad, Juli 1822?⟩

Die Gegenwart weiß nichts von sich,
Der Abschied fühlt sich mit Entsetzen,
Entfernen zieht dich hinter dich,
Abwesenheit allein versteht zu schätzen.

⟨An Ulrike von Levetzow mit *Aus meinem Leben*, Zweiter Abteilung fünfter Teil, Marienbad, 24. 7. 1822⟩

Wie schlimm es einem Freund ergangen,
Davon gibt dieses Buch Bericht;
Nun ist sein tröstendes Verlangen:
Zur guten Zeit vergiß ihn nicht!

⟨An Johann Georg Lenz, am Tage der Jubelfeier seiner funfzigjährigen Dienstzeit, 25. 10. 1822⟩

Erlauchter Gegner aller Vulkanität!
Entsetze dich nicht, wenn dieser Solennität
Sich wilde Feuerberg' und Laven
Gewaltsam eingedrungen haben.

Ein Fürst, der, immer von gutem Mut,
Auch andern gern anmutig tut,
Bestellt es, dich von falschen Lehren,
Wofern es möglich, zu bekehren.
Neptunus aber bleibt beiseit'.
Ergötz' er sich im Meere weit;
Dort mag er unumschränkt gebieten.
Du laß nur glühen, sprühen, wüten;
Es deutet auf gelinde Lehren,
Zum Plutus und Pluto dich zu bekehren;
Und überdies den schönsten Sold:
Gold – aber diesmal mehr als Gold.

⟨An Marianne von Willemer, 18. 11. 1822⟩

Da das *Ferne* sicher ist
Nahes zu überwiegen,
Wie's der kleine Blücher ist
Freut es sich im Siegen.
Fühlt auch erst ein zartes Blut
Einige Verlegenheit,
Bald erwacht Verwegenheit,
Liebenswürdger Übermut.
B.⟨akis⟩

⟨An Kasimira Wolowska, Marienbad 1823⟩

Daß man in Güter dieser Erde
Zu teilen sich bescheiden werde –
Singt manches alt- und neue Lied.
Und wären's zarte Liebes-Gaben,
Mit wem wir sie zu teilen haben,
Das macht den großen Unterschied.

⟨An Ulrike von Levetzow mit
Schokoladengeschenken, Marienbad 1823⟩

Genieße dies nach deiner eignen Weise,
Wo nicht als Trank, doch als beliebte Speise.

—

Es ist nicht gut die Formen auszuschließen,
Denn sub utraque läßt sich das genießen.

—

Gewogen schienst du mir zu sein,
Und lächeltest der kleinsten Gabe;
Und wenn ich deine Gunst nur habe
So ist kein Täfelchen zu klein.

⟨An Ottilie von Goethes Großmutter
für eine Sendung Kompott⟩

Große Leidenschaft waltet allda!
Fängt an vom würdigen A-papa,
Geht über auf Sohn und Töchter besunder;
Deshalb ist es kein großes Wunder,
Daß solch ein wunderlich Gelüste
Sich auch im Enkel, Urenkel brüste.

Was ist es aber? Es ist ein Geblüt,
Das sämtliche Geschlechter zieht;
's ist eben was wir nie vergessen:
Saure Beeren, unerfreulich zu essen;
Sind sie aber verständig gekocht,
Mit mächtigem Zucker unterjocht,
Da können sie wohl schmackhaft heißen.

Drum will ich die Aieule preisen,
Die mir so sauer-süßes Gut
Zur Fülle gegeben, Treugemut.
Der Wolf hingegen verzieht ein Gesicht,
Dergleichen mag er diesmal nicht.

⟨An Graf Caspar Sternberg, Weimar, 11. 6. 1824⟩

Frühlingsblüten sind vergangen,
Nun dem Sommer Früchte sprießen;
Ros' und Lilie soll erlangen,
Der erhabnen Freund zu grüßen.

⟨An die Erbgroßherzogin Maria Pawlowna, mit einem Bild von Schloß Belvedere, 21. 8. 1824⟩

Erleuchtet außen hehr vom Sonnengold,
Bewohnt im Innern traulich, froh und hold.
Erzeige sich dein ganzes Leben so:
Nach außen herrlich, innen hold und froh.

⟨Ottilien von Goethe in ein englisches Wörterbuch, Weimar, 27. 10. 1824⟩

Dicke Bücher! vieles Wissen!
Ach! was werd' ich lernen müssen!
Will es nicht in Kopf hinein
Mag es doch im Buche sein!

⟨An Ottilie von Goethe, zum 31. 10. 1824⟩

Liebe Mutter, es wird zu arg
Mit den Geburtstagsgeschichten,
Kein Freund ist mit Geschenken karg,
Nun aber fehlt's an Gedichten.
Manch Lexikon liegt zwar zum Grund,
Kein Reim will sich entzünden,
Nun soll zuletzt unmündiger Mund
Dein Heil und Lob verkünden.

⟨An Franz Wilhelm Schellhorn zum 3. 12. 1824⟩

Daß im großen Jubeljahre
Wir dein Jubiläum schmücken,
Das erlebe, das gewahre,
Treuer Diener, mit Entzücken!
Dir gelang's in stiller Sphäre
Deinen Fürsten zu begleiten,
Werde teilhaft seiner Ehre
Bis in allerspätste Zeiten!

⟨In das Stammbuch Walthers von Goethe, April 1825⟩

Ihrer sechzig hat die Stunde,
Über tausend hat der Tag.

Söhnchen! werde dir die Kunde
Was man alles leisten mag.

⟨In das Stammbuch Augusts von Goethe,
Weimar, 5. 6. 1825⟩

Dies Album lag so manches Jahr in Banden,
Nun richtet sich's zu frischer Wandrung auf;
Von früher Welt sind Freunde noch vorhanden,
Erneue sich ein heitrer Tageslauf.

—

Manches ward indes erfahren,
Manches auch von uns getan;
Also hier nach zwanzig Jahren
Fangen wir von vorne an.

⟨An Gräfin Rapp, 7. 7. 1825⟩

Zu dem Guten, zu dem Schönen
Werden wir uns gern gewöhnen,
An dem Schönen und dem Guten
Werden wir uns frisch ermuten:
So bedarf es deinen Wegen
Weiter keinen Reisesegen.

⟨Geburtstagsgedicht Marianne von Willemers
und Goethes Antwort, 1825⟩

Sie

Zarter Blumen leicht Gewinde
Flecht' ich dir zum Angebinde,
Unvergängliches zu bieten,
War mir leider nicht beschieden.

In den leichten Blumenranken
Lauschen liebende Gedanken,
Die in leisen Tönen klingen
Und dir fromme Wünsche bringen.

Und so bringt vom fernen Orte
Dieses Blatt dir Blumenworte,
Mögen sie vor deinen Blicken
Sich in bunten Farben schmücken!

Er

Bunte Blumen in dem Garten
Leuchten von der Morgensonne,
Aber leuchten keine Wonne,
Liebchen darf ich nicht erwarten.

Sendest nun in zarten Kreisen
Die von dir gepflückten Sterne;
Zärtlich willst du mir beweisen,
Du empfindest in der Ferne,

Was ich in der Fern' empfinde,
So als wär' kein Raum dazwischen;
Und so blühen auch geschwinde
Die getrockneten mit frischen.

AM SIEBENTEN NOVEMBER ⟨1825⟩

Meinen feierlich Bewegten
Mache Dank und Freude kund:
Das Gefühl das sie erregten
Schließt dem Dichter selbst den Mund.

⟨An Portales, Weimar, 6. 11. 1825?⟩

Ist uns Jugendmut entrissen,
Mag zum Troste dann Erfahrung
Sicher leiten zur Bewahrung
Aller, die wir treu uns wissen.
So in jetz'gen Tagen träumen
Wir zurück wohl sonstig Walten
Steter Frühlingswelt uns Alten,
Um in ewig lichten Räumen
Ew'ge Jugend festzuhalten.

DEM TEUREN LEBENSGENOSSEN VON KNEBEL
zum 30. November 1825

Dir in's Leben, mir zum Ort
Leuchtete dasselbe Zeichen.
Und so ging, so geh' es fort
Unsrer Freundschaft sonder gleichen.

⟨Mit der Medaille zur Feier des siebenten November 1825⟩

Ehre, die uns hoch erhebt,
Führt vielleicht aus Maß und Schranken;
Liebe, die im Innern lebt,
Sammelt schwärmende Gedanken.

DEM FRAUENVEREIN
Weihnachten 1825

In dem Frühling gar zu süße
Wären Rosen ohne Dornen;
Hier sind Lerchen ohne Füße,
Hier sind Ritter ohne Spornen.

⟨An Klinger, mit einem Bild des elterlichen Hauses zu Frankfurt, 30. 1. 1826⟩

An diesem Brunnen hast auch du gespielt,
Im engen Raum die Weite vorgefühlt;
Den Wanderstab in's fernste Lebens-Land
Nahmst du getrost aus frommer Mutter Hand,
Und malst nun gern verloschnes Bild erneun,
Am hohen Ziel des ersten Schritts dich freun.

Eine Schwelle hieß in's Leben
Uns verschiedne Wege gehn;
War es doch zu edlem Streben,
Drum auf frohes Wiedersehn!

STAMMBUCHS-WEIHE
Meinem lieben Wölfchen
Den 28. 3. 1826

Eile, Freunden dies zu reichen!
Bitte sie um eilig Zeichen,
Eilig Zeichen daß sie lieben;
Lieben, das ist schnell geschrieben;
Feder aber darf nicht weilen,
Liebe will vorüber eilen.

AN FRAU OBERKAMMERHERRIN VON EGLOFFSTEIN
W. 10. Mai 1826

Musterstuhl zu Schmerz und Sorgen
Willst mir, teure Freundin, borgen?
Nimm ihn wieder! Trost und Segen
Soll er dir zu Häupten legen.

⟨Der Sängerin Anna Milder in ein Exemplar der Iphigenie,
Weimar, 12. 6. 1826⟩

Dies unschuldvolle fromme Spiel,
Das edlen Beifall sich errungen,
Erreichte doch ein höhres Ziel,
Von Glück betont, von dir gesungen.

⟨Zu einem Bild von Frankfurt
für den Sekretär Kräuter, 15. 6. 1826⟩

Großen Fluß hab ich verlassen,
Einem kleinern mich zu weihn;
Sollte dieser doch die Quelle
Manches Guten, Schönen sein.

⟨An die Sängerin Henriette Sontag, Juli 1826⟩

Ging zum Pindus, dich zu schildern;
Doch geschah's zu meiner Qual:
Unter neun Geschwister-Bildern
Wogte zweifelnd Wahl um Wahl.
Phöbus mahnt mich ab vom Streben:
Sie gehört zu unserm Reich;
Mag sie sich hieher begeben,
Findet wohl sich der Vergleich.

⟨Goethes Feder, vielleicht an Puschkin, Juli 1826⟩

Was ich mich auch sonst erkühnt,
Jeder würde froh mich lieben,
Hätt' ich treu und frei geschrieben
All das Lob, das du verdient.

⟨An Carl Streckfuß, Weimar, 11. 8. 1826⟩

Von Gott dem Vater stammt Natur,
Das allerliebste Frauenbild,
Des Menschen Geist, ihr auf der Spur,
Ein treuer Werber, fand sie mild.
Sie liebten sich nicht unfruchtbar,
Ein Kind entsprang von hohem Sinn;
So ist uns allen offenbar:
Naturphilosophie sei Gottes Enkelin.

AM ACHT UND ZWANZIGSTEN AUGUST 1826

Des Menschen Tage sind verflochten,
Die schönsten Güter angefochten,
Es trübt sich auch der freiste Blick;
Du wandelst einsam und verdrossen,
Der Tag verschwindet ungenossen
In abgesondertem Geschick.

Wenn Freundes Antlitz dir begegnet,
So bist du gleich befreit, gesegnet,
Gemeinsam freust du dich der Tat.
Ein Zweiter kommt sich anzuschließen,
Mitwirken will er, mitgenießen,
Verdreifacht so sich Kraft und Rat.

Von äußerm Drang unangefochten,
Bleibt, Freunde, so in Eins verflochten,
Dem Tage gönnet heitern Blick!
Das Beste schaffet unverdrossen;
Wohlwollen unsrer Zeitgenossen
Das bleibt zuletzt erprobtes Glück.

⟨An Friedrich Wagener, August 1826⟩

Die Freunde haben's wohlgemacht,
Und wie sie gütig mein gedacht
So bringe ihnen fern und nah
Den Dank hier – Iphigenia.

DEM
AUS AMERICA
GLÜCKLICH-BEREICHERTEN
WIEDERKEHRENDEN
IHREM DURCHLAUCHTIGSTEN BRUDER
HERREN
CARL BERNHARD,
HERZOG VON SACHSEN-WEIMAR-EISENACH HOHEIT
DIE VERBUNDENEN BRÜDER,
DER
LOGE AMALIA
ZU WEIMAR
AM 15. SEPTEMBER 1826

Das Segel steigt! das Segel schwillt,
Der Jüngling hat's geträumt;
Nun ist des Mannes Wunsch erfüllt,
Noch ist ihm nichts versäumt.
So geht es in die Weite fort
Durch Wellenschaum und -Strauß.
Kaum sieht er sich am fremden Ort,
Und gleich ist er zu Haus.

Da summt es wie ein Bienenschwarm,
Man baut, man trägt herein,
Des Morgens war es leer und arm,
Um Abends reich zu sein.
Geregelt wird der Flüsse Lauf
Durch kaum bewohntes Land,
Der Felsen steigt zur Wohnung auf,
Als Garten blüht's im Sand.

Der Reisefürst begrüßt sodann,
Entschlossen und gelind,
Als Bruder jeden Ehrenmann,
Als Vater jedes Kind,
Empfindet wie so schön es sei
Im frischen Gottesreich;
Er fühlt sich mit dem Wackern frei
Und sich dem Besten gleich.

Scharfsichtig Land und Städte so
Weiß er sich zu beschaun;
Gesellig auch, im Tanze froh,
Willkommen schönen Fraun;
Den Kriegern ist er zugewöhnt,

Mit Schlacht und Sieg vertraut;
Und ernst und ehrenvoll ertönt
Kanonendonner laut.

Er fühlt des edlen Landes Glück,
Ihm eignet er sich an,
Und hat bis heute manchen Blick
Hinüberwärts getan.
Dem aber sei nun wie's auch sei,
Er wohnt in unserm Schoß! –
Die Erde wird durch Liebe frei,
Durch Taten wird sie groß.

⟨An Marianne von Willemer mit einem Blatt Bryophyllum calycinum, Weimar, 12. 11. 1826⟩

Was erst still gekeimt in Sachsen,
Soll am Maine freudig wachsen.
Flach auf guten Grund gelegt,
Merke wie es Wurzeln schlägt!
Dann der Pflanzen frische Menge
Steigt in lustigem Gedränge.
Mäßig warm und mäßig feucht,
Ist, was ihnen heilsam deucht.
Wenn du's gut mit Liebchen meinst,
Blühen sie dir wohl dereinst.

⟨An Ferdinand Hiller, Weimar, 10. 2. 1827⟩

Ein Talent das jedem frommt,
Hast du in Besitz genommen;
Wer mit holden Tönen kommt,
Er ist überall willkommen.

—

Welch ein glänzendes Geleite!
Ziehest an des Meisters Seite;
Du erfreust dich seiner Ehre,
Er erfreut sich seiner Lehre.

⟨An Caroline Riemer mit Stickmustern, 20. 3. 1827⟩

Wenn sie gleich dein Fest versäumt,
Liebes haben sie geträumt;

Heute, zwischen Schnee und Eis,
Wecken sie den heitren Fleiß.

⟨Dem Schauspieler Krüger mit einem Exemplar der *Iphigenie*, Weimar, 31. 3. 1827⟩

Was der Dichter diesem Bande
Glaubend, hoffend anvertraut,
Werd' im Kreise deutscher Lande
Durch des Künstlers Wirken laut.
So im Handlen, so im Sprechen
Liebevoll verkünd' es weit:
Alle menschliche Gebrechen
Sühnet reine Menschlichkeit.

⟨An Frau von Pogwisch mit einem Bild von Odessa, 16. 5. 1827⟩

Schroffe Felsen, weite Meere
Geben weder Lust noch Lehre,
Denn sie sind uns gar zu fern;
Aber jener Freund im Innern,
Seine Neigung, sein Erinnern
Leuchtet her ein holder Stern.

⟨Zum Bildnis der Prinzessin Marie, Weimar, Juni 1827⟩

Lieblich und zierlich,
Ruhig und hold;
Sind ihr die Treuen
Sicher wie Gold.

⟨An den Grafen Caspar Sternberg, Weimar, 12. 6. 1827⟩

Wenn mit jugendlichen Scharen
Wir beblümte Wege gehn,
Ist die Welt doch gar zu schön.
Aber wenn bei hohen Jahren
Sich ein Edler uns gesellt,
O, wie herrlich ist die Welt!

⟨An denselben, bei seiner Abreise aus Weimar, mit der Taschen-Ausgabe von Goethes Werken, Juni 1827⟩

Ödem Wege, langen Stunden
Unterhaltung sei gefunden
Durch des Freundes Lieb' und Pflicht:
Kleine Bändchen, kurz Gedicht.

⟨An Thomas und Jane Carlyle, Weimar, 20. 7. 1827⟩

⟨Auf eine Visitenkarte⟩

Augenblicklich aufzuwarten,
Schicken Freunde solche Karten;
Diesmal aber heißt's nicht gern:
Euer Freund ist weit und fern.

⟨Mit einer Drahtkette⟩

Wirst du in den Spiegel blicken
Und vor deinen heitern Blicken
Dich die ernste Zierde schmücken:
Denke, daß nichts besser schmückt,
Als wenn man den Freund beglückt.

⟨An Samuel Rösel, 1. 9. 1827⟩

Rösels Pinsel, Rösels Kiel
Sollen wir mit Lorbeer kränzen:
Denn er tat von je so viel
Zeit und Raum uns zu ergänzen.
Das Entfernte ward gewonnen,
Längst Entschwundnes stellt er vor,
Von des Vaterhofes Bronnen
Zu des Brockens wüstem Tor.

Rösels Pinseln, Rösels Kielen
Soll fortan die Sonne scheinen:
Kunstreich wußt' er zu vereinen
Gut- und Schönes mit dem Vielen.

⟨An Johann Daniel Wagener, Weimar, 7. 9. 1827⟩

Span'sches hast du mir gesandt,
Deutsches folgt hieneben;

Beides ist gar wohl gekannt,
Soll auch Beides leben!

Ziehn wir nun die achtzig Jahr'
Durch des Lebens Mühen,
Müssen noch im Silberhaar
Unsre Pflüge ziehen.

Führt doch durch des Lebens Tor,
Traun, so manche Gleise;
Ziehn wir einst im Engelchor,
Geht's nach *einer* Weise.

⟨In das Stammbuch Carls von Martius, 1827⟩

Was hieße wohl die Natur ergründen?
Gott ebenso außen als innen zu finden.

⟨An Fanny Mendelssohn, 13. 10. 1827⟩

Wenn ich mir in stiller Seele
Singe leise Lieder vor:
Wie ich fühle, daß sie fehle,
Die ich einzig mir erkor;
Möcht' ich hoffen, daß sie sänge,
Was ich ihr so gern vertraut,
Ach, aus dieser Brust und Enge
Drängen frohe Lieder laut!

⟨An Großherzog Carl August und Frau von Heygendorf, 6. 12. 1827⟩

Das *Kleinod*, das *Vergißmeinnicht*,
Als gegenwärtiges, künftiges Glück,
Sie kehren gern zu dir zurück.
Zwei Schätze sind's von großem Wert,
Die alt- und junger Sinn begehrt;
Wenn *Kleinod* unsern Blick besticht,
Zum Herzen reicht: *Vergißmeinnicht!*

⟨In ein Stammbuch, Weihnachten 1827⟩

ROSENKNOSPEN

Wenn der Sommer sich entzündet
Rosenknospe sich verkündet,
Wer mag solches Glück entbehren
Das Versprechen, das Gewähren!
Das beherrscht in Florens Reich
Blick und Sinn und Herz zugleich.

⟨An Jane Carlyle, Weimar, 27. 12. 1827⟩

⟨Zur Brustnadel⟩
Wenn der Freund auf lichtem Grunde
Heute dich als Mohr begrüßt,
Neid' ich ihm die sel'ge Stunde,
Wo er deines Blicks genießt.

⟨Zum Armband⟩
Dies feßle deine rechte Hand,
Die du dem Freund vertrauet;
Auch denke des der fern im Land
Nach euch mit Liebe schauet.

⟨Zu *Hermann und Dorothea*⟩
Edle deutsche Häuslichkeit
Über's Meer gesendet,
Wo sich still in Tätigkeit
Häuslich Glück vollendet.

⟨Dem Großherzog Carl August zu Neujahr 1828⟩

Fehlt der Gabe gleich das Neue,
Sei das Alte nicht veraltet,
Wie Verehrung, Lieb' und Treue
Immer frisch im Busen waltet.

Sei auch noch so viel bezeichnet,
Was man fürchtet, was begehrt,
Nur weil es dem Dank sich eignet,
Ist das Leben schätzenswert.

⟨In das Album der Gräfin Caroline von Egloffstein, 1. 1. 1828⟩

⟨Widmung⟩

Freundin, dir zum neuen Jahr
Bring' ich schnell den Kommentar
Deiner schön geschmückten Decke.
Früheres bewährt sich treu,
Neuen Tagen sei es neu
Und so weiter eine Strecke!

⟨Die Vorderseite mit dem Römischen Hause im Park bei Weimar⟩

Römisch mag man's immer nennen;
Doch wir den Bewohner kennen,
Dem der echte deutsche Sinn,
Ja der Weltsinn ist Gewinn.

⟨Die Rückseite mit der Einsiedelei im Park, genannt das Kloster⟩

Der's gebaut vor funfzig Jahren
Sieht es noch am Wege stehn,
Liebespaar vorübergehn,
Wie wir andern damals waren
Als die Büsche lieblich kühlten,
Lichter in dem Schatten spielten,
Wo sich Liebende verstanden,
Immer suchten, oft sich fanden
Zu gesellig frischem Leben,
Wie wir's euch nun übergeben.

⟨An . . ., 17. 5. 1828⟩

Blumen sah ich, Edelsteine,
Ihr bei'm Lebewohl zu Handen:
Segnet sie die Gute Reine,
Hier am Orte wo wir standen.

⟨An Gräfin Rapp nach dem Tode ihres einzigen Sohnes, Mai 1828⟩

Weimar, das von vielen Freuden
Wie ein Frühlingsbäumchen grünt,
Warum gabst du ihr die Leiden?
Ihr, die reinstes Glück verdient.

⟨An den Dichter Adam Mickiewitz, 1828⟩

MIT EINER ANGESCHRIEBNEN FEDER

Dem Dichter widm' ich mich, der dich erprobt
Und unsre Freundin heiter-gründlich lobt.

⟨An Samuel Rösel, Weimar, 4. 11. 1828⟩

Wage der gewandte Stehler
Bündnis mit dem pfiffigen Hehler,
Bis ihn die Justiz ereilt!
Rühmen wir den kühnen Retter!
Er beseligt manchen Vetter,
Wenn er seinen Fund verteilt.

Also heiß' ich euch willkommen,
Papst, Messias, Einlaßzeichen,
Hat's der Retter sonder gleichen
Doch dem Untergang entnommen.
Schmackhaft sei dir Glas und Schüssel!
Öffnet auch der Heiden-Schlüssel
Nicht die Tür zu Himmelsreichen.
ein dankbarer Vetter

⟨An Dominicus Predari in den ersten Band von Goethes Werken, Weimar, 1. 12. 1828⟩

Find' in dieser Büchlein Reihe
Manches Alte, manches Neue!
Sie, zu ihnen wiederkehrend,
Stets erfreuend, oft belehrend.

⟨An Marie Duval zu Cartigny bei Genf, Weimar, 3. 12. 1828⟩

Glücklich Land, allwo Cedraten
Zur Vollkommenheit geraten!
Und zu reizendem Genießen
Kluge Frauen sie durchsüßen!
Solches löbliche Befleißen
Muß der Dichter höchlich preisen,
Wenn er kostet die Vollendung
Solcher höchst willkommnen Sendung.

ZELTERS SIEBZIGSTER GEBURTSTAG

gefeiert von *Bauenden, Dichtenden, Singenden* am 11. 12. 1828

Bauende Chor

Schmückt die priesterlichen Hallen,
Edler Harmonie errichtet,
Heut dem Manne zu gefallen,
Der sein Leben euch verpflichtet.

Solo

Waget laut und klar zu nennen
Sein Bemühen, seine Tugend;
Denn ein herzlich Anerkennen
Ist des Alters zweite Jugend.

Singende Chor

Füllt die wohlgeschmückten Hallen
Laut mit festlichen Gesängen,
Und in Chören laßt erschallen
Wie sich die Gefühle drängen.

Solo

Laßt uns kräftiglich erstärken
Des Verdienten neues Leben,
Mag ein Jüngling wohl vermerken
Sich bei Zeiten zu erheben.

Dichtende Rezitativ

Froh tret' ich ein, und wohl weiß ich zu schätzen
Was ihr, so nah mit meinem Tun verwandt,
Zu dieses Tages festlichem Ergötzen
Von Herrlichkeit umher gebannt.
Kühn darf ich mich nach jeder Seite wenden,
So herrlich sei, so festlich sei der Ort;
Doch bricht hervor und glänzt nach allen Enden
Der Freundschaft wie der Liebe heilig Wort.

Aria

Die Blumen gepflegt und gehütet,
Ihm bracht' ich sie oft zum Strauß,
Wie frisch man der Liebsten sie bietet,
Sie nahmen sich zierlich aus.
Dann erst begann es zu düften,
Da hob ein frischer Flor
Zu leichten Äthers Lüften
In Tönen sich hervor.

Bauende Solo
Hat er uns früh gepfleget,
Wir gründeten sein Haus.

Singende Solo
Wie er uns täglich heget,
Wir füllen's freudig aus.

Zu Drei
Nun erst beginnt's zu düften,
Nun hebt ein frischer Flor
Zu leichten Äthers Lüften
In Tönen sich empor.

Dichtende Solo
Blitz und Schlag.
Am klaren Tag
Unterbricht
Freud' und Licht.

Bauende
Finsternis und Nebelschauern
Hingegeben unbewußt,
Und von tiefgefühltem Trauern
Nähret sich die hohe Brust.

Singende
Melodien so hehr, so schöne
Dringen aus der sinnigen Brust,
Ach! es sind nur Trauertöne,
Bittre Klagen ob Verlust.

Dichtende Solo
Wie wenig, wir Geschäftigen,
Vermochten wir alsdann!
Er weiß sich selbst zu kräftigen,
Er ist, er steht ein Mann.

Bauende
Er steht,

Singende
Er steht,

Bauende
Er ist,

Singende

Er ist,

Alle

Ist unser Mann.

Dichtende Arie mit Chor
Was braucht es weiter!
Wir singen heiter,
So wie am Anfang,
So auch am Ende,
Daß jeder Jahrgang
Sich rein vollende.
Sein Tun und Lassen
In Eins zu fassen
Gönn' ihm das Glück!

Bauende, Dichtende, Singende
Zu drei oder vier
Dankbar ewig klar und helle
Flösse segnend unser Sang,
Doch an solcher Freuden Schwelle
Weilten wir schon allzulang.

Alle
Dank und lieb und wonnereiche,
Auserwählte treue Schar,
Schlinget eure Lorbeerzweige
Dreifach um das würdige Haar!

ZELTERS SIEBZIGSTER GEBURTSTAG
von Goethe und Felix Mendelssohn-Bartholdy

Lasset heut am edlen Ort
Ernst und Lust sich mischen,
Geist an Herzen, Ton am Wort
Feierlichst erfrischen;
Froh genießen eurer Lage,
Denn man setzt nicht alle Tage
Sich zu solchen Tischen.

Ein bedeutend ernst Geschick
Waltet über's Leben,
Denn es nimmt der Augenblick
Was die Jahre geben.

Ist so manches Gut zerronnen,
Hat uns mehr und mehr gewonnen
Männlich kühn Bestreben.

Doch an Lethe's Labetrank
Darf es heut nicht fehlen!
Treu Gefühl und frommer Dank
Walte durch die Seelen.
Lasset ewige Harmonien
Bald sich suchen, bald sich fliehen
Und zuletzt vermählen.

Unser Mann er tat ja so;
Leb' er drum! er lebe!
Werde seiner Säle froh,
Daß er nehm' und gebe,
Wie bisher, im Allerbesten,
Sich zu Tag- und Jahres-Festen,
Uns zu Lieb' er strebe.

⟨An Samuel Rösel, 25. 1. 1829⟩

Schwarz und ohne Licht und Schatten
Kommen Röseln aufzuwarten
Grazien und Amorinen;
Doch er wird sie schon bedienen.
Weiß der Künstler ja zum Garten
Die verfluchtesten Ruinen
Umzubilden, Wald und Matten
Uns mit Linien vorzuhexen,
Wird er auch Adelens Klecksen,
Zartumriss'nen, Licht und Schatten,
Solchen holden Finsternissen,
Freundlich zu verleihen wissen.

⟨An Gräfin Julie von Egloffstein, 25. 5. 1829⟩

Eiligst segnend treuer Weise,
Heil und Glück zur schönen Reise.

⟨An . . .⟩

Eile zu Ihr,
Klein und gedrängt!
Ach, was an dir
Für Erinnerung hängt!

⟨An . . .⟩

Ein rascher Sinn, der keinen Zweifel hegt,
Stets denkt und tut und niemals überlegt,
Ein treues Herz, das wie empfängt so gibt,
Genießt und mitteilt, lebt indem es liebt.
Froh glänzend Auge, Wange frisch und rot,
Nie schön gepriesen, hübsch bis in den Tod.

Da blickt' ich ihn noch manchmal freundlich an
Und habe leidend viel für ihn getan.
Indes mein armes Herz im Stillen brach,
Da sagt' ich mir: bald folgst du ihnen nach!
Ich trug des Hauses nun zu schwere Last,
Um seinetwillen nur ein Erdengast.

⟨In das Stammbuch von Auguste Jacobi, Weimar, 26. 3. 1830⟩

Viel gute Lehren stehn in diesem Buche;
Summier' ich sie, so heißt's doch nur zuletzt:
Wohlmeinend schau umher und freundlich suche,
So findest du was Geist und Herz ergötzt.

⟨An . . .⟩

Das Gute zu bewirken ungeduldig,
Reiner Vernunft, nüchternen Sinns,
Selbstüberwindung ihm der höchste Sieg.
Nur kunstbemüht zu bergen seinen Wert,
Fern Seiner Seele Leidenschaft und Stolz
Festhaltend nur dem Edlen Eigenes,
Unergriffenen, still bestehenden Gemüts.
So fest wie sanft, so streng und so gelinde,
Der Himmel nahm ihn als geprüftes Gold.
So steigt der Heil'ge wenn der Irdisch' ruht.

DEM WÜRDIGEN BRUDERFESTE
Johanni 1830

Funfzig Jahre sind vorüber,
Wie gemischte Tage flohn,
Funfzig Jahre sind hinüber
In das ernst Vergangne schon.

Doch lebendig, stets auf's neue,
Tut sich edles Wirken kund,
Freundes-Liebe, Männer-Treue
Und ein ewig sichrer Bund.

Ausgesät in weiter Ferne,
Nah, getrennt, ein ernstes Reich,
Schimmern sie, bescheidner Sterne
Leis wohltät'gem Lichte gleich.

So! die Menschheit fort zu ehren,
Lasset, freudig überein,
Als wenn wir beisammen wären,
Kräftig uns zusammen sein.

ERWIEDERUNG DER VON FRANKFURT NACH WEIMAR DEN 28. AUGUST 1830 ANGELANGTEN FESTLICHEN GABEN
Mel. Lasset heut im edlen Kreis etc.

Pflegten wir krystallen Glas
Rasch mit Schaum zu füllen
Und mit Maß und ohne Maß

Durst und Lust zu stillen;
Reicht man jetzt dem heitern Zecher
Silbern, reich verzierten Becher,
Scheint es gar bedenklich.

Ward auch alt- und junger Wein
Reichlich hergespendet,
Wie die Fülle sich vom Main
Norden zugewendet.
Euren Frohsinn im Behagen
Sollen wir in guten Tagen
Dankbar mitgenießen.

Werde Silber, werde Gold,
Wie sich's ziemt, verehret;
Bleibe guter Geist euch hold,
Der im Stillen lehret:
Sich an's Reine zu gewöhnen,
Und im Echten, Guten, Schönen
Recht uns einzubürgern.

⟨An Jane Carlyle, 1831⟩

Im Zeichen hier vermag ich nicht
Des Freundes Züge zu entdecken
Und schnitt er wirklich solch Gesicht
Er würde die Natur erschrecken.

DER DEMOISELLE SCHMEHLING
nach Aufführung der Hassischen Sta. Elena al Calvario
Leipzig 1771 ⟨1767⟩

Klarster Stimme, froh an Sinn,
Reinster Jugendgabe,
Zogst du mit der Kaiserin
Nach dem heiligen Grabe.
Dort, wo alles wohlgelang,
Unter die Beglückten
Riß dein herrschender Gesang
Mich, den Hochentzückten.

AN MADAME MARA ⟨geb. Schmehling⟩ ZUM FROHEN JAHRESFESTE
Weimar 1831

Sangreich war dein Ehrenweg,
Jede Brust erweiternd,
Sang auch ich auf Pfad und Steg,
Müh und Schritt erheiternd.
Nah dem Ziele, denk' ich heut
Jener Zeit, der süßen.
Fühle mit, wie mich's erfreut,
Segnend dich zu grüßen.

⟨An Marianne von Willemer bei Rücksendung ihrer Briefe, Weimar, 3. 3. 1831⟩

Vor die Augen meiner Lieben,
Zu den Fingern die's geschrieben, –
Einst, mit heißestem Verlangen
So erwartet, wie empfangen –
Zu der Brust der sie entquollen,
Diese Blätter wandern sollen;
Immer liebevoll bereit,
Zeugen allerschönster Zeit.

INSCHRIFT

auf eine von vorzüglichen Miniatur-Bildern umgebene Tafel, Lebensereignisse und Zustände eines werten Freundes, Baron von Reutern, vorstellend, von demselben mit größtem Talent und bewunderswürdiger Sorgfalt ausgeführt.

⟨April 1831⟩

Gebildetes fürwahr genug!
Bedürft' es noch der Worte?
Wir sehn des lieben Lebens Zug,
Durch Stunden schleicht's und Orte.

Die hohe Gabe preisen wir
Die grausem Unheil steuert,
Auf Weg- und Stegen Blumenzier
Dem holden Freund erneuert.

Doch jedes Auge wie es blickt
Wird in Bewundrung steigen,
Der Geist erhoben und beglückt
In stiller Freude schweigen.

ABSENDUNG DES VORSTEHENDEN

Wort und Bilder, Bild und Worte
Locken euch von Ort zu Orte,
Und die liebe Phantasei
Fühlt sich hundertfältig frei.

⟨In das Stammbuch von Ernestine Durand-Engels, Juni 1831⟩

»Donnerstag nach Belvedere!«
Und so ging's die Woche fort;
Denn das war der Frauen Lehre:
Lustige Leute, lustiger Ort.
Üben wir auf unsern Zügen
Auch nicht mehr dergleichen Schwung,
Stiftet inniges Vergnügen
Heitern Glücks Erinnerung.

⟨In das Stammbuch Ludwig Döblers, Juli 1831⟩

Bedarf's noch ein Diplom besiegelt?
Unmögliches hast du uns vorgespiegelt.

⟨An Frau von Martius bei Übersendung einer Artischocke, Weimar, 11. 8. 1831⟩

Gegen Früchte aller Arten,
Saftig-süßen, schmacklich-zarten,
Aus gepflegtestem Revier –
Send' ich starre Disteln dir.

Diese Distel, laß sie gelten!
Ich vermag sie nicht zu schelten,
Die, was uns am besten schmeckt,
In dem Busen tief versteckt.

⟨An Frau Rätin Wangemann, Weimar, 4. 11. 1831⟩

Von der Blüte zu den Früchten
Allerlei Natur-Geschichten,
Eigen sind sie deinem Hügel.
Löblich ist's nach Wurzeln graben;
Denn um helle Tagesgaben
Flattern alle Lebensflügel.

Von den Früchten zu den Blüten
Niemals werden wir ermüden;
Den Genuß an solchen Gaben
Siehst du hier in Erz gegraben.

Wie dich auch Natur entzückt,
Kunst sei freundlich angeblickt.

⟨An Zelter zum 11. 12. 1831⟩

Ein Füllhorn von Blüten,
Ein zweites von Früchten
Wie möcht' ich gemütlich
Zum Feste sie richten!
Doch saus't ein Gestöber
In Lüften so wild;
Wo alles erstarret,
Genieße das Bild!
Begrüße die Bilder!
Sie gingen voran,
Und andere folgen –
So fort und fortan!

⟨An Jenny von Pappenheim, 16. 1. 1832⟩

DER BEKANNTEN, ANERKANNTEN

Dich säh' ich lieber selbst, doch könnt' ich nur verlieren,
Wer dürfte denn dein Auge so fixieren.

⟨In ein Stammbuch, Weimar, 7. 3. 1832⟩

Fromme Wünsche, Freundes Wort,
Waltet in dem Büchlein fort!

GEGEN PERSONEN

⟨Gegen Hee⟩

Probst Hee
Bald leuchtest du o Graf, in engelheiterm Schimmer

Graf Brandt
Mein lieber Pastor, desto schlimmer.

⟨Gegen Klopstock u. a.⟩

SPRACHE

Was reich und arm! Was stark und schwach!
Ist reich vergrabner Urne Bauch?
Ist stark das Schwert im Arsenal?
Greif milde drein, und freundlich Glück,
Fließt Gottheit von dir aus!
Faß an zum Siege, Macht, das Schwert,
Und über Nachbarn Ruhm!

⟨Parodie auf Gleim, J. G. Jacobi und andere⟩

Flieh, Täubchen, flieh!
Er ist nicht hie,
Der dich an dem schönsten Frühlingsmorgen
Fand im Wäldchen, da du dich verborgen.
Flieh, Täubchen, flieh!
Er ist nicht hie.
Böser Laurer Füße rasten nie.

Horch, Flötenklang,
Liebesgesang,
Wallt auf Lüftchen hin zu Chloens Ohre
Findt im zarten Herzen offne Tore.
Horch, Flötenklang!
Liebesgesang!
Horch, es wird der süßen Lieb' zu lang!

Hoch ist sein Schritt,
Fest ist sein Tritt,
Schwarzes Haar auf runder Stirne bebet,
Auf den Wangen ewiger Frühling lebet.
Hoch ist sein Schritt,

Fest ist sein Tritt!
Edler Deutscher Füße gleiten nit!

Warm ist die Brust,
Keusch seine Lust!
Schwarze Augen unter runden Bogen
Sind mit zarten Falten schön umzogen.
Warm ist die Brust,
Keusch seine Lust!
Auch beim Anblick du ihn lieben mußt.

Rot ist sein Mund,
Der reich verwundt!
Auf den Lippen träufeln Morgendüfte,
Auf den Lippen säuseln süße Lüfte!
Rot ist sein Mund,
Der mich verwundt!
Nur ein Blick von ihm macht mich gesund.

Treu ist sein Blut!
Stark ist sein Mut!
Schutz und Stärke wohnt in weichen Armen,
Auf dem Antlitz wohnt edles Erbarmen!
Treu ist sein Blut!
Stark ist sein Mut!
Selig wer an seinem Busen ruht!

So ist der Held,
Der mir gefällt!
Soll mein deutsches Herz mit weichen Flöten
Rasches Blut in meinen Adern röten.
So ist der Held,
Der mir gefällt!
Ihn vertausch' ich nicht um eine Welt!

Singt, Schäfer, singt,
Wie's euch gelingt!
Wieland soll nicht mehr mit seines gleichen
Edlen Mut von unsrer Brust verscheuchen.
Singt, Schäfer, singt,
Wie's euch gelingt!
Bis ihr deutschen Glanz zu Grabe bringt.

Wohl ich weiß es, da durchschleicht uns innen
Manche Hoffnung, mancher Schmerz;
Lottchen, wer kennt unsre Sinnen?

Lottchen, wer kennt unser Herz?
Ach! es möchte gern gekannt sein, überfließen
In das Mitempfinden einer Creatur,
Und, vertrauend, zwiefach neu genießen
Alles Leid und Freude der Natur.

Und da sucht das Aug' oft so vergebens
Rings umher, und findet alles zu.
So vertaumelt sich der schönste Teil des Lebens
Ohne Sturm und ohne Ruh;
Und, zu deinem ew'gen Unbehagen,
Stößt dich heute, was dich gestern zog.
Kannst du zu der Welt Vertrauen tragen,
Die so oft dich trog,
Und bei Deinem Weh' und Glücke
Blieb in eigenwill'ger starrer Ruh?
Sieh, da tritt der Geist in sich zurücke
Und das Herze schließt sich zu.

* * *

So fand ich Dich, und ging Dir frei entgegen;
O Sie ist wert zu sein geliebt,
Rief ich, erflehte Dir des Himmels reinsten Segen,
Den er Dir nun in Deiner Freundin gibt.

AUF MSLL. N. N.

Ihr Herz ist gleich
Dem Himmelreich
Weil die geladenen Gäste
Nicht kamen
Ruft sie zum Feste
Krüppel und Lahmen.

CHRISTOPH KAUFMANN

von Winterthur im Gefolge Lavaters, der seine frömmelnd physiognomisierende Spionerei zu adeln sich Gottes Spürhund zu nennen beliebte. 1779

Als Gottes Spürhund hat er frei
Manch Schelmenstück getrieben,
Die Gottesspur ist nun vorbei,
Der Hund ist ihm geblieben.

DER VIERTE TEIL MEINER SCHRIFTEN
BERLIN. 1779 BEI HIMBURG

Langverdorrte halbverweste Blätter vorger Jahre,
Ausgekämmte, auch geweiht und abgeschnittne Haare,
Alte Wämser ausgetretne Schuh und schwarzes Linnen
Was sie nicht ums leidge Geld beginnen!
Haben sie für bar und gut
Neuerdings dem Publikum gegeben.
Was man andern nach dem Tode tut,
Tut man mir bei meinem Leben.
Doch ich schreibe nicht um Porzellan noch Brot,
Für die Himburgs bin ich tot.

〈AXIOM〉

Freund, wer ein Lump ist, bleibt ein Lump,
Zu Wagen, Pferd' und Fuße;
Drum glaub' an keinen Lumpen je,
An keines Lumpen Buße.

ER UND SEIN NAME

Bei allen Musen und Grazien sagt an mir, Ihr Deutschen!
Euren ersten Dichter, den alle Götter geehret,
Der mit Geistesschritten von Sonne zu Sonne gewandelt,
Der in die Tiefen der Liebe sich wie ein Engel gesenket,
Diesen göttlichen Mann, Ihr nennt ihn Klopstock? den Namen
Gebt ihr einem Dichter, dem keiner zu sanft und zu hoch wär?
Ja dies ist der Name, den wir verehren und lieben.
Haltet hier, und widmet Euch der Feier stiller Betrachtung!
Ach der Gute, hat leider endlich altshändyscher Ahndung
Böse Schuld bezahlt! Aus seinen Höhen und Tiefen
Sich in das Stein- und Gebeinreich der Lettern und Sylben begeben.
Mit dem eignen Sinne, der großen Dingen geziemte,
Heftet er sich an's Kleinste, und so klopstockt er die Sprache.

〈Auf Lavaters *Lied eines Christen an Christus*, 1786〉

Du bist! du bist! sagt Lavater. Du bist!!
Du bist!!! du bist!!!! du bist Herr Jesus Christ!!!!!
Er wiederholte nicht so heftig Wort und Lehre,
Wenn es ganz just mit dieser Sache wäre.

INVEKTIVEN

⟨Auf das Septemberheft des »Neuen Teutschen Merkur« von 1802 geschrieben⟩

In's Teufels Namen,
Was sind denn eure Namen!
Im deutschen Merkur
Ist keine Spur
Von Vater Wieland,
Der steht auf dem blauen Einband;
Und unter dem verfluchtesten Reim
Der Name Gleim.

ALEXIS UND DORA

Alexis
Sag', wie kommst du zu dem Besen
Und, was schlimmer ist, zum Reim?

Dora
Bin in Halberstadt gewesen
Bei dem guten Vater Gleim.

⟨Gegen Kotzebue, 1802⟩

DES NEUEN ALCINOUS
erster Teil

Laßt mir den Phäaker schlafen!
Jenen alten, jenen fernen;
Freunde! kommt in meinen Garten,
Den gefühlten, den modernen.

Freilich nicht vom besten Boden;
Doch in allerschönster Richtung
Nächst an Jena, gegen Weimar,
Recht im Mittelpunkt der Dichtung.

Will dort unter Freundes-Zweigen
Und geschenkten Bäumen leben;
Doch zu ganz gewisser Rührung
Steht der Kirchhof gleich daneben.

Doch weil hinten mancher Toter
An der dumpfen Mauer ranzet,
Hat daher der gute *Loder*
Lebensbäume hingepflanzet.

Der nicht gerne Geld vergeudet,
Der Direktor *Graf von Soden*,
Schickt für jedes Stück mir vierzehn
Stämmchen aus dem besten Boden.

Ob sie alle, wie in Franken
Und bei *Sickler*, frisch bekleiben,
Wird sich finden; wenn sie dorren
Werd' ich neue Stücke schreiben.

Hier an diesem Wege stehen
Die Verleger mit einander.
Diese Mispeln pflanzte *Kummer*,
Diesen Korkbaum schickte *Sander*.

Sollte dieser Kork nun freilich
Wie der Geber sich verdicken,
Mögen Enkel und Urenkel
Mit dem Weg zur Seite rücken.

Pflaumen hat er mir versprochen
Der scharmante kleine *Merkel*,
Und nun sind es Schlehen worden;
Meine Kinder sind sie Ferkel?

Hahnebutten wählte Bött'ger
Aus Pomonens bunten Kindern;
Leidlich schmecken sie durchfrostet,
Doch sie kratzen mich im H . . . . . .

Kammerkätzchen, Kammermäuschen
Stifteten die schönsten Nelken,
Wieland gab ein Lorbeerreischen,
Doch es will bei mir verwelken.

Haselstauden will die *Gräfin*
Mir ein ganzes Wäldchen schenken,
Und so oft ich Nüsse knacke,
Will ich an die Freundin denken.

Auch aus Tiefurts Zauberhainen
Seh' ich manches Reis mit Freuden;
Doch um einen Lilienstengel
Will man mich besonders neiden.

Und so pflanzten sie, mit Eifer,
Nah und ferne, gute Seelen,
Und der Magistrat zu Naumburg
Ließ es nicht an Kirschen fehlen.

DES NEUEN ALCINOUS
zweiter Teil

Wenn ich nun im holden Haine
Unter meinen Freunden wandle,
Mögen's meine Feinde haben,
Die als Kegel ich behandle.

Kommt nur her, geliebte Freunde!
Laßt uns schleudern, laßt uns schieben;
Seht nur, es ist jedem Kegel
Auch sein Name angeschrieben.

Da den *Procerem* der Mitte
Tauft' ich mir zu Vater *Kanten*,
Hüben *Fichte*, drüben *Schelling*,
Als die nächsten Geistsverwandten.

Brown steht hinten in dem Grunde,
Röschlaub aber trutzt mir vorne,
Und besonders diesen letzten
Hab' ich immer auf dem Korne.

Dann die *Schlegels* und die *Tiecke*
Sollen durcheinander stürzen
Und durch ihre Purzelbäume
Mir die lange Zeit verkürzen.

Schieb' ich Holz, da wird gejubelt:
Dreie! Fünfe! Sechse! Neune!
Immer stürz' ich meine Feinde
Über ihre steifen Beine.

Aber weil durch ihren Frevel
Sie verdienen ewige Hölle,

Setzt sie der behende Junge
Immer wieder auf die Stelle.

Und so stürzen meine Feinde
Durch des Arms Geschick und Stärke;
Darum nannt' ich auch die Kugeln
Nach den Namen meiner Werke.

Eine heißt die *Sucht zu glänzen*;
Und dann steigt es immer höher,
Das *Jahrhundert* nannt' ich eine,
Eine den *Hyperboreer.*

Wie Alcinous behaglich
Könnt' ich mich auf Rosen betten;
Doch das Weimar'sche Theater
Schickt mir mit dem Westwind Kletten.

Und das Unkraut wächs't behende,
Und aus jedem Distelkopfe
Seh' ich eine Maske blicken,
Gräßlich mit behaartem Schopfe.

Merkel schickt mir einen Boten;
Doch ich schweige, lass' ihn warten;
Weiter geh' ich, und er folgt mir
Gar bescheiden durch den Garten.

Und wie jener röm'sche König
Sich den höchsten Mohn erlesen,
Also fahr' ich mit der Gerte
In das schnöde Distelwesen.

Alle die verdammten Köpfe,
Die so frech herüber gucken,
Sollen gleich vor meinen Hieben
Fallen oder niederducken.

Und der Bote merkt verwundert
Mein geheimnisvolles Wandeln,
Geht und meldet's meinem Freunde;
Dieser fängt nun an zu handeln.

Und so glänzen wir, mit Ehren,
Unter allen krit'schen Mächten,
Die Verständ'gen, die Bescheidnen
Und besonders die Gerechten.

B. UND K.

Ihr möchtet gern den brüderlichen *Schlegeln*
Mit Beil und Axt den Reise-Kahn zerstücken;
Allein sie lassen euch schon weit im Rücken,
Und ziehen fort mit Rudern und mit Segeln.

Zwar wär' es billig, diesen frechen Vögeln
Auch tüchtig was am bunten Zeug zu flicken;
Doch euch, ihr Musenlosen, wird's nicht glücken,
Drum, Flegel, bleibt zu Haus mit euern Flegeln.

Dramatisch tanzt ein Esel vor Apollen,
Und reichet traulich seinem Freund die Pratschen,
Dem Häßlichzerrer besserer Naturen.

Der liefert Hexen, jener liefert Huren,
Und beide hören sich aus einer vollen
Parterrekloal' bejubeln und beklatschen.

Schämt euch, ihr Bessern, auch mit einzupatschen!
Die Müh, uns zu vernichten, ist verloren:
Wir kommen neugebärend, neugeboren.

TRIUMVIRAT

Den Gott der Pfuschereien zu begrüßen,
Kam Leichtfuß, Genius der Zeit, gegangen:
Laß uns, mein Teurer, an einander hangen
Wie Klett' und Kleid; Pedanten mag's verdrießen.

Wir ruhen bald von unsrer einzigen, süßen,
Planlosen Arbeit mit genährten Wangen;
Wenn Dilettanten-Skizzen einzig prangen,
Sei ernste Kunst in's Fabelreich verwiesen.

An Schmierern fehlt's nicht, nicht am Lob der Schmierer;
Der rühmt sich selbst, Den preiset ein Verleger,
Der Gleiche Den, der Pöbel einen Dritten:

Doch fehlt im Ganzen noch ein Rädelsführer,
Ein unermüdlich unverschämter Präger
Papierner Münze. Da trat in die Mitten

Herr Überall, in Tag- und Monatstempeln
Den Lumpenbrei der Pfuscher und der Schmierer
Mit B † r zum Meisterwerk zu stempeln.

K . . . UND B . . .

Die gründlichsten Schuften, die Gott erschuf,
Und zwar zu eigenstem Beruf,
Ruf Deutschlands angebauten Gauen
Die Menge zu kirren und zu krauen,
Indem sie sagten Tag für Tag,
Was jeder gerne hören mag:
Der Nachbar sei brav in vielen Stücken,
Doch könne man ihm auch am Zeuge flicken.
Vor ihnen beiden, wie vor Gott,
Sei alle Menschen-Tugend Spott,
Ja, wenn man's recht nimmt, gar ein Laster.
Das machte die Herren nicht verhaßter;
Denn Hinz und Kunz, an ihren Stellen,
Glaubten doch auch was vorzustellen.

Gottheiten zwei, ich weiß nicht wie sie heißen –
Denn ich bin nicht des Heidentums beflissen –
Von böser Art Gottheiten, wie wir wissen,
Die gern, was Gott und Mensch verband, zerreißen.

Die beiden also sagten: laß versuchen,
Wie wir dem deutschen Volk ein Unheil bringen;
Sie mögen reden, schwätzen, tanzen, singen,
Sie müssen sich und all ihr Tun verfluchen.

Sie lachten gräßlich, fingen an zu formen
Schlecht schlechten Teig, und kneteten beflissen.
Figuren waren's; aber wie geschissen.
Da sind nun Bött'ger, Kotz'bue, die Enormen!

Welch ein verehrendes Gedränge
Schließt den verfluchten Bött'ger ein?
Natürlich! Jeder aus der Menge
Wünscht sehnlich so ein Mann zu sein.
Er sah fürwahr die Welt genau;

Doch schaut er sie aus seinen Augen:
Deswegen konnte Mann und Frau
Auch nicht das Allermind'ste taugen.
Daß er aus Bosheit schaden mag,
Das ist ihm wohl erlaubt;
Doch fluch' ich, daß er Tag für Tag
Auch noch zu nützen glaubt.

⟨Gegen Kotzebue⟩

Ach könnt' ich doch nur dort hinein,
Gleich sollt's voll Stank und Unrat sein!

Bist du Gemündisches Silber, so fürchte den schwarzen Probierstein;
Kotzebue ach warum hast du nach Rom dich verfügt?

ULTIMATUM

Wollt', ich lebte noch hundert Jahr
Gesund und froh, wie ich meistens war;
Merkel, Spazier und Kotzebue
Hätten auch so lange keine Ruh,
Müßten's collegialisch treiben,
Täglich ein Pasquill auf mich schreiben.
Das würde nun für's nächste Leben
Sechsunddreißigtausend fünfhundert geben,
Und bei der schönen runden Zahl
Rechn' ich die Schalttäg' nicht einmal.
Gern würd' ich dieses holde Wesen
Zu Abend auf dem Nachtstuhl lesen,
Grobe Worte, gelind Papier
Nach Würdigkeit bedienen hier;
Dann legt' ich ruhig, nach wie vor,
In Gottes Namen mich auf's Ohr.

Sieh! das gebändigte Volk der lichtscheu muckenden Kauze
Kutscht nun selber, o Kant, über die Wolken dich hin.

CAMPES LAOKOON

Schon vom Gifte durchwühlt, gebissen und wiedergebissen,
Vater und Sohn! O! Weh! – Heilige Plastik! o weh!

⟨Gegen Newton, 1806⟩

Ist erst eine dunkle Kammer gemacht,
Und finstrer als ägyptische Nacht,
Durch ein gar winzig Löchlein bringe
Den feinsten Sonnenstrahl herein,
Daß er dann durch das Prisma dringe,
Alsbald wird er gebrochen sein.
Aufgedröselt bei meiner Ehr'
Siehst ihn, als ob er ein Stricklein wär',
Siebenfarbig statt weiß, oval statt rund,
Glaube hierbei des Lehrers Mund:
Was sich hier aus einander reckt,
Das hat alles in einem gesteckt.
Und dir, wie manchem seit hundert Jahr,
Wächs't darüber kein graues Haar.

⟨Gegen die Teleologen⟩

Da wächs't der Wein wo's Faß ist,
Es regnet gern wo's naß ist,
Zu Tauben fliegt die Taube,
Zur Mutter paßt die Schraube,
Der Stöpsel sucht die Flaschen,
Die Zehrung Reisetaschen,
Weil alles was sich rühret
Am Schluß doch harmonieret.

Denn das ist Gottes wahre Gift
Wenn die Blüte zur Blüte trifft;
Deswegen Jungfern und Junggesellen
Im Frühling sich gar gebärdig stellen.

WALLSTEIN
Tragédie en cinq Actes

Der du des Lobs dich billig freuen solltest,
O! guter Constant, bleibe still!

Der Deutsche dankt dir nicht; er weiß wohl was er will,
Der Franke weiß nicht was du wolltest.

VERSUS MEMORIALES

zu Verbreitung und Festhaltung der zwei wichtigsten natürlichen Systeme

Natürliches System der Erze nach Oken

Flinze, wenig Erz enthalten s',
Halde! Nu! die sind Gesalzen's,
Malme, sind gut durchgesotten,
Gelfe, hätten's bald getroffen.
So, mit mancherlei Gescherze,
Hätten wir die alten Erze.

Natürliches System des Organisch-Gebackenen nach Knebel

Leber ist nicht wert des Schmalzes,
Häring hat zu viel des Salzes,
Frösche sind zum Frühlingsfeste,
Fische dennoch sind die beste.
Und mit diesen lass' im Stiche
Niemals uns des Freundes Küche!

ANTIKRITIK

Armer Tobis, tappst am Stabe
Siebenfarbiger Trödeleien,
Kannst dich jener Himmelsgabe
Reinen Lichtes nicht erfreuen.

Nicht erlustigen dich im Schatten,
Wo mit urgebotner Liebe
Licht und Finsternis sich gatten,
Zu verherrlichen die Trübe.

Wird' ihm doch die kräft'ge Salbe,
Diesem Armen, bald gesendet,
Dem die theoretische Schwalbe
Augenkraft und Lust geblendet.

Newtonisch Weiß den Kindern vorzuzeigen,
Die pädagogischem Ernst so gern sich neigen,

Trat einst ein Lehrer auf, mit Schwungrads Possen,
Auf selbem war ein Farbenkreis geschlossen.
Das dorlte nun. »Betracht' es mir genau!
Was siehst du, Knabe?« Nun, was seh' ich? *Grau!*
»Du siehst nicht recht! Glaubst du, daß ich das leide?
Weiß, dummer Junge, *Weiß!* so sagt's *Mollweide!*«

So soll die orthographische Nacht
Doch endlich auch ihren Tag erfahren;
Der Freund, der so viel Worte macht,
Er will es an den Buchstaben sparen.

Die Wolle, sie ist gut und fein,
Jedoch die Arbeit nicht zu loben,
Mag leidlich gekrempelt, gesponnen sein,
Aber abscheulich schlecht gewoben.

Was man von Reinhard sagen kann,
Das sagt man nicht von Böttigers Witze:
War jener ein gevierter Mann,
Der ist ein Drehdorl auf der Spitze.

Zwar Böttiger macht gar manchen Knix,
Doch oft passiert ihm auch ein Knax:
Mit griech'schen Namen ist er fix,
Doch schlecht verdankt es ihm Demonax.

Herr Werner ein abstruser Dichter
Dazu vom sinnlichsten Gelichter
Verleugnete sein schändlich Lieben
Die Unzucht, die er stets getrieben,
Nun sucht er neue Lasterspur;
Ihn treibt die sündige Natur
Nacht Rom zur babylon'schen Hur'.
Da laicht er denn mit Münch- und Nonnen
Und glaubt, er habe viel gewonnen
Daß, was er fleischlich sonst vollführt,
Den Leichnam er geistlich nun branliert.
Nun will der Kerl sich mit den treuen
Keusch-siegesfrommen Deutschen freuen,

Da doch der Papst, der Antichrist,
Ärger als Türk' und Franzosen ist.

JOURNAL DER MODEN

Der Redakteur spricht:
Wir sollten denn doch auch einmal
Was Konsequentes sprechen,
Und nicht, wie immer, Haub' und Shawl
Und Hut vom Zaune brechen;

Erwähnen, was des Menschen Geist
So, aus sich selbst, entwickelt,
Und nicht, wie Fall und Zufall weis't,
Konfus zusammenstückelt;

Ein Wissen, das in's Ganze strebt,
Und Kunst auf Fundamenten,
Nicht, wie man Tag' um Tage lebt,
Von fremden Elementen.

Allein wie richten wir es ein?
Wir sinnen uns zu Tode.

Mitarbeiter spricht:
Beim Zeus! was kann bequemer sein?
So macht es doch nur Mode!

KOTZEBUE

Natur gab dir so schöne Gaben,
Als tausend andre Menschen nicht haben;
Sie versagte dir aber den schönsten Gewinst,
Zu schätzen mit Freude fremdes Verdienst.

Könntest du dich deiner Nachbarn freuen,
Du stelltest dich ehrenvoll mit in den Reihen;
Nun aber hat dich das Rechte verdrossen,
Und hast dich selber ausgeschlossen.

Und wenn nach hundert Jahren ein Meiner
Deiner Werke gedenkt und deiner,
So darf er es nicht anders sagen;
Du kannst ihn bei'm jüngsten Gericht verklagen.

⟨Gegen Christian Heinrich Pfaff⟩

Absurder Pfaffe! warst du nicht
In Unnatur verschlämmet,
Wer hätte dir eignes Augenlicht
Vom Urlicht abgedämmet?
Du Esel! willst zur Demut mich
Demütigsten ermahnen,
Höre doch den Narrenstolz und dich
Und Pfäfferei yahnen!

Hätte Oken gewußt wer er sei
Und wär' sich nicht selber überlei,
So ständ' er recht gut im Orden
So weiß gar niemand was er geworden.

ISIS

Sie fährt in alles rasch hinein,
Mit Ungestüm und Besen,
Und will doch auch papistisch sein,
Das ist ein seltsam Wesen.

⟨Gegen Kotzebue, Wartburgfest, Eisenach, 18. 10. 1817⟩

Du hast es lange genug getrieben,
Niederträchtig vom Hohen geschrieben,
Hätt'st gern die tiefste Niedertracht
Dem Allerhöchsten gleichgebracht.
Das hat denn deine Zeitgenossen,
Die tüchtigen mein' ich, baß verdrossen;
Hast immer doch Ehr' und Glück genossen.

St. Peter hat es dir aber gedacht,
Daß du ihn hättest gern klein gemacht,
Hat dir einen bösen Geist geschickt,
Der dir den heimischen Sinn verrückt,
Daß du dein eignes Volk gescholten.
Die Jugend hat es dir vergolten:
Aller End' her kamen sie zusammen,

Dich haufenweise zu verdammen;
St. Peter freut sich dieser Flammen.

»Warum bekämpfst du nicht den Kotzebue,
Der scharfe Pfeile, dir zu schaden, richtet?«
Ich sehe schadenfroh im Stillen zu,
Wie dieser Feind sich selbst vernichtet.

Von ... tu ich euch offen und kund:
Derselbe hat gar einen stinkenden Mund,
Auch, spräch er verständige Worte die süßen,
Wir würden doch alle die Nase verschließen;
Im Schauspiel von Ferne man sieht es mit an,
Und stinkt's, so hat das Parterr es getan.

⟨Gegen Juliane von Krüdener⟩

Junge Huren, alte Nonnen
Hatten sonst schon viel gewonnen,
Wenn, von Pfaffen wohlberaten,
Sie im Kloster Wunder taten.
Jetzt geht's über Land und Leute
Durch Europens edle Weite!
Hofgemäße Löwen schranzen,
Affen, Hund' und Bären tanzen –
Neue leid'ge Zauberflöten –
Hurenpack, zuletzt Propheten!

CHRONICA

1818 April 16

Auch endlich ward ich Großpapa!
Als ich den lieben Enkel sah,
War Fried' im Frauenzimmer.
Doch alsobald der kleine Wicht
Verziehet kläglich sein Gesicht:
Die Kinder schreien immer.

Eodem

Drauf akademisch ward mir gleich
Ein herrlich Welt- und Geisterreich,
Bei stiller Kerze Schimmer.
Ich hört' ein Jodeln: Jo! da! ho! –
Potz Leipzig! und Potz Waterloo:
Studenten brüllen immer.

FRÜHLING 1818

Das ist einmal ein Philister-Jahr!
Sie sind zufrieden ganz und gar,
Und preisen Gott mit großem Geschrei
Daß er wieder einmal vernünftig sei.
Es ging ihnen aber oft so schlecht,
Sie trauen ihm diesmal auch nicht recht.

Ein strenger Mann, von Stirne kraus,
Herr Doktor Müllner heißt er,
Wirft alles gleich zum Fenster hinaus,
Sogar den Wilhelm Meister.
Er ganz allein versteht es recht,
Daran ist gar kein Zweifel:
Denn geht es seinen Helden schlecht,
Ergibt er sie dem Teufel.

Wir litten schon durch Kotzebue
Gemeines Räsonnieren,
Nun kommt Herr Müllner auch dazu,
Das Ober-Wort zu führen;
Im Dichten rasch, im Lobe faul,
Ist er mit nichts zufrieden:
Der Edle mault nur, um das Maul
Den andern zu verbieten.

Jena's Philister und Professoren
Sagen, es habe keine Not,
Kotzebue sei zwar mausetot,
Doch niemand habe sich verschworen.

Sie hoffen an den schönen Pfründen
Doch vor wie nach den Herd zu zünden,
Dieweil der Sodoms-Apfelbrei
Gesunde Jugendspeise sei.

Von Jenischen behaarten Molchen
Sieht Stourdza sich bedroht mit Dolchen.
Er steht! Ein Mann! Dann schreit er laut,
Er flieht, es kommt ein Dolch, die Braut.

———

Frauen . . . und Professoren
Sagen es habe keine Not,
Kotzebue sei zwar Mausetod,
Doch werden sie immer neu geboren;
Damit sie sich alle einander ermorden
Ist der jüngste Tag vertagt geworden.

———

Es hange eben nicht zusammen
Nicht mit Wartburgs Bücher Flammen
Nicht mit Verruf ⟨?⟩ von Geor⟨gia?⟩
Das stehe alles nur einzeln da
Und müsse jedermann sich schämen
Die Sache gar für Ernst zu nehmen

———

Nenne niemand! nur verschone
Mir nicht Herrn Mone.
Zu Alliierten deinem Grimm
Rufe herzhaft Gebrüder Grimm.

———

Es ist ein schlechter Zeitvertreib,
Ramdohr- und Spät- und Schreibergeschreib,
Was sie alles gegen mich sagen
Wird wohl am Abend vorgetragen.
Wie nickt das Haupt, wie schmeckt die Ruh,
Kommt nun noch Atterbom dazu.

—

Derselbe setzt sich zu Gericht
Hat gar eine eigne Kunstgeschicht'.

⟨Lücke⟩
Das hören wir alles ohne Scherz
In jener Gesellschaft für Geist und Herz.

Müde bin ich des Widersprechens,
Des ewigen Lanzenbrechens,
Muß doch das Feld am Ende räumen.
Muse besänftige deinen Zorn! –
Laß mich dein Traum des Lebens träumen,
Nur nicht mit Creuzer und Schorn!

⟨Auf den Journalisten Pfeilschifter⟩

Es hatte ein junger Mann
Pfeile geschiftet,
Dann wie er konnte und kann
Flügel gelüftet;
Doch im dädalischen Flug
Kam er zu Sinnen,
Er hatte Zeit genug
Land zu gewinnen.
Da sieht er, gelassen und nah,
Verworrene Taten,
Und kann dem lieben Papa
Vernünftiges raten.

—

Und warum geht es nicht
In solchen Sachen?
Es meinet jedermann
Er könn' es machen;
Und wenn er's machen soll,
Kann er's nicht machen.

Reingewaschen in Lammesblut,
Die Phrase fand ich niemals gut,
's ist ein verwegner Tropus;
Steigt reingewaschen wie ein Lamm
Die Königin aus Pöbel-Schlamm,
Das ist ein ander Opus.

Was ist denn Königs-Majestät?
Sie ist die über alles geht,
Und läßt sich gar nicht stören;
Wie aber Pöbel-Majestät
Sich über alles alles bläht
Mag Albion uns lehren.

Voß contra Stolberg! ein Prozeß
Von ganz besonderm Wesen,
Ganz eigner Art; mir ist indes,
Das hätt' ich schon gelesen.
Mir wird unfrei, mir wird unfroh,
Wie zwischen Glut und Welle,
Als läs' ich ein Capitolo
In Dante's grauser Hölle.

⟨Gegen Pustkuchen⟩

»Was will von Quedlinburg heraus
Ein zweiter Wanderer traben!« –
Hat doch der Wallfisch seine Laus,
Muß ich auch meine haben.

Der freudige Werther, Stella dann
In Kriminal-Verhören,
Vom Libanon der heilige Mann
Sind göttlich zu verehren.
So ist von Quedlinburg auch der
Falschmünzer hoch zu preisen:
Gemünder Silber präget er,
Uns Korn und Schrot zu weisen.

Der Weihrauch, der euch Göttern glüht,
Muß Priestern lieblich duften,
Sie schufen euch, wie jeder sieht,
Nach ihrem Bild zu Schuften.

M⟨üllne⟩r ⟨?⟩

Etwas ist er, muß auch was scheinen,
Denn immer etwas ist der Schein,
Nun aber in der Allgemeinen
Wird er doch immer mehr gemein.

»GOETHE UND PUSTKUCHEN«
(Haude und Spener, Berliner Nachrichten, Nr. 149. 1822)

Pusten, grobes deutsches Wort!
Niemand – wohl erzogen –
Wird am reinanständigen Ort
Solchem Wort gewogen.

Pusterich, ein Götzenbild,
Gräßlich anzuschauen,
Pustet über klar Gefild
Wust, Gestank und Grauen.

Will der Pusterich nun gar
Pfaffenkuchen pusten,
Teufelsküchenjungenschar
Wird den Teig *behusten*.

Dem Dummen wird die Ilias zur Fibel;
Wie uns vor solchem Leser graus't!
Er lies't so ohngefähr die Bibel,
Als wie Herr Schöne meinen Faust.

So ist denn Tieck aus unsrer Mitten
In die Schranken hervorgeritten.
Heil ihm! – Es gilt nicht *Wanderjahre*,
Noch eines Dichters graue Haare,
Noch seine Meister und seine Gesellen,
Die sich vor Mit- und Nachwelt stellen;
Es gilt, ihr mögt es leicht erproben,
Die Paare wie sie sich *verloben*.

FAUNTLEROY UND KONSORTEN

Will in Albions Bezirken
Man den Schriftverfälscher hängen;
Herrschers Gnade zu erwirken,
Sieht man Tausende sich drängen.

Hängt man diesen – denken viele –
Sollten wir im Sichern wandeln?
Die im Ernst, so wie im Spiele
Immerfort betrüglich handeln.

Einerlei ist's ganz und gar,
Ob man raube, fälsche, stehle;
Und dem schändlichsten Falsar
Juckt in Quedlinburg die Kehle.

Lord Byron ohne Scham und Scheu
Hat sich satanischen Pakts beflissen.
Von Hammer merkt nun wohl, daß, um Poet zu sein,
Er sich dem Teufel hätt' ergeben müssen.

Verwandte sind sie von Natur,
Der Frischling und das Ferkel;
So ist Herr Menzel endlich nur
Ein potenzierter Merkel.

〈An Luise Krafft in Cöln〉

Wenn schönes Mädchen sorgen will
Für meine Seligkeit,
So ist ihr zartes Herzchen still
Der Liebe schon geweiht;
Doch Pfarrers Wittib mahnt mich an
Aus ihrem Ofenwinkel!
Fürwahr ich sehe nichts daran,
Als Eitelkeit und Dünkel. –
Bei'm Heiland möchte' ich euch nicht gern
Für die Empfehlung danken,
Gesunde kennen unsern Herrn
Weit besser als ihr Kranken.

ÜBER . . .
JUNIUS AN DIE NACHKOMMEN

Prologus

So viel wir von ihm zu sagen wissen,
So hat er zuerst in die Windeln geschissen,
Als Kind hat er, zum Trotz uns allen,
Gar manche Löcher in Kopf gefallen,
Als Jüngling hat er sich branliert,
Und als Student auch renommiert;
Dabei hat er bei guten Sitten
Auch schrecklich an der Krätze gelitten.
Nachdem er von solchen Übeln frei,
Legt er sich ein hübsch Mädchen bei,
Die macht ihm gelegentlich bekannt
Das heilige Holz aus fremdem Land.
Dadurch ward er nun präpariert
Daß Staaten würden durch ihn regiert.
Wie schlecht er getan, wie schlecht's ihm gegangen
Wird reihenweise nun angefangen.

NACHGELASSENE HEXAMETER UND PENTAMETER

ZU DEN ›RÖMISCHEN ELEGIEN‹

⟨Ursprünglich II⟩

Mehr als ich ahndete schön das Glück es ist mir geworden
Amor führte mich klug allen Palästen vorbei.
Ihm ist es lange bekannt, auch hab ich es selbst wohl erfahren
Was ein goldnes Gemach hinter Tapeten verbirgt.
Nennet blind ihn und Knaben und ungezogen ich kenne
Kluger Amor dich wohl, nimmer bestechlicher Gott!
Uns verführten sie nicht die majestätschen Façaden,
Nicht der galante Balkon, weder das ernste Cortil.
Eilig ging es vorbei, und niedre zierliche Pforte
Nahm den Führer zugleich, nahm den Verlangenden auf.
Alles verschafft er mir da, hilft alles und alles erhalten
Streuet jeglichen Tag frischere Rosen mir auf.
Hab ich den Himmel nicht hier? – Was gibst du schöne Borghese,
Nipotina was gibst deinem Geliebten du mehr?
Tafel, Gesellschaft und Cors und Spiel und Oper und Bälle
Amorn rauben sie nur oft die gelegenste Zeit.
Ekel bleibt mir Gezier und Putz und hebet am Ende
Sich ein brokatener Rock nicht wie ein wollener auf?
Oder will sie bequem den Freund im Busen verbergen,
Wünscht er von alle dem Schmuck nicht schon behend sie befreit?
Müssen nicht jene Juwelen und Spitzen, Polster und Fischbein
Alle zusammen herab, eh er die Liebliche fühlt?
Näher haben wir das! Schon fällt dein wollenes Kleidchen,
So wie der Freund es gelöst faltig zum Boden hinab.
Eilig trägt er das Kind, in leichter linnener Hülle
Wie es der Amme geziemt, scherzend aufs Lager hinan.
Ohne das seidne Gehäng und ohne gestickte Matratzen
Stehet es, zweien bequem, frei in dem weiten Gemach.
Nehme dann Jupiter mehr von seiner Juno, es lasse
Wohler sich, wenn er es kann irgendein Sterblicher sein.
Uns ergötzen die Freuden des echten nacketen Amors
Und des geschaukelten Betts lieblicher knarrender Ton.

⟨Ursprünglich XVI⟩

Zwei gefährliche Schlangen, vom Chore der Dichter gescholten,
Grausend nennt sie die Welt Jahre die Tausende schon,
Python dich und dich Lernäischer Drache! Doch seid ihr
Durch die rüstige Hand tätiger Götter gefällt.

Ihr zerstöret nicht mehr mit feurigem Atem und Geifer
Herde, Wiesen und Wald goldene Saaten nicht mehr.
Doch welch ein feindlicher Gott hat uns im Zorne die neue
Ungeheure Geburt giftigen Schlammes gesandt?
Überall schleicht er sich ein, und in den lieblichsten Gärtchen
Lauert tückisch der Wurm, packt den Genießenden an.
Sei mir hesperischer Drache gegrüßt, du zeigtest dich mutig,
Du verteidigtest kühn goldener Äpfel Besitz!
Aber dieser verteidiget nichts – und wo er sich findet
Sind die Gärten, die Frucht keiner Verteidigung wert.
Heimlich krümmet er sich im Busche, besudelt die Quellen,
Geifert, wandelt in Gift Amors belebenden Tau.
O! wie glücklich warst du Lucrez! du konntest der Liebe
Ganz entsagen und dich jeglichem Körper vertraun.
Selig warst du Properz! Dir holte der Sklave die Dirnen
Vom Aventinus herab, aus dem Tarpeischen Hain.
Und wenn Cynthia dich aus jenen Umarmungen schreckte
Untreu fand sie dich zwar; aber sie fand dich gesund.
Jetzt wer hütet sich nicht langweilige Treue zu brechen!
Wen die Liebe nicht hält, hält die Besorglichkeit auf.
Und auch da, wer weiß! gewagt ist jegliche Freude
Nirgend legt man das Haupt ruhig dem Weib in den Schoß.
Sicher ist nicht das Ehbett mehr, nicht sicher der Ehbruch;
Gatte, Gattin und Freund eins ist im andern verletzt.
O! der goldenen Zeit! da Jupiter noch, vom Olympus,
Sich zur Semele bald, bald zu Callisto begab.
Ihm lag selber daran die Schwelle des heiligen Tempels
Rein zu finden den er liebend und mächtig betrat.
O! wie hätte Juno getobt, wenn im Streite der Liebe
Gegen sie der Gemahl giftige Waffen gekehrt.
Doch wir sind nicht so ganz wir alte Heiden verlassen,
Immer schwebet ein Gott über der Erde noch hin,
Eilig und geschäftig, ihr kennt ihn alle verehrt ihn!
Ihn den Boten des Zeus, Hermes den heilenden Gott.
Fielen des Vaters Tempel zu Grund, bezeichnen die Säulen
Paarweis kaum noch den Platz alter verehrender Pracht,
Wird des Sohnes Tempel doch stehn und ewige Zeiten
Wechselt der Bittende stets dort mit dem Dankenden ab.
Eins nur fleh ich im stillen, an euch ihr Grazien wend ich
Dieses heiße Gebet tief aus dem Busen herauf.
Schützet immer mein kleines, mein artiges Gärtchen, entfernet
Jegliches Übel von mir, reichet mir Amor die Hand,
O! so gebet mir stets, sobald ich dem Schelmen vertraue,
Ohne Sorgen und Furcht ohne Gefahr den Genuß.

PRIAPEA

⟨I⟩

Hier ist mein Garten bestellt, hier wart ich die Blumen der Liebe,
Wie sie die Muse gewählt weislich in Beete verteilt.
Früchte bringenden Zweig, die goldenen Früchte des Lebens,
Glücklich pflanzt ich sie an, warte mit Freuden sie nun
Stehe du hier an der Seite Priap! ich habe von Dieben
Nichts zu fürchten und frei pflück und genieße wer mag
Nur bemerke die Heuchler, entnervte, verschämte Verbrecher,
Nahet sich einer und blinzt über den zierlichen Raum,
Ekelt an Früchten der reinen Natur, so straf ihn von hinten
Mit dem Pfahle der dir rot von den Hüften entspringt.

⟨II⟩

Hinten im Winkel des Gartens da stand ich der letzte der Götter
Rohgebildet, und schlimm hatte die Zeit mich verletzt.
Kürbisranken schmiegten sich auf am veralteten Stamme,
Und schon krachte das Glied unter den Lasten der Frucht.
Dürres Gereisig neben mir an, dem Winter gewidmet,
Den ich hasse, denn er schickt mir die Raben aufs Haupt
Schändlich mich zu besudeln; der Sommer sendet die Knechte
Die sich entladende frech zeigen das rohe Gesäß.
Unflat oben und unten! ich mußte fürchten ein Unflat
Selber zu werden, ein Schwamm, faules verlorenes Holz.
Nun, durch deine Bemühung o! redlicher Künstler gewinn ich
Unter Göttern den Platz der mir und andern gebührt.
Wer hat Jupiters Thron, den schlechterworbnen, befestigt?
Farb und Elfenbein, Marmor und Erz und Gedicht.
Gern erblicken mich nun verständige Männer und denken
Mag sich jeder so gern wie es der Künstler gedacht.
Nicht das Mädchen entsetzt sich vor mir, und nicht die Matrone,
Häßlich bin ich nicht mehr, bin ungeheuer nur stark.
Dafür soll dir denn auch halbfußlang die prächtige Rute
Strotzen vom Mittel herauf, wenn es die Liebste gebeut
Soll das Glied nicht ermüden, als bis ihr die Dutzend Figuren
Durchgenossen wie sie künstlich Philänis erfand.

IDYLLEN UND ELEGIEN

⟨Nachgelassenes Bruchstück einer Elegie?⟩

EDELKNABE UND WAHRSAGERIN

Kennt ihr die Dirne mit lauerndem Blick und raschen Gebärden?
Die Schalkin, sie heißt Gelegenheit; lernt sie nur kennen!
Sie erscheinet euch oft, immer in andrer Gestalt.
Gern betrügt sie den Unerfahrenen, den Blöden,
Schlummernde neckt sie stets, Wachende flieht sie eilends,
Und die Unschuld betört sie, der kömmt sie am leichtsten.
Einst erschien sie dem Knaben, ein bräunliches Mädchen, die Arme,
Nacken und Busen und Leib nicht allzu sittig verhüllt.
Zukünftges deutend zeigte ihr Finger nach oben,
Bog ihren Hals sie nach vorn;
Ungeflochtnes Haar krauste vom Scheitel sich auf;
Lockend war ihre Miene, doch schaute der Bube nicht auf,
Wie sehr sie sich mühte, des Harmlosen Auge zu fangen,
Er hört sie nur halb,
Dacht' an sein Lied. Doch stille! – Die Dirne ist weg –
Degen und Schärpe verschwunden, die ihm die Liebste gab.

VENEZIANISCHE EPIGRAMME

⟨1⟩

Sauber hast du dein Volk erlöst durch Wunder und Leiden
Nazarener! Wohin soll es dein Häufchen, wohin?
Leben sollen sie doch und Kinder zeugen doch christlich,
Leider dem früheren Reiz dienet die schädliche Hand.
Will der Jüngling dem Übel entgehn, sich selbst nicht verderben,
Bringet Lais ihm nur brennende Qualen für Lust.
Komm noch einmal herab du Gott der Schöpfung und leide,
Komm, erlöse dein Volk von dem gedoppelten Weh!
Tu ein Wunder und rein'ge die Quellen der Freud und des Lebens
Paulus will ich dir sein, Stephanus wie du's gebeutst.

⟨2⟩

Heraus mit dem Teile des Herrn! heraus mit dem Teile des Gottes!
Rief ein unglücklich Geschöpf blind für hysterischer Wut,
Als, die heiligen Reste Gründonnerstag Abends zu zeigen,
In Sanct Markus ein Schelm über der Bühne sich wies.
Armes Mädchen was soll dir ein Teil des gekreuzigten Gottes?
Rufe den heilsamern Teil jenes von Lampsacus her.

⟨3⟩

Wundern kann es mich nicht daß unser Herr Christus mit . . .⟨?⟩
Gern und mit Sündern gelebt, gehts mir doch eben auch so.

⟨4⟩

»Warum willst du den Christen des Glaubens selige Wonne
Grausam rauben?« Nicht ich, niemand vermag es zu tun.
Steht doch deutlich geschrieben: die Heiden toben vergeblich.
Seht, ich erfülle die Schrift, lest und erbaut euch an mir.

⟨5⟩

Krebse mit nacktem Hintern, die leere Muscheln sich suchten,
Sie bewohnen und sie wähnen ihr eigenes Haus,
Sind mir seltne Geschöpfe, sie sind so klug als bedürftig;
Manches kam mir in Sinn, als ich am Ufer sie sah.
Christ und Mensch ist eins! Sagt Lavater! Richtig! Die Christen
Decken die nackende Scham weislich mit Menschenvernunft.

⟨6⟩

In ein Puppenspiel hatt' ich mich Knabe verliebet,
Lange zog es mich an bis ich es endlich zerschlug.
So griff Lavater jung nach der gekreuzigten Puppe.
Herz' er betrogen sie noch wenn ihm der Atem entgeht!

⟨7⟩

Guten schreibt er, das glaub ich, die Menschen müssen wohl gut sein
Die das alberne Zeug lesen und glauben an ihn.
Weisen denkt er zu schreiben, die Weisen mag ich nicht kennen:
Ist das Weisheit, bei Gott, bin ich mit Freuden ein Tor.

⟨8⟩

Dich betrügt der Staatsmann, der Pfaffe, der Lehrer der Sitten,
Und dies Kleeblatt wie tief betest du Pöbel es an.
Leider läßt sich noch kaum was rechtes denken und sagen
Das nicht grimmig den Staat, Götter und Sitten verletzt.

⟨9⟩

Was auch Helden getan, was Kluge gelehrt, es verachtet's
Wähnender christlicher Stolz neben den Wundern des Herrn.
Und doch schmückt er sich selbst und seinen nackten Erlöser
Mit dem besten heraus was uns der Heide verließ.
So versammelt der Pfaffe die edlen leuchtenden Kerzen
Um das gestempelte Brot das er zum Gott sich geweiht.

⟨10⟩

Viele folgten dir gläubig und haben des irdischen Lebens
Rechte Wege verfehlt, wie es dir selber erging.
Folgen mag ich dir nicht; ich möchte dem Ende der Tage
Als ein vernünftiger Mann, als ein vergnügter mich nahn.
Heute gehorch ich dir doch und wähle den Pfad ins Gebirge,
Diesmal schwärmst du wohl nicht, König der Juden leb wohl.

⟨11⟩

Offen steht das Grab! Welch herrlich Wunder! Der Herr ist
Auferstanden! – Wer's glaubt! Schelmen, ihr trugt ihn ja weg.

⟨12⟩

Was vom Christentum gilt, gilt von den Stoikern, freien
Menschen geziemet es nicht Christ oder Stoiker sein.

⟨13⟩

Juden und Heiden hinaus! so duldet der christliche Schwärmer.
Christ und Heide verflucht! murmelt ein jüdischer Bart.
Mit den Christen an Spieß und mit den Juden ins Feuer!
Singet ein türkisches Kind Christen und Juden zum Spott.
Welcher ist der klügste? Entscheide! Aber sind diese
Narren in deinem Palast, Gottheit, so geh ich vorbei.

⟨14⟩

Höllengespenster seid ihr und keine Christen ihr Schreier
Die ihr den lieblichen Schlaf mir von den Augen verscheucht.
Warum macht der Pfaffe soviele tausend Gebärden
Und verscheuchet euch nicht wieder zur Hölle zurück?

⟨15⟩

Wenn ein verständiger Koch ein artig Gastmahl bereitet,
Mischt er unter die Kost vieles und vieles zugleich.
So genießet auch ihr dies Büchlein und kaum unterscheidet
Alles ihr was ihr genießt. Nun es bekomm euch nur wohl.

⟨16⟩

Sagt, wem geb' ich dies Büchlein? Der Fürstin die mirs gegeben,
Die uns Italien noch jetzt in Germanien schafft.

⟨17⟩

»Wagst du Deutsch zu schreiben unziemliche Sachen!« – Mein Guter
Deutsch dem kleinen Bezirk leider ist griechisch der Welt.

⟨18⟩

Aus zu eklem Geschmack verbrannte Nauger Martialen.
Wirfst du das Silber hinweg, weil es nicht Gold ist? Pedant!

⟨19⟩

Mehr hat Horaz nicht gewollt, er fand es, weniger wollen
Kann man mit größerm Verdienst und man erhält auch nicht das.

⟨20⟩

Wie der Mensch das Pfuschen so liebt! Fast glaub ich dem Mythus,
Der mir erzählet ich sei selbst ein verpfuschtes Geschöpf.

⟨21⟩

Das gemeine lockt jeden: siehst du in Kürze von vielen
Etwas geschehen, sogleich denke nur: dies ist gemein.

⟨22⟩

Wären der Welt die Augen zu öffnen! – Das könnte geschehen!
Besser du suchest dir selbst und du erfindest dein Teil.

⟨23⟩

Helden herrlich zu sein beschädigen tausende. Tadelt
Nicht den Dichter der auch wie ein Eroberer denkt.

⟨24⟩

Wenn du schelten willst, so wolle kein Heiliger scheinen,
Denn ein rechtlicher Mann schweigt und verzeihet uns gern.

⟨25⟩

Unglückselige Frösche die ihr Venedig bewohnet!
  Springt ihr zum Wasser heraus, springt ihr auf hartes Gestein.

⟨26⟩

Einen zierlichen Käfig erblickt ich, hinter dem Gitter
  Regten sich emsig und rasch Mädchen des süßen Gesangs.
Mädchen wissen sonst nur uns zu ermüden, Venedig
  Heil dir daß du sie auch uns zu erquicken ernährst.

⟨27⟩

Alle Weiber sind Ware, mehr oder weniger kostet
  Sie den begierigen Mann der sich zum Handel entschließt.
Glücklich ist die Beständige die den Beständigen findet,
  Einmal nur sich verkauft und auch nur einmal gekauft wird.

⟨28⟩

Hat dich Hymen geflohn? Hast du ihn gemieden? – Was sag ich?
  Hymen! köstlich ist er, aber zu ernsthaft für mich.
Aus dem Ehbett darf man nicht schwätzen und Dichter sind schwatzhaft.
  Freie Liebe sie läßt frei uns die Zunge, den Mut.

⟨29⟩

Jungfer! ruf ich das Mädchen, ist, Jungfer, der Herr nicht zu Hause?
  Aber sie hört nicht, der Ruf schlägt ihr am Ohre nicht an.

⟨30⟩

Vier gefällige Kinder hast du zum Gaukeln erzogen
  Alter Gaukler und schickst nun sie zum Sammlen umher.
Meine Güter trag ich bei mir! so sagte der Weise,
  Meine Güter, sagst du, hab ich mir selber gemacht.

⟨31⟩

Amerikanerin nennst du das Töchterchen alter Phantaste,
  Glücklicher! hast du sie nicht hier in Europa gemacht?

⟨32⟩

Ich empfehle mich euch! Seid wacker, sagst du und reichest
  Mir das Tellerchen dar, lächelst und dankest gar schön.
Ach empfohlen bist du genug und wärst du nur älter,
  Wacker wollten wir sein, wach bis zum Krähen des Hahns.

⟨33⟩

Zürnet nicht ihr Frauen daß wir das Mädchen bewundern:
  Ihr genießet des Nachts was sie am Abend erregt.

⟨34⟩

Was ich am meisten besorge: Bettina wird immer geschickter,
Immer beweglicher wird jegliches Gliedchen an ihr;
Endlich bringt sie das Züngelchen noch ins zierliche F...
Spielt mit dem artigen Selbst, achtet die Männer nicht viel.

⟨35⟩

Auszuspannen befiehlt der Vater die zierlichen Schenkel,
Kindisch der liebliche Teil ... ⟨unleserlich⟩ den Teppich herab.
Ach wer einst zuerst dich liebet, er findet die Blüte
Schon verschwunden, sie nahm frühe das Handwerk hinweg.

⟨36⟩

Café wollen wir trinken mein Fremder! – da meint sie branlieren;
Hab ich doch, Freunde, mit Recht immer den Café gehaßt.

⟨37⟩

Seid ihr ein Fremder, mein Herr? bewohnt ihr Venedig? so fragten
Zwei Lazerten die mich in die Spelunke gelockt.
Ratet! – Ihr seid ein Franzos! ein Napolitaner! Sie schwatzten
Hin und wieder und schnell schlürften sie Kaffee hinein.
Tun wir etwas! Sagte die Schönste, sie setzte die Tasse
Nieder, ich fühlte sogleich ihre geschäftige Hand.
Sacht ergriff ich und hielte sie fest; da streckte die zweite
Zierliche Fingerchen aus und ich verwehrt es auch ihr.
Ach! es ist ein Fremder! so riefen sie beide; sie scherzten
Baten Geschenke sich aus, die ich doch sparsam verlieh.
Drauf bezeichneten sie mir die entferntere Wohnung
Und zu dem wärmeren Spiel spätere Stunden der Nacht.
Kannten diese Geschöpfe sogleich den Fremden am Weigern,
O so wißt ihr warum blaß der Venetier schleicht.

⟨38⟩

Gib mir statt »Der Sch ...« ein ander Wort o Priapus
Denn ich Deutscher ich bin übel als Dichter geplagt.
Griechisch nennt ich dich φαλλος, das klänge doch prächtig den Ohren,
Und lateinisch ist auch Mentula leidlich ein Wort.
Mentula käme von Mens, der Sch ... ist etwas von hinten,
Und nach hinten war mir niemals ein froher Genuß.

⟨39⟩

Camper der jüngere trug in Rom die Lehre des Vaters
Von den Tieren uns vor wie die Natur sie erschuf,
Bäuche nahm und gab, dann Hälse, Pfoten und Schwänze.
Alles gebrochenes Deutsch so wie geerbter Begriff.

Endlich sagt' er: »Vierfüßiges Tier wir haben's vollendet
  Und es bleibet uns nur, Freunde, das Vöglen zurück!«
Armer Camper du hast ihn gebüßt den Irrtum der Sprache,
  Denn acht Tage darnach lagst du und schlucktest Merkur.

⟨40⟩

Knaben liebt ich wohl auch, doch lieber sind mir die Mädchen,
  Hab ich als Mädchen sie satt, dient sie als Knabe mir noch.

⟨41⟩

Köstliche Ringe besitz ich! Gegrabne fürtreffliche Steine
  Hoher Gedanken und Styls fasset ein lauteres Gold.
Teurer bezahlt man die Ringe geschmückt mit feurigen Steinen,
  Blinken hast du sie oft über dem Spieltisch gesehn.
Aber ein Ringelchen kenn ich, das hat sich anders gewaschen,
  Das Hans Carvel einmal traurig im Alter besaß,
Unklug schob er den kleinsten der zehen Finger ins Ringchen,
  Nur der größte gehört, würdig, der eilfte, hinein.

⟨42⟩

Alle sagen mir, Kind, daß du mich betriegest,
  O betriege mich nur immer und immer so fort.

⟨43⟩

Welche Hoffnung ich habe? Nur eine die heut mich beschäftigt,
  Morgen mein Liebchen zu sehn das ich acht Tage nicht sah.

⟨44⟩

Alles was ihr wollt, ich bin euch wie immer gewärtig
  Freunde, doch leider allein schlafen, ich halt es nicht aus.

⟨45⟩

Nackend willst du nicht neben mir liegen, du süße Geliebte,
  Schamhaft hältst du dich noch mir im Gewande verhüllt.
Sag mir: begehr ich dein Kleid? begehr ich den lieblichen Körper?
  Nun, die Scham ist ein Kleid! zwischen Verliebten hinweg!

⟨46⟩

Lange sucht ich ein Weib mir, ich suchte, da fand ich nur Dirnen,
  Endlich erhascht ich dich mir Dirnchen, da fand ich ein Weib.

⟨47⟩

Eine Liebe wünscht ich und konnte sie niemals gewinnen.
  Wünschen läßt sich noch wohl, aber verdienen nicht gleich.

⟨48⟩

Fürchte nicht, liebliches Mädchen, die Schlange die dir begegnet!
Eva kannte sie schon, frage den Pfarrer mein Kind.

⟨49⟩

Ob erfüllt sei was Moses und was die Propheten gesprochen
An dem heiligen Christ, Freunde, das weiß ich nicht recht.
Aber das weiß ich: erfüllt sind Wünsche, Sehnsucht und Träume,
Wenn das liebliche Kind süß mir am Busen entschläft.

⟨50⟩

Weit und schön ist die Welt, doch o wie dank ich dem Himmel
Daß ein Gärtchen beschränkt, zierlich mein eigen gehört.
Bringet mich wieder nach Hause! was hat ein Gärtner zu reisen?
Ehre bringt's ihm und Glück, wenn er sein Gärtchen versorgt.

⟨51⟩

Ach! sie neiget das Haupt die holde Knospe, wer gießet
Eilig erquickendes Naß neben die Wurzel ihr hin?
Daß sie froh sich entfalte, die schönen Stunden der Blüte
Nicht zu frühe vergehn, endlich auch reife die Frucht.
Aber auch mir – mir sinket das Haupt von Sorgen und Mühe.
Liebes Mädchen! Ein Glas schäumenden Weines herbei.

⟨52⟩

In dem engsten der Gäßchen es drängte sich kaum durch die Mauern
Saß mir ein Mädchen im Weg als ich Venedig durchlief.
Sie war reizend, der Ort, ich ließ mich Fremder verführen
Ach ein weiter Canal tat sich dem Forschenden auf.
Hättest du Mädchen wie deine Canäle Venedig und F +
Wie die Gäßchen in dir, wärst du die herrlichste Stadt.

⟨53⟩

Immer hab ich dich heilige Sonne mit Freuden verehret
Wenn du aus trübem Gewölk oder nach Nebel mir kamst,
Niemals aber so fröhlich als im Venetischen Pfuhle ⟨?⟩,
Wenn du nach Regen erscheinst freudig die Gondel dir dampft.

⟨54⟩

Immer glaubt ich gut⟨mütig?⟩ von andern etwas zu lernen,
Vierzig Jahr war ich alt, da mich der Irrtum verließ.
Töricht war ich immer daß andre zu lehren ich glaubte
Lehre jeden du selbst, Schicksal, wie er es bedarf.

⟨55⟩

Nachtgespenster ziehen nicht mehr die garstigen langen;
Neumond kündest du an! Almanac, redest du Wahr?

Leuchtet mir doch das Gemach von holdem mondlichem Schimmer
Wohl das Mondengesicht, senkte vom Himmel sich her.

⟨56⟩

Emsig fand ich heute mein Mädchen die Blumen begießen
Die vor der Hitze des Tags Blätter und stengel gesenkt
Lächelnd sah ich ihr zu und sagte sie fange ⟨frage?⟩ mich ⟨auch durchs?⟩ . . .
Sichtbar an das Haupt frisch auf das . . . zu sehn
Glückliche Blumen so rief ich schon fühlt ihr die Nähe der . . . ⟨ernsten?⟩
Fühlt euch aufs neue belebt, regt schon Glieder und Haupt
O die gute sie weiß aus einem Brunnen zu schöpfen
Der die Amores die sich um sie versammlen erquickt

⟨57⟩

Stiften die Christen mit Heil viel unheil so stiften die Büchlein
Heidnisch durch Unheil viel Heil. Aber noch eile dich nicht,
Laß mich erst noch hienieden, es kann die Barke passieren,
Nimmt sie mich diesmal schon mit, nun so leb wohl in die Welt.

⟨58⟩

Glücklich wer einst dich genießt wenn du das Wachstum vollendet
Dem du die Schenkelchen zart über den Körper legst

⟨59⟩

Mirabellen pflanz ich in meinem Garten in Reihen
Daß nun die Wunderschöne wandelnd in Gesellschaft sei

⟨60⟩

Leben hab ich gelernt, fristet mir Götter die Zeit!

⟨61⟩

Achte hatt ich gesetzt, nun ist die *neune* gezogen.
Sieh wie nah ich schon war, immer flieht mich die Zahl.
Und so klagen die Menschen, die sich dem Zufall vertrauen

⟨62⟩

Was ich geschrieben habe das hab ich vertraulich den Deutschen ⟨?⟩
Hingelegt und nun steht es die ewige Zeit.
Manches hab ich gefehlt in meinem Leben, doch keinen
Hab ich belistet.

⟨63⟩

Ach wie herzt' ich den Knaben den lieben sittlichen Eros
Heute war er der Sohn der himmelgeborenen Göttin
Drückt ihn sanft an mein Herz und wir vermischten die Tränen

⟨64⟩

Pfaffe möcht ich sein im Glauben und Götter verzehren
Die ich mit eigener Hand einmal ⟨?⟩ mir täglich erzeugt
Pilger möcht ich sein und glauben daß Schritte nach Schritten
Der v
Nur nicht Lavater sein und Sinn mit Unsinn vermischen
Denn so glauben das heißt sündgen am heiligen Geist

⟨65⟩

Törig war es ein Brot zu vergotten wir beten doch alle
Unser täglich Brot gib uns

⟨66⟩

Stolzer sah ich nicht⟨s⟩ und dümmer als alle die Christen
Christen nennen sie sich kämen von Christus sie her
Wüßten sies recht und hätten sie recht studiert die Geschichte
Alles ⟨?⟩ schreibt sich ihr ⟨?⟩ d ⟨unleserlich⟩ vom Namen her

⟨67⟩

Klein ist unter den Fürsten der Deutschen mein Fürst, ich gesteh es,
Kurz und schmal ist sein Land, mäßig nur, was er vermag.
Aber mir hat er gegeben, was Große selten gewähren,
Stand, Vertrauen, Gewalt, Garten und Wohnung und Geld.
Keinen braucht' ich zu bitten als Ihn, und manches bedurft' ich,
Der ich mich auf den Erwerb schlecht, als ein Dichter, verstand.
Mich hat Europa gelobt, was hat mir Europa gegeben?
Nichts! Ich habe noch oft meine Gedichte bezahlt.
Deutschland ahmte mich nach, und Frankreich mochte mich lesen.
Und wie gefällig empfing England den leidenden Gast.
Doch was hilft es mir, daß auch sogar der Chinese
Malt mit geschäftiger Hand, Werthern und Lotten auf Glas?
Nie hat nach mir ein Kaiser gefragt, nie hat sich ein König
Um mich gekümmert, und er war mir August und Mäzen.

ENTWÜRFE ZU DEN EPISTELN

⟨Entwürfe einer Fortsetzung der ZWEITEN EPISTEL⟩

Und was deine Söhne betrifft so weiß ich mit ihnen
Bist du nimmer verlegen. Denn früh die Blicke der Knaben
Auf die lebendige Welt zu richten verstehst du und jedem
Das ihm eigne Organ zukünftiger Tat zu entwickeln.
Frisch erhältst du die Kraft des iungen Gemüts, behende
Faßt ein jegliches Wort ihr Gedächtnis, die trockenste Sprache
Wird im heiteren Sinn und ihrer Schönheit lebendig.
Ehren lehrest du sie das vergangne und schätzen vor allem
Jeglichen Tages Wert und in dem neuen die Vorzeit
Nur das Gute hat Sinn für sie

Denn unschuldig ist wenn Menschen lesen
Was sich vor Zeiten begeben, was dieser und jener gemeint hat
Oder was der Charakter beschloß zur heftigen Tat gleich
Zaubert. Sie⟨h⟩ das trifft und reget alle Gemüter

Eine gefährliche Schrift
Und kannst du diese verbrennen
So ist allen auf einmal den großen und kleinen geholfen
Denn mit größter Begierde wird keine gelesen

Willst aber du die Meinung beherrschen, beherrsche durch Tat sie
Nicht durch Geheiß und Verbot; der wackere Mann, der beständige,
Der den Seinen und Sich zu nutzen versteht und dem Zufall
Klug sich beugt und groß dem Zufall wieder gebietet,
Der den Augenblick kennt, dem unverschleiert die Zukunft
In der stillen ⟨unleserlich⟩ des hohen Denkens erscheint,
Der, wo alle wanken, noch steht,
Der beherrscht sein Volk und gebietet der Menge der Menschen.
Einen solchen habt ihr gesehen vor kurzem hinaufwärts
Zu den Göttern getragen, woher er kam, ihm schauten
Alle Völker der Welt mit traurigem Blick nach
Jeder schien

Wechselweise bewahren Geschmack und Sitte einander.

Aber Kaiser und Reich privilegiert sie, der Papst wie der Doge
Muß in jedem Kaffeehaus sie leiden, in jeglichem Gasthof.
Pater Mamachius ach was hast du nicht alles gestrichen
Kein bedenkliches Wort der lustigen Oper entging dir

Kein heroischer Vers des übermütigen Helden
Ach vermöchtest du doch die atheistischen Reden
Des verruchten Konvents dem römischen Volke verbergen

Und die Knaben versteht sich von selber sie führet ein wackrer
Gradgesinnter Mann ins Heiligtum aller Erkenntnis
Die uns die Griechische Welt und die lateinische darbeut.
Und so wären die Kinder vor allem Unheil gesichert

Einen bedaure ich nur in diesen fließenden Zeiten:
Pater Mamachius dich o Dechant aller Zensoren
Du magister des heiligen Palastes
Dich des heil. Palastes Magister

Keiner jammert mich mehr in diesen fließenden Zeiten
Als Mamachius du o Dechant aller Zensoren
Du des hl. Palasts Magister, des KetzerGerichtes
Strenger Assessor was mußt du des hohen Dom⟨inicus⟩ Zögling
Alles erleben, nachdem du die vielen Jahre gelesen
Und gestrichen
Kein bedenkliches Wort der lustigen Oper entging dir
Kein heroischer Vers des übermütigen Helden.

Und daß deine Söhne nur lesen sofern es zum Sinne
Ihrer Bildung gehört, das brauch ich dir nicht zu sagen
Denn das richtest du selber mit kluger Vorsicht und Plan ein.

Gut so wären wir denn im Hause sicher, wir hätten
Unsrer Kinder Seelen gesegnet ⟨?⟩ wofern sie das Beispiel
Das lebendiger lehrt als tote Lettern verschonet.
Aber sage mir nun versetzest du zweiflend was sollen
Von der Menge wir denken die viele schädliche Schriften
Lesen ⟨?⟩ um eigne Bosheit an fremden Zeilen zu wetzen.

Auch darüber sag ich mein Wort. Ich kenne nur Eine
Ganz verderbliche Schrift, die allen Menschen die Köpfe
Ganz und völlig verrückt, die allen mit heftigen Reden
Und Geschichten die Seelen zerstört, so daß man die klügsten
Nicht zu kennen vermag, denn eben weil sie in Worten
Mehr oder weniger sagt und weil sie am Ende die Wahrheit
Sagen muß so glaubt ihr ein jeder und höret das falsche
Mit dem wahren so gern, und höret im falschen und wahren
Seine Meinung allein. Und diese Schrift sie erscheinet
Selbst von Kaiser und Reich und allen Fürsten begünstigt

Was verbietest du noch wenn diese ⟨unleserl. Wort⟩ wenn diese
⟨Die ersten fünf Versfüße fehlen⟩ . . . Verkündigung.
Du verstehst mich, ich meine die Zeitung und sage dir redlich,
Sie ist die gefährlichste Schrift indem sie die Tollheit
Die Verruchtheit der Menschen, den Leichtsinn, die Dummheit und
Was nur jeden Plan der Ver⟨nunft⟩ zerstört so deutlich darlegt.
Da ist keiner er sei so toll und dumm erfindet noch schlimmere
Werke da oder dort. Verworren verwirrt er,
Und der Kluge ⟨unleserl. Wort⟩ allen die wie seine Vorfahren.
Könnt ihr also die Menschen nicht hindern zu hören was täglich
Außer ihnen geschieht so laßt sie auch ohne Bedenken
Ohngehindert sie hören was außer ihnen gemeint wird.
Wär ich ein Fürst ich ließe sogleich aufrührische Schriften
Alle kaufen und teilte sie aus damit sich ein jeder
Satt dran läse damit nichts tolles könne gesagt sein
Was man nicht läse bei mir. Allein ich würde zugleich auch
Jeden Zweck der Tätigkeit ehren von dem an der die Erde
Sie zu befruchten bewegt bis zu den geistigen Denkern
Oder Künstlern es sollte kein Mann der
Feiern es lägen ⟨?⟩ gewiß die vielfach bunten Hefte
Die wie Schale den Kern bedecken

⟨Entwurf zu einer DRITTEN EPISTEL?⟩

Auch die undankbare Natur der menschlichen Seele
Immer zu weiden, mit Gutem zu füllen und immer zu sättgen,
Was nur wiederkehrend die Kreise des wandlenden Jahres
Auch an Früchten uns bringen und mannigfaltiger Anmut

Denn der Körper verlangt und ist bequem zu ersätt'gen:
Fülle bringt ihm das Jahr an wiederkehrenden Früchten,
Und die Erde ernähret ihm tausendfältige Nahrung.
Auch es ist ihm vergönnt, sich in dem Garten der Liebe
Reichlich zu weiden und freudenvertauschend sich schön zu erquicken.
Aber die Seele begehrt, und sie wird nimmer befriedigt,
Denn sie bildet sich ein, sie sei von höherem Ursprung,
Durch ein unwürdiges Band an ihren Gatten gefesselt.
Da beträgt sie sich übel im Hause; die hohen Verwandten
Liegen ihr immer im Sinn, und Sehnen nach ⟨jenen?⟩ Palästen
Läßt ihr keine Ruh und raubt ihr den zärtlichen Anteil
An dem stilleren Haushalt und an der engeren Wohnung;
Ja, sie verachtet sogar die eignen Kinder des Gatten.

ZAHME XENIEN AUS DEM NACHLASS

〈ZAHME XENIEN
VII〉

Widmung

»Deine Werke zu höchster Belehrung
Studier' ich bei Tag und bei Nacht;
Drum hab' ich in tiefster Verehrung
Dir ganz was Absurdes gebracht.«

—

So wie der Papst auf seinem Thron,
So sitzt der Akademiker auf seinem Lohn;
Er ist bepfründet, hat er mehr zu hoffen?
Die Welt ist weit, den Narren steht sie offen.
Wir sind behäglich, können tätig ruhn;
Macht euch, ihr Toren, Tag für Tag zu tun.

—

Autochthonisch, autodidaktisch
Lebst du so hin, verblendete Seele!
Komm nur heran, versuche dich! praktisch
Merkst du verdrießlich wie's überall fehle.

—

»Ich hielt mich stets von Meistern entfernt;
Nachtreten wäre mir Schmach!
Hab' alles von mir selbst gelernt.« –
Es ist auch darnach!

—

Niemand wird sich selber kennen,
Sich von seinem Selbst-Ich trennen;
Doch probier' er jeden Tag,
Was nach außen endlich, klar,
Was er ist und was er war,
Was er kann und was er mag.

—

Wie sind die Vielen doch beflissen!
Und es verwirrt sie nur der Fleiß.
Sie möchten's gerne anders wissen
Als einer der das Rechte weiß.

—

Verfahre ruhig, still,
Brauchst dich nicht anzupassen;
Nur wer was gelten will
Muß andre gelten lassen.

—

Der Würdige, vom Rhein zum Belt
Reis't er die Natur zu ergründen!
Er reise durch die ganze Welt,
Seine Meinung wird er finden.

—

»Ein neu Projekt ward vorgebracht,
Willst du dich nicht damit befassen?«
Habe schon 'mal bankrott gemacht,
Nun will ich's andern überlassen.

—

Wie's aber in der Welt zugeht
Eigentlich niemand recht versteht,
Und auch bis auf den heutigen Tag
Niemand gerne verstehen mag.
Gehabe du dich mit Verstand,
Wie dir eben der Tag zur Hand;
Denk' immer: ist's gegangen bis jetzt,
So wird es auch wohl gehen zuletzt.

—

Was soll mir euer Hohn
Über das All und Eine?
Der Professor ist eine Person,
Gott ist keine.

—

Es lehrt ein großer Physicus
Mit seinen Schulverwandten:
»Nil luce obscurius!« –
Ja wohl! für Obskuranten.

—

Ich wollte gern sie gelten lassen,
Wenn nur auch andre sie gelten ließen;
Das will aber doch nirgend greifen und fassen,
Warum befass' ich mich mit diesen!

—

Ich gönnt' ihnen gerne Lob und Ehre,
Können's aber nicht von *außem* haben.
Sie sehen endlich doch ihre Lehre
In *Caffarelli* begraben.

—

»Sag uns doch warum deine Galle
Immerfort in's Ferne weis't?« –
Gefühl habt ihr alle,
Aber keinen Geist.

—

»Warum, o Steuermann, deinen Kiel
Wendest du gerad nach dem Riffe?« –

Man begriffe nicht der Toren Ziel
Wenn man sich nicht selbst begriffe.

—

Nicht Augenblicke steh' ich still
Bei so verstockten Sündern,
Und wer nicht mit mit schreiten will,
Soll meinen Schritt nicht hindern.

—

Ja! ich rechne mir's zur Ehre,
Wandle fernerhin allein!
Und wenn es ein Irrtum wäre,
Soll es doch nicht eurer sein!

—

»Wirst nicht bei jedem Wander-Schritt
Wie sonst wohl angezogen.« –
Ich bringe den Betrug nicht mit,
Drum werd' ich nicht betrogen.

—

Der Dichter freut sich am Talent,
An schöner Geistesgabe;
Doch wenn's ihm auf die Nägel brennt,
Begehrt er irdischer Habe.
Mit Recht soll der reale Witz
Urenkeln sich erneuern,
Es ist ein irdischer Besitz,
Muß ich ihn doch versteuern!

—

Was Alte lustig sungen,
Das zwitschern muntre Jungen;
Was tüchtige Herren taten,
Wird Knechten auch geraten;
Was einer kühn geleistet,
Gar mancher sich erdreistet.

—

»Wohl kamst du durch; so ging es allenfalls.«
Mach's einer nach und breche nicht den Hals.

—

Was viele singen und sagen,
Das müssen wir eben ertragen!
Ihr Guten – Großer und Kleiner, –
Ihr singt euch müde und matt;
Und es singt doch keiner,
Als was er zu sagen hat.

—

»Wie hast du's denn so weit gebracht?
Sie sagen, du habest es gut vollbracht!« –

Mein Kind! ich hab' es klug gemacht,
Ich habe nie über das Denken gedacht.

—

Was wir Dichter in's Enge bringen,
Wird von ihnen in's Weite geklaubt.
Das Wahre klären sie an den Dingen,
Bis niemand mehr dran glaubt.

—

Ein bißchen Ruf, ein wenig Ehre,
Was macht es euch für Not und Pein!
Und wenn ich auch nicht Goethe wäre,
So möchte' ich doch nicht . . . . sein.

—

»Meinst du denn alles was du sagst?«
Meinst du denn ernstlich was du fragst?
Wen kümmert's, was ich meine und sage:
Denn alles Meinen ist nur Frage.

—

Wartet nur! Alles wird sich schicken,
Was man von mir auch denken mag;
Mein Buch bringt es einmal zu Tag
In Usum Delphini mit Lücken.

—

Den Reim-Kollegen

Möchte gern lustig zu euch treten,
Ihr macht mir's sauer und wißt nicht wie.
Gibt's denn einen modernen Poeten
Ohne Heautontimorumenie?

—

Wer hätte auf deutsche Blätter Acht,
Morgens, Mittag, Abend und Mitternacht,
Der wäre um alle seine Zeit gebracht,
Hätte weder Stunde, noch Tag, noch Nacht,
Und wär' um's ganze Jahr gebracht;
Das hätt' ich ihm gar sehr verdacht.

—

Was reimt der Junge, der Franzos,
Uns alte Herren zu belehren!
Die Zeit ist wie der Teufel los,
Die weiß allein uns zu bekehren.

—

Seid ihr verrückt? was fällt euch ein,
Den alten Faustus zu verneinen!
Der Teufelskerl muß eine Welt sein
Dergleichen Widerwärt'ges zu vereinen.

—

Ein jeder denkt in seinem Dunst
Andrer Verdienst sei winzig klein.
Bewahre jeder die Vergunst
Auf seine Weise toll zu sein.

—

Nach Lord Byron

Nein! für den Poeten ist's zu viel
Dieses entsetzliche Strafgericht!
Verdammet ist mein Trauerspiel
Und die alte Tante nicht.

—

»Mephisto scheint ganz nah zu sein!«
Es däucht mich fast, er spricht mit ein.
In manchen wunderlichen Stunden
Hat er sich selbst das Maul verbunden,
Doch blickt er über die Binde her,
Als wenn er ein doppelter Teufel wär'.

—

Ist der Vater auf Geld ersessen
Und nutzt sogar die Lampenschnuppen,
Kriegen sie den Sohn in die Kluppen,
Juden und Huren die werden's fressen.

—

Schilt nicht den Schelmen, der eifrig bemüht
Bald so, bald so sich zu wenden:
Wenn er den Teufel am Schwanze zieht,
Ihm bleibt ein Haar in den Händen.
So sehr es auch widert, so sehr es auch stinkt –
Man kann es immer nicht wissen –
Es wird vielleicht, wenn es glückt und gelingt,
Für Moschus gelten müssen.

—

Ich wollt' euch große Namen sagen,
Die sollten sich gar sehr beklagen,
Wenn ich sänge, wie ich's meine;
Und doch mein' ich's nicht alleine:
Gar manche sind im Stillen beflissen,
Bedenken Seele, Gott und Welt,
Und sind zufrieden, rein zu wissen,
Was andern mißfällt.

—

Denk' an die Menschen nicht,
Denk' an die Sachen!
Da kommt ein junger Mensch,
Wird was draus machen;
Das alte Volk es ist

Ja selbst nur Sache;
Ich bin nur immer jung,
Daß ich was mache;
Wer jung verbleiben will,
Denk', daß er mache,
Und wenn's nicht Kinder sind,
In anderm Fache.

—

Anstatt daß ihr bedächtig steht,
Versucht's zusammen eine Strecke;
Wißt ihr auch nicht, wohin es geht,
So kommt ihr wenigstens vom Flecke.

—

Sage mir, mit wem zu sprechen
Dir genehm, gemütlich ist;
Ohne mir den Kopf zu brechen
Weiß ich deutlich, wie du bist.

—

Ob ich liebe, ob ich hasse!
Nur soll ich nicht schelten.
Wenn ich die Leute gelten lasse,
Läßt man mich gelten.

—

Du Narr! begünstige die Pfuscherei,
So bist du überall zu Hause.

—

Was waren das für schöne Zeiten!
In Ecclesia mulier taceat!
Jetzt, da eine jegliche Stimme hat,
Was will Ecclesia bedeuten.

—

Was die Weiber lieben und hassen,
Das wollen wir ihnen gelten lassen;
Wenn sie aber urteilen und meinen,
Da will's oft wunderlich erscheinen.

—

Und sie in ihrer warmen Sphäre
Fühlt sich behaglich, zierlich, fein:
Da sie nicht ohne den Menschen wäre,
So dünkt sie sich ein Mensch zu sein.

—

Totengräbers Tochter sah ich gehn,
Ihre Mutter hatte sich an keiner Leiche versehn!

—

Was helfen den Jungfern alle Gaben!
Weder Augen noch Ohren sollten sie haben.

—

Sich läßt die junge Frau als Heloise malen,
Will sie mit ihrem Manne prahlen?

—

Die schönen Frauen jung und alt,
Sind nicht gemacht sich abzuhärmen;
Und sind einmal die edlen Helden kalt,
So kann man sich an Schluckern wärmen.

—

Ich ehre mir die Würde der Frauen;
Aber damit sie Würde hätten,
Sollten sie sich nicht alleine betten,
Sollten sich an Männerwürde erbauen.

—

Das Publikum

»Wir haben dir Klatsch auf Geklatsche gemacht,
Wie schief!
Und haben dich schnell in die Patsche gebracht,
Wie tief!
Wir lachen dich aus,
Nun hilf dir heraus!
Ade.«

Herr Ego

Und red' ich dagegen, so wird nur der Klatsch
Verschlimmert.
Mein liebliches Leben, im nichtigen Patsch,
Verkümmert.
Schon bin ich heraus;
Ich mach' mir nichts draus.
Ade.

—

Ich habe nie mit euch gestritten,
Philister-Pfaffen! Neider-Brut!
Unartig seid ihr wie die Britten,
Doch zahlt ihr lange nicht so gut.

—

Der Gottes-Erde lichten Saal
Verdüstern sie zum Jammertal;
Daran entdecken wir geschwind,
Wie jämmerlich sie selber sind.

—

Da loben sie den Faust
Und was noch sunsten
In meinen Schriften braus't
Zu ihren Gunsten;
Das alte Mick und Mack
Das freut sie sehr;

Es meint das Lumpenpack,
Man wär's nicht mehr!

—

»Wie bist du so ausgeartet?
Sonst warst du am Abend so herrlich und hehr!«
Wenn man kein Schätzchen erwartet,
Gibt's keine Nacht mehr.

—

Unbesonnenheit ziert die Jugend,
Sie will eben vorwärts leben;
Der Fehler wird zur Tugend.
Im Alter muß man auf sich Acht geben.

—

»Meinst du es redlich mit solchem Schmerz? –
Geh! Heuchlerisch ist dein Bemühn.«
Der Schauspieler gewinnt das Herz,
Aber er gilt nicht seines hin.

—

Welch ein wunderlich Exempel! –
Hör' ich, daß man sich moquiere,
Wie man mir den hehren Tempel,
Vesta's Tempel, dediciere;
Doch ich übergehe diesen
Vorwurf mit gefaßter Miene:
Denn es muß mich sehr verdrießen,
Daß ich's nur zu wohl verdiene.

—

»Zu Goethe's Denkmal was zahlst du jetzt?«
Fragt dieser, jener und der. –
Hätt' ich mir nicht selbst ein Denkmal gesetzt,
Das Denkmal, wo käm' es denn her?

—

Ihr könnt mir immer ungescheut,
Wie Blüchern, Denkmal setzen;
Von Franzen hat er euch befreit,
Ich von Philister-Netzen.

—

Was ist ein Philister?
ein hohler Darm,
Mit Furcht und Hoffnung ausgefüllt.
Daß Gott erbarm!

—

Bist undankbar, so hast nicht Recht,
Bist du dankbar, so geht dir's schlecht:
Den rechten Weg wirst nie vermissen,
Handle nur nach Gefühl und Gewissen.

—

Wen die Dankbarkeit geniert,
Der ist übel dran;
Denke, wer dich erst geführt,
Wer für dich getan!

⟨ZAHME XENIEN VIII⟩

Bin ich für 'ne Sache eingenommen,
Die Welt, denk' ich, muß mit mir kommen;
Doch welch ein Greuel muß mir erscheinen,
Wenn Lumpe sich wollen mit mir vereinen.

—

Für und wider zu dieser Stunde
Quängelt ihr schon seit vielen Jahren:
Was ich getan, ihr Lumpenhunde!
Werdet ihr nimmermehr erfahren.

—

»So sei doch höflich!« – Höflich mit dem Pack?
Mit Seide näht man keinen groben Sack.

—

Wie mancher Mißwillige schnuffelt und wittert
Um das von der Muse verliehne Gedicht;
Sie haben *Lessing* das Ende verbittert,
Mir sollen sie's nicht! –

—

Jedem redlichen Bemühn
Sei Beharrlichkeit verliehn.

—

Jeder Weg zum rechten Zwecke
Ist auch recht in jeder Strecke.

—

Wer mit dem Leben spielt,
Kommt nie zurecht;
Wer sich nicht selbst befiehlt,
Bleibt immer ein Knecht.

—

Gut verloren – etwas verloren!
Mußt rasch dich besinnen
Und neues gewinnen.
Ehre verloren – viel verloren!
Mußt Ruhm gewinnen,
Da werden die Leute sich anders besinnen.
Mut verloren – alles verloren!
Da wär' es besser nicht geboren.

—

Jena, den 15. Juli 1817

Bekenntnis heißt nach altem Brauch
Geständnis, wie man's meint;
Man rede frei, und wenn man auch
Nur Zwei und Drei vereint.

—

Das Opfer, das die Liebe bringt,
Es ist das teuerste von allen;
Doch wer sein Eigenstes bezwingt,
Dem ist das schönste Los gefallen.

—

Nur wenn das Herz erschlossen,
Dann ist die Erde schön.
Du standest so verdrossen
Und wußtest nicht zu sehn.

—

Den 18. Januar 1832

Der Zaubrer fordert leidenschaftlich wild
Von Höll' und Himmel sich Helenens Bild;
Trät' er zu mir in heitern Morgenstunden,
Das liebenswürdigste wär' friedlich ihm gefunden.

—

Zu verschweigen meinen Gewinn,
Muß ich die Menschen vermeiden;
Daß ich wisse, woran ich bin,
Das wollen die andern nicht leiden.

—

Der Philosoph, dem ich so gern vertraue,
Lehrt, wo nicht gegen alle, doch die meisten,
Daß unbewußt wir stets das Beste leisten:
Das glaubt man gern und lebt nun frisch in's Blaue.

—

Der Dichter schaut in Weltgewühle,
Sieht jeden Menschen mit sich selbst befangen,
Bald heitern Sinns, bald bänglicher Gefühle;
Doch hat er Zwecke. Daß er die erlange,
Sucht er den eignen Weg zum eignen Ziele.
Was das bedeute, merkt er sich und allen,
Und was bedeutet, läßt er sich gefallen.

—

Gar mancher hat sich ernst beflissen,
Und hatte dennoch schlechten Lohn.
Es ist ganz eigen: wenn sie wissen,
So meinen sie, sie wüßten schon.

—

In die Welt hinaus

In die Welt hinaus!
Außer dem Haus
Ist immer das beste Leben;
Wem's zu Hause gefällt,
Ist nicht für die Welt –
Mag er leben!

—

Seh' ich zum Wagen heraus
Mich nach jemand um,
So macht er gleich was draus;
Er denkt, ich grüß' ihn stumm,
Und er hat Recht.

—

Annonce
Den 26. Mai 1811

»Ein Hündchen wird gesucht,
Das weder murrt noch beißt,
Zerbrochene Gläser frißt
Und Diamanten . . . . . .«

—

*An ****
Erwiderungen

Wie mir dein Buch gefällt? –
Will dich nicht kränken:
Um alles in der Welt
Möchte nicht so denken.

—

Wie mir dein Buch gefällt?
Ich lasse mir's schenken;
Hie und da in der Welt
Mag man wohl so denken.

—

Es ist nicht zu schelten,
Man lass' es gelten!
Ich aber bin kein Haar
Weiter als ich war.

—

Weimar, den 23. Juli 1824

Welch hoher Dank ist dem zu sagen,
Der frisch uns an das Buch gebracht,
Das allem Forschen, allen Klagen
Ein grandioses Ende macht.

—

Du der Gefällige
Warum du so fürchterlich bist?

Das *zu* Gefällige
Ist ähnlich der List.

—

Jüngling, merke dir, in Zeiten,
Wo sich Geist und Sinn erhöht:
Daß die Muse zu *begleiten*,
Doch zu *leiten* nicht versteht.

—

Daß ich bezahle,
Um zu verführen.
Das gilt in Westen,
Das gilt in Osten.
Daß ich bezahle,
Um zu verlieren,
Das sind, ich dächte,
Sehr falsche Kosten.

—

Seit einigen Tagen
Machst du mir ein bös Gesicht.
Du denkst wohl, ich soll fragen,
Welche Mücke dich sticht.

—

Das soll nun auch in meinen Sinn
Zur Majestät ein Luder!
Mir wird für Schrecken siedend heiß,
Wie meine Haare weiß so weiß
Ist auch gewiß mein Puder
Und eine Luder Königin
Ist auch so weiß wie Puder.

—

Bist eingeladen! Aber dein Gewinn
Ist nicht beim Schmause.
Wie ich eine Schöne los bin,
Bin gleich zu Hause.

—

Magst du jemand Feste geben
Dem du schwer verschuldet?
Kannst du doch mit niemand leben
Der dich allenfalls nur duldet.

—

Dir alter Jason noch so spät
Keimt abermal ein feindlicher Hauf
Als hätte man K – s Zähne gesät,
Die Saat wächst grimmiger immer auf.

—

Mir und dir ist niemand hold,
Das ist unser beider Schuld.

—

»Warum ist denn das Urteil allzukurz?«
Ein jeder schnuffelt nach dem eignen Furz.
Ich schel't euch nicht, wär' es nicht Allgebrauch;
Wenn ich's täte, tätet ihr's denn auch?

—

Das mußt du als ein Knabe leiden,
Daß dich die Schule tüchtig reckt.
Die alten Sprachen sind die Scheiden
Darin das Messer des Geistes steckt.

—

Wer mag denn gleich Vortreffliches hören
Nur Mittelmäßige sollten lehren.

—

Viele Kinder, und schöne, werden gezeugt,
Weil sich auch Garstig zu Garstig neigt.
Hier schadet keineswegs das Gesicht:
Denn mit dem Gesichte zeugt man nicht.

—

Hier aber folgt noch allzuvieles
In meinen Papieren lustigen Spieles;
Da nickt mir ein artig Kind ins Gesicht.
Ich weiß nicht, soll ich? Soll ich nicht?

—

Könnt' ich vor mir selber fliehn!
Das Maß ist voll.
Ach! Warum streb' ich immer dahin
Wohin ich nicht soll.

—

Ach! wer doch wieder gesundete!
Welch unerträgliche Schmerzen!
Wie die Schlange die verwundete
Krümmt sichs im eignen Herzen.

—

Zur Strafe dafür es jeden graut
Ist der Himmel neben die Hölle gebaut,
Damit die armen verdammten Seelen
Vergeblich horchend baß sich quälen.
Drum, teure Kinder, seid fromm und gut,
Besonders hütet euch für Wankelmut.

—

Denn freilich sind's dergleichen Kiel' und Pfeile
Die hin und wieder fliegend, würkend zischen,
Gehetzt in Eile, bogenhaft in Weile

In tausenfältgem Wollen sich vermischen.
Man weiß nicht soll man? Oder soll's verschieben?
Nur wer sich kennt der hat das Recht zu lieben.

—

Wer lebenslang dir wohl getan,
Verletzung rechne dem nicht an.

—

Auch ich verharre meiner Pflicht,
Der Schatten weicht der Sonne nicht.

—

Eignes Geschick geht mir nicht nah,
Der ich Königinnen weinen sah.

—

Und ein Gewebe sollt' es ewig sein?
Zerstört's die Magd nicht, reißt die Spinn' es selber ein.

—

Der einmal ein Zaubrer hieß,
Eben weil er bezaubert war,
Sich von Seelchen beseelen ließ,
Weil ihm dies behagte gar,
Jetzt mit Wörtlein eingeschlungen
Steigert er des Liedes Drang,
Zeugnis wie er selbst durchdrungen
Fühlet was man fühlend sang.

—

Was soll der Stolz,
Das Gerede, der Spott?
So nimm doch Holz
Und schnitz' auch einen Gott.

—

Um niemand zu schelten, um niemand zu preisen
Darf ich euch nur auf's Alte verweisen:
Denn das ist klassisch im echten Sinn
Was ihr jetzt seid und ich jetzt bin.

—

Den Dichter könnt ihr mir nicht nehmen,
Den Menschen geb' ich euch preis;
Auch der darf sich nicht schämen,
Greift doch an euren Steiß.

—

Sie werden so lange votieren und schnacken
Wir sehen endlich wieder Kosacken,
Die haben uns vom Tyrannen befreit,
Sie befrein uns auch wohl von der Freiheit.

—

Läßt sich einer zur Tafel läuten,
Das Essen hat wenig zu bedeuten.

—

Kann die Vorsicht größer sein
Das Unheil zu entfernen!
Ich seh bei hellem Mondenschein
Nachtwächter mit Laternen.

—

Ämtchen bringen Käppchen,
Ämtchen bringen Läppchen;
Reißen oft die Kappen
Und das Kleid in Lappen.

—

Die Mächtigen wollte Gott verschönen,
Warum sollt' ihnen das Volk nicht frönen?

—

Der Zeitungsleser sei gesegnet,
Der lies't was heute mir begegnet.

—

Wollte Gott die Menschen belehren,
Mußt' er ihnen nicht den Rücken kehren,
Und sollten sie auf ihr Bestes passen,
Mußt' er sich nicht schlecht behandeln lassen.

—

Euer Geflüster und leises Fispeln
Mag ich am Ende nicht mehr ertragen.
Nur, stille nur! wenn alle lispeln,
Wird einer es auch am Ende sagen.

—

Die zwei Marien
Zwei Romane

Der hat's den Engeln, *der* den Teufeln abgelauscht,
Franzos und Deutscher haben die Rollen getauscht.

—

Quodlibet

Treib' es mit ihm wie dir's gefällt,
Auch Grobheit wird dir was erwerben.
Er ist der gründlichste Schuft von der Welt,
Man kann es nie mit ihm verderben.
  So sehr dir auch der Topf gefällt,
Was nutzen dir zuletzt die Scherben?
Er ist der gründlichste Schuft von der Welt,
Man kann es nicht mehr mit ihm verderben.
  Fahre fort im Sündenleben,
Wirst den vier Winden noch Tritte geben.

—

Trauerreglement

Dieses Heft Persönlichkeiten
Spar' ich euch auf späte Zeiten:
Scheidend will ich nicht betrüben,
Ihr sollt lachen, meine Lieben.

—

Er ist noch weit vom Schluß entfernt,
Er hat das Ende nicht gelernt.

—

Du nimmst zuletzt doch auch
Für deine Schriften,
So wie es ist der Brauch,
Reichliche Giften.

—

An den neuen St. Antonius

Herr Bruder,
Welch ein Luder
Bringst du in deine Einsiedelei!
Ohne Zweifel
Dich versucht der Teufel.
Gott steh uns bei!

—

Die Pest an Herrn Posselt

In Asien habe ich ein freies Spiel
Man will mich nur nicht in Europa leiden.
Abscheulich ist und unerhört
Daß man meine Schritte stört
⟨davor:⟩
Man sucht mich von des Meeres Strand
Von Landes Grenzen zu entfernen
Doch hoff ich sehr ⟨dein⟩ Vaterland
Soll mich auch nächstens kennen lernen
Der Bettler jammert wie der Fürst
Die kleinen heulen wie die Großen
Doch hoff ich daß du mich so höchlich preisen wirst
Wie meine Vettern die Franzosen.

—

Willst du noch die Teufel bannen
Mit dem Fluch aus deutschem Herzen,
Da Tyrannen und Tyrannen
Mark erdrücken und verscherzen?

—

Ihr Bestien, ihr wolltet glauben,
Ich sollte höflich sein?
Der Hund der seine Steine kennt
Er scheißt auch auf den Stein.

—

Dem Hülfsbedürftgen immerdar bereit.

J.

Und du versprichst, es gilt für alle Zeit?

R.

Jetzt heiß' ich Rom, dann heiss' ich Menschlichkeit.

—

Ein jeder lese was der Eine schrieb,
Ein jeder sage dir: du bist uns lieb.

—

Gott, heißt es, schied die Finsternis vom Licht,
Doch mocht' es ihm nicht ganz gelingen;
Denn wenn das Licht in Farben sich erbricht,
Mußt' es vorher die Finsternis verschlingen.

—

Wer aber das Licht in Farben will spalten,
Den mußt du für einen Affen halten.
Sie sagen's auch nur, weil sie's gelernt,
Das Untersuchen ist weit entfernt.

—

Einer machte das Hocus pocus,
Die andern fanden's großen Jocus,
Und tanzen nun zu unsrer Plag
Taranteltanz bis auf diesen Tag.

—

Bei Saadi gedenk' ich mich,
Ist hundert sechzehn Jahr alt worden.
Er hat mehr ausgestanden als ich,
Und ich bin doch von seinem Orden.

—

Es spricht sich aus der stumme Schmerz,
Der Äther klärt sich blau und bläuer,
Da schwebt sie ja die goldne Leier,
Komm alte Freundin, komm ans Herz.

⟨ZAHME XENIEN IX⟩

»Sag', was enthält die Kirchengeschichte?
Sie wird mir in Gedanken zu nichte;
Es gibt unendlich viel zu lesen,
Was ist denn aber das alles gewesen?« –
Zwei Gegner sind es, die sich boxen,
Die Arianer und Orthodoxen.
Durch viele Säcla dasselbe geschicht,
Es dauert bis an das jüngste Gericht.

Der Vater ewig in Ruhe bleibt,
Er hat der Welt sich einverleibt.
Der Sohn hat Großes unternommen,
Die Welt zu erlösen ist angekommen;
Hat gut gelehrt und viel ertragen,
Wie das heut in unsern Tagen.
Nun aber kommt der heilig Geist,
Er wirkt am Pfingsten allermeist.
Woher er kommt, wohin er weht,
Das hat noch niemand ausgespäht.
Sie geben ihm nur eine kurze Frist,
Da er doch Erst- und Letzter ist.
Deswegen wir treulich, unverstohlen
Das alte Credo wiederholen:
Anbetend sind wir all' bereit
Die ewige Dreifaltigkeit.

—

Mit Kirchengeschichte was hab' ich zu schaffen?
Ich sehe weiter nichts als Pfaffen;
Wie's um die Christen steht, die Gemeinen,
Davon will mir gar nichts erscheinen.

—

Ich hätt' auch können Gemeinde sagen,
Eben so wenig wäre zu erfragen.

—

Glaubt nicht, daß ich fasele, daß ich dichte,
Seht hin und findet mir andre Gestalt!
Es ist die ganze Kirchengeschichte
Mischmasch von Irrtum und von Gewalt.

—

Ihr Gläubigen! rühmt nur nicht euren Glauben
Als einzigen, wir glauben auch wie ihr;
Der Forscher läßt sich keineswegs berauben
Des Erbteils, aller Welt gegönnt – und mir.

—

Ein Sadduzäer will ich bleiben! –
Das könnte mich zur Verzweiflung treiben,
Wenn von dem Volk, das hier mich bedrängt,
Auch würde die Ewigkeit eingeengt;
Das wäre doch nur der alte Patsch,
Droben gäb's nur verklärten Klatsch.
»Sei nicht so heftig, sei nicht so dumm!
Da drüben bildet sich alles um.«

—

Ich habe nichts gegen die Frömmigkeit,
Sie ist zugleich Bequemlichkeit;

Wer ohne Frömmigkeit will leben,
Muß großer Mühe sich ergeben:
Auf seine eigne Hand zu wandern,
Sich selbst genügen und den andern,
Und freilich auch dabei vertraun:
Gott werde wohl auf ihn niederschaun.

—

Wer Wissenschaft und Kunst besitzt,
Hat auch Religion;
Wer jene beiden nicht besitzt,
Der habe Religion.

—

Niemand soll in's Kloster gehn,
Als er sei denn wohl versehn
Mit gehörigem Sünden-Vorrat;
Damit es ihm so früh als spat
Nicht mög' am Vergnügen fehlen
Sich mit Reue durchzuquälen.

—

Laßt euch nur von Pfaffen sagen
Was die Kreuzigung eingetragen!
Niemand kommt zum höchsten Flor
Von Kranz und Orden,
Wenn einer nicht zuvor
Derb gedroschen worden.

—

Den deutschen Mannen gereicht's zum Ruhm,
Daß sie gehaßt das Christentum,
Bis Herrn Carolus leidigem Degen
Die edlen Sachsen unterlegen.
Doch haben sie lange genug gerungen,
Bis endlich die Pfaffen sie bezwungen,
Und sie sich unter's Joch geduckt;
Doch haben sie immer einmal gemuckt.
Sie lagen nur im halben Schlaf,
Als Luther die Bibel verdeutscht so brav.
Sankt Paulus, wie ein Ritter derb,
Erschien den Rittern minder herb.
Freiheit erwacht in jeder Brust,
Wir protestieren all mit Lust.

—

»Ist Konkordat und Kirchenplan
Nicht glücklich durchgeführt?« –
Ja fangt einmal mit Rom nur an,
Da seid ihr angeführt.

—

Den Vereinigten Staaten

Amerika, du hast es besser
Als unser Kontinent, das alte,
Hast keine verfallene Schlösser
Und keine Basalte.
Dich stört nicht im Innern,
Zu lebendiger Zeit,
Unnützes Erinnern
Und vergeblicher Streit.
Benutzt die Gegenwart mit Glück!
Und wenn nun eure Kinder dichten,
Bewahre sie ein gut Geschick
Vor Ritter-, Räuber- und Gespenstergeschichten.

—

Bei einer großen Wassersnot
Rief man zu Hülfe das Feuer,
Da ward sogleich der Himmel rot,
Und nirgend war es geheuer:
Durch Wälder und Felder kamen gerannt
Die Blitze zu flammenden Rotten,
Die ganze Erde sie war verbrannt,
Noch eh die Fische gesotten.

—

Und als die Fische gesotten waren,
Bereitet man große Feste;
Ein jeder brachte sein Schüsselein mit,
Groß war die Zahl der Gäste;
Ein jeder drängte sich herbei,
Hier gab es keine Faule;
Die gröbsten aber schlugen sich durch
Und fraßen's den andern vom Maule.

—

Die Engel stritten für uns Gerechte,
Zogen den Kürzern in jedem Gefechte;
Da stürzte denn alles drüber und drunter,
Dem Teufel gehörte der ganze Plunder.
Nun ging es an ein Beten und Flehen!
Gott ward bewegt herein zu sehen.
Spricht Logos, dem die Sache klar
Von Ewigkeit her gewesen war:
Sie sollten sich keineswegs genieren,
Sich auch einmal als Teufel gerieren,
Auf jede Weise den Sieg erringen
Und hierauf das Tedeum singen.
Das ließen sie sich nicht zweimal sagen,
Und siehe die Teufel waren geschlagen.

Natürlich fanden sie hinterdrein,
Es sei recht hübsch ein Teufel zu sein.

—

Wenn auch der Held sich selbst genug ist,
Verbunden geht es doch geschwinder;
Und wenn der Überwundne klug ist,
Gesellt er sich zum Überwinder.

—

Die reitenden Helden vom festen Land
Haben jetzt gar viel zu bedeuten;
Doch stünd' es ganz in meiner Hand,
Ein Meerpferd möcht' ich reiten.

—

Am jüngsten Tag, vor Gottes Thron,
Stand endlich Held Napoleon.
Der Teufel hielt ein großes Register
Gegen denselben und seine Geschwister,
War ein wundersam verruchtes Wesen:
Satan fing an es abzulesen.
  Gott Vater, oder Gott der Sohn,
Einer von beiden sprach vom Thron,
Wenn nicht etwa gar der heilige Geist
Das Wort genommen allermeist:
  »Wiederhol's nicht vor göttlichen Ohren!
Du sprichst wie die deutschen Professoren.
Wir wissen alles, mach' es kurz!
Am jüngsten Tag ist's nur ein . . . .
Getraust du dich ihn anzugreifen,
So magst du ihn nach der Hölle schleifen.«

—

Ich kann mich nicht betören lassen,
Macht euren Gegner nur nicht klein
Ein Kerl den alle Menschen hassen
Der muß was sein.

—

Wolltet ihr in Leipzigs Gauen
Denkmal in die Wolken richten,
Wandert, Männer all' und Frauen,
Frommen Umgang zu verrichten!
  Jeder werfe dann die Narrheit,
Die ihn selbst und andre quälet,
Zu des runden Haufens Starrheit,
Nicht ist unser Zweck verfehlet.
Ziehen Junker auch und Fräulen
Zu der Wallfahrt stillem Frieden,
Wie erhabne Riesensäulen
Wachsen unsre Pyramiden.

—

Gott Dank! daß uns so wohl geschah,
Der Tyrann sitzt auf Helena!
Doch ließ sich nur der eine bannen,
Wir haben jetzo hundert Tyrannen.
Die schmieden, uns gar unbequem,
Ein neues Kontinental-System.
Teutschland soll rein sich isolieren,
Einen Pest-Cordon um die Grenze führen,
Daß nicht einschleiche fort und fort
Kopf, Körper und Schwanz von fremdem Wort.

—

An die T. . und D. .
(Den 3. Februar 1814)

Verfluchtes Volk! kaum bist du frei,
So brichst du dich in dir selbst entzwei.
War nicht der Not, des Glücks genug?
Deutsch oder Teutsch, du wirst nicht klug.

—

Ein ewiges Kochen statt fröhlichem Schmaus!
Was soll denn das Zählen, das Wägen, das Grollen?
Bei allem dem kommt nichts heraus,
Als daß wir keine Hexameter machen sollen,
Und sollen uns patriotisch fügen,
An Knittelversen uns zu begnügen.

—

Sagst du: Gott! so sprichst du vom Ganzen
Sagst du: Welt! so sprichst du von Schranzen.
Hofschranzen sind noch immer die besten,
***schranzen fürchte, die allerletzten.

—

Den 2. Januar 1814

Hatte sonst einer ein Unglück getragen,
So durft' er es wohl dem andern klagen;
Mußte sich einer im Felde quälen,
Hatt' er im Alter was zu erzählen.
Jetzt sind sie allgemein die Plagen,
Der Einzelne darf sich nicht beklagen;
Im Felde darf nun niemand fehlen,
Wer soll denn hören, wenn sie erzählen?

—

Die Deutschen sind recht gute Leut',
Sind sie einzeln, sie bringen's weit;
Nun sind ihnen auch die größten Taten
Zum erstenmal im Ganzen geraten.
Ein jeder spreche Amen darein,
Daß es nicht möge das letzte Mal sein.

—

Die Franzosen verstehn uns nicht;
Drum sagt man ihnen deutsch in's Gesicht
Was ihnen wär' verdrießlich gewesen,
Wenn sie es hätten französch gelesen.

—

Epimenides Erwachen,
letzte Strophe

Verflucht sei wer nach falschem Rat,
Mit überfrechem Mut,
Das was der Corse-Franke tat
Nun als ein Deutscher tut!
Er fühle spät, er fühle früh
Es sei ein dauernd Recht;
Ihm geh' es, trotz Gewalt und Müh',
Ihm und den Seinen schlecht!

—

Was haben wir nicht für Kränze gewunden!
Die Fürsten, sie sind nicht gekommen;
Die glücklichen Tage, die himmlischen Stunden
Wir haben voraus sie genommen.
So geht es wahrscheinlich mit meinem Bemühn,
Den lyrischen Siebensachen;
Epimenides, denk' ich, wird in Berlin
Zu spät zu früh erwachen.
Ich war von reinem Gefühl durchdrungen;
Bald schein' ich ein schmeichelnder Lober:
Ich habe der Deutschen Juni gesungen,
Das hält nicht bis in Oktober.

—

Was die Großen Gutes taten
Sah ich oft in meinem Leben;
Was uns nun die Völker geben,
Deren auserwählte Weisen
Nun zusammen sich beraten,
Mögen unsre Enkel preisen
Die's erleben.

—

Sonst wie die Alten sungen,
So zwitscherten die Jungen;
Jetzt wie die Jungen singen,
Soll's bei den Alten klingen.
Bei solchem Lied und Reigen
Das Beste – ruhn und schweigen.

—

Calan empfahl sich Alexandern,
Um jenen Rogus zu besteigen;

Der König fragte, so die andern
Des Heeres auch: Was willst du zeigen? –
»Nichts zeigen will ich, aber zeigen,
Daß vor dem Könige, dem Heere,
Vor blinkend blitzendem Gewehre
Dem Weisen sich's geziemt zu schweigen.«

—

»Warum denn aber bei unsern Sitzen
Bist du so selten gegenwärtig?«
Mag nicht für langer Weile schwitzen,
Der Mehrheit bin ich immer gewärtig.

—

Was doch die größte Gesellschaft beut?
Es ist die Mittelmäßigkeit.

—

Konstitutionell sind wir alle auf Erden;
Niemand soll besteuert werden
Als wer repräsentiert ist.
Da dem also ist,
Frag' ich und werde kühner:
Wer repräsentiert denn die Diener?

—

Wie alles war in der Welt entzweit,
Fand jeder in Mauern gute Zeit;
Der Ritter duckte sich hinein,
Bauer in Not fand's auch gar fein.
Wo kam die schönste Bildung her,
Und wenn sie nicht vom Bürger wär'?
Wenn aber sich Ritter und Bauern verbinden,
Da werden sie freilich die Bürger schinden.

—

Laßt euch mit dem Volk nur ein,
Popularischen! Entschied' es,
Wellington und Aristides
Werden bald bei Seite sein.

—

Besonders, wenn die Liberalen
Die Pinsel fassen, kühnlich malen,
Man freut sich am Originalen;
Da zeigt sich nun ein jeder frei:
Er ist von Kindesbeinen tüchtig,
Besieht sich Erd' und Himmel richtig,
Sein Urteil ist ihm nur gewichtig,
Die Kunst ist selbst schon Tyrannei.

—

Ich bin so sehr geplagt
Und weiß nicht was sie wollen,
Daß man die Menge fragt,
Was einer hätte tun sollen.

—

Mir ist das Volk zur Last,
Meint es doch dies und das:
Weil es die Fürsten haßt,
Denkt es, es wäre was.

—

»Sage mir was das für Pracht ist?
Äußre Größe, leerer Schein! –«
O! zum Henker! Wo die Macht ist,
Ist doch auch das Recht zu sein.

—

Bürgerpflicht
Den 6. März 1832
Ein jeder *kehre* vor seiner Tür,
Und rein ist jedes Stadtquartier.
Ein jeder *übe* sein' Lektion,
So wird es gut im Rate stohn.

—

»Warum denn wie mit einem Besen
Wird so ein Könrg hinausgekehrt?«
Wären's Könige gewesen
Sie stünden alle noch unversehrt.

—

Geburt und Tod betrachtet' ich
Und wollte das Leben vergessen;
Ich armer Teufel konnte mich
Mit einem König messen.

—

»Der alte reiche Fürst
Blieb doch vom Zeitgeist weit,
Sehr weit!« –
Wer sich auf's Geld versteht,
Versteht sich auf die Zeit,
Sehr auf die Zeit!

—

»Geld und Gewalt, Gewalt und Geld,
Daran kann man sich freuen,
Gerecht- und Ungerechtigkeit
Das sind nur Lumpereien.«

—

Die *gute Sache* kommt mir vor
Als wie Saturn, der Sünder:

Kaum sind sie an das Licht gebracht,
So frißt er seine Kinder.

—

Den 1. Januar 1814

Daß du die *gute Sache* liebst,
Das ist nicht zu vermeiden,
Doch von der schlimmsten ist sie nicht
Bis jetzt zu unterscheiden.

—

Grabschrift,
gesetzt von A⟨rndt?⟩ u⟨nd?⟩ J⟨ahn?⟩

Verstanden hat er vieles recht,
Doch sollt' er anders wollen;
Warum blieb er ein Fürstenknecht?
Hätt' *unser* Knecht sein sollen.

NACHLESE

POETISCHE GEDANCKEN
ÜBER DIE
HÖLLENFAHRT JESU CHRISTI.
AUF VERLANGEN ENTWORFEN
VON
J. W. G.

Welch ungewöhnliches Getümmel!
Ein Jauchzen tönet durch die Himmel.
  Ein groses Heer zieht herrlich fort.
Gefolgt, von Tausend Millionen,
Steigt Gottes Sohn von seinen Trohnen,
  Und eilt an jenen finstern Ort.
Er eilt umgeben von Gewittern;
  Als Richter kommt Er und als Held.
Er geht und alle Sterne zittern.
  Die Sonne bebt. Es bebt die Welt.

Ich seh Ihn auf dem Siegeswagen,
Von Feuerrädern fort getragen,
  Den, der für uns am Creutze starb.
Er zeigt den Sieg auch jenen Fernen,
Weit von der Welt, weit von den Sternen,
  Den Sieg, den Er für Uns erwarb.
Er kommt die Hölle zu zerstören,
  Die schon sein Todt darnieder schlug;
Sie soll von Ihm ihr Urtheil hören.
  Hört! Jetzt erfüllet sich der Fluch.

Die Hölle sieht den Sieger kommen,
Sie fühlt sich ihre Macht genommen.
  Sie bebt und scheut sein Angesicht.
Sie kennet seines Donners Schrecken.
Sie sucht umsonst sich zu verstecken.
  Sie sucht zu flieh'n und kann es nicht.
Sie eilt vergebens sich zu retten,
  Und sich dem Richter zu entzieh'n,
Der Zorn des Herrn, gleich ehrnen Ketten,
  Hält ihren Fuß sie kann nicht flieh'n.

Hier lieget der zertretne Drache,
Er liegt und fühlt des Höchsten Rache,
  Er fühlet sie und knirscht vor Wuth.
Er fühlt der gantzen Hölle Qualen,
Er ächzt und heult bey tausend malen;

Vernichte mich O, heise Gluth!
Da liegt Er in dem Flammen-Meere,
Ihn foltern ewig Angst und Pein.
Er flucht, daß ihn die Qual verzehre,
Und hört die Qual soll ewig seyn.

Auch hier sind jene grose Schaaren,
Die mit Ihm gleichen Lasters waren,
Doch lange nicht so böß als Er.
Hier liegt die ungezählte Menge,
In schwarzem, schröcklichen Gedränge,
Im Feuer-Orkan um Ihn her.
Er sieht wie Sie den Richter scheuen,
Er sieht wie Sie der Sturm zerfrist.
Er siehts und kann sich doch nicht freuen,
Weil Seine Pein noch gröser ist.

Des Menschen Sohn steigt im Triumphe,
Hinab zum schwartzen Höllen-Sumpfe,
Und zeigt dort seine Herrlichkeit.
Die Hölle kann den Glantz nicht tragen,
Seit ihren ersten Schöpfungs-Tagen,
Beherrschte sie die Dunckelheit.
Sie lag entfernt von allem Lichte,
Erfült von Qual und Chaos hier.
Den Strahl von Seinem Angesichte,
Verwandte Gott auf stets von ihr.

Jetzt siehet Sie in ihren Gräntzen,
Die Herrlichkeit des Sohnes gläntzen,
Die fürchterliche Majestät.
Sie sieht mit Donnern Ihn umgeben,
Sie sieht, daß alle Felsen beben.
Wie Gott im Grimme vor Ihr steht.
Sie siehts, Er kommet Sie zu richten,
Sie fühlt den Schmerzen der Sie plagt;
Sie wünscht umsonst Sich zu vernichten.
Auch dieser Trost bleibt Ihr versagt.

Nun denckt Sie an ihr altes Glücke,
Voll Pein an jene Zeit zurücke,
Da dieser Glantz Ihr Lust gebahr;
Da noch Ihr Hertz im Stand der Tugend,
Ihr froher Geist in frischer Jugend,
Und stets voll neuer Wonne war.
Sie denckt mit Wuht an Ihr Verbrechen,

Wie Sie die Menschen kühn betrog.
Sie dachte sich an Gott zu rächen,
Jetzt fühlt Sie was es nach sich zog.

Gott ward ein Mensch. Er kam auf Erden.
Auch dieser soll mein Opfer werden,
Sprach Satanas und freute sich.
Er suchte Christum zu verderben,
Der Welten Schöpfer solte sterben.
Doch weh Dir Satan, ewiglich!
Du glaubtest Ihn zu überwinden.
Du freutest Dich bey Seiner Noth.
Doch, siegreich kommt Er Dich zu binden.
Wo ist dein Stachel hin O! Todt?

Sprich, Hölle! Sprich, wo ist Dein Siegen?
Sieh nur, wie Deine Mächte liegen.
Erkennst Du bald des Höchsten Macht?
Sieh, Satan! Sieh, Dein Reich zerstöret.
Von tausendfacher Qual beschweret,
Liegst Du in ewig finstrer Nacht.
Da liegst Du wie vom Blitz getroffen.
Kein Schein vom Glück erfreuet Dich.
Es ist umsonst. Du darfst nichts hoffen,
Meßias starb allein für Mich!

Es steigt ein Heulen durch die Lüffte,
Schnell wancken jene schwartze Krüffte,
Als Christus sich der Hölle zeigt.
Sie knirscht aus Wuth; Doch ihren Wüthen,
Kann unser groser Held gebieten;
Er winckt, die gantze Hölle schweigt.
Der Donner rollt vor Seiner Stimme.
Die hohe Siegesfahne weht.
Selbst Engel zittern vor dem Grimme,
Wann Christus zum Gerichte geht.

Jetzt spricht Er; Donner ist Sein Sprechen,
Er spricht, und alle Felsen brechen.
Sein Athem ist dem Feuer gleich.
So spricht Er: Zittert, Ihr Verruchte!
Der, Der in Eden Euch verfluchte,
Kommt und zerstöret Euer Reich.
Seht auf! Ihr waret meine Kinder,
Ihr habt Euch wider Mich empört.
Ihr fielt und wurdet freche Sünder,
Ihr habt den Lohn der Euch gehört.

Ihr wurdet meine grösten Feinde.
Verführtet meine liebsten Freunde.
  Die Menschen fielen so wie Ihr.
Ihr woltet ewig Sie verderben.
Des Todtes sollten Alle sterben.
  Doch, heulet! Ich erwarb Sie Mir.
Für Sie bin Ich herab gegangen,
  Ich lidt, Ich bat, Ich starb für Sie.
Ihr sollt nicht euren Zweck erlangen.
  Wer an Mich glaubt Der stirbet nie.

Hier lieget Ihr in ewgen Ketten,
Nichts kann Euch aus dem Pfuhl erretten,
  Nicht Reue, nicht Verwegenheit.
Da liegt, krümt Euch in Schwefel-Flammen!
Ihr eiltet Euch Selbst zu verdammen.
  Da liegt und klagt in Ewigkeit!
Auch Ihr, so Ich Mir auserkohren,
  Auch Ihr verschertztet meine Huld;
Auch Ihr seyd ewiglich verlohren.
Ihr murret? Gebt Mir keine Schuld.

Ihr solltet ewig mit Mir leben,
Euch war hierzu mein Wort gegeben,
  Ihr sündigtet und folgtet nicht.
Ihr lebtet in dem Sünden-Schlafe.
Nun quält Euch die gerechte Strafe,
  Ihr fühlt mein schreckliches Gericht.
So sprach Er, und ein furchtbar Wetter,
  Geht von Ihm aus. Die Blitze glüh'n.
Der Donner faßt die Uebertretter,
  Und stürtzt Sie in den Abgrund hin.

Der Gott-Mensch schließt der Höllen Pforten,
Er schwingt Sich aus den duncklen Orten,
  In Seine Herrlichkeit zurück.
Er sitzet an des Vaters Seiten,
Er will noch immer für Uns streiten.
  Er wills! O, Freunde! Welches Glück?
Der Engel feierliche Chöre,
  Die jauchzen vor dem grosen Gott,
Daß es die gantze Schöpfung höre:
  Gros ist der Herr Gott Zebaoth!

NACHLESE ZUR LEIPZIGER WITZKULTUR

AN DEN KUCHENBÄCKER HÄNDEL

O Händel, dessen Ruhm vom Süd zum Norden reicht,
Vernimm den Päan, der zu deinen Ohren steigt!
Du bäckst, was Gallier und Briten emsig suchen,
Mit schöpfrischem Genie, originelle Kuchen.
Des Kaffee's Ozean, der sich vor dir ergießt,
Ist süßer als der Saft, der vom Hymettus fließt.
Dein Haus, ein Monument, wie wir den Künsten lohnen,
Umhangen mit Trophä'n, erzählt den Nationen:
Auch ohne Diadem fand Händel hier sein Glück,
Und raubte dem Kothurn gar manch Achtgroschenstück.
Glänzt deine Urn' dereinst in majestät'schem Pompe,
Dann weint der Patriot an deiner Katakombe.
Doch leb! dein Torus sei von edler Brut ein Nest,
Steh hoch wie der Olymp, wie der Parnassus fest!
Kein Phalanx Griechenlands mit römischen Ballisten
Vermög Germanien und Händeln zu verwüsten.
Dein Wohl ist unser Stolz, dein Leiden unser Schmerz,
Und Händels Tempel ist der Musensöhne Herz.

AN VENUS

Große Venus mächtge Göttin!
Schöne Venus, hör mein Flehn.
Nie hast du, mich
Über Krügen vor dem Bacchus
Auf der Erden liegen sehn.

Keinen Wein hab ich getrunken
Den mein Mädgen nicht gereicht
Nie getrunken,
Daß ich nicht voll güt'ger Sorge
Deine Rosen erst gesäugt.

Und dann goß ich auf dies Herze,
Das schon längst dein Altar ist,
Von dem Becher
Güldne Flammen, und ich glühte,
Und mein Mädgen ward geküßt.

Dir allein empfand dies Herze
Göttin gib mir einen Lohn.
Aus dem Lethe
Soll ich trinken wenn ich sterbe,
Ach befreie mich davon.

Laß mir Gütige – Dem Minos
Seis an meinem Tod genung –
Mein Gedächtnis!
Denn es ist ein zweites Glücke
Eines Glücks Erinnerung.

AN MEINE LIEDER

Verfließet, vielgeliebte Lieder,
Zum Meere der Vergessenheit!
Kein Mädchen sing' euch lieblich wieder,
Kein Jüngling in der Blütenzeit.

Ihr sanget nur zu meiner Lieben;
Nun spricht sie meiner Treue Hohn.
Ihr war't in's Wasser eingeschrieben;
So fließt denn auch mit ihm davon.

GUTE NACHT

an
Annetten
da sie heuratete

Wenn man zwanzig Freier zählet,
Keinen liebt, und alle quälet,
Alle liebt, und keinen wählet;
Das ist eine stolze Lust
Für so eines Mädgens Brust.
Wenn so zwanzig bettlend stehn,
O wie lebt sich's da so schön!
Ist wohl eine Wollust größer?
Doch im Ehstand sitzt man besser.

Zwar mit Freuden und mit Scherzen
In zwei kopulierten Herzen,
Ist's wie mit den Hochzeitkerzen
Glänzend leuchten sie im Saal
Und verherrlichen das Mahl,

Aber, so nach zehen Uhr
Bleiben kleine Stümpfgen nur;
Damit leuchte dir zu Bette!
Gute Nacht! Schlaf wohl, Annette!

Ein zärtlich jugendlicher Kummer
Führt mich in's öde Feld, es liegt
In einem stillen Morgenschlummer
Die Mutter Erde. Rauschend wiegt
Ein kalter Wind die starren Äste. Schauernd
Tönt er die Melodie zu meinem Lied voll Schmerz.
Und die Natur ist ängstlich still und trauernd,
Doch hoffnungsvoller als mein Herz.
  Denn sieh bald gaukelt dir, mit Rosenkränzen
In runder Hand, du Sonnengott, das Zwillingspaar
Mit offnem blauem Aug, mit krausem goldnen Haar,
In deiner Laufbahn dir entgegen. Und zu Tänzen
Auf neuen Wiesen schickt
Der Jüngling sich, und schmückt
Den Hut mit Bändern, und das Mädgen pflückt
Die Veilgen aus dem jungen Gras; und bückend sieht
Sie heimlich nach dem Busen, sieht mit Seelenfreude
Entfalteter, und reizender ihn heute
Als er vorm Jahr am Maienfest geblüht.
Und fühlt, und hofft.
                Gott segne mir den Mann,
In seinem Garten dort! Wie zeitig fängt er an
Ein lockres Bett dem Samen zu bereiten!
Kaum riß der März das Schneegewand
Dem Winter von den hagern Seiten,
Der stürmend floh, und hinter sich aufs Land
Den Nebelschleier warf, der Fluß und Au
Und Berg in kaltes Grau
Versteckt; da geht er ohne Säumen
Die Seele voll von Ernteträumen
Und sät und hofft.

CONCERTO DRAMATICO
COMPOSTO DAL SIGR DOTTORE
FLAMMINIO
DETTO PANURGO SECONDO

Aufzuführen in der Darmstädter Gemeinschaft der Heiligen

Tempo giusto 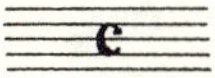

Die du steigst im Winterwetter
Von Olympus Heiligtum
Tatenschwangerste der Götter
Langeweile! Preis und Ruhm
Dank dir! Schobest meinen Lieben
Stumpfe Federn in die Hand
Hast zum schreiben sie getrieben
Und ein Freudenblatt gesandt.

Allegretto. 3/8

Machst Jungfrau zur Frauen
Gesellen zum Mann
Und wärs nur im Scherze
Wer anders nicht kann.
Und sind sie verehlicht
Bist wieder bald da,
Machst Weibgen zur Mutter
Monsieur zum Papa.

Arioso

Gekaut Papier! Sollts Junos Bildung sein!
Gar großen Dank! Mag nicht Ixion sein.

Allegro con furia

Weh! weh! Schrecken und Tod
Es droht
Herein der jüngste Tag im brausen
Des Sturmes hör ich die Not
Verdammter Geister sausen
Und rot
In Blutflamm glüht Berg und Flur
In meinen Gebeinen wühlt ein Grausen
Der Hölle, Nacht und Angst
Und das Brüllen des Ungeheuren Löwen
Des Seelenverderbers
Umgibt mich. Ich versinke
In Feuer Seelenqualen Pechentflammten Schlund.

Cantabile

Schlafe mein Kindlein und ruhe gesund
Pfeift draus ein Windlein und bellt draus ein Hund.

Andantino
Der Frühling brächte Rosen
Nicht gar.
Ihr möchtet sie wohl lieber
Im Januar.
Wart nur ihr lieben Mädgen
Den Juni ran
Und dann wahrt eure Finger
Sind Dornen dran.
Lamentabile
Meine Augen rot von Tränen
Müde meine Brust von Stöhnen
Nirgends, nirgends find ich Ruh
Schließe meine Augen zu
Schlaf, verwiege meine Sorgen.
Ein wenig geschwinder con speranza
Kommst du heut nicht so kommst du morgen.
Allegro con spirito
Nirgends eine Welt von Nichts
Nirgend Menschen ohne Lieb.
Sonne kann nicht ohne Schein
Mensch nicht ohn liebe sein.
Nichts nichts ist und nichts nichts gibt
Alles ist und alles liebt.
Choral
Erbarm dich unsrer Herre Gott
In aller Not
In Langerweil und Grillen Not,
Entzieh uns lieber ein Stückgen Brot
Kennst deine Kinder o Herre Gott.
Capriccio con Variationi
Und will auf der Erde
Dumm stille nichts stehn,
Will alles herumi
Didumi sich drehn.
Var. 1.
Seiltänzer und Jungfern
Studenten Husaren
Geschwungen, gesungen
Geritten, gefahren.
In Lüften, der Erde,
Auf Wasser und Eis
Bricht eines sein Hälsli
Das ander Gott weis
Capriccio da Capo.

V. 2.

Auf Schlittschuh wie Blitze
Das Flüssli hina,
Und sind wir nun droben
So sind mir halt da.
Und muß es gleich wieder
Nach Heimä zu geh
Und tut eim das Hüftli
Und Füesli so weh.

Capriccio da Capo

Var 3.

Geritten wie Teufel
Berg auf und Berg ab
Galopp auf Galopp
Gehn die Hund nur ein Trab.
Bis Gaul wund am Kreuz is
Der Ritter am Steis
Frau Wirtin ein Bett, hol
Der Teufel die Reis

Capriccio da Capo :||:

Air.

Une fille
Gentille
Bien soignée par Mama
Toute echauffée,
Dans une Allée
Se promena.
Elle en gagna
Un gros rhume, et bonne Mama
S'ecria
De toute sa poitrine
Medecin! Medicine!

Un garcon
Bel et bon
Par avanture se trouva
Et s'y preta
Et la frotta
La bien choffa
Que rhume bientot s'en vola.
Le Divin! la Divine!
Medecin! Medicine!

Molto andante

Hat alles seine Zeit
Das nahe wird weit
Das Warme wird kalt

Der Junge wird alt
Das Kalte wird warm
Der Reiche wird arm
Der Narre gescheut
Alles zu seiner Zeit.

Con espressione

Ein Weiblein der Sybillenschar
Drohte mit Gefahr Gefahr
Von schwarzen Augen im Januar
Und Februar
Und März und - ach durch's ganze Jahr.
Wenn Marianne du mitleidig bist
Wie schön, vergönne mir
Die arme kurze Frist.

Presto fugato.

Und Rosenblüt und Rosen Lust
und Kirschen Äpfel und Birnen voll!
Gejauchzt getanzt mit voller Brust
Herbei! Herbei! und laut und toll.
Laßt sie kommen
Alle!
Hier ist genug
Hier schaumt der Most
die Fässer heraus

Rum Rum.
Didli di dum
Herbei Herbei
Didli di dei.

Die Laffen
Da stehn sie und gaffen
der Herrlichkeit zu.

Mit! Mit!
Gesprungen! gesungen!
Alten und Jungen!
Mit! Duru! Mit!

Sind große Geister
Gestoppelte Meister
Verschnitten dazu!

Weiber und Kinder
Zöllner und Sünder
Kritaster Poeten
Huren Propheten
Dal dilleri du

Da stehn sie die Laffen
und gaffen :|:
der Herrlichkeit zu

Dum du. dum du.
Dam dim di di. du
Dam dim di. di du
Huhu! Huhu!

⟨In ein Exemplar der
Leiden des jungen Werthers⟩

In jammervolle Seelenfreuden
Sei bei des Armen Not entzückt,
Ihm schuf sein Herz die bittre Leiden
Deins mache Doron dich beglückt.

⟨Titelstrophen für die zweite rechtmäßige Ausgabe der
Leiden des jungen Werthers⟩

⟨Zum ersten Teil⟩
Jeder Jüngling sehnt sich so zu lieben,
Jedes Mädgen so geliebt zu sein,
Ach, der heiligste von unsern Trieben,
Warum quillt aus ihm die grimme Pein?

⟨Zum zweiten Teil⟩
Du beweinst, du liebst ihn, liebe Seele,
Rettest sein Gedächtnis von der Schmach;
Sieh, dir winkt sein Geist aus seiner Höhle:
Sei ein Mann, und folge mir nicht nach.

Bleibe, bleibe bei mir
Holder Fremdling, süße Liebe
Holde süße Liebe
Und verlasse die Seele nicht
Ach wie anders wie schön
Lebt der Himmel lebt die Erde
Ach wie fühl ich wie fühl ich
Dieses Leben zum erstenmal!

NEUERÖFFNETES MORALISCH-POLITISCHES PUPPENSPIEL

Et prodesse volunt et delectare Poetae.

Prolog

Auf Adler dich zur Sonne schwing
Dem Publiko dies Blättgen bring
So Lust und Klang gibt frisches Blut
Vielleicht ist ihm nicht wohl zu Mut.
Ach schau sie guck sie komm herbei!
Der Papst und Kaiser und Clerisei!
Haben lange Mäntel und lange Schwänz.
Paradieren mit Eicheln und Lorbeerkränz
Trottieren und stäuben zu hellen Scharen
Machen ein Geschwätzer als wie die Staren
Dringt einer sich dem andern vor
Deutet einer dem andern ein Eselsohr.
Da steht das liebe Publikum
Und sieht erstaunend auf und um
Was all der tollen Reuterei
Vor Anfang Will und Ende sei.
Oho sa sa zum Teufel zu!
O weh laß ab laß mich in Ruh.
Herum herauf hinan hinein
Das muß ein Schwarm Autoren sein.
Ach Herr man krümt und kramt sich so
Zabelt wie eine Laus hüpft wie ein Floh.
Und fliegt einmal und kriecht einmal
Und endlich läßt man euch im Saal.
Sei's Kammerherr nun sei's Lakai
Genug daß einer drinne sei.
Nun weiter auf nun weiter an
Wie's tummelt auf der Ehrenbahn.
Ach sieh wie schöne pflanzt sich ein
Das Völklein dort im Schattenhain.
Ist wohl zurecht und wohl zu Mut
Zäunt jeder sich sein kleines Gut,
Beschneidt die Nägel in Ruh und Fried
Und singt sein Klimpimpimper Lied.
Da kommt ein Flegel ihm auf den Leib
Frißt seine Äpfel beschläft sein Weib.
Sich drauf die Bürgerschaft rottiert
Gebrüllt gewetzt und Krieg geführt
Und Höll und Erd bewegt sich schon

Da kommt mir ein Titanensohn
Und packt den ganzen Hügel auf
Mit Städt und Wäldern einem Hauf,
Mit Schlachtfelds' Lärm und lieben Sang
Es wankt die Erd dem Volk ist's bang
Und trägt sie eben in einem Lauf
Zum Schemel den Olymp hinauf
Des wird Herr Jupiter ergrimmt
Sein' ersten besten Strahl er nimmt
Und schmeißt den Kerl die kreuz und quer
Hurlurli Burli ins Tal daher
Und freut sich seines Siegs so lang
Bis Juno ihm macht wieder bang.
So ist die Eitelkeit der Welt
Ist keines Reich so fest gestellt
Ist keine Erdenmacht so groß
Fühlt alles doch sein Endelos
Drum treibs ein jeder wie er kann
Ein kleiner Mann ist auch ein Mann.
Der Hoh stolziert der Kleine lacht
So hat's ein jeder wohl gemacht.

Und fand als ich mich aufgerafft
Verschüttet ach in meinem Bette
Des Lebens Balsams Füllekraft
Womit ein Fürstenkind sich wohl begnüget hätte

Freunde helft mich zu befreien
Galle Gift und Kot zu speien
Ist mein Privilegium

Possen Schweinereien Zoten
Alles das wird mir geboten
Saust mir um den Kopf herum

Hast mir gegeben
Alle das Leben
Alle die Freuden
Alle die Lust

⟨Auf eine Forsttafel, Waldeck, 23. 12. 1775⟩

Nur Luft und Licht und Freundeslieb'
Ermüde nicht, wem dies noch blieb.

Was ist der Himmel, was ist die Welt
Als das, wofür eben einer sie hält?
Was hilft euch alle Herrlichkeit
Ohne Seelen-Behaglichkeit?
Und ohne des Leibes Liebesleben
Was hilft euch alles Streiten und Streben
Von dieser großen Lehr' durchdrungen
Habt ihr ein Liedlein hier vorgesungen
Vom Prinz, er heißt – ich weiß nicht wie,
Mit dem Zunamen Radegiki.

Jugendlich kommt sie vom Himmel, tritt vor den Priester und Weisen
Unbekleidet die Göttin, still blickt sein Auge zur Erde.
Dann ergreift er das Rauchfaß und hüllt demütig verehrend
Sie in durchsichtigen Schleier, daß wir sie zu schauen ertragen.

Wenn ich den Dieben gebellt, Liebhabern hab' ich geschwiegen;
  Und so begünstigten mich beide, der Herr und die Frau.

Zum bequemen Gedächtnis der 15 natürlichen Klassen
Wie sie uns Jussieu gibt, versucht ich folgende Verse.
Ohne Samenstück keimen: die Schwämme, die Algen, die Leber-
Und die übrigen Moose, die Farren und die Najaden.
Einfach ist der Samenkern und die Stamina
Stehen über der Frucht in einfach blühender Blume
Als der Arums, der Typhen, der Cyperos und die Gräser.
Um die Frucht sind die Faden gestellt bei Palmen und Spargeln
Rohren, Lilien und Bromelien auch Asphodelen
Bei Narcissen und Iris, und unterfrüchtig die Faden
Bei den Musen und Cannen, bei Orchis und Wassererfreuten.
Groß ist die Zahl der Pflanzen mit doppeltem Kernstück, sie folgen
Ohne Blumen Blatt unter der Frucht die Fäden, sie heißen
Aristolochien allein. und nur die

LEGENDE

Als noch, verkannt und sehr gering,
Unser Herr auf der Erde ging,
Und viele Jünger sich zu ihm fanden,
Die sehr selten sein Wort verstanden,
Liebt er sich gar über die Maßen
Seinen Hof zu halten auf der Straßen,
Weil unter des Himmels Angesicht
Man immer besser und freier spricht;
Er ließ sie da die höchsten Lehren
Aus seinem heilgen Munde hören;
Besonders durch Gleichnis und Exempel
Macht er einen jeden Markt zum Tempel.

So schlendert' er, in Geistes Ruh,
Mit ihnen einst einem Städtchen zu,
Sah etwas blinken auf der Straß,
Das ein zerbrochen Hufeisen was.
Er sagte zu St. Peter drauf:
Heb doch einmal das Eisen auf!
Sankt Peter war nicht aufgeräumt,
Er hatte so eben im Gehen geträumt,
So was vom Regiment der Welt,
Was einem jeden wohlgefällt,
Denn im Kopf hat das keine Schranken,
Das waren seine liebsten Gedanken.
Nun war der Fund ihm viel zu klein,
Hätte müssen Kron und Szepter sein,
Aber wie sollt er seinen Rücken
Nach einem halben Hufeisen bücken?
Er also sich zur Seite kehrt
Und tut, als hätt' ers nicht gehört.

Der Herr, nach seiner Langmut, drauf
Hebt selber das Hufeisen auf
Und tut auch weiter nicht dergleichen.
Als sie nun bald die Stadt erreichen,
Geht er vor eines Schmiedes Tür,
Nimmt von dem Mann drei Pfennig dafür.
Und als sie über den Markt nun gehen
Sieht er daselbst schöne Kirschen stehen,
Kauft ihrer, so wenig oder so viel,
Als man für einen Dreier geben will,
Die er sodann nach seiner Art,
Ruhig im Ärmel aufbewahrt.

Nun gings zum andern Tor hinaus,
Durch Wies' und Felder ohne Haus,
Auch war der Weg von Bäumen bloß,
Die Sonne schien, die Hitz war groß,
So daß man viel an solcher Stätt',
Für einen Trunk Wasser gegeben hätt'.
Der Herr geht immer voraus vor allen,
Läßt unversehens eine Kirsche fallen.
Sankt Peter war gleich dahinter her,
Als wenn es ein goldner Apfel wär,
Das Beerlein schmeckte seinem Gaum.
Der Herr, nach einem kleinen Raum,
Ein ander Kirschlein zur Erde schickt,
Wornach Sankt Peter schnell sich bückt.
So läßt der Herr ihn seinen Rücken
Gar vielmal nach den Kirschen bücken.
Das dauert eine ganze Zeit.
Dann sprach der Herr mit Heiterkeit:
Tätst du zur rechten Zeit dich regen,
Hättst du's bequemer haben mögen.
Wer geringe Ding wenig acht't,
Sich um geringere Mühe macht.

⟨Soldatenlied zu *Wallensteins Lager* von Schiller⟩

Es leben die Soldaten,
Der Bauer gibt den Braten,
Der Winzer gibt den Most,
Das ist Soldatenkost.
Tralleralallallalla.

Der Bürger muß uns backen,
Den Adel muß man zwacken,
Sein Knecht ist unser Knecht,
Das ist Soldatenrecht.
Tralleralallallalla.

In Wäldern gehn wir pirschen
Nach allen alten Hirschen,
Und bringen frank und frei
Den Männern das Geweih.
Tralleralallallalla.

Heut schwören wir der Hanne,
Und morgen der Susanne,
Die Lieb' ist immer neu,
Das ist Soldatentreu.
Trallerallallallalla.

Wir schmausen wie Dynasten,
Und morgen heißt es fasten;
Früh reich und Abends bloß,
Das ist Soldatenlos.
Trallerallallallalla.

Wer hat der muß nur geben,
Wer nichts hat, der soll leben,
Der Ehmann hat das Weib,
Und wir den Zeitvertreib.
Trallerallallallalla.

Es heißt bei unsern Festen,
Gestohlen schmeckts am besten!
Unrechtes Gut macht fett,
Das ist Soldatengebet.
Trallerallallallalla.

DIE ZERSTÖRUNG MAGDEBURGS

O Magdeburg die Stadt,
Die schöne Mädchen hat,
Die schöne Fraun und Mädchen hat,
O Magdeburg, die Stadt.

Da alles steht im Flor,
Der Tilly zieht davor,
Durch Garten und durch Felder Flor,
Der Tilly zieht davor.

Der Tilly steht dadrauß.
Wer rettet Stadt und Haus?
Geh, Lieber, geh zum Tor hinaus
Und schlag dich mit ihm drauß.

Es hat noch keine Not,
So sehr er tobt und droht;
Ich küsse deine Wänglein rot.
Es hat noch keine Not.

Die Sehnsucht macht mich bleich,
Warum bin ich denn reich!
Dein Vater ist vielleicht schon bleich.
Du Kind, du machst mich weich.

O Mutter, gibt mir Brot!
Ist denn der Vater tot?
O Mutter, gib ein Stückchen Brot!
O welche große Not!

Dein Vater lieb ist hin,
Die Bürger alle fliehn,
Schon fließt das Blut die Straße hin,
Wo fliehn wir hin, wohin?

Die Kirche stürzt in Graus,
Dadroben brennt das Haus.
Es qualmt das Dach, schon flammt's heraus;
Nur auf die Straß' hinaus!

Ach keine Rettung mehr!
In Straßen ras't das Heer.
Es ras't mit Flammen hin und her,
Ach, keine Rettung mehr!

Die Häuser stürzen ein,
Wo ist das Mein und Dein!
Das Bündelchen, es ist nicht dein,
Du flüchtig Mägdelein.

Die Weiber bangen sehr,
Die Mägdlein noch viel mehr.
Was lebt ist keine Jungfer mehr,
So raset Tillys Heer.

DEN 25. NOVEMBER 1798

Als das heilige Blatt von Maro's Grabe getrennt ward,
 Naht' es, der Asche getreu, welkend polarischer Nacht,
Aber im Lande bedeckt von Schnee ergrünt es auf's Neue,
 Bietet unwelkenden Schmuck traulich den Grazien an.

In goldnen Frühlings Sonnen Stunden
Lag ich gebunden
An dies Gesicht
In holder Dunkelheit der Sinnen
Konnt ich wohl diesen Traum beginnen
Vollenden nicht.

⟨Und Freude schwebt wie Sternenklang
Uns nur im Traume vor.⟩

ÜBERGANGENES, UNTERDRÜCKTES, FRAGMENTE

Wenn sichs in meinem Busen regt
Wenn sich mein Auge feuchtet
Auch noch ein Herz das mir entgegen schlägt
Noch ein Geist der mir entgegen leuchtet.

Das wenige Talent das ich besitze rauben
Um etwas guts zu machen und zu tun
Muß man erst an die Guten glauben

DIE BURG VON OTRANTO
Fortsetzungs Weissagung

Sind die Zimmer sämtlich besetzt der Burg von Otranto
Kommt, voll innigen Grimms, der erste Riesenbesitzer
Stückweis an und verdrängt die neuen falschen Bewohner
Wehe! den Fliehenden. Weh! den Bleibenden, also geschieht es.

Ich wüßte nicht, daß ich ein Grauen spürte
Vor jenen Alten in der Unterwelt;
Wenn nur nicht jede, die mir wohl gefällt,
Hier oben mich nach Wunsch regierte.

Natur und Kunst sie scheinen sich zu fliehen,
Und haben sich, eh' man es denkt, gefunden;
Der Widerwille ist auch mir verschwunden,
Und beide scheinen gleich mich anzuziehen.

Es gilt wohl nur ein redliches Bemühen!
Und wenn wir erst in abgemess'nen Stunden
Mit Geist und Fleiß uns an die Kunst gebunden,
Mag frei Natur im Herzen wieder glühen.

So ist's mit aller Bildung auch beschaffen:
Vergebens werden ungebundne Geister
Nach der Vollendung reiner Höhe streben.

Wer Großes will muß sich zusammenraffen;
In der Beschränkung zeigt sich erst der Meister,
Und das Gesetz nur kann uns Freiheit geben.

〈Aus dem *Naturhistorischen Bilder- und Lesebuch*
von Jakob Glatz, 1803〉

Nicht auf der grünen Erde nur
Am heitren Sonnenschein
Erfreut sich mannichfach Natur;
Auch in die Felsen tief hinein
Zeigt sich der Form und Farbe Spur.
Hier dürfen's kleine Muster sein.
Vernimmt, wie *Quarz* und *Kalk* so rein
In Säulen sich und Tafeln häuft;
Ein schmales schön gefärbtes Band
Harmonisch durch den *Jaspis* läuft;
Ein millionenkörn'ger *Sand*
Als Fels durch alle Lande reicht;
Ein *Pflanzenhaufen* sich verkohlt,
Verschüttet, in der Erde zeigt.
Vernimm, daß, wer auf Berge steigt
Meermuscheln oft herunterholt.

Und ferner wird man dir erklären,
Wie du dereinst nach manchem sauern Schritt
Erfahren wirst, wohin *Granit*,
Porphyr und *Marmor* auf der Welt gehören.

Hast du an Stein und Felsen dann genug,
Gleich werden dich *Metalle* reizen,
Nach denen Kunst, Gewalt und Trug
Mit unverwandter Mühe geizen.

Du findest in der Erde Schoß
Mit stillen ahndungsvollen Freuden
Das *Gold* als ein metallisch Moos
Sich wachsend von dem Steine scheiden,
Das *Silber* als Gesträuch, das *Kupfer* als Gestrippe.
Bewundrung stammelt deine Lippe,
Und neue Schätze werden bloß.

Wenn geometrisch *Zinn* und *Blei*
In Fläch' und Ecke sich beschränken,
So wird das *Eisen* oft sich frei

In Zapfen tropfend niedersenken.
Aus des *Zinnobers* roter Kraft
Läuft dir *Mercur* in Kügelchen entgegen,
Und was der *Zink*, der *Kobalt* Gutes schafft,
Das weiß dein Lehrer auszulegen.

Was nun auf diesen Blättern fehlt,
Das zeigt er dir im Kabinette;
An seiner Hand besuche dann die Stätte,
Wo unverhüllt sich uns Natur verhehlt,
Die dich und jeden Stein beseelt.

———

Offen zeigt sich die Pforte des bergabstürzenden Waldstroms;
Doch in die offene kehrt nimmer das Wasser zurück.

—

Ja doch! es kehret zurück! Schon steigt es in Wolkengebild auf,
Ziehet, erhöhtesten Schwungs, morgengerötet hinan.

———

⟨*Mephistopheles spricht:*⟩
So war es schon in meinen Tagen,
Ein jeder schlägt gar hoch sich an,
Und würdest du sie alle fragen:
Das Wichtigste hat Er getan.

Es lastet schwer die schwere Last,
Die selber du zu tragen hast,
Und ob ein andrer ächzt und keicht,
Für dich ist seine Bürde leicht.

———

⟨*Mephistopheles spricht:*⟩
Was Völker sterbend hinterlassen,
Das ist ein bleicher Schattenschlag:
Du siehst ihn wohl, ihn zu erfassen,
Läufst du vergeblich Nacht und Tag.

Wer immerdar nach Schatten greift,
Kann stets nur leere Luft erlangen:
Wer Schatten stets auf Schatten häuft,
Sieht endlich sich von düstrer Nacht umfangen.

ETYMOLOGIE
⟨Spricht Mephistopheles⟩

Ars, Ares wird der Kriegesgott genannt,
Ars heißt die Kunst und A . . . ist auch bekannt.
Welch ein Geheimnis liegt in diesen Wundertönen!
Die Sprache bleibt ein reiner Himmelshauch,
Empfunden nur von stillen Erdensöhnen;
Fest liegt der Grund, bequem ist der Gebrauch,
Und wo man wohnt, da muß man sich gewöhnen.
Wer fühlend spricht, beschwätzt nur sich allein;
Wie anders, wenn der Glocke Bimbam bammelt,
Drängt alles zur Versammlung sich hinein!
Von Können kommt die Kunst, die Schönheit kommt vom Schein.
So wird erst nach und nach die Sprache festgerammelt,
Und was ein Volk zusammen sich gestammelt.
Muß ewiges Gesetz für Herz und Seele sein.

Was der Mensch als Gott verehrt
Ist sein eigenstes Innere herausgekehrt.

Thema

»Für den Kammerdiener
Gibts keinen Helden!«

Ausführung

Held ist kein Kammerdiener,
Das muß ich melden.
Der Diener aber beweißt
Sich nur gegen den Helden,
Wenn dieser pißt und scheißt.
Will doch auch was gelten.
Da sagt sodann der Knecht
Zu lausigen Leuten:
Mein Herr ist mir eben recht
Hat nichts zu bedeuten.

DAS TAGEBUCH
1810

– aliam tenui, sed iam quum gaudia adirem,
Admonuit dominae deseruitque Venus.

I

Wir hören's oft und glauben's wohl am Ende
Das Menschenherz sei ewig unergründlich
Und wie man auch sich hin und wieder wende
So sei der Christe wie der Heide sündlich.
Das Beste bleibt, wir geben uns die Hände
Und nehmen's mit der Lehre nicht empfindlich:
Denn zeigt sich auch ein Dämon uns versuchend,
So waltet was, gerettet ist die Tugend.

II

Von meiner Trauten lange Zeit entfernet,
Wie's öfters geht, nach irdischem Gewinne
Und was ich auch gewonnen und gelernet,
So hatt ich doch nur immer Sie im Sinne,
Und wie zu Nacht der Himmel erst sich sternet
Erinn'rung uns umleuchtet ferner Minne:
So ward im Federzug des Tags Ereignis
Mit süßen Worten Ihr ein freundlich Gleichnis.

III

Ich eilte nun zurück. Zerbrochen sollte
Mein Wagen mich noch eine Nacht verspäten
Schon dacht' ich mich wie ich zu Hause rollte;
Allein da war Geduld und Werk von nöten
Und wie ich auch mit Schmied und Wagner tollte
Sie hämmerten verschmähten viel zu reden
Ein jedes Handwerk hat nun seine Schnurren.
Was blieb mir nun zu weilen und zu murren.

IV

So stand ich nun! Der Stern des nächsten Schildes
Berief mich hin, die Wohnung schien erträglich
Ein Mädchen kam, des seltensten Gebildes,
Das Licht erleuchtend. Mir ward gleich behäglich.
Hausflur und Treppen sah' ich als ein Mildes,
Die Zimmerchen erfreuten mich unsäglich.
Den sündigen Menschen der im Freien schwebet
Die Schönheit spinnt, sie ist's die ihn umwebet.

V

Nun setzt' ich mich zu meiner Tasch' und Briefen
Und meines Tagebuchs Genauigkeiten,
Um so wie sonst, wenn alle Menschen schliefen,
Mir und der Trauten Freude zu bereiten;
Doch weiß ich nicht, die Tintenworte liefen
Nicht so wie sonst in alle Kleinigkeiten:
Das Mädchen kam, des Abendessens Bürde
Verteilte sie gewandt mit Gruß und Würde.

VI

Sie geht und kommt; ich spreche, sie erwiedert.
Mit jedem Wort erscheint sie mir geschmückter.
Und wie sie leicht mir nun das Huhn zergliedert
Bewegend Hand und Arm, geschickt, geschickter.
Was auch das tolle Zeug in uns befiedert,
Genug ich bin verworr'ner bin verrückter,
Den Stuhl umwerfend spring' ich auf und fasse
Das schöne Kind; sie lispelt: Lasse, lasse!

VII

Die Muhme drunten lauscht, ein alter Drache,
Sie zählt bedächtig des Geschäfts Minute;
Sie denkt sich unten, was ich oben mache,
Bei jedem Zögern schwenkt sie frisch die Rute.
Doch schließe deine Türe nicht und wache
So kommt die Mitternacht uns wohl zu Gute.
Rasch meinem Arm entwindet sie die Glieder,
Und eilet fort und kommt nur dienend wieder;

VIII

Doch blickend auch! so daß aus jedem Blicke
Sich himmlisches Versprechen mir entfaltet.
Den stillen Seufzer drängt sie nicht zurücke,
Der ihren Busen herrlicher gestaltet.
Ich sehe, daß am Ohr, um Hals und G'nicke
Der flüchtigen Röte Liebesblüte waltet,
Und da sie nichts zu leisten weiter findet,
Geht sie und zögert, sieht sich um, verschwindet.

IX

Der Mitternacht gehören Haus und Straßen,
Mir ist ein weites Lager aufbereitet,
Wovon den kleinsten Teil mir anzumaßen
Die Liebe rät, die alles wohl bereitet.
Ich zaudre noch die Kerzen auszublasen

Nun hör' ich sie, wie leise sie auch gleitet,
Mit gierigem Blick die Hochgestalt umschweif' ich
Sie legt sich bei, die Wohlgestalt ergreif' ich.

X

Sie macht sich los: Vergönne daß ich rede
Damit ich dir nicht völlig fremd gehöre.
Der Schein ist wider mich, sonst war ich blöde
Stets gegen Männer setzt' ich mich zur Wehre
Mich nennt die Stadt, mich nennt die Gegend spröde;
Nun aber weiß ich, wie das Herz sich kehre:
Du bist mein Sieger, laß Dich's nicht verdrießen,
Ich sah, ich liebte, schwur dich zu genießen.

XI

Du hast mich rein, und wenn ich's besser wüßte
So gäb' ich's Dir; ich tue was ich sage.
So schließt sie mich an ihre süßen Brüste
Als ob ihr nur an meiner Brust behage.
Und wie ich Mund und Aug' und Stirne küßte
So war ich doch in wunderbarer Lage:
Denn der so hitzig sonst den Meister spielet
Weicht schülerhaft zurück und abgekühlet.

XII

Ihr scheint ein süßes Wort, ein Kuß zu g'nügen,
Als wär' es alles was ihr Herz begehrte
Wie keusch sie mir, mit liebevollem Fügen,
Des süßen Körpers Fülleform gewährte!
Entzückt und froh in allen ihren Zügen
Und ruhig dann, als wenn sie nichts entbehrte.
So ruht' ich auch, gefällig sie beschauend,
Noch auf den Meister hoffend und vertrauend.

XIII

Doch als ich länger mein Geschick bedachte,
Von tausend Flüchen mir die Seele kochte,
Mich selbst verwünschend, grinsend mich belachte
Nichts besser ward, wie ich auch zaudern mochte:
Da lag sie schlafend, schöner als sie wachte;
Die Lichter dämmerten mit langem Dochte.
Der Tages-Arbeit, jugendlicher Mühe
Gesellt sich gern der Schlaf und nie zu frühe.

XIV

So lag sie himmlisch an bequemer Stelle,
Als wenn das Lager ihr allein gehörte,
Und an die Wand gedrückt, gequetscht zur Hölle
Ohnmächtig Jener, dem sie nichts verwehrte.
Vom Schlangenbisse fällt zunächst der Quelle
Ein Wanderer so, den schon der Durst verzehrte.
Sie atmet lieblich holdem Traum entgegen;
Er hält den Atem, sie nicht aufzuregen.

XV

Gefaßt bei dem was ihm noch nie begegnet,
Spricht er zu sich: so mußt du doch erfahren
Warum der Bräutigam sich kreuzt und segnet,
Vor Nestelknüpfen scheu sich zu bewahren.
Weit lieber da wo's Hellebarden regnet
Als hier im Schimpf! So war es nicht vor Jahren,
Als Deine Herrin Dir zum ersten Male
Vor's Auge trat im Prachterhellten Saale.

XVI

Da quoll dein Herz, da quollen deine Sinnen
So daß der ganze Mensch entzückt sich regte.
Zum raschen Tanze trugst du sie von hinnen,
Die kaum der Arm und schon der Busen hegte.
Als wolltest Du Dir selbst sie abgewinnen,
Vervielfacht war was sich für sie bewegte:
Verstand und Witz und alle Lebensgeister
Und rascher als die andern jener Meister.

XVII

So immerfort wuchs Neigung und Begierde
Brautleute wurden wir im frühen Jahre
Sie selbst des Maien schönste Blum' und Zierde
Wie wuchs die Kraft zur Lust im jungen Paare!
Und als ich endlich sie zur Kirche führte:
Gesteh' ich's nur, vor Priester und Altare,
Vor deinem Jammerkreuz blutrünstger Christe,
Verzeih mir's Gott! es regte sich der Iste.

XVIII

Und ihr, der Brautnacht reiche Bettgehänge,
Ihr Pfühle, die ihr euch so breit erstrecktet,
Ihr Teppiche, die Lieb' und Lustgedränge
Mit euren seidnen Fittigen bedecktet
Ihr Käfigvögel, deren Zwitzer Sänge

Zu neuer Lust und nie zu früh uns wecktet
Ihr kanntet uns von euerem Schutz umfriedet
Teilnehmend sie, mich immer unermüdet.

XIX

Und wie wir oft sodann im Raub genossen
Nach Buhlenart des Ehstands heilige Rechte
Von reifer Saat umwogt, vom Rohr umschlossen
An manchen Unort wo ich's mich erfrechte
Wir waren augenblicklich, unverdrossen
Und wiederholt bedient vom braven Knechte!
Verfluchter Knecht, wie unerwecklich liegst Du!
Und deinen Herrn um's schönste Glück betriegst du.

XX

Doch Meister Iste hat nun seine Grillen
Und läßt sich nicht befehlen noch verachten.
Auf einmal ist er da und ganz im Stillen
Erhebt er sich zu allen seinen Prachten.
So steht es nun dem Wandrer ganz zu Willen,
Nicht lechzend mehr am Quell zu übernachten.
Er neigt sich hin, er will die Schläferin küssen,
Allein er stockt, er fühlt sich weggerissen.

XXI

Wer hat zur Kraft ihn wieder aufgestählet?
Als jenes Bild, das ihm auf ewig teuer,
Mit dem er sich in Jugendlust vermählet
Dort leuchtet her ein frisch erquicklich Feuer
Und wie er erst in Ohnmacht sich gequälet;
So wird nun hier dem Starken nicht geheuer,
Er schaudert weg, vorsichtig, leise, leise
Entzieht er sich dem holden Zauberkreise,

XXII

Sitzt, schreibt: Ich nahte mich der heimischen Pforte
Entfernen wollten mich die letzten Stunden,
Da hab' ich nun am sonderbarsten Orte
Mein treues Herz aufs neue dir verbunden.
Zum Schlusse findest du geheime Worte:
Die Krankheit erst bewähret den Gesunden.
Dies Büchlein soll dir manches Gute zeigen,
Das Beste nur, muß ich zuletzt verschweigen.

XXIII

Da kräht der Hahn. Das Mädchen schnell entwindet
Der Decke sich und wirft sich rasch ins Mieder.
Und da sie sich so seltsam wiederfindet,
So stutzt sie, blickt und schlägt die Augen nieder,
Und da sie ihm zum letzten Mal verschwindet
Im Auge bleiben ihm die schönen Glieder;
Das Posthorn tönt, er wirft sich in den Wagen
Und läßt getrost sich zu der Liebsten tragen.

XXIV

Und weil zuletzt bei jeder Dichtungsweise
Moralien uns ernstlich fördern sollen;
So will auch ich in so beliebtem Gleise
Euch gern bekennen was die Verse wollen:
Wir stolpern wohl auf unsrer Lebensreise,
Und doch vermögen in der Welt, der tollen,
Zwei Hebel viel auf's irdische Getriebe:
Sehr viel die Pflicht, unendlich mehr die Liebe.

O, wie lallt das Kind so faul!
Hat den Brei noch nicht verschluckt
Den ihm die Mutter strich ins Maul.

Seid mir willkommen süße Buhlerinnen,
Denn ihr allein verschönt uns doch die Welt;
Ihr lasset uns im Augenblick gewinnen
Was Prüderie uns Jahre lang verhält.
Was sie nicht fühlt, sie weiß es zu ersinnen
Wie selbstgefällig froh sie sich verstellt;
Von Eva her geschaffen zum Betrügen
Sie kleidet nichts so gut als wenn sie lügen.

Was gibst du dir mit Lieb und Ehre
Und andern Dingen so viele Pein!
Wenn ein tüchtiger S.. nur wäre
Die Weiber würden sämtlich zufrieden sein.

Und was bleibt denn an dem Leben,
Wenn es alles ging zu Funken,
Wenn die Ehre mit dem Streben
Alles ist im Quark versunken.

Und doch kann dich nichts vernichten,
Wenn Vergänglichem zum Trotze
Willst dein Sehnen ewig richten
Erst zur Flasche dann zur . . .

Es hat ein hübsches Maidel
Nur allzuviel zu tun,
Der Bursche trinkt manch Seidel
Und kann hernach nicht ruhn.
Und wenn sie dann sich trafen,
Wer kann dann was dafür?
Er hat den Rausch verschlafen,
Der Rausch er schläft mit ihr.

In Jena weiß man viele Sachen,
Nur nicht aus Essig Wein zu machen.

Laßt geschaffne Ritter kämpfen,
Reiche retten, Feinde dämpfen,
Wie so manche Lanze brach.
Tilget, edl'e Legionen,
Tief bedrängter Nationen
Lang ertragne dumpfe Schmach!

List'ges Weichen, falsche Flucht,
Waffen gegen Eifersucht,
Mächtiger als Lanz' und Stahl.
Mußt dich ja des Trugs nicht schämen.
Leise Treten, klug Benehmen,
Sie betören den Rival.

Folge nicht Lügnern und Heuchlern
Damit du ihnen schmeicheln mögest
Werden sie an dir zu Schmeichlern.

⟨Rätsel⟩

Da sind sie wieder
Die losen Dinger!
An hübschen Händchen
Gar sechs der Finger!

Es rühmt das Volk sich
Als Zeitgefährte
Und ziert gar lieblich
Geschorne Bärte.

Kein Schneider kleidet
So viele Nackte,
Wenn er auch Höllen
Aus Höllen packte.

Sie wären H . . . .,
Wenn man sie würbe;
Doch ist ihr Leibchen
Nur gar zu mürbe.

Man ignorieret,
Woher sie kamen;
Ich nannte zweimal
Schon ihren Namen.

⟨Fortsetzung eines Gedichts von Bürger⟩

Was sagt hierauf das liebenswürdge Mädchen?
Was sagt sie? Was sagt sie?

So singst du übertrieben,
Wie mancher übertrieb;
Doch nimmt das wahre Lieben
Mit wenigem vorlieb.
Wer will sich denn verbinden
Wer nicht dem Glück vertraut
Das andre wird sich finden.
Gesetzt! ich wär die Braut.

Von allen jenen Gütern
Ist freilich gar nichts dein;
Drum singe den Gemütern
Nicht eingebildte Pein.

Daß ich mich gar nicht scheue
Dies schwör ich Angesichts.
Nur immer Lieb und Treue
Und weiter braucht es nichts.

Ein Liebchen ist der Zeitvertreib, auf den ich jetzt mich spitze,
Sie hat einen gar so schlanken Leib und trägt eine Stachelmütze.

Warmes Lüftchen weh' heran,
Wehe uns entgegen,
Denn du hast uns wohlgetan
Auf den Jugendwegen.

Eva, verziehen sei dir, es haben ja Söhne der Weisheit
Rein geplündert den Baum, welchen der Vater gepflanzt.

Willst du dein Wyb soll schwanger syn,
Schick sie in's Bad und geh nit hin.

LOGOGRYPH

Das erste gibt mir Lust genug,
Das zweite aber das macht mich klug.

ALTER FEUERSEGEN

Es ging ein Knäblein wohl über das Land,
Ein gülden Buch trug es in seiner Hand.
Es konnte lesen, es konnte schreiben,
Alle schwere Gewitter konnt' es vertreiben.
Es sahe wohl einen Haushalt abrinnen!
Ach, wie viel arme Leute wohnen drinnen!
Ach ich bitte dich, du allerhöchste Feuersglut,
Daß du nicht weitern Schaden tust,
Daß du stille stehest
Und auch nicht weiter gehest. –

Er ging wohl um das Haus –
Das Feuer war aus.

Hans Liederlich

Ein Glas zu dem Schmatz,
Nun, das schlürft sich so süß!
Versauf' ich die Schuh',
So behalt' ich die Füß'.
A Maid und a Wein,
Musik und Gesang
I wollt' i, so hätt' i's
Das Leben entlang.

Wenn ich scheid' aus diesem Elend
Und lass' hinter mir ein Testament,
So wird daraus nur ein Zank
Und weiß mir's niemand keinen Dank.
Alles verzehrt vor seinem End,
Das macht ein richtig Testament.

Der Camerade

Ein Glas zu dem Schmatz,
Nun, das schlürft sich so süß!
Behaltst du die Schuh',
Nun so schonst du die Füß'.
A Maid und a Wein,
Musik und Gesang,
Bezahl' sie, so hast sie
Das Leben entlang!

Denkt nicht, ich geh' euch dummem Volk zu Leibe,
Ich weiß recht gut für wen ich schreibe.

Vater Vater wo ist Mutter
Meiner Seelen erste Liebe?
Raben dort willkommnes Futter
Von gerechtem Schwertes Hiebe. –
Mutter ist die mich geboren

Und der Sohn ist auch verloren

Und sie fechten um das Eisen
Das gefährlichste Gefechte
Doch des Vaters starke Rechte
Kann es wohl dem Sohn entreis⟨sen⟩

An Venus Medicis ruht es in Frieden,
Und am Apoll von Belveder desgleichen;
Doch beide sind entschieden so geschieden,
Daß sie sich möchten gar zu gern erreichen.
So wird für Gott und Göttin, Mann und Weib
Die allerhöchste Pflicht ein Zeitvertreib.
Doch wo das Gleiche mit dem Gleichen wechselt,
An Einem Körper wunderlich zu schauen,
Eins in das andre so hineingedrechselt,
Da überfällt mich Angst und quälend Grauen.

—

Und also, ein für allemal,
Der Lingam ist mir ganz fatal!

Nicht am Morgen allein, noch am Mittag einzig beglückt sie,
Untergehend sogar ist's immer dieselbige Sonne.

⟨Aus Entwürfen einer Kantate zum Reformationsjubiläum⟩

⟨Sulamith⟩

Wenn mich auch die Wächter schlügen
Da dem Liebsten forsche nach
Einzig ist mir das Vergnügen
Seiner Liebe Nacht und Tag

—

⟨Elias⟩

Was soll all der Prunk bedeuten?
Regt er nicht der Seele Spott
Wenn wir in das Freie schreiten
Auf den Höhen da ist der Gott
Auf den Höhen rein umsäuselt
Wie es auch sich fügen mag
Wenn das Locken Haar sich kräuselt
Knaben Mädchen hier ist Tag!

—

Baal der im Grimme
Euch zu vernichten
Weiß der Geschichten
Ende zu deuten.

EIN ABER DABEI

Es wäre schön was Guts zu kauen,
Müßte man es nur nicht auch verdauen;
Es wäre herrlich genug zu trinken,
Tät' einem nur nicht Kopf und Kniee sinken;
Hinüber zu schießen das wären Possen,
Würde nur nicht wieder herübergeschossen;
Und jedes Mädchen wär' gern bequem,
Wenn nur eine andre in's Kindbett käm'.

Hab' ich tausendmal geschworen
Dieser Flasche nicht zu trauen,
Bin ich doch wie neugeboren
Läßt mein Schenke fern sie schauen.
Alles ist an ihr zu loben,
Glaskrystall und Purpurwein.
Wird der Pfropf herausgehoben,
Sie ist leer und ich nicht mein.

Hab' ich tausendmal geschworen
Dieser Falschen nicht zu trauen,
Und doch bin ich neugeboren
Läßt sie sich ins Auge schauen.
Mag sie doch mit mir verfahren,
Wie's dem stärksten Mann geschah.
Deine Scher' in meinen Haaren,
Allerliebste Dalila!

Presse du bist wieder frei

Jeder wünscht die Freiheit sich
Andre brav zu pressen

BERUF DES STORCHES

Der Storch, der sich von Frosch und Wurm
An unserm Teiche nähret,
Was nistet er auf dem Kirchenturm
Wo er nicht hingehöret?

Dort klappt und klappert er genung,
Verdrießlich anzuhören;
Doch wagt es weder Alt noch Jung
Ihm in das Nest zu stören.

Wodurch – gesagt mit Reverenz –
Kann er sein Recht beweisen,
Als durch die löbliche Tendenz
Auf's Kirchendach zu . . . .

⟨Kestners Agape, 1819⟩

Von deinem Liebesmahl
Will man nichts wissen;
Für einen Christen ist's
Ein böser Bissen.

Denn kaum verläßt der Herr
Die Grabes-Tücher,
Gleich schreibt ein Schelmenvolk
Absurde Bücher.

Gewinnen gegen dich
Die Philologen;
Das hilft uns alles nichts,
Wir sind betrogen.

Ein abgestumpft Gesicht
Zeig doch den Blosen.
Wer ohne Nase spricht
Hat die Franzosen.

EINS WIE'S ANDRE

Die Welt ist ein Sardellen-Salat;
Er schmeckt uns früh, er schmeckt uns spat:
Zitronen-Scheibchen rings umher,
Dann Fischlein, Würstlein, und was noch mehr
In Essig und Öl zusammenrinnt,
Kapern, so künftige Blumen sind –
Man schluckt sie zusammen wie Ein Gesind.

Von wem auf Lebens- und Wissens-Bahnen
Wardst du genährt und befestet?
Zu fragen sind wir beauftragt.

»Ich habe niemals danach gefragt:
Von welchen Schnepfen und Fasanen,
Kapaunen und Welschenhahnen
Ich mein Bäuchelchen gemästet.

So bei Pythagoras, bei den Besten,
Saß ich unter zufriednen Gästen;
Ihr Frohmahl hab' ich unverdrossen
Niemals bestohlen, immer genossen.«

Gleichnisse dürft ihr mir nicht verwehren,
Ich wüßte mich sonst nicht zu erklären.

Wie magst du ruhig fort erfahren
Daß sie dich schelten.
Ich rede zu! In funfzig Jahren
Wird es schon gelten.

Senior. Solo

Hört mir zu mit gutem Willen,
Auch auf Tadel seid gefaßt,
Euer Schreien, euer Brüllen
Ist mir lange schon verhaßt.
Sitz' ich immer, euer Alter,

Bei dem widerlichen Klang,
Stimmet doch einmal den Psalter
Zu harmonischem Gesang.

Chor. Unisono
Wir probieren's, guter Alter,
Mäßigen der Stimme Klang,
Schlage du nur selbst den Psalter
Zu harmonischem Gesang.

⟨Zu einem Ölgemälde?⟩

An den Wurzeln heiliger Eiche
Schwillt ein Lebensquell hervor,
Und so, ohne Nachbar-Gleiche,
Wuchs die Edle still empor.
Äste streckt sie, Blätterbüsche
Sonnig, über glatte Flut,
Und in ewig grüner Frische
Spiegelt sich des Dankes Glut.

So wie ich weiß
Hieß es Granit-Gneis,
Jetzt heißt⟨s⟩ Gneis-Granit;
Das ist ein wichtiger Schritt!
Als wenn ich sagte: Seel und Leib,
Mann und Weib,
Weib und Mann, Leib und Seele.
Gott gebe daß es am Besten nicht fehle.

Mein Kind, sie wissen's nicht zu machen;
Doch Artischocken sind von allen Sachen
Die schlimmsten nicht, die unter zarten Fingern
Ihr widerspenstig Naturell verringern. –
Nimm nur den Stachel mit geschickter Kraft,
Das ist der Sinn von aller Wissenschaft.

⟨Zu einer Handschrift Friedrichs des Großen⟩

Das Blatt, wo Seine Hand geruht,
Die einst der Welt geboten,
Ist herzustellen fromm und gut.
Preis Ihm, dem großen Toten!

SCHUL-PFORTA

Ehre, Deutscher, treu und innig
Des Erinnerns werten Schatz,
Denn der Knabe spielte sinnig,
Klopstock, einst auf diesem Platz.

An dem stillbegrenzten Orte
Bilde dich, so wie's gebührt,
Jüngling! öffne dir die Pforte,
Die in's weite Leben führt.

⟨Gartenhaus am untern Park⟩

Übermütig sieht's nicht aus,
Hohes Dach und niedres Haus;
Allen die daselbst verkehrt
Ward ein guter Mut beschert.
Schlanker Bäume grüner Flor,
Selbstgepflanzter, wuchs empor.
Geistig ging zugleich alldort
Schaffen, Hegen, Wachsen fort.

Dieser alte Weidenbaum
Steht und wächs't als wie im Traum,
Sah des Fürstendaches Gluten,
Sieht der Ilme leises Fluten.

EIN GLEICHNIS

Jüngst pflückt' ich einen Wiesenstrauß,
Trug ihn gedankenvoll nach Haus,
Da hatten von der warmen Hand
Die Kronen sich alle zur Erde gewandt.

Ich setzte sie in frisches Glas
Und welch ein Wunder war mir das!
Die Köpfchen hoben sich empor,
Die Blätterstengel im grünen Flor,
Und allzusammen so gesund
Als stünden sie noch auf Muttergrund.

So war mir's als ich wundersam
Mein Lied in fremder Sprache vernahm.

O! Bleibe ruhigen Bezirken
Treu, deiner Lampe Nacht Revier,
Auf Menschen ist nicht leicht zu wirken,
Doch auf das willige Papier.

Catalani tat was auch andre taten;
Große Talente sind schlecht beraten.

Daß die Bibel Gesellschaft
Das wunderliche Buch in die Welt schafft
Das kann ich gar nicht überwinden,
Wenn es auch vielen Leuten gefällt;
Nur die Krämer in aller Welt
Werden sich freuen Christen zu finden,
Denen sie denn einen Rosenkranz
Verkaufen mögen oder andern Tanz.
Wenn du nicht hättest gut reimen wollen,
Andern Tand hättest du sagen sollen.

Dreieinigkeit hab ich auch gesehn
Lebendig durch einander wehn!
Der heilige Geist fuhr hin und her
Als wenn er flatternde Taube wär'.
Gott der Sohn gab sein Wort dazu,
Der Vater blieb in ewiger Ruh,
Denn er wußte schon ungefähr
Was an der ganzen Sache wär'.

Christus ein Gott vom Himmel kam,
Ein Mensch auf Erden wundersam;
Als Gott und Mensch, als Mensch und Gott,
Anbetung ward ihm, Schand und Spott;
Zuletzt zu unserer Seligkeit
Ging er durch's Grab zur Herrlichkeit.

Glücklich wenn nach außen ich die Augen wende,
Nur die Krätzigen besehen ihre eignen Hände.

⟨Goethes Wohnhaus in Weimar⟩

Warum stehen sie davor?
Ist nicht Türe da und Tor?
Kämen sie getrost herein,
Würden wohl empfangen sein.

Denn mit dem himmlischen Küchenzettel
Ist's immer wieder der alte Bettel.

PARABEL

Ich trat in meine Gartentür,
Drei Freunde kamen, auch wohl vier,
Ich bat sie höflich zu mir ein
Und sagte: sie sollten willkommen sein;
Da in der Mitte, im heitern Saal,
Stünd' grade ein hübsches Frühstücksmahl.
Wollt' jedem der Garten wohl gefallen,
Darin nach seiner Art zu wallen.
Der eine schlich in dichte Lauben,
Der andre kletterte nach Trauben,
Sein Bruder nach hohen Äpfeln schielt',
Die er für ganz vortrefflich hielt.
Ich sagte: die stünden alle frisch
Zusammen drinn' auf rundem Tisch,
Und wären ihnen gar schön empfohlen.
Sie aber wollten sie selber holen;
Auch war der letzte, wie eine Maus,
Fort! wohl zur Hintertür hinaus.

Ich aber ging zum Saal hinein,
Verzehrte mein Frühstück ganz allein.

⟨Verstreute Sprüche und Fragmente⟩

Und wer mit Katzen ackern will
Der spanne die Mäus' voraus,
Da geht es alles wie der Wind,
Die Katze will die Maus
⟨Alternativ-Varianten:⟩
Die Katze fängt die Maus.
Die Katze folgt der Maus.
Es greift die Katz' zur Maus.
Da hascht die Katz' die Maus.
Da folgt die Katz' der Maus.

—

Der du so nach Erfindung bangst,
Du solltest dich so sehr nicht plagen;
Wenn du eine weise Antwort verlangst,
Mußt du vernünftig fragen.

—

Bist zu schwach geschäftet
Kannst dich selbst nicht tragen
Erst ans Kreuz geheftet
Dann aufs Rad geschlagen

—

Bedenkt, man will euch hören;
So seid nicht redefaul;
Und wollt ihr euch erklären,
So nehmt nicht Brei ins Maul.

—

War die Henne zuerst? oder war das Ei vor der Henne?
Wer dies Rätsel erlöst schlichtet den Streit um den Gott.

—

Wer Bedingung früh erfährt
Gelangt bequem zur Freiheit
Wem Bedingung sich spät aufdringt
Gewinnt nur bittre Freiheit.

—

Was einer denn wüßte? was wissen man kann?
Darob verwirrt sich, überwirft sich der Mann.
»Was Einer wissen konnte, und was er nun weiß
Er selber wiß es! Nichts macht ihm dann heiß.⟨«⟩

—

Befiehl und diene
Dien' und befehle
Gegen jeden Tag
Muß man sich brüsten.

—

Und so im Wandlen eigentlichst belehrt
Unschätzbar ist was niemals wiederkehrt.

—

Und hätt er's auch gesehn der höchste Blick
Kehrt nur ins Herz zur Herrlichkeit zurück.

—

Und wie der Mensch dem Menschen Weg' bereitet
Dem Menschen ists der Mensch der sie bestreitet.

—

Es ist nicht hübsch wenn man den Hof sosehr zum besten hat.
Behüte Gott den Hof! Es gibt auch Land und Stadt.

—

Willst du wirksam sein
Bediene dich deiner Kraft
Jung in Gesellschaft
Alt allein.

—

Kirschkerne wird niemand kauen
Man kann sie verschlucken doch nicht verdauen.

—

Wir sollen auf unsern Lorbeern ruhn,
Nichts weiter denken als was wir tun.

—

Wenn euch vor unsrem Namen graut
Gleichgültig ists wie er heißt
Wir haben die Natur mit einem Blick beschaut
Der Lust und Lieb Sophias beweist.

—

Zu wünschen hab ich nichts mich fördert alles
Doch denk ich jetzt des ganz besondern Falles.

—

Doch kann sich einer pfiffiger erweisen
Mein guter Freund so will auch das nichts heißen.

—

Du hast so vielen schon den Hals gebrochen
Und keiner hat soviel für dich getan

—

So willst du Teufel doch einmal uneigen –
Uneigennützig dich, der Teufel! zeigen.

—

Ich wünschte wohl dich anders zu staffieren
Doch weil du's bist, so laß ich dich passieren

—

Mit Schnäbeln Hörnern Klauen
Sich ausgemalt gar gräßlich anzuschauen.

—

Man weiß nicht wie, man tue nur das Rechte
Am Ende fällt, am Ende dient der Schlechte.

—

Sag nur was hast du in deinem Sinn
Ich betrübe mich daß ich zu alt bin
Um mich des großen Vergangnen zu freuen

—

Das Haus ist wohl gegründet
In dem sich ein Knab oder Mägdlein findet
Das weiß mit redlichem Bemühn
Der Eltern Feh⟨ler⟩ zurecht zu ziehn

—

Wärst du 20 Jahre jünger
Würden wir dich lieber sehen
Doch wir sehen durch die Finger
Und es soll dir trefflich gehen
In dem Garten in dem Saal
Auf dem Berg und in dem Tal
Bist ⟨Hast?⟩ du mir zum 2ten mal
Endlich ⟨?Ländlich?⟩ wie ⟨?⟩ das erste mal

—

Haben wir es doch besprochen
Haben wir es doch gedacht
Daß dich diese kurzen Wochen
Wirklich wieder hergebracht
   Und die Schwestern alle v . . . ⟨vorn? allen voran?⟩
Zogen auch an ihrem Teil

—

Aus nächtger Finsternis, am Hügel wo
Gesellig still der Ahnen würdige Reihe
Sich ernst und prunklos in der Gruft gelagert
Ruft sanft ein Requiem den Trauernden
Ein starres Bild vertritt an diesem Ort
D

—

Die Toten feier zu begehen
Dem teuren Freund, ging ich hinunter
Da folgte mir das Volk so munter
Als hätt es nie ein Grab gesehen
Ich stand am Sarg gar ehrerbietig

⟨Raum für zwei Verse⟩
Mit ihren Stengeln ihren Hüten
Sah es beinah als wenn sie blühten

—

A
Und willst du dich an Hof gewöhnen
Mußt du sein von Edelmanns Söhnen
Die Ohren hinterm Stuhle spitzen
Die wissen nun was es heißt draus sitzen
B
Wer irgend weich sitzt weiß es wohl
Wär er aus Schwaben und Tyrol
Er wählet sich mit vielem Dank
Ein weiches Polster für 'ne Bank

—

Ich auch einmal recht glücklich was,
Das war als ich den Rotz mit dem Brei fraß.

—

Was sie einander sagen zu zwein
Meinens sie wären ganz allein.

—

Ich wär auch gern e'mal dumm gewesen
Hätten nur die Dummen nit so viel gelesen.

—

Was alles sein soll das ist dir zu weit
Du dienest ehrsam dienest du der Zeit.

—

Nur im Widerschein das Schöne
Sehen lieben und begehren
Ist denn das so große Schuld?

—

Sind denn alle reinen Triebe
⟨Raum für einen Vers⟩
Nur die Demut schafft die Liebe
Nur die Liebe schafft den Gott
In dem Herzen wohnt Vertrauen
Und das schließt sich feste⟨r⟩ an
Seit auf uns . .

—

Die Sonne leuchtet über Länder, Meere
Wie starr sie grünen oder schwankend mild
⟨Raum für einen Vers⟩
Und Blumen mögen sie des Lebens lesen
Als wär es Friede immerfort gewesen

—

Wie meinst dus denn, wie mein ichs denn?
Und wissen wir was wir wollen?

—

Baco

Denn wer nur mathematische Regeln kennt
Wird Schlüsse finden welche Wunder wirken.
Die der gemeine Sinn nicht fassen kann.

—

Ich bin gefangen! Wie! In tiefer Gruft,
So wär ich alsobald in freier Luft.

—

Und wie euch erst Homer gesungen
Erfreut ihr euch der Nibelungen.

—

Des Alten Schatten war noch was,
Des Sohnes Körper was ist das?

—

Ein dürres Blatt im Wind getrieben,
Sieht öfters einem Vogel gleich.

—

Das All es wird so hingenötigt,
Der Mensch allein er hat die Wahl.

—

Und wenn die Flut dich noch so vorwärts führt
Die Ebbe gleich wird dich zurücke reißen.

—

Ich liebe manches aber lobe nichts

—

Wo kämen denn die Perlen her
Wenn der Himmel nicht weinte?

—

Zu seinem Besten will er nicht genötigt,
Zu seinem Schaden wohl gezwungen sein.

—

Wüßtest du dich drin zu finden
Müßtest glauben wie verblinden.

—

Die besten die ich kenne
Sind alle geklemmt.

—

Die Dämonen spotten meiner
Das weiß ich recht gut

—

Du nimmst mirs vorm Munde weg
Es ist als hätt ichs selbst gesagt

—

Der beste Diener ist der größte Schelm

—

Wenn sie nicht gewesen wären
Müßtet ihr doch wacker sein

—

Schon lange fühlt ich schon
So was an mir von einem Königssohn.

—

Ihr seid zu weit von mir entfernt
Ich verwehr euch nicht aufzutauchen

—

Ganz ausgebildet aufwärts quellen
Und stolz sich hoch als Gipfel stellen

—

Chaos heißt das artge Blatt
Chaos kanns nicht sein
Denn was es im Busen hat
Trifft doch überein
Aber Chos kann es wohl
Eine Weile scheinen
vereinen

—

Groß ist Europens Staatskalender
Jedoch der Gönner Zahl ist klein.

—

Wer Perlen will
Der muß ins Meer sich stürzen.

—

Leben liebt
Lieben belebt
Glück auf!
Müssen und Wollen
Denken und Tun
Streben und Warten
Coeur content
Grand talent.

—

Mein Blick war auf den Himmel hingerichtet
Der aus den Augen quoll den schwarzen Guten
Da klangs
⟨Einzeilige Lücke⟩
Nicht hab ich sie sie haben mich gedichtet
Sie mögen sich entschulden oder leiden.

NACHWORT

»Gleichsam ineinander abspiegelnde Gebilde«

Goethe schreibt seiner Autobiographie *Dichtung und Wahrheit* über seine Neigung, »dasjenige, was mich erfreute oder quälte, oder sonstwie beschäftigte, in ein Bild, in ein Gedicht zu verwandeln [...]. Alles, was daher von mir bekannt geworden, sind nur Bruchstücke einer großen Konfession.« Er schreibt das im Zusammenhang mit seiner Leipziger Studienzeit, den kleinen Reimereien des bürgerlichen Rokoko. Wir tun deshalb gut daran, die Äußerung nicht nur auf die großen Erschütterungen und ihren poetischen Niederschlag zu beziehen, auf den *Werther* oder die *Elegie* von Marienbad, sondern auch auf die Vielzahl von Gelegenheitsgedichten jeglichen Anspruchs und Gedankenniveaus. Dichtung ist Bestandteil der Lebensweise, reflektiert nicht nur die exorbitanten ›Erlebnisse‹, sondern begleitet auch den Alltag und tastet ihn nach Symbolischem ab. Darin liegt der Reiz einer vollständigen Ausgabe: Nicht nur die Highlights stehen vor uns und fordern unsere mehr oder weniger ehrfürchtige Aufmerksamkeit, sondern ein Œuvre in seiner Ganzheit fordert uns auf zu Fahrten und Entdekkungen (bei denen dann das Wiedersehen mit den Highlights in neuer Umgebung einen neuen, besonderen Reiz gewinnen mag). Es gilt für die Lektüre in einer solchen Sammlung, was Goethe die Baroneß in den *Unterhaltungen deutscher Ausgewanderten* über das Beieinander von Geschichten sagen läßt: »Ich liebe mir sehr Parallelgeschichten. Eine deutet auf die andere hin und erklärt ihren Sinn besser als viele trockene Worte.« So jedenfalls sollte Gebrauch von dem vorliegenden Band gemacht werden. Neben ihm mag dann auch ein Kommentar liegen, dessen trockene Worte in Fällen der größten Verstehensnot herangezogen werden können. Aber die eigentliche Lektüre sollte dem Wink folgen, den Goethe am 27. 9. 1827, also in nächster zeitlicher Nachbarschaft zur Ausgabe letzter Hand, in einem Brief an den Bremer Privatgelehrten Iken formuliert: »Auch wegen anderer dunkler Stellen in früheren und späteren Gedichten möchte ich folgendes zu bedenken geben: Da sich gar manches unserer Erfahrungen nicht rund aussprechen und direkt mitteilen läßt, so habe ich seit langem das Mittel gewählt, durch einander gegenübergestellte und sich gleichsam ineinander abspiegelnde Gebilde den geheimeren Sinn dem Aufmerkenden zu offenbaren.«

Schon in seiner ersten publizierten Sammlung, den *Vermischten Gedichten* im achten Band der *Schriften* (in der Goethe-Philologie Ausgabe S, 1789) hat er dieses Spiegelungsprinzip genau beobachtet, und zwar in einem fast wörtlichen Sinn. Nicht nur die Abfolge der Texte ist von Bedeutung, sondern auch ihr Gegenüberstehen. Dem Verleger Göschen schärft er gleich zweimal ein, daß die Gedichte »gegen einander über stehen« sollen wie im Manuskript. Ausdrücklich erwähnt er u. a., daß *Das Göttliche* und das Epigramm *Herzog Leopold* einander gegenüberstehen müssen. Das hat sich durch Neueinteilungen in späteren Ausgaben dann wieder aufgelöst, aber für 1789 ist klar, warum es so sein soll: *Das Göttliche* (»Edel sei der Mensch, / Hülfreich und gut!«, S. 238) findet im *Herzog Leopold* (S. 257) seine exemplarische Verdeutlichung, denn dieser Herzog Leopold war bei Rettungsarbeiten anläßlich eines Eisgangs selbst ertrunken. – Den *Schriften* folgen 1792-1800 *Neue Schriften* (Ausgabe N) bei Unger, mit den neuen, seit der Rückkehr aus Italien entstandenen Gedichten in Bd. 7. Hier bildet Goethe nun erstmals ›Rubriken‹ wie »Lieder«, »Balladen« usw. – 1806-1810 folgen dann *Goethe's Werke*, die erste Gesamtausgabe beim Verleger Cotta (deshalb nun als A bezeichnet). Die Gedichte stehen im ersten Band, nun wieder vollständig und entsprechend mit weiteren Rubriken.

Grundstock der vorliegenden Ausgabe sind die Gedichtbände von Goethes letztwilliger ›Ausgabe letzter Hand‹ von 1827. Deren Aufbau hat immer wieder einmal für Verwirrung gesorgt: Zweimal tauchen die Rubriken »Kunst«, »Parabolisch« und »Epigrammatisch« auf, einmal die Rubrik »Gott, Gemüt und Welt«, ein andermal »Gott und Welt«, an zwei verschiedenen Stellen erscheinen Gedichte an Personen, einige Gedichte erscheinen mehrfach, und auch sonst gibt es Inkonsequenzen, die sich scheinbar leicht beseitigen ließen. Manche spätere Ausgabe hat hier eingegriffen, schon die erste postume Gesamtausgabe von Eckermann und Riemer (die ›Quartausgabe‹ von 1836/37) und selbst noch die philologisch anspruchsvolle ›Jubiläumsausgabe‹ von 1902.

Hier mag der Hinweis genügen, worin die Hauptursache dieser Inkonsequenzen liegt: Goethes Ausgabe letzter Hand besteht eigentlich aus *zwei* Ausgaben letzter Hand. Die 20bändige Gesamtausgabe der Werke von 1815-1819 (*Goethe's Werke*, in der Forschung als Ausgabe B bezeichnet) enthielt die Lyrik in den ersten beiden Bänden. Als Goethe dann die 40bändige Ausgabe von 1827-1830 zusammenstellte (*Goethe's Werke. Vollständige Ausgabe letzter Hand*, in der Forschung Ausgabe C), übernahm er diese beiden Bände mit wenigen Änderungen und fügte ihnen zwei weitere hinzu. In der vorliegenden Ausgabe wird das in der Anordnung und im Inhaltsverzeichnis berücksichtigt.

Ein besonderer Textblock sind die Gedichte des *West-östlichen Divan.* Sie erschienen erstmals gesammelt 1819, dann, um einige (von Goethe selbst mit Sternchen versehene) Gedichte vermehrt,

1827 gleichfalls in der Ausgabe letzter Hand, in einem eigenen Band, dem fünften.

Die Ausgabe letzter Hand ist keineswegs eine vollständige Ausgabe von Goethes Gedichten und muß deshalb ergänzt werden.

Die erste Gedichtsammlung, das Büchlein *Annette* in der Handschrift des Jugendfreundes Ernst Wolfgang Behrisch, hatte Goethe selbst nicht bei der Hand, es wurde erst 1895 wiederentdeckt. Die *Oden an meinen Freund* (Behrisch) hat er selbst 1818 aus dem Nachlaß Behrischs zurückerworben. Die *Neuen Lieder* des Freundes Breitkopf, für dessen Kompositionen Goethe die Texte verfaßt hatte, sind die erste gedruckte Sammlung mit Gedichten Goethes. Einige von ihnen hat Goethe dann auch in seine eigenen Sammlungen übernommen, so daß sie hier, leicht variiert, doppelt erscheinen.

Die letzten, kleinen Gruppen dieses Teils bestehen aus Texten, die erst nach der Ausgabe letzter Hand entstanden, Gedichten, die Goethe zur Auslegung einiger symbolischer Bilder angefertigt hat, den Dornburger Gedichten und der Sammlung *Chinesisch-Deutsche Jahres- und Tageszeiten* sowie seinen Beiträgen zur Weimarer Dilettanten-Zeitung *Chaos*.

Von den *Xenien*, den meistenteils satirischen ›Gastgeschenken‹, die Goethe zusammen mit Schiller verfaßt hat und die 1796 in Schillers Musen-Almanach für das Jahr 1797 erschienen, sind nur wenige unter dem Titel »Vier Jahreszeiten« in die Ausgabe letzter Hand eingegangen. Die vorliegende Ausgabe bietet den gesamten Textbestand, veröffentlichte wie unveröffentlichte Texte Goethes wie Schillers, der von Erich Schmidt und Bernhard Suphan 1893 herausgegeben worden ist.

Dann folgt *Verstreutes* – Texte, die aus den unterschiedlichsten Gründen nicht oder nur zum Teil stark verändert publiziert wurden: Gedichte aus Briefen, an und auf Personen; Invektiven gegen Personen, die er quasi nur in sich hineingemurmelt hat; Unvollendetes und auch Zurückgehaltenes, das aus Schicklichkeitsgründen allenfalls im privaten Kreise zu kommunizieren war.

Karl Eibl

Alphabetisches Verzeichnis der Gedichtanfänge und -überschriften

JOHANN WOLFGANG GOETHE
WERKE IN SECHS BÄNDEN
In Kassette

Herausgegeben von Friedmar Apel, Hendrik Birus, Anne Bohnenkamp, Dieter Borchmeyer, Hans-Georg Dewitz, Wolf von Engelhardt, Stefan Greif, Herbert Jaumann, Dorothea Kuhn, Christoph Michel, Klaus-Detlef Müller, Andrea Ruhlig, Albrecht Schöne, Wilhelm Voßkamp, Manfred Wenzel, Waltraud Wiethölter.

Der ›Insel-Goethe‹ enthält in sechs Bänden die wichtigsten Werke: Gedichte, Dramen, Romane, Erzählungen, autobiographische und ästhetische Schriften, Maximen und Reflexionen. Eine Ausgabe für den interessierten Leser ebenso wie für Studierende. Die Texte und Kommentare beruhen auf der Edition des Deutschen Klassiker Verlags.

Zu einer umfangreichen Sammlung der *Gedichte* treten der *West-östliche Divan* und die Versepen *Hermann und Dorothea* und *Reineke Fuchs.*

Die Auswahl der Dramen bietet den *Götz*, *Clavigo* und *Egmont* sowie *Iphigenie auf Tauris*, *Torquato Tasso*, die *Natürliche Tochter* und beide Teile des *Faust.*

Das erzählerische Werk ist vertreten durch die *Leiden des jungen Werthers*, *Wilhelm Meisters Lehrjahre* und die *Wahlverwandtschaften*, dazu das *Märchen* und die *Novelle*; hinzu kommen *Der Mann von funfzig Jahren* und *Die neue Melusine.*

Die autobiographischen Schriften sind repräsentiert durch *Dichtung und Wahrheit* und den ersten Teil der *Italienischen Reise.*

Die ästhetischen und naturwissenschaftlichen Schriften werden in breiter Auswahl vorgestellt; das aphoristische Werk ist durch die ›Betrachtungen im Sinne der Wanderer‹ und die Sammlung ›Aus Makariens Archiv‹ aus den *Wanderjahren* vertreten.

JOHANN WOLFGANG GOETHE
DAS RÖMISCHE CARNEVAL

Mit einem Nachwort von Siegfried Unseld
Insel-Bücherei Nr. 1292

Nach seinem Erscheinen zur Ostermesse 1789 wurde *Das Römische Carneval* gerühmt als »das schönste typographische Werk, das uns von deutschen Büchern auf deutschem Grund und Boden je zu Gesicht kam«. Besonderes Augenmerk galt den zwanzig Kupfertafeln von Georg Melchior Kraus nach Zeichnungen von Georg Schütz, welch letztere den Anlaß zu Goethes Aufsatz gegeben hatten. Sämtliche Figurinen sind in der vorliegenden Ausgabe enthalten.
Siegfried Unseld beschreibt die Entstehungs- und Wirkungsgeschichte sowie die kulturgeschichtliche Bedeutung des Werkes, das ein halbes Jahr vor Ausbruch der Französischen Revolution verfaßt wurde.

JOHANN WOLFGANG GOETHE
ALLEN GEWALTEN
ZUM TRUTZ SICH ERHALTEN

Gedichte und Bilder
Herausgegeben von Hans-Joachim Simm
Insel-Bücherei Nr. 1277

In Liedern auf die Liebe und die Freundschaft, in Hymnen auf das Unendliche und in Versen voller Einsicht und Weisheit hat Goethe das Leben bedichtet und besungen. Jede Gelegenheit konnte Anlaß sein für ein Gedicht – in freien Rhythmen oder strengen Strophen, als Sonett oder Epigramm. In der offenen Begegnung, im mutigen Widerstehen, im entschiedenen Eintreten für die Wahrheit sind seine Gedichte so frisch und aktuell wie je. Und wie sie sind auch die zahlreichen Zeichnungen und Aquarelle Goethes, die dieser Ausgabe beigegeben sind, Spiegel des Lebens und Fluchtraum zugleich.

In gleicher Ausstattung erschien zuletzt:

RAINER MARIA RILKE
DIE GEDICHTE

Rainer Maria Rilke hat mit seiner Lyrik ein Werk geschaffen, das in seiner Gesamtheit zum Grundbestand der deutschen Literatur gehört und sich zugleich, über die Zeiten hinweg, großer Popularität erfreut. Seine Texte sind ein nicht abreißender poetischer Gedankenstrom um die großen Fragen der Menschheit, und die Eleganz und die Widerständigkeit ihrer Sprache machen sie, einmal gelesen, zu Lebensbegleitern, die einen immer wieder wie eine geliebte Melodie gefangennehmen.
Dieser Band ordnet Rilkes Gedichte chronologisch, ohne die Zyklen auseinanderzureißen. Er beginnt mit dem ersten überlieferten Gedicht des achtjährigen René und schließt mit dem letzten, auf dem Sterbebett verfaßten Gedicht. In bisher unerreichter Vollständigkeit werden dazwischen Rilkes sämtliche deutschsprachigen Gedichte der Reifezeit geboten und von den Jugendgedichten all jene, die von Rilke ab den *Larenopfern* (1895/96) zu Zyklen zusammengestellt wurden. Eine ausführliche Zeittafel verschafft einen raschen Überblick über Rilkes Leben und Werk.